À propos de l'auteur

Nominée trois fois aux RITA Awards – qui récompensent les meilleurs auteurs de romance –, Terri Brisbin a écrit de nombreux romans, traduits dans vingt langues et publiés dans vingt-cinq pays. Son genre favori est la romance historique, dans lequel elle excelle : en témoignent les plus de 1,7 million d'exemplaires de ses romans vendus à travers le monde.

L'honneur du Clan

VOLUME 1

La flamme des Highlands

★

À la merci du Highlander

TERRI BRISBIN

L'honneur du Clan

VOLUME 1

Traduction française de
GÉRALDINE PART
ANA URBIC

HARLEQUIN

Titres originaux :

PARTIE 1 : THE HIGHLANDER'S STOLEN TOUCH
PARTIE 2 : AT THE HIGHLANDER'S MERCY

Ces romans ont déjà été publiés en 2014

HARPERCOLLINS FRANCE
83-85, boulevard Vincent-Auriol, 75646 PARIS CEDEX 13
Service Lectrices — Tél. : 01 45 82 47 47

www.harlequin.fr

ISBN 978-2-2804-1832-4

LA FLAMME DES HIGHLANDS

Prologue

— Si seulement elle pouvait disparaître !

Ciara venait de murmurer son désir secret à l'oreille de sa meilleure amie sans l'ombre d'une hésitation. Elle pouvait parler avec Elizabeth à cœur ouvert. Les mots qu'elle venait de prononcer étaient terribles, elle en avait parfaitement conscience. Ils faisaient d'elle une personne fort peu recommandable… A neuf ans à peine, elle avait déjà l'âme d'une criminelle. Pis encore, la seule chose qui la troublait réellement, c'était l'idée du châtiment divin qui l'attendait si elle disparaissait pour de bon.

La femme haïe n'avait d'yeux que pour l'homme qui l'attendait à la porte de l'église. Elle se dirigeait droit sur lui sans même jeter un regard autour d'elle. Comble de malheur, lui aussi la regardait avec une intensité incroyable. Ciara la détesta un peu plus encore. Impuissante, elle assistait à une véritable scène d'amour. Son cœur se mit à saigner dans sa poitrine soudain oppressée.

— Tu veux qu'on la fasse trébucher ? chuchota Elizabeth, apparemment déterminée à lui prêter main-forte.

La flaque de boue qui bordait le chemin était terriblement tentante mais Ciara secoua la tête. Quel intérêt ? A voir la façon dont Tavis regardait Saraid, cette dernière aurait bien pu être crottée de la tête aux pieds que cela n'y aurait rien changé. La force des sentiments qui unissaient Tavis et la femme qu'il était sur le point d'épouser était une évidence. Si on lui demandait un jour à quoi ressemblait l'amour, Ciara pourrait décrire avec précision l'expression qu'elle avait vue dans les yeux de Tavis alors qu'il regardait sa future épouse.

— Non, Elizabeth, laissons-la tranquille, cela n'en vaut pas la peine, murmura Ciara en détournant la tête.

Elizabeth suivait des yeux le couple qui entrait maintenant dans l'église.

— Que vas-tu faire alors ?

Ciara se contenta de hausser les épaules. Les portes de l'église étaient restées ouvertes et, si elle l'avait voulu, elle aurait pu observer toute la cérémonie et entendre Tavis et Saraid promettre de s'aimer et de se chérir toute leur vie. C'était trop lui demander !

Les yeux secs et le cœur douloureux, elle courut se réfugier dans sa cachette préférée pour pouvoir y réfléchir au calme. Sans un regard en arrière, elle abandonna Elizabeth sur les marches de l'église.

Quelques heures plus tard, Ciara était plus ou moins parvenue à la résignation. Qu'elle le veuille ou non, elle devait accepter la réalité. Quel choix avait-elle ? Elle ne pouvait tout de même pas tuer Saraid ! Et vouloir du mal à une femme innocente par jalousie était indigne. Aussi, il ne lui restait qu'une seule chose à faire.

Attendre.

Attendre le bon moment. Un jour, elle le savait, elle pourrait aimer Tavis au grand jour, elle parviendrait à gagner son amour. D'ici là, elle ne devait rien faire pour perdre son amitié.

Elle était encore jeune. Elle pouvait attendre.

Et elle allait commencer dès aujourd'hui.

Par bonheur, en dépit de son mariage, Tavis continua à lui accorder son attention et leur amitié insolite se poursuivit.

De son côté, Ciara mit à profit les années qui passaient

pour s'instruire. Elle aimait étudier et acquérir chaque jour de nouvelles connaissances. Son père — qui était en réalité son beau-père — l'encourageait dans cette voie. Duncan MacLerie était le négociateur attitré du clan et travaillait pour son frère, le laird Connor. Au fur et à mesure qu'elle s'instruisait, il lui parlait de plus en plus souvent des missions qu'il menait. Ainsi, elle était souvent présente lors des visites que Tavis faisait à son beau-père pour lui rendre compte des missions qui lui avait été assignées au nom du clan.

Ce jour-là justement, Tavis raccompagnait Ciara chez elle, alors qu'il rentrait tout juste de mission. Fière et enthousiaste, elle en profita pour lui débiter tout ce qu'elle avait appris durant sa semaine d'absence.

— *Amor vincit omnia*, lança-t-elle d'une voix assurée.

« L'amour triomphe de tout. » Elle adorait le latin et elle avait plutôt un bon niveau. Elle avait entendu son précepteur le dire à ses parents. Peine perdue. Tavis se contenta de rire et de hausser les épaules.

— Je ne connais pas le latin. Je ne suis pas instruit comme toi, tu le sais bien. Je ne sais parler que le gaélique et un peu d'écossais et d'anglais.

Heureusement, il avait conservé son ton enjoué. Au moins, leur différence d'instruction ne le gênait pas. Il ne paraissait jamais blessé lorsqu'elle montrait ses connaissances, et l'encourageait toujours. Les hommes n'étaient pas souvent aussi tolérants avec les jeunes filles trop instruites, son père le lui rappelait sans cesse.

— Je pourrais t'apprendre certains mots, proposa-t-elle. Je pourrais même t'apprendre à lire.

En tant qu'amie, elle devait l'aider autant que possible, n'est-ce pas ?

— Allons, allons, à ton âge, il y a d'autres choses auxquelles tu devrais consacrer ton temps, jeune fille, répliqua-t-il en lui faisant un clin d'œil entendu.

Seigneur ! Sa mère avait dû avoir une conversation avec lui, une fois de plus. Ciara imaginait sans peine Marian se plaindre auprès de Tavis que sa fille de treize ans ne pensait qu'à ses leçons de latin et méprisait ouvertement les travaux si féminins d'aiguille ou de tissage. Elle voyait la scène d'ici… De fait, sa mère disait vrai. Autant elle étudiait les langues et les nombres avec une grande application, autant elle ne parvenait pas à prendre les travaux d'aiguille au sérieux. Ils étaient d'un ennui…

— Je déteste la couture, maugréa-t-elle en croisant les bras sur la poitrine, boudeuse.

Pour faire bonne mesure, elle releva le menton dans un geste de défi. Tavis n'allait tout de même pas prendre le parti de sa mère contre elle ?

— Tu sais, Ciara, il ne faut pas sous-estimer l'importance des travaux d'aiguille. C'est une noble tâche et d'une grande utilité, par ailleurs. C'est tout aussi important que de savoir manier les nombres, que de parler cinq langues ou de lire.

Il la tira par la main et ils se remirent en route.

— Dis-moi, Tavis, il y a quelque chose que je ne comprends pas. Si la couture est un art si noble, pourquoi ne l'apprends-tu pas ? demanda-t-elle irrévérencieusement tout en repoussant la main de Tavis d'un geste capricieux.

Qu'allait-il répondre à cela ? C'était trop facile en tant qu'homme de condamner sa désaffection des corvées féminines ! Elle ne se laisserait pas faire ! Bien évidemment, elle comprenait les rôles différents qui étaient impartis aux hommes et aux femmes.

Seulement, comme elle possédait de plus en plus de connaissances et d'expérience, elle doutait de pouvoir un jour retourner à la petite existence étriquée normalement dévolue à une jeune femme de son âge. Son père avait-il seulement conscience qu'en lui permettant de recevoir une éducation qui surpassait celle des autres jeunes filles, il avait créé chez elle un besoin irrépressible d'en apprendre toujours davantage ?

— C'est fait. Sache que je sais déjà coudre, ma belle. Bien des guerriers ont recours à quelques travaux de couture après une bataille.

Ciara resta un instant sans voix. Il l'avait bien eue. Visiblement content de lui, Tavis lui adressa ce sourire exaspérant dont il avait le secret. Il sortait victorieux de leur joute et il ne lui laisserait pas l'ignorer, le goujat ! Avant qu'elle ait pu répliquer, néanmoins, ils arrivaient devant sa porte.

Ciara fit la moue, agacée. Pourquoi lui avait-elle lancé un défi aussi idiot ? Mais toute bouderie disparut lorsque Tavis lui prit délicatement le menton dans une main pour la regarder droit dans les yeux.

— Ma sœur et Saraid pourraient t'apprendre. Elles sont toutes les deux très douées en couture.

Jetant un coup d'œil par-dessus son épaule en direction de la porte de la maison, il se pencha vers elle et murmura :

— Et elles sont sûrement plus patientes que ta mère… Et surtout, ne va pas t'amuser à lui répéter ce que je viens de te dire…

Il la relâcha, et Ciara se sentit étrangement seule et glacée à présent que ce contact était rompu. Elle n'eut guère le temps de se perdre en rêveries cependant, car Tavis faisait mine d'entrer chez elle.

— Je pourrais peut-être aller en parler à Duncan et Marian. Qu'en penses-tu ?

Seigneur, ayez pitié ! Elle s'était piégée toute seule et allait se retrouver obligée de faire la chose qu'elle redoutait le plus au monde. Tout cela parce qu'elle avait voulu étaler son savoir. Son manque d'humilité la perdrait. Mais elle n'allait pas pour autant reconnaître sa défaite ! Tant que Tavis ne devinait pas son trouble, son honneur était sauf… L'air indifférent, elle opina et se dirigea vers la maison.

Elle avait presque atteint la porte quand il lui souffla à l'oreille, moqueur :

— Je te laisse parler à ta mère. Je vais prévenir Saraid que tu viendras chez nous demain.

Sans se retourner, Ciara poussa la porte du pied puis fit claquer le battant derrière elle avec une telle force que l'encadrement vibra. De l'autre côté de la porte, Tavis éclata d'un rire joyeux.

Furieuse, Ciara courut jusqu'à sa chambre. Elle payait cher son orgueil. Quel calvaire de s'adonner à la couture et à la broderie ! Pis encore, en compagnie de Saraid ! Hélas, elle n'avait plus le choix. Elle laissa échapper un soupir d'exaspération et se laissa tomber sur une chaise. Son regard se posa immédiatement sur la collection d'animaux de bois qui se trouvaient sur la tablette de la cheminée.

Tavis était son ami depuis toujours, plus exactement depuis ses cinq ans. A l'époque, il était venu la chercher à Dunalastair où elle vivait avec sa mère pour les amener à Lairig Dubh, afin que Marian épouse Duncan, l'homme qu'elle considérait aujourd'hui comme son père.

Le mariage de ses parents, l'exemple qu'elle avait eu sous les yeux depuis son plus jeune âge, était un mariage d'amour. Aussi, elle savait reconnaître l'amour quand elle le voyait. Or, elle ne pouvait le nier, Tavis et Saraid s'aimaient. Tavis faisait tout ce qui était en son pouvoir pour rendre sa femme heureuse.

Cependant, en dépit des années écoulées, Ciara n'avait jamais vraiment réussi à admettre que Tavis appartenait à une autre. Sauf lorsqu'elle le voyait en compagnie de sa femme ; alors, elle ne pouvait plus ignorer qu'elle avait sous les yeux un bel exemple d'amour véritable. Et cela lui brisait le cœur… chaque fois.

Allons ! Courage ! Si Tavis aimait Saraid d'un amour sincère, elle aimait Tavis avec une passion sans limites. Elle était bien décidée à faire l'impossible pour lui. Même si cela signifiait apprendre à manier une aiguille et du fil en compagnie de sa rivale.

Le lendemain et les jours suivants, Ciara se présenta à la porte de Saraid pour apprendre à coudre. Après les leçons, elle restait même pour l'aider à effectuer ses tâches domestiques. Parfois aussi, elle restait uniquement pour profiter de l'occasion de voir Tavis. Saraid, apparemment nullement jalouse que Ciara ait une telle importance aux yeux de son mari, acceptait volontiers sa présence et son aide. Tant et si bien que Ciara finit par se lier d'amitié avec elle.

La vie s'écoula ainsi paisiblement. Ciara continua à s'instruire et à développer ses talents, car Duncan lui permettait de plus en plus de l'assister dans son travail. Son père était désormais entièrement dévoué au service du laird MacLerie, et il mettait tout en œuvre pour que Ciara puisse un jour lui succéder comme négociatrice.

Si Ciara n'était pas complètement heureuse, elle n'était pas non plus malheureuse. L'amour de ses parents, l'amitié de Tavis et même sa relation avec Saraid lui apportaient un équilibre agréable. La vie aurait pu s'écouler ainsi indéfiniment… sans le décès soudain de Saraid. Fou de chagrin, Tavis se mura alors dans le silence et prit ses distances avec elle, comme avec tout le reste du clan.

En dépit de son désespoir, Ciara n'abandonna pas. Inexorablement, elle revenait auprès de Tavis pour l'empêcher de sombrer définitivement dans la solitude et la folie. Hélas, ils avaient beau avoir été très proches, rien de ce que Ciara disait ou faisait ne semblait trouver le moindre écho en lui. Rien ne paraissait pouvoir l'aider à surmonter sa douleur.

Il fallut beaucoup de temps et d'efforts, avant de retrouver un peu de la complicité qui les liait autrefois. Hélas, lorsque Tavis s'aperçut que Ciara avait grandi et était désormais presque une adulte, leurs relations s'en trouvèrent affectées.

Il acceptait un nombre croissant de missions et passait son temps à voyager pour le compte du laird. Sans doute cherchait-il à fuir le village et sa maison qui devait lui sembler terriblement vide. Mais Ciara avait également la douloureuse impression qu'il la fuyait, elle, plus particulièrement.

Pour oublier sa mélancolie, elle se noya dans les études et continua à élargir son savoir. Son père lui permettait désormais de l'accompagner lors de ses déplacements et de lire tous les contrats et documents qu'il rédigeait dans le cadre des négociations menées au nom du laird. Cette activité avait le grand mérite de ne lui laisser que peu de temps pour les travaux d'aiguille et autres occupations réservées aux femmes. Et cela lui convenait à merveille. Hélas, Tavis se concentrait uniquement sur les missions que le laird lui confiait et ne remarquait apparemment rien de tout ce qu'elle entreprenait.

Aussi continua-t-elle à attendre son heure… Le moment viendrait pour eux, Ciara en était convaincue.

1

Lairig Dubh, Ecosse, printemps 1370

Ciara était assise un peu à l'écart, dans un coin de la salle que Duncan avait choisie comme cadre des négociations. C'était une pièce de belles dimensions et plutôt confortable, bien que meublée sans ostentation. Ciara se sentait bien. Les fenêtres étaient ouvertes pour laisser entrer l'air frais du printemps. On avait apporté de la nourriture et des boissons pour les invités. Mais peu se servaient : ils étaient réunis pour négocier, non pour ripailler.

A son habitude, Ciara s'arrangea pour ne croiser le regard de personne. La plupart des hommes présents pensaient probablement qu'elle était une servante. Ciara retint un petit sourire. Elle n'était pas là pour leur servir à boire et à manger ! Non, Ciara Robertson était la digne héritière de Duncan, négociateur attitré du clan MacLerie, et elle mettait à l'épreuve ce qu'il lui avait appris.

L'air de rien, elle écoutait attentivement chaque mot prononcé de part et d'autre et observait les expressions de tous les interlocuteurs, ainsi que la façon dont chacun était assis ou se mouvait pour essayer de comprendre qui détenait réellement le pouvoir dans cette négociation. Ce n'était pas forcément le plus âgé, le plus fortuné ou celui qui parlait le plus fort. Son père le lui avait expliqué bien des fois. Celui qui détenait le véritable pouvoir restait généralement dans l'ombre. Il parlait sans jamais s'énerver et déléguait certaines tâches à des subalternes pour les mettre sur le devant de la scène.

En écoutant les uns et les autres, Ciara avait acquis la certitude que c'était le benjamin des frères MacLaren qui prenait les décisions dans cette série de négociations menées en vue d'un accord de commerce avec leur clan. C'était un autre homme, plus âgé, qui parlait au nom des MacLaren, pourtant elle était persuadée que ce n'était pas lui qui dirigeait les opérations.

La réunion se poursuivit plusieurs heures, sans que Ciara sente le temps passer. Chaque partie tentait d'exposer ses arguments et jouait un jeu de dupes. Ciara s'était retenue de sourire à maintes reprises en voyant son père à l'œuvre pour obtenir le meilleur contrat possible pour les MacLerie : tour à tour, il poussait ses interlocuteurs dans leurs retranchements puis les amadouait, les complimentait…

Lorsque les négociations qui duraient depuis le début de la matinée touchèrent à leur fin, Duncan avait manifestement réussi à amener les MacLaren sur le sentier qu'il désirait leur faire emprunter. L'accord serait certainement conclu dès le lendemain. Satisfaite, Ciara se leva et fit une petite révérence aux hommes du clan MacLaren lorsqu'ils quittèrent la pièce. Elle se tenait prête, disposée à apporter son aide à Duncan s'il la lui demandait.

A présent, elle connaissait sur le bout des doigts sa façon de procéder. Son père ne prenait jamais aucune note durant les pourparlers, mais il se souvenait de chaque mot et de chaque clause approuvée. Une fois la réunion terminée, il écrivait tout ce qu'il avait en tête. Il ne parlerait à personne avant d'avoir terminé.

Entre-temps, Ciara proposa de la bière aux membres du clan qui étaient encore présents dans la pièce. Bientôt, il ne resta plus que le laird et son intendant. Ils attendaient tous les deux le compte rendu de son père, mais celui-ci n'avait pas encore fini de rassembler ses pensées. Il allait bientôt leur expliquer comment il comptait mener ces négociations à leur terme.

Quelques minutes passèrent dans un silence concentré. Ciara en profita pour se délasser un peu les jambes après être restée immobile si longtemps. A vrai dire, le calme et la position assise ne faisaient pas partie de ses habitudes !

Soudain, elle sentit peser sur elle le regard de son oncle Connor. Le laird la fixait mais lorsqu'elle croisa son regard, il sourit et regarda aussitôt ailleurs. Ciara fronça les sourcils. Pourquoi ces mystères ? Si son oncle avait quelque chose à lui dire, il ne se gênait d'ordinaire pas pour le lui faire savoir… Au même instant, son père leva la tête et s'éclaircit la gorge. Signal qu'il était enfin prêt à discuter des progrès effectués durant la journée.

Pourtant, les mots qu'il prononça la prirent par surprise.

— Dis-moi, Ciara, peux-tu nous dire ce que tu as pensé des pourparlers ?

Eh bien, voilà qui changeait encore de l'ordinaire ! Son père aimait à discuter avec elle, certes, mais jusqu'alors il l'avait toujours fait en privé, quand les négociations étaient achevées…

La jeune femme voulut répondre, mais les mots restaient désespérément bloqués au fond de sa gorge. Impossible de dire quelque chose d'utile, de pertinent, maintenant qu'on lui demandait d'exprimer son avis. En privé pourtant, donner son opinion ou formuler des observations ne lui avait jamais causé le moindre problème. Elle appréciait même tellement les débats qu'elle en avait régulièrement avec ses parents ! Seulement, elle ne se souciait alors jamais vraiment de ce qu'elle allait dire.

Mais là, en présence du laird et de son intendant qui semblaient suspendus à ses lèvres, elle avait les mains terriblement moites et l'esprit vide.

— Penses-tu que le laird du clan MacLaren acceptera

ma requête et étendra la durée de cet accord ? répéta Duncan d'une voix encourageante.

Galvanisée par cet encouragement discret, Ciara décida de faire comme si les autres n'étaient pas là et de répondre directement à son père.

— Je pense que le laird est tout disposé à étendre la durée de l'accord comme tu le lui as demandé… en revanche, je crains que son jeune frère ne soit pas du même avis. Et c'est son frère qui prendra la décision finale.

Ciara avait donné son avis d'instinct et elle s'en voulut de ne pas avoir réfléchi davantage. Et si elle se trompait ? Et si ses observations étaient complètement erronées ? C'était la première fois qu'on lui permettait d'assister à une délibération en présence des responsables du clan. Avait-elle gâché cette occasion ? Si elle échouait… Comment pourrait-elle l'annoncer à sa mère, elle qui l'avait toujours soutenue et avait même encouragé son éducation peu commune pour une jeune femme ?

Duncan la regarda intensément puis jeta un coup d'œil à Connor. Ciara frissonna. Son oncle savait se montrer intimidant lorsqu'il le désirait et, à cet instant précis, il arborait une mine sévère qui n'augurait rien de bon. Avait-elle commis une erreur ? Elle pressa ses mains l'une contre l'autre pour tenter de contrôler sa nervosité.

— Je te l'avais bien dit, Connor, non ? lança son père, le sourire aux lèvres.

Ciara baissa les yeux, rouge de honte.

— Oui, Duncan, tu me l'avais dit, répliqua le laird d'un ton enjoué. Cette jeune fille fait preuve d'une grande intelligence et voit clair dans leur jeu. Elle les a percés à jour plus rapidement que moi, ajouta-t-il en lui adressant un signe de tête admiratif.

Ciara n'en croyait pas ses oreilles. Elle ébaucha un sourire hésitant, soulagée. Apparemment, elle avait vu juste. Son père était rayonnant. La fierté brillait dans ses yeux et un large sourire fendit son visage.

— Quoi d'autre encore, jeune fille ? demanda le laird. Dis-moi tout ce que tu as remarqué d'autre pendant les discussions.

— Le bétail intéressait davantage son frère que le laird MacLaren. Et je crois qu'il surestime la capacité de ses hommes à prendre les armes en cas de besoin, ajouta-t-elle.

Un peu plus à l'aise désormais, elle expliqua comment elle était parvenue à ces conclusions et répondit aux questions que lui posaient à tour de rôle le laird, l'intendant et son beau-père. Puis, tous quatre se mirent à débattre des concessions qu'ils avaient déjà obtenues et de celles qu'ils désiraient encore obtenir de la part des MacLaren.

Ils furent interrompus un peu plus tard par des coups furieux frappés à la porte.

— Connor, ils ne serviront pas à manger tant que tu n'es pas à table, cria Jocelyne à son époux.

En entrant, elle leur jeta à tous un regard furibond, comme s'ils étaient responsables du retard du laird, même si celui-ci ne semblait pas pressé de dîner.

— Tout le monde attend, et vous, vous êtes là à traîner. Les MacLaren sont déjà à table et attendent leur dîner.

Ciara tenta de réprimer son envie de rire mais finit par laisser échapper un gloussement. Voir cet homme puissant se faire rabrouer par sa femme sans opposer la moindre résistance était irrésistible. Son père lui jeta un regard courroucé pour lui intimer l'ordre de garder sa retenue, toutefois, elle voyait bien que lui aussi trouvait la situation cocasse.

Quelle ironie, alors que sa mère ne se comportait pas autrement avec lui ! Marian n'hésitait pas non plus à dire franchement le fond de sa pensée à son époux. D'ailleurs, elle devait être en train de l'attendre dans le hall pour lui adresser quelques reproches en privé. Tout comme

Jocelyne avait tenu sa langue jusqu'au départ de ceux qui ne faisaient pas partie de la famille.

Alors que le laird prenait sa femme par la main et l'emmenait vers la salle à manger, Ciara songea que, contrairement à bon nombre d'hommes, son oncle et son père ne permettaient pas seulement à leurs femmes de se conduire comme elles l'entendaient, ils les acceptaient aussi telles qu'elles étaient. Parce qu'ils les aimaient…

Ces hommes endurcis ne craignaient pas de se montrer faibles en accordant une telle liberté aux femmes, et c'est précisément ce qui révélait leur force. Ciara était consciente que le fait d'accompagner son père pour effectuer des missions pour le laird n'allait pas de soi dans la plupart des autres clans.

Lui accorderait-on les mêmes libertés lorsqu'elle se marierait ? Ce qui ne saurait, hélas, tarder… Elle n'était pas censée être au courant, néanmoins, elle avait entendu ses parents dire à plusieurs reprises qu'elle était en âge de se marier et qu'ils devaient lui trouver un bon parti.

Le temps lui était donc compté. Sa liberté ne durerait pas toujours. La dot importante qu'on lui avait accordée ne ferait qu'accroître les propositions de mariage. Sans oublier sa parenté avec deux clans très puissants — les MacLerie du côté de son père, les Robertson du côté de sa mère — qui faisait d'elle une épouse de choix pour tous ceux qui convoitaient un rapprochement avec l'un ou l'autre de ces clans. Elle aurait droit à un mariage classique, en définitive, un mariage dicté par la raison et la politique. L'homme qui l'épouserait la choisirait en fonction de la valeur marchande qu'on lui attribuait et non pour ses qualités propres…

De toute façon, aucun homme ne saurait s'intéresser à une femme plus instruite que lui ! Une femme qui s'y connaissait en affaires par-dessus le marché ! Les hommes voulaient une femme pour leur tenir chaud au lit, se décharger des tâches domestiques et s'occuper des enfants. Bien malgré eux sans doute, ses parents l'avaient préparée à vivre une tout autre existence. Ce faisant, ils l'avaient condamnée à la solitude. Seule sa dot lui permettrait de lever la plupart des objections de ses prétendants… Ciara retint un soupir désabusé. L'homme qui pourrait l'aimer pour elle-même n'existait pas.

Enfin… il existait bien un homme capable d'apprécier sa supériorité intellectuelle sans s'en formaliser et de voir quelle femme elle était vraiment au fond. Un homme qui l'avait toujours soutenue. Et qui continuerait sûrement à la voir telle qu'elle était.

Tavis.

Toutes ces années, elle avait gardé pour elle ses véritables sentiments envers Tavis. Seule Elizabeth, son amie la plus proche, était dans la confidence. En dépit de son silence, jamais Ciara n'avait abandonné l'espoir de voir un jour Tavis partager ses sentiments. Lorsqu'elle n'était qu'une enfant, ce n'était rien de plus qu'un merveilleux rêve. Aujourd'hui, elle était désormais pleinement consciente de ce que cela impliquait.

Aujourd'hui, elle était prête…

Tavis, hélas, ne l'était pas.

Allons, inutile de s'abandonner à ces pensées moroses ! Elle ferait mieux d'aller dîner. Dans la grande salle, Ciara prit place auprès de ses parents. Le laird la présenta à tous les membres du clan MacLaren et, à part quelques sourcils froncés çà et là, personne n'exprima une quelconque réprobation en entendant son nom. Pendant les pourparlers, ils avaient pensé qu'elle n'était qu'une servante au service des MacLerie. Ils comprenaient désormais la place privilégiée qu'elle occupait.

Et justement, une étincelle d'intérêt s'alluma dans l'œil des frères MacLaren. Seigneur ! Elle viendrait sans aucun doute s'ajouter aux termes de l'accord. Les deux frères échangèrent un coup d'œil rapide, mais éloquent. Ils allaient sûrement joindre une demande en mariage au contrat.

Bouleversée, Ciara resta plongée dans ses pensées le reste du repas. Si elle avait vu juste, il fallait à tout prix réagir rapidement. Elle ne pouvait pas prendre le risque de perdre Tavis à tout jamais. Même si celui-ci était toujours en proie à son terrible chagrin et ne s'était pas remis du décès de sa femme, le temps était venu de leur construire un avenir commun.

Les négociations aboutirent quelques jours plus tard. Le nom de Ciara avait bel et bien été évoqué au cours des discussions, heureusement, le laird s'était vivement opposé à toute union. Ciara n'était pas pour autant soulagée : elle savait que ce n'était que le début des ennuis. D'autres propositions suivraient. Et bientôt, il n'y aurait plus aucune raison légitime de refuser de considérer les offres qui lui seraient faites.

Il était temps de passer à l'action. Justement, Tavis rentrait tout juste de mission. Alors, elle allait prendre son courage à deux mains et faire la chose la plus audacieuse et la plus terrifiante qu'elle ait jamais eu à faire.

Le cœur en émoi, Ciara attendit la tombée de la nuit pour se faufiler hors de la maison d'Elizabeth et se rendre chez Tavis. Elle voulait être certaine de le trouver seul. Comme il lui serait impossible de sortir de l'enceinte une fois que les portes seraient fermées pour la nuit, elle avait élaboré un plan avec l'aide d'Elizabeth. Son amie couvrirait son absence si les circonstances l'exigeaient. Une fois arrivée devant la maison de Tavis, elle hésita un instant, soudain terrifiée.

Allons, du calme. Elle allait simplement lui dire ce qu'elle ressentait, puis lui poserait la question qui lui brûlait les lèvres depuis tant d'années. Il n'était plus temps de reculer.

Alors qu'elle restait figée devant la porte de Tavis, les mots de son père lui revinrent à la mémoire : « Tu es une femme éduquée, Ciara, tu sais lire et écrire dans cinq langues et tu es devenue habile dans l'art de la négociation. Tu as de nombreux talents et possèdes de solides connaissances dont bien des hommes n'ont même jamais entendu parler. Tu es intelligente, vive d'esprit et tout homme serait heureux de t'avoir pour femme. »

Pourtant, cette fois, ces mots ne lui donnèrent aucun courage. Tavis avait dû l'entendre, car elle l'entendait distinctement s'approcher de l'autre côté de la porte. Ciara prit une profonde inspiration et tenta de maîtriser les battements de son cœur. Lorsqu'il ouvrit la porte et murmura son nom d'une voix étonnée, elle demeura paralysée.

Dieu du ciel, à force de ne plus le voir qu'en de rares occasions, elle avait oublié combien il était beau. Et tellement viril ! Sa chevelure brune flottait librement sur ses épaules. Il était si grand et musclé qu'il remplissait tout l'encadrement de la porte. Comme elle aurait aimé se blottir contre cette poitrine solide et sentir ses bras protecteurs se resserrer autour d'elle. Et lorsqu'elle lèverait les yeux vers son visage, elle lirait l'amour et l'adoration dans son regard…

Pour l'heure, cependant, il n'y avait que de la surprise dans ses yeux verts. Tavis s'approcha d'elle, puis regarda dans l'ombre en direction du chemin d'accès. Il était si proche qu'elle sentait la chaleur qui émanait de son corps. Elle ferma les paupières et s'accorda un court moment pour sentir son odeur… Elle devait se ressaisir au lieu de se comporter comme une idiote muette et paralysée !

— Quelque chose ne va pas, Ciara ? Il est tard, tu sais.

Soudain, l'esprit de Ciara ne fut plus que néant. Elle inspira profondément et se lança.

— Je voudrais te parler, Tavis, dit-elle en entrelaçant ses doigts pour masquer le tremblement qui les agitait.

— Il serait préférable de parler demain matin… au village, dit-il en reculant d'un pas, la privant ainsi de son odeur et de sa chaleur. Ciara, tes parents savent-ils que tu te rends seule à l'autre bout du village à la nuit tombée ?

— Je ne suis plus une enfant, Tavis, et je vis ici depuis suffisamment longtemps pour connaître par cœur chaque chemin et chaque habitant de Lairig Dubh.

— Si je comprends bien, tes parents ignorent donc que tu te promènes toute seule en pleine nuit.

Terriblement nerveuse, Ciara ne répondit pas. Il n'allait quand même pas la renvoyer chez elle comme une enfant désobéissante, sans même l'écouter ? Hors de question. Mais il arborait une expression si sévère qu'elle craignit de se faire chasser sans plus de cérémonie.

— Tu ferais mieux d'entrer, tu vas prendre froid, finit-il par proposer.

Il recula, ouvrit la porte et la laissa entrer. Il ferma le loquet de la porte derrière elle et se dirigea vers la cheminée. D'un geste vague, il lui désigna un tabouret.

Non, elle était trop nerveuse pour tenir en place, mieux valait rester debout. Ciara s'approcha du feu qui se consumait lentement. Elle avait réfléchi aux mots qu'elle voulait employer pendant des jours et des jours, seulement maintenant qu'elle se trouvait chez lui, dans la maison qu'il avait partagée avec Saraid, aucun ne lui venait plus à l'esprit et elle restait désespérément silencieuse.

— Ciara ?

Sa voix grave si familière lui redonna du courage et l'obligea à rassembler ses pensées. Elle devait lui dire ce qu'elle avait sur le cœur. Elle avait toujours aimé la franchise de leurs échanges. Aussi entra-t-elle immédiatement dans le vif du sujet.

— Je suis venue te parler… mariage, Tavis.

Les jambes soudain coupées par l'émotion, elle se laissa tomber sur le tabouret qu'il lui avait proposé. Au moins, elle avait fait le premier pas. Quand elle releva les yeux vers lui, le visage de Tavis s'était rembruni.

— De mariage ? Quelqu'un a demandé ta main ? Qui ? Est-ce que Duncan voit cette union d'un bon œil ?

— Non, non, aucune proposition n'est encouragée pour le moment, répondit-elle aussitôt, inquiète de la colère qu'elle sentait bouillir chez lui. Encore que, vu ma dot et mon âge, ce n'est plus qu'une question de temps.

— Est-ce que tu redoutes le mariage alors ? demanda-t-il d'une voix plus calme. Parles-en à Marian, elle te dira les choses franchement.

Ciara ferma les yeux un instant, pria pour trouver le courage d'aller jusqu'au bout. Sans rouvrir les yeux, elle prononça les mots qui la condamneraient à jamais au désespoir ou lui ouvriraient les portes du bonheur.

— Je voudrais t'épouser, Tavis.

Elle avait dit cela très vite et le temps s'arrêta tout à coup. Elle retint son souffle, les paupières toujours closes. Elle n'entendait pas un bruit. Sauf son cœur qui cognait à grands coups dans sa poitrine. Enfin, elle releva les paupières. Tavis ne bougeait pas. Ses yeux étaient toujours braqués sur elle mais il ne donnait pas l'impression de l'avoir entendue. Il paraissait même avoir cessé de respirer. Des secondes s'écoulèrent. Des minutes peut-être… Leurs regards restaient aimantés l'un à l'autre, comme s'ils étaient incapables de rompre cet instant.

Mais Ciara attendait toujours une réponse et il ne disait absolument rien. Ses joues s'étaient empourprées et elle avait maintenant des crampes d'estomac. Le souffle court, elle repoussa quelques mèches de cheveux qui lui barraient le visage et répéta une nouvelle fois les mots qu'elle venait de prononcer. Peut-être ne les avait-il pas compris la première fois ?

— J'ai dit que je voulais t'épouser.

— Ciara, ne…

Son ton était suppliant.

— J'ai beaucoup à t'offrir, s'empressa-t-elle d'ajouter, soucieuse d'écarter ses objections. Je suis éduquée : je sais lire et écrire dans cinq langues et je m'y connais en négociations. J'ai de nombreux talents, et des connaissances solides dont bien des hommes n'ont jamais entendu parler. On dit même que je suis intelligente, vive d'esprit, et je…

Sa voix mourut dans sa gorge face au spectacle de Tavis. Son visage avait perdu toute couleur. Les choses ne se passaient pas bien… Soudain désespérée et paniquée, Ciara ne put retenir les mots qui lui brûlaient les lèvres depuis tant d'années.

— Je t'aime, Tavis.

Ciara avait bien souvent joué cette scène dans son esprit. Elle avait imaginé toutes sortes de réactions. La surprise. La compréhension. Le consentement… Or, rien de tout cela ne se lisait à présent sur le visage blême de Tavis. Il eut un mouvement de recul, comme s'il avait reçu une gifle. Puis, il se mit à secouer la tête de gauche à droite.

— Ne dis pas des choses pareilles, Ciara. Tu ne sais pas ce que tu dis.

— Bien sûr que si, c'est la vérité. Je t'aime depuis des années, avant même ton mariage avec Saraid…

Seigneur, non ! Les mots avaient dépassé sa pensée… Elle retint aussitôt son souffle et se plaqua la main devant la bouche. Mais il était trop tard. Elle avait prononcé le nom de celle dont il ne parlait jamais.

— Tu ne sais pas de quoi tu parles, Ciara. Nous ne pouvons pas nous marier, et ce pour de multiples raisons, dit-il d'une voix éteinte sans chercher à soutenir son regard.

Il pivota pour lui tourner le dos et se posta face à l'âtre, le corps tendu à l'extrême.

— Je te l'ai déjà dit. Je ne me remarierai jamais, ajouta-t-il.

En dépit du désespoir qui l'envahissait, Ciara était incapable de s'arrêter maintenant qu'elle avait commencé.

— Pourquoi ? Je serai une bonne épouse pour toi, Tavis, implora-t-elle. Et puis mes parents t'aiment bien et te connaissent. Et nous n'aurions pas à quitter Lairig Dubh.

Seul le silence lui répondit. Le cœur brisé en mille éclats, Ciara attendait. Il était insensible à l'amour qu'elle lui portait néanmoins, il allait forcément s'apercevoir que son plan était marqué au sceau du bon sens, n'est-ce pas ?

Il lui fit face tout à coup, les yeux vides et mornes, terrifiants. Elle frissonna devant la profondeur du désespoir qui semblait émaner de tout son être. Alors, elle sut que sa cause était définitivement perdue. Tavis ne serait jamais à elle, ne l'aimerait jamais.

— Tu as reçu une éducation qui fera de toi une épouse merveilleuse, Ciara. Seulement, je ne suis pas l'homme qu'il te faut. Je n'ai rien à t'offrir que tu n'aies déjà… Je ne sais ni lire, ni écrire. Je ne possède pas de fortune et je ne suis pas digne de ton rang. Le laird a de bien plus grands projets pour toi. Il a en tête un mariage qui permettrait de rapprocher des clans. Et ta fortune n'a de sens que si elle vient s'ajouter à celle de ton mari. Moi, je ne suis qu'un simple soldat au service du laird et ma situation ne me permettra jamais de t'épouser.

Il secoua la tête une nouvelle fois en la regardant. Ciara n'entendait rien de ses arguments, elle lisait simplement son refus dans ses yeux. Elle ne pouvait plus retenir ses larmes. Elle savait que le coup final allait lui être porté.

— Je ne peux pas t'aimer, Ciara. J'ai déjà donné mon cœur par le passé et je n'ai plus rien à offrir aujourd'hui.

A ces mots, un sursaut de révolte s'empara d'elle. Elle avait tant d'amour à donner ! Ce serait bien suffisant pour tous les deux…

— Tavis, je t'aime depuis…

— Arrête ! Ne dis pas de telles choses ! s'emporta-t-il.

Puis il se mit à arpenter la chaumière à grands pas. La pièce semblait minuscule, comme envahie par son grand corps. Il reprit :

— Tu n'étais qu'une enfant lorsque tu t'es mis en tête que tu m'aimais. Il est temps de grandir, Ciara. Je me suis simplement occupé d'une petite fille qu'on m'avait demandé d'accompagner à Lairig Dubh et me suis lié d'amitié avec elle lorsqu'elle a grandi. Voilà la véritable nature de notre relation, Ciara, et cela n'ira pas plus loin. Tu dois oublier ces enfantillages maintenant, il n'y aura jamais rien d'autre entre nous.

Ciara vacilla. Les mots qu'il venait de prononcer lui avaient transpercé le cœur comme une lame. Pourtant, la douleur lui ouvrit les yeux. Elle commençait à comprendre. Ce qu'elle avait entrepris était vraiment stupide. Il ne voulait pas d'elle. Il ne l'aimait pas.

Jamais il ne l'épouserait.

Elle l'attendait depuis si longtemps, pourtant. Elle avait d'abord attendu de le voir surmonter le chagrin que la mort de Saraid lui avait causé. Puis elle avait attendu d'être considérée comme une adulte. Hélas, il était clair désormais que son rêve ne se réaliserait jamais.

Ciara s'essuya rageusement les yeux du revers de la main. Quelle humiliation ! Comment avait-elle pu se méprendre à ce point sur les sentiments de Tavis ? Comme une somnambule, elle se leva et se dirigea vers la porte. Il fallait quitter cet endroit au plus vite. Elle souleva le loquet et sortit en trébuchant. L'air frais lui cingla les joues alors qu'elle tentait de reprendre son souffle. Elle se mit à courir sur le chemin, aveuglée par les larmes qui coulaient enfin sur ses joues.

Elle entendit Tavis qui l'appelait, mais refusa de se retourner. Elle ne voulait ni de sa compassion, ni de sa pitié. Elle fila droit devant elle sans réfléchir où ses pas la menaient. Peu après, elle vit qu'elle avait emprunté le chemin qui montait le long de la colline jusqu'à la maison d'Elizabeth. Elle poursuivit sa route. Tavis l'avait sans doute suivie, cela lui était égal désormais. Elle ne s'était pas retournée une seule fois pour vérifier. Elle ne lui ferait pas ce plaisir.

Et lorsque Elizabeth surgit de l'ombre pour venir à sa rencontre, elle se jeta dans ses bras, tandis que son esprit se brouillait et explosait en une myriade de souvenirs et de rêves brisés. Elizabeth ouvrit les bras en grand, l'attira contre elle et la serra très fort, comme pour lui instiller de la force. Même si elle était la plus jeune d'une bonne année, Elizabeth avait toujours paru la plus âgée des deux. Totalement vidée de ses forces, Ciara se laissa faire. Un peu de réconfort ne lui ferait pas de mal…

Quand, enfin, elle parvint à retrouver son souffle, elle se dégagea de son étreinte et s'accrocha au bras d'Elizabeth pour marcher à son côté le reste du chemin. Elles se faufilèrent discrètement à l'intérieur de la maison et se mirent rapidement au lit. Toutes deux savaient qu'elles n'allaient pas dormir cette nuit-là.

Elizabeth la questionna un peu pour obtenir des détails sur la conversation qu'elle avait eue avec Tavis. Cependant, Ciara avait beau avoir envie de soulager son cœur meurtri dans l'oreille attentive de son amie, elle n'en avait pas le courage. Elle ne voulait pas revivre cette scène. Et puis, elle avait l'horrible impression que plus rien n'avait la moindre importance désormais. Une seule vérité revenait sans cesse à son esprit.

— Il ne veut pas m'épouser.

En sortant de son hébétude, Ciara prenait lentement conscience que la situation était pire encore qu'elle ne le croyait. En lui procurant une dot importante, une éducation exceptionnelle et en s'assurant que ses liens avec deux lairds puissants étaient connus de tous, ses parents l'avaient éloignée de Tavis à jamais. Eût-il voulu d'elle, qu'elle était hors de portée.

Ses parents avaient-ils agi ainsi en connaissance de cause ? En faisant d'elle un si bon parti, s'étaient-ils rendu compte que ses prétendants seraient forcément extérieurs au clan MacLerie et au clan Robertson ? Souhaitaient-ils donc la voir quitter Lairig Dubh ?

Toutes ces questions l'agitèrent cette nuit-là, et les nuits suivantes. Comment allait-elle s'y prendre pour se remettre d'une telle douleur ? Comment vivre désormais, sans ce rêve qui l'avait portée depuis son plus jeune âge ?

Les jours et les mois qui suivirent furent éprouvants pour Ciara. D'abord dévastée, elle reprit le dessus grâce à son caractère combatif, et si elle se sentait inerte et vide à l'intérieur, elle refusait que qui que ce soit puisse lire en elle son désespoir.

Par chance — à moins que ce ne fût intentionnel — Tavis partait très fréquemment en voyage pour le compte du laird et elle ne le revit pas pendant plusieurs semaines. Lorsqu'ils se croisèrent enfin, sa honte, à défaut de sa douleur, s'était atténuée, elle en arrivait presque à croire qu'elle avait complètement imaginé leur rencontre.

Le reste du temps, elle le passait à se convaincre du bien-fondé de la réaction de Tavis. C'était lui qui avait eu raison, finalement. Toute cette histoire n'était que pur enfantillage.

Aussi, lorsqu'on lui présenta de possibles prétendants, Ciara tenta de se convaincre qu'il était peut-être temps d'oublier ses rêves de petite fille et d'affronter les réalités de l'âge adulte.

Un soir, quelques mois plus tard, au cours du dîner, son père l'informa qu'il venait de recevoir une proposition de mariage tout à fait intéressante. Tavis était à table en leur compagnie et ne manifesta aucune réaction particulière à l'annonce de cette nouvelle.

Etouffant sa peine, Ciara s'efforça d'accepter la réalité. Il lui faudrait bien se résoudre à épouser un homme qu'elle n'aimerait jamais.

Car, même si elle avait beaucoup mûri ces derniers mois, même si elle avait bien conscience que ses sentiments envers Tavis étaient insensés, qu'il ne l'aimerait jamais, elle savait aussi que, pour sa part, elle lui avait donné son cœur. A jamais…

2

Fin de l'été 1371

En dépit du ciel nuageux, le soleil venait juste de réussir à percer et éclairait le village de ses rayons. Cela aurait dû mettre Tavis de bonne humeur, puisqu'il n'aimait guère le temps chaotique de l'automne. Pourtant, il n'en fut rien.

Tavis serra les mâchoires pour endiguer sa colère. Jamais il n'accepterait. En règle générale, Tavis aimait travailler pour le compte du laird, qui était un guerrier brave et un homme sage. Aussi, la plupart du temps, il acceptait de se charger lui-même de nombreuses missions au nom de Connor MacLerie, ce qui l'amenait fréquemment à quitter le village de Lairig Dubh. Cette fois cependant, il ne fallait pas compter sur lui. D'autres devraient se charger de cette… mission.

— Explique-toi à la fin, ordonna Connor à voix basse, ce qui était plus inquiétant que s'il s'était mis en colère.

Tavis était sur le qui-vive. Une sourde angoisse s'était réveillée au plus profond de lui. Ses muscles s'étaient crispés comme lorsqu'il devait faire face à une menace. Son corps était prêt à se défendre. Allons, il devait se calmer. Il n'avait qu'à exprimer clairement son refus, et quelqu'un d'autre se chargerait de la jeune femme.

— J'ai d'autres corvées à accomplir. Le jeune Dougal et

Iain peuvent très bien s'en charger, répondit-il en soutenant le regard du laird sans sourciller.

Une fois de plus, Connor avait élaboré une ébauche de contrat de mariage entre Ciara et l'héritier d'un clan allié. C'était le troisième contrat de mariage qui n'avait pas abouti. Cette fois pourtant, les choses étaient allées plus loin, il ne restait plus à Ciara qu'à rendre visite à l'autre clan et à accepter la proposition qui lui avait été faite. Elle n'avait plus le choix. Et cette fois, Ciara semblait prête à accepter l'offre de la famille Murray.

Seulement, Duncan et Marian ne pouvaient entreprendre le voyage avec elle car ils s'étaient déjà engagés à gérer une autre affaire au nom du clan. Ils partaient le même jour que leur fille. Quelqu'un devrait donc conduire la jeune femme à l'est de l'Ecosse.

Tavis avait appris tout cela par des connaissances car il ne s'était pas adressé directement à elle depuis la nuit où elle était venue lui parler chez lui. Et voilà que Connor voulait qu'il se charge d'accompagner Ciara dans sa nouvelle famille. Hors de question !

Tavis ravala le goût amer qui emplissait sa bouche. Il n'avait jamais pu oublier la douleur insoutenable qui avait transfiguré son beau visage lorsqu'elle avait enduré son refus. Cela continuait à le tourmenter. Il lui avait dit la vérité cette nuit-là. Il ne voulait ni ne pouvait se remarier.

Il ne lui avait cependant pas tout dévoilé car quiconque apprendrait ce qu'il avait fait, le condamnerait et le haïrait. Or, il ne supporterait pas la condamnation de Ciara. Personne ne devait découvrir le terrible secret qui entourait la mort de Saraid. Voilà pourquoi il se tenait désormais à l'écart du clan. Il n'avait plus le droit de goûter au bonheur. Moins encore au bonheur conjugal. Il chassa avec force ses souvenirs et ses regrets de son esprit et attendit la réponse de Connor.

Lorsqu'il refusa de se charger de la mission, Tavis vit

Connor et Duncan échanger un regard entendu. Avec un peu de chance, le message était clairement passé. De fait, Connor approuva finalement d'un signe de tête.

— Dis à Iain et Dougal de se tenir prêts dans deux jours, ordonna-t-il.

Tavis acquiesça et s'éloigna, sans laisser paraître la moindre émotion. Pourtant, quel soulagement ! Il n'était pas tenu d'emmener Ciara rencontrer son futur mari… A peine sorti de la pièce, une violente vague d'émotion le submergea. Il lui semblait soudain que sa poitrine était en feu et l'amertume lui brûla la gorge. Bon sang ! Que lui arrivait-il ?

Alors qu'il quittait les quartiers du laird d'une démarche hésitante, il se retrouva face à la mère de Ciara, qui semblait l'attendre.

— Tavis, je voudrais te parler du voyage…

— Marian…

Tavis s'interrompit, soudain mal à l'aise. Savait-elle que, quelques mois plus tôt, sa fille était venue le voir et lui avait demandé de l'épouser ? Qu'il avait refusé ?

— Marian !

C'était la voix de Duncan, qui se trouvait encore à l'étage. Cette interruption inopinée n'était pas pour déplaire à Tavis. Il n'avait aucune envie d'expliquer son refus d'accompagner Ciara à Marian. Duncan était déjà à leurs côtés. Il posa son bras autour des épaules de sa femme et l'attira contre lui.

— Tavis a choisi ceux qui escorteront Ciara. Ne t'inquiète pas, ma chérie. Elle rejoindra son futur époux en toute sécurité.

Tavis serra les poings involontairement à ces mots. Son futur époux… Décidément, il ne s'y faisait pas. Quoi de plus normal après tout ? Il connaissait Ciara depuis qu'elle avait cinq ans. Aussi loin qu'il se souvienne, il s'était toujours occupé d'elle. Il se rappelait leur premier voyage.

Il avait tout fait pour la distraire pendant le périple entre Dunalastair, où vivait la famille de Marian, et Lairig Dubh. C'est pourquoi, même s'il essayait de penser à celle qu'elle était aujourd'hui, une jeune femme prête pour le mariage, son image se confondait avec l'enfant d'autrefois. A l'époque, elle avait beaucoup ri et joué avec les animaux de bois qu'il avait sculptés pour elle en chemin.

Et maintenant, elle allait se marier et vivre loin du village. Loin de lui. Il ne la verrait que rarement, peut-être plus jamais. Sa gorge se serra à cette idée… Allons, il n'avait pas le droit d'attendre quoi que ce soit de Ciara. La nuit où il l'avait rejetée, il avait renoncé à tout droit sur elle, si tant est qu'il en ait jamais eu. Il les avait humiliés tous les deux pour la forcer à accepter les faits. Ils ne pourraient jamais vivre ensemble…

— Duncan, puisque nous ne pouvons pas l'accompagner, cela me soulagerait de savoir que Tavis…

— Mettrais-tu en doute son aptitude à servir correctement le laird, Marian ?

Duncan recula d'un pas et observa sa femme avec une sévérité inhabituelle. Tavis était surpris. Il n'avait jamais entendu Duncan parler à sa femme avec une telle dureté. La plupart des hommes du clan MacLeric acceptaient d'avoir épousé de fortes têtes aux idées bien arrêtées et permettaient en général à leurs épouses d'exprimer librement leur opinion personnelle.

Cette fois, c'était différent. Quelque chose avait changé. Et Tavis avait la désagréable impression d'être la cause de toute cette agitation. Apparemment, il ne s'agissait pas simplement de choisir les hommes qui allaient accompagner leur fille. Il y avait un conflit plus profond entre eux. Seigneur ! Il ne voulait pas être la cause d'une mésentente dans ce couple uni.

Pour accroître encore sa consternation, Marian, contrairement à son habitude, se soumit aussitôt à Duncan.

— Tu as raison, mon ami. Tavis, je n'avais pas l'intention de mettre en question tes aptitudes ou ton autorité. Excuse-moi, j'ai parlé sans réfléchir.

Tavis ne put qu'ouvrir et fermer la bouche, tant sa surprise était grande. D'ailleurs, Duncan ne lui laissa pas l'occasion de dire un seul mot. Il avait pris la main de sa femme et ils s'étaient aussitôt éloignés. Il les entendit chuchoter alors qu'ils sortaient dans la cour.

Et lui restait planté là, comme un idiot ! Pour se débarrasser de son hébétude, il se passa la main dans les cheveux et essaya de se remémorer la conversation qu'ils avaient eue dans les moindres détails pour tenter de comprendre pourquoi elle lui avait paru si étrange. Quelque chose lui échappait ! Du diable s'il n'obtenait pas de réponses à ses questions ! Et tout de suite. D'un pas vif, il se mit à suivre Duncan et Marian avec la ferme intention d'obtenir une explication satisfaisante.

Ce qu'il aurait fait si, entre-temps, leur fille ne les avait pas rejoints…

Tavis s'arrêta aussitôt. Comme elle avait grandi ! Ciara n'avait plus rien de la petite fille d'autrefois ! Où était passée l'enfant qu'il avait rencontrée pour la première fois à Dunalastair ? Quel imbécile il faisait ! Elle n'était plus cette enfant depuis bien longtemps, mais il avait refusé de le voir. Leur éloignement de ces derniers mois le forçait cependant à ouvrir les yeux.

Seigneur ! Elle était devenue une beauté éblouissante ! Si seulement il ne lui avait pas… Il aurait mieux fait de se taire cette nuit-là…

Plus grande que sa mère d'une bonne tête, Ciara possédait un corps féminin et souple. Dans son dos, de longues boucles blondes cascadaient librement. Sans qu'il le veuille, son regard s'attarda sur ses hanches arrondies, à l'endroit où ses cheveux frôlaient le bas de son dos. Tavis sentit son corps réagir d'une manière tout à fait inattendue… Honteux, il releva le regard. Ses cheveux devaient être indisciplinés de nature car quelques mèches rebelles encadraient joliment son visage en forme de cœur. Ses grands yeux noisette étaient toujours si expressifs, et sa bouche charnue si…

Que Dieu lui vienne en aide ! Jamais il n'avait pensé à elle de façon sensuelle jusqu'à ce jour ! Il avait même juré que plus jamais il ne s'attacherait à une femme.

Il chassa ses souvenirs et se dirigea vers un coin sombre pour observer discrètement la discussion entre Marian, Duncan et Ciara. Une quantité incroyable d'émotions passèrent sur le visage de Ciara en un temps record. D'abord de l'intérêt, puis de la surprise et une grande déception pour finir. Il décelait une telle tristesse au fond de ses magnifiques yeux en amande ! Et le sourire qu'elle avait habituellement aux lèvres avait complètement disparu. D'instinct, il voulut aller vers elle pour la consoler. Il ne put résister et sortit de l'ombre. Il devait absolument chasser cette tristesse. Mais Ciara se raidit dès qu'elle le vit s'avancer vers eux. Tavis s'arrêta net avant de réussir à faire un pas supplémentaire.

Déjà, elle tournait les talons et s'en allait sans lui accorder un seul regard. Le cœur étrangement serré, Tavis se lança à la poursuite de Duncan et Marian qui s'étaient remis en route et prenaient la direction opposée à celle de leur fille. Il leur bloqua le passage sans cérémonie.

— Que se passe-t-il avec Ciara, au juste ? demanda-t-il, avec une agressivité tout à fait déplacée. Comme je l'ai expliqué à Connor tout à l'heure, j'ai d'autres responsabilités à honorer.

Alors pourquoi ces paroles sonnaient-elles faux à ses propres oreilles. En étaient-ils conscients eux aussi ? Bon sang ! Il s'était promis de tout faire pour éviter de se retrouver en présence de Ciara. La résolution qu'il avait prise était pourtant en train de se fendiller…

— Il n'y a aucune inquiétude à avoir, Tavis, répondit Duncan. Nous avons simplement communiqué à Ciara le nom des hommes que tu as choisis pour l'accompagner dans le comté de Perth et elle est partie s'occuper de ses bagages.

Une vague glaciale remonta le long de son dos. Duncan ne lui disait pas la vérité. Il avait parfaitement vu la déception et la colère sur le visage de Ciara.

— Et toi Marian ? Les arrangements qui ont été pris te conviennent-ils ?

Elle ouvrit la bouche comme pour dire quelque chose puis sembla se raviser. Elle observait son mari du coin de l'œil.

— T'ai-je offensée de quelque manière en confiant la mission à d'autres ? insista-t-il.

Marian émit un grognement de frustration. Puis elle ferma les yeux, inspira profondément et sembla recouvrer son calme. Son mari la regardait avec un certain amusement. Tavis était de plus en plus consterné. Qu'y avait-il d'amusant ?

— C'est juste que… Je suis déçue que tu ne l'accompagnes pas, répondit-elle.

Duncan s'éclaircit bruyamment la gorge et sa femme s'interrompit un instant. Puis elle reprit :

— Mais je comprends que tu aies d'autres responsabilités à honorer, Tavis. Vraiment.

En dépit de son ton conciliant, Tavis sentait bien qu'il se passait quelque chose que ni elle ni Duncan ne souhaitaient lui révéler. Il devrait se contenter de ces réponses partielles.

Après tout, Ciara était la première de leurs enfants à se marier. Marian pouvait très bien être bouleversée à l'idée de voir sa fille la quitter, d'où son comportement étrange et versatile. Sa propre mère avait eu une drôle de réaction lorsqu'il s'était lui-même marié. Peut-être n'était-il pas inhabituel pour une mère de se comporter étrangement dans ces circonstances.

Légèrement apaisé, il hocha la tête.

— Tout va bien se passer, Marian, dit-il doucement.

Duncan approuva ses paroles d'un signe de tête, et Marian se retourna en entendant quelqu'un l'appeler. L'une des femmes qui travaillaient au service de Jocelyne lui faisait signe. Marian s'excusa et se dirigea vers la porte pour voir ce que son amie désirait.

Tavis se tourna alors vers Duncan. Avec un peu de chance, une fois son épouse partie, celui-ci lui expliquerait clairement la situation. Hélas, il se trompait lourdement. Plutôt que de se montrer honnête, celui qu'il considérait comme son ami agita la main en un vague adieu et tourna les talons sans un mot.

Dans ce cas, il ne lui restait plus qu'à vaquer normalement à ses occupations. Il n'allait tout de même pas passer la journée à s'inquiéter ! Duncan et Marian s'étaient comportés très bizarrement… Ils n'avaient pourtant pas l'âge de devenir gâteux ! Et ils avaient également passé l'âge de se conduire comme des enfants. Mais ce n'était pas son problème.

Plus que deux jours… Dans deux jours, Ciara partirait à la rencontre de celui qu'elle allait épouser. Elle allait faire la connaissance de sa nouvelle famille. Il n'aurait plus alors à se soucier d'elle…

Bien qu'en théorie Ciara ait son mot à dire sur cette union, en pratique, elle n'avait plus vraiment le choix puisqu'elle avait déjà décliné deux autres propositions. Ainsi, les jeux étaient faits, elle épouserait James Murray. Sans compter que le laird et ses parents étaient clairement favorables à ce mariage. Les Murray aussi. La prochaine fois qu'il la verrait, ce serait pour la regarder épouser un autre homme.

Et même s'il ne pouvait se l'expliquer, cela ne l'enchantait guère. Loin de là.

Marian se dirigeait d'un bon pas vers le salon de Jocelyne où ses amies s'étaient réunies pour discuter. Même s'il lui était formellement interdit d'essayer de trouver un meilleur parti à sa fille que celui suggéré par le laird — tout cela à cause d'un accord stupide qu'elle avait conclu avec Duncan —, rien ne l'empêchait de demander à ses amies ce qu'elles pensaient de l'union à venir.

Duncan n'était pas ravi car il avait bien senti qu'elle mijotait quelque chose. De fait, s'il n'était pas intervenu tout à l'heure, elle aurait sûrement touché quelques mots à Tavis au sujet du mariage de Ciara. Histoire de faire réagir cette tête de mule ! Les hommes pouvaient se montrer tellement obtus !

Marian s'installa en compagnie des autres femmes, sans parler. Du moins, jusqu'à ce qu'elle ne puisse plus se retenir.

— Il n'a exprimé aucune objection à ce qu'elle épouse le jeune James Murray. Pas un seul mot, lança-t-elle d'une voix morne.

Le silence qui accueillit son annonce fut suivi de marques de désapprobation et de soupirs, mais personne ne se risqua à donner le moindre conseil sur la façon d'amener Tavis à voir la réalité en face. Toutes les femmes qui étaient réunies ce jour-là avaient compris depuis des années qu'il n'y aurait pas de meilleur parti pour Ciara.

Hélas, après le décès de Saraid quatre années auparavant, personne n'avait réussi à le persuader de se remarier. Certes, les hommes avaient la fâcheuse habitude de ne jamais reconnaître leurs sentiments, pourtant elles soupçonnaient toutes que, dans le cas de Tavis, la mort de Saraid avait joué un rôle primordial. Mais Tavis ne parlait jamais du drame.

Ciara était la seule femme qu'il avait accepté de côtoyer depuis qu'il était veuf. Leur amitié ne s'était jamais démentie depuis leur rencontre. Il n'avait jamais rejeté les attentions ou la compagnie de Ciara même lorsqu'elle était devenue adulte. Du moins, jusqu'à l'année dernière. Il s'était forcément passé quelque chose entre eux à cette époque. Quelque chose qui avait creusé un fossé entre eux.

— J'avais tellement espéré qu'il finirait par reconnaître les sentiments qu'il éprouve pour elle et qu'il m'en parlerait, dit Margriet, la femme de Rurik.

— Il la regarde avec des yeux énamourés sans même s'en rendre compte, fit remarquer Jocelyne. Il est grand temps pour lui d'avancer. Il faudrait qu'il la demande en mariage au plus vite.

— Avant qu'il ne soit trop tard, murmura Marian.

Elle savait bien qu'une fois Ciara partie, il serait extrêmement difficile de faire annuler son mariage avec James Murray.

Peut-être était-il déjà trop tard ? Ou peut-être qu'elles se trompaient toutes en croyant que Tavis était destiné à Ciara ? Son cœur se serra. Elle s'inquiétait tellement pour sa fille chérie. Elle s'était toujours inquiétée. Non parce que Ciara était fragile, bien au contraire ! Seulement, elle ignorait tout de ses véritables origines. Et Marian avait bon espoir qu'elle ne les découvrirait jamais…

Allons, quoi qu'il arrive, elle devait faire confiance à Ciara. Après tout, elle avait accepté James Murray, c'était bon signe. Avant sa demande, elle avait déjà reçu plusieurs propositions de mariage mais les avait toujours déclinées avec un désintérêt poli. Contre toute attente, deux mois plus tôt, elle avait accepté l'offre du jeune James Murray.

Marian pressentait qu'il s'était passé quelque chose. Sa fille semblait s'être tout à coup résignée au mariage. Malgré les nombreuses questions qu'elle lui avait posées, elle n'avait jamais reçu la moindre explication. Et comme elle ne voulait pas obtenir de réponse par la force, Marian acceptait le silence que Ciara lui opposait et priait afin que tout aille pour le mieux.

Jocelyne leva son verre et les autres femmes l'imitèrent. Même si elle n'avait que peu d'espoir, Marian leva le sien également et ravala les larmes qui étaient sur le point de jaillir. La voix de Jocelyne s'éleva :

— Au meilleur mari pour notre chère Ciara.

— Au meilleur ! répétèrent les autres en chœur.

D'un trait, elles vidèrent leurs verres pour sceller leurs paroles.

Marian n'avait décidément pas un bon pressentiment. Ciara connaîtrait-elle le bonheur ? L'amour finirait-il par triompher ?

— Que Dieu nous entende, dit-elle en priant pour sa fille.

3

Ciara ne pouvait s'empêcher de scruter discrètement la foule à chaque nouvelle arrivée. Un banquet avait été organisé en son honneur et, même si elle savait combien c'était vain, elle espérait y apercevoir Tavis. Quelle insensée elle était de nourrir encore de tels désirs ! Ils ne s'étaient pratiquement pas adressé directement la parole depuis la nuit où elle s'était enfuie de chez lui, terriblement humiliée, et elle n'avait pas trouvé le courage de l'approcher depuis.

Aujourd'hui pourtant, elle admettait volontiers que c'était lui qui avait eu raison, en fin de compte. Une passion enfantine et passagère, voilà ce qu'elle avait ressenti pour lui. Rien de plus. Aussi, à l'aube de franchir une étape décisive dans son existence, elle avait envie d'en parler avec lui. Pour se débarrasser enfin de cette vieille histoire avant de quitter pour toujours les MacLerie.

Consciente de son trouble, Elizabeth lui serrait la main en silence de temps à autre. Ciara lui adressa un sourire empli de gratitude. Son amie ne connaissait peut-être pas toute la vérité, mais l'amitié indéfectible qu'elle lui vouait lui était très précieuse. Ciara avait toujours pu compter sur elle. A cet instant, Elizabeth se pencha vers elle.

— Il te suffirait d'en parler à tes parents et de leur dire que tu ne tiens pas à ce mariage. Ils trouveront bien un moyen de te tirer de cette situation, Ciara.

— Je le sais bien. Jamais mes parents ne me demanderaient d'épouser un homme contre ma volonté. Seulement,

Tavis avait raison quand il m'a dit qu'il était peut-être temps pour moi de grandir un peu et de penser à faire un bon mariage.

Les mots qu'elle venait de prononcer si posément semblaient empreints de maturité. La réalité, pourtant, était tout autre. Leur amertume lui avait brûlé la langue! Se comporter comme une adulte était une chose, mais renoncer à ses rêves pour en devenir une, en était une autre. Elle craignait tellement de ne pas y parvenir!

Et ce n'était pas le pire dans cette histoire. Alors qu'elle avait rejeté plusieurs propositions de mariage à la suite, ses parents avaient inlassablement continué à lui chercher un époux. Même si elle savait qu'ils l'aimaient, elle n'avait jamais autant eu le sentiment qu'on la poussait à partir…

Au fond, elle n'était qu'une fille Robertson élevée au sein du clan MacLerie. Elle ne ferait donc jamais vraiment partie de leur famille… Elle devait s'y faire.

— Tu sais, Elizabeth, ce mariage a beaucoup à offrir aux deux clans.

Ciara s'aperçut qu'elle venait de répéter une phrase qu'elle avait déjà prononcée à de nombreuses reprises auparavant, autant pour se convaincre elle-même que son amie.

Elizabeth lui pressa la main et sourit.

— Tu crois vraiment?

— J'ai mis beaucoup de temps à comprendre que les sentiments que j'éprouvais envers Tavis étaient simplement une affection de petite fille. Il n'a jamais été question de véritable amour, insista de nouveau Ciara en tentant de masquer son trouble car elle venait justement de l'apercevoir dans la salle de réception.

Son cœur se mit aussitôt à battre la chamade. Seigneur! Quiconque se trouvait dans un rayon de trois mètres autour d'elle, devait sûrement entendre les coups désordonnés qui agitaient sa poitrine! Ciara jeta un regard affolé autour d'elle. Heureusement, personne ne semblait remarquer son agitation. Aussi fit-elle de son mieux pour ignorer Tavis.

Néanmoins, lorsqu'il croisa son regard et lui adressa un signe de tête, ses jambes se mirent à trembler et son ventre s'anima comme sous l'effet d'une nuée de papillons. Que Dieu lui vienne en aide. Tavis lui faisait toujours un tel effet… Beaucoup trop pour son propre bien !

Si seulement il s'était éloigné ou encore s'il s'était adressé à une connaissance, elle aurait pu retrouver rapidement son sang-froid. Hélas, au lieu de cela, il se dirigea droit sur Elizabeth, qui était en pleine conversation avec d'autres jeunes femmes du clan. En le voyant approcher, Ciara craignit un instant de défaillir.

— Elizabeth, Margaret, Alisa, Lilidh, dit-il en faisant un signe de tête à chacune.

Toutes lui répondirent en gloussant. Enfin, lentement, il se tourna vers elle, comme si cela lui demandait un effort particulier.

— Ciara.

Dieu du ciel, comme elle aimait la sonorité de son nom dans sa bouche. Lorsqu'il le prononçait, ce nom qu'elle portait depuis toujours lui semblait soudain receler des pouvoirs mystérieux et envoûtants. Tavis lui sourit et elle fit de même instinctivement. L'espace d'un instant, il l'avait regardée sans gêne, comme il le faisait avant cette terrible nuit d'humiliation… Aussitôt, Ciara baissa les yeux pour ne pas voir le voile de distance qui ne manquerait pas d'obscurcir son regard.

— Est-ce que je peux te dire un mot, Ciara ?

A ces mots, il lui tendit la main pour l'inviter à quitter la table où elle était assise. Elle ne s'attendait certes pas à une telle invitation, alors qu'il semblait la fuir autant qu'elle le fuyait d'ordinaire. Cependant, elle accepta de bonne grâce et se leva. Elle lui tendit sa main, mais dès que sa paume lui enserra les doigts, ceux-ci se mirent à trembler. Confuse, elle joignit ses mains en toute hâte pour tenter de maîtriser son émotion. Elle sentait sur elle le regard de la salle, inutile de montrer aux autres l'effet qu'il lui faisait. Encore.

— Certainement, Tavis. Tu as mangé ? demanda-t-elle d'un ton détaché.

Il fit non de la tête et l'emmena à l'écart. Elle lui désigna du menton les tables qui regorgeaient de toutes sortes de plats. Il y avait un banc libre et ils s'y installèrent. Ciara essayait d'avoir l'air naturelle et enjouée, alors qu'elle avait la poitrine comprimée, la gorge et la bouche sèches et les idées confuses… Et dire qu'elle venait de claironner à qui voulait l'entendre qu'elle n'éprouvait plus rien pour lui !

Un serviteur apporta à Tavis un plateau rempli de nourriture et un autre lui servit une chope de bière. Ciara regarda les gens danser pendant qu'il mangeait de bon appétit. Quelques convives passèrent la saluer et lui souhaiter bonne chance pour la suite, mais personne ne s'éternisa avec eux. Ciara savait que Tavis n'allait pas tarder à parler. Ils avaient partagé tant de repas ensemble par le passé. Il mangeait toujours avant de discuter. Cette fois, pourtant, c'était différent, elle le sentait.

Tavis avait terminé son repas. Il tourna tout à coup la tête vers elle, sa chope de bière à la main.

— Je tiens à te souhaiter tous mes vœux de bonheur pour ce mariage à venir, commença-t-il d'une voix grave, et je voulais t'expliquer la raison pour laquelle…

Ciara l'interrompit d'un geste.

— Tu avais raison, Tavis, avoua-t-elle sans parvenir à affronter son regard.

Tandis qu'elle s'apprêtait à prononcer ces mots, elle eut l'étrange impression qu'elle prenait enfin conscience qu'elle disait bien la vérité. Elle poursuivit, plus sûre d'elle :

— Ce n'étaient que des enfantillages. J'ai passé toute cette année à regretter ce que je t'ai dit cette nuit-là.

Il lui prit la main et lui sourit. Il la regardait avec une telle intensité que son cœur se mit à palpiter. Elle déglutit avec peine, la gorge serrée.

— Ciara, c'est ma faute. J'aurais dû te parler bien plus tôt.

La chaleur qui se dégageait de sa main et de ses yeux lui réchauffa le cœur. Ce répit, hélas, fut de courte durée. Déjà, il lui lâchait la main.

— J'aurais dû t'expliquer… J'aurais dû t'expliquer certaines choses, seulement je continuais à te voir comme la petite fille que tu étais en arrivant de Dunalastair. Je ne m'étais pas rendu compte que tu avais autant grandi.

Il lui jeta un bref regard puis se tourna vers les danseurs qui s'amusaient un peu plus loin. Ciara reconnut parmi eux quelques-uns des frères et sœurs de Tavis.

— Tout comme autrefois j'ai refusé de voir mes propres frères et sœurs grandir, confessa-t-il. Et cela m'ennuierait beaucoup que tu partes en colère contre moi.

Il croisa son regard une nouvelle fois, sans baisser les yeux, et lui pressa la main.

Ciara eut soudain l'impression qu'un profond silence avait envahi la grande salle. Pendant une fraction de seconde, l'univers tout entier s'était concentré en Tavis. Elle ne voyait que lui, ne sentait et n'entendait que lui… Dans son esprit, tous ses souvenirs de lui défilaient à une allure folle. Leur première rencontre et le voyage qui les avait menés jusqu'ici, à Lairig Dubh. Les années qui avaient suivi. Et cette fameuse nuit, une année auparavant, qui avait tout brisé entre eux.

Allons, tout cela, c'était le passé et maintenant il lui fallait aller de l'avant. Quitter ce village pour se marier et vivre ailleurs. Ils avaient au moins eu cette petite conversation pour mettre les choses à plat entre eux, ce n'était pas si mal.

Le silence cotonneux qui l'avait envahie, s'estompa peu à peu. Ciara commençait de nouveau à entendre la rumeur de la fête. Comme s'il avait partagé sa transe, Tavis sursauta, arracha son regard au sien et laissa retomber sa main. Il se leva et recula d'un pas, l'air hagard, un peu comme s'il voulait imposer une distance entre eux. Ce geste de recul la blessa terriblement, mais elle parvint à garder une expression neutre.

Ciara sentait le fossé qui les séparait grandir un peu plus à chaque seconde qui s'écoulait. Les liens qui les avaient unis jusque-là étaient arrivés au point de rupture. En dépit de la douleur qui lui vrillait la poitrine, elle reprit son souffle et lui sourit.

— Jamais je ne me mettrai en colère contre toi, Tavis. Tu as essayé de me faire comprendre la situation cette nuit-là et j'ai refusé de voir la vérité en face. Je n'étais pas prête à affronter la réalité.

Quelqu'un l'appela. Elle se tourna vers la source des voix et aperçut ses parents qui arrivaient. Son père était tellement grand qu'il dépassait tout le monde, leur cousin Rurik excepté. Il était donc toujours très facile pour lui de la retrouver au beau milieu de la foule. Cela lui avait été très utile lorsqu'elle faisait des bêtises, enfant. Pour l'heure, Ciara retrouvait ce sentiment d'être prise en faute qui lui donnait des sueurs froides, exactement comme autrefois. Car son père l'avait immédiatement repérée alors qu'elle était en conversation intime avec Tavis, bien que promise à un autre homme. Ses parents s'avançaient, main dans la main, tandis que Tavis s'écartait doucement d'elle.

Un mince sourire lui monta aux lèvres, elle savait que ses parents l'aimaient d'un amour inconditionnel. Ils l'avaient soutenue lorsqu'elle avait rompu ses fiançailles à deux reprises et elle savait qu'ils recommenceraient une nouvelle fois si elle le leur demandait. Elle ne le ferait pas cette fois. Elle irait jusqu'au bout et se marierait. Elle leur devait bien cela, ainsi qu'au clan MacLerie.

En arrivant à leur hauteur, sa mère s'exclama :

— Ciara ! Tavis ! Vous êtes en train de discuter des derniers préparatifs pour le voyage ?

Bon sang ! Il réagissait bien trop violemment à sa présence. Un instant plus tôt, il s'était senti… envoûté sous la ferveur de son regard. D'où son geste de brusque recul. Il était temps qu'il prenne de la distance avec elle. Pour toujours. Il devait laisser la place qu'il avait un temps remplie, bientôt un autre homme viendrait la combler. Ciara allait avoir une nouvelle famille. Et sans doute des enfants, si Dieu le voulait. Or, son mari, ce ne serait jamais lui, et ses enfants ne seraient pas les siens.

Alors qu'il répondait à la question de Marian, Tavis remarqua que Duncan l'observait avec un intérêt qui le mettait mal à l'aise. Il était en train d'expliquer qu'il avait absolument tout prévu, que tout était prêt pour le lendemain et qu'il avait sélectionné avec soin les hommes qui allaient accompagner Ciara et son amie pendant le voyage. Elles seraient sous bonne protection.

Tandis qu'il parlait, il s'aperçut qu'il n'en avait pas du tout discuté avec Ciara. Bon sang ! Il n'avait même pas prévu de venir la voir avant son départ, seulement, quelque chose l'avait conduit jusqu'ici, malgré lui. Maintenant qu'ils avaient fait la paix, Tavis devait bien admettre que la capacité d'aller de l'avant dont Ciara faisait preuve le contrariait. Beaucoup. C'était absurde ! N'était-ce pas ce qu'il avait justement voulu ? Elle avait parlé des sentiments qu'elle avait autrefois éprouvés pour lui au passé. Apparemment, elle réussissait à apprendre de ses erreurs, à avancer et allait finalement trouver le bonheur. Et c'était tout ce qu'il aurait dû lui souhaiter ! Pourtant, lui… Lui restait prisonnier du passé, sans le moindre espoir de s'en débarrasser un jour.

Il observa Ciara alors qu'elle discutait avec ses parents,

joyeuse et en confiance. Il était parfois difficile de se souvenir que Duncan était son beau-père car les liens qui les unissaient étaient aussi forts, si ce n'est plus, que ceux qui existaient souvent entre un père et son propre enfant. En la voyant remettre des mèches dans sa coiffure, Tavis s'aperçut qu'elle était terriblement nerveuse. Elle ne semblait pas savoir quoi faire de ses mains.

Que Dieu lui vienne en aide ! Quand avait-il commencé à remarquer ces détails ?

Il devait absolument partir loin d'elle, avant de faire ou de dire quelque chose qui rendrait cette situation tendue encore plus délicate. Et puis, il était temps de se prouver à lui-même qu'elle n'était pas la seule à pouvoir avancer dans la vie !

Il reprit la parole pour répondre aux questions de Duncan et Marian.

— Tout est organisé. Dougal et Iain sont prêts. Et Ciara, est-elle prête ? demanda-t-il en lui jetant un bref regard.

— Eh bien, mes valises sont faites, répondit-elle en adressant un grand sourire complice à sa mère.

— Et votre voyage, Duncan ? Quand est-ce que Marian et toi allez partir ? demanda-t-il.

Les parents de Ciara partaient en mission pour le compte du laird. Et ils se retrouveraient tous ici dans un peu plus d'un mois pour célébrer le mariage de Ciara et James Murray.

Tavis et Duncan s'éloignèrent un peu pour discuter des raisons qui motivaient réellement ce voyage pour Glasgow. Distrait, Tavis écoutait son interlocuteur d'une oreille et ne pouvait s'empêcher de couver Ciara du regard. Le lendemain, il ne la verrait plus. Pour l'heure, elle était en pleine conversation avec sa mère. Comme elle était enjouée, gracieuse, confiante, *belle* !

Cette fois, elle avait clairement accepté la proposition de mariage qui lui avait été faite et paraissait se réjouir de la vie qu'elle allait mener. Alors pourquoi se sentait-il si mal ? Pourquoi était-il furieux de savoir qu'elle avait accepté d'épouser James Murray ? Décidément, il était en train de devenir fou à lier !

Tavis n'entendait strictement rien de ce que racontait Duncan. Il se laissait porter par le flot de paroles et les souvenirs qui l'assaillaient sans répit. Il ne voyait plus qu'elle. Enfant, aux côtés de sa mère, alors qu'ils quittaient Dunalastair. Lorsqu'elle avait dix ans et qu'il lui racontait ses voyages lointains. Lorsqu'elle avait treize ans et qu'elle lui avait présenté ses condoléances à la mort de Saraid. Lorsque, jeune fille, elle s'était présentée à sa porte en pleine nuit pour lui demander de l'épouser. Durant toutes ces années, elle avait tellement compté pour lui.

Et maintenant... Maintenant c'était une magnifique jeune femme de dix-huit ans, fiancée à un autre homme.

— Tavis ? Tu m'écoutes ?

Il entendit au loin la voix de Duncan et sentit qu'on lui serrait le bras.

— Bien sûr, Duncan, dit-il sans réfléchir, ce qui ne répondait sans doute absolument pas au propos de Duncan.

Dans un grand brouhaha, les amies de Ciara s'approchèrent. Elles se pressaient autour d'elle. Des rires fusèrent, elles firent mine de l'entraîner avec elles mais Ciara se dégagea et se dirigea vers lui.

— Peu importe ce qui peut bien se passer, Tavis, lança-t-elle dans un souffle, je n'oublierai jamais tout ce que tu as fait pour moi. Je suis et serai toujours ton amie.

Puis, spontanément, elle l'embrassa sur la joue. Bouleversé, il lui était extrêmement difficile de parler. Comme c'était compliqué de dire ce qu'il avait sur le cœur ! A défaut, il murmura simplement :

— Moi aussi, je suis ton ami, Ciara.

Les yeux de la jeune femme s'emplirent aussitôt de larmes. Elle essaya de les chasser discrètement mais sa tristesse l'émut au plus profond de lui. Poussé par un instinct plus fort que sa raison, il s'approcha d'elle, la prit dans ses bras et la serra contre lui.

— Sois heureuse, murmura-t-il dans son cou avant de la relâcher.

Déjà, les amies de Ciara l'avaient empoignée pour l'amener vers la piste de danse. Les musiciens commencèrent un morceau enjoué tandis qu'elles formaient un cercle autour de Ciara. Elles riaient et dansaient pour célébrer ses fiançailles. Tavis songea tristement que l'enfance prenait fin pour la plupart d'entre elles.

Bientôt, d'autres personnes se joignirent à la ronde : enfants, mères, pères, tous âges confondus. Tous célébraient le prochain mariage avec la même joie. Tavis finit par chasser ses idées noires et sourit. Emporté par l'ambiance festive, il se mit à taper des mains en rythme avec la musique alors que le cercle ne cessait de grandir. Une femme du clan lui tendit la main pour l'inviter à danser et il accepta pour quelques instants d'oublier son passé et de participer aux festivités.

Les couples tournaient, s'avançaient et reculaient tous en cadence au son de la musique. Les musiciens firent ensuite une courte pause avant d'entamer un nouveau morceau. A sa grande surprise, une autre femme s'avança vers lui pour l'inviter à danser. Cela faisait si longtemps qu'il ne s'était pas laissé aller ainsi…

Quelques heures plus tard, la fête tirait à sa fin et le monde commença à quitter la grande salle de réception pour aller se coucher.

Tavis était comme hors de lui-même. Pour la première fois depuis la mort de Saraid, il s'était joint au clan au lieu de se tenir en observateur, à l'écart.

Alors qu'il prenait congé, il remarqua que Ciara était déjà partie. Tout son enthousiasme retomba d'un coup. Il ne s'expliquait pas la terrible déception qui lui déchirait le ventre. Elle ne lui avait même pas dit au revoir. Il termina rapidement sa bière et traversa la pièce à grandes enjambées pour regagner la cour. Les grilles étaient encore ouvertes pour permettre aux nombreuses personnes venues à la fête de rentrer chez elles. Il adressa un signe de la main aux quelques gardes qui le saluaient sur son passage et se dirigea d'un pas lourd vers le sentier qui menait à sa chaumière.

A quelques mètres de sa maison, éclairée par le clair de lune, Tavis retrouva la vieille douleur qui lui transperçait le cœur. Le feu dans la cheminée était éteint. Car personne ne l'attendait. Et il allait encore une fois se retrouver seul, terriblement seul.

Il se faufila à l'intérieur sans même allumer une lampe ou un feu pour le guider. Il avait l'habitude. Quelques minutes plus tard, il était déjà couché sur sa paillasse. Il ferait aussi bien de réfléchir à tout ce qu'il devait faire ces prochains jours, pour tenter de trouver le sommeil. Mais tout un flot de pensées et de souvenirs tournoyaient dans sa tête et l'empêchaient de trouver le moindre repos. Une pensée en particulier ne le quittait presque pas. Il songeait à elle.

Ciara.

Une partie de lui se réjouissait de voir qu'elle avait grandi et que son désir enfantin de l'épouser lui était passé. Cela montrait qu'elle était bien plus raisonnable que l'année précédente ! Et il était en partie heureux de savoir qu'elle semblait satisfaite de son prochain mariage.

Pourtant, alors qu'il se tournait et se retournait dans son lit, incapable de trouver le repos, il dut bien admettre que tout cela ne lui plaisait guère. Pas du tout même. Toute cette histoire piquait sa fierté masculine, voilà tout. Ciara pouvait le laisser derrière elle, comme un vulgaire vestige de son enfance ! Il avait beau savoir que son raisonnement n'avait aucun sens, et qu'elle faisait exactement ce qu'il lui avait demandé de faire, cela ne l'empêchait pas de continuer à ressasser encore et encore son amertume.

S'il avait pris la décision de ne pas escorter Ciara dans le comté de Perth, c'était essentiellement pour ne pas encourager ses sentiments déplacés. Or, elle ne ressentait visiblement plus aucun sentiment amoureux envers lui. Alors, peut-être pouvait-il… ? Bon sang ! Il ne savait plus où il en était !

De guerre lasse, il se leva et se planta devant la fenêtre pour y observer la lune qui brillait au-dehors. Peut-être l'astre lui porterait-il conseil…

Au matin, Tavis ne se souvenait pas avoir pris une quelconque décision durant les quelques heures qui avaient suivi. Pourtant, il avait rassemblé toutes ses affaires ainsi que toutes les fournitures dont il aurait besoin durant le voyage. Il avait méthodiquement bouclé ses sacs et attendait maintenant impatiemment dans la cour du château. L'aube venait à peine de se lever.

Comme convenu, Dougal et Iain se présentèrent à l'heure pour prendre en charge les opérations. Etonnamment, ils ne lui posèrent pas la moindre question sur le changement de programme quand il leur annonça qu'il se chargeait lui-même de conduire les jeunes dames à bon port, jusqu'au comté de Perth.

Tavis serra les dents. A voir leurs regards goguenards, les deux jeunes gens n'en pensaient pas moins, en dépit de leur silence.

4

La journée promettait d'être belle. Le ciel était clair et dégagé. Un bon présage pour le voyage et la nouvelle vie qui l'attendait. Aussi Ciara était-elle d'humeur charmante en dépit des émotions violentes qui l'assaillaient par vagues. Ses vêtements avaient été rangés dans des malles placées à bord du chariot, la nuit précédente. Elle devait encore disposer ses effets personnels dans un sac qu'elle pourrait garder à portée de main.

La rangée d'animaux de bois sculpté qui étaient disposés sur le manteau de la cheminée de sa petite chambre lui envoyait un message silencieux. Ciara ne parvenait pas à décider si elle voulait les emporter avec elle ou non. Cela faisait déjà quelques minutes qu'elle les regardait attentivement. Ils faisaient partie de son existence depuis qu'elle était arrivée à Lairig Dubh. Tavis avait sculpté chaque figurine pour elle.

Le tout premier qu'il lui avait donné, c'était un cheval. Aujourd'hui encore, il restait son préféré. C'était en fait Duncan, ce père qu'elle ne connaissait pas encore à l'époque, qui avait demandé à Tavis d'offrir ce cadeau à l'enfant de cinq ans qui deviendrait bientôt sa fille. Les autres animaux, en revanche, avaient été sculptés à l'initiative de Tavis à mesure que leur voyage progressait. Au final, sa collection comprenait en plus du cheval, un daim, un mouton, un aigle et un chat sauvage. Le temps leur avait donné une belle patine car elle avait beaucoup joué avec et les avait ensuite prêtés à son frère et à sa sœur. Décidément, elle y tenait trop pour les laisser. Elle était sur le point de les ranger dans son bagage lorsque sa mère entra dans sa chambre.

— Tu les emportes avec toi pour le voyage ? demanda-t-elle en se dirigeant vers Ciara pour ajuster son manteau sur ses épaules. Tu ne quittes jamais la maison sans les emporter.

Ciara fit la moue.

— Tu penses que je devrais les prendre avec moi ? demanda-t-elle, indécise.

D'un côté, elle désirait les laisser, comme symbole d'un passé révolu, de l'autre, elle ne s'imaginait pas partir sans eux. Ses peurs enfantines n'étaient jamais loin...

— Ma chérie, ces animaux font partie de toi et de ton existence depuis toujours. N'en aie pas honte mais ne laisse pas non plus le passé assombrir ton avenir.

Sa mère lui lissa les cheveux et déposa un baiser sur son front. Son affection la réconfortait toujours autant. Comment ferait-elle sans ces petits moments de tendresse partagée ? Devait-elle vraiment abandonner tout ce qu'elle aimait pour devenir adulte ?

— Je pense que je vais juste prendre celui-là, dit-elle en désignant le cheval avec plus d'assurancc qu'elle n'en ressentait.

Ces figurines lui donnaient du courage lorsqu'elle en avait le plus besoin, elle ne pouvait pas le nier. Et comme il lui fallait laisser derrière elle tous les gens qu'elle appréciait et tout ce qu'elle connaissait et aimait, pour faire partie d'une autre famille et appartenir à un homme, elle pouvait bien emporter un petit souvenir. Elle prit une écharpe dans une malle et y enveloppa le petit animal de bois avec délicatesse.

— Elizabeth t'attend dans la cour, ma chérie.

Sa mère la prit par la taille pour marcher à son côté et poursuivit :

— J'ai une bonne nouvelle : ses parents lui ont donné la permission de retourner vivre dans le comté de Perth auprès de toi après ton mariage.

Ciara lui adressa un sourire radieux. C'était à l'évidence la meilleure nouvelle qu'elle pouvait recevoir le matin de son départ ! Sa meilleure amie serait à ses côtés pour entamer sa nouvelle existence. Quel réconfort !

— C'est vrai, maman ? Rien ne pourrait me faire plus plaisir !

A présent, il était temps de quitter cette chambre qui avait été la sienne pendant si longtemps… Une question cependant continuait à la tarauder. En général, elle la chassait rapidement de son esprit, seulement comme les fiançailles et le mariage approchaient à grands pas, il ne lui était vraiment plus possible de la garder pour elle désormais. Ciara finit par se jeter à l'eau.

— Maman, mon vrai père…, commença-t-elle.

Déjà, elle perdait toute confiance. Comment formuler sa demande ? Elle jeta un coup d'œil à sa mère et renonça aussitôt en voyant sa mine défaite.

— Duncan est ton père, ma chérie. Et il le sera toujours, murmura-t-elle.

L'espace d'un instant, son visage avait pris une expression de profonde désolation, ce qui peina beaucoup Ciara. Heureusement, sa mère s'était déjà ressaisie et lui adressait un large sourire.

— Nous reparlerons de tout cela quand nous aurons plus de temps. Pour l'heure, nous devons nous dépêcher et ne pas faire attendre tout le monde, Ciara.

Sa mère l'entraînait vers la porte mais Ciara n'était plus certaine de vouloir laisser une nouvelle fois sa question sans réponse. L'incertitude sur ses origines l'avait tourmentée pendant de trop nombreuses années. Quand allait-elle enfin savoir qui elle était et d'où elle venait ? Même si elle savait bien que ses parents tenaient beaucoup à elle et qu'ils l'aimaient telle qu'elle était, il y avait des moments où elle ne pouvait s'empêcher de penser que si ses parents avaient fait tant d'efforts pour lui prodiguer une éducation aussi accomplie, c'était peut-être pour mieux pouvoir se débarrasser d'elle un jour. Cette horrible pensée lui faisait perdre toute confiance en elle. Comme c'était le cas à présent. Son trouble devait être visible car Marian se récria aussitôt.

— Je t'en prie, Ciara. Pas maintenant, dit-elle sans la regarder dans les yeux, ce qui ne fit qu'accroître son inquiétude.

Ciara prit doucement la main de sa mère pour lui signifier qu'elle acceptait de ne plus parler de ce sujet. Après tout, elle trouverait bien une nouvelle occasion de revenir à la charge et elle obtiendrait alors les réponses qu'elle mourait d'envie de connaître…

Elles sortirent ensemble de la maison. Duncan les rejoignit et les suivit sans mot dire. Les grilles de la cour du château étaient grandes ouvertes. Une petite foule s'était assemblée, environnée par une brume légère. Ciara aperçut le chariot qui allait transporter leurs malles. Il y avait aussi plusieurs soldats armés pour lui servir d'escorte.

Un guerrier en particulier attira immédiatement son attention. Elle le reconnut aussitôt, même de dos. Il se tenait près du chariot et donnait des ordres à voix basse. En le voyant, elle s'arrêta si brutalement que son père, qui la suivait de près, la bouscula. Elle serait certainement tombée s'il ne l'avait retenue par les épaules et soutenue le temps qu'elle recouvre l'équilibre.

— Tavis, murmura-t-elle, n'en croyant pas ses yeux.

Il avait pourtant clairement manifesté son refus de l'accompagner.

— Peut-être qu'il s'est déjà occupé de ses autres missions et peut maintenant prendre en charge le voyage jusqu'au comté de Perth ? suggéra Marian d'une voix enthousiaste.

Sa mère paraissait ravie de la présence de Tavis. D'ailleurs, le regard que ses parents échangèrent ne laissa pas de l'intriguer, mais les raisons qui avaient poussé Tavis à changer d'avis l'intéressaient davantage encore…

Ciara l'observa un moment sans se manifester. Elle savait bien qu'en général, les hommes n'étaient pas du genre à expliquer leurs faits et gestes. Inutile de poser des questions directes, elle ne recevrait pas d'explications. Elle devrait se contenter de quelques mots et froncements de sourcils. Les choses étaient donc réglées, il venait. Après tout, c'était l'essentiel. Elle était troublée, bien sûr, mais tout ce qui lui importait réellement, c'était de savoir que Tavis allait l'accompagner.

— Je te suis très reconnaissant, Tavis, dit Duncan qui s'était approché. Plus que je ne saurais dire.

Ciara poussa un profond soupir. Cette petite phrase disait assez tous les problèmes qu'elle avait causés au laird et à ses parents en se conduisant comme elle l'avait fait dernièrement.

Elle avait mis son clan dans l'embarras à deux reprises, lorsqu'elle avait rejeté au dernier moment les propositions de mariage qui lui avaient été faites. Et bien que les demandes aient été négociées en privé, tout le monde dans les Highlands savait que si son père, le négociateur du clan MacLerie, était en visite, c'était forcément pour discuter affaires. Et si sa fille, qui était notoirement en âge de se marier, l'accompagnait, le sujet des discussions était plus qu'évident aux yeux de tous.

C'est la raison pour laquelle la famille Murray, du comté de Perth, qui était certes peu fortunée mais très fière de son cercle d'influence, avait refusé d'envisager toute proposition de mariage sans avoir d'abord obtenu l'assurance d'éviter toute humiliation de la part d'une fille qu'ils avaient qualifiée d'obstinée et de déraisonnable.

Or, si les parents de Ciara l'avaient accompagnée pour

cette visite, tous leurs alliés et tous leurs amis (sans parler de leurs ennemis) se seraient attendus à l'élaboration d'un contrat de mariage. Aussi, pour contourner ces problèmes, il avait été décidé qu'officiellement, Ciara voyagerait sans ses parents, uniquement pour rendre visite à sa cousine éloignée, Eleanor, la mère de James. En dehors du clan MacLerie, personne ne devait savoir que ce voyage impliquait en fait bien davantage qu'une simple visite de courtoisie. Si quelqu'un venait à poser des questions, les parents de Ciara étaient donc en mission pour le compte du laird…

Ciara se sentait reconnaissante. Ses parents et son oncle auraient simplement pu la forcer à épouser celui qu'ils auraient choisi, sans se préoccuper de ce qu'elle pensait. Pourtant, au-delà du fait qu'ils souhaitaient sans doute voir leur fille heureuse, elle pressentait que quelque chose ayant trait à leur passé les empêchait de se conduire ainsi…

— Je ne pourrais pas mieux dire, ajouta-t-elle dans un murmure.

— Il est grand temps de partir, alors, dit Tavis en plongeant son regard vert dans le sien. Le beau temps ne va pas durer et nous avons des kilomètres à parcourir !

Il fit un signe de tête aux autres hommes qui se mirent aussitôt en selle. Puis, il revint à elle.

— C'est le moment de faire tes adieux, Ciara.

Il s'éloigna pour vérifier que tout était en ordre et lui permettre de bénéficier d'un petit moment d'intimité avec ses parents.

Le moment qu'elle redoutait tant était arrivé, bien qu'allégé par la présence de Tavis. Ses yeux s'embuèrent de larmes et les mots qu'elle avait répétés toute la nuit alors qu'elle s'agitait dans son lit sans pouvoir trouver le sommeil lui restèrent coincés au fond de la gorge. Quelle importance ? Après tout, il n'était pas nécessaire de parler. Alors, elle se contenta de serrer ses parents dans ses bras.

— Ce ne sont pas vraiment des adieux, murmura-t-elle en les serrant plus fort, je reviendrai.

— Tu reviendras pour célébrer une joyeuse fête de mariage avant de nous quitter pour…, dit sa mère d'une voix pleine d'émotion.

Comme elle ne pouvait poursuivre, elle pressa la main de sa fille.

— Quelle que soit ta décision, ma chérie, je…, bégaya Duncan.

— Je sais, papa. Tu me soutiendras quoi qu'il arrive.

Il hocha la tête et émit un grognement d'approbation. Ciara sentit les larmes lui monter aux paupières. Même si elle n'était pas la chair de sa chair, elle était sa fille de cœur.

Lorsqu'elle prit conscience que tout le monde était déjà à cheval, Ciara s'arracha enfin à l'étreinte de ses parents. La petite troupe l'attendait sans dire un mot. Tavis lui tenait les rênes de son cheval d'une main et lui tendit son autre main pour l'aider à monter. Elle lui donna d'abord son sac en cuir qu'il fixa fermement à la selle.

Un instant plus tard, elle était perchée sur le robuste cheval qu'elle montait depuis un an environ. Elle rassembla les rênes de ses mains gantées puis adressa un dernier signe de tête à ses parents. Au signal de Tavis, le groupe se mit en route, le chariot qui transportait Cora, la solide matrone qui lui servirait de domestique, venait en dernière position. Ciara poussa un profond soupir et pressa ses bottes contre les flancs du cheval.

Et voilà, elle était en route ! En chemin pour une nouvelle vie…

Ciara dirigeait son immense cheval noir avec une grande dextérité. Cependant, si on l'avait consulté, jamais Tavis ne lui aurait choisi une monture aussi fougueuse. Elle était entièrement concentrée sur la route, ce qui lui permit de la contempler à son aise plusieurs minutes.

Allons, lui aussi devait rester concentré. Ils allaient d'abord se diriger vers l'est en direction de Dunalastair puis vers le sud en direction de Crieff. La dernière partie du voyage serait plus facile car ils suivraient la route principale qui menait à Perth, au cœur des terres de la famille Murray.

Tavis imposa à sa petite troupe un rythme soutenu mais constant. Il remercia le ciel pour le soleil qui brillait et les nuages qui s'étaient rapidement dissipés. Les conditions étaient idéales en cette première journée de voyage. Il leur faudrait plusieurs jours avant d'atteindre Dunalastair en passant par les terres des MacCallum où ils ne manqueraient pas de rendre visite à la famille de Jocelyne. Ensuite ils emprunteraient les chemins que les bergers utilisaient, à travers les vallées.

Contrairement à l'accoutumée, Tavis appréciait la compagnie des autres. Tout comme Ciara, d'ailleurs. Elle parlait très peu lorsqu'ils étaient en selle, mais discutait volontiers avec tout le monde lorsqu'ils faisaient des pauses. Elle s'inquiétait toujours du confort des autres. Ainsi, elle s'assurait régulièrement que Cora voyageait confortablement dans le chariot. Parfois aussi, elle parlait à voix basse avec Elizabeth.

Sans pouvoir s'en empêcher, Tavis passait souvent la voir et discutait parfois un peu avec elle. Comme elle ne semblait jamais mal à l'aise en sa présence, il commençait à accepter l'évidence : elle l'avait relégué dans le passé et était désormais toute tournée vers l'avenir. Les premiers jours se passèrent donc très agréablement.

Puis, alors qu'ils approchaient des terres du clan MacCallum, Tavis s'aperçut que Ciara semblait de plus en plus nerveuse. Il n'était jamais revenu ici en sa compagnie... Pas depuis cette fameuse expédition, des années plus tôt, qui avait amené Ciara à Lairig Dubh, au sein du clan MacLerie. Pourtant, elle avait souvent fait le voyage avec ses parents. Alors, pourquoi cette nervosité ?

Heureusement, Duncan avait chargé des hommes de prévenir le laird MacCallum de leur visite. C'était une bonne chose. Ciara et les femmes seraient certainement heureuses de dormir dans un vrai lit cette nuit après quelques nuits passées sous la tente.

A peine avaient-ils foulé les terres du clan MacCallum qu'un groupe de guerriers venait déjà à leur rencontre. Le frère de Jocelyne, Athdar, se trouvait à leur tête.

— Tavis ! cria-t-il en s'approchant. Comment te portes-tu ?

En pensant à tout ce qui aurait pu mal se passer au cours du voyage, Tavis lui adressa un large sourire.

— Tout va bien !

Ciara les rejoignit et adressa un sourire à Athdar.

— Tu es plus éblouissante chaque jour, Ciara, s'exclama ce dernier, visiblement admiratif.

Contrarié, Tavis observa le rouge monter aux joues de la jeune femme. Il réprima un soupir d'agacement. Athdar savait y faire avec les femmes et il avait eu l'occasion de le voir à l'œuvre à maintes reprises à Lairig Dubh. Ses bons mots et ses compliments en avaient fait fondre plus d'une.

— Qui aurait pu croire que la petite fille que tu étais autrefois deviendrait une si magnifique jeune femme ? lança-t-il joyeusement.

Tavis prit sur lui pour contenir le grognement de mépris que lui inspiraient ces paroles louangeuses. Ciara se laissait-elle séduire par de telles âneries ? Il la regarda avec attention pour vérifier si elle mordait à l'appât et s'aperçut qu'en l'occurrence, c'était plutôt Elizabeth qui semblait être tombée sous le charme d'Athdar. Ciara, quant à elle, arborait ce qui ressemblait fort à une moue amusée mais sceptique. Tavis sourit intérieurement, soulagé. Il aurait dû se douter qu'elle ne se laisserait pas berner par de telles fadaises. Elle était trop maligne pour cela.

— Tu n'as rien de mieux à faire que de venir jouer au jeune dadais devant tes invités, Athdar ? Je parierais pourtant que ton laird t'a confié d'autres tâches.

Tavis descendit de cheval et rit de bon cœur en voyant la tête que faisait Athdar. Il ne craignait pas de l'avoir insulté, tous deux se connaissaient trop bien. Cela faisait maintenant quelques années qu'ils étaient devenus bons amis. Le fait d'être d'âge rapproché y était sans doute pour quelque chose. Tavis tendit la main à Athdar pour le saluer.

— Il faut bien que quelqu'un dise des mots doux à ces dames, Tavis. Toi, tu n'ouvres jamais la bouche, sauf pour parler de combats ou de ton cheval ! repartit Athdar en répondant d'une chaleureuse poignée de main.

Puis, ils s'empoignèrent et roulèrent par terre en un simulacre de combat. C'était toujours ainsi que les choses se passaient lorsqu'ils se voyaient. Tester sa force physique lui fit un bien fou après ces longues journées passées à cheval. Finalement, il ne lui fallut que quelques minutes pour vaincre Athdar même si tous deux étaient de force relativement égale. Tavis bondit sur ses pieds et tendit la main à Athdar pour l'aider à se relever. Tous deux riaient comme deux gamins en époussetant leurs vêtements.

— Tu es prêt à prendre ta revanche ? demanda Tavis.

Athdar lui lança un regard sombre, il avait parfaitement compris le vrai sens de sa question. Quelques années plus tôt, Athdar avait connu une sévère défaite lors d'un combat avec Rurik, et depuis, il ruminait sa revanche. Tavis se demandait toutefois si Athdar avait vraiment envie de se mesurer une nouvelle fois à lui, car il avait remarqué à plusieurs reprises les regards passionnés qu'Athdar échangeait avec Isobel, la fille de Rurik.

Le vent venait de se lever et de gros nuages noirs obscurcissaient maintenant le ciel. Une tempête risquait d'éclater d'un moment à l'autre. Et lui ne songeait qu'à plaisanter, au lieu de protéger les dames placées sous sa garde ! Tavis leur conseilla aussitôt de se remettre rapidement en route vers le château des MacCallum et ferma la marche.

Une heure plus tard, il pouvait s'estimer satisfait. Il avait veillé au bien-être des animaux, il avait escorté les femmes jusqu'à la salle de réception pour leur permettre de saluer le laird et avait également donné congé à ses hommes qui pouvaient maintenant aller profiter d'un repos bien mérité.

Les MacLerie et les MacCallum étaient alliés depuis des années et de nombreux mariages avaient été célébrés entre les deux clans. Par conséquent, Tavis connaissait tout le monde. Une fois tous ses devoirs accomplis, il entra donc au château, présenta ses salutations au laird puis se dirigea d'un bon pas vers une table où étaient déjà attablées de nombreuses connaissances.

Ses camarades lui donnèrent aussitôt des indications concernant l'état des routes qui les attendaient ces prochains jours, et quelques autres lui proposèrent de les accompagner pour leur assurer une protection supplémentaire. Tavis se surprit à passer une très agréable soirée à discuter avec ses amis de longue date. Il mangea de bon appétit mais but avec parcimonie car il voulait partir de bonne heure le lendemain matin et n'avait pas envie de voyager avec un mal de tête.

Ciara observait Tavis depuis la place où elle était assise. Jusque-là, il s'était toujours arrangé pour leur faire passer à tous un agréable voyage. Puisqu'il avait pris toutes les dispositions du voyage lui-même, il n'avait besoin de personne pour savoir quel chemin il fallait emprunter ou sur quelles provisions il pouvait compter. Cela contribuait très certainement à la bonne ambiance qui régnait depuis leur départ. Si bien que Ciara se sentait à la fois fatiguée de la route et en pleine possession de ses moyens.

Le cuisinier du laird leur avait préparé un savoureux repas et elle en profitait pleinement. De l'autre côté de la pièce, Tavis parlait et riait de bon cœur, contrairement à son habitude depuis… Ciara eut soudain une révélation. Tavis semblait plus à l'aise ici qu'à Lairig Dubh !

— Tu es encore en train de le dévisager ! l'avertit Elizabeth à voix basse. Prends garde, Ciara, quelqu'un va finir par s'en apercevoir.

Ciara soupira. Elle ne pouvait pas s'en empêcher. Même si les relations entre eux s'étaient nettement améliorées, elles étaient loin d'être redevenues comme par le passé. Il n'y avait plus cette complicité d'autrefois, et une gêne persistait. Ce qui était probablement une très bonne chose puisqu'elle était sur le point d'épouser un autre homme.

— Il a l'air heureux loin du clan, tu ne trouves pas ? Il a même dansé avec Morag et d'autres femmes pendant la fête, la nuit avant notre départ.

— Cela te fait-il plaisir ? lui demanda Elizabeth. Tu crois avoir réussi à le faire sortir de ton existence ?

— Evidemment.

Elizabeth posa sa main sur le bras de Ciara et le pressa, comme pour l'avertir qu'elle savait parfaitement à quoi s'en tenir à propos de ses évidences.

— C'est vrai que je ne l'avais pas vu danser depuis très longtemps, convint Elizabeth. C'était plaisant à voir.

Comme s'il savait qu'elles parlaient de lui, Tavis tourna soudain la tête dans leur direction et croisa son regard. Il se leva de table et se dirigea droit sur elle. Qu'avait-il donc en tête ? Nerveuse à son approche, Ciara lissa frénétiquement sa robe. Délivrée de lui, elle ? Quelle plaisanterie !

— Ciara, Elizabeth, les salua-t-il en inclinant légèrement la tête, vous êtes-vous remises de ces derniers jours de voyage ?

— Oui, Tavis, répondit gaiement Elizabeth. Et le repas a été très agréable.

— Cela vous plairait-il d'aller faire une petite promenade ? leur demanda-t-il. La tempête s'est éloignée et le ciel est de nouveau dégagé.

Elles acceptèrent et se levèrent en riant. Tous trois connaissaient le château et ses environs et pouvaient donc se passer de guide. Ils marchèrent dans un silence complice jusqu'à la cour.

Tavis avait raison, il n'y avait plus le moindre signe de tempête et le temps était de nouveau clément. Toutefois, l'été touchait à sa fin et l'automne allait bientôt arriver. En somme, ils profitaient des meilleures conditions météorologiques pour voyager, avec ces longues journées devant eux. Avant même d'arriver à destination, Ciara savait où leurs pas les mèneraient. C'était un endroit qui lui avait laissé de jolis souvenirs lorsqu'elle y était venue lors de son premier voyage.

Attention cependant aux cochons du laird MacCallum ! Elle éclata de rire en les voyant approcher. La scène était cocasse. Elizabeth faisait une de ces têtes ! Il fallait dire qu'il n'était plus possible d'ignorer la forte odeur qui leur chatouillait les narines… Elizabeth se mit à agiter nerveusement la main devant son visage pour essayer d'atténuer l'odeur pestilentielle. En pure perte.

— Cette odeur est insupportable ! Je vais rentrer. Bonne promenade, ajouta-t-elle en réprimant un haut-le-cœur.

Puis elle fit demi-tour à toute allure.

— Je ne la savais pas de constitution si délicate, s'exclama Tavis, visiblement surpris. Elle prend la fuite pour quelques cochons ?

Ciara s'esclaffa. Elle n'était pas sûre que les cochons soient seuls en cause dans la fuite d'Elizabeth. En tout cas, même s'ils ne faisaient pas partie de son environnement familier, les cochons ne l'incommodaient pas le moins du monde.

— C'est une petite nature, c'est vrai, plaisanta-t-elle.

Ils se dirigèrent lentement vers la clôture qui longeait le parc des animaux. Quel plaisir de se dégourdir les jambes, après ces longues chevauchées.

Ciara se tenait au côté de Tavis et regardait les cabrioles des porcelets en silence, apaisée.

— Tu as déjà fait la rencontre de James Murray ? demanda-t-il brusquement.

Ciara hocha la tête, un peu surprise par sa question.

— Nous nous sommes vus à la fête que mon oncle Iain avait organisée au printemps dernier. Sa famille et bien d'autres avaient été invitées.

Ce sujet de conversation la mettait mal à l'aise car deux autres jeunes gens avaient eux aussi été présents à cette fête, des hommes dont elle avait par la suite rejeté les propositions de mariage.

— Tu vas aller jusqu'au bout cette fois ? lui demanda-t-il en la regardant droit dans les yeux.

L'intensité de son regard réveilla le souvenir de toutes les conversations à bâtons rompus qu'ils avaient eues ensemble par le passé. Elle avait compris, au seul son de sa voix, qu'il se faisait beaucoup de souci pour elle. Cette attention eut pour effet d'accélérer les battements de son cœur. Allons, ce n'était rien d'autre que la sollicitude bien naturelle d'un ami…

— Oui, je compte l'épouser. Nous aimons tous les deux les chevaux. Ses parents s'intéressent de très près à ma dot et en ont un besoin flagrant. Tout est donc parfaitement réuni pour faire un bon mariage, dit-elle en haussant les épaules pour couper court à toute émotion.

Il partit d'un grand éclat de rire, comme elle n'en avait plus entendu venant de lui depuis bien longtemps. Ciara lui jeta un regard mi-surpris, mi-vexé, qui resta sans effet. Tavis paraissait ne plus pouvoir s'arrêter.

— Tu as toujours été extrêmement directe, Ciara. Je suis heureux de voir que tu n'as pas changé sur ce point.

— Je préfère dire la vérité plutôt que d'essayer d'enjoliver les choses. Mes parents ont encouragé ce mariage mais je soupçonne fort les parents de James de ne pas l'envisager d'un très bon œil, exception faite de ma dot bien sûr. Ils ne me font pas confiance, à cause de mes précédents refus. S'il n'y avait tant d'argent en jeu, jamais ils n'envisageraient cette union une seule seconde, j'en suis persuadée.

Tavis tendit la main vers son visage comme s'il allait lui caresser la joue. Au dernier moment, il sembla se raviser brutalement. Ciara ferma les yeux, envahie par une vague d'émotion, mais les rouvrit aussitôt pour pouvoir observer sa réaction.

En dépit de sa résignation, elle ne pouvait s'empêcher d'espérer. Il éprouvait forcément des sentiments envers elle et finirait bien par lui déclarer sa flamme, non ? Elle ne parvenait pas encore à abandonner tout espoir.

Non ! Peu importait ce qu'il ressentait, elle avait des devoirs à assumer ! Tavis ne faisait pas partie de son avenir. Désormais, elle appartenait à un autre homme et chaque kilomètre la rapprochait un peu plus de son destin. Aussi recula-t-elle de quelques pas avant de lui sourire, soulagée de constater qu'ils étaient maintenant en meilleurs termes l'un avec l'autre.

— Le soleil se lève tôt, Ciara. Tu ferais mieux d'aller te coucher.

— A demain matin, alors, dit-elle en hochant la tête.

Elle s'était éloignée de quelques pas lorsqu'elle se tourna vers lui.

— Que sais-tu de James Murray ?

— Je ne sais que très peu de choses. Seulement ce que ton père a dit de lui et de sa famille.

Ciara se demanda ce qu'elle avait espéré obtenir de lui exactement. Sans plus parler, elle rentra au château. Tavis ne tarderait sûrement pas à rentrer lui aussi dans sa chambre. Et avec toutes les femmes et servantes qui s'étaient pressées autour de lui lors du repas, il y avait fort à parier qu'il ne passerait pas la nuit tout seul.

Des picotements désagréables lui brûlèrent la poitrine. Sans doute l'un des plats servis ce soir était-il trop épicé. Allons, qui croyait-elle tromper ? Elle savait bien, au fond, que les affres de la jalousie n'étaient jamais loin…

5

Ils effectuaient dorénavant la partie la plus difficile du voyage. Les choses s'arrangeraient dès qu'ils auraient passé Dunalastair et atteint la grande route empruntée pour mener les troupeaux plus au sud, vers les villes les plus importantes. Hélas, Tavis savait que, pour lui, le plus difficile restait à venir.

Pour la première fois depuis la mort de Saraid, il lui semblait que son corps reprenait vie, que ses sens se réveillaient d'un long sommeil. Cela faisait maintenant quatre ans qu'il détournait la tête devant chaque femme et on ne pouvait pas dire que cela lui avait réussi. Mais, lors de la fête de départ de Ciara puis chez les MacCallum, il avait de nouveau prêté attention au beau sexe. Les invitations qu'il avait reçues, les expressions de désir qu'il avait lues dans les yeux de plusieurs femmes, lors de ces deux événements, montraient clairement qu'il ne devait plus continuer à passer ses nuits seul…

C'était ainsi, le temps faisait son œuvre. Et puis, dans un clan, un homme célibataire pouvait sans aucun problème partager le lit d'une veuve et s'adonner au plaisir de la chair avec elle sans avoir besoin pour cela de s'engager à l'épouser. Tous deux pouvaient attendre d'avoir envie de se marier. Ou pas. Pour lui, la décision était déjà prise, jamais il ne se remarierait, cependant… il était bien trop jeune et vigoureux pour ignorer plus longtemps les appels de la chair. Encore qu'il n'était sensible qu'à la présence d'une seule jeune femme... qui lui était interdite à jamais.

Les remords qui ne manquaient pas de l'assaillir chaque fois qu'il pensait à Saraid, à sa mort, vinrent de nouveau l'accabler et lui rappelèrent ses terribles manquements, qui pèseraient comme un fardeau jusqu'à la fin de ses jours. Il eut soudain un goût amer dans la bouche. De fait, c'est une immense amertume qui l'envahissait, lorsqu'il repensait à ses agissements envers Saraid au moment où elle avait eu le plus besoin de lui. Il inspira profondément et se força au calme, mais ne parvint pas à se débarrasser du mauvais goût qu'il avait dans la bouche.

Alors qu'il guidait son cheval dans la descente qui menait au village de Dunalastair, Ciara apparut à son côté, le sourire aux lèvres. Et lorsqu'elle le mit au défi de faire la course avec elle, il chassa ses mauvais souvenirs et la tristesse de l'avenir qui l'attendait pour la suivre, au grand galop.

— Premier arrivé au pont! hurla-t-elle en arrachant le foulard qu'elle portait sur la tête, libérant une cascade de cheveux dorés.

Elle savait sacrément bien monter à cheval! Avec la petite avance qu'elle avait prise, il devrait se donner du mal pour la rattraper maintenant... Tandis qu'il portait quelques coups d'éperon à son cheval pour se lancer à sa poursuite, il essaya de calculer s'il lui restait suffisamment de distance pour espérer la rattraper avant d'arriver au pont. Cela s'annonçait difficile. Mais le jeu en valait la chandelle. Grisé, il se coucha sur l'échine de son cheval et l'exhorta à aller le plus vite possible.

Le vent qui lui fouettait le visage et l'exaltation de la course lui firent bien vite oublier son accès de mélancolie. Il était totalement concentré sur Ciara qui ne se trouvait plus très loin devant. Les sabots de son cheval projetaient de la terre en venant frapper le sol, et des branches lui cinglaient les joues. Néanmoins, la victoire restait à portée de main. Comme ils approchaient d'une fourche, chacun choisit un chemin différent.

Tavis se mit alors à rire. Il était certain d'arriver au pont le premier en empruntant ce chemin. Il l'avait fait bien des fois lorsqu'il se rendait à Dunalastair avec Duncan. Pourtant, lorsqu'il émergea du dernier bosquet d'arbres, une surprise de taille l'attendait... Ciara se trouvait sur le pont, un large sourire aux lèvres ! Comment diable avait-elle fait pour... ?

— Tu n'es pas le seul à connaître les raccourcis du coin, Tavis, le réprimanda-t-elle gentiment.

Il éclata d'un grand rire joyeux. Il aurait dû s'en douter. Elle se battait toujours jusqu'au bout. Dire que cette force de la nature allait être donnée à James Murray, qui ne saurait pas apprécier une telle femme. Il était trop jeune et se soumettait aux désirs de ses parents qui, comme elle l'avait si bien dit, s'intéressaient à elle uniquement pour l'argent qu'elle leur apporterait. Allons, ce n'était pas de son ressort !

Le sourire aux lèvres, il inclina légèrement la tête pour la féliciter de sa victoire et descendit de cheval. Il rassembla ses rênes puis marcha jusqu'au pont. Tout naturellement, il tint les rênes du cheval de Ciara et l'aida à descendre. Ses paumes le picotèrent au contact de sa taille fine. Pour cacher son trouble, il s'écarta aussitôt.

Tous deux étaient hors d'haleine lorsqu'ils arrivèrent au village de Dunalastair. Sans parler, ils prirent, comme par habitude, le sentier qui menait à la vieille chaumière où la mère de Ciara avait habité jusqu'à ce que celle-ci eût cinq ans.

— Je ne sais pas si nous faisons bien de venir directement ici à peine arrivés. Va-t-il y avoir matière à offense ? demanda Ciara alors qu'ils se tenaient maintenant devant la petite chaumière.

Il la rassura d'un regard. Elle marcha vers l'extrémité du jardinet aux dimensions modestes et jeta un coup d'œil par-dessus la clôture. Sa mère avait toujours eu un talent indiscutable pour faire pousser toutes sortes d'herbes et de plantes, et c'était ici qu'elle avait fait ses premières armes. Avec Ciara à ses côtés. Les larmes qui brillaient dans les yeux de la jeune femme n'étonnèrent pas vraiment Tavis. Il lui accorda quelques instants d'intimité puis l'appela doucement.

— Ton oncle risque d'apprendre ton arrivée avant de t'avoir vue, Ciara. Nous ferions mieux d'y aller.

D'un geste machinal, Ciara fouilla son manteau pour trouver une petite bourse qui était fixée à sa ceinture. Il ne l'avait pas remarquée auparavant. Elle en toucha la surface du bout des doigts, sans rien en sortir. De quoi pouvait-il s'agir ? Elle répéta ce geste plusieurs fois, comme pour se donner du courage. Elle lui faisait penser à un enfant en train de lisser machinalement une couverture pour calmer son agitation. Elle finit par cesser et se posta face à lui.

— Tu as raison. Oncle Iain veut toujours être le premier à apprendre qu'il a de la visite.

— Sais-tu si tes autres oncles seront également présents ?

Marian avait en effet quatre frères, deux plus âgés et deux plus jeunes. Tavis les avait tous rencontrés à plusieurs reprises. Il y avait Padraig, qui était marié à une fille MacKendimen et qui supervisait tous les guerriers du clan Robertson en tant que commandant en second pour le compte d'Iain. Il y avait aussi Caelan, qui devait prochainement épouser la fille des MacLean et qui s'occupait des exploitations du clan. Graem, quant à lui, venait d'être ordonné prêtre et travaillait aux côtés de l'évêque de Dunkeld. Il vivait dans une autre contrée et ne rendait que de très rares visites.

— Iain ne m'a rien dit. Nous ne sommes pas là pour longtemps, donc je suppose qu'ils ne sont pas là, répondit-elle alors qu'ils se dirigeaient vers le château qui se trouvait en haut de la colline.

Lorsqu'ils atteignirent les grilles du château, ils virent le reste du groupe qui arrivait, aussi entrèrent-ils tous ensemble. Les hommes se mirent à rire à gorge déployée lorsque Ciara leur apprit qu'elle avait gagné la course. Tavis savait qu'ils seraient sans pitié avec lui dès qu'elle se serait un peu éloignée, pourtant il ne pouvait s'empêcher de rire aussi, le cœur léger. Il salua plusieurs membres du clan Robertson alors qu'on les menait vers la salle de réception. Il ne s'agissait pas d'une visite formelle, il y avait donc peu de monde pour les accueillir. La plupart des gens étaient occupés à leurs tâches habituelles.

— Ciara !

La voix forte du laird Iain résonna dans la pièce alors qu'il saluait sa nièce.

Tavis la regarda courir se jeter dans ses bras. Le vieil homme la serra très fort. Il ne s'était jamais marié et n'avait pas d'enfants, mais sa nièce était manifestement très chère à son cœur. Tavis se remémora tout à coup les rumeurs et spéculations qui avaient circulé sur le compte de Marian, lorsqu'elle était tombée en disgrâce et avait été surnommée par les mauvaises langues « Robertson, la catin ». Peut-être lord Iain connaissait-il la vérité concernant l'identité du père de Ciara ? En tout cas, elle, ne savait rien. Pas plus que lui d'ailleurs.

Alors qu'il regardait Ciara et Iain discuter à voix basse, il se dit qu'ils avaient l'air d'un père et d'une fille. Il secoua la tête et chassa ces pensées de son esprit, après tout, ce n'étaient pas ses histoires de famille. Sans compter que les origines de Ciara n'avaient aucune importance à ses yeux.

Son devoir consistait à escorter Ciara sous bonne garde jusqu'à son futur époux et les ramener ensuite à Lairig Dubh pour célébrer leur mariage. Il pourrait alors reprendre le cours normal de son existence et continuer à servir le clan MacLerie, comme il l'avait toujours fait.

Alors, non, Tavis ne faisait pas partie de la famille et n'avait pas une position plus élevée que les autres hommes qui travaillaient au service du laird. Comme il l'avait dit à Ciara cette fameuse nuit, ils n'étaient pas du même monde. D'ailleurs, en la voyant accueillie à bras ouverts par ce laird puissant, la vérité sur leurs origines respectives lui sauta aux yeux.

Lord Iain finit par relâcher Ciara mais la garda à son côté, puis il fit signe à Tavis de se présenter devant lui. Celui-ci s'inclina et lui remit la lettre de Duncan.

— Laird Robertson, lui dit-il en reculant d'un pas.

— Tavis, répondit Iain Robertson. Bienvenue à Dunalastair. Merci de t'être occupé de la sécurité de Ciara durant ce voyage.

Le laird les invita tous à dîner et donna des instructions aux serviteurs pour veiller à leur confort. Les hommes du convoi se séparèrent en deux groupes : Dougal, Iain et Tavis partageraient une chambre non loin de la salle de réception, et les autres dormiraient en bas avec les hommes du laird. Plusieurs servantes, manifestement très dévouées, lui proposèrent un bain à maintes reprises mais il refusa. Il avait trop envie d'aller se baigner dans le ruisseau qui coulait au cœur de la forêt, non loin du château.

Alors qu'il s'apprêtait à quitter le château, le laird demanda à lui parler en privé. Il fit signe aux autres de partir sans lui et suivit Iain dans ses appartements. Il prit place sur le siège qu'il lui désignait et accepta la bière qu'il lui proposait, perplexe. Quel était donc l'objet de cet entretien ?

— Alors, dis-moi Tavis, que sait-elle ? De quoi se souvient-elle ?

Ses questions le prirent par surprise, si bien qu'il avala une gorgée de bière de travers et toussa bruyamment. Il lui fallut quelques secondes pour reprendre son souffle et s'éclaircir la gorge. Et quelques minutes de plus pour décider ce qu'il allait répondre. Il prit le parti de la sincérité.

— Elle était trop jeune pour savoir ou se remémorer quoi que ce soit. Même si les rumeurs et les commérages sont allés bon train, Ciara n'en a jamais entendu parler à ma connaissance.

— Et les MacLerie ? questionna lord Iain tout en l'observant attentivement.

— Ciara est des nôtres, tout comme sa mère. Si certains continuent à appeler Marian Robertson d'une vilaine manière, cela n'a pas cours dans le clan MacLerie.

Tavis se souvenait parfaitement de la nuit où ils étaient arrivés à Lairig Dubh. Connor et Duncan avaient déclaré avec une grande solennité devant tout le clan réuni que Marian était désormais des leurs. Et ils avaient clairement fait comprendre que quiconque l'insulterait, les insulterait par la même occasion. Dès lors, personne n'avait plus jamais utilisé le surnom détestable dont Marian avait été affublée.

A vrai dire, si Ciara s'était posé des questions sur son père, elle ne lui en avait jamais parlé. A l'époque, ils parlaient essentiellement de chevaux, d'animaux, de chevaux, de ses frères et sœurs, de chevaux et encore de chevaux. Ils avaient continué à la fasciner lorsqu'elle avait grandi.

C'était étrange. Jusque-là, il n'avait jamais remarqué son manque d'intérêt concernant l'identité de son père. En fait, au moment où elle avait été en âge de s'intéresser à la question et d'interroger ses parents, le cours de sa vie à lui avait pris une tout autre direction.

— Et elle ne t'a jamais demandé si tu connaissais la vérité ? demanda le laird d'une voix à la fois posée et quelque peu menaçante, comme s'il soupçonnait l'existence de quelque chose entre eux.

— Pourquoi ferait-elle une chose pareille ? demanda-t-il, véritablement surpris.

— Votre… amitié n'est un secret pour personne.

L'oncle de Ciara le regardait droit dans les yeux et ne semblait pas disposé à masquer ses insinuations. Profondément insulté par la remarque du laird, Tavis réagit au quart de tour et lui décocha un coup de poing… Par chance, Iain Robertson s'était dégagé juste à temps. A peine avait-il lancé son poing, que Tavis avait pris conscience de la gravité et de la bêtise de son geste. Il laissa retomber ses bras de chaque côté de son corps et attendit la réaction du laird avec soumission.

Lorsque celui-ci alla se resservir un gobelet de bière, Tavis secoua la tête, atterré. Il n'avait pas commis un acte aussi idiot depuis belle lurette. Le laird avait tout à fait le droit de demander réparation pour une telle offense. Pis encore, son accès de violence allait certainement être interprété comme une confirmation des doutes que le laird avait au sujet des relations qu'il entretenait avec Ciara. Quel idiot !

— Monseigneur, je…

Il ne parvint pas à finir sa phrase. Pour la toute première fois de son existence, il ne savait que dire.

— Je sais qu'elle voulait t'épouser, ne le nie pas, assena le laird tout à coup.

Tavis ne s'était vraiment pas attendu à cela. Et pourtant, bien des éventualités lui étaient venues à l'esprit. Il ne lui restait plus qu'à prier pour son salut, si l'oncle de Ciara savait qu'il avait rejeté sa nièce adorée. Le laird allait ordonner son emprisonnement. Ou bien appeler ses hommes pour leur demander de le battre jusqu'à lui faire perdre connaissance. Ou bien encore, le castrer pour l'empêcher de commettre l'irréparable avec sa nièce hors des liens du mariage. Tavis inspira profondément avant de répondre :

— Ce n'étaient que des enfantillages, rien de plus, monseigneur.

— C'est bien ce que j'ai toujours cru, Tavis. Je veux juste la protéger, tout comme toi.

Iain vida son gobelet et le posa à côté du pichet de bière.

— La vertu de Ciara ne doit absolument pas être remise en question durant ces négociations. Tu dois comprendre que c'est un sujet d'une importance capitale.

— Vous insultez mon honneur et le sien une nouvelle fois par vos insinuations, monseigneur, gronda Tavis en croisant les bras sur sa poitrine.

— Tu te trompes, je veux juste te faire comprendre que d'autres que moi ont remarqué à quel point vous êtes proches, ma nièce et toi. Chez eux, les MacLerie contrôlent peut-être ce que les gens racontent mais vous avez quitté leurs terres depuis quelques jours et Ciara pourrait très bien être la cible de commérages désormais. Des commérages qui pourraient faire remonter à la surface des histoires du passé qu'il vaudrait mieux ne pas déterrer.

Tavis termina sa bière. Le laird avait tout à fait raison. L'amitié entre un homme et une femme qui n'étaient pas unis par les liens du mariage ou les liens du sang n'était pas chose courante. Les autres en arriveraient naturellement à se poser des questions.

— Je vais prendre toutes les dispositions nécessaires pour mettre un terme à ces commérages, monseigneur.

— Je ne te retiens pas plus longtemps, alors. Le dîner sera prêt dans deux heures.

Tavis s'éloignait déjà, mais le laird n'en avait pas terminé.

— J'ai pris la décision de vous octroyer deux de mes hommes pour vous accompagner pendant le reste de votre voyage.

— Cela va à l'encontre du projet initial. Nous n'avons emmené qu'une petite escorte du clan MacLerie à dessein, dit-il prudemment. Si des membres du clan Robertson se joignent à nous, cela aura l'air de tout autre chose qu'une simple visite de courtoisie à une cousine éloignée.

Le laird le regarda fixement en plissant les yeux et hocha la tête.

— Voilà une très bonne analyse, Tavis. Je te laisse seul juge, en ce cas.

La conversation était close. Tavis se mit immédiatement en route vers le ruisseau. Les paroles et les mises en garde du laird le tourmentaient. Il ne cessait de penser aux questions qu'il lui avait posées. Quelqu'un était-il venu prendre des renseignements à propos du père de Ciara ? Pour ce qu'il en savait, personne n'avait jamais revendiqué cette paternité… Et même avec la réputation passée de Marian et les histoires qui circulaient encore sur son compte, comment Ciara pouvait-elle savoir quoi que ce fût, protégée comme elle l'avait été ?

Il emprunta un chemin étroit en quittant le château et le suivit pendant un bon kilomètre avant d'atteindre le ruisseau. Dougal et Iain se baignaient déjà. Il les rejoignit aussitôt et laissa ses vêtements sur la rive. Après ces heures à dos de cheval, c'était un pur bonheur. Il plongea sous l'eau et ressortit sur l'autre berge.

Une fois propre, il donna des précisions aux autres sur ce qui les attendait pendant le reste du voyage. Ce serait plus simple désormais, car ils allaient prendre des routes très empruntées et redescendre sur des terres moins accidentées, puisqu'ils se rapprochaient du sud de l'Ecosse. De plus, les guerriers du clan Murray les attendraient sans aucun doute aux environs de Perth et les escorteraient jusqu'à la famille de James.

Quant au voyage de retour, Tavis n'avait aucune idée de la façon dont celui-ci serait organisé, ni de qui les accompagnerait. Inutile de s'inquiéter dès maintenant à ce sujet. A chaque jour suffisait sa peine, après tout.

La baignade était maintenant terminée. Ils allaient

rentrer au château pour dîner et profiter d'une bonne nuit de sommeil. Et il se sentait le cœur étonnamment léger depuis quelques jours.

Iain Robertson était retourné dans ses appartements juste après le départ de Tavis et s'était versé une nouvelle chope de bière qu'il avait bue d'un seul trait.

Il ne lui était jamais facile de voir resurgir les graves erreurs qu'il avait commises dans sa jeunesse. Il avait passé des années à se demander ce qu'elle deviendrait et il pouvait désormais le voir de ses propres yeux : Ciara était une jeune femme d'une grande beauté, très intelligente et pleine de talents. Il ne connaissait pas un homme qui ne se glorifierait de l'avoir pour fille.

Et c'est ce qu'il ferait lui aussi sans l'ombre d'un doute s'il pouvait dire la vérité. Mais c'était impossible car d'autres que lui l'avaient payé de leur vie. Ou de leur âme. Les véritables origines de Ciara devaient rester secrètes.

Aujourd'hui, il n'y avait hélas aucun moyen de réparer les fautes du passé. Néanmoins, c'était également très difficile de taire les secrets que les morts avaient emportés avec eux dans la tombe… Et comment tenir les serments qui avaient été prêtés sous la pression, lorsque des proches étaient aujourd'hui menacés ?

Iain ferma les yeux sous le poids du remords et songea à quel point Ciara ressemblait à sa mère. Les mêmes cheveux blonds, les mêmes yeux noisette taillés en amande… Iain posa brutalement sa chope vide, se frotta vigoureusement le visage et tenta de chasser toutes ces images du passé.

Trop de choses dépendaient de sa sœur Marian et de Duncan. Et il avait passé tant d'années à refuser d'assumer les conséquences de ses actes qu'elles lui revenaient maintenant en pleine figure. La vérité qu'ils avaient tous cachée avait permis de sauver l'honneur de son clan ces dix dernières années. Etait-il assez fort aujourd'hui pour relever les défis qu'on pourrait lui lancer si la vérité venait enfin à éclater ?

Il espérait bien en être capable, avec l'aide de Dieu.

Ciara se demandait si ses joues allaient finir par reprendre une couleur normale un jour. Dès qu'elle les touchait, elle y sentait une terrible chaleur, elle devait avoir l'air fiévreuse. Elizabeth aussi avait les joues toutes rouges et semblait encore plus affectée qu'elle par ce qu'elles avaient vu. Si bien que Ciara avait envoyé Cora dans la chambre qui leur avait été attribuée pour pouvoir parler tranquillement avec Elizabeth de ce qui s'était passé. Hélas, pas un mot ne parvenait à sortir de sa bouche. Jusqu'ici, elle ne s'était pourtant jamais considérée comme quelqu'un de prude.

Un peu plus tôt, Elizabeth et elle avaient décidé de faire une promenade avant le dîner. Un petit plaisir qu'elles s'accordaient régulièrement à Lairig Dubh, et, depuis le début du voyage, elles n'avaient pas modifié leurs habitudes car elles passaient énormément de temps à cheval chaque jour et ressentaient le besoin d'aller marcher.

Aussi Ciara avait-elle proposé de la conduire dans l'un de ses endroits préférés. L'été, elle aimait particulièrement se rendre près du ruisseau qui coulait à l'autre bout du village. Notamment près de la cascade que le ruisseau avait creusée dans la roche au cours des siècles passés. L'eau dégringolait dans un magnifique petit bassin où elle adorait venir tremper ses jambes lors de ses visites à Dunalastair.

Alors qu'elles se rendaient d'un bon pas vers la piscine naturelle, elles avaient distinctement entendu des bruits d'éclaboussures et avaient reconnu des voix d'hommes qui leur étaient familières. Elles s'étaient donc approchées des berges pour aller voir.

Et pour voir, elles les avaient vus !

Ciara avait déjà vu des hommes dans le plus simple appareil, mais, même si elle en rêvait parfois, elle ne pensait pas avoir un jour l'occasion de voir Tavis complètement nu… Et pourtant, il se trouvait sur l'autre rive, de l'eau jusqu'à la taille. Les rayons de soleil qui réussissaient à se frayer un chemin à travers le feuillage des arbres faisaient luire sa large poitrine et ses bras musclés. Il avait mis tout à coup la tête sous l'eau pour se frotter le visage. Finalement, il avait traversé le petit cours d'eau et était ressorti de leur côté.

Ciara avait cru l'espace d'un instant que son cœur s'était arrêté de battre ! A son côté, Elizabeth avait porté la main à sa poitrine. Le spectacle était en effet saisissant. Puis son amie s'était couvert les yeux et avait tourné les talons. Ciara, elle, en avait été incapable. Fascinée, elle avait regardé Tavis s'habiller en retenant son souffle, parfaitement immobile, pour ne pas trahir sa présence.

Une jeune femme bien élevée se serait enfuie sur-le-champ, en état de choc. Une jeune femme bien élevée, comme Elizabeth, se serait couvert les yeux et aurait eu la décence de s'évanouir. Or, elle n'avait rien fait de cela, bien au contraire, elle avait observé chacun de ses faits et gestes et n'avait pas détourné les yeux une seule seconde de ce corps splendide.

Elizabeth était finalement venue la tirer par la main et l'avait emmenée de force.

Perturbées par le spectacle, elles s'étaient remises en route en trébuchant et ne s'étaient arrêtées qu'une fois arrivées devant le petit bassin. Là, elles s'étaient laissées tomber dans l'herbe avant d'éclater d'un rire hystérique comme elles le faisaient chaque fois qu'elles commettaient une bêtise ensemble.

Pourtant, à présent, ce n'était pas l'euphorie de la transgression enfantine que Ciara ressentait… En voyant

Tavis complètement nu, elle avait ressenti quelque chose de nouveau : une espèce de douleur délicieuse qui provenait du plus profond de son être et semblait irradier dans son corps tout entier. Elle avait encore la bouche et la gorge sèches. Et il lui semblait que son corps avait besoin de... Le problème, en fait, c'était qu'elle ne savait pas de quoi justement.

A présent, elles étaient de retour dans leur chambre, muettes. Ciara mourait d'envie de parler de ce qui s'était passé avec son amie, seulement l'image de Tavis en train de sortir de l'eau dans le plus simple appareil ne cessait de repasser devant ses yeux et l'empêchait de prononcer le moindre mot. Son esprit s'égara et elle se mit à penser à ce qu'impliquait la vie conjugale. C'était précisément cela qui la faisait rougir, c'était un sujet bien trop intime pour en parler avec Elizabeth.

Lorsqu'on les appela pour le dîner, Ciara fit de son mieux pour contenir son agitation et sa gêne. Peut-être que si elle ne le regardait pas au cours du repas, elle pourrait contrôler les étranges sensations qui l'assaillaient ? Ou peut-être devait-elle se faire excuser et rester au lit jusqu'au lendemain matin ? Une fois en selle, elle pourrait plus facilement éviter Tavis et sa gêne finirait bien par disparaître.

Elle était une femme désormais et elle connaîtrait très prochainement le contact intime avec le corps d'un homme. Mais ce ne serait pas celui de Tavis. Une douleur lancinante s'empara d'elle à cette pensée. Seigneur ! Il fallait absolument chasser Tavis de son esprit ! Elle devait passer à autre chose. Ciara se leva précipitamment et se dirigea vers la porte. Alors qu'elle soulevait le loquet, elle se tourna vers Elizabeth et lui adressa un large sourire.

— J'ai eu tort tout à l'heure, avoua-t-elle. Je n'aurais pas dû rester pour regarder.

— C'est vrai, mais il est... Il est très beau, répondit Elizabeth.

— Je n'ai aucun droit sur lui et je n'aurais pas dû le regarder comme je l'ai fait, rétorqua Ciara d'un ton définitif.

Elle allait épouser James Murray. Certes, il avait dix ans de moins que Tavis, mais il n'avait manifestement ni l'entraînement ni l'expérience que ce dernier avait acquis au combat. Et même s'il était plutôt séduisant, James n'avait pas la beauté sauvage, terriblement virile de Tavis. Elle revit ses grands yeux verts, plus lumineux encore que les teintes de la forêt qui bordait Lairig Dubh, sa peau bronzée par le grand air…

Dieu du ciel ! Qu'est-ce qui lui prenait ? Elle était littéralement envoûtée par cette vision… Elle croisa le regard d'Elizabeth et vit que celle-ci hésitait à poursuivre leur conversation.

— Je suis certaine que James saura égaler le joli tableau que nous avons vu aujourd'hui, dit-elle.

Elles éclatèrent aussitôt de rire, heureuses de pouvoir apaiser la tension. Cora arriva sur ces entrefaites et les pressa d'aller dîner.

Ciara songea qu'il ne lui restait plus que quelques jours, une semaine au plus, pour parvenir à maîtriser ses pensées déplacées avant d'arriver dans le comté de Perth. Elle prit une profonde inspiration pour se calmer et suivit Cora.

6

Lorsqu'elle pénétra dans la salle de réception pour s'installer à la grande table où son oncle l'attendait, Ciara pensait avoir réussi à contrôler l'étrange trouble que Tavis lui inspirait. Elle salua sa famille et ses cousins, et prit place en regardant autour d'elle pour voir où se trouvaient ses compagnons de voyage.

— Ton escorte est au regret de ne pouvoir assister à ce repas, mais ils doivent s'occuper de votre départ demain. Vous partirez dès l'aube, lui expliqua son oncle Iain en interceptant son regard.

Intriguée, Ciara remarqua que son oncle avait très légèrement plissé les yeux et sa lèvre supérieure avait tressailli. Deux signes qui prouvaient que quelque chose se tramait.

Ciara sentit ses joues s'enflammer, toute son agitation revenue. Etait-il au courant de ce qui s'était produit près du ruisseau ? Soupçonnait-il quelque chose entre eux ? Mieux valait faire comme si de rien n'était. Avec toute la dignité qui lui restait, Ciara adressa un signe de tête à son oncle et déplia sa serviette sur ses genoux car les serviteurs étaient déjà en train d'apporter les plats.

— Ils prennent tous leur tâche très au sérieux, mon oncle. Tavis tout spécialement.

Il haussa les sourcils presque imperceptiblement, ce qui confirma à Ciara qu'il s'était arrangé volontairement pour éloigner Tavis du repas. Et quand bien même ? Tous ces mystères pouvaient bien attendre ! Elle se pencherait sur la question un peu plus tard. Pour l'heure, elle avait très envie de profiter de la présence de ses cousins. Comme il n'était pas prévu de repasser par Dunalastair au retour, elle ne les verrait sans doute pas pendant une très longue période. Et même si son mariage avait leur assentiment, la cérémonie nuptiale aurait lieu chez elle, à Lairig Dubh, il y avait donc peu de chances de les voir assister à la fête.

Tout cela était bien étrange. Son oncle et ses cousins avaient manifestement tous beaucoup d'affection pour elle, pourtant, dès qu'ils se rencontraient hors de leur clan, elle avait toujours eu l'impression que leurs sentiments devaient rester très discrets. Peut-être tout cela avait-il un rapport avec son vrai père ? Cet homme dont on ne lui avait jamais révélé le nom. Ciara craignait de poser des questions à ce sujet car sa mère lui avait bien fait comprendre qu'il ne fallait pas en parler. A aucun prix.

Son père avait-il déshonoré sa mère et refusé de l'épouser par la suite ? Etait-il un ennemi des Robertson ou un homme indigne d'épouser la fille unique du puissant laird Robertson ? Etait-il mort avant sa naissance ? Elle ne put réprimer un soupir. Elle aimerait tant connaître les réponses à toutes ces questions. Encore fallait-il qu'elle trouve le courage de les poser…

Le repas s'acheva dans une atmosphère joyeuse. Assez tôt, Ciara et Elizabeth s'excusèrent et se retirèrent dans leur chambre.

En dépit de la fatigue du voyage, Ciara peinait à trouver le sommeil. Les mêmes questions revenaient la torturer. Elle se tournait et se retournait tant, qu'elle empêchait Elizabeth de dormir. Son amie dormait pourtant habituellement dans n'importe quelle circonstance. Ciara finit par se lever et se dirigea vers la seule petite fenêtre qui avait été percée dans le mur. Elle ouvrit les volets, s'accouda et scruta l'obscurité au-dehors.

Tout était calme dans le château. Elle entendait encore quelques oiseaux chanter au loin, et les arbres paraissaient se mouvoir en rythme. La nuit avait toujours été un moment magique pour elle. Avec Elizabeth, c'était le moment qu'elles préféraient pour aller se promener dans le village, discuter de leurs soucis et faire des projets.

Etrangement, les choses semblaient toujours faire sens en pleine nuit, alors que ce n'était jamais le cas à la lumière du jour.

Cette nuit-là, pourtant, aucune réponse ne lui parvint. A bout de nerfs, Ciara retourna se coucher et réussit finalement à s'endormir.

La pluie qui ne cessait pas avait jeté un voile de morosité sur leur troupe. Les conversations avaient été réduites à leur strict minimum depuis leur départ de Dunalastair. Ils rejoignaient maintenant le chemin que les bergers empruntaient autrefois pour se rendre dans la ville de Crieff, célèbre pour son marché. Un peu plus loin devant Tavis, les trois femmes voyageaient à l'abri des éléments, dans le chariot. Elles devaient être serrées, mais au moins étaient-elles au sec.

Lui et les hommes ne se préoccupaient pas du temps qu'il faisait. Il avait toujours vécu, dormi, mangé, combattu et fait toutes sortes de choses dehors. Aussi longtemps que les routes ne se transformaient pas en torrents de boue et que le chariot continuait à avancer, ils poursuivraient leur route. Et puis, ils étaient tous couverts de leur tartan, ce qui leur permettait de ne pas trop sentir la pluie.

Les deux premiers jours, il avait plu sans discontinuer mais les routes étaient demeurées praticables. Néanmoins, au troisième jour, il pleuvait toujours autant. Et pour aggraver encore la situation et l'humeur générale, le chariot venait juste de s'embourber et ne voulait plus bouger d'un centimètre. Tavis entendit quelqu'un crier à l'intérieur et accéléra pour voir si l'une d'entre elles était blessée. Par chance, en s'approchant, il n'entendit que quelques jurons proférés à mi-voix. Il savait bien qui en était à l'origine…

— On est enlisés ? demanda Ciara, en soulevant la bâche en toile qui les protégeait pour lui parler à travers les trombes d'eau qui s'abattaient.

— On dirait bien.

Tavis descendit de cheval et procéda à un examen rapide du chariot. Il se mit à pousser sur l'un des côtés. Ses hommes le rejoignirent aussitôt pour lui prêter main-forte. Mais les roues étaient enfoncées trop profondément dans la boue.

— Nous devons sortir, Tavis. Prends-moi la main, dit Ciara qui s'était déjà levée pour sortir du chariot.

— Ciara, attends un peu, le temps pour nous de réfléchir à la meilleure manière de nous sortir de là, sans que vous soyez toutes trempées, répliqua-t-il d'une voix autoritaire.

Mais Ciara ne l'avait pas écouté.

— Malédiction, maugréa Tavis à voix basse en la voyant sauter et atterrir juste à côté de lui, ses bottines en cuir pleines de boue.

Sans l'ombre d'une hésitation, elle rassembla les pans de sa robe et les coinça dans sa ceinture, dévoilant de délicieux pantalons blancs.

— Ciara, bégaya-t-il, troublé comme un jouvenceau par le spectacle de ses mollets fins qui se dessinaient sous le tissu.

— Elizabeth, sors de là, cria-t-elle à son amie. La pluie ne risque pas de te faire fondre et nous devons tous pousser le chariot. Cora, viens-tu ?

Avait-elle perdu l'esprit ? Elle pensait peut-être qu'il allait la laisser… ?

— Si tout le monde s'y met, nous pouvons vider le chariot et le faire avancer jusqu'à ces espèces de pierres là-bas pour pouvoir ensuite repartir, continua-t-elle sans lui prêter la moindre attention.

Bon sang ! Cette femme avait vraiment réponse à tout… Ne pouvait-elle pas plutôt rester bien au chaud à l'intérieur, se mettre à gémir comme Cora était justement en train de le faire ? Ne devrait-elle pas simplement attendre et le laisser faire ce qu'il fallait pour tirer le chariot de cette ornière ? Eh bien non, c'était même tout le contraire : elle prenait les initiatives pour gérer la situation et ne semblait nullement effrayée. Comme s'il n'était pas là, elle avait pris le contrôle des opérations et donnait des ordres à chacun. Tavis ne savait plus s'il devait se mettre en colère ou la serrer dans ses bras.

Dans les minutes qui suivirent, Elizabeth et Cora avaient coincé les pans de leurs manteaux comme Ciara l'avait fait et avaient commencé à décharger le chariot. Elles portaient ce qui n'était pas trop lourd jusqu'à une petite clairière abritée par les arbres.

Tavis avait bien envie de réprimander Ciara vertement, seulement, elle avait ordonné exactement ce qu'il aurait recommandé de faire… Et ses compagnes ne lui avaient opposé qu'une faible résistance. Lui, en revanche, n'aurait jamais pu en arriver là aussi rapidement.

Cela leur prit environ deux heures. Le chariot avait été entièrement vidé, les roues avaient été dégagées de l'ornière et ils avaient réussi à le pousser jusqu'à une zone plus stable. Aucune d'entre elles n'avait émis la moindre protestation pendant toute l'opération. Un peu plus tard, alors qu'ils avaient de nouveau rempli le chariot et trouvé un endroit pour passer la nuit à l'abri, Tavis comprit ce qui l'ennuyait tant.

Il aimait Ciara. Il aimait la femme forte et résolue qu'elle était devenue.

Malgré toutes ses récriminations, il ressentait pour elle bien plus qu'il ne voulait se l'avouer. Bien plus qu'il ne l'aurait dû en tous les cas. Cependant, ce qu'il ressentait et ce qu'il désirait n'avait aucune importance car elle n'était pas du même monde que lui, sans compter qu'elle était à la tête d'une vraie fortune. Jamais il ne lui proposerait de l'épouser car il s'était juré de ne plus se marier. Or, c'était la seule chose qu'une femme de son rang pouvait accepter.

Allons, il perdait l'esprit. De toute façon, elle était promise à un autre et toute interférence dans les dispositions qui avaient été prises aboutirait au déshonneur ou même à un différend grave entre les MacLerie et les Murray.

Iain Robertson avait apparemment mieux compris certaines choses que lui, lorsqu'il l'avait mis en garde. Et s'il avait vu ce qu'il ressentait pour Ciara, cela signifiait que d'autres le pouvaient aussi. Cela finirait fatalement par se savoir… Il devait agir, il n'était plus question de se laisser encore un espoir. Aussi Tavis prit-il la ferme résolution de considérer le reste du voyage comme une simple mission que Connor lui aurait confiée. Rien de plus.

Il observa Ciara alors qu'elle remuait doucement un ragoût qui mijotait sur le feu. Et comme cela était arrivé bien des fois auparavant, elle parut sentir son regard car elle leva la tête et leurs yeux s'accrochèrent. Dans son regard, il lisait la même chose que ce qu'elle devait lire dans le sien : la confusion, le désir, l'envie, le manque… et l'amour. Au bout d'une longue minute, il détourna la tête.

Ils ne pouvaient pas…

Seuls les attendaient le désespoir, la ruine et le malheur, s'ils se montraient assez faibles pour écouter leurs cœurs. Pour lui, cela impliquerait la perte de son honneur car il avait juré allégeance et obéissance au laird. Et pour elle, ce serait bien pis car elle perdrait tous ceux qu'elle aimait. Jamais il ne serait la cause de la honte terrible qu'elle ressentirait alors. Tous deux seraient obligés de s'exiler du clan et de leurs familles respectives sans pour autant pouvoir partager cette vie de déshonneur.

Ciara n'y survivrait pas.

Tavis but sa bière d'une traite. Son estomac se contracta. Il n'avait plus faim. Dieu, comme le destin se montrait cruel en lui ouvrant les yeux trop tard sur ce qui les unissait, alors même que leur union était impossible !

Ciara avait l'impression de comprendre ce qu'avait ressenti sa vieille poupée le jour où son frère et elle s'étaient disputés et l'avaient tordue dans tous les sens pour finir par la déchirer et en arracher tout le rembourrage.

Alors qu'elle servait le ragoût, elle repensait à ce qui venait de se produire. Elle avait parfaitement compris la situation. Par ce long regard, Tavis lui avait permis de lire dans son cœur et dans son âme. Il lui avait montré qu'elle n'était pas la seule à ne plus savoir où elle en était. Puis, comme s'il avait aussitôt regretté son geste, il était parti sans un mot, sans même prendre le temps de manger.

Dieu ! Comme il était difficile de grandir et d'accepter de tenir son rôle d'adulte, avec tous ces devoirs et ces responsabilités à assumer ! Elle détestait cela plus que tout au monde. Néanmoins, elle savourait ce bref moment d'honnêteté, de sincérité absolue, entre eux.

Tout en mangeant distraitement, Ciara réfléchit à toutes les possibilités qui s'offraient à eux, ainsi qu'à tous les obstacles qui se dressaient devant eux. Elle avait beau retourner les éléments dans tous les sens, il n'y avait absolument rien à faire. Leurs destins étaient définitivement scellés.

Tous deux allaient suivre le chemin qu'ils s'étaient choisi, ils allaient préserver leur honneur et faire ce que leurs familles attendaient d'eux. Finalement, la seule chose qui l'apaisait un peu, c'était de savoir que Tavis l'avait traitée en adulte pour une fois…

Après le repas, Ciara était immédiatement montée dans le chariot et s'était glissée sous sa couverture. Etrangement, pour la première fois depuis bien longtemps, son esprit était en paix. Elle acceptait enfin la terrible réalité qu'elle n'avait jamais voulu affronter. Jamais elle n'épouserait l'homme qu'elle aimait. C'était la volonté divine et elle ne pouvait rien contre.

Ils arrivèrent à Crieff quatre jours plus tard, sans encombre. Tavis avait envoyé des hommes en éclaireurs pour leur trouver un endroit où dormir et prendre les dispositions nécessaires pour la dernière partie de leur voyage.

A son grand soulagement, si quelqu'un dans le groupe avait remarqué un changement entre Tavis et elle, personne n'en avait parlé. Pour sa part, Ciara s'était débarrassée de tous ses sentiments, les avait rejetés au fond de son cœur et comptait bien ne plus jamais rien ressentir. C'était étonnamment facile d'en nier l'existence, et bien moins douloureux que de les voir encombrer son esprit, son cœur et son âme à toute heure du jour.

Désormais, il n'y avait plus que la nuit que son amour échappait à son contrôle. En rêve, elle le voyait sortir du ruisseau et se diriger vers elle. Elle restait immobile, envoûtée, incapable du moindre geste, et lorsqu'il s'approchait à la toucher, il l'embrassait avec un tel abandon qu'elle se réveilla plus d'une fois avec la conviction de le trouver allongé à ses côtés. Son corps criait alors son désir pour lui. Un besoin primitif s'était éveillé en elle et exigeait d'être satisfait.

Par bonheur, Crieff lui apporta, ainsi qu'au reste de la troupe, une distraction bienvenue. C'était un bourg très animé où l'on trouvait toutes sortes de commerces et de denrées. C'était la première ville digne de ce nom qu'ils avaient croisée depuis leur départ.

Tandis qu'ils pénétraient dans la ville par le nord-ouest,

Ciara entendit Cora et Elizabeth s'animer à la vue de tous ces gens, de ces animaux et de ces étals chatoyants. Contrairement à ses compagnes, Ciara était à cheval et elle avait respecté à la lettre les ordres de Tavis selon lesquels elle devait rester à ses côtés à tout moment. Il y avait tellement de choses à regarder qu'il était difficile de ne pas se laisser divertir !

Ils empruntèrent bientôt une rue beaucoup plus calme et s'arrêtèrent devant une auberge. Tavis l'aida à descendre de cheval, et Dougal amena avec précaution le chariot dans la cour de l'auberge où des hommes allaient monter la garde pendant la nuit.

Elle avait certainement l'air d'une paysanne après un tel périple, pourtant, lorsque Tavis annonça au tenancier qui elle était, il obtint la meilleure chambre pour elle et son amie. Elle oubliait parfois que le nom MacLerie suffisait à ouvrir toutes les portes… Tavis les accompagna jusqu'à leur chambre et Iain leur apporta tout le nécessaire. On leur avait promis un bain. En montant l'escalier qui menait à l'étage où se trouvaient deux petites chambres, Ciara s'imaginait déjà en train de se glisser dans un baquet rempli d'eau fumante.

— Il y a une chambre pour Elizabeth et toi, et l'autre pour Cora et les malles, expliqua Tavis alors que ses hommes étaient en train de monter les affaires.

Ciara acquiesça.

— On pourrait peut-être aller faire une petite promenade en ville dès que nous serons tous installés ? Il y a tant de choses intéressantes à voir, dit-elle.

— Tu as vu les étals en passant ? renchérit Elizabeth. Ce serait un vrai plaisir d'aller voir cela de plus près.

Toutes deux se mirent alors à déverser des flots de paroles sur toutes les choses qui avaient attiré leur attention en chemin. Ciara s'était déjà rendue dans des villes comme Glasgow ou Edimbourg, mais ce n'était pas le cas d'Elizabeth. Il fallait absolument faire cette excursion ! Pourvu que Tavis leur donne son accord… Ce dernier gardait le silence en faisant les cent pas. Enfin, il leva la main pour leur demander de cesser leurs bavardages.

— Très bien, capitula Tavis. Les rues ne sont pas encore trop bondées pour la fête de la Saint-Michel, nous pouvons donc nous octroyer une petite promenade sans craindre pour votre sécurité. Installez-vous confortablement, je vais prévenir les hommes.

Ciara et Elizabeth étaient tellement excitées qu'elles avaient même réussi à communiquer leur agitation à la placide Cora. Celle-ci avait quelques pièces de monnaie en sa possession et comptait bien s'offrir un petit quelque chose. Elizabeth et Ciara avaient également un peu d'argent sur elles et avaient la permission d'acheter ce qui leur ferait plaisir. Quelques heures fort agréables en perspective… Ciara était heureuse de cette distraction, qui éloignait pour un temps sa mélancolie.

L'excursion tint ses promesses. Les trois hommes qui les accompagnaient s'étaient laissés aller à l'enthousiasme général et allaient parfois jusqu'à leur suggérer tel ou tel achat. Alors que Ciara avait craint de les voir rester entre eux, comme Tavis l'avait fait ces jours derniers.

Lorsqu'ils furent de retour à l'auberge, le dîner venait juste d'être servi. Les conversations allaient bon train et Ciara savourait avec gourmandise les bons plats chauds et parfumés qu'on leur avait préparés. Elle passa une charmante soirée, ainsi entourée de proches qu'elle connaissait depuis l'enfance. Elle profita d'autant mieux de la soirée qu'elle savait qu'elle allait bientôt quitter les MacLerie pour commencer une nouvelle vie avec les Murray.

Elle avait beau être d'humeur gaie, cette perspective ne l'enchantait guère. Etait-ce là son destin ? Allait-elle toujours passer d'une famille à une autre ? Pourquoi aucun clan ne voulait-il la garder ? Peut-être était-elle trop différente ?

Elle avait si peu de souvenirs de l'époque où elle avait vécu à Dunalastair dans la famille de sa mère. Tout ce qu'elle gardait à la mémoire, c'étaient les dernières années qu'elle avait passées parmi les MacLerie. Or, ses parents s'étaient efforcés pendant ces années de la rendre attrayante pour un autre clan… Pourquoi n'y avait-il jamais eu de discussions en vue d'un mariage avec un homme originaire de Lairig Dubh ? Ce genre d'union au sein du clan était pourtant courante. Et c'était incontestablement le seul endroit sur terre où elle se sentait véritablement chez elle…

Trêve de nostalgie ! Ciara n'avait pas envie de verser une seule larme ce soir car l'émotion risquait de la submerger totalement. Elle regarda autour d'elle et s'aperçut que la plupart des autres convives de l'auberge étaient allés se coucher.

A leur tour, Ciara et Elizabeth montèrent dans leur chambre. Le bain fumant et parfumé que Cora lui avait préparé se révéla très efficace pour soulager ses multiples douleurs, mais il ne vint pas à bout de ses peines de cœur. Des larmes coulèrent librement sur ses joues avant de disparaître dans l'eau du bain. Ciara pleura en silence la perte de son amour. Elle pleura quelque chose qui n'avait jamais existé. Qui ne pourrait jamais exister.

Au demeurant, elle se rendait compte maintenant que Tavis avait vu juste. En fait, elle avait joué à l'aimer pendant toutes ces années. Une vénération de petite fille, certes, mais dont elle avait eu tant de mal à se défaire. Et aujourd'hui, alors qu'elle pensait pouvoir aller de l'avant et avait accepté qu'il ne partage pas ses sentiments, voilà qu'elle apprenait par un regard lourd de sens qu'il l'aimait !

— Maudit soit-il ! murmura-t-elle en frappant rageusement du poing la surface de l'eau.

7

Tavis avait ordonné à tous les membres du convoi de rester groupés car la route qui menait de Crieff à Perth était très fréquentée. Perth était une ville royale et c'était là que se concentraient la plupart des échanges commerciaux avec le continent. La cité attirait également beaucoup de pèlerins en raison des nombreux ordres religieux qui s'étaient établis dans les petites villes environnantes. Edouard d'Angleterre s'était emparé de la ville par le passé, mais Robert Bruce était depuis parvenu à la reprendre. Ce qui expliquait que Perth possédât les murailles de défense les plus impressionnantes de toute l'Ecosse.

Ils approchaient maintenant de l'imposant rempart flanqué de plusieurs tours et allaient bientôt franchir une porte d'entrée. Tavis comptait s'arrêter en ville pour manger avant de reprendre la route vers le sud-est afin de rejoindre les terres de la famille Murray. Comme le temps était relativement clément, il avait prévu d'atteindre leur destination dans la journée.

Alors que leur troupe traversait la ville, Ciara et Elizabeth rivalisaient d'enthousiasme. Elles ne savaient visiblement plus où donner de la tête et poussaient sans cesse des petits cris admiratifs. Cela le fit sourire, à son corps défendant.

En fin de compte, il ne lui serait pas très difficile de venir de temps à autre dans cette ville lorsque Ciara serait mariée à James Murray. Diable ! Pourquoi fallait-il qu'il oublie tout sens de l'honneur dès qu'il s'agissait de Ciara. Il chassa immédiatement la tentation de son esprit. Il fallait la laisser partir. La laisser vivre sa vie.

A partir d'aujourd'hui, il comptait bien s'y tenir. A jamais. Ne restait plus qu'à la mener à bon port. Il avait envoyé Dougal en éclaireur pour prévenir les Murray de leur arrivée imminente. Après un rapide déjeuner qu'ils feraient de l'autre côté de la ville, ils n'auraient plus beaucoup de trajet à parcourir. Le voyage touchait à sa fin, et Tavis ne pouvait se défendre d'un sentiment de tristesse au fur et à mesure que la distance qui les séparait du clan Murray s'amenuisait.

— Tu as l'air plongé dans tes pensées. Tout va bien ? demanda Ciara qui venait de le rejoindre à cheval.

— Tout va bien, répondit-il, d'une voix qu'il espérait sereine.

— Tu es déjà venu ici par le passé ? l'interrogea-t-elle tout en gardant les yeux sur la route et les gens qui marchaient sur le bas-côté.

— Oui, une fois, il y a bien des années. Avec Duncan. Nous nous rendions à Edimbourg pour rencontrer les ministres du roi au sujet d'un accord commercial. Nous sommes passés ici, puis nous avons gagné Dundee avant de prendre le bateau pour rejoindre Edimbourg. Je suis sûr que cela te plaira beaucoup de vivre en bord de mer, Ciara.

Bon Dieu ! Cela ne s'arrêterait-il donc jamais ? Pourquoi se préoccupait-il constamment de ce qui lui plaisait ou la rebutait ? Elle aimait l'eau depuis toujours. Elle adorait les bateaux. Et alors ? C'était à James Murray de s'en soucier désormais.

— James m'a dit qu'il habitait au nord du fleuve Tay, juste avant qu'elle ne s'élargisse et ne se jette dans la mer.

— C'est vrai. Tu sais, ton père se rend à Edimbourg plusieurs fois par an. Ce n'est pas très loin d'ici, il pourra facilement passer te voir, fit remarquer Tavis.

— Ce n'est pas vraiment mon père, Tavis, chuchota-t-elle.

A ces mots, Tavis sentit son corps se raidir brusquement et son cheval fit aussitôt un écart, en direction de Ciara. Heureusement, elle garda sans peine le contrôle de sa monture et parvint à éviter le choc.

— Duncan t'a élevée comme sa propre fille.

Ciara ne répondit rien et il vit qu'elle avait les larmes aux yeux. Avant qu'il ait pu esquisser un geste de réconfort, elle reprit d'une voix heurtée :

— J'ai passé cinq ans parmi les Robertson et treize ans parmi les MacLerie. Tu penses que les Murray vont réussir à me garder plus longtemps ?

La douleur de la jeune femme l'atteignit de plein fouet. Un tel sentiment d'abandon, une telle souffrance transparaissaient dans ces propos ! Elle pensait donc que les clans la rejetaient l'un après l'autre ? Les paroles de Iain Robertson lui revinrent tout à coup à la mémoire. Que savait Ciara au sujet de ses origines ? Rien. De là venait sans doute son sentiment d'insécurité. Tout d'un coup, Tavis voyait les choses sous un nouveau jour.

La curiosité insatiable dont elle faisait preuve et les nombreux talents qu'elle possédait allaient dans le même sens, au fond... En dépit des apparences, elle n'était pas une jeune femme pleine de confiance en elle, elle était, au contraire, une jeune fille inquiète qui faisait de son mieux pour se rendre indispensable aux yeux de son beau-père, pour l'inciter à la garder auprès de lui.

Que pouvait-il répondre pour la détromper ? Quels mots pouvait-il employer pour lui démontrer qu'elle était une femme admirable, sans laisser transparaître la force des sentiments qu'elle lui inspirait ?

Heureusement pour lui, ils arrivaient déjà au dernier pont qu'ils devaient traverser pour quitter la ville, et un de ses hommes venait de l'appeler pour payer le droit de passage. Le temps pour eux de passer le pont et de sortir de la ville, Tavis s'aperçut avec un certain soulagement que Ciara était à présent en pleine conversation avec Elizabeth.

Lorsqu'il reporta son regard sur la route, il sentit son cœur se serrer douloureusement. Les hommes partis en éclaireurs étaient de retour et venaient à leur rencontre. D'autres hommes les accompagnaient. James Murray était parmi eux. Et voilà, le moment était venu de se mettre en retrait.

Dès qu'ils furent à portée de voix, Tavis les héla. Puis il arrêta son cheval pour saluer le jeune Murray, comme il se devait. James ne prêta aucune attention à lui et se dirigea directement vers Ciara. Il descendit de cheval d'un bond et prit aussitôt sa main qu'il embrassa avec fougue. Il garda sa main dans la sienne et lui parla à voix basse. Tavis sentit une rage violente l'envahir. Cet imbécile de Murray semblait avoir complètement oublié le monde qui l'entourait. Maudit soit-il !

Ciara se sentait rassurée. Elle appréciait beaucoup les galantes manières de son futur époux. Et notamment l'accueil chaleureux qu'il avait réservé à Elizabeth et Cora. La bonne humeur de son fiancé avait au moins le mérite d'apaiser un peu sa peine.

Depuis qu'elle s'était épanchée auprès de Tavis, Ciara se sentait vulnérable et à fleur de peau. C'était la première fois qu'elle confiait son amertume. Elle n'en avait jamais parlé jusque-là. Pas même à sa mère, ni à sa meilleure amie. C'était déjà bien assez difficile à admettre envers soi-même.

Et ce voyage chargé en émotions n'avait rien fait pour alléger son humeur chagrine ! Elle avait le cœur gros après tous les changements qu'elle avait dû affronter ces derniers jours.

— Etes-vous fatiguée après ce long voyage à cheval, Ciara ? demanda James alors qu'il enfourchait sa monture.

Son cheval était magnifique. Ciara rêvait d'empoigner les rênes d'une telle monture !

— Non, monsieur, les routes étaient très praticables aujourd'hui et le temps tout à fait clément.

James rit de bon cœur et hocha la tête.

— Cela vous plairait de prendre de l'avance en ma compagnie ? Quelques kilomètres seulement nous séparent de chez moi, expliqua James en montrant l'horizon du menton.

Ciara chercha Tavis des yeux, mais Cora répondit :

— Quelle merveilleuse idée, Ciara ! Pars donc en avant avec le jeune lord. Nous ne serons pas très loin.

— Eh bien, venez alors, demoiselle. Vous, dit-il en s'adressant à Tavis, vous êtes le responsable de ce convoi ?

— C'est bien moi, lord Murray, répondit Tavis.

Tavis avait parlé d'un ton neutre, pourtant Ciara nota aussitôt la tension dans sa voix.

— Arrangez-vous pour amener les femmes et le chariot sans incident jusqu'au château. Lorsque vous parviendrez à une fourche, prenez à gauche et traversez le village.

Ciara tressaillit. James traitait Tavis comme un vulgaire domestique ! Jamais elle n'avait entendu qui que ce soit lui parler de la sorte. Son oncle Connor le tenait en très haute estime et lui accordait toute sa confiance. Pourtant, aux yeux de James et des autres, il n'était qu'un homme de main, censé obéir à leurs ordres. Ils n'étaient plus chez les MacLerie. Ici, dans les plaines d'Ecosse, les traditions n'étaient pas les mêmes et la notion de famille ne semblait pas avoir le même sens qu'au sein des clans des Highlands. Néanmoins, elle dut serrer les lèvres pour se retenir de remettre vertement James à sa place.

Déjà, il lui adressait un large sourire et elle le suivit sans rien dire. Instinctivement, elle fit en sorte de rester juste derrière lui, alors qu'elle aurait pu le dépasser sans aucun problème.

Arrivés à la fourche, ils s'engagèrent sur le chemin de gauche, pour parvenir au village dont James avait parlé à Tavis. James ralentit l'allure dès qu'ils pénétrèrent dans les rues étroites, puis, une fois passé les dernières chaumières, il accéléra de nouveau avant de gravir la colline qui menait au château. Le chemin était assez escarpé mais ne posait pas de difficultés pour un cavalier, en revanche, il faudrait un certain temps au chariot pour grimper jusqu'au sommet de la colline.

Ciara regarda les alentours avec attention. C'est ici qu'elle vivrait bientôt. Les Murray habitaient une demeure en pierre entourée d'une petite muraille. La teinte gris sombre qui prédominait lui sembla un mauvais présage. Elle n'aurait su dire pourquoi mais elle ne se sentait pas la bienvenue… Pourtant, cette maison n'avait rien de particulier. Elle était de dimensions trop modestes pour être qualifiée de château, mais était néanmoins protégée pour éviter toute intrusion. Ciara eut immédiatement envie de la détester.

James la précéda pour franchir la porte qui perçait la muraille. Ils pénétrèrent alors dans une petite cour située devant la maison. Lord et lady Murray se tenaient déjà devant la porte d'entrée et leur firent signe de la main. Ciara les salua aussitôt et arrêta son cheval à quelques mètres. Un domestique accourut pour prendre les rênes de son cheval, et James, qui se trouvait déjà à son côté, l'aida à descendre. La rencontre avec sa future famille la rendait nerveuse, pourtant elle parvint à conserver tout son calme. En apparence, du moins.

Courage, elle devait avoir une conduite irréprochable. C'était ce que ses parents et le laird attendaient d'elle. Seulement, plaire à ses beaux-parents ne serait sans doute pas aisé. La première fois qu'elle avait rencontré les Murray,

Ciara avait clairement remarqué qu'ils déploraient l'oreille attentive que ses parents lui prêtaient. Ils avaient visiblement été choqués de voir que ces derniers la consultaient avant de prendre des décisions importantes la concernant. Ciara avait surpris leurs regards et leurs petites moues.

Aujourd'hui, la scène se répétait. Elle avait parfaitement conscience qu'ils étaient en train de la détailler de la tête aux pieds, comme pour percer à jour ses travers et ses défauts. Par ailleurs, bien qu'elle fût riche et d'un clan puissant, ses origines ne plaidaient pas en sa faveur. Pour les Murray, elle n'était qu'une fille des Highlands, cette terre de sauvages. Le menton haut, Ciara épousseta sa robe et en lissa les plis. A son côté, elle sentait le regard de James posé sur elle.

— Prenez le temps de reprendre votre souffle, Ciara. Cette colline donne du fil à retordre même aux meilleurs cavaliers, murmura-t-il. Ne vous inquiétez pas, vous êtes absolument ravissante.

Puis, avant qu'elle ait le temps de comprendre ce qui se passait, James s'était penché vers elle et l'avait embrassée, à l'abri derrière les chevaux. Quelle audace ! Certes, il lui avait à peine effleuré les lèvres, mais tout de même ! James Murray n'était peut-être pas aussi faible et à la merci de ses parents qu'elle l'avait cru… Il s'écarta aussitôt et lui offrit son bras pour aller saluer ses parents. En croisant son regard, Ciara lui sourit. En dépit de ses manières parfois prétentieuses de seigneur, elle aimait bien sa spontanéité.

— Mère. Père. Vous vous souvenez de Ciara MacLerie. Ses compagnons de voyage ne sont plus très loin et vont arriver d'ici peu.

— Monseigneur, ma dame, dit-elle en leur faisant la révérence.

Par prudence, Ciara attendit quelques secondes avant de se relever. Ils pourraient interpréter tout geste comme une marque d'impertinence.

— Je tiens à vous remercier pour votre invitation, ajouta-t-elle. Mes parents, ainsi que le laird MacLerie vous présentent leurs sincères salutations et vous remercient de votre hospitalité.

Elle n'était peut-être pas la fille naturelle de Duncan MacLerie mais, à ses côtés, elle avait appris l'art de la diplomatie. Elle avait beaucoup écouté, observé et appris, si bien qu'aujourd'hui elle pouvait faire face à n'importe quelle situation, la tête froide. Son père serait fier d'elle, elle s'en était fait la promesse.

— Entrez donc, Ciara. Les domestiques s'occuperont de monter vos malles dès qu'elles seront arrivées, dit lady Murray en lui faisant signe de la suivre.

Eh bien, son statut d'invitée contrastait nettement avec la position de Tavis, considéré comme un sous-fifre au service du clan MacLerie. Pourquoi en était-elle aussi déstabilisée ? Il avait lui-même évoqué son rang inférieur à de nombreuses reprises. Cela n'aurait pas dû la mettre en colère.

Lady Murray la conduisit avec courtoisie jusqu'à une très grande chambre située au dernier étage. Elle devait la partager avec Elizabeth. Cora, quant à elle, dormirait dans la pièce attenante. Seigneur ! Sa propre chambre à Lairig Dubh était au moins deux fois plus petite et n'était certainement pas aussi luxueuse. Leurs caisses étaient peut-être vides, néanmoins les Murray vivaient dans un confort et un luxe peu communs…

Cela dit, la coutume exigeait d'offrir le meilleur à ses invités, tout spécialement lorsque ceux-ci étaient importants ou influents. On ne faisait pas tout cela pour elle, bien évidemment, mais pour honorer son beau-père et le laird. D'ailleurs, en y regardant de plus près, Ciara s'aperçut que les tapisseries avaient grand besoin d'être restaurées. Et les couvre-lits étaient élimés par endroits. Quant au lit et aux meubles, ils avaient fait leur temps et réclamaient indubitablement de sérieuses réparations.

En apparence, tout avait été mis en œuvre pour lui faire bonne impression et l'inciter à accepter la proposition de mariage de James. Ciara soupira. Les Murray savaient que sa dot était très conséquente, alors même qu'elle ignorait la provenance de cet argent. Qui l'avait dotée, elle, la fille sans père ? La plupart des gens ne donnaient aucune importance au fait de savoir d'où lui venait cet argent, mais elle n'était pas de cet avis. Elle était sur le point d'épouser un homme et d'apporter une véritable fortune à sa famille, il était bien naturel de vouloir comprendre ce qui se tramait précisément sous les politesses et les sourires. Puisqu'on l'échangeait comme une marchandise, elle s'arrangerait au moins pour connaître tous les détails de la transaction.

Allons, elle aurait bien le temps de s'occuper de tout cela plus tard. Pour l'heure, il lui fallait apprendre à connaître son futur mari et essayer de faire bonne figure pour accomplir les souhaits de sa famille. C'était tout ce qui comptait. Inutile de se faire des illusions, elle savait d'ores et déjà qu'elle ne tomberait jamais amoureuse de James. Tout ce qu'elle désirait désormais, c'était s'assurer qu'elle supporterait de partager son existence avec lui.

Tavis guida le convoi jusqu'au manoir, la mort dans l'âme. Il avait un goût de cendre dans la bouche. Ciara et James devaient certainement avoir plus d'une heure d'avance sur eux, car le chariot progressait lentement.

Une nouvelle fois, il inspira lentement, soulagé que la tension qui l'habitait commence à retomber. Tout à l'heure, il avait été à deux doigts d'empoigner ce jeune freluquet et de le plaquer au sol. Bon sang ! Il savait tout de même ce qu'il avait à faire et n'avait pas besoin de recevoir d'ordres de la part de ce morveux ! Ses hommes avaient certainement remarqué sa mauvaise humeur, car aucun n'avait encore osé lui adresser la parole.

Enfin, ils arrivèrent à destination. Plusieurs hommes les attendaient. A peine avaient-ils pénétré dans la cour que des domestiques accoururent pour décharger le chariot et transporter les malles à l'intérieur. Tavis et ses hommes furent conduits dans un bâtiment qui se trouvait à l'arrière de la maison. C'était là qu'ils mangeraient et dormiraient.

A présent, il n'avait plus qu'à attendre. Ciara déciderait probablement dans les prochains jours si elle acceptait ou non d'épouser James Murray. Et comme il était hors de question de rester les bras croisés d'ici là, Tavis proposa à ses hommes de s'entraîner au combat. Il en avait bien besoin… Cela lui permettrait d'évacuer la colère qui bouillonnait en lui à l'idée de voir Ciara épouser un prétentieux comme Murray.

Malédiction ! Qui croyait-il tromper ? Le problème n'était pas Murray, c'était lui. Au fond, il s'en voulait de ne pas trouver le courage d'arracher Ciara à ce mariage de raison !

8

Tavis aurait bien aimé savoir s'ils allaient bientôt rentrer à Lairig Dubh. Seulement, il lui était impossible de le demander à Ciara pour la simple et bonne raison qu'il n'avait jamais l'occasion de lui parler en tête à tête. La famille Murray continuait à le traiter comme un simple domestique, il lui fallait donc une très bonne raison pour avoir accès à la maison principale. Aussi devait-il se contenter des quelques bribes d'informations qu'il lui arrivait d'obtenir par l'intermédiaire de Cora lorsqu'il avait la chance de la croiser… En quelques jours, il était devenu le spectateur lointain et fasciné de la vie de Ciara.

Chaque matin, il l'observait à la dérobée lorsqu'elle grimpait sur son cheval pour son excursion quotidienne en compagnie de James Murray. De même, lorsqu'elle partait se promener au village avec Elizabeth, il n'aurait manqué son passage pour rien au monde. Il ne la lâchait pas des yeux une minute dès lors qu'elle traversait son champ de vision. Après tout, cela faisait partie de sa mission, non ?

Néanmoins, il prenait bien garde d'être discret pour éviter de froisser la susceptibilité de la famille Murray, qui pourrait se sentir insultée si son petit manège venait à être repéré. Et puis, cela l'aidait à garder le contrôle, car il devait admettre que cette surveillance n'avait rien d'une corvée. Il y prenait bien trop de plaisir. D'ailleurs, mieux valait ne pas trop réfléchir à cet empressement qui le poussait à toujours la chercher du regard.

Un jour, alors qu'il combattait Iain dans la cour du manoir, il s'aperçut qu'elle était en train de l'observer. Lorsqu'il croisa son regard, elle lui décocha le même sourire qu'autrefois. Elle portait ce jour-là une robe lie-de-vin et elle n'avait pas couvert sa longue natte blonde, contrairement à la mode des Highlands. On aurait dit une jeune fille de la région. N'eût été son exceptionnelle beauté, elle semblait désormais se confondre avec les autres habitants de la demeure. Ce qui n'avait rien d'étonnant. Ciara cherchait manifestement à s'intégrer à tout prix dans cette famille. Elle faisait de son mieux pour se fondre dans le décor, et ce besoin forcené d'appartenance lui faisait mal pour elle.

Totalement déconcentré, il perdit légèrement l'équilibre. Le jeune guerrier qui l'affrontait profita aussitôt de cette seconde d'inattention. Il prit immédiatement le dessus et remporta le combat. Tavis le félicita en riant. Il avait bien mérité sa défaite. Puis il partit saluer Ciara, qui se tenait derrière la barrière. Il accepta la tasse d'eau qu'elle lui tendit.

— Tu as l'air d'aller au mieux, Ciara, dit-il avant de boire son eau d'un seul trait.

— Oui, je me sens plutôt bien. Est-ce que tu as eu des nouvelles de mon père ? demanda-t-elle en reprenant la tasse pour la lancer dans le seau d'eau qui se trouvait à ses pieds.

Ainsi, elle savait que Duncan restait en contact avec lui tout au long de ce voyage, au moyen de messages sommaires… Sans se faire prier, Tavis acquiesça.

— J'attends justement un messager d'ici peu. Je peux déjà te dire que tes parents sont rentrés à Lairig Dubh il n'y a pas très longtemps. Ils ont fait un voyage sans encombre.

Ils n'étaient pas partis très loin. Ils s'étaient simplement rendus sur des terres appartenant à Connor, puis étaient rentrés chez eux. Simplement pour donner le change.

— Tu veux lui faire parvenir une lettre ?

Ciara n'ouvrit pas la bouche et resta parfaitement

immobile. Elle finit par se tourner vers le manoir puis regarda l'horizon fixement. C'était ce qu'elle faisait chaque fois qu'elle pesait le pour et le contre avant de prendre une décision difficile. Tavis garda le silence pour ne pas la distraire. Quelques instants plus tard, elle se tourna résolument face à lui. Elle arborait cet air très déterminé qu'il lui avait vu bien des fois.

— Fais-lui savoir que nous partirons d'ici à trois jours.

Tavis eut l'impression qu'on lui donnait un coup de couteau dans l'estomac. Ainsi donc, elle acceptait la proposition des Murray.

Elle croisa rapidement son regard et n'ajouta pas un mot. C'était à l'évidence sa manière de lui confirmer son prochain mariage, mais Tavis ne pouvait encore y croire.

— Si je comprends bien, tu acceptes de l'épouser ? demanda-t-il d'une voix rauque.

Si Ciara répondait par l'affirmative, cela scellerait à jamais leur destin. Ils devraient vivre séparément l'un de l'autre pour toujours !

— Tu lui as parlé ? insista-t-il, au bord de la panique, comme elle ne répondait toujours pas.

Ciara cligna rapidement les paupières, elle essayait visiblement de retenir ses larmes. Il détourna le regard pour lui laisser le temps de retrouver son sang-froid. Sans parler du sien. Bon sang, il avait envie de la prendre dans ses bras et de l'embrasser à perdre haleine. Elle ne pouvait pas épouser un autre homme ! Pas alors qu'il l'aimait. Pourtant, il garda le corps raide. En réalité, il comprenait toutes les raisons qui la poussaient à accepter cette union. Absolument toutes. Et il les détestait toutes…

— Oui, Tavis. J'ai parlé à James ce matin et, de son côté, il est en train de l'annoncer à ses parents en ce moment même.

Tavis inspira profondément, pour chasser le brouillard de son esprit. Il hocha plusieurs fois la tête sans lever les yeux vers elle. Il se prépara à dire les choses qu'elle avait forcément besoin d'entendre dans un pareil moment.

— Ses parents sont d'accord ? demanda-t-il d'une voix qui résonna étrangement à ses propres oreilles.

— Il semble. En m'acceptant, ils vont pourtant devoir faire une croix sur leur belle lignée qui, à les écouter, remonterait jusqu'aux souverains de l'ancien royaume de Moray… En même temps, leurs caisses sont si désespérément vides qu'ils veulent bien ne pas tenir compte de mes origines.

— Ciara !

En dépit de sa tristesse, il ne put retenir un sourire. Cela l'amusait toujours beaucoup d'entendre Ciara dire des horreurs avec son petit air de ne pas y toucher.

Il allait reprendre la parole lorsqu'il vit, du coin de l'œil, lady Murray qui se dirigeait droit sur eux. Il se mit spontanément en retrait.

— Je vais de ce pas prendre les dispositions qui s'imposent.

Hélas, Ciara n'avait visiblement pas vu lady Murray arriver et elle l'arrêta en agrippant sa main. Ce simple contact le réchauffa, mais c'était une erreur… Il était préférable de garder une certaine distance entre eux. Il n'essaya pourtant pas de se dégager. Il n'en avait pas la force. Et puis, il devait lui laisser une chance de dire ce qu'elle avait sur le cœur.

— Parle-moi, Tavis. Dis-moi ce que tu penses de tout cela. Ai-je fait le bon choix ?

Le désespoir qui transparaissait dans sa voix tremblante l'anéantit. Dieu ! Il mourait d'envie de la prendre dans ses bras pour l'emmener très loin de là, en pleine montagne, et la garder pour lui, à tout jamais. Pourtant, au lieu d'écouter son instinct, il se rappela son devoir, la mission que le laird et son clan lui avaient confiée.

— Cette union me paraît une bonne chose pour toi,

Ciara. Vous avez l'air de bien vous entendre et vous partagez de nombreux points communs.

— Ah oui, les chevaux.

— Qu'est-ce que tu veux dire ?

— Cela n'a pas d'importance, Tavis. Nous savons très bien tous les deux à quoi nous en tenir, alors cesse de vouloir me rassurer à tout prix. J'ai juste besoin de savoir si je suis capable d'aller jusqu'au bout.

Elle avait raison, elle méritait qu'il fasse preuve de la même franchise qu'elle.

— Par ce mariage, les MacLerie vont gagner un accès à un port prospère et vont pouvoir commercer avec un tas d'autres pays. Les Murray vont recevoir ta dot, ce qui leur permettra de remettre en état leurs fermes, leurs villages et leurs terres. James va épouser une femme parfaitement éduquée et pleine de talents. Et toi, tu vas épouser un homme qui paraît ravi de partager sa vie avec toi.

Il s'interrompit et perçut une lueur d'espoir dans ses yeux. Il venait d'accomplir la tâche la plus difficile de toute son existence, et lady Murray était déjà presque arrivée à leur hauteur.

— Tu es tout à fait capable d'aller jusqu'au bout, Ciara. Et tu devrais le faire, murmura-t-il, tandis qu'il sentait quelque chose se briser dans sa poitrine.

— Vous voilà, Ciara ! James vient de nous apprendre la nouvelle. Nous allons célébrer l'événement en organisant une petite fête ce soir.

Et sans un regard pour lui, lady Murray emmena Ciara par le bras.

— Venez, nous allons discuter du repas et des dispositions à prendre pour vous accompagner jusqu'à Larg… Larg… Chez vous, je veux dire.

— Lairig Dubh, lady Murray, dit Ciara d'une voix ferme. Si vous roulez un peu votre langue, c'est plus facile à prononcer, vous savez.

Ciara se tourna légèrement vers lui et il lui sourit. Même aux pires moments de son existence, elle ne perdait rien de son humour. Ciara fit une courte pause et le regarda droit dans les yeux.

— Je te remercie pour tes conseils avisés, Tavis.

Il accepta ses remerciements d'un simple hochement de tête. Les paroles qu'ils venaient d'échanger lui revinrent brutalement à la mémoire. La colère et la frustration se mirent à bouillir dans ses veines. Il lui fallait absolument penser à autre chose. Il demanda à plusieurs guerriers du clan Murray qui l'avaient regardé combattre quelques instants plus tôt s'ils acceptaient de se mesurer à lui.

Quelques heures plus tard, alors qu'il était sorti victorieux de tous ses combats et qu'il avait envoyé la plupart de ses adversaires patauger dans la boue, Tavis jeta l'éponge, le corps agréablement endolori, mais pas encore suffisamment pour rivaliser avec la douleur qui lui vrillait le cœur.

Les célébrations avaient déjà commencé dans le manoir. Heureusement, il n'avait pas été convié…

Ce n'était pas à proprement parler la grande et joyeuse fête à laquelle Ciara aurait pu s'attendre mais elle ne s'en plaignait pas, car cela correspondait bien mieux à son état d'esprit.

Elle était assise entre James et ses parents. Ils venaient de lever leurs verres et de porter un toast à leur bonheur à venir, à un mariage fécond. On leur souhaitait visiblement quantité de bonnes choses mais elle n'entendait presque rien. Son esprit était entièrement accaparé par les mots que Tavis avait prononcés quelques heures plus tôt.

Des mots marqués au sceau du bon sens, qui manquaient pourtant terriblement de conviction. Elle avait tellement besoin d'y croire cependant ! A sa manière, Tavis lui avait assuré qu'il ferait son devoir et que, dans cette histoire, il fallait penser au bien de tous. Finalement, peu importait ce dont ils avaient envie tous les deux…

Lorsqu'elle avait quitté Tavis et était rentrée au manoir, lord Murray l'attendait, en compagnie d'un prêtre. Comme dans un rêve, elle les avait suivis pour procéder à la signature du contrat de mariage qui avait été au préalable rédigé de la main de Duncan. Une fois ces formalités terminées, le mariage était devenu tout à fait officiel.

A peine attablée, Ciara s'était aussitôt mise à boire. Déraisonnablement. Il n'y avait que cela à faire : il lui semblait qu'elle ne ressentirait plus jamais rien, hormis cette douleur lancinante dans la poitrine. Alors, autant l'anesthésier elle aussi. Elle se trouvait à côté de l'homme qui allait devenir son mari dans quelques petites semaines et elle ne ressentait… rien. Comme elle allait demander à un domestique de lui remplir son verre de nouveau, James intervint :

— Prenez garde. Ce vin est bien plus fort que la bière que vous buvez habituellement dans les Highlands.

Ciara lui adressa un large sourire. Elle n'avait cure de ses mises en garde. Elle voulait boire jusqu'à l'ivresse, jusqu'à l'inconscience pour ne plus avoir à supporter tout cela. Elle avala deux bonnes gorgées d'affilée, si bien que son verre fut vide une nouvelle fois.

— Je vous remercie de votre sollicitude, James, dit-elle en reposant son gobelet. J'avoue que je suis épuisée.

Il posa alors la main sur la sienne avec douceur. James la regardait d'un air bienveillant, et soudain, elle eut une vision fugace de l'existence qu'elle allait mener aux côtés de son mari. Une petite vie agréable, sans drame, sans envergure. Jamais elle ne retrouverait auprès de James l'intensité des regards que lui lançait Tavis, ni les frissons qui la parcouraient dès qu'il la touchait. Ciara n'était pas dupe, elle savait bien que James ne l'épousait pas pour elle, mais pour tout ce qu'elle apportait à sa famille. Son mari serait affectueux, prévenant, gentil avec elle mais il ne l'aimerait pas. Pas plus qu'elle ne l'aimerait.

Ce que Ciara redoutait le plus au monde était sur le point de se produire. Elle n'allait pas faire un mariage d'amour en définitive. Elle ne connaîtrait pas le bonheur de ses parents…

En dépit de son jeune âge à l'époque, Ciara se souvenait avec précision de l'arrivée de Duncan à Dunalastair et de sa rencontre avec sa mère. Follement épris l'un de l'autre, ils s'étaient rapidement mariés et s'étaient installés à Lairig Dubh, tout auréolés de leur amour. Elle aurait tant voulu connaître le même bonheur !

— Puis-je vous accompagner jusqu'à votre chambre ? demanda James.

Ciara parcourut la table des yeux et vit que Cora et Elizabeth s'étaient déjà retirées. Maintenant qu'ils étaient officiellement promis l'un à l'autre, la proposition de James n'avait rien de choquant. Elle accepta donc et se leva.

Ils quittèrent la salle de réception côte à côte, puis montèrent en silence l'escalier qui menait à sa chambre. Une fois sur le palier, ils s'arrêtèrent devant sa porte. Alors que Ciara allait soulever le loquet, James l'attrapa par la main et l'attira vers lui. Il lui prit doucement le visage entre les mains pour l'embrasser. Cette fois, c'était bien plus que le baiser fugitif qu'il lui avait donné quelques jours auparavant. Celui-là scellait leur avenir. Il pencha la tête et pressa sa bouche contre la sienne.

Ciara ferma les yeux et se laissa faire, à l'affût du sentiment de transcendance dont les autres femmes parlaient toujours lorsque le sujet était évoqué. Hélas, rien ne se produisit, tandis qu'il venait caresser sa langue de la sienne. James entrelaça leurs doigts et l'attira tout contre lui. Il était plus grand qu'elle et leurs corps s'épousaient à merveille.

A ce moment-là, Ciara eut la certitude que jamais elle

ne connaîtrait avec lui l'enchantement dont elle avait tant entendu parler. Les baisers de James étaient plaisants, mais elle n'avait nullement envie d'en réclamer d'autres et n'éprouvait pas ce sentiment de manque, ce désir de… De quelque chose de plus qu'elle avait si souvent éprouvé avec Tavis, sans même qu'il la touche. L'explosion de chaleur qu'elle avait ressentie au plus profond de son être en voyant Tavis complètement nu au bord du ruisseau n'avait pas eu lieu cette fois.

Peut-être avait-elle simplement trop bu ? Le vin lui avait sans doute émoussé les sens… Peut-être que tout cela était en fait bien plus grisant qu'elle ne le croyait ?

James finit par relâcher son étreinte. Il l'embrassa rapidement sur la joue et le front avant de reculer légèrement. Pourvu qu'il n'ait pas deviné ce qu'elle avait véritablement ressenti durant cette étreinte ? De son côté, avait-il été submergé par un désir ardent ? Sans doute pas. Ses grands yeux bleus paraissaient calmes. Il lui prit les mains pour les embrasser une dernière fois avant de descendre rejoindre ses parents et murmura :

— Passez une bonne nuit, Ciara.

— Vous aussi, James, répondit-elle alors qu'elle soulevait le loquet de la porte pour entrer dans sa chambre.

Ciara marcha à pas de loup pour éviter de réveiller Cora, qui était profondément endormie, comme l'attestait le ronflement régulier qui provenait de la pièce attenante où celle-ci était logée.

Elle avait presque fini de traverser l'antichambre lorsqu'elle se rendit compte qu'elle avait oublié son châle en bas, sur le dossier de sa chaise. Jocelyne, la femme du laird, lui en avait fait cadeau juste avant son départ, elle y tenait donc beaucoup et ne voulait pas prendre le risque de le perdre. Elle revint aussitôt sur ses pas en silence, sortit de la chambre sur la pointe des pieds et descendit l'escalier qui menait au rez-de-chaussée. Elle se trouvait devant la porte de la salle de réception et était sur le point d'entrer lorsque la voix de James retentit. Elle se figea sur place et demeura interdite, tandis qu'une sueur froide lui glaçait tout le corps.

— En tout cas, elle n'embrasse pas comme j'aurais pu m'y attendre de la part de la fille de « Robertson la catin » !

9

Ciara eut l'impression que le monde s'écroulait sous ses pieds. Elle chancela et prit appui contre le mur.

— Bon sang ne saurait mentir, James, tu y trouveras vite ton compte ! Tu vas devenir le plus heureux des hommes avec une telle femme dans ton lit !

Ceux qui partageaient leur table éclatèrent de rire et Ciara sentit la nausée l'envahir. Lord Murray fit une courte pause avant de continuer plus bas, cette fois au seul bénéfice de James. Mais, depuis sa cachette juste derrière eux, Ciara les entendait distinctement.

— D'après ce qu'on m'a dit, elle avait mis trois ou quatre hommes dans son lit la nuit où son père l'a trouvée ! Tous des notables, donc on sait au moins que sa fille a du sang noble qui coule dans ses veines, même si, après un tel scandale, personne ne l'a jamais reconnue…

A ces mots, Ciara eut un hoquet d'effroi. Elle se couvrit aussitôt la bouche pour ne pas trahir sa présence.

— J'ai entendu dire que le vieux laird Robertson, son père, l'a trouvée nue comme un ver et complètement ivre en train de prendre du bon temps. Et sous son propre toit ! Vu les circonstances, il aurait été en droit de lui réserver un châtiment bien pire… Pourtant, il s'est contenté de lui raser la tête, puis l'a chassée du château et l'a bannie pour plusieurs années. Mais le laird qui lui a succédé, le propre frère de Marian Robertson, lui a permis de revenir vivre parmi les siens après la naissance de sa fille. Ciara n'était d'ailleurs plus un bébé à proprement parler à l'époque.

Les yeux secs, la respiration bloquée, Ciara entendait tout cela sans vraiment le comprendre. Parlaient-ils de… sa mère ? Etait-ce seulement possible ? Toute cette histoire était impensable, cependant ils en parlaient avec une telle assurance ! Ce ne pouvait être la vérité ! Ciara essuya rageusement les larmes qui avaient enfin coulé sur ses joues et tendit l'oreille pour essayer d'en entendre davantage. Elle devait démêler le vrai du faux…

Cette fois, ce fut James qui prit la parole, d'une voix visiblement choquée :

— Père, je dois avouer que j'avais espéré mieux. Je ne connaissais pas toute l'histoire. Jamais je n'avais imaginé une seule seconde que j'épouserais la fille d'une… d'une putain. J'apprécie Ciara, mais je n'ai pas envie d'une femme qui me fera cocu avec le premier venu dès que j'aurai le dos tourné.

Ciara se mit à trembler de tous ses membres et manqua s'effondrer. Son fiancé l'insultait à son tour. Elle aurait voulu sauter à la gorge de ces menteurs. A la place, elle s'enfonça les ongles dans la paume jusqu'au sang pour retrouver un semblant de sang-froid.

— Nous avons vraiment besoin de sa dot, James. Tu le sais bien, expliqua lord Murray. Et ses liens avec son oncle et son beau-père nous seront également très utiles.

— Oui, père. Je sais tout cela. Cela fera toute la différence entre un échec complet et une réussite…

— Dans ce cas, tu comprends. Qu'elle soit vierge ou pas, ce n'est pas ce qui nous préoccupe dans cette affaire. Qu'elle soit la fille d'une putain ou d'une sainte n'a absolument aucune importance. Le laird du clan MacLerie assure qu'elle est pure, mais j'en doute fort lorsqu'on voit la façon dont ce garde lui tourne autour. Pourtant, cela non plus ne doit pas avoir d'importance, ajouta posément lord Murray.

Comment ? Ils la pensaient déshonorée, l'insultaient, et l'acceptaient tout de même dans leur propre famille ? Tout cela pour son argent ! Ciara tombait des nues. Une violente nausée la submergea.

— Je vais te donner un bon conseil, James. Profite des avantages que tu as à gagner dans ce mariage et profites-en bien. Un jeune homme comme toi trouvera certainement bien du plaisir auprès d'une femme comme celle-là.

Elle entendit ensuite des gobelets tinter. Ils n'étaient quand même pas en train de trinquer ? Abasourdie, hagarde, Ciara n'était pas en mesure de faire un pas. Elle resta là, immobile, dévastée pendant plusieurs minutes.

Bientôt, des pieds de chaises grincèrent sur le sol. Les hôtes quittaient la pièce ! Enfin tirée de son hébétude, Ciara regarda rapidement autour d'elle et aperçut une petite alcôve dans laquelle elle se réfugia précipitamment. Il lui faudrait rester tapie en attendant leur passage.

Ciara essaya en vain de discerner la vérité au milieu de tout le fatras de mensonges qui venaient d'être proférés. Finalement, elle resta prostrée dans sa cachette un long moment après avoir entendu James et son père monter dans leurs chambres. Elle était anéantie. Qu'attendait-elle ? De voir si ce qu'elle avait entendu prenait finalement sens, ou si en patientant quelques minutes supplémentaires, toutes ces horreurs finiraient par disparaître ?

Seigneur ! Combien de temps allait-elle rester ainsi prostrée ? Elle devait réagir, se ressaisir…

Toutes ces rumeurs sordides, était-ce la raison pour laquelle ses parents s'étaient arrangés pour ne pas l'accompagner jusqu'ici en prétextant une affaire urgente ? Craignaient-ils, par leur simple présence, de remuer les cendres d'un passé peu glorieux ? S'agissait-il seulement de rumeurs ?

Son esprit était en ébullition. De vieux souvenirs ne cessaient de perturber le cours de ses pensées. Ciara avait envie de hurler sa douleur. Si au moins il avait fait jour, elle aurait enfourché son cheval et serait partie galoper au grand air. Cela lui permettait généralement d'y voir plus clair et l'aidait à réfléchir. Peut-être devait-elle demander à Elizabeth ? Non, elle était trop jeune. Mieux valait s'adresser à Cora, pour savoir quelle part de vérité il y avait dans tout cela ? Comment allait-elle s'y prendre pour aborder un sujet pareil ? James et son père avaient raconté de telles abominations ! Et puis à quoi bon ? Cora était au service de Jocelyne depuis de nombreuses années et n'irait pas lui révéler la moindre information alors qu'on lui avait sûrement intimé l'ordre de ne jamais en parler.

Il ne lui restait qu'une personne vers qui se tourner. Une personne susceptible de connaître la vérité. Une personne de confiance.

Tavis.

Connaissait-il la vérité ? Et si tel était le cas, comment avait-il pu la lui cacher depuis toutes ces années ? Tout cela n'avait aucun sens !

Ciara se pencha légèrement, risqua un coup d'œil et tendit l'oreille pour détecter une présence éventuelle. Comme aucun bruit ne lui parvenait, elle gagna rapidement les cuisines qui donnaient directement dans la cour. Le châle qu'elle avait oublié à table lui aurait été d'un grand secours, songea-t-elle en s'apercevant que la température s'était rafraîchie maintenant qu'il faisait nuit. Mais il était hors de question de retourner à l'intérieur. Elle contourna la maison d'habitation principale et se dirigea vers le bâtiment où Tavis et ses hommes étaient logés.

Ciara était tellement préoccupée qu'elle ne regarda pas devant elle et ne vit donc pas Tavis qui se tenait juste à l'entrée de l'habitation, dans l'obscurité. Elle allait ouvrir la porte lorsqu'il l'arrêta net.

— Où vas-tu comme cela, Ciara ?

Elle eut aussitôt un mouvement de recul. Qu'est-ce qu'elle avait eu peur ! Il lui fallut quelques instants avant de recouvrer ses esprits.

— Je te cherchais, Tavis. Il fallait... Il faut que je te parle, dit-elle d'une voix hachée.

Comment faire pour lui poser les questions qui lui brûlaient les lèvres ? Où trouver la force de parler des atrocités qu'elle avait entendues ?

— La dernière fois que nous avons eu une conversation privée ensemble, Ciara, les choses ne se sont pas vraiment bien passées entre nous. Peut-être que tu devrais d'abord t'octroyer une bonne nuit de sommeil et venir me parler demain ? dit-il doucement en s'éloignant de quelques pas.

Ciara resta un instant muette de stupeur. Quelle idiote elle faisait ! C'était bien évidemment pour cela qu'il l'avait rejetée ! Ainsi donc, il connaissait la vérité depuis toujours, voilà pourquoi il n'avait pas accepté de l'épouser ! Maintenant elle comprenait... La douleur, violente, mortelle, la submergea, lui coupant le souffle, lui brûlant les yeux.

— Tu aurais pu me dire la vérité, Tavis, souffla-t-elle d'une voix blanche. Toi, tu as pris la décision de ne pas épouser la fille d'une putain, mais James, lui, est dans une situation si désespérée qu'il n'a pas le choix.

Elle ne voyait pas le visage de Tavis au cœur de la nuit, mais son silence lui disait assez qu'elle ne se trompait pas. Elle en avait le cœur brisé. Il ne prenait même pas la peine d'essayer de nier ses accusations. Il avait été son premier et son plus fidèle ami, et malgré tout, il ne lui avait jamais révélé la vérité sur sa naissance. Il savait qui elle était vraiment, d'où elle venait et il s'était tu. Sa trahison était pire encore que les horreurs qu'elle avait apprises sur sa mère.

Il lui fallait trouver un endroit tranquille pour réfléchir

et retrouver un semblant de sérénité, sans quoi elle allait s'effondrer sous l'afflux de tous ses sentiments contradictoires. Alors qu'elle faisait demi-tour pour s'enfuir, Tavis la saisit par le bras et l'attira près de lui.

— Qu'est-ce que tu racontes, Ciara ? Je ne peux pas t'épouser, pour de nombreuses raisons, qui n'ont rien à voir avec ta naissance, dit-il à voix basse.

Comme son visage était au-dessus d'elle, elle leva le regard pour tenter de décrypter son expression, mais ne vit rien. Absolument rien. Il arborait ce visage de pierre qu'elle lui avait si souvent vu. Dénué de toute expression. Froid. Celui-là même qu'il avait arboré cette fameuse nuit près d'un an plus tôt.

— Tu ne nies donc pas ? Ils ont dit la vérité en ce qui concerne mes origines ?

Tavis poussa un profond soupir et secoua la tête.

— Je…

— Pourquoi ? Pourquoi m'avoir caché de telles choses ? demanda-t-elle rageusement.

Soudain, une colère sans nom s'empara d'elle et elle perdit la maîtrise de ses nerfs. D'un geste brusque, elle recula et se dégagea de l'étreinte de Tavis.

— Dire que je pensais… Je pensais que…, bégaya-t-elle.

Que Dieu lui vienne en aide. Elle perdait tout bon sens. Mieux valait couper court. Ciara releva le bas de sa robe et se mit à courir. Elle fuyait. Elle le fuyait, lui, mais aussi les mots blessants et les insultes qui avaient sali sa mère, sa naissance. Sans oublier cette terrible trahison que Tavis lui avait infligée. Dire qu'elle lui avait accordé toute sa confiance…

Les portes de la muraille étaient encore ouvertes, elle s'y engouffra et prit la route qui menait au village. Elle se souvenait d'un petit ruisseau qui prenait sa source non loin de là avant de se transformer en une large rivière qui se jetait dans l'estuaire de la Tay. Quelques minutes plus tard, elle se laissa tomber sur un tronc d'arbre et tenta de reprendre son souffle.

Peu à peu, alors qu'elle cherchait en vain dans ses souvenirs un détail qui aurait pu, qui aurait dû lui mettre la puce à l'oreille, Ciara se résigna. Avec le calme, la raison lui revint, elle comprit qu'elle n'avait pas le choix. Elle devait affronter Tavis et découvrir pourquoi il avait participé à cette mascarade et l'avait trahie.

La douce quiétude de la nuit ne parvenait cependant pas à atténuer le profond émoi qui s'était emparé d'elle. En temps normal, le chant mélodieux des oiseaux l'aurait apaisée. Mais pas cette nuit.

Elle entendit soudain des bruits de pas derrière elle.

— Reste où tu es, murmura-t-elle alors qu'il s'approchait dans son dos.

Tavis resta un peu en retrait et choisit de s'asseoir sur une grosse pierre non loin d'elle avant de poser sur le sol la torche qu'il avait emportée, pour leur permettre de discerner les ombres dans l'obscurité. Comme elle restait muette, il se mit à lui parler doucement :

— Tu ne devrais pas venir ici, toute seule, Ciara. Pense à ta sécurité.

— Ma sécurité ? De quelle sécurité parles-tu, Tavis ? De celle de la fille d'une garce ou de celle de l'idiote qu'on a élevée comme quelqu'un qu'elle n'est pas ?

Tavis sursauta. Ciara avait parlé avec une telle rage et un tel sentiment de trahison ! Si seulement il n'avait pas, lui aussi, joué un rôle dans cette histoire. La connaissant, elle devait probablement davantage lui en vouloir à lui qu'à ses parents.

— Ciara, tu as été élevée par deux personnes qui t'aiment et t'ont donné tout ce à quoi une jeune femme de sang noble a droit : une éducation, de multiples occasions de voyager et d'utiliser ses connaissances.

Elle lui décocha un regard furieux. Mais il préférait encore sa colère au sentiment de trahison qui la rendait si vulnérable.

— Lord Murray… Il a dit qu'on surnommait ma mère, Robertson la catin. Il a dit qu'on l'avait trouvée au lit avec trois ou quatre hommes. Il a dit…

Elle s'interrompit, incapable de continuer. Tavis était soudain fou de rage qu'elle ait entendu de telles horreurs.

— Il a dit que personne ne savait qui était mon père, reprit-elle.

Seigneur ! Que pouvait-il bien lui répondre ? Il savait à quel point elle aimait Duncan, que toute cette histoire devait la faire atrocement souffrir. Certes, il connaissait une partie de la vérité, tout simplement parce qu'il avait été présent lors du mariage de Duncan et Marian. Et même s'il était encore bien jeune à l'époque, il avait compris de quoi les commérages parlaient et savait que Marian souffrait d'une très mauvaise réputation. Il savait également que c'était son propre frère qui lui avait ordonné d'épouser Duncan. Mais c'était à peu près tout…

Or, récemment, ce même frère, lord Iain, l'avait sommé de ne rien dévoiler à Ciara de son passé et avait semblé terrifié à l'idée des révélations qu'il aurait pu lui faire. Connor et Duncan, quant à eux, n'en avaient jamais reparlé, du moins pas en sa présence. Cette sombre histoire n'avait pas été évoquée, chez les MacLerie, depuis la nuit où ils étaient arrivés à Lairig Dubh. Ordre du laird MacLerie.

Et voilà qu'il était à présent confronté au regard désemparé de Ciara, à son insupportable sentiment de trahison. Que devait-il faire ? Que pouvait-il dire pour la soulager de sa souffrance ?

— Je ne connais pas toute l'histoire, Ciara, tu dois me croire. Aussi, je vais seulement te dire comment les choses ont pu se passer à mon avis. Je pense que Duncan t'a d'abord aimée toi, Ciara. Il a fait ta connaissance et il a immédiatement pris la mesure de tout ce qui lui manquait : une famille, des enfants, un foyer. Il ne m'a pas du tout parlé de ta mère lorsqu'il m'a demandé de te sculpter un cheval avant mon départ pour Dunalastair.

C'était la vérité. Duncan passait alors son temps à parler d'une petite fille aux cheveux blonds et aux grands yeux marron. Une petite fille qui adorait les chevaux. Il lui avait alors confié qu'il avait très envie de lui donner quelque chose pour jouer, quelque chose qui la ferait sourire, quelque chose qui lui ferait plaisir. Duncan ne lui avait parlé de Marian que bien plus tard. Ou plus exactement de Mara. C'était ainsi qu'on l'appelait à l'époque.

— Ensuite, Duncan est devenu ton père et cela ne s'est jamais démenti depuis. Tu le sais bien au fond de ton cœur, Ciara.

— Et ma mère ? Etait-elle… ? A-t-elle… ?

— Il y avait des rumeurs à ce sujet, répondit hâtivement Tavis.

A ces mots, Ciara baissa la tête, comme anéantie par le poids de la vérité. Alarmé, Tavis s'approcha aussitôt d'elle, mais se retint au dernier moment de la prendre dans ses bras.

— Ciara, je peux t'assurer que, depuis que je la connais, Marian ne s'est jamais conduite de façon déshonorante. Et en épousant Duncan, elle est immédiatement devenue membre de notre clan et nous n'avons plus jamais entendu parler de Robertson la catin.

Ciara se frottait les yeux du revers de la main, mais elle ne faisait qu'étaler ses larmes.

— Si je comprends bien, à part moi, tout le monde connaît cette histoire ?

— Je suis désolé, Ciara. Les rumeurs qui circulaient sur le compte de ta mère allaient bon train à l'époque. Tu sais bien comment cela se passe. Dès qu'un scandale éclate, il ne fait qu'enfler. Les gens n'avaient hélas pas grand-chose d'autre à se mettre sous la dent. C'était impossible de les faire taire. Mais depuis, de l'eau a coulé sous les ponts.

— Pourquoi ne m'ont-ils rien dit ? Ils espéraient vraiment que je n'apprendrais jamais qu'ils m'avaient menti, trahie ?

— Ciara, murmura-t-il, ils espéraient que jamais leur fille bien-aimée ne serait blessée par des commérages sordides. Ils espéraient te trouver un bon mari et te savoir heureuse.

Il allait poursuivre mais elle leva la main pour le faire taire.

— Si mes parents m'aimaient autant que tu le prétends, ils m'auraient dit la vérité pour m'éviter de tout apprendre de la bouche de parfaits étrangers. Pourtant, ce qui me fait le plus mal, Tavis, c'est que toi, tu ne m'aies rien dit alors que tu connaissais la vérité.

Son accusation le fit tressaillir. Elle avait raison, seulement, ils n'avaient jamais eu l'occasion de parler de cette histoire. Au début, elle était trop jeune et n'aurait pas compris. Puis, lorsqu'elle avait été en âge de connaître la vérité, il avait estimé que ce n'était pas à lui de la lui dire. Et comme elle ne lui avait jamais posé de questions… Hélas, elle souffrait tant à présent qu'elle n'accepterait certainement pas de voir les choses sous cet angle.

— Tu te rends compte de ce que je subis, Tavis ? Mes proches ne m'ont jamais rien dit sur mes origines et j'ai appris la vérité de la bouche d'étrangers qui n'en veulent qu'à ma dot ! J'ai dû entendre mon futur beau-père expliquer à mon fiancé qu'il trouvera de nombreux avantages à partager son lit avec la fille d'une putain…

A ces mots, Tavis se leva d'un bond et serra les poings rageusement. Ces prétentieux avaient osé l'insulter ? Ciara se présentait vierge au mariage et les Murray trouvaient encore à y redire ? Ils méritaient une bonne correction pour avoir osé proférer de telles horreurs en sa présence ! Mais il ne pouvait pas l'abandonner maintenant, pas dans cet état de fragilité. Il se rapprocha doucement d'elle, tandis qu'elle reprenait d'une voix brisée :

— Je comprends tout, maintenant. Il fallait me procurer une dot conséquente pour espérer venir à bout des objections que la plupart des familles formuleraient lorsqu'on inciterait leur fils à épouser une femme telle que moi. Mon oncle et Duncan ont donc constitué ma dot, dans l'espoir de me trouver un mari et de pouvoir se débarrasser de moi !

— Ciara, tu es hors de toi. Tes mots dépassent ta pensée. Ils dépassent la raison.

Et il en savait quelque chose puisqu'il s'était lui-même comporté de manière excessive lorsqu'il avait fini par comprendre la nature des relations qui les unissaient tous les deux... Pourvu qu'il parvienne à la calmer. Hélas, cela semblait mal engagé. Elle continuait comme s'il n'avait rien dit.

— Je te rassure, les Murray se fichent éperdument de savoir si j'ai encore ma vertu avant le mariage !

Suffoqué, Tavis croisa son regard et n'y vit qu'une immense peine. Sa douleur lui était insupportable. Il devait à tout prix l'apaiser...

Sans même prendre le temps de réfléchir à ce qu'il convenait de faire, Tavis s'assit au côté de Ciara et la prit dans ses bras pour essayer de la réconforter. La jeune femme se laissa aller contre lui en éclatant en sanglots déchirants.

Avec de lents gestes apaisants, il lui dégagea doucement les mèches de cheveux collées sur son visage tandis qu'elle pleurait à chaudes larmes tout contre sa poitrine. D'ordinaire, Ciara était rarement en proie à une telle confusion, mais cette fois, elle souffrait d'une vilaine blessure au cœur. Et cette histoire ne risquait pas de l'aider à avoir davantage confiance en elle !

En fait, Tavis comprenait très bien sa colère. Pourquoi Duncan et Marian ne l'avaient-ils pas préparée à supporter des révélations aussi fracassantes ? Ainsi, étant donné les circonstances, pourquoi devrait-il continuer à obéir aux ordres qu'on lui avait donnés ? Alors même qu'il pouvait lui apporter l'apaisement dont elle avait besoin. Sa décision prise, Tavis reprit d'une voix calme :

— A l'époque, ton père et moi étions partis en voyage à Dunalastair pour négocier un traité avec ton oncle Iain. J'étais encore un jeune garçon et c'était la première fois que je participais à un tel événement. J'étais le plus jeune de tous, mais j'avais tout de même déjà entendu parler de la mauvaise réputation de Marian Robertson. Avant de partir, Duncan avait rassemblé tous les hommes et nous avait formellement interdit d'évoquer cette affaire au cours du voyage, car la femme dont il était question dans ces ragots n'était autre que la sœur du nouveau laird avec qui nous allions négocier !

Tandis qu'il parlait, les sanglots de Ciara s'étaient un peu apaisés. Tavis savait qu'il avait maintenant toute son attention.

— Les rumeurs étaient réellement scandaleuses, mais, même les jeunes idiots que nous étions, savaient qu'il y en avait forcément à prendre et à laisser. C'est toujours la même chose avec ce genre d'affaires, les histoires prennent inévitablement des proportions terribles à mesure que les gens répètent ce qu'ils croient savoir.

— Et qu'as-tu entendu dire exactement ? demanda-t-elle dans un murmure, en penchant légèrement la tête pour pouvoir soutenir son regard.

— A peu près la même chose que toi. Que Marian était une… une fille de petite vertu. Qu'on l'avait trouvée au lit avec plusieurs hommes et que son père l'avait bannie pour avoir déshonoré leur clan. J'avais également entendu dire qu'une fille était née de ces ébats sulfureux.

— Et Duncan l'aurait épousée sur ces entrefaites ?

— Non. Tu avais déjà cinq ans quand il l'a épousée.

Duncan lui a proposé de l'épouser juste avant notre départ de Dunalastair et ils se sont finalement mariés au printemps suivant. Ta sœur est née moins d'un an plus tard.

— Comment ont-ils fait pour réussir à me cacher toute cette histoire, Tavis ? Si tant de gens sont au courant, comment se fait-il que je n'en ai jamais rien su ?

— La nuit de notre retour à Lairig Dubh, alors que les commérages allaient bon train et que chacun y allait de sa remarque, Connor a mis les choses au clair pour tout le monde. Il se tenait alors à côté de ta mère et venait de reconnaître officiellement la validité du mariage qui l'unissait à Duncan, lorsqu'il a déclaré qu'elle faisait désormais partie du clan MacLerie. Il a fait savoir avec la plus grande fermeté que la moindre insulte proférée à l'encontre de sa belle-sœur, l'épouse de son frère, revenait à insulter le clan tout entier.

— Et c'est tout ? demanda-t-elle en redressant le buste.

Tavis regrettait déjà la chaleur de son corps, mais il ne voulait pas la brusquer.

— N'oublie pas de qui nous parlons, Ciara. Connor leur a joué son numéro de bête féroce. Celui qu'il utilise pour effrayer les gens et les sommer d'obéir. Et tu sais bien que personne alors n'ose défier notre laird !

— Jocelyne ne se gêne pas, elle.

— Parce qu'elle n'a jamais cru aux rumeurs qui le décrivent comme un monstre sanguinaire…

Tavis laissa volontairement le silence s'installer entre eux pour permettre à Ciara d'en arriver aux mêmes conclusions que lui.

— Alors, si je comprends bien, toi, tu penses que ma mère n'était pas une putain ? Que tout cela, ce n'étaient que des rumeurs et des histoires ? demanda-t-elle d'une petite voix où une faible note d'espoir transparaissait.

Tavis craignit de s'être mal exprimé. Pour être honnête, il ne savait rien de la femme qu'était véritablement Marian avant de la rencontrer. Depuis qu'il la connaissait, en revanche, elle s'était toujours comportée avec la plus grande dignité, cela ne faisait aucun doute. Avait-elle fait table rase de la vie scandaleuse qu'elle avait menée auparavant ? Ou bien avait-elle été victime de ces rumeurs ? Il n'en avait pas la moindre idée.

— Ta mère et Duncan sont les seuls à connaître la vérité sur ta naissance. Et ils ne l'ont jamais révélée à qui que ce soit à ma connaissance. D'ailleurs, peu de temps après leur engagement mutuel, je me souviens que des membres d'un autre clan sont venus d'assez loin pour poser des questions à ton sujet.

— A mon sujet ? Que voulaient-ils savoir exactement ? demanda-t-elle d'un air interrogateur.

— Les rumeurs attirent les rumeurs et il y en avait vraiment beaucoup sur la famille du vieux laird Robertson. Duncan a juré devant tous les membres du clan et les nouveaux venus que tu étais de lui.

Ciara n'allait pas cesser de poser encore et encore de nouvelles questions. Des questions auxquelles il ne pourrait pas répondre. Maudits soient Duncan et Marian pour ne pas avoir pris la peine d'expliquer toute cette histoire à leur fille avant de la marier ! Seuls eux connaissaient les réponses.

— A la vérité, je crois que j'avais deviné en mon for intérieur… Je veux dire, j'ai toujours su que je n'étais pas vraiment digne de la vie que je menais. Je comprends maintenant pourquoi je ne suis nulle part chez moi. Je ne suis qu'une bâtarde dont personne ne veut.

Horrifié par ces paroles, il l'attira instinctivement vers lui et lui prit le visage dans les mains. A cet instant, Tavis eut le pressentiment qu'il aurait mieux valu pour eux arrêter cette conversation et la remettre au lendemain, lorsqu'ils auraient les idées un peu plus claires. Il aurait également mieux valu rentrer… Au diable son instinct ! Lentement, il attira son adorable visage vers le sien et posa délicatement les lèvres sur les siennes.

— Je t'interdis de penser cela, Ciara, tu m'entends ? murmura-t-il entre deux baisers.

Sans pouvoir s'en empêcher, il reprit ses lèvres avec une fièvre nouvelle. Au départ, il était poussé par de bonnes intentions et avait simplement voulu lui témoigner de la compassion. C'est en tout cas ce dont il s'était persuadé. Mais ses illusions n'avaient pas résisté à la douceur de sa bouche. Dès que ses lèvres avaient touché celles de Ciara, ses bonnes résolutions avaient volé en éclats.

Tavis l'embrassait avec fougue à présent, et tout son corps frémissait de désir. Depuis combien de temps ne s'était-il pas senti aussi… vivant ? Bon sang, il avait une folle envie de découvrir sa peau nue pour la caresser à loisir. Il brûlait de la faire gémir sous ses caresses. Heureusement, sa conscience lui rappela à temps que Ciara ne serait jamais à lui. Ce rappel à l'ordre, toutefois, n'était pas assez fort pour l'empêcher de l'embrasser encore et encore.

Pourquoi aurait-il dû couper court à ces instants de pur bonheur, alors qu'ils échangeaient là leur baiser d'adieu ?

Tandis qu'elle murmurait son nom tout contre ses lèvres, il sentit une vague de frustration l'envahir. Il voulait encore entendre son nom prononcé par ses lèvres, même s'il avait bien conscience que c'était certainement la dernière fois que cela se produisait. Soudain, il revint à la raison et se redressa. Il se mit debout et s'empara de la torche qui se trouvait toujours sur le sol pour faire ce qui devait être fait. Même si c'était la chose la plus difficile de toute son existence.

— Viens, Ciara, dit-il en lui tendant la main.

Elle posa ses doigts sur ses lèvres, encore sous l'emprise du baiser qu'il venait de lui donner, puis le regarda bien en face.

— Où m'emmènes-tu, Tavis ?

Tavis ferma un instant les yeux pour retrouver sa résolution. Ciara allait lui en vouloir toute sa vie, mais il fallait absolument sauver leur honneur. Son honneur.

— Nous rentrons. Si Elizabeth part à ta recherche, cela compliquera encore un peu plus la situation.

Ciara fronça d'abord les sourcils puis écarquilla les yeux quand elle comprit. Si elle avait cru qu'il avouait son amour en l'embrassant, et elle avait dû le penser, son rêve d'un avenir commun venait probablement de se briser en mille morceaux.

— Tavis, tu m'as embrassée. Tu me désires, je le sais, le défia-t-elle.

Tavis leva vers elle un regard hanté.

— C'est vrai, Ciara. Mais cela ne change rien, je ne peux pas te posséder. Trop de choses dépendent de ton mariage avec l'héritier des Murray. Je ne veux pas déshonorer ta parole ou même la mienne.

Brusquement, elle leva la main comme pour le gifler. Il l'avait bien mérité, au fond, aussi attendit-il le coup avec soulagement. Mais, au contraire, elle posa doucement la main sur sa joue et le caressa tendrement. Ce geste de tendresse lui brisa le cœur.

— James pense déjà que nous sommes amants, tu sais. Mon honneur n'a plus rien à perdre.

Abasourdi par cet aveu, Tavis recula vivement et se dirigea vers le sentier qui remontait au manoir. Il ne devait pas se laisser détourner de la voix de la raison, sous aucun prétexte.

— Raison de plus pour lui prouver qu'il a tort. Je ne franchirai pas ce pas. Tu lui prouveras qu'il se trompait lors de ta nuit de noces.

Ciara semblait à présent en pleine confusion. S'il ajoutait le moindre mot, il risquait d'empirer la situation. En silence, Tavis s'empara de sa main et la guida jusqu'aux portes du mur d'enceinte. Puis, il attendit dans l'obscurité de la voir rentrer dans la maison, en se traitant mentalement de tous les noms.

C'était pourtant la meilleure chose à faire. Pour elle. Pour lui. Rien ne pourrait jamais exister entre eux. Il n'en était pas digne. Les raisons qui les tenaient éloignés l'un de l'autre n'allaient pas disparaître d'elles-mêmes simplement parce qu'il la désirait comme un fou.

10

Le soleil était radieux, le lendemain matin. Chacun vaquait à ses occupations sauf Ciara qui avait gardé le lit. Lorsque Elizabeth la questionna, inquiète, elle prétexta de terribles maux d'estomac et un début de migraine. Peu charitable, Cora lui répliqua aussitôt que, la prochaine fois, elle ferait mieux de s'abstenir de boire autant de vin si elle ne tenait pas à se retrouver dans un état pareil. Exaspérée, Ciara les somma alors de quitter sa chambre.

Elle avait besoin de calme et de solitude. Hélas, Elizabeth et Cora ne cessaient d'aller et venir pour voir comment elle allait. Lady Murray elle-même passa prendre de ses nouvelles et lui apporta un remède de famille supposé la remettre sur pied.

Dieu, pourvu que ce ne soit pas du poison ! Ciara avait senti l'odeur fétide du remède avant même de prendre la tasse que lady Murray lui tendait et, alors que son estomac allait plutôt bien jusque-là, elle se mit à avoir des haut-le-cœur. Elle n'éleva cependant aucune objection et avala tout, jusqu'à la dernière goutte, pour éviter de voir la visite se prolonger. Une envie irrépressible de dormir la gagna presque instantanément, ce qui n'était pas forcément une mauvaise chose étant donné qu'elle n'avait pas fermé l'œil de la nuit.

L'esprit enfin délivré de ses tourments, elle sombra dans le sommeil. Elle se mit alors à rêver du baiser que Tavis lui avait donné quelques heures plus tôt. Les mots passionnés qu'il lui avait murmurés lorsqu'il avait posé les lèvres sur les siennes résonnaient dans sa tête. Il lui caressait les lèvres, leurs langues s'entremêlaient délicieusement. Tavis lui faisait perdre pied…

Ciara avait déjà été embrassée mais, jusque-là, aucun baiser ne lui avait fait un tel effet. Un torrent de lave coulait dans ses veines. Il lui semblait qu'elle était sur le point de fondre sous la chaleur qui la dévorait. Son corps vibrait d'un désir inconnu, intense, sauvage. Et tandis qu'elle se laissait aller entre ses mains expertes, son esprit, en dépit de tout ce que Tavis avait pu dire, se prit à espérer que, désormais, les choses changent entre eux.

Dans les limbes de son rêve, Tavis reconnaissait sans peine qu'il la désirait follement. Et sa bouche laissait présager de tels plaisirs… Alors qu'elle murmurait son nom, les yeux clos, impatiente, il lui murmurait son amour. Fiévreuse, elle attendait sa prochaine caresse, son prochain baiser… Plus que tout, elle attendait le moment où il lui demanderait sa main, enfin. Elle savait, elle avait toujours su que leur amour serait le plus fort et qu'ensemble, ils n'hésiteraient pas à combattre quiconque essaierait de faire obstacle à leur bonheur.

Pourtant, même au cœur de son rêve, une ombre planait. Lui aussi l'avait trahie, comme l'avaient fait d'ailleurs toutes les personnes qui lui étaient chères. Soudain paniquée, Ciara tenta de s'extirper de ce sommeil agité, de ce doux rêve qui se transformait brutalement en cauchemar de traîtrise. Alors que son rêve s'évanouissait lentement, elle prit conscience que son corps la faisait souffrir. Elle ouvrit lentement les yeux, profondément secouée par les émotions intenses qu'elle venait d'expérimenter dans l'inconscience.

Et la première chose qu'elle aperçut à son réveil, ce fut James. Il était assis à son chevet. Elizabeth, quant à elle, était en train de faire de la couture dans un coin de la pièce. En dépit de la sensation d'étouffement qui lui comprimait la poitrine à la suite de son rêve, Ciara faillit éclater de rire. Quelle situation ridicule ! Elizabeth se trouvait là pour préserver sa réputation. Quelle ironie après tout ce qu'elle avait entendu la veille… Mais son amie ne savait rien de tout cela. Et elle prenait soin d'elle, comme elle le pouvait.

— Vous voilà réveillée, dit James d'une voix douce.

Ciara remonta immédiatement ses couvertures pour éviter de montrer qu'elle portait toujours la même robe que la veille. Elle détourna le regard quelques instants, pour prendre le temps de chasser les images du baiser que Tavis lui avait donné.

— Oui. La potion que votre mère m'a donnée m'a fait dormir comme un nourrisson. J'ai l'impression que la matinée est déjà bien avancée, dit-elle en voyant la lumière vive qui pénétrait dans la pièce.

Ciara prit appui sur ses coudes pour s'adosser contre la tête de lit. Puis, elle rassembla ses cheveux défaits pour les placer sur une épaule.

— Il est midi passé, confirma James. Elizabeth, vous m'avez bien dit que Cora avait fait du thé pour Ciara ?

Aussitôt, Elizabeth se leva pour lui en apporter une tasse. James lui avait à peine tourné le dos qu'elle adressa une petite moue discrète à Ciara pour lui signifier son regret de manquer une telle conversation. Elle laissa la porte ouverte en partant.

Dès qu'ils se retrouvèrent seuls, James lui prit la main, visiblement embarrassé.

— Je suis vraiment désolé de vous trouver souffrante. Et je crains fort d'en être responsable après vous avoir pressée de mon affection comme je l'ai fait hier soir. Je vous présente mes excuses les plus sincères si tel est le cas.

Ciara l'observa attentivement. Elle avait beau le haïr pour ce qu'il avait dit, elle ne parvenait à déceler en lui ni mépris, ni méchanceté. Comme elle n'avait jamais été du genre à jouer un rôle ou à cacher la vérité, elle jugea que la sincérité était préférable au mensonge, même face à un homme qui l'avait insultée. De toute façon, elle ne pouvait guère reculer, elle devait absolument se montrer honnête envers lui afin de poser les jalons qui allaient définir leur existence ensemble. Elle allait bel et bien passer sa vie avec lui.

— Ce ne sont pas vos baisers qui en sont la cause, James, mais plutôt la conversation que j'ai surprise ensuite, entre vous et votre père.

Ciara n'en dirait pas davantage. Elle voulait voir sa réaction. Celle-ci fut immédiate. James pâlit violemment et baissa le regard, visiblement honteux. Puis, tout à coup, il se leva et se mit à arpenter la chambre de long en large, comme s'il cherchait les mots adéquats pour expliquer sa conduite. Ciara le regardait aller et venir sans émotion. Comme il ne parlait toujours pas, elle s'impatienta.

— Je n'avais jamais entendu parler de ces rumeurs avant de vous entendre, vous et votre père.

— Ciara… Je…, bégaya-t-il, incapable de trouver ses mots.

Elle leva la main et secoua la tête pour l'empêcher de poursuivre.

— Voyez-vous James, je ne peux pas répondre du passé de ma mère. Se prostituait-elle autrefois ? J'avoue que je n'en sais rien.

Ciara s'interrompit brutalement en entendant un fracas de vaisselle qui venait tout juste de se briser dans le couloir. Elizabeth avait manifestement écouté aux portes et avait sans doute renversé la théière et la tasse qu'elle était censée lui apporter. James se précipita aussitôt vers la porte pour la fermer afin de pouvoir terminer leur conversation loin des oreilles indiscrètes.

— Je suis le fruit de l'éducation qui m'a été donnée et ne peux répondre que de ma propre conduite, reprit-elle, étonnamment calme et distante. Si vous avez des questions à ce sujet, posez-les maintenant pour éviter tout malentendu entre nous.

A ces mots, James s'immobilisa et se mit à la regarder fixement. Il semblait encore plus décontenancé. Sans doute s'était-il attendu à des cris et des reproches. Mais, non seulement ce n'était pas dans son caractère, et de surcroît, elle ne comptait nullement perdre son sang-froid devant lui. Visiblement abasourdi, James cligna des yeux plusieurs fois d'affilée.

— Vous êtes décidément bien différente des autres femmes que je connais, Ciara, dit-il avec le plus grand sérieux.

— C'est bien possible. En tout cas, je suis comme cela, pour le meilleur ou pour le pire.

Elle repoussa les couvertures et se glissa au bord du lit. Il parut remarquer qu'elle portait la même robe que la veille, mais ne fit aucun commentaire à ce sujet.

— Hier soir, vos paroles m'ont tellement choquée et blessée que j'ai immédiatement cherché des réponses aux questions que je me posais auprès de la seule personne qui pouvait m'aider.

— L'homme qui vous a amenée jusqu'ici ?

— Oui. Tavis est un vieil ami de mes parents également, alors je suis allée lui demander conseil.

En réalité, elle avait obtenu bien plus que des conseils, seulement cela n'avait plus aucune importance désormais. Tavis l'avait renvoyée dans les bras de James Murray et avait définitivement refusé toute autre éventualité. Ciara sentit sa gorge la piquer. Non, elle ne devait pas faiblir. Pas maintenant, pas devant James.

Le visage de celui-ci s'était assombri à la mention de Tavis. Il pensait probablement aux soupçons que son père avait exprimés la veille au sujet de la relation qu'elle entretenait avec Tavis. Toutefois, même s'il était assailli par le doute, James ne posa aucune question. Eh bien, elle lui donnerait tout de même les explications qu'il ne demandait pas.

— Lorsque j'étais enfant, je pensais être amoureuse de lui. C'était il y a bien longtemps. Ce sont mes parents qui lui ont demandé d'assurer ma sécurité durant mon voyage jusqu'ici. C'est un ami de la famille.

Seigneur, comme elle aurait aimé se convaincre elle-même de la véracité de ces paroles. Hélas, au plus profond de son cœur, elle savait bien qu'elle se mentait à elle-même. Elle avait envie de crier sa colère.

L'entêtement dont Tavis faisait preuve était incompréhensible. Il les condamnait tous deux à une vie de solitude et d'ennui. Il continuait à refuser de voir la vérité en face et à nier les sentiments profonds qui les unissaient. Et les raisons qu'il avait invoquées pour justifier son refus ne tenaient pas debout… Mais ce n'était pas le moment de repenser à cela. Alors qu'elle essayait de chasser tout cela de son esprit, James paraissait réfléchir à ce qu'elle venait de dire. Il finit par hocher la tête pour indiquer qu'il la croyait.

— Ciara, je n'avais pas l'intention de mettre en cause votre honneur, commença James. Je tiens à m'excuser pour le mal que je vous ai fait. A ma décharge, mon père m'avait dit tellement de choses sur votre compte ! Aussi, lorsque j'ai appris par un des gardes que vous étiez partie à la recherche de Tavis hier soir, j'avoue que j'ai eu… quelques doutes.

Quelqu'un venait de frapper à la porte, qui s'entrouvrit. C'était Elizabeth qui lui apportait une nouvelle tasse de thé. La pauvre était blanche comme un linge.

— Merci Elizabeth. Laisse-nous, s'il te plaît, demanda Ciara en lui adressant un sourire rassurant.

Elizabeth hocha la tête en signe d'assentiment et referma doucement la porte derrière elle. Ciara se posta face à James.

— Sachez qu'en dépit du passé de ma mère, en dépit

de toutes les rumeurs que vous pourrez entendre, je me présenterai vierge à vous pour notre nuit de noces.

Il écarquilla d'abord les yeux, sans doute choqué par cet aveu peu conventionnel. Puis un lent sourire apparut sur ses lèvres. Visiblement, il appréciait sa franchise autant que la nouvelle de sa pureté.

— Cela me fait très plaisir, Ciara. Et c'est un grand honneur après la façon détestable dont je vous ai involontairement insultée.

Il lui prit les mains, les embrassa l'une après l'autre et ajouta :

— Je crois que j'aime beaucoup cette sincérité entre nous.

— Je ne peux pas vous promettre qu'il n'y aura jamais de conflit entre nous, James. En revanche, ce que je peux vous promettre, c'est que, si cela devait arriver, il n'y aura eu aucune malhonnêteté de ma part.

Un instant, James sembla sur le point de l'embrasser, mais au dernier moment, il parut se raviser et recula de quelques pas. Elle s'en voulut d'en être intensément soulagée. Si elle voulait essayer d'être heureuse auprès de lui, elle devrait au moins apprendre à apprécier son contact. Sur un dernier regard, il souleva le loquet de la porte et sortit. Elizabeth eut juste le temps de reculer précipitamment.

— Elizabeth, prenez bien soin de votre amie, lui dit James en la saluant d'un signe de tête. J'espère vous voir toutes les deux au dîner ce soir.

La porte n'était pas refermée depuis une seconde qu'Elizabeth courut à elle et demanda aussitôt :

— Qu'a-t-il dit au sujet de ta mère ? Ai-je bien entendu ?

Ciara but une petite gorgée de thé pour reprendre contenance. Il lui fallait un peu de temps pour réfléchir à ce qu'elle allait dire à son amie. Et surtout, comment le lui dire. Elizabeth dut sentir sa réserve car elle lui prit les mains et les serra dans les siennes.

— Parle-moi, Ciara, je t'en prie. Je n'ai pas pu entendre

ce que je crois avoir entendu, n'est-ce pas ? Explique-moi ce qui se passe à la fin, implora-t-elle, alors qu'elle n'avait toujours pas ouvert la bouche et cherchait péniblement les mots qu'elle allait employer.

— J'ai surpris une conversation entre James et son père hier soir. James avait apparemment quelques doutes sur notre mariage.

— Quand cela ? J'étais pourtant avec toi à la fête, hier soir.

— Tu étais déjà montée te coucher. James a demandé à me raccompagner jusqu'à la chambre puis m'a embrassée sur le palier.

Elizabeth soupira, un sourire béat aux lèvres. De son côté, Ciara retint une moue, c'est elle qui aurait dû avoir ce sourire extatique ! Or, ses projets de mariage mettaient clairement Elizabeth dans tous ses états. De toute façon, son amie n'avait jamais caché qu'elle estimait que Tavis n'était pas un bon parti pour Ciara. Elle le trouvait trop âgé pour elle. Au contraire, elle appréciait James parce qu'il n'était pas beaucoup plus âgé qu'elles. C'est vrai qu'il était loin d'être aussi intimidant que Tavis.

— Comment c'était, Ciara ? Absolument merveilleux ? demanda-t-elle en fermant les yeux, extasiée.

— C'était… agréable.

Elizabeth roula sur le côté et jeta un regard perplexe à son amie.

— Agréable ? C'est tout ? Enfin… C'est plutôt une bonne chose, non ?

A présent qu'elle avait connu le tourbillon de la passion, Ciara n'était pas de cet avis. Un baiser agréable, cela n'avait aucun intérêt ! Elle voulait bien plus que cela. Le baiser de son futur mari devait être merveilleux, passionné, transcendant ! Hélas, seul celui de Tavis avait eu un tel effet sur elle.

Cependant, comme elle n'avait pas envie d'entrer dans les détails, elle acquiesça vaguement.

— Oui. Seulement, ensuite, je me suis aperçue que j'avais oublié mon châle sur le dossier de ma chaise et je suis redescendue pour le récupérer.

— Celui-là ? James l'a rapporté tout à l'heure.

Ciara opina de la tête, étonnée de ne pas l'avoir remarqué plus tôt.

— J'allais entrer dans la pièce lorsque je les ai entendus qui parlaient de ma mère, reprit-elle.

Aussitôt, Elizabeth s'assit à côté d'elle, au bord du lit, le visage grave. Elle lui saisit fermement la main en un geste de son soutien.

— Je n'avais jamais entendu parler de quoi que ce soit, murmura Ciara d'une voix éteinte.

Les mots qu'elle devait prononcer étaient tellement difficiles à accepter. Encore plus maintenant qu'il lui fallait en parler à quelqu'un qui connaissait Marian.

— Autrefois, on surnommait ma mère « Robertson, la catin ».

Même prononcés à haute voix, ces mots n'avaient toujours aucun sens pour elle. Marian Robertson, sa propre mère, se comporter comme une fille sans morale ? Seigneur, sa mère n'avait même jamais posé le regard sur un autre homme depuis son mariage. Elle était follement amoureuse de Duncan. Ciara secoua la tête.

— Je n'arrive pas à y croire, cependant Tavis m'a confirmé ces rumeurs.

— Tu en as déjà parlé avec Tavis ? Mais quand ? demanda Elizabeth en lui glissant un mouchoir en lin dans la main.

Ciara ne s'était même pas rendu compte qu'elle s'était remise à pleurer. Elle se tamponna les yeux puis tenta de raconter la suite de l'histoire.

— C'était horrible, Elizabeth. J'ai écouté leur conversation jusqu'au bout. Je ne pouvais pas croire un mot de tout ce qu'ils avaient raconté. Aussi, je suis immédiatement partie à la recherche de Tavis. Au fond de moi, j'espérais qu'il me dirait que tout cela n'était qu'un tissu de mensonges.

A bout de nerfs, Ciara respira profondément pour essayer de se donner un peu de courage avant de poursuivre son récit.

— Selon les rumeurs, ma mère était au lit avec plusieurs hommes. C'est son père qui l'a trouvée. Il l'a aussitôt bannie et elle a dû partir en exil. Elle s'est vite aperçue qu'elle était tombée enceinte. Elle n'a eu le droit de revenir qu'après ma naissance, lorsque son père est mort et que son frère Iain est devenu laird.

Elizabeth paraissait totalement sidérée.

— Ce n'est pas la vérité, Ciara. Ce n'est pas possible.

Puis, elle secoua la tête plusieurs fois et bégaya :

— Ta mère et ton père…

— Je ne sais pas, Elizabeth, je ne sais plus que penser. Ma mère n'a jamais rien voulu me dire au sujet de mon véritable père. Je n'étais qu'une enfant les rares fois où j'ai posé la question et, malgré mon jeune âge, j'ai compris qu'il ne fallait plus jamais recommencer. J'ai interrogé ma mère une nouvelle fois, juste avant de quitter Lairig Dubh, mais elle a eu l'air paniquée et a prétendu que nous parlerions de ces choses lorsque nous aurions davantage de temps…

Ciara secouait la tête tristement. Elizabeth fit de même, aussi abasourdie que son amie.

— A mon avis, ma mère ne tient pas à me dire qu'elle-même ne sait pas lequel de ces hommes est mon père, ajouta Ciara, tandis que l'amertume lui envahissait la gorge.

Elizabeth lui lâcha la main et se leva du lit, d'un bond.

— Tavis a dit que c'était la vérité ?

— Non, il a confirmé les rumeurs qui ont couru. Il ne sait pas si c'était la vérité. Toutefois, il a entendu circuler les mêmes rumeurs lorsqu'il a accompagné Duncan à Dunalastair, à l'époque où celui-ci a rencontré ma mère.

Et il sait aussi que ma mère n'a jamais nié. Et puis, notre laird a déclaré que cette histoire appartenait au passé et que personne à Lairig Dubh ne devait plus jamais en reparler. Il n'y a pas eu de démenti.

— Tout de même, si c'était vraiment la vérité, tes parents t'en auraient certainement parlé, non ? Ils se seraient bien doutés que tu finirais par l'apprendre un jour !

— Peut-être qu'ils espéraient que les Murray n'iraient pas déterrer de tels scandales et ne s'amuseraient pas à insulter les MacLerie ou les Robertson, alors que nos familles sont sur le point de s'unir. De toute façon, je ne peux rien demander à mes parents avant mon retour à Lairig Dubh. Et il est désormais trop tard pour revenir sur mon accord. J'ai déjà accepté d'épouser James.

— Je ne comprends pas. Pourquoi changerais-tu d'avis ? Certes, il a manqué de délicatesse, mais si ces rumeurs ont vraiment couru, il n'est pas réellement fautif, si ? Si tu le veux bien, laisse-moi avoir une petite conversation avec lui, je vais lui faire comprendre que ce ne sont que des mensonges.

C'était tout Elizabeth ! Toujours prête à la protéger et à la défendre.

— James et moi sommes désormais en paix sur le sujet, Elizabeth. Il a d'ailleurs apprécié la franchise avec laquelle je lui ai parlé de cette affaire. Ce n'est donc pas la peine d'aller l'agacer une nouvelle fois avec toute cette histoire.

— Et Tavis ? Que pense-t-il de tout cela ?

Ciara détourna brusquement la tête et son regard se perdit dans les souvenirs de la veille. Il l'avait embrassée avec un tel abandon ! Puis il l'avait renvoyée dans les bras de James et lui avait demandé de tenir ses engagements. Ce qui signifiait qu'elle devait vivre sans lui…

Si seulement il n'était pas aussi têtu ! Pourquoi était-il persuadé qu'il n'avait pas le droit de la demander en mariage ? Il n'avait pas écouté les arguments sensés qu'elle avait avancés. Il y avait quelque part un obstacle infranchissable… mais il refusait de s'expliquer ! Maudit soit-il !

La voix enrouée par l'émotion, Ciara se confia à Elizabeth.

— Il m'a conseillé de vivre parmi les Murray. Seulement… il m'a également prouvé qu'il ressent quelque chose pour moi. En fait, c'est lui, et non James, qui m'a donné un aperçu de la passion…

Elizabeth la regardait, bouche bée.

— Pardon ? Qu'a-t-il fait ?

— Oh ! ce n'était qu'un baiser, expliqua Ciara, en essayant de parler d'un ton détaché.

Seulement, son corps n'avait pas oublié la chaleur et les frissons qui l'avaient parcourue à son contact. Comment pourrait-elle jamais oublier une telle expérience ?

Pourtant, elle le devait. Parce qu'il l'avait renvoyée dans les bras de James. Elle lui en voulait tellement ! Comment avait-il pu lui avouer qu'elle représentait tant à ses yeux et se débarrasser d'elle l'instant d'après ? Sentant son courage vaciller, Ciara se reprit.

— Un instant d'abandon bien vite terminé, voilà tout. Ne t'inquiète pas, Elizabeth, cela ne se reproduira pas.

Ciara puisa un peu de réconfort dans le regard compatissant de son amie, qui lui donna la force de continuer.

— Je pense que cette vérité qu'on me cache, quelle qu'elle soit, explique en grande partie la raison pour laquelle les MacLerie sont si pressés de se débarrasser de moi. Par ailleurs, je sais que c'est mon oncle Iain qui a constitué ma dot pour l'essentiel. Ce mariage ne coûte pas grand-chose ni à mes parents ni à mon oncle Connor, et leur rapporte beaucoup en retour. Quant aux Murray, ils sont au bord de la ruine et on peut dire que ma dot tombe à point nommé… James m'épouse uniquement pour l'argent que j'apporte à sa famille et, apparemment, les rumeurs qu'ils ont entendues à mon sujet ne rentrent même pas en ligne de compte. Voilà la situation…

Secouée de tremblements, Ciara dut s'interrompre et s'obligea à respirer lentement.

— Tavis ne veut pas m'épouser pour des raisons dont il ne veut pas parler. Mes parents mènent une existence entière fondée sur un mensonge qu'ils ne veulent pas révéler. Et moi, je me retrouve au beau milieu de cet imbroglio. Je récolte au passage un mari qui ne veut pas vraiment de moi et je perds un homme qui, lui, m'aime, mais est trop têtu pour le reconnaître. Quant à mes parents et ma famille, ils ne se soucient pas assez de moi pour oser me dire la vérité.

Alors qu'elle s'effondrait, terrassée par la cruauté de sa situation, Elizabeth la prit dans ses bras et la serra contre elle.

— Tout cela n'a aucune importance, Ciara. Tu es un véritable joyau et si James Murray est aveugle au point de ne pas s'en apercevoir, je vais le lui faire rentrer dans la tête à coup de pioche ! Dès qu'ils découvriront tes talents, dès qu'ils te connaîtront mieux, les Murray verront bien qu'en réalité, ce sont eux les gagnants dans cette affaire.

Pour l'apaiser, Elizabeth saisit sa brosse à cheveux qui était sur la table de chevet et commença à lui démêler les cheveux. Après un long silence, elle reprit :

— Dans cette histoire, tu as parlé de tous les protagonistes mais tu as oublié l'essentiel, Ciara. Toi. Que penses-tu de tout cela et que ressens-tu exactement ?

Ciara haussa les épaules

— Je n'en sais rien, à vrai dire. En quelques semaines, mon univers tout entier s'est complètement effondré. Mes parents ne sont pas ceux que je croyais. Un homme qui ne m'aimait soi-disant pas, se trouve en fait ne pas vouloir assumer ses sentiments. Et moi, je me retrouve fiancée à un homme que je n'aimerai jamais, pas plus qu'il ne m'aimera. A l'heure qu'il est, pour être tout à fait honnête avec toi, je crois que je ne ressens plus rien du tout.

Pourtant, Ciara avait beau clamer qu'elle ne ressentait rien, la colère continuait de gronder en son cœur.

Elles sursautèrent lorsque des coups retentirent à la porte. C'était Cora. Elle les regarda avec l'air suspicieux d'une mère qui prend ses enfants en train de faire des bêtises. Eternelles complices, Ciara et Elizabeth éclatèrent aussitôt de rire. Oubliant son mécontentement, Cora leur rappela de ne pas trop tarder à descendre dîner. Elle ne put toutefois s'empêcher de jeter un regard réprobateur à la robe que Ciara portait depuis la veille. Puis, elle sortit et les laissa entre elles.

— Tu sais, les prochaines semaines sont déjà toutes tracées, expliqua Elizabeth en aidant Ciara à enlever sa robe.

Puis, elle se mit en quête d'une robe propre pour son amie avant de continuer :

— Tu n'apprendras rien de plus avant de rentrer à Lairig Dubh et d'avoir enfin l'occasion de parler à tes parents. Alors profite du temps dont tu disposes d'ici là pour t'habituer à James. Puisque tu es certaine de l'épouser…

Elizabeth s'interrompit et jeta un regard à Ciara pour savoir si elle pouvait continuer. Comme Ciara lui adressait un signe de tête encourageant, elle poursuivit :

— Alors, il n'y a aucun mal à essayer de mieux le connaître pour te préparer à ta nouvelle vie.

— Tu as raison. D'autant plus qu'il semble vraiment décidé à m'accepter malgré les horreurs qu'il a entendues sur le compte de ma mère.

Elizabeth l'aidait maintenant à enfiler une robe de couleur vert pâle.

— C'est tout à son honneur. Et, de la sorte, même si cette histoire sordide correspond à la réalité, tu n'as aucune inquiétude à avoir le concernant.

Ciara hocha la tête, peu convaincue. A quoi bon ôter ses illusions à Elizabeth ? Voilà pourquoi elle n'avait pas tout dit, même à sa meilleure amie. La pauvre Elizabeth aurait été choquée de savoir que, la nuit précédente, Ciara aurait offert sans remords sa vertu à Tavis. Simplement pour avoir l'occasion de connaître la plénitude entre ses bras, juste une fois, avant d'appartenir à jamais à un autre homme.

Cela faisait des années que Tavis n'avait pas rêvé de Saraid… Quatre ans au moins. Même si elle continuait à le hanter. Même s'il pensait à elle tous les jours. Il se reprochait continuellement de ne pas avoir réussi à la sauver comme il le lui avait promis. Et voilà qu'il avait rêvé de Saraid la nuit précédente. Pas la Saraid qui l'avait imploré de mourir, pas celle qui avait rendu l'âme sous ses yeux affolés, non, celle dont il était tombé amoureux bien des années auparavant.

Dans son rêve, ils parcouraient ensemble les chemins et les collines autour de Lairig Dubh en riant. Comme ils l'avaient fait lorsqu'ils apprenaient à se connaître, alors qu'ils étaient fiancés. Ils passaient leur temps à mettre leur amour à l'épreuve comme le faisaient tous les couples d'amoureux depuis la nuit des temps.

Malgré son désir de jeune homme, Tavis savait qu'il ne la déshonorerait pas. Il attendrait de l'avoir épousée. Ils avaient toute la vie pour s'aimer… Saraid se trouvait à quelques mètres devant lui et s'était mise à courir. Cela ne lui aurait demandé aucun effort de s'élancer à sa poursuite, mais c'était un jeu auquel ils aimaient jouer. Ils s'amusaient à faire durer le plaisir. Car le gagnant pouvait exiger une récompense. Comme elle venait une nouvelle fois de détaler devant lui, il courut quelques secondes avant de l'attraper, de l'attirer tout contre lui et de réclamer son dû.

Cette fois, ce fut elle qui l'embrassa avec ferveur. Il en fut tout surpris, car Saraid prenait rarement l'initiative de leurs baisers. Tavis songea avec bonheur qu'il venait d'entrevoir la passion qui était tapie au fond d'elle. Pour lui, rien que pour lui. Plus que quelques semaines et elle serait à lui.

Lorsqu'il s'éloigna d'elle et lui toucha la joue, Saraid lui sourit et murmura : « S'il m'arrive quelque chose, tu dois continuer à vivre. »

Tavis secoua la tête, soudain vaguement alarmé. « Il ne t'arrivera rien. Nous allons vivre heureux. »

« Promets-le-moi. Promets-le moi, Tavis, tu dois continuer à être heureux », le pressa-t-elle. « Je te le promets », répondit-il, mais dans l'inconscience du rêve, il savait déjà qu'il lui mentait.

Tavis s'était réveillé en entendant sa propre voix répéter sa promesse encore et encore. Il se redressa sur la paillasse peu confortable où il dormait, complètement hagard. Il regarda autour de lui. Apparemment, aucun des autres hommes ne l'avait entendu. Heureusement ! Bouleversé par son rêve, il se leva, s'enroula dans son plaid et sortit. Les premières lueurs de l'aube apparaissaient à l'horizon. Les oiseaux n'allaient plus tarder à réveiller ses compagnons.

Tavis essaya tant bien que mal de calmer son cœur qui battait à tout rompre. Bon sang, ce rêve lui avait semblé tellement réel ! C'était comme si Saraid s'était vraiment trouvée là, comme s'il l'avait réellement embrassée. Comme par le passé. Il avait pourtant tout oublié depuis longtemps des paroles qu'ils avaient échangées ce jour-là ainsi que la promesse qu'il lui avait faite. Tout lui revenait néanmoins très clairement à la mémoire, à présent que son rêve avait éveillé ses souvenirs.

Saraid évoquait souvent en plaisantant tous les malheurs qui s'étaient abattus sur sa famille et semblait prendre son parti du fait qu'elle risquait elle aussi d'être emportée par une quelconque catastrophe. Tavis avait toujours pris cela sur le ton de la plaisanterie. Rétrospectivement, il en avait encore des sueurs froides. Elle savait. Elle savait ce qui finirait par arriver. Elle ne savait juste pas quand ni où cela arriverait.

Que Dieu le prenne en pitié ! Si seulement il n'était pas parti en colère. Si seulement… Tavis se frotta vigoureusement le visage pour chasser les images terribles qui le hantaient. Mais il ne pouvait cesser de penser à la promesse qu'il lui avait faite et qu'il avait oubliée pendant si longtemps, écrasé sous le poids du chagrin et de la culpabilité.

« Si jamais il m'arrive quelque chose, tu dois continuer à vivre. »

Tavis se mit à fouiller sa mémoire. Avait-elle réellement prononcé ces mots ou était-ce simplement sa conscience coupable qui s'amusait à lui jouer des tours ? Maintenant qu'il y réfléchissait sérieusement, il réalisa avec stupeur que Saraid n'avait jamais cessé de lui répéter ces mots tout au long de leur mariage.

Le soleil s'était levé, mais Tavis resta encore quelques minutes dans la cour, absorbé par sa réflexion. Enfin, il prit la décision d'aller voir Connor dès son retour. Il comptait lui demander de le transférer sur d'autres terres du clan, plus au nord. Il ne pouvait plus continuer à emprunter les mêmes chemins, à vivre chaque jour dans les lieux où il avait commis les pires erreurs de son existence. Il allait ramener Ciara à ses parents, saine et sauve, expliquer ses erreurs à Connor et partir vivre ailleurs en espérant retrouver enfin un peu de sérénité.

11

— J'aimerais vous parler, MacLerie, lança James Murray en s'approchant.

Tavis hocha la tête en guise de salut et pointa du doigt sa tenue.

— Puis-je aller m'habiller, monseigneur ?

James n'avait visiblement pas remarqué que Tavis n'était pas correctement vêtu et lui donna son assentiment d'un geste impérieux.

— Je vais vous attendre.

Tavis ne se pressa pas plus qu'à l'ordinaire. Lorsqu'il ressortit dans la cour, James était en train d'examiner les chevaux qui trottaient dans leur enclos.

— Ciara est très bonne cavalière, dit James. On peut dire que son cheval a un fichu caractère.

— Oui, elle se débrouille très bien. Depuis très longtemps d'ailleurs, ajouta Tavis.

— Depuis combien de temps la connaissez-vous ?

— Elle n'avait que cinq ans lorsque je l'ai rencontrée. Une toute petite fille avec de grands yeux expressifs.

— Et vous assurez sa protection désormais ?

Tavis hocha la tête avec une certaine hésitation, ne sachant pas très bien ce que James Murray lui voulait.

— A la demande de ses parents et de Connor MacLerie.

— Quelle place occupez-vous auprès du laird ?

— Je commande sa garde personnelle et travaille avec Rurik Erengislsson, le commandant en chef de tous ses soldats. Pourquoi vous ne me posez pas simplement la question que vous avez envie de me poser, monseigneur ?

— Très bien. Pourquoi ? Dites-moi pourquoi elle est venue vous voir hier soir !

— J'ai tout fait pour lui faire passer un agréable voyage lorsqu'elle a quitté Dunalastair pour aller vivre avec ses parents à Lairig Dubh. Je me suis lié d'amitié avec elle alors qu'elle se sentait bien seule. Elle sait que je la protégerai toujours, même ici.

— Cela relève de ma responsabilité désormais, MacLerie.

— Ce sera vrai. Dès que vous aurez échangé vos vœux. En attendant, je poursuis la mission que mon laird m'a confiée.

James tourna les talons et commença à s'éloigner. Soudain, il s'arrêta brutalement et revint sur ses pas.

— Je n'avais pas l'intention de révéler quelque chose d'aussi douloureux pour elle. Je ne voulais offenser personne, ni elle, ni votre laird.

Tavis allait le laisser partir sans ajouter un seul mot, puis il se ravisa. James Murray n'avait pas un mauvais fond, il était juste… jeune et trop impulsif. Pour être honnête, Tavis reconnaissait en lui beaucoup de ce qu'il était au même âge.

— Je ne vais pas me mettre en travers de votre chemin. Je ne m'opposerai pas à votre mariage avec Ciara.

Peu importaient ses propres désirs et ses propres besoins, il accomplirait son devoir ! Le jeune Murray acquiesça sans dire un mot. Il semblait avoir une autre question en tête sans savoir comment la poser.

— Autre chose, monseigneur ?

— Avez-vous pris part à des batailles, MacLerie ?

— Oui. Et j'ai manqué me faire tuer plus d'une fois.

Heureusement, sur le champ de bataille, il pouvait toujours compter sur un cousin ou un camarade pour lui venir en aide en cas de difficultés importantes. Grâce à cette solidarité, ils s'en étaient tous sortis chaque fois avec des blessures et quelques cicatrices.

— Je vous ai observé lorsque vous vous entraîniez au combat avec vos hommes. Je me joindrais volontiers à vous…

— Nous allons nous entraîner après le petit déjeuner, monseigneur. Vous êtes chez vous. Personne ne refusera de combattre avec vous.

Le jeune lord s'éloigna alors rapidement et l'étrangeté de la situation frappa Tavis. Lorsqu'il laissait l'amertume le submerger, il détestait cet homme parce que c'était lui qui allait épouser Ciara. Il ne pouvait pas supporter l'idée que James Murray allait partager son lit, la faire sienne, être celui qui déciderait de son existence et de son avenir.

Tavis secoua la tête et se retourna pour regarder les chevaux courir. Pour l'instant, s'il en jugeait par ses actes, le jeune lord n'était pas un mauvais bougre. Il s'était excusé après avoir parlé d'histoires qu'il aurait mieux valu ne pas déterrer et avait fait en sorte d'arranger les choses entre eux deux, conscient que Tavis revêtait une certaine importance aux yeux de Ciara.

Malgré sa jeunesse, James Murray s'était conduit avec une grande sagesse et n'avait pas hésité à faire amende honorable après les propos qu'il avait tenus. Bien des hommes n'en auraient pas fait autant. Alors Tavis se devait de le respecter, même si c'était à contrecœur. Et puis, à dire vrai, James Murray n'était qu'un pantin dans cette farce, tout comme Ciara et lui.

Par ailleurs, James avait su comprendre ses explications au sujet des relations qu'il entretenait avec Ciara et cela plaidait en sa faveur. Après tout, il l'avait tout de même soupçonné de ne pas se conduire comme la décence l'exigeait avec sa fiancée, pourtant il n'avait pas laissé la colère l'emporter…

Autour de lui, ses hommes commençaient à s'éveiller,

tout comme le reste de la maisonnée. Tavis avait prévu un entraînement jusqu'à midi puis il s'occuperait des préparatifs pour le voyage de retour à Lairig Dubh. Ils partiraient dès le lendemain matin. Une fois leur petit déjeuner avalé, il appela ses hommes dans la cour et les répartit par groupes de deux, soit avec une épée, soit avec une hache et une cible. James les rejoignit comme prévu, et même s'il n'avait clairement aucune expérience d'un champ de bataille, Tavis dut admettre qu'il se débrouillait plutôt bien lors des simulations de combat.

Lorsque Tavis s'aperçut que Ciara les observait, il était en train d'affronter James. Craignait-elle qu'ils ne s'entretuent ? Il aurait bien aimé savoir qui, de lui ou de James, elle aurait encouragé dans un combat réel. De toute façon, il serait peu judicieux de sa part de vaincre l'héritier des Murray devant sa famille et ceux qui étaient à son service. Il ne lui restait donc qu'à prendre sur lui pour contenir la frustration qu'il mourait d'envie de déverser sur cet homme et laissa James gagner.

La mort dans l'âme.

— Ils sont devenus fous ! s'exclama Ciara en voyant Tavis et James combattre dans la cour.

— Non, ce sont des hommes et ils se comportent comme tels, dit Cora qui se trouvait juste derrière elle.

Ciara, Elizabeth et Cora étaient en train de se promener et de profiter de la belle matinée ensoleillée lorsqu'elles les avaient repérés près de l'enclos à chevaux. Pour son dernier matin au manoir, Ciara avait pensé faire un peu de cheval avant de se préparer au voyage de retour. C'est alors qu'elles étaient tombées sur la plupart des Murray et tous les MacLerie en train de se battre. Lord Murray lui-même observait la scène. Il y allait de ses suggestions et encourageait son fils et ses hommes.

C'était un entraînement avec des règles strictes. Dès qu'un homme tombait à terre, il quittait aussitôt le terrain.

Certes, personne ne serait tué ou mutilé, néanmoins, Ciara n'était pas certaine qu'aucune vilaine blessure ne serait à déplorer. Le sang coulait parfois, elle le voyait bien, même à cette distance, car la plupart d'entre eux combattaient torse nu. Ses pas l'avaient amenée à quelques mètres d'eux, le souffle court, alors qu'il ne restait plus que Tavis et James au centre du terrain. Même si les MacLerie étaient de loin les moins nombreux, ils n'en étaient pas moins bruyants que les Murray lorsqu'ils encourageaient leur champion.

Soudain, Tavis envoya l'épée de James voler en l'air. James, qui avait également perdu son poignard au cours du duel, se retrouvait maintenant totalement désarmé. Il chargea aussitôt Tavis, et, au dernier moment, lui fit un croche-pied. Tavis s'affala alors de tout son long, dans un mouvement qui parut fort peu naturel à Ciara. Une clameur s'éleva. Les Murray félicitaient James à cor et à cri tout en aidant Tavis à se relever.

Comment les hommes faisaient-ils donc ? Comment pouvaient-ils être ennemis jurés un instant et camarades celui d'après ? Ciara secoua la tête, perplexe, elle vit Tavis qui donnait des conseils à James pour éviter de se faire désarmer une nouvelle fois à l'avenir.

Cora les entraîna alors vers la demeure pour préparer leurs bagages. Les domestiques de lady Murray étaient déjà en train de faire les malles. Ciara espérait secrètement que le voyage de retour durerait bien plus longtemps que celui qui les avait amenés ici. Elle n'était vraiment pas pressée de rentrer…

Cependant, cette fois, ils allaient avoir de la compagnie. Leur convoi comporterait quatre chariots, ainsi qu'une vingtaine de gardes du clan Murray. Ajoutés aux MacLerie, il y aurait environ quarante gardes ! Lady Murray s'était également arrangée pour pouvoir dormir en route dans sa famille, ce qui rendrait le voyage plus confortable. Après tout, si son égoïsme profitait à tout le monde, Ciara ne pouvait que s'en réjouir.

Une vraie petite armée ! Voilà à quoi leur troupe ressemblait !

Tandis qu'elle grimpait sur sa monture, Ciara entendit la clameur qui montait depuis le village jusqu'à la route principale. Leur départ matinal ne passait pas inaperçu ! Comme lady Murray préférait voyager dans un chariot, le leur avait été garni de confortables coussins et Cora avait demandé à pouvoir s'y réfugier également. Elizabeth se trouvait juste derrière elle, à cheval, et James chevauchait à son côté.

Somme toute, l'ambiance était plutôt agréable. Il y avait des domestiques pour parer à leurs besoins, des hommes pour monter la garde et suffisamment de compagnie pour faire un brin de causette. D'après Tavis, ils allaient rentrer à Lairig Dubh en empruntant un itinéraire différent de celui qu'ils avaient pris à l'aller. Ils allaient passer plus au sud, en suivant le fleuve Tay jusqu'au loch du même nom, puis ils se dirigeraient plein ouest, le long de la vallée de Glen Lyon, et enfin vers le nord jusqu'à Lairig Dubh. Ils allaient une nouvelle fois se retrouver sur les routes des bergers mais, comme la transhumance n'avait pas encore commencé, les troupeaux ne gêneraient pas leur progression.

Finalement, ils ne passeraient pas par Dunalastair sur le chemin du retour. Cela éviterait toute situation embarrassante suite aux propos que James et son père avaient tenus sur sa mère. Ciara ne savait pas si James avait dit à lord Murray qu'elle avait entendu leur conversation mais, quoi qu'il en soit, son père se montrait beaucoup plus amical avec elle maintenant que le mariage approchait et qu'il était sur le point d'obtenir le soutien des MacLerie, en plus de sa dot.

Ciara avait demandé à James de bien vouloir trouver un bon parti à Elizabeth pour lui permettre de venir vivre à ses côtés après leur mariage. James avait alors régulièrement proposé à Elizabeth de partager leur compagnie. Notamment lors des parties d'échecs qui étaient organisées à la nuit tombée.

Dès son plus jeune âge, Marian lui avait appris à jouer. Ciara avait été une élève assidue et battait généralement la plupart de ses adversaires. Elle en avait passé des nuits à s'entraîner, pour faire plaisir à son père qui passait son temps à lui vanter les mérites de ce jeu de logique et de stratégie. Sa mère restait sa plus redoutable adversaire, elle remportait systématiquement les parties qu'elle jouait, contre n'importe lequel des MacLerie.

Trois jours après avoir quitté les terres des Murray, alors que le repas du soir était terminé et que le plateau du jeu d'échecs avait été installé, Ciara proposa une partie à Elizabeth. Comme il l'avait déjà vue remporter plusieurs parties contre son amie, James proposa son aide à Elizabeth.

Le silence régnait alors que chacun réfléchissait au pion qu'il allait bouger. Bientôt, leur affrontement devint l'attraction de la soirée et rassembla presque tous les membres du convoi. Certains se mirent même à parier sur le nom du vainqueur. Ciara sentait dans son dos la présence de Tavis qui observait la partie sans dire un mot.

De l'avis de tous, James et Elizabeth formaient une prodigieuse équipe, pourtant Ciara réussissait invariablement à contrecarrer leurs efforts.

Soir après soir, les parties endiablées se poursuivirent sous un ciel clément. Puis, ils essuyèrent quelques tempêtes plusieurs jours d'affilée. Le voyage devint pénible. La pluie les ralentissait beaucoup et les obligeait à avancer au pas car les routes et les chemins étaient désormais terriblement boueux et les chariots avaient tendance à s'embourber facilement. Quand le soleil se remit à briller, Ciara fut soulagée de ne plus se retrouver confinée pour se protéger du mauvais temps.

Ce soir-là, suivies de près par plusieurs gardes, Ciara et Elizabeth étaient parties faire une petite promenade pour se dégourdir un peu les jambes et faire passer leurs crampes pendant que les domestiques préparaient le dîner.

Une fois le repas terminé, des torches furent disposées autour d'une table improvisée sur laquelle avait été installé le plateau du jeu d'échecs. Lorsqu'elle s'aperçut que certains hommes étaient déjà en train de miser alors que personne n'avait encore réservé l'échiquier, Ciara fut prise d'un fou rire.

— Je me demande bien qui va être le premier à réclamer le plateau, dit-elle d'un air songeur en s'approchant de la table.

Beaucoup tournaient autour mais personne n'avait encore pris place sur les tabourets.

— Je commence à me lasser de ce jeu, dit Elizabeth en soupirant.

— Même lorsque tu fais équipe avec James ? demanda Ciara.

Etonnée, elle vit son amie rougir jusqu'à la racine des cheveux à sa question. Elle semblait ne pas trouver ses mots. Une voix forte retentit soudain. James venait de lancer un défi.

— Les Murray contre les MacLerie ! Qui va défendre le clan MacLerie ?

A grand renfort de rires et d'exclamations, les MacLerie se concertèrent en se poussant du coude pour décider qui allait défendre leur honneur. Bien sûr, seuls les hommes étaient concernés ! Les MacLerie finirent par se disperser. Ils avaient désigné Tavis pour les représenter. Celui-ci paraissait déterminé à remporter la victoire, pourtant Ciara savait qu'il n'avait jamais particulièrement apprécié le jeu.

Ciara et Elizabeth prirent place sur des tabourets, tout près du plateau. La partie semblait égale. Chaque coup était mûrement réfléchi et l'avantage passait régulièrement d'un camp à l'autre. Ciara avait beaucoup de mal à prédire qui finirait par remporter la partie. Puis, elle porta son attention sur Tavis et remarqua qu'il se pinçait les lèvres d'une façon adorable lorsqu'il étudiait les différentes possibilités qui s'offraient à lui.

Ciara avait bien conscience de le regarder un peu trop fixement, seulement, elle était incapable de détacher son regard. Elle avait la vague impression qu'il se tramait quelque chose, mais ne parvenait pas à comprendre ce qui se passait exactement. Mais lorsque Tavis bougea son pion, elle comprit soudain. Il s'arrangeait pour faire gagner James, sans pour autant que sa défaite soit écrasante ! Si James bougeait le mauvais pion ou se mettait en mauvaise posture, Tavis faisait immédiatement en sorte de rétablir la situation. Tout en buvant une tasse de thé qu'un domestique venait de lui apporter, Ciara réfléchissait à plein régime. Pourquoi agissait-il ainsi ?

Tout à coup, les images du combat qui avait opposé Tavis et James lui revinrent à la mémoire. James, un jeune homme inexpérimenté et de moindre stature, s'était mesuré à un guerrier aguerri redouté de tous. Un homme qui s'entraînait depuis ses plus jeunes années à manier les armes et à se battre à mains nues ! Et pourtant, alors qu'il était désarmé, James avait vaincu Tavis... Seigneur ! Voilà pourquoi la chute de Tavis avait été si étrange, ce n'était pas le geste de James qui l'avait déséquilibré, il avait chuté de lui-même pour laisser la victoire à son adversaire.

Ciara se concentra de nouveau sur le jeu pour en avoir le cœur net. Oui, Tavis commettait des erreurs qui ne lui ressemblaient pas. Des erreurs qui permettaient à James de prendre l'avantage. Cependant, Tavis opérait très discrètement : les autres ne se rendaient apparemment compte de rien.

Ainsi donc, Tavis perdait délibérément… Mais pourquoi ?

12

Maintenant qu'elle avait compris ce que Tavis manigançait, Ciara avait terriblement envie de rire. Elle se mordit la langue. Elle devait absolument rester de marbre, autrement la victoire de James n'en serait pas vraiment une. Elle ne comprenait pas franchement les enjeux de cette mascarade. Seulement, Tavis devait certainement avoir de bonnes raisons pour agir ainsi… D'autant que le jeu ne devait pas être simple pour lui. Faire en sorte de perdre n'était pas chose aisée, surtout avec tous ces regards qui scrutaient le plateau en permanence.

L'avantage continuait de passer d'un camp à l'autre lorsque, soudain, Ciara s'aperçut que James était en très mauvaise posture. Si Tavis bougeait la bonne pièce, il était assuré de remporter la victoire. Elle saurait avec certitude s'il faisait exprès de perdre.

Elle remarqua alors qu'il se pinçait de nouveau les lèvres. Si elle ne l'avait pas observé avec une très grande attention, elle n'aurait rien vu, comme c'était probablement le cas de ceux qui suivaient la partie. Tavis opta en définitive pour un coup défensif. James n'avait plus qu'à saisir sa chance. Le sourire aux lèvres, celui-ci fit glisser sa pièce pour faire échec au roi.

Les Murray qui étaient présents laissèrent aussitôt éclater leur joie. James tendit la main à Tavis et celui-ci le félicita chaleureusement. Tavis risqua un coup d'œil vers Ciara… pour la foudroyer du regard. Comme pour lui intimer l'ordre de se taire. Ainsi, il avait compris qu'elle avait vu clair dans son jeu. Ciara retint un sourire amusé, il savait pourtant bien qu'il en fallait plus que cela pour l'effrayer. Tavis lui devrait une explication à un moment ou à un autre. Elle ne manquerait pas de lui poser des questions dès que l'occasion se présenterait…

Tavis jura intérieurement. Ciara était une joueuse exceptionnelle. Il aurait dû se douter qu'elle le démasquerait ! Il se leva précipitamment de la table de jeu pour se diriger vers la tente où il dormait avant de prendre son tour de garde et souhaita une bonne nuit à tout le monde. Le regard de Ciara lui brûlait le dos. Il ne se sentait pas prêt à l'affronter. Il fit donc comme si de rien n'était et ne se retourna pas. Elle allait lui poser des questions et il n'avait aucune envie d'y répondre…

De toute façon, il ne saurait quoi lui répondre. Il ne tenait pas particulièrement à réfléchir aux raisons qui l'avaient incité à truquer la partie. Car il ne pouvait pas nier qu'il avait voulu — il en avait même eu sacrément envie ! — flanquer une raclée à James lors du combat qui les avait opposés. Il avait fait preuve d'une grande maîtrise pour ne pas réduire à néant les stratégies ridicules auxquelles James avait essayé de recourir pendant leur partie d'échecs. Il s'était abstenu pour ne pas risquer de le vexer. Car une personne aurait ensuite eu à en pâtir.

Ciara.

Mieux valait éviter de se fâcher avec le futur mari de Ciara, car alors, elle se retrouverait seule et sans défense dès qu'elle ne serait plus sous la protection des MacLerie. Or, cela n'allait plus tarder. James avait l'air d'un homme pondéré, certes ; toutefois, Tavis ne voulait pas prendre le risque de compromettre la sécurité ou l'avenir de Ciara en contrariant l'héritier des Murray. Même si cela lui aurait fait un immense plaisir.

Les paroles que Duncan avait prononcées au cours de leurs discussions lui revenaient à la mémoire. Tout comme les mises en garde de Connor, qui lui avait maintes fois répété de tout faire pour favoriser une bonne entente entre Ciara et James. Durant le voyage, il s'était promis de prendre modèle sur le calme et l'impartialité dont Duncan faisait toujours preuve au cours des négociations qu'il menait. Hélas, dès que Ciara était concernée, les choses se compliquaient… Son orgueil de mâle ne cessait de le titiller et il devait le combattre à tout moment.

Duncan et Connor connaissaient-ils la nature de ses sentiments pour lui avoir tenu un même discours, chacun leur tour, avant son départ de Lairig Dubh ? Savaient-ils que les sentiments qu'il croyait profondément enfouis en lui n'allaient pas manquer de faire surface pendant le voyage ? Avaient-ils tout compris avant lui ? Bon sang ! Quel imbécile il faisait !

Pour se vider l'esprit, Tavis alla chercher ses outres pour les remplir au ruisseau qui coulait non loin de là. Bon prétexte pour mettre un peu de distance entre elle et lui. Marcher lui ferait le plus grand bien après tout ce temps assis devant le plateau de jeu.

A mi-chemin, il entendit des branches craquer et comprit que quelqu'un le suivait. Il se mit à marcher bruyamment pour signaler sa présence. Malédiction ! Il n'avait pas besoin de se retourner, il savait parfaitement qui il allait trouver derrière lui.

— Tu devrais aller t'installer confortablement pour la nuit, lança-t-il à voix haute.

Il n'attendait pas vraiment de réponse. Les bruits de pas s'arrêtèrent quelques secondes avant de reprendre de plus belle, tandis qu'il attendait au bord du ruisseau.

— Je voudrais te parler, Tavis, dit-elle d'une voix essoufflée par la marche rapide qu'il lui avait imposée.

— Non, Ciara. Va t'allonger dans ta tente. Nous parlerons demain matin.

Peine perdue. Elle ne l'avait pas lâché d'une semelle et arrivait déjà sur ses talons. Ce n'était pas la première fois qu'il lui demandait de remettre une conversation au lendemain et qu'elle n'en faisait qu'à sa tête. D'ailleurs, avait-il jamais réussi à la faire changer d'avis ? Alors qu'il se retournait d'un mouvement agacé, il la vit qui trébuchait. D'instinct, il bondit à son secours et la retint à temps. Par malheur, elle reposait à présent entre ses bras. Son corps souple et chaud semblait fait pour épouser ses muscles durs et tendus. Il se força à l'éloigner de lui et croisa les bras sur sa poitrine pour résister à la tentation de ce joli corps.

— Retourne d'où tu viens, maintenant, dit-il d'une voix dure, en désignant le campement du menton.

On voyait distinctement les lueurs des torches qui éclairaient les tentes et les chariots. Comment avait-elle fait pour échapper aux gardes qu'il avait postés un peu plus tôt ?

— Je voulais seulement te…

— Retourne d'où tu viens.

Elle croisa les bras sur la poitrine elle aussi. Il savait pertinemment que la bataille était perdue d'avance, mais il devait quand même essayer.

— Je t'en prie, Ciara, rentre au campement, supplia-t-il dans un souffle.

— Tu as fait exprès de perdre, dit-elle d'un ton accusateur. Aux échecs et lors du combat.

Elle ne semblait pas décidée à bouger d'un millimètre.

— Et alors ? Quelle importance ? Va te coucher maintenant.

Bon sang ! Ses suppliques, comme ses ordres, restaient lettre morte. Ciara restait campée à un mètre de lui et n'avait apparemment aucune intention de partir. Partagé entre la frustration, l'exaspération et la violence de ses sentiments, Tavis se frotta les yeux des doigts puis il se mit à regarder fixement la lune qui se trouvait juste au-dessus d'eux. Surtout, il ne devait pas la regarder. Comment la faire obéir ? S'il lui parlait franchement, est-ce qu'elle retournerait au campement et cesserait de le tourmenter ? Ses mots, ses sourires, ses froncements de sourcils, tout le faisait souffrir dès qu'il était en sa présence. Après quelques instants, il lui fit face et lui désigna une nouvelle fois la direction qu'il lui demandait de prendre.

— Quel intérêt pourrait-il bien y avoir à humilier James Murray devant tout son clan ? Ma petite satisfaction personnelle exceptée, à quoi bon lui imposer une défaite, tu peux me le dire ?

Elle avait sursauté et le regardait à présent, les yeux écarquillés.

— Ta petite satisfaction personnelle ? Qu'est-ce que tu entends par là, Tavis ?

Involontairement, il baissa les yeux sur elle. Bon sang ! Il s'était promis de ne pas le faire. Elle ne se rendait pas compte de l'effet qu'elle avait sur lui ! Il avait beau se répéter qu'elle appartenait à un autre, rien n'y faisait… Il continuait à la désirer comme un fou.

— C'est vrai que je pourrais lui mettre une raclée sans trop me forcer. Et j'aurais pu lui prendre son roi en cinq coups tout à l'heure, ajouta-t-il, avec suffisamment d'humour pour détendre l'atmosphère.

— Cinq coups ? Quel fanfaron ! J'en avais compté au moins sept.

— A toi, il t'aurait peut-être fallu sept coups. Moi, je pouvais réussir en cinq coups. Peu importe. Cela aurait tout mis en péril. N'oublie pas la raison pour laquelle nous sommes allés à Perth. Tout ce qui compte, c'est que James te protège, à présent que tu as accepté sa proposition.

Tavis croisa le regard de Ciara et cela lui fit mal. Il y lut une abnégation douloureuse ! Elle était décidément la digne héritière de Duncan. Peu importait qui était vraiment son père, elle était sans conteste la fille de cœur de son père, le conciliateur. Son regard intelligent lui disait tout ce qu'il avait besoin de savoir. Ciara comprenait parfaitement la situation et avait bien conscience des dangers qu'elle encourait. Elle avait beau se montrer taquine et trop curieuse à l'occasion, elle savait ce qui l'attendait et semblait s'y résoudre.

Toutefois, Ciara était également très fragile, elle n'acceptait qu'avec douleur l'inéluctable. C'était visible à sa façon de crisper machinalement les mains sur sa robe avant de toucher du bout des doigts ce qui se trouvait dans la petite bourse qu'elle avait à la ceinture. Il l'avait vue faire ce geste des dizaines de fois au cours du voyage. Cette bourse ne semblait d'ailleurs jamais la quitter.

— Quel souvenir précieux as-tu emporté avec toi ? demanda-t-il brusquement.

Un long frisson le parcourut. Il pénétrait sur un terrain intime, c'était dangereux. Il n'avait pas franchement envie de connaître la réponse. D'ailleurs, Ciara ne semblait pas tenir à lui révéler son secret, pourtant, elle sortit avec une timidité inhabituelle ce qu'elle cachait dans sa bourse.

C'était un petit cheval de bois. Elle le posa délicatement dans la main de Tavis tout en le caressant du bout des doigts. Malgré la patine du temps, il reconnut aussitôt le cheval qu'il avait sculpté pour elle bien des années plus tôt.

Cela semblait provenir d'une autre vie, songea-t-il avec une certaine émotion. A l'époque, il avait tout l'avenir devant lui, de multiples horizons s'offraient encore à lui. Il n'était pas tout à fait un homme à l'époque. C'était avant d'épouser Saraid. Avant… Il y avait tant à regretter…

— Je l'ai toujours avec moi. Depuis le jour où tu me l'as donné. Il me réconforte chaque fois que je me sens perdue ou que j'ai du chagrin. Et lorsque je me pose des questions sur la place que j'occupe au sein du clan MacLerie par exemple, cela m'aide à me remettre les idées en place, murmura-t-elle.

Une telle vulnérabilité affleurait derrière la force qu'elle affichait d'ordinaire ! Ses yeux étaient comme hagards. Que Dieu lui vienne en aide, elle le mettait à genoux... Lorsqu'elle baissait la garde, lorsqu'elle se laissait aller à la confidence, elle devenait terriblement dangereuse pour lui. Il avait alors bien du mal à tenir ses bonnes résolutions et à se souvenir qu'il n'y avait pas de place pour lui dans son existence.

Tavis contemplait le petit cheval de bois et se souvint tout à coup du moment exact où il l'avait vue en train de jouer avec cette statuette pour la première fois. C'était Duncan qui lui avait passé commande car celui-ci savait qu'il travaillait le bois avec un certain talent. Et comme Duncan savait aussi qu'il avait des frères et sœurs à peu près du même âge, il lui avait demandé de s'occuper de Ciara lors du voyage entre Dunalastair et Lairig Dubh. Il y avait d'ailleurs fort à parier qu'aucun des deux n'avait un seul instant imaginé les répercussions que cela pourrait avoir.

Des liens très forts pour la vie, rien de moins. Tandis qu'il examinait le cheval très attentivement, Tavis s'aperçut qu'il n'avait rien sculpté depuis fort longtemps.

Depuis la mort de Saraid.

Bon Dieu ! Il ne voyait pas comment il allait survivre si Ciara continuait à lui rappeler sans cesse ses faiblesses et ses manquements ! A force d'observer le cheval, il remarqua que, avec la patine du temps, la tête n'avait presque plus d'oreilles et que les jambes s'étaient transformées en moignons. Un petit rire triste se mit à pétiller au fond de lui quand il comprit la dévotion qu'elle avait portée à sa création de bois.

— Il est tellement usé qu'il ne ressemble plus à rien, dit-il.

Elle leva le menton fièrement pendant quelques instants, les lèvres tremblantes. Puis, elle prit une profonde inspiration avant d'expirer longuement, l'air exaspéré. Elle avait déjà retrouvé le contrôle d'elle-même et la femme qui le dévisageait maintenant était de nouveau la Ciara déterminée et confiante qu'il connaissait si bien.

— Je suppose qu'il tiendra le coup jusqu'à la fin du voyage, pas davantage, dit-elle avec une légère tristesse dans la voix.

Parlait-elle du jouet de bois ? Ou d'eux ? Faisait-elle référence aux sentiments qu'ils éprouvaient l'un pour l'autre ? Tavis ressentit une vive douleur dans la poitrine. La vie qui les attendait tous deux venait de lui sauter au visage. Il referma doucement les doigts sur le jouet. Un mélange de colère et de frustration bouillonnait en lui maintenant, et avant d'avoir réfléchi à ce qu'il allait dire, il laissa échapper :

— Je t'en sculpterai un autre.

Tavis se promit de tout faire pour l'aider à rester forte. D'autant qu'il ne serait bientôt plus à ses côtés pour la protéger. Ou pour la guider comme il l'avait si souvent fait par le passé. Soudain, ils entendirent quelqu'un qui appelait depuis le campement.

— Tavis ? Ciara est-elle avec toi ? demandait Dougal d'une voix tonitruante.

Ils venaient à peine de découvrir qu'elle n'était plus au camp.

— Oui, répondit-il. Elle est en ce moment même en route vers vous.

Tavis la regarda alors qu'elle lui adressait un signe de tête et s'éloignait déjà. Il l'interpella.

— Ceci t'appartient, dit-il en lui tendant le cheval de bois.

Ciara ouvrit sa bourse et remit le jouet sculpté à sa place avec d'infinies précautions.

Elle partit sans ajouter un mot, mais le mal était fait. Il

s'était laissé prendre au piège par un petit animal de bois, par ses propres souvenirs et par son désir de la protéger. Il la suivit d'assez loin pour s'assurer qu'elle regagnait bien le campement puis revint sur ses pas.

Tavis se passa la main dans les cheveux, perplexe. Depuis combien de temps n'avait-il plus sculpté ? Se souvenait-il seulement comment faire ? Et où était le petit couteau qu'il utilisait pour travailler le bois ? En fait, la seule question valable, c'était comment diable avait-il pu se mettre dans un tel pétrin ?

En proie à une grande agitation, Tavis ne s'était même pas aperçu qu'il avait ramassé plusieurs morceaux de bois et avait déjà rejeté les moins beaux d'entre eux. Allons, il ne trouverait pas le repos cette nuit-là. Il retourna au camp à grandes enjambées, puis fouilla dans son sac en cuir et en ressortit fébrilement le couteau.

Autrefois, sculpter le bois l'apaisait et il espérait retrouver les mêmes sensations car il avait grand besoin de se détendre. Puis, comme les premières lueurs du jour déchiraient déjà le ciel, il comprit que rien ne viendrait à bout de ses tourments.

Lorsqu'il vit distinctement ce qu'il avait sculpté, il se mit à pester comme un beau diable. Il était allé au-devant des ennuis sans même s'en rendre compte… Comme si cela ne suffisait pas ! Il avait beau examiner l'objet sous tous les angles, ce n'était pas un cheval du tout. Il le regarda avec la plus grande attention à la lumière blafarde du matin qui se levait.

Tout ce qu'il voyait, c'était un cœur. Un cœur en lambeaux. Etait-ce le sien ?

13

Au cours des jours suivants, Ciara vit à plusieurs reprises Tavis en train de travailler un petit morceau de bois avec son couteau. Mais il n'avait visiblement pas l'intention de lui montrer ce qu'il était en train de faire et n'évoqua jamais le sujet en sa présence. Elle n'avait toujours pas très bien compris pourquoi elle lui avait révélé son attachement dévot à la statuette, mais elle n'en éprouvait aucun regret. Tavis devait connaître la place qu'il occupait dans son cœur, qu'il occuperait toujours, même lorsqu'elle n'aurait plus pour seul souvenir que son petit cheval de bois.

A la nuit tombée, les échecs restaient la distraction préférée de tous. Lors des affrontements entre James et Tavis, Ciara n'avait plus jamais surpris Tavis laisser James remporter la partie. Peut-être avait-il simplement appris à mieux dissimuler son jeu ?

Elizabeth avait pour sa part retrouvé le plaisir de jouer et faisait équipe avec James ou elle-même, à tour de rôle. Son amie s'entendait à merveille avec James. Parfois, ils avaient même des discussions assez animées, à table ou en route, comme cela pouvait arriver entre amis. Ciara s'en réjouissait. Pour deux raisons essentielles.

D'abord, parce que Elizabeth paraissait pleinement heureuse à l'idée d'aller vivre avec elle dans le comté de Perth. Ensuite, parce que James prenait apparemment très au sérieux la tâche qu'elle lui avait confiée. Depuis qu'elle lui avait demandé de trouver un bon mari à son amie, il consacrait beaucoup de temps à Elizabeth pour apprendre à mieux la connaître. Et vu les heures qu'ils passaient ensemble et toute l'attention que James semblait lui porter, Ciara ne doutait pas qu'il finirait par proposer de bons partis à Elizabeth lorsque le temps viendrait pour elle de convoler.

Après tous ces jours de voyage, leur convoi se dirigeait vers le nord. Toutefois, ils allaient d'abord s'accorder une bonne journée de repos avant d'affronter des routes de montagne plutôt difficiles. Il fallait être en bonne forme physique pour pouvoir endurer la dernière partie du voyage. Sous les ordres de Tavis, les hommes installèrent donc un campement et montèrent des tentes pour abriter les femmes. Des hommes partirent à la chasse et rapportèrent de la viande fraîche aux domestiques chargés de préparer le dîner. Ciara regardait tous ces préparatifs avec une admiration croissante pour Tavis, qui obtenait que tous suivent ses ordres sans avoir jamais à élever la voix plus que nécessaire.

Une fois le périmètre de sécurité clairement établi, James vint alors perturber sa rêverie en l'invitant à se promener en sa compagnie. Et comme à l'accoutumée, Tavis ne la lâchait pas des yeux. Cependant, ils avaient à peine échangé trois mots depuis leur conversation. Il l'évitait. Ciara sentait le poids de son regard alors qu'elle circulait autour des tentes et des chariots avec James.

Ciara écoutait d'une oreille distraite les propos légers de son fiancé, incapable de se concentrer sur autre chose que la brûlure du regard de Tavis sur elle. Sans doute James allait-il s'arranger, à un moment ou à un autre, pour l'attirer un peu à l'écart. Or, elle ne voulait pas que Tavis le remarque.

Heureusement, les minutes s'écoulèrent sans que James ne prenne aucune initiative. Il lui faisait des compliments sur sa façon de jouer aux échecs, lui assurait qu'il n'avait jamais rencontré une cavalière aussi douée qu'elle. Il lui posait également des questions sur ses parents tout en la tenant par la main. Alors pourquoi diable n'essayait-il plus jamais de lui voler des baisers ? Non que ses baisers lui manquent, mais tout de même, cette réserve nouvelle l'inquiétait. L'attitude de James avait clairement changé à son égard.

Elle devait en avoir le cœur net. Bien décidée à provoquer le hasard, Ciara vint se blottir contre lui dès qu'elle fut certaine de n'être vue de personne, puis elle pencha légèrement la tête. C'était pour lui l'occasion rêvée de l'embrasser. James battit aussitôt en retraite. Pour un peu, elle se serait vexée !

Il se montrait toujours extrêmement prévenant et courtois mais, depuis leur départ, il faisait en sorte de maintenir une certaine distance entre eux. En public comme en privé. D'où provenait cette froideur nouvelle ? Quand allait-il de nouveau lui accorder quelques signes d'affection ?

Le repas qu'ils partagèrent ce soir-là ressemblait beaucoup aux dîners décontractés de Lairig Dubh. Lord et lady Murray avaient visiblement fini par l'accepter et paraissaient être venus à bout de leur réserve. Les tensions semblaient s'être enfin dissipées... Peut-être allait-elle faire un mariage heureux et mener une vie satisfaisante ?

Ciara passait chaque jour de longs moments en compagnie de la mère de James et elle commençait maintenant à bien connaître l'histoire de la famille ainsi que tous les projets d'aménagement de leurs terres. Peu à peu, lady Murray avait cessé de la prendre de haut et avait même commencé à lui confier quelques ragots sur le voisinage.

Une fois le repas terminé, James déclara qu'il réservait le plateau d'échecs. Il proposa à Tavis de faire équipe avec Ciara tandis que, de son côté, il jouerait avec Elizabeth. Les deux hommes paraissaient eux aussi avoir appris à se supporter depuis qu'ils avaient quitté Perth. Tavis donnait volontiers des conseils à James en matière de combat chaque fois que l'occasion se présentait. Et lorsque James perdait un combat ou une partie d'échecs qui l'opposait à Tavis, il acceptait manifestement la défaite sans sourciller. Ciara n'aurait pourtant pas parié sur cette entente cordiale…

La partie venait à peine de commencer, à la lueur du feu et des torches. Ciara connaissait bien la technique de jeu que Tavis employait car elle avait déjà eu maintes fois l'occasion de le voir jouer. A eux deux, ils formaient une très bonne équipe. Ils avaient des tactiques complémentaires, Tavis était plutôt conventionnel, elle, prenait davantage de risques. Surtout, ils savaient tous deux anticiper les coups qui allaient être joués. Les règles avaient clairement été établies avant que la partie ne commence : chaque joueur d'une même équipe devait jouer à tour de rôle. Elizabeth jouait donc juste après Tavis et Ciara derrière James. Une petite foule s'était progressivement amassée autour d'eux et les hommes avaient une nouvelle fois fait de nombreux paris sur l'équipe victorieuse.

Ciara eut bien du mal à conserver son calme. James et Elizabeth jouaient certes bien dans l'ensemble, mais ils ne faisaient pas le poids face à elle et Tavis, encore que ce dernier n'y mettait guère du sien. Elle aurait même juré qu'il s'arrangeait pour les laisser gagner. Heureusement, alors que la victoire était à portée de main, il cessa de prolonger inutilement la partie et s'associa à elle pour ravir son roi à l'équipe adverse.

Une fois la partie terminée, Tavis s'empressa de rejoindre ses hommes, et James raccompagna Ciara et Elizabeth jusqu'à leur tente. Elizabeth s'éclipsa rapidement à l'intérieur. Comme James se tenait près d'elle, Ciara se demandait avec inquiétude s'il comptait l'embrasser. Peut-être devait-elle prendre l'initiative ? James venait de lui souhaiter de passer une bonne nuit et s'apprêtait à partir. Il ne fallait surtout pas rater l'occasion ! Elle lui prit rapidement la main et l'attira vers elle en penchant légèrement la tête pour poser les lèvres sur les siennes. James se laissa faire et l'embrassa doucement. Ce baiser n'avait pas été différent des autres, en définitive.

Ni plus écœurant, ni plus agréable.

Comme il était inutile d'en espérer davantage, Ciara le salua et entra précipitamment sous la tente qu'elle partageait avec Elizabeth.

Hélas, elle fut incapable de s'endormir… Elle ne cessait de se tourner et se retourner dans son lit. Que se passait-il ? James avait-il changé d'avis ? Peut-être qu'il n'avait plus envie de l'épouser après tout… Etait-elle trop pressée ? Peut-être lui témoignait-il simplement beaucoup de respect et attendait-il leur mariage officiel avant de lui manifester son affection ? Surtout, pourquoi diable se sentait-elle en partie soulagée par cette distance nouvelle ?

Sans réponse à ses questions, Ciara ne dormit pas de la nuit. Aussi, le lendemain matin, elle éprouva les pires difficultés à rester éveillée en selle. Elle était sur le point de s'assoupir et menaçait de tomber de cheval lorsque Tavis s'en aperçut et eut juste le temps de la rattraper.

— Que se passe-t-il, Ciara ? demanda-t-il en la faisant sursauter. Laisse-moi régler les sangles de ta selle. J'ai l'impression qu'elles ne sont pas correctement fixées.

Tavis la guida jusqu'à une petite clairière et ordonna aux autres de continuer à avancer. D'un mouvement leste, il sauta de cheval.

— Tu vas bien, Ciara ? demanda-t-il avec sollicitude tout en vérifiant le côté droit de sa selle.

La sangle était bien en place.

— J'ai l'impression que tu étais en train de t'endormir. Tu as bien failli tomber de cheval, tu sais.

Elle se frotta les yeux et secoua vigoureusement la tête pour se remettre les idées en place.

— Je n'ai pas bien dormi et ce voyage m'épuise.

Tavis fit le tour du cheval pour vérifier l'autre sangle. Maudit soit-il ! Comment avait-il pu se méprendre à ce point ? Elle lui avait paru plutôt heureuse pendant le voyage et, plus les jours passaient, plus elle semblait pressée de rentrer à Lairig Dubh. Il savait pourtant bien, au fond de lui, que ce n'était pas son mariage qui la rendait tellement impatiente. Elle voulait simplement retrouver son foyer, ses parents. Il s'en voulait terriblement à présent. Si seulement il avait pu la prendre dans ses bras pour la consoler. Il recula aussitôt, effrayé par son instinct protecteur.

— Courage, Ciara. Je pense que nous serons arrivés demain à la tombée de la nuit si nous ne traînons pas en route. Je vais envoyer un homme en éclaireur dès les premiers rayons du soleil, demain matin.

Tavis remonta à cheval puis tourna la tête vers elle et lui demanda :

— Tu redoutes d'entendre ce que tes parents ont à te dire, n'est-ce pas ? Sur les raisons de ce mariage loin d'eux ?

— Oui, répondit-elle d'une petite voix, je ne me suis jamais sentie aussi mal.

Il s'approcha d'elle et lui prit la main. C'était tout ce qu'il pouvait faire. Rien de plus. Et encore, il se le permettait seulement parce qu'elle semblait dévastée.

— Tu seras toujours Ciara, quoi qu'il advienne. Rien ni personne ne pourra jamais changer la personne que tu es au fond de toi.

— Si seulement tu pouvais avoir raison, murmura-t-elle. Si seulement j'arrivais à me convaincre que tout cela n'a aucune importance.

— Tu penses vraiment que tes parents ont agi par pure méchanceté ? lui demanda-t-il pour essayer de mettre les choses en perspective.

— Non, je sais bien que ce n'est pas le cas.

— Crois-tu qu'une seule personne du clan MacLerie ait voulu te faire du mal ? Ou se débarrasser de toi ?

Elle soutint alors son regard et il vit de grosses larmes dans ses yeux.

— Mes parents sont sûrement les seuls à se préoccuper de mon sort. Une fois que je serai partie, personne ne remarquera mon absence.

— Bien sûr que si, Ciara. A commencer par moi. Dieu me pardonne, mon cœur saura que tu es partie.

Un long silence s'ensuivit. Il ne la quittait pas des yeux.

— Pourquoi ? Dis-moi seulement pourquoi ? lui demanda-t-elle d'un ton suppliant.

Tavis avait du mal à respirer à cause de l'émotion qui lui serrait la gorge. Il parvint seulement à chuchoter :

— Parce que je suis ton ami.

Mieux valait faire semblant de ne pas comprendre sa question. Qu'il était douloureux de fermer ses lèvres sur les mots qu'il aurait tant aimé prononcer. Hélas, elle lui demandait l'impossible. Soudain, une vague de colère froide le submergea. Il s'en voulait terriblement. Il sentait la rage monter en lui, le défier, l'exhorter à faire la seule chose qu'il ne pouvait se résoudre à faire…

Sous le flot des émotions, Tavis sentait qu'il perdait le contrôle de la situation. Pouvait-il lui déclarer son amour ? Non, c'était de la folie pure. Et, s'il le faisait, il se maudirait sans doute pour le restant de ses jours et les condamnerait tous deux au malheur. S'il prononçait les mots qui lui brûlaient les lèvres, Ciara reprendrait espoir alors qu'il n'y en avait aucun. Il se mordit la langue au sang et garda pour lui les mots qu'il avait au fond du cœur.

Je t'aime, Ciara.

Une larme coula sur sa joue alors qu'elle attendait des mots qu'il n'avait pas le droit de prononcer.

— Dis-le, Tavis, avant qu'il ne soit trop tard.

Tandis qu'elle se penchait de sa monture vers lui, il sentit sa petite main se poser sur sa poitrine, à la place du cœur. Savait-elle ce qu'elle lui demandait ? Ce n'étaient pas uniquement des mots qu'il lui faudrait prononcer s'il lui ouvrait son cœur ! Il devrait également agir en accord avec ses sentiments, contre son honneur ! S'il lui avouait son amour, il devrait la demander en mariage ! Or, cela était impossible.

Comment aurait-elle pu comprendre ? Il était responsable de la mort de Saraid et jamais il ne prendrait le risque de causer la sienne. Comment lui faire comprendre qu'il préférait la voir partir loin de lui, plutôt que de la voir mourir par sa faute. Soudain, une barrière céda en lui, toute résistance cessa et les mots coulèrent d'eux-mêmes :

— J'ai causé la mort de Saraid, Ciara. Je causerais la tienne également. Je préfère que tu épouses un autre homme plutôt que de te perdre comme je l'ai perdue.

A ces mots, Ciara pâlit. Son cheval se cabra en réaction. Elle ouvrait la bouche pour l'interroger sur le sens de ses paroles lorsqu'ils entendirent James qui les appelait, non loin de là.

Tavis poussa un soupir de soulagement. James arrivait à point nommé… Il lui avait évité de franchir une étape qui aurait pu mener sa vie et surtout celle de Ciara au désastre !

Tavis remonta en selle et partit aussitôt en avant pour permettre à James de chevaucher au côté de Ciara. Celui-ci prit poliment de ses nouvelles et Ciara répondit d'un ton léger.

Tavis avait terriblement envie de se retourner pour la regarder. Que pensait-elle de lui maintenant qu'elle avait entendu une partie de ses secrets ?

A l'époque, elle était trop jeune pour savoir ce qui s'était réellement passé à la mort de Saraid. Elle avait pourtant bien le droit de connaître la vérité désormais, puisque cela les touchait de près tous les deux… Lorsqu'ils seraient de retour au clan, elle apprendrait toute l'histoire.

Puis, elle quitterait Lairig Dubh et l'abandonnerait pour toujours. Sans regret.

14

Personne ne prononça la moindre parole en traversant le village. Ils avaient progressé à un rythme infernal toute la journée et étaient tous épuisés. Ils avaient quitté Perth, le cœur léger, en pleine forme, et étaient maintenant couverts de poussière et complètement affamés. Mais ils étaient arrivés ! Lorsqu'ils passèrent les portes des murailles qui encerclaient le château, Tavis salua les hommes qui montaient la garde.

Il avait envoyé un messager en éclaireur pour s'assurer que le laird et sa femme les attendraient en compagnie de Duncan et de Marian. Pourvu qu'un bon repas chaud soit déjà en train de mijoter pour eux tous.

Ceux qui dirigeaient les chariots suivirent ses instructions et les conduisirent un peu plus loin. Les guerriers Murray, quant à eux, se tenaient près de l'entrée et attendaient impatiemment d'être congédiés pour aller s'installer dans les baraquements avec les autres hommes. Lord Murray devait d'abord descendre de cheval et aider lady Murray à sortir de son chariot.

Connor et Jocelyne se tenaient dans la cour pour accueillir leurs nouveaux alliés. A leur arrivée, Connor s'approcha en signe d'hospitalité et déclara d'une voix tonitruante :

— Soyez les bienvenus à Lairig Dubh. Vous semblez complètement épuisés. Nous pouvons très bien attendre demain matin pour les rites protocolaires, vous savez.

Tavis connaissait ce discours décontracté par cœur. Il

avait vu Connor à l'œuvre tant de fois ! Parfois, le laird voulait juste faire clairement comprendre aux nouveaux venus quel était son rang, d'autres fois, il cherchait simplement à mettre ses visiteurs à l'aise. Tavis ne parvenait pas à savoir quel était le cas de figure en l'occurrence.

— Je suis le comte de Douran et voici mon épouse, Jocelyne MacCallum, lady MacLerie, ajouta Connor.

Voilà qui répondait à la question de Tavis. En général, Connor n'utilisait pas son titre honorifique. Il tenait sans doute à rappeler aux Murray que, contrairement à eux, les MacLerie possédaient un titre de noblesse et avaient donc les faveurs du roi. Tavis observait la scène avec une distance amusée. Lord Murray et son épouse s'inclinèrent devant Connor, comme son rang supérieur l'exigeait. Un peu d'humilité et de soumission ne ferait pas de mal à ces prétentieux après ce qu'ils avaient fait subir à Ciara...

— Je vous présente mon fils James, monseigneur, dit Murray en le désignant de la main.

Le jeune homme s'inclina également, sans qu'on lui prête grande attention. Ciara, de son côté, fut accueillie avec toute la chaleur réservée aux membres de la famille. La situation, enfin équilibrée, réjouit le cœur de Tavis. Le laird attendit encore quelques instants avant de serrer la main à chacun de ses hôtes de manière plus informelle.

— Nous allons bientôt devenir bien plus que de simples alliés ! Cela ne vous dérange pas j'espère si je vous appelle par vos prénoms ? Nous allons bientôt faire partie de la même famille, alors inutile de faire des façons entre nous. Appelez-moi Connor et appelez mon épouse Jocelyne.

Tavis savait que tout cela n'était que de l'esbroufe, mais il remarqua que la tension qui était palpable quelques instants plus tôt s'était dissipée instantanément. Il suivit tout le monde à l'intérieur du château, où Duncan et Marian étaient certainement en train de les attendre.

Tavis jeta un regard discret à Ciara, elle semblait de plus

en plus nerveuse. Elle se tenait droite et raide, ses mains tremblaient légèrement. Bon sang ! Voilà qu'elle craignait de revoir ses parents. Une brusque flambée de colère anima Tavis. Pourquoi avait-il fallu qu'elle apprenne cette sombre histoire dans de telles circonstances ? Quoi qu'il en soit, elle devait absolument passer une bonne nuit pour pouvoir aborder sereinement la question avec ses parents, dès le lendemain matin. C'était une affaire de famille désormais, il ne pouvait plus lui apporter son soutien.

De son côté, il retrouva ses marques rapidement. On l'avait traité comme un domestique chez les Murray, mais ici il jouissait d'un certain statut. Il irait directement faire son rapport à Connor une fois que leurs hôtes seraient installés.

Connor présenta la famille Murray à Duncan et Marian, ainsi qu'à Rurik et d'autres personnes parmi ses plus proches collaborateurs, puis tout le monde prit rapidement place à table. Une conversation informelle s'engagea pendant que les domestiques servaient le repas. Tavis observait Ciara à la dérobée. Elle était silencieuse. Ses parents l'avaient accueillie très chaleureusement et sa mère l'avait longuement serrée dans ses bras, sans qu'elle réponde vraiment à son étreinte.

On leur avait préparé un repas simple mais nourrissant et tout le monde semblait se régaler. Une fois le dîner avalé, un majordome accompagna les Murray à l'étage pour leur montrer leurs chambres.

Ils étaient arrivés depuis moins d'une heure mais le silence régnait déjà au château, chacun ayant regagné ses pénates. Connor devait l'attendre dans ses appartements pour entendre son rapport. Il ne se pressa pas de monter pour permettre à Connor et Jocelyne de se parler. Pourtant, lorsqu'il pénétra enfin dans la pièce, Tavis constata avec surprise que Jocelyne allait apparemment assister à leur entretien.

— Parle-moi des Murray et de leur fils héritier, commença Connor avec son habituelle franchise.

Tavis lui parla d'abord de leurs terres, de leurs propriétés et des gens qui travaillaient à leur service. Puis, ce fut le tour de la famille Murray. Tavis répondait du mieux qu'il le pouvait aux questions que Connor lui posait. Il raconta ensuite comment le voyage s'était passé, à l'aller et au retour, et donna son opinion personnelle sur lord et lady Murray ainsi que sur James.

— Et que penses-tu de ce mariage, Tavis ? Cela débouchera-t-il sur une union solide et sur un bon traité par la même occasion ?

Jocelyne semblait pendue à ses lèvres. Pourquoi diable son avis leur importait-il autant ? Il n'avait aucune envie de donner son opinion sur un mariage qu'il haïssait !

— Ils ont l'air de plutôt bien s'entendre, d'après ce que j'ai pu voir, concéda-t-il. James semble tout à fait disposé à l'épouser.

Connor se mit à pouffer de rire.

— Je veux bien te croire ! Avec ce que sa famille va gagner au change, je parie qu'il épouserait mon cheval si on le lui proposait !

— Connor ! protesta Jocelyne.

Tavis ne parvint qu'à émettre un grognement écœuré au trait de Connor. Jocelyne lui jeta immédiatement un regard noir. Comme si elle le rendait responsable, lui, de cette mascarade ! Alors que cette histoire de dot le rendait fou, tant elle faisait souffrir Ciara ! Les Murray utilisaient la jeune femme uniquement pour parvenir à leurs fins. Sa vertu et son honneur leur importaient peu… Ils ne s'intéressaient qu'à sa fortune, bon sang !

Connor haussa les épaules et demanda :

— Et Ciara dans tout cela ? Ce mariage lui convient-il ?

Un silence assourdissant envahit la pièce alors qu'ils attendaient sa réponse. Connor tenait visiblement au bonheur de Ciara. Le laird hocha d'ailleurs la tête comme s'il venait d'entendre ses pensées.

— Nos enfants ont bien grandi. C'est la première à se marier.

Nos enfants ? Connor parlait certainement de ses enfants et de ceux de Duncan et de Rurik. La fille aînée de Connor serait la prochaine à partir se marier. La date de son mariage était peut-être même déjà fixée.

En dépit de sa volonté, Tavis ne parvint pas à répondre à la question qui lui avait été posée. Comment aurait-il pu approuver le mariage de Ciara avec James ? Il dégagea les mèches de cheveux qui lui barraient le front. Les mots que Connor attendait restaient bloqués dans sa gorge. Il avait essayé de convaincre Ciara que ce mariage était une bonne chose, mais ne se sentait pas capable de recommencer cette supercherie.

— Il faudra lui poser vous-même la question, Connor. Elle est la seule à vraiment connaître la réponse.

Connor fronça aussitôt les sourcils tandis que Jocelyne arborait un large sourire, parfaitement hors de saison. Tavis n'aurait su dire laquelle de ces deux réactions l'inquiétait le plus. Comme il craignait de s'être mal fait comprendre, il s'empressa d'ajouter :

— Ciara sait que telle est votre volonté. Que cet accord profitera aux deux clans. Elle connaît son devoir et ne s'y opposera pas à moins d'avoir de sérieuses raisons.

A présent, c'était Connor qui arborait un large sourire et Jocelyne qui fronçait les sourcils. Tavis ne savait plus sur quel pied danser…

— J'irai voir Duncan demain matin, déclara Connor.

— Elle sait.

Les mots que Tavis venait de cracher semblèrent suspendus dans l'air. Ce n'était pas la peine d'expliquer ce que Ciara savait. C'était évident pour chacun d'entre eux.

— Iain le lui a dit ? demanda Connor, la voix rauque.

— Non, elle a surpris une conversation au sujet de sa mère. Elle m'a ensuite demandé confirmation de ce qu'elle avait entendu.

— Que lui as-tu dit, Tavis ? demanda Jocelyne d'une voix pleine d'inquiétude.

— La vérité. Je lui ai dit que je ne connaissais pas toute l'histoire mais que j'avais entendu les mêmes rumeurs circuler à l'époque. Seulement, ce n'était pas à moi de le lui dire !

— Tu as raison. Nous avions tous espérer, un peu sottement, que ce ne serait pas nécessaire de revenir là-dessus. Que personne ne serait assez stupide pour lui parler de ces vieilles histoires.

— De fait, personne ne lui en a parlé directement. C'est bien pire. Ciara a surpris une conversation privée entre lord Murray et son fils. Elle n'était pas censée l'entendre. A sa décharge, James lui a immédiatement présenté ses excuses. Il est parfaitement conscient de la gravité de la situation et en est sincèrement désolé, à mon avis.

— Je ne voudrais pas être à la place de Marian, remarqua Jocelyne doucement. C'est vraiment terrible quand les péchés du passé resurgissent et vous rattrapent.

Le laird et son épouse avaient à présent tous les deux une mine préoccupée. Au moins, il comprenait leur réaction cette fois. Les rumeurs pouvaient gâcher la vie de ceux qu'elles touchaient.

Il n'était encore qu'un jeune garçon lorsque Connor avait été surnommé la Bête des Highlands. Les rumeurs de l'époque disaient qu'il avait tué sa première femme. Toutefois, lorsque Tavis avait été en âge de travailler et avait commencé à servir Connor, sous la supervision de Duncan, personne ne parlait plus de cette histoire. A en juger par le regard douloureux que Connor et sa femme venaient d'échanger, ils étaient sans doute en train de penser à cette vieille histoire.

— Autre chose, Tavis ? demanda Connor.

— Jocelyne, j'ai parlé à votre frère et il vous passe le bonjour. Il espère venir vous rendre visite avant l'arrivée de l'hiver.

Jocelyne retrouva le sourire mais Connor plissa le front. L'inimitié entre les deux hommes ne datait pas d'hier. La première fois qu'Athdar était venu à Lairig Dubh, c'était pour forcer Connor à épouser sa sœur… Heureusement, les choses s'étaient nettement apaisées entre eux depuis.

— Je te remercie pour cette bonne nouvelle, Tavis. Et je te remercie également d'avoir mené cette mission à bien, répondit Jocelyne.

— C'était un honneur. Connor, Jocelyne, je vous souhaite une bonne nuit, ajouta-t-il en les saluant avant de quitter la pièce.

Tavis essaya vainement d'ignorer la colère qui commençait à bouillir en lui. Il tenta de se convaincre qu'il allait apprécier de dormir dans son propre lit et de se réveiller chez lui le lendemain matin. Il sortit du château à grandes enjambées, vérifia par habitude que tout était en ordre puis franchit les portes du mur d'enceinte pour descendre au village. Sans savoir pourquoi, il emprunta le chemin qui passait devant la chaumière de Duncan.

Malgré leur fortune, Duncan, Marian et leurs enfants vivaient simplement et préféraient habiter une maison au village plutôt que d'être logés au château. Aucune lumière n'était allumée. Ce n'était guère étonnant. Ciara lui avait semblé extrêmement fatiguée au dîner. Il espérait donc qu'elle avait réussi à s'endormir facilement. Elle avait besoin de forces pour affronter la pénible conversation qui l'attendait le lendemain matin.

Le village était silencieux et sombre. Comme sa propre maison. Il ouvrit la porte et trouva un seau d'eau fraîche sur la table, ainsi que de la nourriture. Du pain et du fromage enveloppés dans un linge. Il donnait quelques pièces à une femme du village pour s'occuper de sa maison lorsqu'il était en voyage pour le compte du laird et il pouvait compter sur elle. Il y avait des draps propres sur le lit et du bois près de la cheminée. C'était un réel plaisir de rentrer dans une maison propre et de ne pas avoir à s'occuper de l'intendance.

Tavis ôta ses vêtements, fit une rapide toilette et s'écroula sur son lit. Il tombait de sommeil, lui aussi. Il s'était attendu à rester éveillé et à repasser dans sa tête toutes les paroles échangées avec Connor, mais avant d'avoir réalisé ce qui se passait, le soleil brillait déjà par la fenêtre.

Tavis se demanda aussitôt si Ciara dormait toujours.

A peine couchée, Ciara s'était imaginé qu'elle allait passer la nuit à redouter le lever du jour, pourtant l'épuisement avait eu raison de ses craintes et elle n'avait pas pu résister à l'appel du sommeil. A son réveil, son frère et sa sœur reprirent leurs bonnes habitudes. Ils sautèrent sur son lit en s'en donnant à cœur joie et la supplièrent de leur raconter son voyage. Leur curiosité était insatiable et les questions fusèrent. Au bout d'un moment, Marian finit par leur ordonner de la laisser un peu tranquille.

Lorsque sa mère était entrée dans sa chambre pour en chasser son frère et sa sœur, Ciara avait aussitôt remarqué que celle-ci semblait rongée par la peur et la culpabilité. La vérité n'allait sûrement plus tarder à éclater… L'espace de quelques secondes, Ciara avait eu l'envie irrépressible de s'enfouir sous les couvertures et de feindre la maladie. Hélas, elle n'avait plus vraiment l'âge de recourir à de tels subterfuges… Et rien ne pourrait plus désormais l'empêcher d'apprendre la vérité sur son passé et celui de sa mère.

Ciara était étrangement partagée sur la question. Elle désirait de toutes ses forces obtenir des réponses, pourtant, en même temps, elle redoutait terriblement ce moment.

Comme elle traînait un peu au lit, elle entendit sa mère qui pressait son frère et sa sœur de sortir de la maison avec ordre de rendre visite à leur tante et à leurs cousins au château. Ciara se demandait quand sa mère allait se décider à venir la voir, lorsque celle-ci entra avec une tasse fumante dans chaque main.

— Duncan n'arrive pas à déterminer si tu préfères me parler en privé ou avec lui, commença-t-elle.

Au tremblement de ses mains, elles allaient toutes les deux finir ébouillantées. Ciara repoussa ses couvertures, sauta du lit et s'empara des tasses pour les poser sur sa table de chevet.

— A vrai dire, je n'en sais rien. Je n'ai aucune idée de ce que je vais entendre, je te laisse donc juge de la situation.

— Duncan, dit Marian en élevant la voix.

Son beau-père apparut immédiatement dans l'encadrement de la porte.

— Bonjour, Ciara. Tu as bien dormi ? demanda-t-il en s'approchant du lit pour l'embrasser sur le front comme il avait l'habitude de le faire.

— Oui, répondit-elle en essuyant une larme solitaire qui coula sur sa joue.

Ciara savait qu'elle s'apprêtait à en essuyer bien d'autres…

Comme sa mère s'asseyait au bord du lit, elle préféra s'asseoir sur une chaise. Duncan, lui, se tenait près de la porte, un peu en retrait. Ciara avait réfléchi à la première question qu'elle allait poser pendant tout le chemin du retour, mais maintenant qu'elle était confrontée à la situation, rien ne lui venait à l'esprit. Duncan s'éclaircit la gorge et adressa un signe de tête à sa mère pour l'inciter à commencer.

— Ciara, avant toute chose, tu dois bien comprendre qu'il s'agit d'une conversation privée et qu'elle devra le rester. Tu ne devras en parler à personne. Je dis bien, personne.

Ni à James, ni même à Tavis ou à Elizabeth. Donne-moi ta parole et jure que tu sauras garder tout cela secret.

— Personne d'autre n'est au courant ? demanda Ciara, interdite. Pas même le laird ? Ni oncle Rurik ?

— Ils se doutent certainement de quelque chose et Jocelyne connaît une partie de l'histoire, mais seuls Duncan, mon frère Iain et moi-même connaissons la vérité que je vais te confier.

Stupéfiée par cette révélation, Ciara hocha la tête.

— Non, Ciara. Nous te demandons de prêter serment. Cette affaire dépasse notre simple histoire familiale et affecte un certain nombre de clans, de traités, de réputations et de vies innocentes, expliqua Duncan. Il faut que tu en fasses la promesse solennelle.

Il procédait toujours ainsi durant les négociations en vue d'un traité ou d'un accord. Toutes les parties impliquées devaient proclamer haut et fort les termes du contrat sur lesquels ils s'étaient mis d'accord pour s'assurer que tout le monde avait bien compris la même chose. Et tous finissaient invariablement par prêter serment, à l'oral et à l'écrit.

— Oui, papa. Je jure de ne divulguer à personne ce que vous allez me révéler aujourd'hui. Je n'en parlerai à personne, pas même à oncle Conor si tel est votre souhait.

Duncan hocha la tête en direction de Marian et Ciara s'arma de courage en pensant à ce qui l'attendait.

— Tu as donc entendu les vieilles rumeurs ? demanda sa mère. Celles qui parlent de moi sous le nom de Robertson, la cat…

Comme sa mère ne parvenait pas à terminer sa phrase, Ciara opina de la tête.

— Tout cela est absolument faux, Ciara. J'étais vierge lors de ma nuit de noces. Même si personne ne le sait.

— Mais tu m'as eue avant d'épouser Duncan, dit Ciara. J'avais cinq ans quand…

Sa mère lui prit la main et la serra de toutes ses forces.

— Tu es ma fille d'esprit et de cœur mais je ne t'ai pas mise au monde, ma chérie.

Les rumeurs dont elle avait entendu parler jusque-là l'avaient beaucoup perturbée, mais cette nouvelle révélation la fit vaciller. Sa tête se mit à tourner, sa vue s'obscurcit et la chambre tangua violemment autour d'elle. Ciara inspira profondément, ferma les yeux et pria pour que son vertige se dissipe rapidement.

— Ciara ! Ciara ! disait Duncan d'une voix forte tout en lui tapotant la joue.

Elle s'obligea à ouvrir les yeux et vit qu'il se trouvait à son côté, la tasse devant son visage.

— Bois, ordonna-t-il.

Il porta le breuvage à sa bouche et Ciara n'eut d'autre choix que d'avaler. Il y avait une bonne dose de whisky dans le liquide. Elle but tout d'une seule traite.

— Alors, qui… ? parvint-elle à articuler d'une voix faible.

Peu importaient les rumeurs qu'elle avait entendues finalement. Jusque-là, personne n'avait jamais mis en doute qu'elle était bien la fille de Marian Robertson !

— Ma meilleure amie, qui était aussi ma belle-sœur, est morte en te mettant au monde. Elle t'a mise dans mes bras et m'a suppliée de te protéger et de m'occuper de toi.

— Beitris ? La femme d'oncle Iain ? demanda Ciara. Comment est-ce possible ?

Sa mère et son beau-père échangèrent plusieurs regards, puis Marian poursuivit :

— Mon père était sur le point de la bannir parce que…

Marian s'était de nouveau interrompue et ne parvenait pas à dire ce qu'elle avait prévu. Elle respira violemment plusieurs fois avant de fondre en larmes. Marian se tourna vers Duncan et le supplia du regard de poursuivre à sa place puisqu'elle n'en était manifestement pas capable.

— Beitris et Iain avaient toutes les peines du monde à concevoir un enfant ensemble et à mener une grossesse à terme. Ils ont essayé pendant des années et Beitris a fait au moins deux fausses couches. Désespérée, elle a fini par accepter de partager son lit avec d'autres hommes, à la demande de son mari.

Ces quelques mots firent voler son univers en éclats… Ciara, qui ne s'était jamais gênée pour poser des questions ou demander de plus amples explications, était muette de stupéfaction. Son oncle aurait donc très bien pu être son père ! Ou bien c'était un autre homme… inconnu. Sa mère n'était finalement pas la femme qui lui avait donné la vie. Personne n'était qui elle croyait, elle incluse. Et ce n'était qu'un début ! Elle ferma les yeux pour écouter la suite.

— L'ancien laird, le père de Iain et de Marian, que le diable l'emporte, était bien décidé à bannir Beitris et à protéger son fils héritier. Il a décrété que Marian pouvait te garder seulement si elle acceptait que la faute soit rejetée sur elle. Elle l'a fait pour toi et pour son amie.

Duncan parlait d'une voix pleine de dégoût.

— L'ancien laird a annoncé à tout le monde que Beitris et son bébé étaient morts lors de l'accouchement et qu'il avait retrouvé Marian au lit avec plusieurs hommes. Elle avait déshonoré la famille. Il l'a traitée de putain et l'a bannie du clan.

Duncan fit une pause. Ciara ouvrit les yeux. Il serrait rageusement les poings.

— Cette histoire s'est immédiatement propagée dans les Highlands et a remplacé la réalité. Ce vieux salopard a quand même tenu sa promesse et a honoré ses engagements : Marian et toi avez trouvé refuge dans la famille, très loin, de l'autre côté des terres du clan Robertson.

Ciara n'en revenait pas. Sa mère, non, sa tante… Quelle importance au fond ? La femme qui était assise en face d'elle, bouleversée, était sa mère et rien ne pourrait jamais la faire changer d'avis sur ce point. Marian serait toujours sa mère.

Celle-ci prit une profonde inspiration et reprit la parole d'une voix tremblante :

— Je t'ai élevée et j'ai remercié Dieu chaque jour de m'avoir donné la chance de m'occuper de toi, Ciara. Même si mon honneur avait été détruit au passage, moi je savais que les abominations qui avaient été proférées à mon encontre étaient de purs mensonges. Et peu m'importait le prix à payer, au fond. Je ne voulais qu'une seule chose : prendre soin de toi puisque ta mère naturelle ne le pouvait pas.

— Oncle Iain est-il... ?

Ciara ne réussit pas à terminer sa phrase. Elle repensa à toutes les heures qu'elle avait passées avec lui. Iain était peut-être bien plus qu'un oncle...

— C'est bien possible, répondit sa mère. Mais nous ne pouvons pas en avoir la certitude. Il y avait d'autres hommes... Toutefois, personne ne peut nier que tu lui ressembles beaucoup.

Lorsqu'elle parvint enfin à retrouver un peu de calme, Ciara remarqua à quel point sa mère semblait apeurée. Emue, elle s'élança aussitôt vers elle. Marian ouvrit les bras pour la serrer très fort, comme elle l'avait fait quantité de fois depuis la naissance de Ciara. Mais leur étreinte avait une telle charge émotionnelle, cette fois ! La fille pleurait en pensant à la douleur et à l'humiliation que la mère avait dû endurer pour assurer sa sécurité, son avenir.

— Je ne pourrai jamais assez te remercier pour tout ce que tu as fait pour moi... Pour ton amie... Pour tout, murmura Ciara en embrassant sa mère sur la joue.

Puis, elle se tourna vers le seul père qu'elle eût jamais connu et lui adressa un signe de tête. Duncan s'éclaircit la voix, visiblement ému. Il tentait de chasser les larmes qui brillaient dans ses yeux.

— Tu comprends maintenant pourquoi toute cette histoire doit demeurer secrète ? demanda-t-il.

Ciara était tellement bouleversée par tout ce qu'elle

venait d'apprendre ! Toutefois, lorsqu'elle réfléchit posément à tous ceux qui pouvaient être touchés si la vérité venait à éclater, elle prit conscience des conséquences. Cela affecterait effectivement bon nombre de clans, engagerait l'honneur de bien des gens, sans oublier l'innocence d'une femme, sa mère naturelle, qui avait accepté de donner un enfant à son mari par tous les moyens.

— Oui, je comprends. Il y a autre chose que je ne comprends pas, cependant. Pourquoi la famille de Beitris est-elle venue poser des questions ensuite ? Tavis m'a dit que tu avais subi une espèce d'interrogatoire, dit-elle en regardant son père droit dans les yeux.

Duncan pâlit brutalement. Ses parents échangèrent un regard lourd de sens. Ils ne s'attendaient manifestement pas à devoir répondre à cette question, mais Ciara comptait bien obtenir une réponse. Elle avait besoin de clarifier les événements.

— De folles rumeurs ont circulé à propos de la nuit où tu es venue au monde. Au château, certains ont affirmé avoir entendu un bébé pleurer. D'autres ont déclaré qu'ils avaient vu un bébé sortir en vie du château. Pourtant, ce n'est pas cela qui a déclenché les questions. Un des hommes impliqués dans cette histoire a confessé sur son lit de mort le rôle qu'il avait joué, et la famille de Beitris en a entendu parler. Comme ils savaient que j'étais un homme de parole, ils m'ont interrogé et m'ont demandé si Marian était vierge lorsque je l'ai épousée ou s'il était possible qu'elle soit ta mère naturelle.

Ainsi donc, l'honneur de Duncan avait lui aussi été grandement éprouvé dans cette histoire.

— Tu as menti pour elle ? Pour moi ? murmura-t-elle, abasourdie.

— Tu étais son enfant, Ciara. Elle n'aurait pas supporté de te perdre et je n'aurais jamais permis une chose pareille.

Ciara sentit son cœur s'emplir de gratitude. Qu'y avait-il

de plus beau qu'un homme d'honneur qui consentait à mentir pour la femme qu'il aimait…

Bien d'autres questions restaient à poser, mais aucune ne lui venait plus à l'esprit. Ce qu'elle avait entendu changeait absolument tout ce qu'elle savait sur sa famille, sur son clan et sur elle-même. Elle aurait besoin de temps pour assimiler tout ce que cela impliquait. Mieux valait reprendre cette conversation quand elle aurait retrouvé son calme.

Quelqu'un frappa à cet instant de grands coups à la porte de leur maison et ils sursautèrent tous les trois. Duncan sortit immédiatement de la chambre en prenant garde de bien refermer la porte derrière lui pour voir qui était là. Ciara se souvint alors des engagements qu'elle avait pris la veille.

— Ah ! James ! Elizabeth ! Je vous souhaite la bienvenue ! Entrez donc, dit Duncan d'une voix tonitruante.

On avait dû l'entendre jusqu'à l'autre bout du village, s'amusa Ciara. Elle voulut sortir de sa chambre mais sa mère l'arrêta.

— Laisse-le, il s'en sortira très bien tout seul. Tu as besoin d'un peu de temps pour…

— Pour laisser mes yeux dégonfler ? demanda-t-elle doucement.

Le spectacle n'était pas beau à voir lorsqu'elle se mettait à pleurer ! Ses yeux gonflaient immédiatement, son nez ressemblait à celui d'un malade et il n'y avait rien à faire d'autre qu'attendre. Tavis l'avait taquinée à ce sujet bien des fois et l'image qui se reflétait à présent dans le miroir lui donnait entièrement raison. Elle sourit tristement à cette pensée.

Elle entendait les voix depuis la pièce d'à côté. Son père suggéra à Elizabeth d'emmener James faire le tour du village et expliquait que Ciara était trop fatiguée pour sortir de sa chambre ce matin. Une fois la porte refermée sur eux, Ciara attendit encore un peu avant de sortir de sa chambre.

— Elizabeth paraissait ravie de jouer les guides pour James. Ils espèrent te voir ce soir au château pour le dîner, lui dit son père.

— J'y serai.

— James m'a également présenté ses excuses pour la peine qu'il t'a causée lorsque tu as surpris sa conversation avec son père.

Ciara sourit. James tentait de se montrer digne et c'était tout à son honneur. Quelle ironie du sort tout de même ! Elle n'était plus certaine de regretter cette conversation odieuse. Après tout, c'est grâce à elle que ses parents lui avaient enfin révélé la vérité…

— Il est sincèrement désolé, je pense. Il ne savait pas que j'étais là, expliqua Ciara.

— C'est plutôt bon signe pour un jeune homme de se sentir responsable de ses actes. D'autant plus qu'il n'avait manifestement pas l'intention de nuire, dit son père.

— Ce mariage a donc ton entière approbation ? demanda-t-elle d'une petite voix.

Assise au côté de Duncan, Marian fit la moue, comme si, de son côté, ce mariage n'emportait pas son assentiment. Pourtant, elle se tut.

— Mais, bien sûr, Ciara, répondit simplement Duncan. Et ce qui vient de se passer ne fait que confirmer mon avis sur la question.

Sa mère se mit à renifler bruyamment mais elle détourna la tête lorsque Ciara croisa son regard.

— Maman ? dit-elle, impatiente d'entendre sa mère exprimer ses inquiétudes.

Ses parents ne disaient rien, mais leurs regards étaient lourds de sous-entendus. Sa mère se contenta finalement de hausser les épaules.

— C'est à toi de prendre la décision, ma chérie. En tout cas, sache que je serai toujours à tes côtés.

Comme ils allaient quitter la chambre, les questions qui avaient envahi son esprit au cours du voyage lui revinrent à la mémoire.

— Ma dot, dit-elle.

Ses parents s'immobilisèrent, main dans la main, et la dévisagèrent.

— Elle vient de lui, n'est-ce pas ? demanda-t-elle.

— De qui parles-tu, Ciara ? De Iain ? demanda son père.

— Oui.

Il secoua la tête.

— En fait, il a constitué une dot pour Marian et toi. Mais nous avons décidé qu'elle te revenait entièrement puisque ta sœur va recevoir des terres de sa grand-mère du côté des Robertson.

— Cette dot, c'est le prix du sang si je comprends bien. Il a donné cet argent pour se faire pardonner le rôle qu'il a joué dans la mort de sa femme, de ma mère ?

— Moi, je vois plutôt cela comme le remboursement de ses dettes, Ciara. Nous avons toutes les deux vécu dans une situation de grande pauvreté alors que nous avions droit à plus, à bien plus même, et que nous ne pouvions pas réclamer notre dû.

— Il a voulu alléger sa conscience, si tu préfères, concéda Ciara.

— Il a offert son aide pour essayer de compenser ce qu'il n'a pas pu faire autrefois, répliqua sa mère.

— Tu sembles lui pardonner ses péchés bien facilement, maman.

— Ciara, ne laisse pas l'amertume te gagner, je t'en prie. Nous t'avons élevée avec amour, nous t'avons donné tous les privilèges et tout le confort possibles. J'avoue qu'à l'époque, j'ai eu envie de refuser cette dot, par fierté, puis j'ai décidé que tu la méritais bien et qu'elle t'assurerait un bel avenir.

Quelle ironie ! Sa mère ne se rendait même pas compte que cette dot de malheur était au cœur même de tous ses problèmes… C'était cette fortune et rien d'autre qui attirait tous les prétendants qu'elle avait eus jusqu'alors. Sans cette maudite dot, elle aurait pu épouser quelqu'un d'ici, quelqu'un…

Ciara secoua la tête avec résignation. Elle n'avait pas le droit de tenir de tels raisonnements. Elle devait bien admettre que le montant de sa dot lui donnait un pouvoir que ne possédaient pas de nombreuses jeunes filles de son rang. Pour autant, en ce qui la concernait, il était hors de question de montrer la moindre reconnaissance vis-à-vis des actes que Iain Robertson avait commis par le passé.

— Je comprends, mentit-elle.

Elle abandonnait la partie pour le moment, elle savait qu'elle ne parviendrait pas à les convaincre.

— J'aimerais aller marcher un peu pour réfléchir à tête reposée.

— Comme tu voudras. Je vais te préparer un bon bain chaud pendant ce temps-là. Un peu d'air frais t'aidera certainement à y voir plus clair, dit sa mère. Sache que nous sommes là si tu as la moindre question à nous poser. Nous te répondrons de notre mieux.

Ciara hocha la tête et ferma la porte derrière eux. Elle prit une robe propre dans sa malle, s'habilla et enfila ses bottes en cuir. Il faisait doux dehors. Elle n'avait donc pas besoin de manteau. Elle comptait aller au bord du ruisseau se rafraîchir le visage. Cela lui donnerait le temps de penser à toutes ces histoires et à tous les changements intervenus dans son existence. Alors qu'elle se dirigeait vers le chemin qui bifurquait à côté de chez elle, elle sentit un regard peser sur elle.

Tavis !

15

Cela faisait un certain temps que Tavis était posté au même endroit. Il avait vu Duncan entrer, James et Elizabeth arriver et repartir, puis Duncan et Marian avaient fini par ressortir eux aussi. Peu après, Ciara avait ouvert la porte à son tour. Elle avait l'air à la fois bouleversée et étrangement calme. Au moment où elle avait posé les yeux sur lui, il s'était attendu à la voir filer, pourtant elle lui adressa au contraire un léger sourire et lui fit un petit signe de tête. Encouragé, il s'approcha d'elle.

— James et Elizabeth sont partis au château en passant par le village, dit-il.

— Nous devrions peut-être prendre une autre direction, alors, répliqua-t-elle.

Son attitude frondeuse aurait dû le choquer, l'inquiéter, mais il n'en était rien… Il pénétra avec elle dans la forêt et la suivit sur le chemin tortueux qu'elle avait choisi. Ils se dirigèrent vers le ruisseau qui alimentait les puits des environs. Ils marchaient en silence, sans éprouver la moindre gêne. Une fois la rive atteinte, Ciara s'agenouilla et plongea les mains dans l'eau pour s'en asperger le visage.

— Tu as beaucoup pleuré, n'est-ce pas ? demanda-t-il d'une voix douce.

Il lui tendit le mouchoir en lin qu'il avait emporté par précaution.

— Tu sais bien les ravages que le chagrin provoque sur mon visage…

Seigneur, il avait tant de questions à lui poser, néanmoins, elle avait besoin de calme et de silence. Sans quoi elle aurait suivi James et Elizabeth dans l'autre direction. Lorsqu'elle cessa de rafraîchir son visage avec le linge mouillé, il s'agenouilla à côté d'elle.

— Tu vas bien, Ciara ?

— Je pense que oui, répondit-elle, même si son regard semblait dire le contraire.

— As-tu obtenu les réponses aux questions que tu te posais ?

Elle inspira profondément et Tavis regretta aussitôt sa question. Elle semblait une nouvelle fois au bord des larmes… Au dernier moment, elle parvint à surmonter son émotion.

— Oui.

Elle détourna aussitôt la tête et se concentra sur la surface ondulée de l'eau.

— Cela a-t-il changé quelque chose aux sentiments que Duncan et Marian éprouvent envers toi ou à ceux que tu éprouves pour eux ?

Bon sang ! Pourquoi insistait-il ? Elle n'avait peut-être pas envie d'en parler. Seulement, il voulait tant savoir pourquoi elle avait mal.

— Je pense que je les aime encore davantage depuis notre conversation. J'étais loin d'être une enfant non voulue, j'étais au contraire ardemment désirée, Tavis !

— En voilà une bonne nouvelle !

Brusquement, Ciara leva le visage vers lui.

— Tu seras à la fête ce soir ?

Il secoua la tête.

— J'ai des choses à faire, mentit-il.

— Réponds-moi franchement, Tavis. Iras-tu, oui ou non ?

Elle avait compris qu'il mentait, alors pourquoi insister ?

— Ciara, je t'en prie, murmura-t-il alors qu'elle s'approchait de lui.

Il n'aurait pas su dire s'il préférait la voir s'arrêter ou la voir s'approcher encore davantage. Seigneur ! Pourquoi toujours faire semblant ? Il rêvait de la serrer tout contre lui !

Elle hésita puis recula de quelques pas. C'était mieux ainsi, bien sûr. Il aurait été incapable de lui résister, alors qu'elle était vulnérable. Même si ses larmes avaient cessé, il sentait bien qu'elle avait terriblement besoin de son soutien. Et non de son désir.

— Pardonne-moi de t'avoir mis dans cette situation difficile, Tavis. Je suis encore secouée par ce que je viens d'apprendre et il me faudra encore un peu de temps pour prendre en compte toutes les conséquences.

Que faisaient-ils tous les deux en plein milieu de la forêt ? Il ne pouvait tout de même pas ignorer que c'était lui qu'elle avait suivi, et pas James… Qu'elle avait choisi d'en parler avec lui, et pas avec James… Que Dieu lui vienne en aide ! Pourquoi ne se confiait-elle pas à son futur époux ? Pourquoi n'allait-elle pas chercher du réconfort auprès de lui ?

Allons, il savait bien pourquoi. Il n'ignorait plus la nature des liens qui les unissaient. Des liens qui avaient pris leur source dans l'enfance et s'étaient nourris de leur amitié. Si seulement il ne s'était pas moqué d'elle, le jour où elle avait eu le courage de lui déclarer son amour. Mais non, il avait exprimé des doutes. Il avait résisté. Il avait même essayé de nier ses propres sentiments avant de n'avoir pas d'autre choix que de les reconnaître.

Au cours du voyage, la vérité avait enfin éclaté à ses propres yeux et il avait alors compris les répercussions que cet amour déraisonnable pouvait avoir sur leurs vies. Ils avaient chacun des responsabilités à honorer envers leur clan et leur devoir était clair : elle devait épouser James et lui devait partir. Leur amour ne faisait que rendre ces évidences plus douloureuses.

— La vie ne s'est pas montrée très tendre envers toi

dernièrement, Ciara. Il te faudra du temps pour retrouver un peu de sérénité.

Elle esquissa un sourire triste puis hocha la tête sans le regarder.

— C'est bientôt la saison des moissons et les troupeaux vont entamer leur transhumance. Comme les activités ne manquent pas en automne, ils ont fixé la date du mariage. Il sera célébré dans une semaine.

Tavis resta un instant immobile, le temps d'assimiler la terrible nouvelle. Plus que quelques jours avant de la perdre pour toujours ! Pis encore, il risquait de la perdre encore plus rapidement s'il lui révélait les raisons pour lesquelles il ne pouvait la demander en mariage. Pour être honnête, il ne craignait pas d'être banni. Il pouvait très bien vivre en reclus. Il ne craignait pas non plus de perdre tout ce qu'il possédait ici : sa maison, son travail, ses amis... Il s'éloignerait bientôt de toute façon, puisqu'il allait quitter Lairig Dubh pour aller travailler sur d'autres terres appartenant à Connor.

Ce qu'il redoutait, en fait, c'était de lire la déception dans les yeux de Ciara et de voir mourir son amour pour lui comme il avait vu Saraid mourir, par sa propre stupidité.

— Cela te rendrait-il les choses plus faciles si je quittais Lairig Dubh maintenant ? proposa-t-il.

Ce serait peut-être moins douloureux que de se retrouver constamment face à un amour impossible.

— Non, dit-elle en lui posant la main sur le bras. Ne fais pas cela, je t'en prie.

Ciara déglutit avec peine et reprit d'une voix pleine de sanglots :

— Cela m'aide à me rappeler mes devoirs envers ceux que j'aime lorsque je te vois faire la même chose, faire ce qui est juste.

Il acquiesça et recula.

— Si c'est ce que tu veux vraiment...

— Oui, reste auprès de moi pour le temps qu'il nous reste. Il me faut y aller, maintenant. Ma mère va venir à ma recherche si je tarde à rentrer.

— Je te verrai au dîner, alors.

Il pouvait bien faire ce compromis. Il y aurait des tas d'autres gens pour l'empêcher de penser à elle. Il lui devait bien cela, après tout.

Ciara partit sans ajouter un mot et Tavis la suivit de loin pour s'assurer qu'elle rentrait chez elle en toute sécurité.

De retour chez lui, il se mit en devoir d'accomplir tout ce qu'il avait laissé en suspens lorsqu'il avait pris la décision de l'accompagner dans le comté de Perth, quelques semaines plus tôt. Il s'activa tant et si bien qu'il n'eut presque pas une minute pour songer au mariage qui allait bientôt être célébré.

Enfin presque.

Pour venir à bout de sa colère et de sa frustration, il proposa un duel à Rurik. Quelques heures plus tard, il était trop faible et abattu pour pouvoir penser.

Il était grand temps de se rendre au château…

James était assis à la table d'honneur et regardait Ciara qui dansait en contrebas avec les membres de son clan. Sa silhouette fine se mouvait avec grâce, en rythme avec la musique des cornemuses, des tambours et de la harpe. Plus que quelques jours et elle serait sa femme. Définitivement. Chaque fois que quelqu'un venait lui parler de son prochain mariage, James se forçait à sourire. A l'évidence, tout le monde semblait se réjouir pour lui.

Allons, ils allaient bien s'entendre tous les deux, cela ne faisait aucun doute. Il l'avait compris au cours du voyage. Et, fort heureusement, Ciara lui avait promis de se préserver pour leur nuit de noces. Hélas, cela ne voulait pas dire pour autant qu'un autre homme ne hanterait pas ses pensées. Un autre homme habiterait son cœur… James parcourait des yeux l'immense salle de réception lorsqu'il le vit.

Tavis MacLerie.

L'homme de confiance du laird. Un homme digne. Fiable. Sérieux.

Bien sûr, toutes ces belles qualités ne l'avaient nullement empêché de tomber amoureux de Ciara. James comprenait d'ailleurs parfaitement pourquoi, car c'était une femme extrêmement séduisante. Intelligente aussi. Douée en calcul et en langues. Et formée aux arcanes de la finance par le meilleur professeur possible. Son beau-père. En résumé, l'homme qui allait l'épouser n'avait pas matière à se plaindre… Et cet homme, ce serait lui.

Pourtant, même s'il ne l'aurait jamais avoué à son rival, il savait bien que Tavis aimait Ciara comme il aurait dû lui-même l'aimer. Or, il n'était pas amoureux. Et il n'était pas sûr que cela arrive un jour…

Elizabeth avait cessé de danser et revenait vers leur table, quand un groupe d'amies l'arrêta. James ne put détourner son regard. Dieu, qu'elle était ravissante ! Ses longues boucles noires lui balayaient le dos et les hanches alors qu'elle discutait avec ses amies. Contrairement à Ciara qui l'intimidait parfois, il se sentait toujours à l'aise avec Elizabeth.

Justement, elle venait de s'asseoir à leur table et buvait quelques gorgées de vin. Il s'obligea à détourner le regard et observa les invités qui dansaient. S'il voyait encore une fois ses lèvres douces toucher le bord de son verre, il ne répondait plus de rien… Pour se donner une contenance, il lui adressa la parole.

— J'ai l'impression que Ciara va mieux maintenant, fit-il observer.

— Bien sûr ! James… Elle ne vous reproche rien, vous savez. Elle a parfaitement conscience que vous n'avez pas révélé volontairement ces terribles rumeurs, dit-elle en posant doucement sa main sur son bras.

Dès que ses doigts frôlèrent la peau nue de son poignet, ils tressaillirent tous les deux et firent aussitôt comme si rien n'était arrivé…

Mieux valait-il changer de sujet. Ce qu'il avait à dire n'était pas forcément très plaisant, mais il faudrait bien en parler un jour ou l'autre.

— Elizabeth, Ciara m'a chargé de vous trouver un mari. Vous pourriez peut-être me dire ce qui vous plaît chez un homme pour que je puisse connaître vos goûts et trouver celui que vous aimeriez épouser ?

Rêvait-il où sa pâleur s'était-elle accentuée à ces mots ? Malgré tout, Elizabeth se pencha un peu plus vers lui et se mit à énumérer les caractéristiques et les talents de l'homme idéal. Tout cela n'était rien de plus qu'un jeu. Il allait bientôt épouser Ciara et ses sentiments envers sa meilleure amie disparaîtraient d'eux-mêmes…

Hélas, le portrait de l'homme parfait qu'avait brossé Elizabeth lui correspondait point par point ! Que Dieu lui vienne en aide ! Il allait au-devant de sérieux problèmes… Elizabeth s'amusait maintenant à lui désigner discrètement les hommes qu'elle trouvait attirants. Ils partageaient tous, sans exception, les mêmes caractéristiques physiques que lui ! Pris de panique, James se mit à dresser la liste de toutes les raisons pour lesquelles il devait absolument épouser Ciara.

Au fond, il se sentait aussi misérable que sa future épouse à l'approche de leur mariage. Comment diable faisait-elle pour ne rien laisser paraître ?

Justement, Ciara se dirigeait vers eux, digne et altière. Voyant que son assiette et son verre étaient vides, elle appela un serviteur pour lui apporter à manger et à boire. C'était une maîtresse de maison parfaite en tout point.

Elle serait également une épouse parfaite, il n'avait aucun doute là-dessus…

Le seul souci, c'est qu'il tremblait dès qu'Elizabeth le touchait, et que sa future femme avait scruté la foule des yeux plusieurs fois au cours de la soirée pour s'attarder sur Tavis, l'espace de quelques secondes. Pis encore, cela ne le dérangeait pas. Pas vraiment.

Il aimait bien cet homme, en fait. Lorsqu'il lui avait demandé de définir les relations qu'il entretenait avec Ciara, il lui avait parlé avec une grande franchise et n'avait pas cherché à dissimuler l'amitié particulière qui les liait. Et puis, dès que Ciara et lui partiraient vivre dans le comté de Perth, Tavis ne serait plus qu'un lointain souvenir pour elle…

Il serait le seul et unique homme à partager le lit de Ciara. Pour ce qui était de son cœur, en revanche, c'était une tout autre histoire ! Comme il aurait voulu pouvoir changer le cours des événements. Toute cette affaire lui faisait l'effet d'une immense farce. Il n'avait aucune envie d'épouser une femme éprise d'un autre, sans compter qu'elle paraissait beaucoup tenir à sa famille et à son clan. A la vérité, il aurait souhaité un mariage dépourvu de toute dot, de toute raison politique.

Hélas, cet argent revêtait une telle importance pour ses parents… Il était à l'origine de tous leurs problèmes. Et cette maudite dot allait déterminer le cours de son existence !

Et que se passerait-il s'il tombait amoureux d'une autre femme ? Il se tourna vers Elizabeth et croisa son regard. Elle lui adressa aussitôt un merveilleux sourire. Dieu du ciel, c'était déjà arrivé. Jamais il ne pourrait aimer Ciara, pas plus qu'elle ne l'aimerait car leurs cœurs appartenaient à d'autres. C'était terrible ! Ils allaient se retrouver pris au piège et vivraient alors un véritable enfer…

James chassa ces tristes pensées et invita Ciara à danser. Elle accepta sans hésiter, avec sa bonne humeur coutumière. Il la regarda soudain au fond des yeux avec l'espoir de voir ce qu'elle ressentait pour lui. Mais il avait beau chercher, il ne trouvait nulle trace d'un véritable amour.

Tournoyant dans les bras de James, Ciara faisait son possible pour trouver son contact… grisant. Peine perdue. Elle avait beau faire tout ce qu'elle pouvait pour apprécier la compagnie de James et pour se rendre agréable à ses yeux, elle voyait bien qu'il manquait quelque chose, une étincelle entre eux.

Comme de nouveaux invités se joignaient à la fête célébrée en leur honneur, elle les présenta à James. Dans une semaine, ils seraient unis, jusqu'à ce que la mort les sépare. Ce qui aurait dû être une joie ne provoquait en elle qu'une infinie tristesse. Elle vivrait avec lui, dormirait avec lui et, si telle était la volonté de Dieu, elle aurait des enfants de lui. Un jour, il deviendrait le chef de son clan et elle serait à ses côtés pour l'aider à assumer ses obligations, tout comme Jocelyne aidait Connor. Et jour après jour, elle ferait tout son possible pour lui cacher qu'elle en aimait un autre. Ce n'était pas… bien.

Elle trébucha tout à coup et James la soutint fermement. Il l'aida à retrouver son équilibre, la main sur sa taille, puis ils regagnèrent la table d'honneur. La nuit était déjà bien entamée lorsqu'il se pencha vers elle et lui murmura à l'oreille :

— J'aimerais vous parler en privé, Ciara.

Elle en resta interdite, il ne cherchait jamais son contact, ne tentait jamais de s'isoler avec elle. Alors que lui voulait-il ? Poussée par la curiosité, elle lui répondit avec un sourire sincère :

— Bien sûr, James.

— Demain ? demanda-t-il.

Ciara se tourna vers Elizabeth.

— Elizabeth ? Quand la couturière doit-elle passer à la maison pour ajuster nos robes ?

— En milieu de journée, si mes souvenirs sont bons. Juste après le repas de midi.

— Dans ce cas, voulez-vous que nous fassions une petite promenade demain matin, après la messe ? Nous pourrions peut-être rentrer ensemble ? proposa Ciara.

— D'accord, je vous retrouverai là-bas.

— Ne sois pas en retard, Jamie, ici la messe commence très tôt, dit Elizabeth.

Abasourdie, Ciara tressaillit. Elizabeth venait-elle d'utiliser un diminutif pour s'adresser à James ? Alors qu'elle-même continuait de le vouvoyer ! Ciara tenta de croiser son regard mais son amie détourna aussitôt la tête. Seigneur, elle ne savait plus que penser. Que signifiait cette complicité, somme toute déplacée, entre sa meilleure amie et son fiancé ? Comme celui-ci se levait précipitamment, elle n'eut finalement pas l'occasion de demander des explications à Elizabeth.

— Je vous souhaite une bonne nuit, Ciara, dit-il en lui prenant la main pour l'embrasser.

— Elizabeth, dit-il ensuite en la saluant d'un signe de tête.

Ciara le regarda partir, plongée dans ses pensées. Quand elle reporta son attention sur Elizabeth, celle-ci continuait à suivre James des yeux, une lueur étrange brillant dans son regard. Un drôle de frisson lui parcourut la colonne vertébrale…

— Ciara, Elizabeth, il se fait tard, les prévint Duncan. Nous allons rentrer, êtes-vous prêtes ?

Duncan et Marian s'étaient déjà levés et prenaient congé du laird.

— Oui, répondirent-elles en chœur.

A dire vrai, une nuit de sommeil n'avait pas suffi à la reposer complètement et Ciara avait hâte de se mettre au lit. Et puis, la nuit lui apporterait peut-être certaines réponses aux questions qui ne cessaient de la hanter. Elle se dirigea vers le laird et son épouse, et les remercia pour leur hospitalité et le dîner qu'ils avaient organisé.

Dorénavant, les préparatifs pour le mariage allaient l'occuper sans répit. La journée du lendemain serait chargée. Sans oublier la conversation privée avec James qui était venue s'ajouter à tout le reste.

Ses parents et elle raccompagnèrent d'abord Elizabeth puis ils rentrèrent. Comme les plus jeunes dormaient déjà, ils marchèrent tous les trois à pas de loup jusqu'à leurs chambres. Un profond silence régnait dans la maison.

De quoi James voulait-il donc lui parler le lendemain matin ? La cérémonie du mariage allait avoir lieu dans quelques jours seulement. Il souhaitait probablement en discuter avec elle. Ou peut-être était-ce à propos du voyage de retour dans le comté de Perth ?

Allons, elle devait se reposer si elle ne voulait pas subir les foudres du père Micheil en arrivant en retard à son sermon, le lendemain matin. Il ne manquait jamais de remarquer tous ceux qui arrivaient après le début. Il les regardait alors fixement en fronçant les sourcils sans jamais les réprimander. Bientôt, le père Micheil célébrerait son mariage avec James. Comme il avait autrefois célébré l'union de ses parents.

16

La messe avait commencé depuis quelques minutes. Marian se tenait au côté de Jocelyne, et son regard ne cessait de revenir sur Ciara et James. Il lui avait touché la main à plusieurs reprises pendant les prières et Ciara lui avait adressé de larges sourires. En apparence, ils offraient un tableau conforme à l'image de deux jeunes gens sur le point de se marier. Respectueux, attentionnés et même affectueux.

Et, que Dieu lui pardonne, cela lui brisait le cœur.

Jocelyne dut remarquer son expression car elle lui demanda si quelque chose clochait. Marian secoua la tête et se concentra de nouveau sur l'autel et le sermon du père Micheil. Mais son esprit était ailleurs.

James leur avait demandé la permission de faire une petite promenade avec Ciara, en tête à tête, après la messe. Une demande somme toute banale pour un couple à l'aube de se marier…

Comme elle aurait donné cher pour se transformer en oiseau et voleter de branche en branche pour pouvoir les espionner à loisir et sonder ce qu'il y avait véritablement dans leurs cœurs !

Comme la messe s'achevait, Marian attendit Jocelyne qui était allée dire un mot au prêtre. Ciara était venue l'embrasser avant de partir en compagnie de James.

En repensant aux terribles secrets qu'elle avait récemment révélés à sa fille, ses yeux s'embuèrent de larmes. Duncan et elle avaient eu bien des doutes et des craintes à la veille de confesser à Ciara la vérité sur ses origines. Mais ils ne pouvaient déjà plus reculer. Elle y avait bien droit, après tout. Et ils étaient absolument certains qu'elle tiendrait sa promesse et garderait le secret à tout jamais.

Marian avait observé Ciara avec la plus grande attention lorsqu'elle lui avait annoncé qu'elle n'était pas sa véritable mère. Elle avait tant redouté sa réaction. Allait-elle lui pardonner ce mensonge ? Cependant, au lieu de la rejeter brutalement comme elle le craignait, Ciara l'avait appelée *maman* et s'était jetée dans ses bras comme elle l'avait toujours fait. Cela lui avait mis un peu de baume au cœur. Et lorsqu'elle avait appelé Duncan *papa*, malgré tout ce qu'elle venait d'apprendre, son cœur s'était gonflé d'amour pour sa fille. Finalement, les choses étaient pour le mieux ainsi.

Jocelyne venait de la rejoindre. Elle lui prit doucement le bras puis elles sortirent ensemble de l'église. Marian savait que son amie avait tout deviné. Elles s'éloignèrent un peu pour éviter les oreilles indiscrètes, puis Jocelyne se mit à la questionner :

— Alors, tu lui as parlé ?

— Nous lui avons tout raconté.

— Bien. Je la trouve plutôt paisible après tout ce qu'elle a dû entendre, fit observer Jocelyne.

Son amie était la seule personne à qui Marian avait raconté une partie de son histoire. Il y avait très longtemps. A l'époque, elle venait à peine d'arriver à Lairig Dubh. Elle avait assisté Jocelyne lors de la naissance de sa fille Sheena, et cela lui avait aussitôt rappelé cette nuit atroce qui avait coûté la vie à Beitris. Elle en avait été terriblement affectée. Jocelyne lui avait alors concocté une merveilleuse tisane et lui avait témoigné une gentillesse qu'elle n'était pas près d'oublier.

— Ciara a surpris une conversation entre James et son

père, elle a donc entendu parler des rumeurs qui circulent à mon sujet. Au moins, elle connaît la vérité maintenant. C'est cela, je crois, qui l'a apaisée.

— Comment a-t-elle réagi en apprenant que tu n'étais pas sa mère ?

Marian se souvenait très précisément du visage dévasté de Ciara à ce moment-là, surtout, elle n'oublierait jamais tout l'amour que sa petite fille lui avait témoigné immédiatement après.

— Comme nous nous y attendions, elle a été extrêmement choquée, confessa Marian. Mais elle a rapidement accepté la vérité. Elle a également posé des questions sur l'identité de son père.

— Tu lui as dit ?

— Oui, répondit-elle, en escamotant un peu la réalité.

Duncan, Iain, elle-même et désormais Ciara étaient les seuls à connaître toute la vérité. Jocelyne connaissait les turpitudes auxquelles Iain s'était livré par le passé, aussi croyait-elle que le frère de Marian était le père de Ciara. Et Marian ne comptait pas la détromper.

Elles s'approchaient maintenant d'une fourche. D'un côté, le chemin montait au château, de l'autre, il descendait au village. Elles devaient partir dans des directions opposées car Marian ne rentrerait que plus tard au château pour s'occuper des parents de James. Pour l'instant, le laird logeait son nouvel allié et ils passaient leur temps à discuter. Pour le plus grand plaisir des Murray, apparemment.

Avant de se quitter, Marian prit la main de Jocelyne dans la sienne.

— J'ai beau retourner le problème dans tous les sens, je n'ai toujours pas trouvé la moindre raison qui pourrait empêcher Tavis d'épouser Ciara. Je ne comprends pas, Jocelyne, il l'aime comme un fou, c'est évident, alors pourquoi ? C'est peut-être l'éducation que Ciara a reçue qui l'intimide ? Les hommes ont tendance à se sentir menacés dès qu'ils découvrent tout ce qu'elle sait faire. Mais, sincèrement, j'en doute. Cela ne ressemble pas à Tavis. Il doit forcément y avoir quelque chose de plus personnel. Pourquoi garde-t-il ainsi son cœur fermé à double tour sans lui laisser la possibilité d'y entrer ?

— Tu crois que cela pourrait avoir un rapport avec Saraid ?

— C'est bien possible. Seulement, je ne l'ai pas vraiment connue, elle était très discrète. Et toi, Jocelyne ?

— Moi non plus. Je me souviens simplement que sa famille avait emménagé ici juste avant leur mariage. Tavis l'avait rencontrée lors d'un voyage d'affaires qu'il faisait avec Connor et en était tombé fou amoureux. Les siens sont partis juste après son décès.

— La seule personne qui pourrait répondre à nos questions, c'est Tavis, dit Marian. Ou bien Ciara. Elle le vénérait comme un dieu à cette époque-là et les suivait partout.

— Si je résume bien la situation, les deux personnes à qui nous ne pouvons rien demander sans soulever aussitôt des questions embarrassantes sont les seules à détenir les réponses, soupira Jocelyne. J'ai bien l'impression que rien ne viendra plus empêcher le mariage de Ciara et James. Ce qui, après tout, n'est sûrement pas une mauvaise chose, s'empressa-t-elle d'ajouter en touchant tendrement le bras de son amie.

— Tu as raison, Jocelyne, ce ne sera pas du tout un mauvais mariage. Pourquoi est-ce que je m'entête après tout ? Il n'y a vraiment aucune inquiétude à avoir. C'est seulement que… Ciara va partir vivre très loin d'ici et partager la vie d'un homme qui ne l'aime pas et qu'elle n'aime pas. Mis à part cela, ce ne sera certainement pas un mauvais mariage…

Jocelyne secoua la tête.

— Allons, en quoi ce mariage serait-il différent des

nôtres, Marian ? Je suis arrivée ici en croyant que Connor allait m'assassiner à la première occasion. Tu sais bien les bruits qui ont couru sur les circonstances de la mort de sa première femme... Et toi, à peine débarquée ici, on t'a forcée à épouser un homme qui savait pertinemment que tu lui avais menti comme tu avais d'ailleurs menti à tous les autres membres du clan.

Marian éclata de rire et déclara :

— Finalement, le mariage de Rurik et Margriet est peut-être celui qui a été le moins compliqué des trois.

— Je n'en serais pas aussi certaine à ta place. N'oublie pas que Rurik était autrefois un coureur de jupons invétéré et que Margriet a grandi dans un couvent ! Je suis persuadée que leur parcours a été semé d'embûches.

Marian n'avait pas envisagé jusqu'alors les choses sous cet angle. James et Ciara semblaient déjà s'apprécier, ce n'était pas si mal... L'amour pouvait-il éclore plus tard ?

Peut-être bien... Hélas, il n'y avait aucune certitude.

James lui prit la main en sortant de l'église, alors qu'ils partaient se promener en forêt. Bien décidée à prendre les choses du bon côté, Ciara avait résolu de se concentrer sur tout ce qu'elle appréciait chez son futur mari.

Elle aimait bien la façon dont il entremêlait leurs doigts lorsqu'il lui prenait la main. Et le fait qu'il ne semblait jamais intimidé en sa présence et l'encourageait toujours à exprimer son opinion. Cela lui plaisait vraiment beaucoup. Elle aimait particulièrement sa voix, aussi.

Voilà quelques points positifs sur lesquels il fallait construire leur relation !

Absorbée par ses pensées, elle n'avait pas remarqué qu'ils s'étaient arrêtés. Sans qu'elle s'y attende, James l'attira vers lui pour l'embrasser. Très vite, il l'incita à ouvrir ses lèvres. Tavis avait fait la même chose ! Cependant, ses réactions entre les bras de Tavis étaient immédiates, instinctives ; or, avec James, son esprit ne cessait de tourner à plein régime. C'est le commentaire désobligeant qu'il avait fait sur son précédent baiser qui incita Ciara à ne pas rester passive. Elle lui passa les bras autour du cou et pressa son corps contre le sien.

Visiblement réceptif, James la plaqua plus près de lui. Malédiction, elle aurait dû prendre plaisir à cette étreinte. Les lèvres de James étaient douces et habiles sur les siennes, ses bras n'étaient pas brutaux... Pourtant, ce baiser ne provoquait ni la fièvre, ni la passion qu'elle avait connues dans les bras de Tavis.

Alors qu'elle priait pour que leur étreinte s'achève, James lui effleura le corsage de la main. Ciara ne put retenir un sursaut. James s'enhardit et caressa sa poitrine, puis il releva la tête en murmurant :

— Vous êtes une jeune femme innocente.

Ciara savait bien que ce geste était parfaitement scandaleux et qu'une telle caresse aurait dû attendre leur nuit de noces. Toutefois, elle n'était pas particulièrement choquée... Non, ce qui l'ennuyait beaucoup, en revanche, c'est qu'elle n'éprouvait absolument rien. Elle ne ressentait pas la moindre envie d'aller plus loin avec lui. Aucune comparaison possible avec l'élan enfiévré qui s'était emparé d'elle lorsque Tavis l'avait embrassée.

— Est-ce donc une mauvaise chose ?

— Non ! Bien sûr que non ! Un homme aime savoir qu'il sera le premier à partager le lit de sa femme.

James recula légèrement et se mit à la regarder fixement.

— Vous êtes généralement l'honnêteté incarnée, Ciara. Puis-je vous imiter ?

Elle acquiesça.

— Avec tout ce qu'on m'avait dit sur votre compte, vous savez, ces rumeurs..., dit-il en hésitant, je ne m'étais pas préparé à épouser une vierge.

— Et vous étiez prêt à l'accepter ?

— Oui, sans aucun doute. Pour les raisons que nous connaissons tous deux.

James soupira légèrement et ajouta :

— J'avais tout de même une lueur d'espoir. Comme toutes les histoires que j'avais entendues concernaient le passé de votre mère, et que depuis son mariage avec Duncan aucun scandale n'avait éclaté, j'en avais conclu que votre mère était désormais une femme fidèle. Et que, par conséquent, vous pouviez en faire autant vous aussi.

Stupéfiée par ces révélations, Ciara se contenta de secouer la tête et de rire. Maintenant qu'elle connaissait la vérité sur le passé de sa mère, les rumeurs lui tenaient moins à cœur... Mais cette histoire était tout de même incroyable... Son fiancé avait imaginé qu'elle était une femme de petite vertu et il était quand même prêt à occulter cette réalité et à l'épouser en toute bonne foi !

— Vous avez aimé ? demanda-t-il d'une voix légèrement rauque.

— C'était très agréable, répondit-elle.

Cela ne l'avait certes pas fait tomber à la renverse et elle n'avait nulle envie de partager son lit, mais peut-être que les choses finiraient par évoluer avec le temps ?

Elle baissa les yeux, soudain gênée, puis croisa de nouveau son regard. James se rapprocha pour l'embrasser de nouveau sur la bouche. Il se mit à mordiller son cou, lorsqu'ils entendirent distinctement des branches craquer. A l'évidence, ils n'étaient plus seuls. Ils levèrent aussitôt la tête et aperçurent Elizabeth. Instinctivement, Ciara recula et remit un peu d'ordre dans sa coiffure. Même si elle était quelque peu embarrassée de se faire surprendre à un moment aussi intime, le regard plein de douleur que lui lança Elizabeth l'étonna beaucoup.

— Je suis désolée, Ciara, James, dit-elle précipitamment,

mais la couturière ne va plus tarder à arriver. J'ai pensé qu'il valait mieux vous prévenir.

— J'arrive tout de suite, dit Ciara à son amie.

Elizabeth semblait sur le point d'ajouter quelque chose mais, finalement, elle se ravisa. Elle leur adressa un petit signe de tête et s'éloigna rapidement. James la regarda partir puis se tourna vers Ciara.

— Je suppose qu'il valait mieux se faire surprendre par Elizabeth plutôt que par vos parents.

Ciara haussa les épaules.

— On permet certaines libertés aux couples sur le point de se marier, James. A l'heure qu'il est, je suis persuadée que mes parents pensent que nous avons déjà échangé quelques baisers.

Il lui prit la main et la porta à sa bouche pour l'embrasser avant de se remettre en marche.

— Je ne sais pas si vous allez me croire, mais ce n'était pas la raison pour laquelle je voulais vous voir en privé, Ciara, dit-il en lui adressant un clin d'œil malicieux.

Ce petit signe de connivence lui fit chaud au cœur.

— En fait, reprit-il, je voulais vous demander quelque chose avant la célébration de notre mariage à l'église. Je dois vous avouer que je n'aime pas beaucoup les surprises de dernière minute.

— Que voulez-vous donc savoir ?

Ciara s'efforça d'imaginer leur mariage. Mais comment se représenter une cérémonie emplie d'émotions qui n'existaient pas ?

James s'immobilisa brutalement et se tourna vers elle. Ses yeux bleus la fixaient avec une intensité inhabituelle.

— Ciara, avez-vous ou connaissez-vous une raison quelconque qui pourrait empêcher notre mariage ?

Bien des questions lui étaient venues à l'esprit en quelques secondes, mais elle ne s'était absolument pas attendue à celle-là ! Que pouvait-elle répondre ? Aimer un autre homme, était-ce un obstacle susceptible d'empêcher leur union à ses yeux ?

— Je ne veux pas parler de raisons ayant trait à nos clans respectifs, à nos alliés ou à des traités, reprit-il. Ce que je veux vraiment savoir, de vous à moi, c'est si vous êtes satisfaite de votre prochain mariage avec moi ?

— Satisfaite ?

Quel mot étrange pour un tel événement !

— Satisfaite ? répéta-t-elle. Est-ce donc la satisfaction que vous recherchez en m'épousant ? demanda-t-elle d'un ton neutre.

Il détourna le regard et prit une profonde inspiration avant de poursuivre :

— Oui, c'est cela. Je ne suis pas un homme gouverné par la passion, vous savez. Je ne suis pas non plus un homme de grand courage. Notre vie dans le comté de Perth sera bien différente de celle que vous vivez ici, dans les Highlands. J'aimerais que vous soyez satisfaite de votre existence lorsque vous vivrez à mes côtés. C'est vraiment tout ce qui m'importe. J'ai déjà eu l'occasion de voir ce que donnait un mariage entre deux personnes follement éprises l'une de l'autre, eh bien, je peux vous assurer que je ne veux pas de cela pour ma part.

Elle aussi en avait vu des mariages de ce genre. Le mariage de ses parents pour commencer. Celui du laird et de son épouse. Ou encore, celui de Rurik et de Margriet. Il s'agissait avant tout de mariages d'amour. Et pour sa part, c'était exactement ce qu'elle souhaitait connaître elle aussi… Apparemment, James voyait les choses bien différemment. Cela dit, c'était tout à son honneur de lui avoir exposé son point de vue aussi ouvertement. Il ne lui demandait pas son amour, il lui demandait uniquement d'être satisfaite de son sort.

— Ciara, je vous repose ma question. Y a-t-il la moindre raison pour que vous vous opposiez à notre mariage ?

Souhaitez-vous sincèrement devenir mon épouse dans deux jours et êtes-vous bien décidée à prononcer vos vœux devant le prêtre ?

C'était donc une vie de contentement, de satisfaction tranquille, qui s'offrait à elle… Loin de ses rêves, mais auprès d'un homme honnête et digne. Elle le regarda au fond des yeux et y lut plus d'émotions qu'elle n'en avait jamais vu dans son regard limpide. Elle eut soudain l'étrange impression qu'il lui demandait de trouver une échappatoire pour annuler leur mariage. Il devait forcément savoir qu'elle avait déjà fait marche arrière autrefois et qu'elle n'avait pas hésité à rompre ses fiançailles plusieurs fois. Voulait-il entendre qu'elle ne voulait pas de ce mariage ?

Ou peut-être craignait-il simplement de se retrouver seul à l'église le jour de son mariage, et il voulait s'épargner une terrible humiliation ? Il venait de déclarer qu'il n'était pas un adepte de la tragédie et il désirait sans doute éviter le pire…

De toute façon, il n'y avait pas à tergiverser. Elle lui avait donné sa parole, elle la tiendrait ! Tout en ayant parfaitement conscience qu'elle laissait derrière elle la passion et l'amour. Tavis était tellement traumatisé par ce qui était arrivé à Saraid qu'il n'était pas en mesure de lui demander sa main. Malgré les sentiments qu'ils éprouvaient l'un pour l'autre… il la laissait aux bras d'un autre homme.

Elle n'avait donc pas le choix.

— Je ne vois aucune raison de ne pas nous marier, James, répondit-elle fermement.

Il poussa un profond soupir et détourna la tête. Etait-il soulagé ou déçu ? Décidément, elle avait bien du mal à démêler l'écheveau de ses sentiments. Quelle situation étrange…

Puis, James hocha la tête, lui adressa un large sourire et lui prit la main.

— Venez. Votre mère, Elizabeth et la couturière doivent vous attendre.

Sur le chemin du retour, ils se contentèrent d'échanger des banalités sur le temps qu'il faisait ou sur la fête donnée au château la nuit précédente. Vaguement malheureuse, Ciara prit conscience qu'il s'agissait d'un avant-goût de l'existence qui l'attendait.

Lorsqu'ils arrivèrent chez elle quelques minutes plus tard, Marian et Elizabeth les attendaient et prenaient une tasse de thé en compagnie de la couturière. Instinctivement, Ciara leva les yeux vers son amie pour la voir adresser un regard interrogateur à James. Etrangement gênée d'avoir intercepté ce regard, Ciara baissa aussitôt les yeux. Que se passait-il entre James et son amie ? Ils semblaient partager une complicité qui aurait dû les unir elle et James.

— J'ai bien l'impression que je n'ai plus rien à faire ici, dit James en plaisantant. Je vais vous laisser entre femmes.

Il les salua d'un signe de tête et prit congé.

La couturière avait repris les mesures de ses robes de soirée pour confectionner sa robe de mariée. Il n'y aurait donc a priori que quelques ajustements à faire. Marian proposa d'aller dans la chambre de Ciara pour effectuer l'essayage. La robe était de couleur rose et ressemblait davantage aux tenues en vogue dans les vallées qu'à celles dans les Highlands. Marian avait voulu faire plaisir aux Murray en adoptant leurs traditions.

— Alors, comment s'est passée cette promenade, ma chérie ? demanda sa mère en lui adressant un clin d'œil.

Comme Ciara ne répondait pas assez vite, Marian ajouta :

— Elizabeth nous a dit qu'elle vous avait vus dans la forêt en venant ici et que vous étiez en pleine conversation.

Ciara sourit avec indulgence. Elle se doutait bien qu'on l'interrogerait sur ces moments, seule avec son fiancé. Elle jeta un rapide coup d'œil à Elizabeth, qui avait raconté un mensonge pour elle, et dit :

— C'était une conversation agréable.

— Tant mieux, dit Elizabeth alors qu'elle passait une épingle à la couturière.

Ciara sentit sa poitrine se serrer. A n'en pas douter, Elizabeth aurait bien plus apprécié qu'elle l'étreinte de James. Son amie aimait ce qui était… agréable, plaisant. Les baisers fougueux et passionnés ne l'intéressaient guère, et elle ne recherchait rien de plus qu'une satisfaction tranquille. Un mariage gouverné par la passion, cela ne l'avait jamais fait rêver… Leurs regards se croisèrent un instant.

Puis elles se remirent au travail en silence. Une fois satisfaite du résultat, la couturière annonça qu'elle allait finir la robe chez elle et la rapporterait le matin du mariage.

Le reste de la journée s'écoula à toute vitesse. Ciara passa un peu de temps en compagnie de la mère de James pendant que celui-ci s'entraînait au combat dans la cour avec les hommes.

Ciara s'était arrangée pour éviter Tavis car elle n'avait pas envie de le voir. Pour autant, elle ne renonça pas à échafauder un plan. Il fallait à tout prix essayer, même s'il y avait de grandes chances que sa stratégie échoue et que Tavis refuse sa proposition.

L'amour ne suffirait pas à lui faire entendre raison, elle le savait parfaitement. Cependant, quand les hommes craignaient quelque chose, quelque chose qu'ils ne voulaient pas reconnaître ou affronter, les femmes devaient parfois intervenir et leur faire entendre raison. Manifestement, depuis la mort de Saraid, une peur irrationnelle s'était emparée de Tavis. Et la peur avait désormais une telle emprise sur lui qu'il avait besoin de quelqu'un pour l'aider à s'en débarrasser. Sans même parler de la culpabilité qui le rongeait lentement, jour après jour.

Pleine de détermination, Ciara se mit en quête de la sage-femme que Saraid avait consultée au début de sa grossesse et se rendit chez elle pour lui poser les questions qui la tourmentaient depuis si longtemps.

Si Gunna trouva ses questions étranges ou déplacées, elle n'en laissa rien paraître. Elle pensait probablement qu'il était bien naturel de la part d'une jeune fiancée de chercher à s'informer à la veille de son mariage. Tout au long de leur entretien, Gunna s'adressa directement à elle. La sage-femme tenait à lui assurer qu'elle n'avait nulle crainte à avoir au sujet de sa nuit de noces et de ses futures grossesses.

Sans même le savoir, Gunna venait ainsi de lui confirmer que la terreur qui tenaillait Tavis depuis tant d'années était sans fondement. Il avait tort de penser qu'il avait causé la mort de Saraid. Selon Gunna, rien ni personne n'aurait pu la sauver.

Voilà ! A présent que certains faits étaient établis, c'était à son tour d'entrer en scène. Avant de quitter pour toujours son clan au bras de James Murray, il lui fallait à tout prix libérer son meilleur ami, l'homme qu'elle ne cesserait jamais d'aimer, de la tyrannie de la culpabilité qui gardait son cœur captif.

Ainsi, avant de prononcer les mots qui feraient d'elle l'épouse de James Murray, elle consommerait avec Tavis la passion à laquelle elle allait renoncer le jour de son mariage... Avant de quitter ses parents, elle se comporterait une toute dernière fois comme la jeune femme audacieuse et sûre d'elle qu'ils avaient éduquée.

Ce serait son dernier acte de liberté. Et, pour lui, un acte de délivrance, du moins l'espérait-elle.

Une fois tout le monde au lit, Ciara repassa dans sa tête le plan qu'elle avait élaboré pour parvenir à ses fins. Partagée entre l'impatience et la nervosité, elle attendit ensuite un bon moment, le cœur palpitant, que les bruits de la maisonnée cessent. Au bout de quelque temps, seul le chant des oiseaux de nuit venait encore perturber par moments le silence qui régnait dans la maison.

Ce qu'elle avait prévu de faire était scandaleux, elle en avait parfaitement conscience. Pis encore, elle allait rompre la promesse faite à James de se présenter vierge lors de leur nuit de noces. En dépit de cela, pas un seul instant elle n'hésita lorsqu'elle se leva et quitta sa chambre. Sa loyauté allait d'abord à Tavis, et ce, jusqu'à ce qu'elle jure d'appartenir à James devant Dieu.

Ne restait plus qu'à convaincre Tavis de venir à elle lorsqu'elle s'offrirait à lui. Or, elle avait beau retourner la question dans tous les sens, elle ne savait pas quelle serait sa réaction. Allait-il une nouvelle fois la rejeter ?

Hors de question ! La défaite n'était pas envisageable. Déterminée, elle rassembla les affaires dont elle aurait besoin. Contrairement à Tavis, elle n'avait nulle intention de laisser le doute, la peur ou la culpabilité diriger sa vie. Elle allait très prochainement remplir son devoir et mener une vie qui ne lui correspondait pas le moins du monde, mais cette nuit, ce serait différent. Il ne serait question que d'amour…

Et c'était sûrement la seule nuit de toute son existence qu'elle pourrait partager avec lui, aussi avait-elle bien l'intention d'en profiter.

Elle avait attendu cette nuit presque toute sa vie !

Et personne ne la lui enlèverait.

17

Tavis travailla très dur pour retarder autant que possible le moment où il devait rentrer chez lui. Sa maison lui semblait tellement vide ! Depuis leur retour, il s'entraînait au combat sans relâche et se mesurait aussi bien aux MacLerie qu'aux Murray. Il ne s'arrêtait qu'une fois que son corps épuisé ne le portait plus. Hélas, cela ne suffisait pas encore. Rien ne parvenait à évacuer la terrible frustration qui le tenaillait.

Ce soir-là, il avait accepté l'invitation à dîner de Rurik et Margriet, espérant qu'un peu de diversion soulagerait son esprit obsédé par Ciara. Le repas était terminé depuis longtemps, pourtant il ne trouvait pas la force de partir. Il parlait en détail de la nouvelle mission que Connor lui avait confiée, alors même qu'il avait largement dépassé les limites de la bienséance.

Comme les coups d'œil appuyés vers la porte d'entrée ne suffisaient pas, Rurik finit par lui demander de partir. Malheureux, Tavis bafouilla quelques excuses et sortit. Il prit encore tout son temps pour rentrer chez lui. Sa maison lui rappelait sans cesse les promesses qu'il n'avait pas tenues et le terrible gâchis qui en avait découlé.

De façon inhabituelle, lorsqu'il arriva en vue de la porte d'entrée, l'image de Ciara lui apparut. Telle qu'elle était la nuit où elle lui avait demandé de l'épouser. Eh bien, au moins, ce n'était pas le fantôme de Saraid, qui revenait le hanter, comme à l'accoutumée.

Intrigué, Tavis remarqua alors que les volets étaient fermés. Il était pourtant certain de ne pas y avoir touché en partant. En s'approchant, il se rendit également compte que de la lumière filtrait sous la porte. Quelqu'un était manifestement entré chez lui en son absence. Peut-être y était-il encore. Aux aguets, il saisit le manche de son poignard, se posta sur le côté de la porte, puis souleva le loquet et entra à pas de loup.

Ciara était assise devant la cheminée et lisait à la lueur des chandelles. Ses cheveux d'or étaient détachés et flottaient librement sur ses épaules. Elle portait une robe très simple et un châle. L'incarnation de la jeune femme des Highlands. Son cœur se mit à saigner à ce spectacle, tandis que son corps, lui, réagissait tout autrement. Elle ne serait jamais à lui et cette idée lui était devenue insupportable.

— Ciara ? Que fais-tu ici ? demanda-t-il en faisant glisser son poignard dans son étui.

— Je t'attendais, répondit-elle calmement.

Elle referma doucement le livre qu'elle lisait et le reposa sur l'étagère qui se trouvait au-dessus de la cheminée.

— Il fallait que je te voie. En privé, ajouta-t-elle.

Il ne répondit pas tout de suite. L'attente sembla durer une éternité. Impossible de trouver les mots adaptés dans une situation pareille…

— Ciara, nous ne devrions…

Il repensa à leur dernière rencontre, seul à seul, en pleine nuit. Mieux valait éviter cette conversation. La dernière fois, il avait fini par la prendre dans ses bras et l'embrasser à perdre haleine, pour la marquer comme sienne. Il ne devait pas recommencer, mais la présence de la jeune femme était comme une drogue puissante pour ses sens exacerbés. A la voir ainsi, chez lui, à sa portée, il s'imagina l'entraîner vers le lit. Il éveillerait lentement sa passion, se délecterait de ses courbes délicates. Déjà, son membre se tendait à l'extrême…

— Ecoute-moi, Tavis, j'ai une dernière chose à demander à mon meilleur ami avant de me marier.

Tavis ferma les yeux, dévasté. Avait-elle besoin de lui rappeler qu'elle allait l'abandonner pour toujours ? L'espace d'un instant, lorsqu'il était entré chez lui, il s'était imaginé qu'il la retrouverait ainsi chaque soir. Elle l'attendrait. Elle serait là, toute proche, avide de ses caresses, de ses baisers, de son corps, de son amour…

Voilà que ses paroles venaient de le ramener à la triste réalité. Ciara ne lui appartenait pas. Elle ne lui appartiendrait jamais. Il inspira pour chasser l'émotion qui l'étreignait.

— Que veux-tu me demander ?

— Ce matin, James et moi avons eu une discussion sérieuse à propos de notre mariage. Il m'a clairement expliqué qu'il désire avant tout une relation calme et sans surprises, fondée sur la courtoisie. Une petite vie très paisible, en somme.

Tavis n'avait aucun mal à la croire. Le jeune Murray serait sans nul doute un mari pondéré, courtois et doux. Pourtant, il ne voyait pas Ciara dans le rôle étriqué de la châtelaine douce et réservée. Surtout, lui n'aurait jamais envisagé une existence aussi lisse si Ciara… Non ! Inutile de se perdre encore en rêveries et en faux espoirs.

— Mon destin risque de se résumer à cela. Une existence morne occasionnellement ponctuée de quelques marques d'affection, dit-elle en s'avançant vers lui. Je l'accepte, j'y suis résignée. Seulement… avant cela, je veux connaître la passion et le plaisir dont je serai privée.

Tavis la regarda sans comprendre. Puis un éclair de lucidité le pétrifia. Maudite soit-elle ! A quoi jouait-elle ? N'avait-elle pas conscience de la terrible tentation qu'elle représentait pour lui ? Que savait-elle du combat intérieur qui le minait depuis la nuit où il avait connu ce moment d'abandon en goûtant sa bouche délicieuse ? Depuis, il n'avait pas passé une seule nuit sans éprouver un désir insatiable, seul dans son lit froid !

— Ciara, je t'en prie, il faut que tu t'en ailles maintenant, dit-il, les dents serrées. Avant qu'il ne soit trop tard.

— Il est déjà trop tard, Tavis.

Elle s'approcha un peu plus de lui et ajouta en lui caressant la joue du bout des doigts :

— Je te promets que je sortirai d'ici, pour toujours… dès que tu m'auras accordé un baiser, souffla-t-elle en le retenant captif de son regard voilé par la passion.

Doux Jésus ! Comment faisait-elle pour être aussi provocante, tellement irrésistible ?

— Un vrai baiser, Tavis. C'est tout ce que je demande. Je t'en prie, murmura-t-elle, divinement tentante.

Il semblait à Tavis que ses veines charriaient de la lave en fusion. L'amour et la raison se livraient un terrible combat dans son cœur et son esprit.

— Un baiser, et je partirai ensuite pour toujours, avec ce merveilleux souvenir que je garderai au plus profond de mon cœur.

Soudain, Tavis capitula.

Allons, il était un homme d'honneur tout de même ! Il trouverait bien la force de la laisser partir après l'avoir embrassée… Il ne la toucherait pas, cela, non. Sans quoi il n'était pas certain de pouvoir s'arrêter…

Mais Ciara savait parfaitement ce qu'elle voulait. Lorsqu'il approcha son visage du sien pour l'embrasser, elle posa les doigts sur les lèvres de Tavis en secouant la tête.

— Non, Tavis. Un seul baiser… Mais, seulement lorsque je l'aurai décidé.

Seigneur ! Elle allait l'envoyer en enfer… Tavis serra les mâchoires. Il était parvenu à lui résister jusque-là, il n'y avait pas de raison de perdre le contrôle… Il y arriverait bien… Il le fallait…

Peut-être aurait-il eu une chance de résister si Ciara

n'avait pas tendu la main vers la ceinture qui maintenait son tartan en place. Si elle ne lui avait pas lentement tourné autour, pour lui retirer ses armes une à une, puis sa ceinture, son kilt et sa chemise. Il aurait pu s'en sortir si elle n'avait pas apporté un seau d'eau fumante pour le laver.

Que le diable l'emporte, lui et sa faiblesse face à cette enchanteresse… Il n'avait pas eu une seule chance de s'en sortir depuis le début et, à voir la façon dont ses yeux brillaient de malice, elle le savait fort bien. Le supplice s'intensifia encore : elle passait maintenant négligemment la langue sur ses lèvres charnues, tout en l'observant avec langueur.

— Ce n'est pas la première fois que je te vois nu, murmura-t-elle alors que le linge chaud et humide passait dans le bas de son dos, je t'ai observé lorsque tu te baignais dans le ruisseau à Dunalastair.

Tavis émit un rire rauque, amusé par sa confession.

— C'était drôlement culotté de ta part ! Mais sans comparaison avec ce que tu es en train de faire…

Elle étouffa un petit rire sans pour autant cesser un instant les soins sensuels qu'elle lui prodiguait. Elle en avait terminé avec son dos et le contourna pour se placer face à lui. Les poings serrés, il se força à rester immobile.

Son inexpérience, mêlée à cette audace qui la rendait si provocante, était irrésistible : alors qu'elle tendait la main vers son membre, il la vit hésiter et interrompre son geste. Il n'allait pas la laisser s'arrêter en si bon chemin. Tavis lui empoigna la main et le linge mouillé et les dirigea vers son membre dressé, tendu de désir. Lorsque ses doigts entrèrent en contact avec sa chair, elle entrouvrit légèrement la bouche, le souffle court, visiblement troublée.

Le désir de Tavis ne connut plus de bornes. Son membre gonfla encore entre ses mains. N'y tenant plus, il se débarrassa du linge. Il était grand temps de montrer à cette délicieuse effrontée qu'il ne se contenterait pas d'un simple baiser. Mais une fois encore, elle le prit de court.

En deux temps trois mouvements, Ciara dénoua les lacets de sa robe et la fit glisser sur ses épaules, révélant une fine chemise transparente. Il voyait nettement les ombres de son corps nu sous sa tunique légère. Les flammes qui dansaient dans la cheminée lui révélèrent ses courbes délicieuses ainsi que le triangle sombre qui cachait l'endroit qu'il désirait le plus toucher, caresser, goûter... Les pointes de ses seins se dressèrent sous son regard enflammé. L'avait-elle seulement remarqué ?

Toujours aussi audacieuse et bien plus courageuse que lui, Ciara s'avança vers lui en un geste d'offrande immémorial.

Vaincu, Tavis tenta encore de négocier avec sa conscience. D'accord, il voulait bien lui donner du plaisir mais il n'irait pas jusqu'à déshonorer la fiancée d'un autre homme.

— Je ne prendrai pas ce qui ne m'appartient pas, murmura-t-il. Mais je vais te procurer le plaisir que tu recherches, ma tendre Ciara, le plaisir qui peut exister entre un homme et une femme.

— Tu veux dire le plaisir qui peut exister entre toi et moi, Tavis.

Elle était l'innocence même et la séduction incarnée à la fois. Elle n'avait probablement pas compris que lui donner du plaisir ne signifiait pas forcément qu'il allait prendre sa virginité.

— Tu te souviens du baiser dont tu parlais, Ciara ? L'heure de ton baiser a sonné.

Il pensait naïvement que c'était à lui de jouer mais, déjà, elle ôtait sa tunique avant de poser ses mains en coupe sous ses seins comme pour les lui faire admirer. Ses mains glissèrent sensuellement jusqu'à ses hanches, elle se cambra et murmura :

— Embrasse-moi ici, Tavis.

Il avait écarquillé les yeux et la dévorait littéralement du regard. Son rêve le plus fou était devenu réalité. Son corps souple, ses seins qui épouseraient parfaitement le creux de ses paumes lorsqu'il les toucherait, tout, absolument tout était conforme à ses rêves.

Il ferma les yeux et pria pour trouver la force d'honorer sa promesse alors qu'il se penchait pour poser la bouche sur la pointe délicate d'un de ses seins. D'une main ferme, il la saisit à la taille et elle poussa un petit halètement. Sa douce Ciara pensait recevoir un baiser poli et certainement pas le baiser enfiévré qu'il venait de lui donner. Elle avait maintenant les jambes qui tremblaient. Il la porta dans ses bras jusqu'à son lit.

Il allait lui montrer ce qu'était un véritable baiser à présent. Tavis s'agenouilla près d'elle et ne la toucha d'abord qu'avec sa bouche. Il prit son autre sein dans sa bouche et le suça langoureusement pour le voir s'ériger un peu plus. Ciara se cambra et murmura son nom fiévreusement. Il l'embrassa et la lécha tout en remontant vers sa bouche. Elle ouvrit immédiatement les lèvres, ce qui le fit sourire.

Cette fois, c'était à lui de décider. Il commença par lui embrasser les lèvres doucement, légèrement. Elle sourit faiblement. Alors seulement, il prit possession de sa bouche, sa langue en envahit la chaleur humide. Lorsqu'elle se mit à lui sucer la langue, il sentit des décharges de plaisir se diffuser en lui. Elle n'avait vraiment peur de rien, cette petite coquine. Elle avait les mains dans ses cheveux et le tirait vers elle. Tavis avait beau être un homme expérimenté, il était à sa merci.

Et cela lui convenait parfaitement. Il aurait pu l'embrasser pendant des heures sans jamais s'en lasser. Il devinait à ses mouvements agités et innocents qu'elle n'avait pas conscience du plaisir qui l'attendait.

*
* *

Tout cela ne faisait absolument pas partie de son plan !

Ciara avait pensé, lorsqu'elle avait encore les idées claires, qu'il allait la prendre dans ses bras et l'embrasser. Ç'aurait été merveilleux, délicieux. Mais rien ne l'avait préparée à… *cela*. Lorsqu'il lui avait déclaré qu'il était hors de question de lui faire perdre sa virginité, elle avait cru comprendre ce qu'il voulait dire. Mais rien, pas même la façon dont son corps avait réagi en le voyant entièrement nu la fois précédente, ne l'avait préparée au déferlement d'ondes de plaisir qui la parcouraient à présent. Elle n'avait pas prévu cette sensation de manque, à la fois merveilleuse et torturante.

Entre ses cuisses, la sensation de chaleur et de moiteur augmentait à chaque instant, de même que les battements désordonnés de son cœur. Elle brûlait de sentir Tavis la toucher, *là*. Il releva la tête malgré les efforts qu'elle faisait pour le tenir contre elle et se mit à rire.

— Ne t'inquiète pas, ma chérie. Je n'en ai pas encore fini avec les baisers.

Ciara sentit aussitôt son pouls s'accélérer et elle desserra son étreinte pour lui permettre de bouger comme il l'entendait.

Sa barbe déclenchait une myriade d'étincelles de plaisir partout où il posait sa bouche. Il caressait et embrassait chaque centimètre de sa peau, tandis qu'elle ne cessait plus de gémir. Ciara pria pour qu'il lui embrasse les seins une nouvelle fois, et lorsqu'il le fit, elle se cambra sous sa bouche.

Tavis l'apaisait puis la torturait sans cesse alors qu'elle anticipait la suite. Ciara avait l'étrange sensation qu'elle se dirigeait vers… vers quelque chose d'inconnu et de magnifique. Quand la bouche de Tavis quitta ses seins et se dirigea plus bas, vers cet endroit qui lui faisait mal, elle cessa de respirer. Il riait, l'animal ! Il savait ce qu'il lui faisait et appréciait pleinement la situation.

Elle l'attrapa par les cheveux et s'y agrippa alors qu'il embrassait ses cuisses de plus en plus haut. Lorsqu'il lui ordonna d'écarter les jambes, elle perdit la tête. Son corps obéit d'instinct, comme s'il comprenait.

Il s'agenouilla devant elle. Alors, elle ouvrit les yeux et vit qu'il la contemplait. Il contemplait… le cœur de sa féminité. Soudain gênée, Ciara tenta aussitôt de resserrer les jambes mais il l'en empêcha. Elle prit appui sur ses coudes et essaya de se couvrir le visage d'une main, mais lorsqu'il lui embrassa le haut des cuisses, les frôlant de sa barbe naissante, puis se rapprocha de la chair brûlante qui palpitait entre elles, elle fut incapable de résister. Elle ne pouvait que le fixer, choquée, tout en émettant des gémissements désarticulés.

Et lorsqu'il posa sa bouche sur son Mont de Vénus, l'intensité du plaisir fut telle qu'elle perdit le sens des réalités. Ciara s'abandonna complètement et perdit tout contrôle. Ses lèvres. Sa langue. Ses dents sur sa chair si tendre. Tout cela la rendait folle. Elle se laissa tomber sur le lit et succomba à l'ivresse du plaisir.

Des ondes de volupté lui traversaient tout le corps, mêlées à des vagues de chaleur. Lorsqu'une vague de plaisir plus puissante encore l'envahit, elle se laissa emporter par la jouissance. Elle cria, alors que son corps frissonnait et tremblait tout contre la bouche de Tavis. Quelque chose de profond en elle, quelque chose qui l'étreignait si fort qu'elle ne parvenait même plus à respirer, s'était relâché en un instant et, vague après vague, la jouissance parcourut ses veines, atteignant chaque recoin de son corps. Emportée dans un autre monde, Ciara ne s'aperçut pas tout de suite que Tavis se tenait maintenant à son côté et lui murmurait des mots tendres à l'oreille.

Elle pleurait mais ne s'en rendit compte que lorsqu'elle le vit lui essuyer les larmes qui coulaient sur ses joues en l'embrassant.

Vaguement ennuyée d'avoir perdu tout contrôle, Ciara n'osa pas le regarder dans les yeux. Puis il posa délicatement les lèvres sur les siennes et elle s'y risqua.

Les yeux de Tavis rayonnaient d'amour.

18

Dieu, elle était magnifique !

Fasciné, Tavis ne l'avait pas quittée du regard lorsqu'elle s'était abandonnée à lui et au plaisir qu'il lui donnait.

Son membre tendu lui faisait mal maintenant, mais il ne chercherait pas la jouissance finale. Lorsqu'elle l'effleura de la main, il eut un bref sifflement. C'était presque douloureux. Ciara se releva en prenant appui sur ses coudes et le regarda.

— Je t'ai fait mal ? demanda-t-elle d'une petite voix inquiète.

Il se mit à rire et fit non de la tête.

— Pas du tout.

— Et toi ? Tu n'as pas… ressenti le même plaisir, n'est-ce pas ? demanda-t-elle en tendant la main vers son membre palpitant.

Si elle ne cessait pas tout de suite d'en parler, ni de le toucher, il y avait fort à parier qu'il perdrait tout contrôle, aussi s'efforça-t-il de recouvrer un semblant de calme.

— Non. Mais ne t'inquiète pas pour cela, Ciara.

Il s'était assis et était sur le point de s'éloigner lorsqu'elle posa la main sur son torse et l'obligea à s'allonger de nouveau.

— C'est mon tour de t'embrasser, dit-elle.

Seigneur ! Voilà qu'elle avait retrouvé l'audace qui la caractérisait si bien. Sa gêne était déjà oubliée !

— Tu risques de me tuer, Ciara.

Elle éclata de rire et haussa les épaules.

— Il faut essayer pour le savoir.

Jamais une menace ne l'avait autant transporté. Simplement imaginer sa bouche sur lui le faisait trembler. Ciara se remit à rire. Avant de se mettre à genoux devant lui, comme il l'avait fait devant elle. Curieuse, elle l'observa tout à loisir, posant les yeux sur son torse, son ventre, son membre dressé. Tavis ferma les paupières. Peut-être qu'il parviendrait à se contrôler s'il s'abstenait de regarder ?

Elle lui avait à peine effleuré les tétons de sa bouche que déjà il se disait que la bataille était perdue d'avance. Lorsqu'elle se dirigea plus bas et qu'il sentit la chaleur de sa bouche et ses cheveux venir lui chatouiller les cuisses, il sut qu'il n'avait pas la moindre chance face à elle.

Ciara apprenait vite. Elle imitait tout ce qu'il avait fait avec une précision désarmante. Quand elle toucha l'extrémité de sa virilité du bout de la langue, Tavis serra les mâchoires.

— Je ne fais pas ce qu'il faut ? demanda-t-elle d'une voix rauque.

— Bien au contraire, répondit-il dans un grognement.

Alors, sans aucune pudeur, elle mit en application ses tout nouveaux talents avec un zèle admirable. Elle s'amusa à le torturer et Tavis ne pouvait que la supplier de continuer. Elle parcourut alors toute sa longueur de sa langue humide et brûlante.

Elle allait le rendre fou. Il ressentait un plaisir hors du commun. Elle utilisait ses lèvres et sa langue comme lui-même l'avait fait. Lorsque enfin elle ouvrit les lèvres, pour les poser sur son membre qu'elle enfonça ensuite dans sa bouche, la passion de Tavis ne connut plus de bornes. Il prit une nouvelle fois conscience de son inexpérience lorsqu'elle s'interrompit, ne sachant pas ce qu'elle devait faire ensuite. Tavis l'incita aussitôt à continuer, la guidant gentiment.

La sentir autour de lui était d'un érotisme inégalé, si bien qu'il n'allait plus tarder à atteindre l'orgasme.

Elle avait beau être débutante, il ne lui avait guère fallu de temps avant de savoir comment le rendre fou… Lentement, il sentait la jouissance monter en lui. Il se délecta le plus longtemps possible de la sensation éprouvée au contact de sa bouche serrée sur son membre, puis il lui prit la tête dans les mains au moment où il atteignit l'orgasme. Sa semence se répandit dans sa main, tandis que de l'autre, il caressait la chevelure de Ciara.

— Je crois que j'aime embrasser, dit-elle en lui adressant un large sourire.

— Dans ce cas, il y a fort à parier que tu aimeras beaucoup le reste aussi.

Il avait parlé sans réfléchir. L'espace d'un instant, ils pensèrent tous les deux que ce n'était pas lui qui ferait le reste avec elle.

— Viens, Ciara. Tu devrais rentrer chez toi avant que quelqu'un ne s'inquiète de ton absence.

Il se glissa hors du lit et se mit à rassembler les vêtements de Ciara. Il s'aperçut soudain qu'elle ne bougeait pas d'un centimètre. Enfin, si. Elle s'étirait comme un chat… Puis, elle roula sur le ventre, lui donnant ainsi un aperçu de ses magnifiques fesses rebondies. Ses longs cheveux blonds cachaient en partie le spectacle adorable et la rendaient encore plus désirable.

— Aucun risque. Mes parents pensent que je passe la nuit chez Elizabeth, expliqua-t-elle. Une dernière nuit passée en compagnie d'une amie très chère à mon cœur.

Tavis frissonna. Il n'aimait guère tromper la confiance de Duncan, son mentor et ami, mais si le père de Ciara venait à apprendre ce qu'il venait de faire à sa fille, il fallait s'attendre à mourir lentement de ses mains et dans d'atroces souffrances.

— Pourquoi ne m'as-tu pas touchée de tes mains ? demanda-t-elle, un sourire curieux aux lèvres.

— Souviens-toi, Ciara. C'est toi qui m'as demandé un baiser, dit-il en lui tendant ses vêtements, et tu l'as obtenu.

— Tu parles comme si tu venais d'accomplir une corvée, dit-elle en riant. Je pensais que les hommes aimaient bien… *cela*.

Il vint s'asseoir à côté d'elle et posa ses vêtements sur un tabouret d'un geste brusque.

— C'est vrai que les hommes aiment cela. Mais tu dois bien comprendre, nous n'avons pas… Nous n'avons pas vraiment fait l'amour, Ciara.

— Je comprends les limites que tu t'es fixées, Tavis. Et je t'en remercie. Est-ce que me toucher enfreint ces règles ?

— Tu veux ma mort, ma douce !

— Certainement pas ! Nous pouvons parler si tu préfères.

L'adorable petite peste… Elle savait fort bien ce qu'elle faisait…

Tavis se jeta sur elle avant de lui laisser le temps de réagir. Tout en lui maintenant les poignets au-dessus du corps, il s'étendit sur elle, sans l'écraser. Il avait replié une de ses jambes et la frottait entre les cuisses de Ciara.

Les yeux déjà enfiévrés, elle soupira et se tourna vers lui, les seins exposés. La tentation était trop forte… D'une main, il se mit aussitôt à les caresser. Elle se cambra contre lui. Son cou était maintenant offert. Il se pencha un peu pour l'embrasser. Il sentit contre ses lèvres son pouls s'emballer. Chaque son qui sortait de la bouche de Ciara l'incitait à lui donner davantage de plaisir. Bientôt, sa main trouva le cœur de sa féminité et il glissa ses doigts sur sa chair tendre. La respiration de Ciara se fit de plus en plus forte et saccadée.

Cette fois elle savait ce qui l'attendait et elle répondait à chaque caresse. Lorsqu'il trouva la petite perle de plaisir cachée dans les replis tendres, il la toucha délicatement et Ciara écarta les jambes. Il lui embrassa alors le cou et commença à la mordiller gentiment, tandis qu'elle perdait peu à peu tout contrôle.

— Maintenant, Tavis ! le supplia-t-elle, au bord de l'extase.

Il obéit à ses désirs et se mit à la caresser de plus en plus intensément. Alors, elle se laissa emporter dans le tourbillon de la jouissance. Après avoir atteint la plénitude, elle s'écroula entre ses bras, douce et chaude.

Elle était magnifique, songea-t-il tendrement. Ils restèrent parfaitement immobiles pendant plusieurs minutes. Tavis savoura le simple plaisir de pouvoir la tenir ainsi contre lui, repue, heureuse, abandonnée…

— Il est temps pour toi de partir maintenant, ma douce, murmura-t-il en relâchant enfin son étreinte avant de rouler sur le côté.

Mais elle vint aussitôt se coller à lui et l'entoura de ses bras.

— Maintenant ? Si tôt ?

Sa résistance s'effritait déjà… et disparut complètement quand ses mains l'effleurèrent. Tavis s'adossa contre la tête de lit, lui offrant ainsi son corps tout entier.

— Ma douce Ciara, murmura-t-il alors qu'elle s'agenouillait devant lui et entourait son membre de ses deux mains.

Elle s'appliquait et effectuait des mouvements de va-et-vient à un rythme lent, tellement concentrée qu'un petit bout de langue rose dépassait entre ses dents. A la voir si appliquée, Tavis se mit à rire, avant de l'embrasser sur la bouche. Elle parvint alors à maintenir le rythme tout en caressant sa langue de la sienne. Il n'avait plus envie de rire maintenant. Il haletait et gémissait… Seigneur, il ne lui avait pas fallu longtemps pour l'emmener de nouveau sur les cimes du plaisir…

Quelques minutes plus tard, comblé et quelque peu

désemparé par la violence de ses émotions, Tavis lui prit la main et y entremêla ses doigts.

— Il faut que tu partes, maintenant, pour de bon, lui murmura-t-il en lui embrassant la main.

— Oui, je sais. Je vais rentrer.

— Est-ce que tu regrettes d'être passée à présent ? demanda-t-il dans un souffle sans lâcher sa main.

Elle allait répondre à sa question mais referma la bouche au dernier moment. Qu'est-ce que cela leur apporterait de bon de dire ce qu'elle ressentait vraiment au fond d'elle ? Elle se contenta de secouer la tête.

Elle n'en avait pas encore tout à fait fini avec lui. Tavis ne se doutait de rien, mais elle était venue le voir avec deux choses en tête et, pour l'instant, elle n'avait rempli qu'une moitié de la mission qu'elle s'était assignée. La première partie de son plan s'était certes déroulée à merveille et plus jamais elle n'aurait à se demander à quoi les plaisirs de la chair pouvaient bien ressembler… Pourtant, la tâche la plus difficile restait encore à accomplir.

Ils se rhabillèrent mutuellement en silence. Tavis lui proposa un verre de bière avant de la laisser partir.

Ciara savait qu'il la suivrait à distance pour s'assurer qu'elle rentrerait sans encombre et sans se faire remarquer par quiconque. Il ne pourrait pas s'en empêcher. Elle se retourna vers lui au moment où elle allait soulever le loquet de la porte et s'immobilisa.

— J'ai une dernière chose à te demander, Tavis.

— J'espère que tu ne vas pas me demander d'assister à ton mariage, Ciara. J'en serais totalement incapable. Et je ne le ferais pas, même pour toi.

Ciara sourit, les yeux embués de larmes. Elle secoua la tête pour lui signifier qu'il s'agissait d'autre chose et détourna le visage quelques instants, le temps de reprendre contenance.

— Non, il ne s'agit pas de cela.

— De quoi s'agit-il donc ? demanda-t-il doucement.

— J'aimerais que tu me parles de Saraid. Tu m'as affirmé l'autre jour que tu étais responsable de sa mort. Je voudrais vraiment savoir pourquoi elle te hante toujours des années après.

— Ciara, chuchota-t-il d'une voix suppliante.

— J'aimerais savoir pourquoi la femme que tu aimais possède toujours ton cœur et ton âme par-delà la mort. Tu me dois bien cela, Tavis.

Son visage avait pris un teint de cendre, heureusement il ne l'avait pas repoussée.

— Tu sais, j'ai été tentée de lui faire un croche-pied lorsqu'elle emprunterait le chemin pour se rendre à l'église le jour de votre mariage. Pour l'empêcher de t'épouser. Pour que tu m'attendes.

Elle avait une nouvelle fois des yeux pleins de larmes, mais elle réussit tout de même à esquisser un sourire.

— Elizabeth et moi étions prêtes à nous précipiter sur elle pour la faire tomber. Avec le recul, je regrette de ne pas l'avoir fait. J'ai commis une regrettable erreur de jugement.

— Tu n'avais quand même pas réellement prévu de faire une chose pareille ?

Il plissa les yeux puis se mit à rire quand il comprit qu'elle n'inventait rien.

— Alors c'est vrai toute cette histoire ? Qu'est-ce qui t'a retenue alors ?

— Ton regard. Tu te tenais à la porte de l'église et tu la contemplais avec des yeux emplis d'amour. J'ai tout de suite compris que je ne pouvais pas lutter contre la force de tels sentiments.

— Je l'aimais, c'est vrai.

— Depuis, tu m'as lancé plusieurs fois le même regard lors de notre voyage pour le comté de Perth. Je le reconnaîtrais n'importe où, ce regard, Tavis. Aussi, je n'ai plus de doute sur la nature de tes sentiments.

— Je ne vais pas nier l'amour que je te porte, Ciara. Mais je ne peux pas t'offrir la même chose qu'à Saraid. Je ne peux pas t'épouser.

— Raconte-moi ce qui s'est passé, Tavis. Explique-moi comment elle est morte et pourquoi tu affirmes que tu l'as tuée.

Plus décidée que jamais, Ciara ajusta son châle sur ses épaules et prit place sur une chaise.

— Je ne partirai pas avant d'avoir compris pourquoi le cœur de l'homme que j'aime est fermé à double tour, ajouta-t-elle.

— Elle portait notre enfant, dit-il en passant nerveusement la main dans ses cheveux.

Puis il se tourna vers la cheminée, le regard fixé sur le feu qui se consumait lentement, avant de reprendre :

— Et sa grossesse l'inquiétait. Terriblement. Elle m'implorait toutes les nuits de ne pas la laisser seule. De ne pas la laisser mourir.

Il la regarda d'un air lugubre, avant de poursuivre :

— J'ai fini par me lasser de cette situation. Que Dieu me pardonne… Au début, elle avait tellement peur qu'il lui arrive quelque chose qu'elle ne voulait plus quitter la maison. Peu à peu, ses angoisses ont pris le dessus et elle a fini par ne plus vouloir rien faire du tout. Elle n'était plus jamais à mes côtés. Elle ne voulait plus monter à cheval. Elle ne voulait plus…

Abasourdie, Ciara sentit son cœur se serrer de douleur. Elle n'avait aucun souvenir de tout cela. Elle était si jeune à l'époque ! Elle n'aurait pas compris ce qui se passait de toute façon.

— Que s'est-il passé ? demanda-t-elle à voix basse.

— Je lui ai juré des centaines de fois d'assurer sa sécurité en toutes circonstances. Je lui ai juré qu'elle n'allait pas mourir, que je ne la laisserais jamais mourir.

Il secoua la tête mais, cette fois, il évita son regard.

— Un jour, Connor m'a demandé d'effectuer une mission qui allait m'éloigner du village toute une journée, peut-être même deux. Et j'ai accepté. J'aurais très bien pu attribuer cette tâche à quelqu'un d'autre, sachant à quel point Saraid avait peur de rester seule. C'est d'ailleurs ce que j'aurais dû faire. Seulement, j'avais tellement besoin de prendre un peu l'air… J'avais l'impression d'étouffer, j'avais l'impression de…

Soudain, il se leva précipitamment pour se servir un grand verre de bière. Il le but d'un seul trait. Ciara voyait bien à quel point toute cette histoire le peinait. Comme s'il était en train de la revivre.

— Nous nous sommes disputés, reprit-il. Une dispute épouvantable, et puis je suis parti sur un coup de tête. Je lui ai dit que je rentrerais quand je rentrerais, confessa-t-il d'une voix torturée, je ne savais pas que… Je n'aurais jamais pensé…

Il se frotta le visage vigoureusement et la regarda avec des yeux pleins de désespoir.

— Alors, elle a fait quelque chose qu'elle n'aurait pas dû faire. Par ma faute, dit-il dans un souffle.

Ciara vint s'agenouiller à ses côtés et lui prit tendrement la main, pour lui marquer son soutien. Il avait visiblement besoin de raconter cette histoire jusqu'au bout, de soulager cette peine qui était enfouie au plus profond de son cœur.

— J'ai mené à bien la mission que Connor m'avait confiée. C'était à environ une journée de cheval. J'étais sur le chemin du retour lorsque je l'ai trouvée.

— Que veux-tu dire ? Où était-elle ?

— Ses douleurs ont commencé après notre dispute. Au lieu de faire appeler la sage-femme ou d'aller voir une femme au village, elle est montée à cheval avec la ferme intention de partir à ma poursuite. Elle m'a rattrapé quelques heures plus tard. Ma colère n'était pas encore retombée, j'étais toujours furieux contre elle. Je lui ai donc ordonné de faire demi-tour et de rentrer à la maison, sans même écouter ce qu'elle avait à me dire. Puis, je suis reparti au galop en fulminant, toujours fou de rage. Le lendemain, sur le chemin du retour, je l'ai trouvée qui gisait à terre, à quelques centaines de mètres du village. Elle avait tellement saigné que je ne pouvais plus rien faire pour elle.

Un silence intense s'installa alors. La gorge nouée par l'émotion, Ciara s'efforça de trouver les bons mots pour le délester des chaînes qui le retenaient prisonnier depuis tant d'années.

— Ce n'était pas ta faute, Tavis, dit-elle d'une voix ferme, ce n'est pas toi qui as provoqué sa mort.

— Mais si, Ciara. Si je m'étais montré plus attentionné, si je l'avais écoutée, si j'étais resté, si j'étais rentré à la maison avec elle pour m'assurer qu'elle allait bien, elle serait peut-être vivante aujourd'hui.

— C'était la volonté de Dieu, Tavis. Et ce ne sont pas de simples mortels comme nous qui pouvons y changer quoi que ce soit. Si tu l'avais raccompagnée chez vous, cela ne l'aurait pas forcément empêchée de mourir en couches. Ce n'est pas ta faute !

— Je lui avais donné ma parole ! Tu comprends ? Ma parole ! Je lui avais fait le serment de m'occuper d'elle et je suis parti. Je l'ai abandonnée. Elle aurait au moins eu une chance de s'en sortir si je m'étais mieux conduit et n'étais pas parti sous le coup de la colère, ajouta-t-il d'une voix tremblante.

Ciara comprenait sa détresse. Il avait effectivement joué un rôle dans la mort de Saraid s'il avait agi comme il venait de le dire. Pourtant, Ciara avait la conviction que cela n'aurait pas changé le cours des événements s'il s'était comporté autrement. Tavis était tellement rongé par la culpabilité, la douleur qu'il ressentait était encore si intense qu'il n'était toutefois pas prêt à accepter la vérité. Une vérité qui pourrait en partie le dédouaner de ses fautes. Cela viendrait peut-être. Il fallait lui laisser le temps d'y réfléchir.

Plus tard, il comprendrait l'erreur qu'il avait commise en s'attribuant toute la faute. Il ne parvenait pas à se délester de son passé et il persistait à ignorer le futur qu'il aurait pu partager avec elle. Ne restait plus qu'à espérer qu'avec le temps, il saurait enfin se pardonner d'avoir agi ainsi.

Mais il serait de toute façon trop tard pour eux.

Ciara se leva à regret et se couvrit la tête de son châle. Il était temps de rentrer. Pas chez Elisabeth, car, en vérité, celle-ci n'était pas au courant de ce qu'elle avait projeté de faire cette nuit-là. Elle n'en avait parlé à personne. Elle comptait aller dormir dans la grange attenante à la maison d'Elizabeth, puis elle rentrerait chez elle au petit matin.

Voilà, elle avait mené à bien son projet. Cependant, elle n'était pas vraiment plus avancée maintenant, songea-t-elle, le cœur lourd.

— Je sais qu'il est trop tard pour nous deux, Tavis, mais je te supplie d'aller parler à Gunna, la sage-femme. Elle suivait Saraid depuis le début de sa grossesse et ne voit pas les choses de la même manière que toi. Cela pourrait t'aider à te reconstruire.

Hélas, Tavis ne semblait plus capable de l'entendre, après le récit de ces douloureux souvenirs.

C'est alors qu'un petit morceau de bois posé sur l'étagère au-dessus de la cheminée attira son attention. Ciara le prit dans sa main et se rendit compte qu'il s'agissait d'un cœur. Il n'avait pu se résoudre à lui sculpter un autre cheval, mais lui laissait finalement quelque chose de bien plus intime. Elle le garderait avec elle pour toujours. Comme les larmes s'étaient mises à rouler sur ses joues, elle se dirigea vers la porte.

— Adieu, Tavis, murmura-t-elle en pressant le précieux souvenir au creux de sa main.

Ciara ouvrit la porte et la referma rapidement derrière

elle sans se retourner. Elle dévala le chemin puis se glissa discrètement à l'intérieur de la grange pour y passer le reste de la nuit. Elle se cala contre un mur et s'enroula dans son châle, secouée de sanglots.

Etrangement, ses yeux restaient secs. En dépit de la douleur qui lui broyait le cœur, elle se remémora les magnifiques moments qu'ils venaient de partager. Elle savait qu'elle avait fait le bon choix. Désormais, elle aurait au moins ce merveilleux souvenir de lui à chérir. Elle en aurait bien besoin pour supporter la petite vie paisible et ennuyeuse qu'elle allait mener auprès de James Murray.

19

Le jour commençait à peine à se lever. Il faisait gris, le ciel était bas. Tavis se dit que le temps correspondait bien à son humeur. Lorsque Ciara était partie, il était resté assis sur sa chaise le reste de la nuit… et avait pensé à Saraid.

Pas de son plein gré, d'ailleurs.

Il aurait préféré revivre les moments fantastiques qu'il avait partagés avec Ciara. Penser au bonheur qu'il avait ressenti lorsqu'elle avait frémi sous ses caresses et ses baisers. Il aurait voulu une nouvelle fois entendre ses soupirs, ses gémissements et sa voix haletante qui prononçait son nom au moment où la jouissance l'avait submergée. Il aurait mille fois préféré se souvenir de la ferveur avec laquelle elle avait appris à lui donner du plaisir !

Pourtant, au lieu de songer à ces merveilleux souvenirs, il avait passé toute la nuit à ressasser les mauvais. Il s'était souvenu de toutes ses erreurs commises envers Saraid, de la moindre mauvaise parole qu'il avait eue à son encontre. Puis, il avait repensé aux peurs indicibles qui avaient fini par engloutir la femme dont il était tombé amoureux, revivant ses demandes incessantes qui l'avaient rendu complètement fou. Le désespoir qui accablait Saraid n'avait fait que croître jour après jour, et il n'était pas parvenu à trouver le moyen d'y mettre un terme. Pourtant, il en avait passé des heures à essayer de la rassurer. En vain. Et peu importait ce que Ciara avait dit, lui savait, il était responsable de la mort de Saraid. Pour d'innombrables raisons.

Il s'était montré incroyablement égoïste en éprouvant un tel besoin de s'éloigner d'elle. Il s'était montré extrêmement négligent en ne prenant pas ses craintes au sérieux. Il avait été incapable de s'occuper d'elle et de la protéger de ce qu'elle redoutait le plus. Mourir.

Ce faisant, il avait échoué en tant que mari mais aussi en tant qu'homme et Saraid en était morte. Cela se reproduirait-il une nouvelle fois s'il s'autorisait à prendre soin d'une autre femme ? Etait-il affligé d'un grave défaut de nature ou avait-il juste échoué cette fois-là, par bêtise, par immaturité ?

Tavis passa la journée dans un épais brouillard sans percevoir ce qui se passait autour de lui. Il s'obligea à terminer tout ce qu'il avait à faire.

Puis, il songea que c'était le moment idéal pour informer Connor de son projet de quitter Lairig Dubh. A sa demande, le laird acceptait de le recevoir après le repas du midi et lui apprit également qu'il n'y aurait pas de dîner au château ce soir-là car tout le monde s'occupait des préparatifs pour la fête du mariage le lendemain.

Tavis devrait donc repasser plus tard. Pour faire passer le temps, il décida qu'il allait s'entraîner au maniement des armes. Le ciel s'était couvert et la pluie tombait sans discontinuer depuis plusieurs heures, mais cela ne le décourageait pas. La pluie ne le gênait pas. Il ne la sentait pas. Il ne sentait plus rien, à vrai dire. Et c'était aussi bien. La seule chose dont il se réjouissait, c'était de ne pas avoir vu Ciara de la journée. Il ne l'aurait pas supporté.

Alors qu'il grimpait l'escalier qui menait aux appartements privés de Connor, Tavis se rendit compte aux éclats de voix que le laird était au beau milieu d'une terrible dispute avec sa femme. Détaché, il ne s'intéressa guère à ce qui se disait. Il se contenta d'attendre le retour au calme avant de les avertir de sa présence, mais Rurik, qui venait de le rejoindre, frappa à la porte sans se poser de questions.

— Cela pourrait encore durer un certain temps, Tavis. Nous n'allons quand même pas attendre ici jusqu'à la fin des temps, se justifia Rurik.

Pour quelle raison Rurik avait-il également été convoqué à cette discussion ? C'était logique, après tout. Rurik était le plus proche collaborateur du laird et supervisait toute son équipe.

Comme l'explication entre Connor et Jocelyne semblait devoir s'éterniser, Rurik ouvrit la porte et demanda d'une voix tonitruante :

— Sommes-nous censés attendre ici que vous ayez terminé ou pouvons-nous enfin entrer ?

Tavis secoua la tête. Sacré Rurik ! Il n'y avait que lui pour se permettre un tel comportement. Il était arrivé à Lairig Dubh en compagnie de son oncle. Moitié écossais, moitié scandinave, c'était un guerrier gigantesque et redoutable. Il s'était immédiatement engagé au service de Connor. C'était le combattant le plus féroce et l'ami le plus loyal du laird. Connor pouvait compter sur lui dans n'importe quelle situation. Rurik avait même renoncé au comté d'Orkney, qui lui revenait de droit, pour rester vivre à Lairig Dubh lorsqu'il avait épousé Margriet.

Tavis comprenait donc pourquoi Connor lui permettait de telles impertinences.

— Nous en avons terminé, hurla Jocelyne en passant devant eux, sans leur jeter un regard.

Puis, elle claqua violemment la porte derrière elle.

Rurik se garda bien de plaisanter en un moment pareil. Tavis, quant à lui, restait silencieux. Connor faisait les cent pas dans la pièce en jurant à mi-voix et semblait poursuivre la conversation avec Jocelyne même si cette dernière était partie au beau milieu de leur altercation.

— Sacrées bonnes femmes ! gronda Connor en se servant à boire.

Rurik le rejoignit et se servit un verre de bière ainsi qu'à Tavis.

— Sacrées bonnes femmes ! répéta Rurik en levant son verre avant de le vider d'une seule traite.

Tavis buvait en silence. Comment aurait-il pu émettre le moindre jugement sur les femmes ? Il ne s'en sentait pas le droit. Au bout d'un moment, Connor s'assit à son bureau et leur fit signe de l'imiter. Rurik resta debout, comme à son habitude, mais Tavis prit place sur une chaise.

— Parle, Tavis, je t'écoute.

— J'aimerais quitter Lairig Dubh. J'ai pensé que je pourrais mieux vous servir sur d'autres terres.

Il avait parlé avec davantage de facilité qu'il ne s'y était attendu. Connor et Rurik avaient aussitôt échangé des regards éloquents. Ils ne semblaient pas surpris le moins du monde. Aussi Tavis attendait-il leur réaction avec une certaine appréhension.

— Est-ce que ta demande a un lien quelconque avec Ciara et James Murray ?

Décidément, Connor savait se montrer très direct…

— Cela n'a absolument rien à voir avec eux. Demain, à l'heure qu'il est, ils seront mariés et ils vont ensuite partir vivre dans le comté de Perth. Il s'agit d'une demande personnelle.

— Tu peux nous expliquer ce que cela va t'apporter de quitter Lairig Dubh, dans ce cas ? demanda Rurik. Tu es mon commandant adjoint depuis quelque temps maintenant, et je pense sincèrement que ce poste est le meilleur que tu puisses espérer.

— Le jeune Dougal me remplacera sans problème. C'est un bon guerrier et il est prêt à endosser des responsabilités plus lourdes.

— Pourquoi veux-tu partir ? demanda Connor une nouvelle fois.

— Je ne peux plus vivre ici. J'ai besoin d'aller habiter ailleurs. Là où je ne serai plus hanté par mon passé, chaque minute de mon existence.

Doux Jésus ! Il n'avait absolument pas prévu de dire tout cela. A personne. Et encore moins à Connor.

— Nous en reparlerons une fois le mariage terminé et les Murray partis, Tavis. Je ne peux pas prendre la moindre décision avant d'avoir parlé aux régisseurs et commandants en service sur mes autres terres.

Tavis se leva, totalement déconcerté. Il savait que Connor n'allait pas approuver sa requête sans rechigner, mais il n'avait pas prévu une attente aussi longue avant toute prise de décision !

— Le plus vite sera le mieux, Connor. Faites en sorte que cela ne traîne pas trop.

Puis, il salua Connor et Rurik d'un signe de tête et se dirigea vers la porte. Juste au moment où il allait l'ouvrir, Connor le rappela :

— Tavis, y a-t-il autre chose dont tu aurais besoin de me parler ?

Tavis les regarda l'un après l'autre. Qu'est-ce que cela signifiait ? De quoi aurait-il dû lui parler ?

— Non, Connor. Rien d'autre.

Le laird hocha la tête et le laissa partir. Alors qu'il descendait les marches, il tomba sur Jocelyne qui l'attendait. Elle semblait ne pas avoir décoléré. Elle se mit à lui poser une avalanche de questions plus incompréhensibles les unes que les autres puis sembla se raviser. Il ne l'avait jamais vue dans un tel état. Enfin, elle secoua la tête d'un air résigné et monta les marches quatre à quatre.

Décidément, tout le monde semblait sur les nerfs au château. Les projets de mariage avaient-ils été pris en défaut ? Ou bien c'était l'accord avec les Murray ? Ou alors il se passait quelque chose d'autre dont il n'était pas au courant ? Peu lui importait, au fond. Il avait encore des choses à régler avant la décision finale de Connor.

Comme il quittait le château, Tavis se promit d'essayer de passer une bonne nuit car il n'avait pas fermé l'œil la veille. Un garçon l'interpella alors qu'il traversait le village. Il avait un message pour lui. Gunna, la sage-femme, voulait lui parler. Elle avait précisé qu'il devait passer la voir très rapidement, car elle devait partir assister une femme qui était sur le point d'accoucher et celle-ci habitait une ferme située à quelque distance.

Que lui voulait Gunna ? Etait-ce l'œuvre de Ciara ? C'était elle qui lui avait conseillé d'aller voir la sage-femme, après tout. Mais comment diable les mots d'une parfaite étrangère parviendraient-ils à le libérer de la culpabilité qui le rongeait depuis la mort de Saraid ? Ciara elle-même n'y était pas parvenue…

Tavis remercia le garçon de lui avoir communiqué le message et décida de l'ignorer purement et simplement. Il n'en pouvait plus de ressasser le passé. Pourquoi irait-il encore remuer toute cette souffrance ?

Si Ciara ne lui en avait pas parlé la veille, il n'aurait même jamais su que Saraid avait fait appel aux services de la vieille femme. Elle n'était enceinte que de quelques mois à l'époque et n'avait pas encore besoin d'une sage-femme. Elle était en bonne santé par ailleurs et n'avait pas de problèmes particuliers. Alors, pourquoi était-elle allée consulter Gunna ?

Bon sang ! Cela ne l'amènerait nulle part de rester planté là à retourner le problème dans tous les sens. S'il allait parler à la vieille femme, elle lui confirmerait au moins qu'il ne s'était pas trompé sur l'état de santé de Saraid.

Tavis traversa le village au pas de course. Il passa devant la maison d'Elizabeth puis emprunta le chemin qui menait à la chaumière où la sage-femme vivait avec sa fille. Il frappa à la porte et s'annonça. La fille de Gunna allaitait son bébé et Gunna préparait ce dont elle avait besoin pour la naissance à laquelle elle allait prêter main-forte.

— Tavis, cela me fait très plaisir de te voir, lança Fia.

Le mari de Fia était un guerrier qui travaillait sous ses ordres. Un honnête homme.

— Tu as l'air en forme, Fia. Comment va le bébé ?

Il ne voyait qu'une petite tête couverte d'épais cheveux noirs, enfouie contre la poitrine de sa mère.

Elle caressa le crâne de son enfant et hocha la tête.

— Alpin se porte bien, répondit-elle.

Le prénom qu'ils avaient choisi le fit sourire.

— Tu veux que je t'accompagne, Gunna ? Je peux aller chercher un chariot, lui proposa-t-il.

Les premières fermes se situaient à une bonne distance et il lui faudrait un certain temps pour y aller à pied.

— Non, répondit-elle en secouant la tête, le mari de Nessa va m'envoyer un chariot d'ici peu. Viens avec moi, Tavis. Je dois le retrouver près de la rivière.

Il prit congé de Fia et sortit en compagnie de Gunna. Il lui prit son énorme sac et le porta sur son épaule. Ils firent quelques pas avant qu'il ne demande :

— Pourquoi m'as-tu fait venir ? Je peux faire quelque chose pour toi ?

— Tu es un bon gars, dit-elle en lui tapotant le dos, non, je n'ai besoin de rien. Seulement, en voyant Ciara l'autre jour, je me suis souvenue que nous ne nous étions jamais parlé depuis le décès de ta chère épouse.

— Pour être tout à fait honnête avec toi, je ne savais même pas qu'elle avait fait appel à toi, Gunna. Elle n'était enceinte que de cinq mois à sa mort.

— C'est vrai, dit-elle en lui montrant de la main la direction qu'ils devaient prendre.

Ils firent quelques pas, puis elle reprit :

— Sa grossesse l'inquiétait beaucoup. Ce n'était guère

étonnant. Sa propre mère avait perdu quatre bébés avant de réussir à mettre au monde ses trois filles. Et, par la suite, ses deux sœurs sont mortes en couches.

Tavis s'arrêta un instant, abasourdi. Saraid n'avait jamais voulu lui expliquer d'où venaient ses terribles inquiétudes... Elle ne lui avait rien dit ! Il comprenait mieux ce qui la tourmentait désormais. Ses propres sœurs étaient mortes en accouchant !

— Elle ne m'a parlé de rien, dit-il d'une voix faible.

— Elle ne voulait pas que tu le saches. A moi, elle m'a tout raconté. Est-elle tombée de cheval ? Est-ce ainsi qu'elle est décédée ?

— Je l'ai trouvée en rentrant de Dalmally après avoir accompli une mission pour le compte du laird. Elle saignait abondamment et m'a dit que ses douleurs avaient commencé la veille.

Il ne donna pas de détails sur le reste et ne dit rien de son rôle dans la débâcle.

— Je lui avais dit qu'elle risquait de le perdre. Je lui avais conseillé de ne pas faire d'efforts et de ne rien porter, dit Gunna.

— Je n'en savais rien, murmura-t-il de nouveau.

— Certaines femmes ne sont pas faites pour porter des enfants, tu sais. Et ta Saraid en faisait partie. Elle le savait, mais elle voulait tout de même essayer pour toi.

La voix brisée, Tavis parvint toutefois à articuler :

— Est-ce que j'aurais pu faire quelque chose ?

— Oh ! non, dit-elle d'un air lugubre. C'était la volonté de Dieu. Même si j'avais été à ses côtés lorsque les douleurs ont commencé, je n'aurais pas pu la sauver. Et, à ce stade, l'enfant n'aurait pas survécu lui non plus.

C'était exactement ce qu'avait dit Ciara. Il n'aurait rien pu faire. Rien n'aurait pu sauver Saraid.

Pourtant, cela n'atténuait en rien son sentiment de culpabilité. Saraid était morte seule, abandonnée, terrifiée et elle avait souffert le martyre alors que lui galopait, en proie à la colère. Cela faisait maintenant des années qu'il regrettait ce qu'il avait fait. Des années que la culpabilité le rongeait. Il l'avait tuée, un point c'est tout.

Tavis aurait tellement voulu être à ses côtés, pour apaiser ses craintes et la porter dans ses bras plutôt que de la laisser allongée sur le bord de la route, seule pendant des heures. Le temps pour lui de la ramener chez eux, elle n'avait déjà plus toute sa tête. Le guérisseur était passé et lui avait donné une potion pour lutter contre la douleur, mais il n'y avait plus rien à faire pour arrêter l'hémorragie qui avait fini par lui coûter la vie.

« Si jamais il m'arrive quelque chose, tu dois continuer à vivre ta vie. » Les mots que Saraid avait si souvent prononcés au début de leur mariage, puis dans son rêve, lui revinrent soudain à la mémoire. Seigneur, elle savait ce qui allait arriver ! D'une manière ou une autre, elle savait ! Elle l'avait prévenu, mais il n'avait pas compris.

Sous le choc, Tavis sentit sa respiration se bloquer. Son esprit était vide, incapable de fonctionner. Lorsqu'il se rendit compte qu'il n'avançait plus, il regarda autour de lui et comprit que Gunna était partie. Il leva la tête et aperçut au loin un chariot. Il ne l'avait même pas vue partir…

Tavis avait besoin de réfléchir à tout cela mais il ne savait pas où aller. Et il lui était impossible d'aller voir la seule personne à qui il avait envie de parler. Ciara savait ce qui était arrivé. Et elle lui avait indiqué dans quelle direction regarder pour découvrir la vérité et l'accepter. Elle l'avait libéré de son passé.

« Je sais qu'il est trop tard pour nous deux… »

Lui apprendre la vérité ne lui apportait aucun bénéfice, elle l'avait fait pour lui. Elle avait été une meilleure amie pour lui qu'il ne l'avait été pour elle, en dépit de la protection qu'il lui avait apportée lorsqu'elle était enfant.

Quelle femme admirable ! Elle l'aimait suffisamment

pour l'aider à se libérer de son passé et le laisser partir. Elle avait voulu lui faire comprendre que ses manquements envers une femme ne signifiaient pas pour autant que cela se répéterait. Et pourtant, il l'avait laissée tomber, elle aussi.

Tavis rentra chez lui, la mort dans l'âme. Les fantômes du passé le hantaient toujours. Comment parviendrait-il à réparer une vie où tout était allé de travers ? N'était-il pas trop tard pour corriger ses fautes et apprendre de ses erreurs passées ? Soudain, il se rendit compte que sa dernière sculpture, celle qu'il avait promis de lui faire, avait disparu de l'étagère de la cheminée.

Encore faible, assourdie, une lueur d'espoir s'alluma en lui.

Jamais Ciara n'aurait pensé que le plaisir pouvait autant faire souffrir… Tout son corps était endolori.

Ou peut-être avait-elle simplement cette impression parce qu'elle avait dormi contre un mur, enveloppée uniquement d'un châle ? Et voilà que son estomac se mettait de la partie. Elle n'avait rien avalé depuis la veille. Et elle avait fait beaucoup d'exercice depuis… Il était temps de rentrer chez elle.

Il faisait encore sombre dehors. Ses jambes étaient engourdies. Comme elle se demandait si elle s'était réveillée avant l'aube, elle s'aperçut que le soleil était déjà levé mais que de gros nuages noirs obscurcissaient le ciel. Elle entendit le tonnerre, au loin.

Ciara n'aurait jamais soupçonné le plaisir que certaines parties de son corps pouvaient lui donner. L'extase dont parlaient parfois les femmes en chuchotant n'était plus un mystère désormais. Tavis avait éveillé son corps, l'avait initié à de merveilleuses sensations. Cela l'avait profondément bouleversée. Il lui suffisait de repenser aux caresses intimes qu'il lui avait prodiguées, pour que la sourde pulsation se réveille entre ses cuisses. Ses seins durcissaient au seul souvenir de ce que la bouche de Tavis leur avait fait…

Arrivée à la chaumière de ses parents, elle se précipita dans sa chambre pour aller cacher le cœur de bois dans sa malle et prit ensuite le petit déjeuner en famille. Lorsqu'elle déclara qu'elle avait décidé de passer cette dernière journée avec eux, les yeux de sa mère se remplirent aussitôt de larmes et sa sœur lui demanda si elle pouvait lui prendre sa chambre maintenant qu'elle devenait l'aînée. Profondément émue, Ciara voulait profiter de chaque instant, car bientôt, très bientôt, ces moments ne seraient plus que de lointains souvenirs, lorsqu'elle vivrait loin d'ici…

Marian avait préparé son porridge préféré et lui avait exceptionnellement permis d'y ajouter des tonnes de crème. De son côté, son père les avait rejoints et s'était attardé plus longtemps que d'habitude. Ciara se demanda s'ils pouvaient deviner qu'elle était différente à présent. Elle, elle se sentait si différente… Elle était une femme désormais, alors qu'elle n'était encore qu'une jeune fille la veille au soir.

Après le petit déjeuner, tout le monde partit vaquer à ses occupations. Ciara se mit en devoir de préparer ses bagages. D'abord le nécessaire dont elle aurait besoin pour la nuit de noces qu'elle allait passer dans une chambre au château. Puis ensuite, les malles qu'elle allait emporter avec elle lorsqu'elle irait s'installer chez James. Elle se retrouvait dans la même situation que quelques semaines plus tôt. Elle hésitait beaucoup sur ce qu'il fallait emporter et ce qu'il fallait laisser. A la différence près que, cette fois, ce qu'elle n'emportait pas resterait définitivement dans cette chambre. Elle caressait les jouets de bois du bout des doigts lorsque sa mère entra. Ciara ne s'était même pas rendu compte qu'elle était en train de pleurer en silence. Voyant son désarroi, sa mère lui toucha doucement l'épaule et la prit dans ses bras.

— Allons, allons, ma chérie, essaya-t-elle de la réconforter. Tu auras bientôt tes propres enfants, et si tu tiens vraiment à ce qu'ils jouent avec ces animaux de bois, je pourrai toujours te les envoyer, tu sais.

— Je ne sais pas vraiment pourquoi je pleurniche comme cela, maman. Ce n'est pas comme si je ne m'y étais pas préparée. Je savais bien que ce jour allait finir par arriver.

— Savoir quelque chose et en faire l'expérience sont deux choses bien différentes.

Ciara se dégagea de l'étreinte de sa mère et la regarda droit dans les yeux.

— Je ne sais pas comment tu as fait, maman. Tu as endossé de telles responsabilités à ma naissance. Tu as accepté de t'occuper de moi. Puis tu as épousé papa, tu as débarqué dans un nouveau village, un nouveau clan et tu as commencé une nouvelle vie.

— Ce n'était pas difficile, Ciara. Parce que j'ai épousé un homme bien. Toi aussi, tu verras.

Ciara pensa alors à Tavis, l'homme qu'elle n'allait pas épouser, et ne trouva rien à répondre. Sa mère lui caressa le dos et se mit à lui démêler les cheveux de ses longs doigts. Les gestes tendres de sa mère lui manqueraient tant…

— Tu es en paix avec ce mariage ? demanda Marian.

— Oui. Beaucoup de bonnes choses en résulteront.

Sa mère l'embrassa sur la joue.

— Eh bien, il faut t'habiller maintenant, car il y a encore beaucoup à faire. Nous devons aider Jocelyne pour les derniers préparatifs.

Lorsque sa mère sortit de la chambre en fermant la porte derrière elle, Ciara avait le regard fixé sur les animaux de bois. Tavis irait-il parler à Gunna ou resterait-il enlisé dans son chagrin et sa culpabilité ? Avait-il seulement remarqué que le cœur avait disparu de son étagère ?

Une fois prête, Ciara se rendit au château et y passa une bonne partie de la matinée, en compagnie de James. Lui aussi participait aux préparatifs pour la fête du mariage. Il se montrait d'ailleurs plutôt enthousiaste mais lord et lady Murray, eux, n'avaient pas l'air ravis. Ils devaient certainement penser que c'était une occupation réservée aux domestiques… Du reste, ils sortirent bientôt prendre l'air. Ils refusaient sans doute de voir leur fils s'acquitter de tâches ingrates à leurs yeux. Ou peut-être craignaient-ils de se faire embaucher de force ?

Pour sa part, Ciara avait compris depuis de longues années qu'elle était absolument incapable de rester assise pendant des heures à coudre, broder ou encore lire des livres de prières à voix haute. Enfin, toutes ces activités réservées à la gent féminine. Elle avait, certes, toutes les aptitudes nécessaires pour effectuer de telles œuvres mais aucune patience. Elle préférait monter à cheval, aller se promener, débattre avec son père ou jouer aux échecs avec sa mère.

Aussi, en voyant que lord Murray et sa femme avaient l'air aussi attachés à leurs principes rigides, Ciara prit peur. Réussirait-elle à modifier son comportement lorsqu'elle vivrait sous leur toit ? Tiendraient-ils compte de l'éducation particulière qu'elle avait reçue ? Son avenir s'annonçait sous des auspices inquiétants.

A la mi-journée, tout le monde se retrouva au château pour un repas léger, puisque les cuisiniers étaient en train de préparer les rôtis, les ragoûts, les poissons et les desserts qu'ils allaient servir après la cérémonie de mariage. Ciara était installée à côté de James. Visiblement gêné, celui-ci ne pipait mot depuis qu'il avait entendu quelques réflexions légères à leur adresse. Pourtant, il y en aurait bien d'autres et plus grivoises encore, pendant la fête ! De son côté, Ciara s'y était préparée.

Comme malgré elle, ses yeux se portèrent vers la tour carrée où se trouvait leur chambre de noces. Elle savait que sa mère l'avait déjà préparée avec l'aide de lady Murray.

Elles avaient sans doute mis de jolis draps et ajouté d'autres agréables surprises, si elle interprétait le clin d'œil que sa mère lui avait adressé un peu plus tôt.

Plus tard dans la journée, lorsque tout fut enfin prêt, Ciara descendit au village avec sa mère et Elizabeth.

— Tu veux bien passer la nuit avec moi, Elizabeth ? J'aimerais beaucoup profiter de ta compagnie pour cette dernière nuit, demanda Ciara comme elles arrivaient à la croisée des chemins.

— Du moment que vous ne passez pas toute la nuit à papoter et à rester éveillées, intervint sa mère.

— Je… Je ne peux pas, bredouilla Elizabeth, le regard fuyant. On a besoin de moi à la maison. Pardonne-moi, Ciara, murmura-t-elle encore d'une voix tremblante.

Sidérée, Ciara la serra dans ses bras et secoua la tête, impuissante face à la violence de l'émotion de son amie.

— Il n'y a rien à pardonner, voyons. Nous passerons beaucoup de temps ensemble quand nous vivrons dans le comté de Perth, toutes les deux, Elizabeth. Ce n'est pas la peine de te tourmenter pour cette nuit.

Elizabeth hocha la tête tristement puis partit sans ajouter un mot.

— Les mariages et les enterrements font souvent ressortir le meilleur et le pire chez chacun d'entre nous, Ciara. L'émotion est toujours à son comble en de pareils moments, la rassura sa mère.

De toute façon, Ciara n'était nullement fâchée contre Elizabeth. Elle pensait à Tavis… Elle avait passé la journée à espérer qu'il irait parler à Gunna. Elle avait espéré qu'il… Allons, tout cela n'avait plus d'importance désormais, la nuit tombait déjà et il ne s'était pas manifesté.

Ciara ne devait regarder que vers l'avenir désormais. Ses vêtements étaient soigneusement pliés au fond de ses malles. Elle était prête pour le voyage vers Perth et vers sa nouvelle vie auprès de James… Ne restait que le petit cœur de bois que Tavis avait sculpté en pensant à elle et dont elle ne savait que faire. D'un côté, elle avait envie d'écouter ce que son instinct lui dictait et de l'emmener avec elle. Mais la voix de la raison lui soufflait qu'il n'était pas sain de s'accrocher désespérément au passé… Mieux valait laisser ce souvenir sur l'étagère.

Tavis avait été son premier ami et elle ne l'oublierait jamais. Cependant, il était plus que temps de le reléguer dans le passé.

En dépit de ses bonnes résolutions, toutefois, Ciara sentait la colère monter en elle. Elle avait terriblement envie de taper du pied, tant la rage l'étouffait. Comment pouvait-il lui faire une chose pareille ? Il allait la laisser partir une nouvelle fois…

Elle s'éloigna brusquement de l'étagère où s'étalaient tous ses souvenirs et prit une profonde inspiration. Elle devait maintenant abandonner tout espoir. Il n'y aurait jamais rien entre eux… Il fallait l'oublier, sinon ce n'était pas une paisible vie conjugale qui l'attendait mais un mariage plein d'amertume ! Saurait-elle le chasser de ses pensées à l'avenir ou continuerait-il à venir la hanter ? Elle voulait tant croire que le temps finirait par faire son œuvre.

Sa mère et sa sœur, qui avaient probablement senti à quel point elle était nerveuse, vinrent la rejoindre dans sa chambre un peu plus tard, pour discuter un moment avec elle. Leur présence affectueuse lui fit regretter l'absence d'Elizabeth.

Elle sentait bien qu'il se passait quelque chose chez son amie. Elle devrait avoir une petite conversation avec elle le lendemain matin pour éclaircir les choses. Ciara avait beau essayer de se souvenir si elle avait dit ou fait quelque chose qui aurait pu blesser son amie, rien de spécial ne lui revenait à la mémoire. Peut-être que sa mère avait raison, après tout… Les mariages faisaient souvent surgir toutes sortes d'émotions contradictoires.

Marian lui avait apporté une tasse de vin très chaud, agrémenté d'un peu d'alcool fort pour l'aider à dormir. Ciara ne fit aucun commentaire et but à petites gorgées pendant que sa mère la bordait sous ses couvertures une toute dernière fois.

Ciara ne saurait jamais si c'était le breuvage ou son cœur en effervescence qui en avait été à l'origine, mais sa nuit fut marquée par une succession de rêves plus merveilleux les uns que les autres. Dans ses songes, la nouvelle vie qui l'attendait était un véritable enchantement. Elle rêva de ses noces, de la fête, de la nuit de noces et même de son premier enfant. Les rêves s'étaient succédé et avaient tous été source d'une immense joie.

Pourtant, lorsque Ciara se réveilla le lendemain matin au lever du soleil, elle plaqua ses mains sur sa bouche pour retenir un cri d'horreur… Le mari idéal qui l'avait accompagnée dans ses rêves n'était pas celui qu'elle allait épouser dans quelques heures…

Tavis avait hanté ses rêves et c'était avec James qu'elle allait se présenter devant l'autel.

20

Sous le choc, Ciara entendait sa mère se déplacer dans la maison à pas feutrés, comme pour ne pas la déranger. Précaution inutile.

Son esprit était étrangement vide. La cérémonie était prévue aux environs de midi et les festivités se poursuivraient jusqu'à une heure avancée de la nuit. Or, Ciara avait pris la ferme résolution d'accomplir son devoir et elle allait s'y tenir. Elle devait bien cela à ses parents mais aussi aux MacLerie. Et maintenant qu'elle savait tout ce que sa mère avait abandonné pour s'occuper d'elle, épouser James était finalement bien peu de chose en comparaison.

Elizabeth n'était pas encore arrivée et Ciara commençait à trouver son retard inquiétant. Son amie devait normalement l'aider à se préparer avant de partir avec elle à l'église en compagnie de ses parents.

Bientôt, ce serait le grand départ. Tous les détails du voyage n'étaient pas encore réglés, mais les parents de James avaient émis l'idée de passer par Glasgow avant de rentrer chez eux. Trouverait-elle cela étrange de voyager aux côtés de son mari ? Un mari avec qui elle dormirait chaque nuit. Un mari dont elle devrait s'occuper le jour. Elle écoutait ses parents parler à voix basse et se demandait combien de temps il leur avait fallu pour tomber amoureux l'un de l'autre après leur mariage quelque peu précipité. Les sentiments qu'ils éprouvaient l'un envers l'autre semblaient si puissants. Ils paraissaient si soudés… Ils n'avaient probablement pas connu un départ laborieux.

Quand vint le moment de s'habiller pour la cérémonie, sa mère l'aida à enfiler la robe que la couturière avait apportée. Puis, elles ornèrent sa chevelure de fleurs. Son père se tenait près de la porte de sa chambre et les regardait en silence. Il avait les yeux brillants de larmes. Cela lui confirmait une nouvelle fois qu'elle avait fait le bon choix, songea Ciara.

Le bon choix pour tout le monde.

Il était temps de partir à l'église à présent. Ils passèrent d'abord chercher Elizabeth. Ciara ne se souvenait pas avoir modifié leurs projets, mais l'agitation avait été telle au cours de la semaine qui venait de s'écouler qu'elle avait peut-être oublié quelque chose. Cependant, en les voyant arriver, la mère d'Elizabeth se figea sur place, effroyablement pâle. Quelque chose ne tournait décidément pas rond dans cette histoire.

— Elizabeth est-elle prête, Edna ? demanda Marian.

Edna secoua la tête. Son regard passait nerveusement de l'une à l'autre.

— Je pensais qu'elle était avec vous ! Sa robe n'est plus là… Hier soir, elle est partie en disant qu'elle allait passer la nuit chez toi, Ciara. Elle a dit qu'en tant qu'amie, elle se devait d'apaiser tes craintes à la veille de ton mariage.

— Hier soir, elle m'a pourtant soutenu que vous aviez besoin d'elle lorsque je lui ai demandé de passer la nuit avec moi !

— Viens, Ciara, dit son père en lui pressant la main pour la rassurer, il faut y aller. Dès que nous serons à l'église, j'enverrai des hommes à sa recherche. Elle est peut-être tout simplement en train de t'attendre, nulle raison de s'inquiéter. Peut-être vous êtes-vous mal comprises dans l'excitation du moment.

Ciara acquiesça. Son père avait sûrement raison.

Elizabeth l'attendait à l'église. Tout irait bien. Son amie ne pouvait être absente lorsqu'elle échangerait ses vœux avec James, ensuite elle l'accompagnerait vers sa nouvelle demeure près de Perth, comme prévu.

Alors qu'ils s'approchaient de la muraille d'enceinte, Ciara s'aperçut que des gens s'étaient assemblés pour les saluer à leur passage. Ils lui souhaitèrent beaucoup de bonheur puis leur emboîtèrent le pas. Lorsqu'ils pénétrèrent dans la cour du château pour se diriger vers la petite église, une foule compacte s'était rassemblée derrière eux. Cela lui fit chaud au cœur. Même si elle n'était pas née ici, ils l'avaient tous acceptée et la traitaient manifestement comme l'une des leurs. Une joyeuse atmosphère régnait. Des petites filles distribuaient des fleurs et venaient toucher sa robe et ses cheveux, les yeux remplis d'admiration.

En chemin, Ciara ne put s'empêcher de jeter un regard vers le sentier qui menait à la maison de Tavis. Si ses parents l'avaient remarqué, ils se gardèrent de faire le moindre commentaire. En retenant un soupir de regret, Ciara reprit sa route vers l'église, vers son destin.

Ils venaient juste d'atteindre le porche de l'église quand la pluie se mit à tomber.

— Cela porte chance à la mariée s'il pleut le jour de son mariage, cria quelqu'un dans la foule.

Des rires fusèrent aussitôt car tout le monde savait bien qu'il y aurait forcément eu quelqu'un pour dire exactement la même chose si c'était le soleil qui avait été de la partie.

— Rentre à l'intérieur, Ciara, dit sa mère. La pluie finira bien par cesser.

Ciara laissa d'abord passer la foule puis entra dans l'église. Elle chercha Elizabeth des yeux, mais ne la vit nulle part.

— Elle n'est pas ici, papa, dit-elle tandis que Duncan parcourait également la foule des yeux, les sourcils froncés.

— Je vais aller voir le père Micheil et lui demander si

par hasard il ne l'aurait pas vue. Je vais également envoyer quelqu'un se renseigner au château.

Le regard inquiet que ses parents avaient échangé la rendait terriblement nerveuse. Elizabeth ne manquerait son mariage pour rien au monde. C'était impossible. Quelque chose l'en avait forcément empêchée.

S'était-elle trouvée mal ? Etait-elle en sécurité en ce moment même ?

Sa mère lui prit la main et la pressa doucement.

— Il va la trouver, ne t'en fais pas. Tout va bien se passer. C'est le jour des noces de ma fille bien-aimée. Pluie ou pas, Elizabeth ou pas, c'est un jour vraiment spécial pour toi et rien ne viendra gâcher cette journée. Je t'interdis de te faire du souci aujourd'hui, ma chérie, dit-elle en lui adressant un large sourire.

La pluie redoubla d'intensité dehors et Ciara attendit l'arrivée de James, emplie d'un sentiment de fatalisme morose. Ils allaient bientôt prononcer les mots qui les uniraient à jamais. Il allait s'occuper d'elle comme l'avaient fait son père et sa mère, avant lui. Ils feraient tous les deux leur possible pour vivre en harmonie. Tout irait bien…

Alors pourquoi avait-elle l'envie irrépressible de faire quelque chose de très embarrassant ? Pourquoi rêvait-elle de crier, de s'enfuir en courant et de défaire tous les arrangements et les accords passés entre les deux clans ? Pourquoi désirait-elle faire à présent ce que James lui avait expressément demandé de ne pas faire au jour de leurs noces ?

— C'est un sentiment de panique passager, ma chérie. Prends une profonde inspiration, cela va finir par passer, lui dit sa mère qui avait dû remarquer son trouble.

— Toi aussi tu as connu cela le jour de ton mariage, maman ? demanda-t-elle, tout en suivant les conseils que sa mère venait de lui donner.

— Bien sûr. Ton père n'avait pas la moindre idée de

ce à quoi il s'engageait en s'unissant avec ma famille. Il a été forcé de m'épouser sans savoir la moitié de ce qu'il aurait pourtant dû savoir.

— Forcé ? J'ai du mal à imaginer que l'on puisse forcer papa à faire quoi que ce soit !

— C'était pourtant bel et bien le cas. Il était lié par les mots et les contrats qu'il aime tant écrire habituellement. Il n'a eu d'autre choix que de m'épouser et de nous emmener toutes les deux.

— Les choses ont finalement bien tourné pour vous deux, dit Ciara en songeant qu'il n'y avait pas deux personnes au monde qui s'aimaient plus que ses parents.

— Oui, Ciara, tu as raison. Regarde ce que nous sommes devenus.

Sa mère savait y faire, à sa manière… Elle avait réussi à apaiser quelque peu ses craintes. Les choses allaient bien se passer entre James et elle. Ils mèneraient certainement une vie très agréable… Ciara s'efforça de se concentrer sur ces pensées positives pendant les quelques minutes qui suivirent.

Mais elle commençait à vraiment s'inquiéter à présent, car Elizabeth n'était toujours pas arrivée, pas plus que les Murray. Et son père n'avait pas réapparu, lui non plus.

Les gens qui attendaient dans l'église commençaient également à s'impatienter car ils avaient compris qu'il se passait quelque chose d'anormal. Des questions et des murmures s'élevaient désormais de toutes parts.

Puis, alors qu'elle regardait une nouvelle fois en direction de la porte restée ouverte, Ciara crut être victime d'une hallucination. Rêvait-elle ? Là-bas, à l'entrée de l'église, elle distinguait la silhouette du seul homme qu'elle ne s'attendait pas à voir le jour de son mariage.

L'homme qui lui avait expliqué qu'il ne pourrait pas venir, parce que c'était au-dessus de ses forces.

Tavis.

Il se tenait sous la pluie à mi-chemin entre l'église et les portes du mur d'enceinte, au milieu d'une conversation visiblement très animée avec Duncan.

Que se passait-il donc, à la fin ? Elle voulut aller voir quel était le sujet de leur dispute mais sa mère l'en empêcha.

— Ciara, c'est James que tu vas épouser. Laisse ton père s'occuper de ses affaires avec Tavis.

Hélas, Ciara ne pouvait détacher son regard de la scène. Sa mère dut sentir son trouble car elle l'entraîna un peu plus loin à l'intérieur de l'église. Loin des portes. Loin de Tavis. Le cœur de Ciara se serra douloureusement.

— Viens, assieds-toi, le père Micheil a fait apporter une chaise pour toi en attendant que la tempête se calme.

Ciara n'avait pas le choix. Elle n'allait quand même pas repousser sa mère et s'enfuir ? Quel bien en découlerait-il ? James lui avait bien précisé qu'il n'avait pas envie de se retrouver humilié le jour de son mariage. Avait-il deviné que cela risquait d'arriver ? Elle secoua la tête, atterrée. Pour retrouver un semblant de calme, elle fit le vide dans son esprit et se répéta que c'était elle et elle seule qui avait choisi cette voie. Et elle avait donné sa parole. Son estomac se contracta violemment mais elle devait continuer à patienter.

Sauf que c'était trop lui demander. Elle n'était pas patiente ! Soudain, elle explosa.

— Que se passe-t-il à la fin ? Où est James ? Ses parents devraient être là à l'heure qu'il est !

— Je ne sais pas, ma chérie. Je vais aller voir ton père pour comprendre ce qui se passe.

Sa mère avait enfin compris que sa patience avait atteint ses limites et qu'elle risquait de ne plus attendre très longtemps son futur mari si on ne lui disait pas ce qu'il se passait. Marian appela sa sœur auprès d'elle et la chargea de rester aux côtés de Ciara. De nombreuses personnes la questionnèrent à son passage, hélas, Ciara n'entendait pas ce qu'elle leur répondait. A peine était-elle sortie que l'assemblée se mit à jacasser tout en regardant vers la porte.

Croyant que James et ses parents étaient enfin arrivés, Ciara se leva. Comme elle ne tenait plus en place, elle décida de rester debout en attendant le retour de ses parents. Tavis se tenait maintenant dans l'encadrement de la porte et continuait à échanger des propos plutôt vifs avec son père. Un grand silence régnait dans l'église à présent. Tout le monde était suspendu à leurs lèvres. Enfin, Ciara put entendre ce qu'ils se disaient.

— Ne fais pas cela, Tavis, dit Duncan comme pour le mettre en garde. Il y a trop de choses en jeu. Pour Ciara et pour le clan aussi.

— C'est à elle de décider, Duncan, répondit-il suffisamment fort pour être entendu de tout le monde.

A elle de décider ? Qu'était-il en train de fabriquer, au juste ?

Tavis se fraya un passage vers elle à travers la foule compacte qui s'était massée autour de lui. Ses parents le suivaient de très près. Apparemment, personne au sein du clan MacLerie n'allait manquer l'occasion d'entendre leur conversation. Cela alimenterait certainement les cancans pendant des mois…

— Les papiers sont déjà signés, Tavis. D'un point de vue légal, elle est quasiment mariée avec James Murray, argumenta encore Duncan. Arrête, je t'en prie, tu vas lui briser le cœur en faisant cela, ajouta-t-il en tirant Tavis par la manche pour le retenir.

— En faisant quoi, papa ? demanda-t-elle en se précipitant à leur rencontre.

Sa mère murmura alors quelque chose à l'oreille de son père mais, excédé, il la repoussa et s'interposa carrément entre Tavis et elle.

— Le laird lui-même soutient ce mariage. Es-tu prêt à te faire exclure du clan pour Ciara ?

Ainsi, il… Tavis voulait… Impossible !

— Oui, si elle veut de moi.

Brusquement bouleversée, Ciara leva les yeux vers lui. L'amour y brillait, limpide, sans trace des ombres du passé. Elle n'y lut plus ni culpabilité, ni souffrance. Devait-elle croire un tel miracle ? Si seulement elle l'osait…

— Tavis, que se passe-t-il ?

Ciara se pressa les mains l'une contre l'autre, prête encore à entendre ce qu'il avait à lui dire, avant de disparaître de sa vie pour toujours.

— Tu avais raison, Ciara. Sur tant de choses !

— En voilà un qui sait comment parler aux femmes ! lança quelqu'un.

Tout le monde se mit à rire mais le visage de Tavis s'était assombri. Il semblait extrêmement grave à présent.

— Tu es la femme qu'il me faut.

Puis il s'interrompit, comme s'il essayait de se souvenir de ce qu'il voulait dire. Ciara était bien trop abasourdie pour prononcer le moindre mot.

— Tu es une femme éduquée, tu sais lire et écrire dans cinq langues et tu t'y connais en négociations. Tu as de nombreux talents et possèdes de solides connaissances dont bien des hommes n'ont même jamais entendu parler. Tu es intelligente et vive d'esprit.

C'était, mot pour mot, ce qu'elle lui avait dit pour le convaincre de l'épouser lors de cette fameuse nuit. Cette nuit qui s'était achevée dans la souffrance et l'humiliation.

Cependant, Tavis n'avait pas fini.

— Et tout cela m'importe peu. Seul compte ton amour. Et tu m'aimes, Ciara. Je sais que tu m'aimes. Tout comme moi, je t'aime, dit-il, un large sourire aux lèvres.

— Tavis, ce n'est pas uniquement une question d'amour, intervint Duncan.

— Oui, je sais, il y a aussi tous ces traités, répliqua-t-il en grognant. Et je serai proscrit pour l'éternité parce que j'ai interféré avec les affaires du laird.

Tavis se tourna brusquement vers Marian et Duncan.

— Duncan, tu as toi aussi été confronté à ce genre de décision. Souviens-toi. Tu aurais pu te détourner de Marian à l'époque. Est-ce que la menace de tout perdre, dit-il en montrant de la main les MacLerie, t'a empêché de lui demander sa main ?

Ses parents échangèrent rapidement un regard. Apparemment, ils comprenaient parfaitement la démonstration qu'il leur faisait. Ciara retint un sourire, n'osant pas encore croire à son bonheur. Tavis se retourna vers elle.

— Ciara, tu m'as aidé à y voir plus clair et j'ai compris les erreurs que j'ai commises dans le passé. Mais la foi que tu as en moi m'a également montré que je peux devenir un homme meilleur, à l'avenir. Je veux que tu sois mon avenir, Ciara. Mon cœur t'appartient déjà. Veux-tu du reste ?

Elle sourit. Il venait de lui faire savoir qu'il avait remarqué la disparition du cœur en bois qu'il lui avait sculpté. Au moment où elle allait lui répondre, son père l'interrompit :

— Ciara, réfléchis bien, je t'en prie. Si tu acceptes d'épouser Tavis, tu risques de tout perdre. Le laird peut très bien décider de vous envoyer en exil ou même demander que Tavis soit exécuté pour haute trahison ! Et qui peut dire comment les Murray réagiront ? Ils pourraient parfaitement nous faire une déclaration de guerre. Tout cela en vaut-il vraiment la peine, Ciara ? Réfléchis sérieusement aux conséquences de tes actes avant de prendre ta décision, dit-il d'un ton très solennel.

Elle se contenta de regarder ses parents l'un après l'autre et ils comprirent aussitôt.

— A toi de me le dire, maman ? demanda-t-elle. Finalement, cela en valait-il la peine ?

Les yeux de sa mère se remplirent aussitôt de larmes.

Cependant, Marian arborait aussi un large sourire… Elle hocha la tête.

— Cela en valait vraiment la peine, ma chérie, murmura-t-elle en prenant la main de Duncan, et cela en vaut toujours la peine.

Bien sûr ! Ciara l'avait toujours su ! L'amour valait toujours la peine d'être vécu, même si le prix à payer était parfois très élevé. C'était son amour qui lui avait permis de toujours garder espoir, songea Ciara. Malgré tous ses devoirs envers sa famille et son clan. Malgré son sens de l'honneur et toutes les responsabilités qui lui incombaient. Pouvait-elle maintenant refuser ce dont elle avait toujours rêvé ? Et à quoi bon ?

— Je veux t'épouser, Tavis, murmura-elle.

Mais tout le monde l'avait entendue. Ces mots provoquèrent immédiatement un chahut du diable dans l'assemblée. Les MacLerie se mirent à les acclamer et Tavis finit par la prendre dans ses bras pour l'embrasser. Et ce ne fut guère un baiser poli. Son étreinte lui fit comprendre qu'il en exigerait davantage plus tard…

Toujours prudent, Duncan tint à ramener leur attention sur les réalités qui les attendaient.

— C'est au laird de prendre une décision, Ciara. Les choses ne sont pas aussi simples. Tu ne peux pas te délier de tes engagements sans son accord.

— Trouve un moyen, alors, Duncan. C'est toi le conciliateur, lança Tavis. Allons voir Connor et attendons sa décision, dit-il en prenant fermement Ciara par la main.

Il était visiblement décidé à ne plus la laisser partir. Et cela l'enchantait…

— Je ne laisserai pas un autre homme épouser ma femme. Pas de mon vivant, jura-t-il en l'embrassant sur la main tout en se dirigeant vers la porte.

— Le laird ! hurla quelqu'un. Connor arrive !

L'information se répercuta tout le long de l'église. Ils

allaient apparemment être fixés sur leur sort plus vite que prévu. La foule laissa passer Connor, Jocelyne et Rurik. Les Murray les suivaient à quelque distance mais James n'était pas avec eux.

Où diable était-il passé ?

Le laird se dirigea immédiatement vers le père Micheil et demanda à lui parler en privé. Ciara ne parvenait pas à entendre leur conversation. Tout ce qu'elle voyait, c'étaient des poignées de main et des hochements de tête. Sidérée, elle comprit que tous fuyaient son regard. Jocelyne. Lord et lady Murray. Aucun d'entre eux n'osait la regarder en face. Se doutaient-ils de quelque chose ? Ils allaient être mortifiés… Qui accepterait de subir une telle humiliation ? Devant tous les MacLerie, en plus ! Pour l'heure, étrangement, c'étaient eux qui semblaient extrêmement mal à l'aise…

Au même moment, Connor appela ses parents et les Murray pour leur parler.

Son père allait-il évoquer la proposition de mariage que Tavis venait de lui faire ? Allait-il prendre leur défense et négocier en leur nom auprès du laird ? Ses mains tremblaient. Tavis lui passa le bras autour de la taille pour la réconforter. Aussitôt, une chaleur rassurante se propagea dans tout son corps. Elle avait fait le bon choix, elle n'avait aucun doute à ce sujet. Et elle ne changerait pas d'avis, même si cela signifiait qu'elle devait quitter Lairig Dubh pour toujours.

Le laird s'éclaircit la gorge pour réclamer le silence. Le sort en était jeté.

— Je t'aime, Ciara, lui murmura Tavis. Je ne te remercierai jamais assez de m'avoir ouvert les yeux avant qu'il ne soit trop tard et de m'avoir fait comprendre que je ne pouvais pas vivre sans toi.

— Que va-t-il décider, Tavis ?

Tavis connaissait le laird mieux qu'elle, mais la situation

était complexe... Ils avaient commis un outrage en ne respectant pas ses ordres. Allait-il leur pardonner ? Ou allait-il les punir tous les deux pour avoir osé défier son autorité ? Difficile à dire...

Connor se tenait très droit. Il parcourut la foule des yeux puis fixa son regard sur elle. Il secoua la tête, les lèvres pincées. Cela n'augurait rien de bon. Ciara sentit son courage vaciller.

— La situation est grave, commença-t-il. Nous avions engagé d'honnêtes négociations avec les Murray et avions conclu un accord qui faisait d'eux nos alliés. Et au moment même où nous allions unir nos deux clans par les liens sacrés du mariage, nous apprenons qu'un acte ignoble a été perpétré à notre encontre.

Ces mots la firent frémir. Jamais Ciara n'avait entendu Connor parler avec une telle gravité et cela la terrifia. Ils étaient condamnés. La décision que Tavis et elle avaient prise était fondée uniquement sur leurs sentiments, lesquels menaçaient à présent de provoquer une guerre !

— Monseigneur..., l'interrompit lord Murray en s'avançant vers lui.

Mais Connor l'interrompit d'un geste autoritaire.

— Le contrat de mariage a été négocié avec une impartialité totale et une dot vous a été accordée, lord Murray. Notre accord stipulait que votre fils devait épouser l'une des nôtres. Cela ne peut être contesté par personne.

De plus en plus étonnée, Ciara prit appui contre Tavis. Connor semblait cette fois s'en prendre au père de James. Mais pourquoi ? Et où était James ? Il aurait dû être présent.

— Monseigneur, je ne le conteste pas. Mais je n'avais aucune idée de ce qui se tramait derrière mon dos. Nous ferons toutes les concessions que vous nous demanderez, mais, je vous en prie, permettez que cette affaire se règle pacifiquement.

Ciara dévisagea alors lord Murray et s'aperçut qu'il

semblait encore plus effrayé qu'elle ne l'était. Pourquoi craignait-il la colère du laird ? Complètement déroutée, elle s'écarta un peu de Tavis et demanda :

— Lord Murray ? Que s'est-il passé ? Lady Murray, où est James ?

— Nous ne nous doutions de rien, Ciara. Nous n'avions aucun moyen de savoir qu'il agirait de la sorte, mon enfant, je vous le promets, répondit-elle d'une voix pleine de regrets.

— Que voulez-vous dire ? demanda-t-elle, de plus en plus confuse.

— Ciara, le jeune James Murray s'est déshonoré et a également souillé l'honneur de sa famille aujourd'hui, expliqua Connor.

— James ne ferait jamais une chose pareille, répliqua-t-elle. C'est un homme d'honneur et il était très investi dans ce mariage. Il me l'a dit. Il m'a aussi demandé mon consentement. C'est moi qui…

Connor leva la main pour l'interrompre.

— Ciara, je suis au regret de devoir t'informer que ton fiancé, leur fils, dit-il en désignant du menton les parents de James qui tremblaient de peur, a enlevé ton amie Elizabeth la nuit dernière avec la ferme intention de la forcer à un mariage clandestin. Il a laissé un message qui expliquait ses projets et a rompu le contrat qui te liait à lui.

Ciara resta bouche bée. Lady Murray perdit connaissance en entendant les mots terribles que Connor venait de prononcer. Lord Murray eut à peine le temps de la rattraper. Il l'allongea immédiatement au sol.

— Monseigneur, je vous en prie, écoutez-moi, implora-t-il alors que les domestiques venaient porter secours à son épouse.

Immobile, Ciara restait médusée. Elle regardait la scène en silence alors que Tavis lui pressait la main en souriant. Les choses ne pouvaient tout de même pas être aussi simples pour eux, si ?

— Nous ne voulons pas la guerre, monseigneur. Allons en parler en privé. Nous parviendrons bien à un accord. Je vous en prie, dit lord Murray en s'inclinant devant Connor.

Le laird réclama le silence, une nouvelle fois, avant de consentir.

— James, malgré son jeune âge, a eu le courage dont j'ai manqué, murmura Tavis à son oreille. Et Elizabeth ? Crois-tu qu'elle était consentante ?

Lentement, Ciara émergea de sa torpeur. Les choses prenaient enfin sens…

— Je pense qu'ils ont planifié cela ensemble, répondit-elle en pensant à tous les petits indices qu'elle n'avait pas correctement déchiffrés jusque-là.

James aimait quelqu'un d'autre, exactement comme elle, il avait été confronté au même dilemme. Les questions qu'il lui avait posées sur son consentement, sur tout le reste… Voilà où il voulait en venir !

Contrairement aux Murray, les MacLerie qui avaient assisté à la scène avaient tous compris comment les choses allaient se dérouler. Ciara, rompue aux arcanes de la négociation, savait encore plus précisément vers quelle conclusion ils se dirigeaient.

Connor jouerait la carte de l'offensé et Murray offrirait alors un meilleur traité que celui qui était initialement prévu. Pour atténuer l'outrage que son fils avait causé en se conduisant comme il l'avait fait, pour tenter aussi de calmer le tempérament volcanique de la Bête des Highlands, Murray ferait des concessions qu'il aurait refusées à grands cris quelques jours plus tôt seulement. Connor jouerait ensuite au grand seigneur magnanime et accepterait les nouveaux termes du traité, malgré la terrible offense qu'il avait dû subir. C'était couru d'avance ! Ciara sentit un éclat de rire monter en elle.

Pourtant… rien ne l'assurait encore que Connor leur permettrait de se marier, ni le prix qu'ils auraient à payer pour avoir agi comme ils l'avaient fait.

Tandis que son esprit tournait à plein régime, le laird sortit de l'église, suivi de ses plus proches conseillers. Beaucoup leur adressèrent des clins d'œil amusés en passant devant eux, visiblement enchantés de ce renversement de situation.

Plusieurs hommes soutenaient lady Murray pour la raccompagner dans sa chambre. Au passage, lord Murray s'arrêta devant Ciara et secoua la tête tristement.

— Je suis sincèrement désolé pour vous, ma chère Ciara. Je ne sais pas ce qui lui a pris. Jamais je n'aurais pu croire cela de James. C'est un tel déshonneur ! Comment a-t-il pu vous faire une chose pareille, vous abandonner au pied de l'autel ? C'est épouvantable. Vraiment épouvantable, ajouta-t-il en pressant le pas pour rattraper Connor.

— Je dois aller avec eux, dit Duncan.

— Je vais y aller aussi, renchérit Tavis, je vais parler à Connor.

— Non, Tavis. Mieux vaut que tu restes ici avec Ciara. Je vais essayer de découvrir ce qu'il compte faire de vous. Je me demande s'il était déjà au courant de ton intervention lorsqu'il est entré dans l'église…

Sans attendre de réponse, Duncan partit et demanda à Rurik de faire évacuer les lieux. De toute façon, l'église s'était vidée en moins de temps qu'il n'en fallait pour le dire. Bientôt, il ne resta plus qu'elle, Tavis et le père Micheil qui priait à genoux devant l'autel, apparemment imperturbable.

Ciara se laissa tomber sur une chaise, encore abasourdie par tout ce qu'elle venait d'apprendre. Il lui fallut quelques minutes pour remettre de l'ordre dans ses idées. Enfin, elle se tourna vers Tavis.

— Connor était-il au courant pour nous deux ? demanda-t-elle d'une voix inquiète.

— Il avait peut-être quelques soupçons. Ce n'est pas impossible qu'il se soit douté de quelque chose, admit Tavis avec un petit sourire satisfait. Je suis allé le voir tôt ce matin et je lui ai dit que j'avais besoin de son soutien.

— C'est vrai ? Enfin, Tavis, il aurait pu… Il aurait pu…

Toutes les éventualités tournoyaient dans sa tête. Et très peu d'entre elles finissaient bien. Que pouvait-il bien arriver à un homme qui avait désobéi à son laird et apportait le déshonneur à son clan ?

— Je n'aurais jamais laissé Connor entrer désarmé ou sans les armes appropriées sur un champ de bataille, Ciara. Je ne savais pas comment tout cela allait finir, certes, mais je comptais sur le soutien de Connor, comme il a bénéficié du mien pendant toutes ces années que j'ai passées à son service. Et puis, je lui ai promis fidélité et allégeance quelle que soit la décision qu'il prendrait à notre encontre.

— Tu es sûr de ce que tu fais ? demanda-t-elle.

— J'ai parlé à Gunna comme tu m'avais conseillé de le faire, murmura-t-il. Elle m'a dit la vérité sur ce qui est arrivé à Saraid. Je ne me doutais de rien, tu sais ?

— Ce n'était pas ta faute, répéta-t-elle en plongeant son regard dans le sien.

— J'étais tellement rongé par la culpabilité qu'il ne m'est même jamais venu à l'esprit d'aller interroger Gunna ou qui que ce soit d'autre pour obtenir des réponses.

Il lui baisa la main et secoua la tête.

— Je n'osais pas croire en moi avant que tu ne m'obliges à affronter mes peurs, ma douce.

Ciara sourit à travers ses larmes. Si elle ne s'arrêtait pas rapidement, son visage allait être ravagé comme chaque fois qu'elle pleurait !

— Mais que fais-tu de toutes tes autres objections ? Tu m'as parlé de mon éducation, de ma richesse, de mes talents et de je ne sais quoi d'autre encore. Sans oublier ton incapacité à m'aimer…

Tavis se mit à rire. De ce rire qu'elle adorait. Cela faisait si longtemps qu'il n'avait manifesté une telle bonne humeur !

— J'avoue que j'ai parfois été intimidé par toutes les choses que tu sais faire et dont je me sens tout à fait incapable.

— James m'a dit la même chose.

— Vraiment ? Quand cela ?

— Il y a quelques jours. Je pense qu'il réfléchissait à ce qu'il convenait de faire... Et alors, Elizabeth nous a interrompus.

— Je suis ravi que tu l'aies effrayé par tes innombrables talents, alors.

— Moi aussi. Crois-moi, je l'aurais fait plus tôt si j'avais su que cela fonctionnerait...

Les yeux dans les yeux, ils éclatèrent de rire. Qu'il était bon d'être enfin l'un à l'autre.

Tavis se sentait rayonner de bonheur. Il la serra fort dans ses bras et l'embrassa. Pas comme il l'aurait souhaité car ils se trouvaient tout de même dans la maison de Dieu. Mais le temps viendrait où il pourrait lui exprimer toute sa passion... Dès que tout serait réglé. Dès que le père Micheil les aurait mariés. Et peu importait la décision que Connor prendrait. Il comptait bien l'épouser avant la tombée de la nuit si c'était possible.

— Tu sais, je pourrais t'apprendre à lire et à compter, proposa-t-elle.

— On verra plus tard. Je veux d'abord me concentrer sur d'autres de tes talents, ma douce, dit-il en lui adressant un petit sourire coquin.

— Tavis ! Le père Micheil pourrait t'entendre ! murmura-t-elle d'une voix indignée, la main sur la bouche.

— Je pensais à tes prouesses aux échecs, voyons, dit-il

en lui faisant un clin d'œil. Mais à quoi pensais-tu donc, petite effrontée ?

A la vérité, il ne pensait plus à rien d'autre, à présent qu'ils avaient évoqué le sujet. Il lui tardait de la faire sienne, corps et âme.

Pendant de longues minutes, ils restèrent assis en silence, avec pour toute compagnie le père Micheil qui marmonnait des prières à voix basse. Tavis en profita pour adresser lui aussi quelques prières au ciel. Il ne voulait pas arracher Ciara à tous ceux qu'elle aimait. Mais il ne voulait pas non plus être à l'origine d'un conflit entre Duncan et Connor.

Il remercia le Tout-Puissant de lui avoir décillé les yeux pour lui faire découvrir la vérité. Il n'aurait rien pu faire pour sauver Saraid. Il n'était qu'un homme. Forcément faillible. Et il avait maintenant la chance de devenir un homme meilleur. Il serait le meilleur des maris pour Ciara.

Des bruits de pas résonnèrent dans l'église derrière eux. Le verdict allait tomber.

Tavis baisa la main de Ciara et se retourna, prêt à affronter leur destin. Ici ou ailleurs, il serait toujours à ses côtés.

21

Duncan et Marian remontaient lentement l'allée centrale. Tavis retint son souffle. Leurs visages étaient impassibles. Etait-ce bon signe ? Le prêtre interrompit ses prières et se releva pour se joindre à eux.

— Eh bien, Duncan, un compromis a-t-il été trouvé entre le laird et les Murray ? demanda le père Micheil.

— Oui, mon père, répondit Duncan.

Puis, il s'adressa à Tavis et Ciara :

— Lord Murray est absolument anéanti par ce que James a fait aujourd'hui, mais on peut dire que ce scandale sert très bien vos affaires. Si vous vous étiez manifestés plus tôt, je ne suis pas certain que Connor aurait permis que les choses se passent ainsi.

— Qu'a-t-il dit ? demanda Tavis.

— Comme lord Murray n'avait pas entendu la déclaration que tu as faite à Ciara tout à l'heure, Connor a réussi un véritable tour de passe-passe. Il a joué au patriarche bienveillant et compréhensif face aux faiblesses de la jeunesse. Il a accepté de rompre le contrat de mariage tout en exigeant de conserver les avantages qui étaient stipulés dans le contrat initial, à savoir l'accès aux ports de Perth et de Dundee.

Pourquoi faire cela ? Pourquoi tant de bienveillance ? s'étonna Tavis.

— Finalement, James a bien épousé une MacLerie, mais pas celle qui lui était promise. Aussi, Connor va constituer une dot pour Elizabeth dès qu'on les aura retrouvés et que leur mariage sera confirmé.

— Dis-moi, Duncan, le laird est-il très contrarié ? demanda Tavis.

— On peut dire qu'il l'est ! tonna Connor, qui venait d'entrer dans l'église.

Jocelyne le suivait de près ainsi que Rurik et son épouse.

— Contrarié que tu n'aies pas vu ce que tout le monde avait vu depuis des années, Tavis.

— Connor, je…

Puis il s'interrompit, car Connor n'avait pas du tout l'air en colère.

— J'ai laissé la peur et la fierté prendre le dessus, admit Tavis avec simplicité.

— Oui, c'est exactement ce que tu as fait. Mais lorsque tu es venu me voir pour me parler, je savais bien ce que tu avais en tête. Aussi, quand James Murray est venu me consulter pour me confier le même dilemme, je n'ai eu qu'à suggérer un moyen rapide de régler toute cette histoire une bonne fois pour toutes. Et à mon avantage encore !

Tavis secoua la tête, incrédule.

— James est venu vous parler ? Quand ?

— Hier, environ une heure avant que tu ne viennes, Tavis. En fait, c'est à Jocelyne qu'il a parlé pour être tout à fait précis.

— D'où la dispute, dit Tavis, qui se souvenait de la querelle dont il avait été témoin.

— Oui, confirma Jocelyne. James savait que tu n'étais pas heureuse, Ciara, mais que tu comptais t'acquitter de ton devoir. Il m'a également avoué qu'il était tombé amoureux d'Elizabeth lors de votre voyage. Comme il ne pouvait pas se confier à ses parents, il est venu me voir. Quelqu'un lui aurait raconté que j'avais réussi à apprivoiser une certaine bête féroce…

— Pourquoi ne m'avez-vous rien dit, laird ? demanda Tavis.

— C'était à toi de prendre la décision, Tavis ! Si je t'avais mâché tout le travail, comment saurais-tu aujourd'hui que tu étais prêt à tout perdre pour Ciara ?

— Alors, les parents de James ne se doutent de rien ? demanda Ciara, un large sourire aux lèvres.

— Non, répondit Connor. Et mieux vaut pour lui que je ne leur dise rien !

— Où a-t-il emmené Elizabeth ? demanda Ciara, qui s'inquiétait tout de même pour son amie.

— Je n'ai rien demandé et ne veux rien savoir.

Tavis retint un sourire. Sage décision. Connor était informé de la situation mais ne tenait pas pour autant à tout diriger. Si jamais on l'interrogeait par la suite, il pourrait nier toute implication puisqu'il n'avait fait que donner des conseils, sans jamais intervenir directement.

— Mais est-elle bien partie de son plein gré ? insista Ciara. Il ne l'a pas forcée ?

A peine eut-elle posé la question que la vérité lui sauta aux yeux. Bien sûr, il s'agissait d'un mariage d'amour et aucune contrainte n'avait été employée ! Il lui avait certainement fallu beaucoup de courage, mais James avait suivi les mouvements de son cœur.

— Et maintenant ? demanda Ciara, qui voulait connaître le sort qui leur serait réservé.

— Lord Murray a concédé que si tu épousais Tavis, cela adoucirait sans doute la douleur que James t'a causée en renonçant à se marier avec toi. Un mariage rapide et discret, il va sans dire. Il l'a suggéré de son propre chef. Il souhaitait sincèrement laver l'affront que tu viens de subir devant tout ton clan.

Connor s'interrompit alors, la regarda droit dans les yeux avec le plus grand sérieux et lui demanda :

— Alors, veux-tu de lui pour mari ?

Soudain bouleversée, Ciara ne put retenir les larmes qui coulèrent librement sur ses joues. Tout ce dont elle avait toujours rêvé allait se réaliser. Enfin. Elle n'osait croire à son bonheur !

— Je peux vraiment l'épouser ? demanda-t-elle d'une voix tremblante.

— Du calme, ma douce, murmura Tavis en lui essuyant délicatement les joues, je veux que tu sois heureuse aujourd'hui, sèche tes larmes.

— Je suis heureuse, bégaya Ciara. Tellement heureuse.

— Le père Micheil est prêt si vous le voulez, intervint Duncan.

— Tout de suite ? s'étonna-t-elle en regardant le prêtre qui avait déjà sorti son livre de prières.

— Les aspects juridiques ont déjà été réglés, expliqua le prêtre.

De plus en plus ahurie, Ciara tourna la tête à gauche et à droite pour s'apercevoir que tous les gens qui comptaient dans sa vie lui souriaient. C'était un instant béni, magique ! Qui aurait pu prédire un tel retournement de situation ? Transportée de bonheur, Ciara saisit la main de Tavis, qui referma ses doigts chauds sur les siens. Elle allait être à lui, comme il était à elle, pour toujours.

Profondément émus, ils prononcèrent leurs vœux à tour de rôle et se jurèrent fidélité. Enfin, ils allaient partager leur vie, leurs rêves… Ils étaient épris l'un de l'autre depuis si longtemps !

Comme sur un nuage, Ciara quitta ensuite l'église au bras de Tavis et ils regagnèrent le château où la fête devait avoir lieu. Ce n'était pas le mariage initialement prévu, bien sûr. C'était Tavis, et non James, qui occupait la table d'honneur, toutefois personne ne se permit de faire le moindre commentaire.

Le cœur léger, Ciara passa la soirée à danser, à manger et à boire. Cependant, plus l'heure passait, plus elle songeait à sa nuit de noces. Elle l'attendait avec une impatience plus vive de minute en minute. Elle avait déjà connu un avant-goût délicieux du plaisir que Tavis pouvait lui procurer et maintenant qu'elle était son épouse légitime, elle mourait d'envie de se donner totalement à lui.

Dieu merci, elle n'aurait pas à se contenter d'une petite vie paisible et étriquée. A la place, elle allait connaître la passion enfiévrée entre les bras de l'homme qu'elle aimait… Pour un peu, les plaisanteries grivoises qui commençaient à fuser de toutes parts l'auraient fait sourire.

Si elle avait épousé James, il y aurait forcément eu une cérémonie du lit nuptial. Or, avec Tavis, elle allait y échapper. Il n'était pas un étranger et les enjeux n'étaient pas les mêmes. Ils pourraient donc se retirer en privé dans la chambre qui leur était réservée à l'étage quand bon leur semblerait. Ciara sentit son cœur battre plus vite dans sa poitrine.

Tard dans la nuit, alors qu'il restait encore de nombreux invités en train de manger et de danser, Tavis la souleva brusquement de terre et la porta dans ses bras jusqu'à leur chambre, sous les hourras de la foule qu'elle entendait à peine, car il lui susurrait à l'oreille ses projets pour la nuit. Son cœur se mit à battre la chamade… Une fois dans la chambre, Tavis avait fermé le loquet de la porte. Ils ne risquaient donc pas d'être dérangés par des fêtards…

Sur le seuil, Ciara resta bouche bée. La pièce était ravissante. On avait parsemé le lit de pétales de fleurs et allumé de nombreuses bougies tout autour. L'atmosphère était intime et très romantique. Il y avait également un assortiment de desserts plus appétissants les uns que les autres disposés sur un plateau en argent. Et une bouteille de vin. Les yeux embués de larmes, elle regarda Tavis leur verser un verre à chacun. Soudain, Ciara se sentait un peu nerveuse.

— Tu as l'air inquiète, ma chérie, dit-il en lui tendant son verre.

Puis, très lentement, il la contourna sans cesser de la contempler. Dans son dos, il lui écarta les cheveux des épaules pour dégager sa nuque. Ciara se rappelait ce qu'elle avait ressenti lorsqu'il y avait posé sa bouche la dernière fois… Le souffle court, elle attendait, impatiente de sentir de nouveau ses lèvres caresser sa peau.

Lorsque sa bouche se posa contre son cou, elle ne put retenir un gémissement. Son contact était brûlant. Doucement, Tavis délaça le haut de sa robe et déposa une pluie de baisers le long de la courbure de son cou, en découvrant peu à peu chaque centimètre de peau jusqu'à l'épaule.

Mais Ciara brûlait d'un feu inconnu. Pourquoi ne lui arrachait-il pas ses vêtements et ne se jetait-il pas sur elle, elle en avait tellement envie ! En même temps, ce qu'il faisait était si délicieux qu'elle aurait pu rester des heures à savourer la douceur de sa bouche…

— Je ne suis pas inquiète, dit-elle en soupirant, je suis juste…

Que ressentait-elle en fin de compte ? Elle était bien incapable de l'expliquer. Du désir, sans aucun doute, de l'impatience et de l'appréhension aussi. Tavis se mit à rire face à son silence soudain.

— Dis-moi, ma douce, qu'est-ce qui t'effraie ?

Sa bouche était revenue caresser le point particulièrement sensible situé juste derrière son oreille. Elle se mit à frissonner.

— J'ai peur… de ne pas réussir à te donner du plaisir cette nuit, avoua-t-elle faiblement.

— Eh bien ma chérie, sois rassurée. Si tu me donnes plus de plaisir que la nuit que nous avons passée ensemble chez moi, je n'y survivrai pas.

Il lui prit son verre de vin et le reposa sur la table sans

cesser de la tenir fermement contre lui. Ciara rejeta la tête en arrière, grisée de sentir dans son dos la force de son désir pour elle. D'instinct, elle ondula les hanches pour venir à la rencontre de sa virilité.

— J'ai réussi à me retenir cette nuit-là car tu ne m'appartenais pas, mais maintenant… maintenant tu es toute à moi.

A ces mots, il la fit pivoter face à lui pour prendre sa bouche. Sa robe en partie délacée glissa sur ses épaules. Comme elle allait l'ôter, il lui maintint les bras dans le dos en secouant la tête.

— C'est mon tour de te déshabiller.

Sa voix rauque fit couler de la lave dans les veines de Ciara et son ventre se contracta d'excitation. Une douleur sourde et délicieuse pulsait entre ses cuisses et elle se sentit devenir moite, à la simple pensée de ce qui allait se passer entre eux.

Il entreprit de dénouer les derniers lacets de sa robe avec une lenteur calculée. Puis il la fit glisser le long de ses bras, de sa poitrine, de son ventre et de ses hanches ; enfin, la robe tomba par terre. Ciara avait si chaud qu'elle ne songea même pas à être gênée de sa nudité. Tavis se baissa aussitôt pour ramasser l'étoffe et l'étendit soigneusement sur une chaise. Ce petit geste attentionné la toucha profondément. Lorsqu'il releva les yeux sur elle, Ciara sentit des milliers de brûlures la réchauffer, partout où ses yeux se posaient sur elle. Il la dévorait littéralement du regard. Ciara se sentait aimée, désirée comme jamais.

Il revint vers elle et passa le dos de la main sur la tunique qu'elle portait à même la peau. Il la frôlait du bout des doigts, la faisant trembler d'impatience. La pointe de ses seins s'était durcie jusqu'à lui faire mal. Dieu, elle voulait bien plus que de simples effleurements ! Elle avait renversé sa tête en arrière et ses cheveux lui balayaient le dos et les hanches. L'attente allait la rendre folle, elle n'en pouvait plus…

— S'il te plaît, supplia-t-elle, je t'en prie…

Heureusement, elle n'eut pas besoin d'en dire plus.

Tavis aurait continué sa lente exploration si Ciara n'avait rien dit. Seulement, puisqu'elle le suppliait de la satisfaire, il n'allait pas la décevoir. Un désir ardent s'était emparé de lui depuis qu'il l'avait tenue entre ses bras et il craignait de perdre le contrôle. Mais puisque c'était elle qui le demandait… Se laissant enfin aller à la passion qui brûlait dans ses veines, il s'empara de ses lèvres et la serra contre lui. Il lui ôta sa tunique d'un geste fluide. Leurs baisers enfiévrés l'excitaient terriblement.

La respiration saccadée de Ciara augmentait encore son désir… Il la couvrit de baisers. Dans le cou, sur les épaules, puis il descendit jusqu'à la pointe de ses seins et se mit à les titiller du bout de la langue. Sous ses caresses, Ciara tremblait de volupté. Il la guida jusqu'au bord du lit et l'aida à s'asseoir. Fébrile, il s'agenouilla entre ses jambes qu'il écarta avec douceur. Elle avait tellement aimé cela la première fois… Il avait bien l'intention de lui faire perdre la tête.

Avec une lenteur appliquée, il déposa des baisers sur l'intérieur de ses cuisses. Il devait l'aider à se détendre, à s'abandonner. Elle n'avait aucune expérience, après tout…

Bientôt, Ciara ouvrit davantage les jambes, emportée par le désir qui la faisait trembler. Il lui souleva les cuisses et les posa sur ses épaules. Il s'agrippa à ses hanches pour la maintenir fermement en place et commença à embrasser le cœur de sa féminité avec délectation. Ciara se mit à gémir de plaisir. Puis, soudain elle se cambra, visiblement comblée par ce baiser si intime. Mais il ne comptait pas s'arrêter en si bon chemin.

D'une main ferme, Tavis maintint ses hanches agitées de tremblements et passa la langue sur le petit bouton qui la ferait chavirer, tout doucement. Puis, il recommença d'un mouvement circulaire, un peu plus fermement. Brusquement, Ciara fut parcouru d'un violent frisson. Il s'interrompit un instant. Le plaisir qu'elle manifestait ne fit qu'augmenter son propre désir...

Trop impatient pour se déshabiller, Tavis se défit rapidement de ses chausses et plaça les jambes de Ciara autour de ses hanches, son membre à l'entrée de sa féminité. Il la pénétra tout doucement d'abord, pour permettre au corps de Ciara de s'habituer à lui, puis de plus en plus profondément. Comme elle continuait de gémir voluptueusement, il donna ensuite un dernier coup de reins et la fit sienne.

Ils ne faisaient plus qu'un désormais. Leurs corps étaient enchaînés l'un à l'autre, et l'expression de transcendance qu'arborait le visage de Ciara le bouleversa. La passion la faisait rayonner ! Elle était resplendissante de bonheur... Profondément ému, Tavis se pencha sur elle pour l'embrasser fougueusement. Sans quitter sa bouche, il entama un mouvement de va-et-vient, étouffant sur ses lèvres ses gémissements.

Il sentit Ciara se cambrer tout à coup sous lui, ce qui lui permit de s'introduire plus profondément encore. Comme il se retirait légèrement avant de donner un nouveau coup de reins, elle lui empoigna les fesses. Tavis perdit alors tout contrôle et laissa son désir imprimer un rythme sauvage à leur union. Elle était sienne désormais...

— Tu es à moi, lui murmura-t-il à l'oreille à plusieurs reprises, tandis que les ondes de plaisir commençaient à s'espacer après l'orgasme, tu es à moi, rien qu'à moi.

— Je suis à toi, susurra-t-elle.

Une fois la vague de volupté apaisée, Tavis resta en elle. Intriguée, Ciara sentit qu'il n'était plus aussi fougueux que quelques instants plus tôt. Elle resta parfaitement immobile.

Comme c'était merveilleux de le garder en elle… Lorsqu'il finit par s'écarter, elle ressentit une curieuse sensation de vide qu'elle n'aurait su expliquer.

Tavis se releva pour se débarrasser de ses vêtements. Il apporta une cuvette remplie d'eau ainsi qu'un linge mouillé qu'il lui tendit. L'eau tiède délicatement parfumée à la rose tombait à point nommé. Cela permit à Ciara de se rafraîchir. Pourtant, à son grand étonnement, elle n'avait pas vraiment souffert de cette expérience. A l'exception d'une douleur fugace lorsqu'il l'avait pénétrée, elle n'avait ressenti qu'une incroyable extase durant leur union.

Plein d'attentions, Tavis l'aida à descendre du lit pour lui permettre de se glisser sous les draps. Une fois confortablement installée, il la rejoignit et la prit tendrement dans ses bras.

Ils restèrent dans cette position, parfaitement silencieux, pendant quelques minutes. Puis, Ciara se tourna vers lui.

— Je me demande où James et Elizabeth peuvent se cacher.

Tavis étouffa un petit rire et l'embrassa.

— Toi, alors ! Jamais je ne me serais attendu à ce que tu parles de cela, surtout maintenant.

— C'est ma meilleure amie, Tavis. Elle aurait dû m'en parler tout de même ! Je suis fautive également : j'étais tellement absorbée par mes propres malheurs que je n'ai même pas remarqué que James et Elizabeth étaient en train de tomber amoureux l'un de l'autre, juste sous mon nez.

— Tu crois vraiment que c'est le moment de parler d'eux ? demanda-t-il d'une voix légèrement irritée.

— Tu veux peut-être parler d'autre chose ? demanda-t-elle d'une voix mutine. Nous ne sommes pas attendus en bas avant demain matin, tu sais…

Il poussa un grognement. Il n'avait pas l'air fâché, mais il n'avait clairement pas envie de parler. Ciara eut un rire amusé.

— Tout cela est vraiment nouveau pour moi, tu sais, avoua-t-elle, un peu embarrassée, je ne sais pas vraiment… ce qui se fait.

— Ce qui se fait ?

Il la fit rouler sur le dos et se mit à califourchon sur elle. Son corps était brûlant.

— Ciara, nous sommes nus, dans un lit, et c'est notre nuit de noces. Ce n'est ni le lieu, ni le moment de nous préoccuper de ce qui se fait ou non !

Elle sentit avec délice son membre durcir contre sa cuisse, comme pour clarifier un peu plus ses intentions…

— Est-ce que nous pouvons… ?

Sa voix s'éteignit dans un gémissement de volupté lorsque sa virilité se pressa entre ses cuisses. Le simple contact de sa peau contre la sienne la faisait chavirer. Mais elle ne savait pas vraiment comment lui demander ce qu'elle désirait tant…

— Ciara, mon amour, murmura-t-il en lui mordillant l'oreille, nous pouvons faire tout ce qui nous plaît. Et c'est ce que nous allons faire dès à présent, tu veux bien ?

Il l'embrassa fougueusement et elle sentit toutes ses inquiétudes s'envoler instantanément. Toutes ces longues années pendant lesquelles elle avait attendu, espéré et prié étaient enfin derrière elle. Il était à elle désormais, rien qu'à elle, et ils avaient toute la vie devant eux pour profiter l'un de l'autre.

A commencer par cette nuit…

22

Marian arborait un sourire radieux. Tout comme Jocelyne, Margriet et Margaret. Elles étaient assises à la table d'honneur à côté de leurs maris respectifs et ne cessaient de bavarder et de sourire.

Les hommes avaient pensé que Tavis ne déclarerait peut-être jamais son amour à Ciara, alors qu'elles, elles avaient toujours été persuadées du contraire. Et ce jour leur donnait raison. Quelle victoire ! Marian était comblée. Malgré les épreuves que Tavis avait traversées avec la perte de Saraid, jamais il ne s'était détourné de sa fille. A la vérité, il ne cessait même jamais de la regarder. C'était à l'évidence plus fort que lui.

Sans même s'en rendre compte, Marian poussa un profond soupir de soulagement. Ses trois amies lui adressèrent aussitôt un large sourire.

Leurs maris, eux, réagissaient différemment.

Connor secoua la tête, mauvais perdant.

— James aurait fait un bon mari, lança-il, revêche.

Les autres hommes hochèrent immédiatement la tête en guise d'assentiment. Ils avaient du mal à accepter la défaite ! Les pauvres ! Ils avaient perdu leur pari face à leurs femmes.

— Je pensais vraiment qu'il allait la laisser épouser James, renchérit Rurik. Il ne semblait pas prêt à sauter le pas. Même s'il la désirait.

— Rurik ! s'exclama Margriet. C'est d'amour que nous sommes en train de parler !

— Moi, j'étais sûr que Tavis ne pourrait pas la laisser partir et qu'il finirait par se déclarer, contredit Duncan. Ciara a le don de savoir ce qu'elle veut et de tout faire pour l'obtenir. Et peu importe le temps que cela prend…

— Et tu n'es pas peu fier d'elle, dit Marian. Penses-tu qu'elle continuera à t'assister dans ton travail, maintenant qu'elle est mariée ?

— Je suis sûr que Tavis et elle vont trouver un terrain d'entente.

— Eh bien, dit Connor en levant son verre, je leur souhaite beaucoup de bonheur. A Tavis et Ciara !

— A Tavis et Ciara ! trinquèrent-ils en chœur.

Marian jeta un regard à ses amies et leur rappela :

— Allons, ne crions pas trop vite victoire. Il faut attendre une année entière de mariage pour remporter définitivement notre pari, je vous le rappelle.

— D'ici là, ce sera le tour de ta fille ou de ton fils de se marier, Jocelyne, dit Margriet.

Jocelyne pâlit et Connor éclata de rire.

— Eh oui ! C'est plus facile lorsque cela concerne l'enfant de quelqu'un d'autre, n'est-ce pas, mon amour ? demanda-t-il en caressant la joue de sa femme.

— Tu as raison, Connor. Les nôtres me semblent encore si jeunes… Je sais qu'il sera bientôt temps de les laisser voler de leurs propres ailes, mais…

— Allons, si leurs mariages sont à l'image de celui de Tavis et Ciara, nous pourrons nous estimer heureux.

Une fois leurs verres vides, chaque couple prit tour à tour congé. La soirée était avancée et il leur tardait de regagner leur maison. Bientôt, Connor et Jocelyne furent seuls.

— Es-tu content de ce mariage, Connor ? Cela va-t-il causer des problèmes avec les Murray ?

— Je crois que tout va aller pour le mieux. Murray pense

qu'il s'en est sorti avec une dot tout à fait acceptable. Et comme il préfère la douceur d'Elizabeth, il est convaincu que son fils a gagné au change. Il est désormais un de nos alliés. Et de notre côté, nous gardons Ciara parmi nous, là où est sa place, et Tavis continuera à travailler pour moi là où j'ai le plus besoin de lui. Et puis nous avons gagné un accès aux ports de Perth et de Dundee, ce qui va me permettre de développer le commerce avec le continent. Alors, oui, je t'assure que je suis content !

— Dis-moi la vérité, tu avais deviné que les choses se passeraient ainsi ?

— Je savais que Tavis ne pourrait pas la laisser épouser un autre homme. C'était extrêmement clair, même pour moi qui ne connais rien à l'amour, enfin, selon tes dires.

Jocelyne éclata de rire.

— Il y a donc de l'espoir. Tout n'est peut-être pas perdu en ce qui te concerne, mon amour, dit-elle doucement, en lui caressant la main.

— Peut-être bien…

Epilogue

Lairig Dubh, Ecosse, printemps 1373

Ciara explorait la maison et caressait chaque meuble du bout des doigts. La table du repas, la tablette au-dessus de la cheminée, les chaises, les tabourets… Tavis avait tout fabriqué de ses mains. Pour elle. Pour eux

Il y avait passé des mois entiers. Il avait coupé, poncé et poli dès qu'il avait un moment de liberté, entre les missions que le laird lui confiait. Ciara ressentit un élan de tendresse et de fierté en observant la finesse et l'élégance du mobilier. A présent que tout était terminé, elle aurait pu passer des heures à admirer son travail. Elle pouvait lire dans chaque courbure du bois l'amour qu'il avait mis dans chaque objet et cela la touchait profondément.

Ciara grimpa les marches qui menaient à l'étage et pénétra dans la chambre. Comme le reste, le lit était tout neuf. Tavis l'avait confectionné dans de grandes dimensions et orné de sculptures délicates sur la tête de lit et les colonnades. Le voyant faire, Ciara avait surmonté son dégoût des travaux d'aiguille, et, avec l'aide de sa mère et de sa sœur Beitris qui excellait dans cet art, elle avait confectionné le couvre-lit chatoyant qui s'y étalait à présent. Elle s'avança pour le lisser de la main. Un sourire lui vint aux lèvres, à la pensée que sa maison respirait l'amour.

Après la célébration de leur mariage, ils avaient tous deux

accepté l'offre du laird et s'étaient installés au château en attendant la construction de leur nouvelle maison. Tavis, pas plus qu'elle, ne souhaitait s'installer dans la maison où il avait vécu avec Saraid. Ils avaient donc convenu d'utiliser une partie de sa dot pour construire un nouveau foyer. Et le résultat s'étalait sous ses yeux. Leur maison était enfin prête.

Juste à temps.

L'année qu'ils venaient de passer avait été délicieuse et tous deux s'étaient facilement adaptés à la vie maritale. Chacun vaquait à ses occupations, avec la certitude de retrouver l'autre à son retour. Ainsi, le laird avait demandé à Ciara de travailler avec son père afin de mettre ses talents au service du clan. Elle adorait cela. Tavis, lui, s'occupait toujours de la garde personnelle de Connor et voyageait en compagnie du laird lorsque cela était nécessaire.

Quand ils avaient eu un peu de temps pour eux, Ciara avait appris à lire à Tavis comme elle le lui avait proposé si longtemps auparavant. Lui, de son côté, lui avait également appris de nombreuses choses. A cette pensée, une chaleur désormais connue se répandit dans son ventre. Quel mari attentionné il était… surtout au lit.

Il lui avait également appris à faire des compromis et à cuisiner. On lui avait enseigné beaucoup de choses au cours de son existence, mais, jusque-là, Ciara n'avait guère eu le loisir de s'essayer dans la cuisine. Or, maintenant qu'ils allaient emménager dans leur nouvelle maison, c'était elle qui allait en être responsable. Elle n'avait pas encore dit à Tavis qu'elle avait recruté quelqu'un pour l'aider à tenir la maison et pour s'en occuper en leur absence…

Elle entendit soudain la porte s'ouvrir et des bruits de pas familiers derrière elle. Tavis lui passa les mains autour de la taille puis les posa sur son ventre arrondi.

— Tu n'as rien porté dans l'escalier, j'espère ? demanda-t-il en frottant son nez contre son cou pour la chatouiller.

— Non, mon amour, répondit-elle en pivotant sur elle-même.

Puis, il la relâcha et l'incita à s'asseoir.

— La maison te plaît ? Tu as vu notre chambre, Ciara ?

— Oui, elle est telle que je l'avais rêvée.

Ciara retint un soupir ému. Tavis avait beau prétendre ne pas aimer parler et trouver toujours un prétexte pour éviter les conversations, ils avaient pourtant discuté chaque centimètre carré de cette maison. Pas un seul morceau de bois n'avait été coupé sans l'assentiment de l'un et l'autre. Puis il s'était chargé de tout, avec le même soin qu'il avait mis pour fabriquer des petits animaux de bois pour l'amuser lorsqu'elle était enfant.

Les précieux jouets de bois, aujourd'hui agrémentés de nouvelles figurines, étaient disposés sur une étagère dans la chambre où dormirait leur enfant. Celui-ci jouerait avec eux en grandissant, tout comme elle l'avait fait des années plus tôt. Cette idée lui était si douce.

— Qu'a dit Gunna ? demanda-t-il d'une voix légèrement inquiète.

— Notre enfant se porte comme un charme, Tavis.

— Et toi ?

— Je vais bien aussi. Tant que je ne ressens aucune douleur, je peux continuer à mener mes activités habituelles.

— Pas de cheval.

— Pas de cheval, capitula-t-elle en soupirant. Et je dois également m'abstenir de porter quoi que ce soit, c'est compris.

— Tu vas suivre ses instructions à la lettre ?

— Mais oui !

Ciara ne put s'empêcher de lever les yeux au ciel. Pourtant, elle comprenait son angoisse. Il s'inquiétait terriblement pour elle. Quoi de surprenant après ce qu'il avait vécu avec Saraid ? Elle voyait bien qu'il l'observait de plus en plus attentivement à mesure que sa grossesse progressait. Parfois, lorsqu'elle se réveillait la nuit, il la tenait serrée contre lui et la regardait dormir.

— Tout ira bien, je te le promets, assura-t-elle en se tournant vers lui pour caresser sa joue et plonger son regard dans ses yeux verts.

Dieu comme elle l'aimait ! Et elle savait que son amour se lisait dans ses yeux.

Sa patience était enfin récompensée. Tout, dans son nouveau foyer, était exactement comme elle l'avait rêvé la première fois qu'elle avait demandé à Tavis de l'épouser. Dire qu'il lui avait fallu près de dix ans pour enfin l'avoir rien qu'à elle ! Jamais, non jamais, elle ne regretterait de l'avoir attendu toutes ces années.

Cela en valait vraiment la peine… Et plus encore.

À LA MERCI DU HIGHLANDER

1

Lilidh, fille aînée du comte de Douran et laird du clan MacLerie, regardait par la fenêtre en essayant de soupeser ses options.

Le crépuscule tombait et la nuit allait bientôt s'emparer des terres du clan MacGregor. D'habitude, c'était à ce moment précis de la journée que Lilidh se sentait le plus apte à prendre des décisions importantes. Cette fois-ci, pourtant, elle n'entrevoyait aucune solution à la situation. Situation dans laquelle elle s'était mise toute seule. Allons, peut-être que la nuit lui porterait conseil…

Elle se détourna de la fenêtre et détailla la pièce cossue du regard, sans pour autant la voir. Une fois de plus, elle n'avait plus beaucoup de temps et ses choix étaient limités. Lilidh posa les yeux sur le parchemin étalé sur la table et s'en saisit, puis se tourna de sorte que les flammes des quelques bougies allumées éclairent la missive.

« A l'attention du comte et de la comtesse de Douran », ainsi commençait sa lettre.

« Mes chers parents », lut-elle ensuite pour la énième fois.

Et puis… rien.

Elle avait beau essayer, elle ne parvenait pas à trouver les mots adéquats pour leur expliquer la disparition tragique de son époux, deux mois à peine après leur mariage.

Les MacGregor avaient décidé de taire la nouvelle de la mort d'Iain jusqu'à ce que son frère cadet soit officiellement nommé chef du clan par les anciens. Dès lors, qu'allait-il advenir d'elle ? Son mariage avec Iain avait pour but d'unir les deux clans et d'engendrer un héritier. Hélas, comment aurait-elle pu donner un héritier à son époux alors qu'elle n'avait jamais partagé un seul moment d'intimité avec lui ? Certes, elle était une jeune fille innocente mais elle n'était pas pour autant stupide ; elle se doutait bien que leur relation n'avait rien de celles qui unissaient d'habitude les époux.

Le parchemin se froissa sous la pression de ses doigts, la ramenant à l'instant présent. Résignée, Lilidh s'installa sur la chaise devant la table. Elle prit la plume et la trempa dans l'encre avant d'en tamponner le bout sur le rebord de l'encrier. Puis, péniblement consciente de la honte qu'elle subirait devant ses parents et son clan, elle se mit à écrire.

« Je sollicite votre avis concernant ma position dans le clan de mon défunt époux, Iain MacGregor. Je suis à présent sa veuve et, ne lui ayant donné aucun héritier, je sais… »

Que savait-elle exactement ? Les termes du contrat de mariage, négocié par son oncle et signé par son père, étaient clairs. En cas de décès de son époux, elle pouvait disposer librement du douaire, comme prévu au contrat, et elle avait également la possibilité de rester vivre sur les terres des MacGregor ou alors de retourner dans son clan. Certes, son oncle avait introduit ces clauses dans le but de la protéger, mais cela rendait les choses encore plus difficiles. Elle aurait préféré que l'on prenne la décision à sa place, qu'on ne lui laisse aucun choix.

Si elle restait ici, elle allait certainement devoir se remarier avec un MacGregor de haute naissance afin de maintenir les liens entre les deux clans. D'un autre côté, si elle retournait vivre auprès des siens, son père ne tarderait pas à arranger un nouveau mariage pour elle. Et, en plus de cela, elle devrait faire face à la déception de sa famille.

Que faire ? Elle n'avait personne à qui se confier ici et de toute façon, comment pourrait-elle expliquer, à quiconque, la véritable nature de ses tourments ?

Au bout de quelques instants de réflexion, Lilidh trempa de nouveau la plume dans l'encrier et se remit à la rédaction de sa lettre.

Comme elle était sotte ! Ses parents l'aimaient et ils ne verraient sans doute aucun inconvénient à ce qu'elle retourne vivre avec eux, peu importe la raison. Sa mère était la seule personne avec qui elle pouvait discuter librement de ses pensées intimes. Elles avaient déjà eu une discussion sérieuse avant son mariage, même si elles n'avaient pas abordé le sujet qui piquait le plus sa curiosité : qu'était-il exactement censé se passer entre les époux, dans le lit conjugal ?

Elle leva la tête et posa son regard sur la flamme vacillante de la bougie, puis exhala une longue expiration. Oui, elle savait désormais ce qui lui restait à faire, elle allait demander à ses parents la permission de rentrer chez elle. C'était de loin la meilleure solution.

Elle barra les mots « je sais » et écrivit :

« ... je n'ai donc aucune raison de rester ici et c'est pourquoi je demande votre permission de regagner Lairig Dubh dès qu'une escorte pourra être arrangée pour ce faire. Je souhaiterais également solliciter votre avis sur plusieurs questions d'ordre personnel, mais je préfère ne pas les aborder par écrit.

« Père, merci de me faire part de la décision que tu auras prise.

« Mère, prie pour moi, prie pour que Dieu tout-puissant veille sur moi en ces moments difficiles. »

Lilidh relut ses mots et soupira. La missive était brève et sans fioritures. Elle versa un peu de sable sur l'encre encore fraîche puis le souffla avant de plier le parchemin. Elle chauffa ensuite un peu de cire qu'elle versa sur la feuille et y apposa le sceau de sa chevalière, cadeau d'anniversaire de son père. Dès le lendemain, à la première heure, elle confierait le parchemin à un des serviteurs qui étaient venus ici avec elle. Si tout allait bien, elle aurait sans doute une réponse d'ici à une quinzaine de jours. Bientôt, elle serait fixée sur son sort.

Désormais, il ne lui restait plus qu'à trouver le meilleur moyen de justifier sa situation. Comment allait-elle pouvoir expliquer le manquement à ses devoirs conjugaux ? Qui pourrait bien croire qu'une jeune mariée n'avait pas eu l'occasion d'accomplir son devoir d'épouse, en dépit de la courte durée de son mariage ?

Jocelyn MacCallum, la femme du laird MacLerie, relut une nouvelle fois le parchemin qui leur avait été apporté plus tôt dans la journée. Quelle tristesse dans les mots de sa fille aînée ! Sa chère Lilidh, d'habitude si confiante, semblait complètement perdue et esseulée.

— Accéderas-tu à sa requête ? demanda-t-elle à son époux sans détacher le regard de la feuille.

Elle perçut un froissement de couvertures et leva la tête vers le lit. Connor s'était levé et s'avançait vers la table où elle avait pris place. Son instinct de mère lui soufflait que sa fille était profondément malheureuse. Elle aurait tant voulu la prendre dans ses bras et chasser son chagrin. Mais Lilidh était loin, et elle se sentait impuissante face à sa détresse.

— Nous sommes en train d'envisager toutes les possibilités avec Duncan et les anciens, répondit Connor en lui prenant le parchemin des mains.

Il le posa sur la table puis reprit :

— Les MacGregor veulent garder la mort d'Iain secrète

le temps de nommer un nouveau chef de clan. Etant donné la tension qui règne dans les Highlands et leur rivalité avec les MacKenzie, ils préfèrent ne pas s'exposer inutilement aux éventuelles attaques d'autres clans. Quoi qu'il en soit, ce n'est pas à cette heure tardive que nous allons remédier à cette situation. Allez Jocelyn, reviens te coucher.

Connor la prit par la main et l'attira dans son étreinte, refermant ses bras autour d'elle. Comme elle aurait aimé pouvoir faire de même avec Lilidh !

Les mains de Connor glissèrent le long de son dos et Jocelyn comprit très vite quelles étaient les intentions de son cher époux. Le visage enfoui dans le cou de Connor, Jocelyn sourit. Même après toutes ces années, le désir que son mari éprouvait pour elle était toujours bien présent. Et puis, elle savait bien que c'était également le moyen le plus efficace de détourner son attention des affaires du clan. Mais cette fois, elle attendait une réponse claire à la requête de leur fille. Sa situation la tourmentait et elle ne pouvait s'empêcher de s'inquiéter pour elle. Après tout, il s'agissait de sa fille, de *leur* fille, et le fait que son destin soit entre les mains de tous ces hommes, étrangers qui plus est, ne lui plaisait guère.

— Connor, la laisseras-tu revenir ?

Il ne répondit pas immédiatement et une expression étrange se peignit sur son visage, une expression que Jocelyn comprit aussitôt. C'était gagné ! Il allait permettre à leur fille de revenir !

— Oui, avoua enfin celui-ci. J'attendais simplement qu'elle me le demande.

Elle se pencha vers lui et l'embrassa sur la bouche.

— Lui as-tu déjà envoyé un message pour lui faire connaître la nouvelle ?

Il la prit dans ses bras et lui embrassa le front avant de poser son menton sur sa tête.

— Le serviteur partira délivrer le message aux MacGregor dès demain. Elle devrait revenir d'ici à une semaine.

— Et… que se passera-t-il ensuite ?

Le mariage entre leur fille et Iain MacGregor n'avait pas été une union d'amour, seulement une union stratégique, destinée à resserrer les liens entre les deux clans. Elle se souvint alors du pari qu'elle et ses amies avaient fait avec leurs conjoints respectifs — lesquels des hommes ou des femmes parviendraient à trouver le meilleur parti pour leurs enfants — et soupira.

Lorsque le tour de sa fille était arrivé, Jocelyn n'avait pas eu le droit de prendre part aux débats. Et toutes les discussions qu'elle avait pu avoir à ce sujet avec Connor étaient restées en suspens. Il avait le don de lui embrouiller les idées, comme il le faisait à présent !

— Tu le sais très bien, répondit-il, la tirant ainsi de ses rêveries. Au vu de la réaction des MacGregor, Lilidh n'a aucun lien avec la mort d'Iain. Ils nous rendront donc sa dot et dès que toute cette histoire sera derrière nous, je pourrai lui trouver un nouvel époux.

C'était exactement ce que Jocelyn voulait entendre. Lilidh serait bientôt de retour parmi eux et son destin serait de nouveau entre les mains de Connor… et les siennes. Même si…

Elle avait toujours cru qu'Iain était un bon parti pour sa fille mais, étant donné ce qui s'était passé, jamais elle ne saurait si elle avait eu raison ou non. Et, le connaissant, Connor allait bientôt arranger un nouveau mariage pour Lilidh. Elle ne se faisait aucune illusion sur sa marge de manœuvre quant au choix du prétendant.

Au bout de quelques instants de silence, Connor pencha la tête et l'embrassa avec une passion qui enflamma aussitôt ses sens. Elle voulait tant que sa fille connaisse les mêmes délices, aussi merveilleux qu'intenses, avec son propre époux. Même si Iain avait déjà été marié auparavant, il avait semblé réellement épris de Lilidh. Et bien que leur mariage eût été une union de convenance, Jocelyn avait été persuadée que le jeune couple allait rapidement concevoir un enfant.

Mais tout cela n'était plus que chimères désormais. Iain était mort et Lilidh allait bientôt revenir.

D'ailleurs, une fois sa fille revenue, Jocelyn aurait une discussion sérieuse avec elle concernant les deux mois qu'elle avait vécus en tant que femme mariée. Dans sa lettre, Lilidh avait écrit qu'elle avait besoin de conseils avisés, mais qu'elle hésitait à coucher ses doutes sur le papier. Il s'agissait sûrement d'un sujet assez intime, et Jocelyn comptait bien aider et conseiller sa fille du mieux qu'elle le pourrait.

Ainsi, elle risquait d'être prise par pas mal d'obligations dans les prochains jours. Raison de plus pour se consacrer dès à présent à son époux. Connor réclamait toute son attention et lorsque la Bête des Highlands entamait son jeu de séduction, elle s'y prêtait toujours avec enthousiasme.

Rob Matheson serra les mâchoires si fort qu'il crut que ses dents allaient se briser sous la pression. Son calme se trouvait mis à rude épreuve par les circonstances. Les événements prenaient une tournure telle qu'il se devait d'intervenir.

— Silence ! hurla-t-il à l'assistance. S'en prendre aux MacLerie ne nous mènera nulle part, sauf peut-être à notre perte.

Il marqua un temps d'arrêt, espérant avoir capté l'attention de ses hommes. Mais ces derniers n'avaient pas l'air de vouloir entendre raison. Il devait essayer de gagner du temps.

— Si nous voulons les attaquer, nous devons préparer un plan de bataille afin de parer à toute éventualité. Nous ne pouvons pas simplement donner l'assaut, tête baissée. C'est bien trop dangereux.

Pour ne pas dire suicidaire.

Rob avait été nommé chef du clan Matheson après le décès de son père. Cependant, il avait encore du mal à asseoir sa légitimité aux yeux de ses hommes, en particulier de Symon, son cousin germain, qui s'était farouchement opposé à sa nomination. Ce dernier, doté d'un caractère bien trop belliqueux et impulsif, ignorait clairement la force et le pouvoir du clan MacLerie. Rob, pour sa part, avait eu l'occasion de se familiariser avec leurs habitudes et leurs façons d'agir. Pour lui, Connor était bien plus que le puissant chef du clan MacLerie ; pendant cinq ans, celui que l'on surnommait la Bête des Highlands avait été son mentor, un deuxième père pour lui.

A l'époque, Connor l'avait accepté au sein de son clan comme l'un des siens. Grâce à lui, Rob avait appris à manier l'épée aux côtés des meilleurs guerriers. En plus de ses qualités de tacticien, il avait également eu l'occasion de développer son sens de la négociation.

Et, à présent, son instinct lui disait qu'il ne fallait surtout pas s'engager dans une guerre perdue d'avance. Cela ne demanderait pas beaucoup d'efforts aux MacLerie pour réduire son clan à néant !

Malheureusement, Rob n'était pas le seul à prendre cette décision. Il avait beau être le chef, il lui fallait composer avec les nobles du clan. Les avis des anciens étaient partagés, tandis que beaucoup de ses hommes semblaient enclins à lancer les hostilités et ce pour des raisons plus que discutables. Il vint même à se demander s'il n'était pas préférable de les laisser donner l'assaut. Cette expérience aurait le mérite d'être instructive. Mais il chassa aussitôt cette pensée. La loyauté envers les siens était plus forte que tout et il se devait d'assumer son rôle de chef.

Il jeta un coup d'œil à Dougal, son autre cousin, qui, à

la différence de Symon, ne cherchait pas à prendre sa place en semant la discorde dès qu'une occasion se présentait. Non, Dougal était bien différent. C'était quelqu'un de sage et réfléchi, et Rob ne doutait pas qu'il allait le soutenir dans cette rude épreuve.

— Robbie a raison ! s'exclama justement celui-ci en faisant un pas en avant.

Tous les regards se tournèrent vers Dougal et même si son intervention ne fit pas taire toutes les mauvaises langues, Rob se dit que c'était un bon début.

— Il est trop imprudent d'attaquer les MacLerie sans être préparés, nous courrions à une mort certaine.

Un brouhaha monta aussitôt de la foule, mais certains ne réagirent pas, attendant sans doute la suite du discours.

— Laissons le temps à notre laird d'étudier toutes les possibilités qui s'offrent à nous et d'établir un plan mûrement réfléchi. N'oublions pas qu'il connaît les MacLerie mieux que personne, il est le seul à pouvoir trouver leurs points faibles.

Un silence assourdissant régnait désormais sur la salle et Rob ne savait pas s'il aurait préféré applaudir ou bien étrangler Dougal. La confiance que lui témoignait son cousin le rassurait, certes, mais comment avait-il pu dire une telle chose ? Ses hommes étaient-ils donc si ignorants ? Ne comprenaient-ils pas qu'il était tout simplement *impossible* de vaincre MacLerie ?

Connor et lui ne s'étaient pas quittés en bons termes, loin de là. Le laird MacLerie devait sans doute même le considérer comme un traître. Lui déclarer la guerre serait non seulement un échec, mais risquait également de leur coûter la vie. A *tous*.

Hormis l'amour qu'il portait à ses enfants, la Bête des Highlands n'avait pas de faiblesses. C'était un guerrier redoutable, un homme respecté, mais également craint, de tous les clans environnants. Briser les liens avec lui afin de s'allier aux MacKenzie avait été la chose la plus difficile que Rob ait eu à faire depuis le jour où il avait pris la tête de son clan. Et cette action n'était pas sans conséquence.

Dougal fit un pas en arrière, laissant entendre qu'il n'avait plus rien à dire et Rob reprit sa place au centre de l'estrade.

— J'ai déjà commencé à rassembler des informations, dit-il en profitant du silence qui s'était installé dans la foule. Au moment même où je vous parle, mes messagers sont en train de recueillir toutes les informations qui pourront nous être utiles. Ainsi, dès leur retour, je pourrai établir un plan d'attaque.

Sur ces mots, il congédia ses hommes d'un geste nonchalant, en espérant que personne ne défierait son autorité.

Tandis que la foule se dispersait, Rob s'approcha de la table et se servit une pinte d'ale. Lorsqu'il se retourna, son regard croisa celui de Dougal qui n'avait pas bougé depuis son discours. Sans dire un mot, Rob remplit une autre pinte d'ale et la lui tendit.

— Tu as été très convaincant, dit Dougal en portant le verre à ses lèvres.

Il but quelques gorgées et s'essuya la bouche du revers de la main avant de reprendre :

— As-tu un plan ?

— Tu veux dire un autre que de prier le Seigneur pour un miracle ?

— Ton regard t'a trahi, répliqua Dougal en riant. Tu n'as jamais su mentir.

Il observa quelques instants de silence et rapidement, tout signe d'amusement disparut de son visage.

— Que comptes-tu faire à présent ?

— Gagner du temps, répondit Rob en soupirant. Je n'arrive pas à comprendre pourquoi ils veulent attaquer les MacLerie aussi vite. Je peine à croire que je sois le seul à être conscient de leur force.

Regardant les serviteurs dresser la table pour le dîner, il avala une gorgée d'ale. La salle à manger n'était peut-être pas aussi spacieuse que celle de Lairig Dubh, mais c'était *sa* salle et *son* château. Et il avait prêté serment de protéger les siens coûte que coûte. Sauf que cette fois-ci, il allait devoir les protéger d'eux-mêmes. Oui, il se passait quelque chose d'étrange entre ces murs, il en était certain. Pourquoi vouloir s'allier à tout prix aux MacKenzie et se mettre à dos la Bête des Highlands ? Ça n'avait pas de sens.

— Est-ce que je peux faire quelque chose ? s'enquit Dougal en posant sa pinte vide sur la table.

Rob était sur le point de lui répondre lorsque Ellyn, une des jeunes filles du clan, apparut, un hanap d'ale à la main. Elle remplit le pichet et la pinte puis leur adressa un sourire avant de tourner les talons. Les deux hommes la suivirent du regard jusqu'à ce qu'elle disparaisse derrière la porte. La grâce de sa démarche et sa façon de rouler les hanches avaient un succès évident auprès de la gent masculine car quasiment tous se retournèrent sur son chemin.

— Oui, je disais donc... Est-ce que je peux faire quelque chose ?

L'esprit encore troublé par cette vision, Rob tourna son regard vers Dougal et le scruta un moment. S'il y avait bien une personne en qui il pouvait avoir pleine et entière confiance, c'était lui. Et puis, ses soupçons étaient un fardeau bien trop lourd à porter, il devait les partager avec quelqu'un. Il s'approcha de lui et lui dit à voix basse :

— L'un des nôtres semble vouloir à tout prix mettre à mal nos relations avec les MacLerie. Et, comme par hasard, ces derniers n'ont jamais été proches des MacKenzie. Quelqu'un tente de semer le trouble entre nous tous et je crains que la fin de cette histoire ne puisse être que tragique.

Il marqua un temps d'arrêt et regarda autour de lui afin de s'assurer que personne ne pouvait les entendre.

— Je soupçonne Symon d'être derrière tout ça, mais

je ne peux pas porter des accusations tant que je n'ai pas de preuves.

D'un air songeur, Dougal hocha la tête.

— Je vais voir ce que je peux faire, finit-il par répondre.

— Merci. J'ai une dette envers toi, dit Rob en lui donnant une tape amicale dans le dos.

Puis Dougal s'en alla, le laissant seul au milieu de la pièce. Il s'octroya un instant de répit avant de retourner à ses devoirs de chef de clan. Quelles seraient les requêtes de ses hommes aujourd'hui ? Les villageois allaient sans doute encore se plaindre de leur situation et, comme à leur habitude, les anciens ne manqueraient pas une occasion pour lui parler de son mariage. Ils étaient tous pressés de le voir épouser sa promise, la sœur de Symon, dans l'espoir que cette union mettrait un terme aux querelles au sein du clan. C'étaien toujours les mêmes histoires…

Rob avait encore du mal à s'adapter à cette vie, car, en tant que chef, il avait la responsabilité de Keppoch et tous ses habitants. A l'origine, rien ne portait à croire qu'il prendrait un jour la tête de son clan. De tous les enfants que son père, l'ancien laird, avait bien pu engendrer, Rob était son unique fils, mais il était né hors des liens du mariage. A l'époque, il était donc peu probable qu'il succède un jour à son père.

En tant que fils de la sœur du défunt laird, Symon avait bien plus de chances de devenir chef, une aspiration dont il ne s'était jamais caché. Seulement, ses ambitions avaient été anéanties par la grossesse de la dernière femme du laird, car tous étaient convaincus qu'elle portait un fils, l'héritier du chef du clan des Matheson. Hélas, le laird et sa femme, qui en était à son huitième mois de grossesse à l'époque, avaient trouvé la mort dans un accident et l'enfant tant attendu n'avait donc jamais vu la lumière du jour. Les anciens s'étaient alors réunis en urgence et, au grand dam de Symon, Rob avait été choisi comme nouveau chef.

Il pensa à Dougal, persuadé que ce dernier finirait par découvrir la vérité. En attendant, il devait s'entourer de ses hommes les plus fidèles afin de pouvoir déjouer les plans du traître. Oui, il comptait bien démasquer la personne qui se donnait tant de mal pour, non seulement usurper sa place, mais également semer le trouble parmi les MacLerie et les MacKenzie.

Du temps, il lui fallait juste un peu plus de temps.

Hélas, quelque chose lui disait qu'une catastrophe allait bientôt, très bientôt, lui tomber dessus.

2

Avec la désagréable sensation d'être observée, Lilidh se retourna sur sa selle une nouvelle fois. Etait-ce son imagination qui lui jouait des tours ou y avait-il bien quelqu'un qui les suivait ?

Elle plissa les yeux pour tenter d'apercevoir quelque chose dans l'obscurité de la forêt. Au bout de quelques instants, ne décelant aucun mouvement suspect derrière les arbres, elle concentra de nouveau son regard sur la route qui la menait vers Lairig Dubh. Elle ne voulait pas alarmer les gardes et ses compagnons de voyage inutilement, aussi préféra-t-elle garder ses doutes pour elle. Hélas, dès que l'escorte passa un virage, ses soupçons se trouvèrent confirmés.

Des hommes descendirent des collines qui bordaient la route et se jetèrent sur eux. La rapidité de l'attaque fut telle que Lilidh n'eut même pas le temps de réagir. Sans comprendre comment, elle se retrouva désarçonnée de sa monture et encerclée par cinq guerriers. Dégainant son poignard, elle parcourut un à un les visages de ces hommes. Elle était prête à les combattre, mais encore fallait-il qu'elle puisse lutter.

La main crispée sur le manche, elle fendit l'air de quelques gestes habiles tout en pivotant sur elle-même pour tenir ses assaillants à distance. Jetant discrètement un coup d'œil vers les autres, elle se rendit compte que tous ses gardes gisaient par terre, sans exception.

Prise de panique, elle inspira profondément et tenta de s'enfuir en courant, mais l'un des hommes l'attrapa par-derrière. Il la serra brutalement et elle essaya vainement de se débattre tout en cherchant à reprendre sa respiration.

Soudain, l'homme l'empoigna par les cheveux et tira dessus, lui renversant la tête en arrière. Son cou ainsi exposé, Lilidh comprit qu'une lame viendrait lui fendre la gorge d'un instant à l'autre. Soudain calme, elle attendit qu'on lui délivre le coup de grâce en adressant une dernière prière silencieuse au ciel.

— Qui est-ce ? s'enquit brusquement une voix grave derrière elle.

L'homme qui la tenait étroitement serrée contre lui se retourna, la forçant à faire de même. La tête toujours renversée en arrière, elle parvint à voir du coin de l'œil Isla, sa gouvernante. Le corps de la vieille femme était étendu au sol et un des agresseurs semblait vérifier si elle était encore en vie en la poussant du pied.

Ne voyant pas Isla réagir, Lilidh réprima un sanglot. Sa gouvernante qu'elle aimait tant, la femme qui l'avait vue grandir, était morte.

La vue embuée par des larmes de douleur et de dépit, elle se demanda ce qui avait pu se passer. Pourquoi avaient-ils été attaqués ? Et sur les ordres de qui ? Elle sentit son sang s'échauffer et son orgueil reprit aussitôt le dessus. Elle était la fille de la Bête des Highlands et personne ne pouvait la traiter de la sorte !

— Comment osez-vous ? Ne voyez-vous pas que nous voyageons sous la bannière des MacLerie ? s'exclama-t-elle, essayant de se libérer de l'emprise de son assaillant. Que diable voulez-vous ?

Un des hommes s'avança alors vers elle. Son regard, sombre et intense, la parcourut d'un air appréciateur si bien qu'elle voulut instinctivement faire un pas en arrière mais l'homme qui la tenait toujours l'en empêcha.

— Tu es la fille de MacLerie.

Lilidh jugea plus prudent de ne rien dire, d'autant plus que ce n'était pas une question mais une affirmation. Fière de ses origines, elle se contenta de lever dignement le menton. Ce revirement de situation inattendu lui permettait également de découvrir qui étaient ces hommes et pourquoi ils les avaient attaqués.

— Et vous, qui êtes-vous ? Pourquoi avez-vous tué cette femme ? Elle ne vous a rien fait !

L'homme qui la tenait tira de nouveau sur ses cheveux et elle réprima un cri de douleur. L'individu qui lui avait parlé ne dit rien. Il adressa un signe de tête à l'homme qui se trouvait près d'Isla puis à celui qui la tenait prisonnière.

Contrariée, Lilidh voulut protester mais avant qu'elle n'ait eu le temps de dire quoi que ce soit, quelque chose la frappa par-derrière et tout devint noir autour d'elle.

Au fur et à mesure que les jours passaient, Rob se demandait si l'enfer n'avait pas élu domicile sur ses terres. Chaque fois qu'il parvenait à trouver un terrain d'entente avec une partie de la famille, d'autres membres du clan revenaient à la charge avec une fermeté renouvelée.

Le regard perdu au loin, il but une autre gorgée d'ale, inquiet à l'idée de ce que pouvait bien lui réserver cette nouvelle journée. Comment Connor parvenait-il à diriger ses hommes d'une main de fer, sans pour autant déclencher des conflits au sein de son clan ? Allons, bien sûr que Connor n'avait aucune difficulté à se faire respecter par ses hommes, on ne le surnommait pas la Bête des Highlands pour rien.

Les clameurs incessantes de ses hommes le firent revenir à l'instant présent et il s'efforça de se concentrer sur ce qu'ils disaient. Exaspéré par leurs hurlements, il balaya l'assemblée d'un regard sombre. Parviendrait-il à forcer le respect des siens s'il tuait tous ses détracteurs, un par un ? Il chassa aussitôt cette idée saugrenue de son esprit.

Il finirait bien par établir un semblant d'ordre dans son clan ; toutefois, pour l'instant, il y avait autre chose qui le préoccupait bien plus : le comportement de Symon.

Son cousin ne lui inspirait guère confiance. Lui qui était d'habitude le premier à le contredire et à défier ses ordres, s'était montré étrangement calme ces derniers temps. De plus, cela faisait déjà plusieurs jours qu'il avait quitté le château sans même prévenir et que personne ne savait où il était parti. Symon manigançait quelque chose, il en était certain.

Il était sur le point d'appeler Dougal sur l'estrade, lorsque les portes de la salle s'ouvrirent en grand sur Symon. Suivi par quelques guerriers, il franchit le seuil et un brouhaha de voix excitées envahit la pièce.

Surpris par cette irruption, Rob fit signe à son commandant et ce dernier s'empressa d'appeler d'autres gardes. Tandis que les nouveaux arrivants se frayaient un chemin vers l'estrade, des gardes vinrent se poster un peu partout dans la salle.

L'expression qu'arborait Symon en s'avançant vers lui ne présageait rien de bon. Il semblait tellement fier qu'il n'avait sans doute même pas remarqué les gardes qui affluaient dans la pièce.

— Rob, dit Dougal en s'approchant de lui, ce vacarme n'augure rien de bon.

Il se plaça derrière lui et Rob acquiesça de la tête sans jamais détacher le regard du peloton qui arrivait à la hauteur de l'estrade. Selon les apparences, une attaque, verbale ou physique, ne saurait tarder.

— Notre patience a atteint ses limites, mon *laird*, s'exclama Symon une fois devant lui.

Le mépris avec lequel il avait prononcé son titre lui déplut souverainement, mais Rob ne dit rien, attendant la suite.

— Les Matheson ne serviront pas les intérêts d'un chef qui refuse de se comporter comme tel.

A peine eut-il prononcé ces mots que des cris s'élevèrent autour d'eux. La salle fut rapidement envahie par tous ceux qui venaient écouter le discours vénéneux prononcé par Symon. Ce dernier, sans doute porté par l'intérêt soudain qu'il venait de susciter, fit un signe de la main pour calmer la foule.

— Quoi qu'il en soit, poursuivit-il, tout cela n'a plus trop d'importance car j'ai fait ce qu'il fallait, ce qu'il y avait de mieux pour notre clan, ce que *toi* tu n'avais pas le courage de faire.

Comme pour accentuer ses propos, Symon s'avança mais Rob se leva et lui bloqua le passage dès qu'il eut posé son pied sur la première marche de l'estrade. Un silence tendu s'instaura dans la pièce et tous les regards se braquèrent sur eux.

Une main posée sur le manche de son épée, Dougal s'approcha d'eux et Rob, le voyant faire, secoua la tête. Son ami s'arrêta net sans pour autant quitter Symon des yeux.

— Je te prierais de bien vouloir mesurer tes paroles, Symon, finit-il par dire en forçant le passage, ce qui obligea son cousin à reculer. *Je* suis le chef de ce clan et c'est donc à *moi* que revient la responsabilité de prendre les décisions.

Pour asseoir son autorité, il croisa les bras sur sa poitrine et contempla la réaction de Symon et ses acolytes pendant que tous ceux qui lui étaient fidèles venaient se placer derrière l'estrade, en signe de soutien. Tous les anciens se rangèrent de son côté, sauf Murtagh. Rob ne fut pas surpris en voyant ce dernier rester à côté de son cousin. Après tout, le vieil homme n'avait jamais caché sa préférence pour Symon.

— Tu refuses obstinément de prendre les mesures nécessaires à l'encontre des MacLerie, répéta Symon, visiblement moins sûr de lui.

L'estomac de Rob se noua aussitôt. Il avait eu raison : les ennuis ne faisaient que commencer.

— Lachlan ! appela Symon tout en faisant un signe de la main en direction de ses compagnons.

Les guerriers reculèrent et un homme, portant un gros sac en toile par-dessus son épaule, s'avança vers eux. Symon se retourna alors de nouveau vers lui, un sourire narquois aux lèvres. Soudain, le sac bougea légèrement. En le regardant de plus près, Rob comprit qu'il avait la taille et la forme d'un corps humain. Seigneur Dieu !

— Symon, gronda-t-il entre ses dents, qu'as-tu fait ?

Il détourna son attention de son cousin et reporta le regard sur Lachlan. Sans le moindre égard pour la personne qui se trouvait dedans, l'homme jeta le sac à ses pieds puis fit un pas en arrière. Rob ignorait encore ce qui allait résulter de tout cela — rien de bon certainement — mais il s'efforça de garder son calme.

— Eh bien Symon, qu'attends-tu ? s'enquit-il d'une voix qu'il espérait posée. Tu t'es donné tant de mal pour mettre au point cette petite mise en scène, montre-nous donc ce qu'il y a dans ce sac.

Tout sourire, Symon s'exécuta, sans broncher pour une fois. Il s'accroupit devant le sac et dénoua les cordons qui le maintenaient fermé. Puis il tira brusquement sur la pièce de tissu, délivrant ainsi le corps, inerte, d'une jeune femme. Un sac lui couvrait la tête et elle avait les pieds et les mains liés. Symon lui donna un léger coup de pied mais la femme ne bougea pas.

Rob se retint pour ne pas sauter à la gorge de son imbécile de cousin. Il ne supportait pas que l'on maltraite les femmes, pas plus que les vieillards ou les enfants. Et cette pauvre femme, avait-elle succombé au traitement rude de ces hommes ?

— Que diable as-tu donc fait, Symon ? explosa Rob. As-tu perdu l'esprit ?

Il s'agenouilla devant la femme et lui ôta le sac de la tête. Ses cheveux lui tombaient sur le visage et un épais bâillon lui recouvrait la bouche qu'il enleva également. Il fit signe à une des servantes pour qu'elle vienne s'occuper d'elle et se redressa.

— Qui est-elle et pourquoi l'as-tu enlevée ? s'enquit-il à voix basse en tirant son cousin par le bras.

— Nous ne l'avons pas enlevée, Rob, rétorqua celui-ci. C'est une prisonnière de guerre.

— Mais nous ne sommes *pas* en guerre !

Le silence de Symon lui donna à réfléchir et un terrible doute s'insinua dans son esprit. Non, ce n'était pas possible ! Même une personne aussi effrontée que Symon n'était pas capable de faire une chose pareille. A moins que… La jeune femme qui gisait à ses pieds, était-ce Lilidh MacLerie ?

Rob jeta un coup d'œil par-dessus l'épaule de Symon en direction de la jeune femme qui semblait toujours inconsciente. La servante lui avait repoussé les cheveux en arrière et lui nettoyait le visage avec un chiffon humide.

Il l'examina en commençant par ses pieds, craignant trop de voir son visage et de la reconnaître. Ses vêtements élégants et les bagues, surtout l'alliance, qu'elle portait aux doigts attirèrent son attention en premier. Lentement, il remonta vers son visage, notant la finesse de son cou, ses traits délicats et ses lèvres… Ces lèvres pulpeuses qui l'avaient autrefois rendu fou de passion et qui hantaient encore ses rêves. Seigneur, il n'y avait aucun doute, c'était bel et bien Lilidh.

Rob détourna le regard pour le porter sur Symon. En lisant la fureur sur son visage, ce dernier ne put retenir un mouvement de recul.

— Tu as enlevé la fille de MacLerie, affirma Rob d'une voix dangereusement calme. La fille de MacLerie qui est, pour couronner le tout, mariée à Iain MacGregor ?

Enfin, sa rage explosa. Il laissa échapper un chapelet de

jurons en pensant aux ennuis que tout cela entraînait. Par ses actes, Symon n'avait pas uniquement déclaré la guerre aux MacLerie, mais également aux MacGregor. Et il l'avait fait de la pire manière qui soit car il ne s'était pas attaqué à leurs biens, mais à un de leurs membres les plus chers, à la fille de la Bête des Highlands. Dieu tout-puissant, comment allaient-ils se tirer de ce mauvais pas ?

— Dougal, assure-toi que les gardes soient tous sur le pied de guerre.

Il chercha ensuite son serviteur du regard.

— Brodie, s'exclama-t-il en le voyant, dis aux familles vivant aux abords du village de se rapprocher du centre. Il faut également mettre nos vivres et provisions à l'abri. L'imbécillité de mon cousin nous met tous en danger.

D'un coup d'épaule, il poussa Symon et, sans un regard pour lui, se dirigea vers Lilidh. Plusieurs bleus tuméfiaient son visage et ses ongles étaient ébréchés et cassés. Bien sûr, elle ne s'était pas rendue sans se battre. La connaissant, cela ne l'étonnait guère.

Il remarqua alors de sombres marques autour de son cou et serra les poings. Que lui avaient-ils donc fait ? Portait-elle d'autres traces de violences sur le corps ?

— Comment l'as-tu trouvée ? demanda-t-il à Symon en se retournant vers lui.

Son cousin lui répondit par un sourire de défi et Rob inspira pour contenir la rage qui l'agitait. Rien ne lui aurait fait plus plaisir que de le clouer au sol et de le rouer de coups.

Comme Symon gardait le silence, il fut sur lui en une seconde et le saisit par le cou. Il le fit reculer jusqu'à ce qu'il se retrouve acculé contre le mur.

— Où sont les autres ? Son escorte ?

Le regard de Symon se porta sur quelqu'un ou quelque chose derrière lui, Lachlan était sans doute prêt à lui bondir dessus. Il fit un signe de la tête et ses hommes se jetèrent aussitôt sur le guerrier.

— Où sont les autres, Symon ? cracha-t-il encore une fois.

Il resserra les doigts autour de son cou, lui arrachant un hoquet douloureux.

— Elle se… Elle se rendait à Lairig Dubh. Nous… Nous avons attendu qu'elle… qu'elle quitte les terres des MacGregor, bafouilla Symon.

— Et qu'est-il advenu de ses gardes ? Ses servantes ? Je doute que la fille de MacLerie, épouse d'un MacGregor, voyage seule.

— Nous avons pris leurs chevaux et les avons laissés dans la forêt.

— Quelqu'un vous a-t-il vus ?

Rob connaissait déjà la réponse à sa question. Symon voulait que les MacLerie et les MacGregor sachent qui avait perpétré cet enlèvement. C'était ni plus ni moins une déclaration de guerre.

Il repoussa Symon et celui-ci tomba sur les genoux. Rob se tourna vers la servante qui s'occupait de Lilidh.

— Trouvez-lui une chambre, ordonna-t-il.

— C'est ma prisonnière, Rob, entendit-il Symon protester derrière lui. Je veux qu'on l'enferme dans la tour.

Rob serra les poings de toutes ses forces. La tour, du moins ce qu'il en restait, était l'une des parties les plus anciennes du château. Le toit avait été frappé par la foudre et s'était effondré, la réduisant ainsi à une sorte d'enclos de pierres. Exposé aux intempéries, l'endroit n'avait pas servi depuis très longtemps. De temps en temps, bien que très rarement, on y enfermait des prisonniers, mais Lilidh n'avait clairement pas sa place là-bas.

Rob était sur le point de se retourner vers son cousin pour lui faire comprendre qu'il n'était guère en position d'exiger et de revendiquer quoi que ce soit lorsqu'un mouvement attira son attention.

Lilidh s'était relevée et s'était emparée du poignard de l'un des hommes qui se tenaient près d'elle. D'un geste vif, elle saisit la servante puis l'attira à elle et pressa la lame contre son cou. Son regard était empreint d'une certaine confusion et elle semblait hors d'elle.

Rob leva doucement les mains pour montrer qu'il n'était pas armé et s'avança vers elle d'un pas tranquille.

— Calme-toi *lass*, dit-il d'un ton serein, Edith ne t'a rien fait, laisse-la partir et tout ira bien.

Et Lilidh l'aurait certainement écouté si son abruti de cousin et ses hommes n'avaient pas commencé à se moquer d'elle en l'accablant de propos injurieux. Visiblement perdue et blessée, elle regarda autour d'elle, essayant de trouver un moyen de s'échapper. Sans lâcher Edith, elle commença à reculer en vacillant.

Le regard vide, elle trébucha plusieurs fois et Rob fronça les sourcils. Elle souffrait certainement d'une blessure à la tête, elle semblait sur le point de s'évanouir. Il la suivit sans trop s'approcher d'elle. Les paroles qu'il lui adressait se voulaient rassurantes et apaisantes, mais les cris de la foule étaient si intenses qu'ils couvraient sa voix.

— Silence ! hurla-t-il, à bout de nerfs.

Tous se calmèrent aussitôt et Lilidh, profitant de la stupeur générale pour s'échapper, poussa Edith dans ses bras avant de se précipiter vers la porte.

Dès que la servante eut repris son équilibre, il s'élança à la poursuite de la jeune femme. Comment pouvait-elle courir aussi vite, avec sa jambe blessée ? Malheureusement, Symon fut plus rapide que lui. Il lui bloqua le passage en se plaçant devant la porte et elle fut obligée de s'arrêter.

— Voyons, voyons, dit-il en croisant les bras, ne m'oblige pas à avoir recours à la force une nouvelle fois.

En entendant cela, Rob eut une envie irrépressible de le tuer mais il se retint. Il devait déjà essayer de raisonner Lilidh avant que les choses n'empirent. A en juger par sa réaction, elle ignorait où elle se trouvait et qui il était. Elle ne l'avait sans doute pas reconnu et cela ne le surprenait point, il avait bien changé depuis la dernière fois qu'ils s'étaient vus. Pourtant, lui, en dépit des années passées, n'avait jamais pu l'oublier. Il s'approcha lentement d'elle, sachant qu'il devait s'y prendre avec précaution afin de la mettre en confiance.

— Lilidh MacLerie, appela-t-il.

Serrant toujours le poignard dans sa main, elle se retourna vers lui.

— Lilidh, répéta-t-il, ne te souviens-tu donc pas de moi ?

Derrière elle, Symon fit un geste brusque et Rob le transperça d'un regard noir, si bien qu'il s'arrêta net. Des gardes vinrent se placer à côté de lui et il ne fit plus aucun mouvement pour s'approcher. Une haine profonde se lisait sur son visage, mais Rob ne s'en souciait guère pour le moment.

Non sans surprise, la main avec laquelle Lilidh brandissait le poignard tremblait fortement et tout portait à croire qu'elle allait s'effondrer d'un moment à l'autre. Elle parvint tout de même à se redresser et porta son autre main à son visage pour écarter une mèche de cheveux qui lui tombait sur les yeux.

— Qui êtes-vous ? s'enquit-elle en regardant désespérément autour d'elle. Que me voulez-vous ? Mon père est-il au courant de ce que vous avez fait ?

Lorsque son regard croisa enfin le sien, Rob lui sourit. Elle le dévisagea un long moment puis une lueur de stupéfaction passa dans ses beaux yeux verts. Secouant lentement la tête, elle ouvrit plusieurs fois la bouche mais ne dit rien. Il ne savait pas comment interpréter sa réaction ; néanmoins, il profita de son état de choc pour lui saisir le poignet.

Le poignard tomba par terre et il l'écarta d'un coup de pied. Lilidh commença aussitôt à se débattre et recula, essayant de se libérer de son emprise. Apparemment, elle n'avait rien perdu de son tempérament de feu.

Pour qu'elle ne se blesse pas davantage, il l'attira brusquement vers lui, le dos contre son torse. Une odeur de sang emplit alors ses narines et il baissa les yeux. Ses cheveux étaient ensanglantés, elle avait été frappée à l'arrière de la tête. Voilà pourquoi elle avait du mal à garder l'équilibre. Il resserra doucement son étreinte et se pencha à son oreille.

— Lilidh, tu es en sécurité avec moi, personne ne te fera du mal, lui chuchota-t-il.

Il songea à toutes les fois où il avait rêvé de la tenir de nouveau dans ses bras. C'était dans d'autres circonstances, moins dangereuses que celle-ci ; malgré tout, son corps réagit tout de suite au contact de ses courbes voluptueuses.

Hélas, d'ici quelques instants, elle allait savoir qui il était et plus jamais il ne pourrait la tenir ainsi, son corps pressé contre le sien. D'autant plus qu'elle était une femme mariée et la fille d'un chef de clan puissant alors que lui n'était que le fils bâtard de l'ancien laird. Un chef bâtard qui ne parvenait même pas à se faire respecter des siens.

Tout les séparait, ni lui ni personne ne pouvait revenir sur le passé. Alors, autant se concentrer sur le présent. Il prit une profonde inspiration, redoutant et regrettant ce qui allait suivre.

— Lilidh, c'est moi, Rob Matheson.

A ces mots, Lilidh se raidit. Il relâcha légèrement son étreinte, lui permettant ainsi de se tourner vers lui, ce qu'elle fit aussitôt. Elle scruta son visage un court instant, cherchant sans doute à distinguer les traits du jeune garçon qu'il avait été.

Hormis la peur, il discerna dans son regard de la confusion, puis son expression changea du tout au tout. Un éclair passa dans ses yeux et il fut rassuré de voir que sa colère prenait enfin le dessus. Il guetta son prochain mouvement, y voyant un éventuel moyen de tourner la situation à son avantage, mais aussi de lui éviter le pire.

Et, comme il l'avait prédit, sa réaction ne se fit pas attendre. Elle leva la main pour le gifler mais il saisit son poignet au vol et l'immobilisa.

— Je suis également ravi de te revoir Lilidh, dit-il d'une voix posée. Ça fait longtemps, n'est-ce pas ?

— Espèce de goujat ! s'écria-t-elle. C'est toi qui as orchestré tout cela ?

Il voulut lui répondre mais Dougal l'appela et il tourna la tête vers lui.

— Les villageois commencent à se rassembler et des gardes surveillent l'entrée du village, dit ce dernier tout en examinant Lilidh.

Il la détailla d'un regard appréciateur, qui n'échappa pas à Rob.

— C'est la fille de MacLerie je suppose, dit-il sans la quitter des yeux.

— Oui, sa fille aînée, répondit Rob en s'efforçant de maîtriser sa voix, bien que le regard de Dougal sur elle le mette en fureur.

— Et vous vous connaissez… bien ?

— Ne sois pas ridicule, Dougal.

Piqué au vif, il libéra Lilidh de son étreinte et la poussa vers son cousin.

— Tiens, occupe-toi d'elle au lieu de poser des questions inutiles. Enferme-la quelque part, décréta-t-il.

Dougal plissa les yeux et son regard passa de Rob à Lilidh plusieurs fois.

— Symon a dit de l'enfermer dans la tour. Partages-tu son avis ou préfères-tu la confiner autre part ?

Le regard de Dougal ainsi que ses questions lourdes de sous-entendus le mettaient en rage, d'autant plus qu'il ne savait pas quoi répondre.

Où voulait-il l'enfermer ?

Auprès de lui, nue, dans son lit.

Surpris par la force de ces pensées indécentes, il se ressaisit aussitôt. Il secoua la tête tout en réfléchissant à un endroit plus approprié.

En y repensant, la tour était de loin le meilleur choix. On pouvait accéder à la pièce tout en haut par un seul escalier et l'endroit serait bien gardé de sorte que personne, ennemi ou pas, ne puisse y accéder. Car, si les MacLerie ou les MacGregor décidaient de leur donner l'assaut, ils feraient sans doute tout leur possible pour ne pas mettre en péril la vie de Lilidh. Comme la tour faisait partie du château, cela ferait gagner du temps à son clan. En plus, en sachant Lilidh enfermée là-haut, la satisfaction de Symon serait complète, ce qui lui permettrait de le tenir encore un peu sous sa coupe.

Perdait-il l'esprit ? Comment pouvait-il seulement envisager une chose pareille ?

La tour était vétuste, et sa seule et unique pièce était exposée aux pluies et aux vents pratiquement incessants la nuit. Elle tomberait malade. Et puis, si les MacLerie ou les MacGregor venaient à apprendre les conditions de sa captivité, cela ne ferait qu'envenimer les choses. Et la situation était déjà bien assez difficile comme cela.

Conscient du silence pesant qui s'était installé dans la salle, Rob passa la main dans ses cheveux d'un geste nerveux et recula d'un pas. Tous les regards étaient braqués sur lui. Symon, Dougal, les anciens, ses hommes ainsi que ses détracteurs, *tous*, attendaient sa réponse. Une réponse qui serait, dans tous les cas, lourde de conséquences.

— Emmène-la dans ma chambre, ordonna-t-il.

Un sourire sardonique aux lèvres, Dougal haussa un sourcil et Rob détourna le regard. Aussitôt, ses hommes et les partisans de Symon se lancèrent dans un débat houleux et un vacarme s'éleva derechef dans la salle.

Il était grand temps de prendre les choses en main et

de mettre fin à cette folie. Non seulement il allait rappeler tout le monde à l'ordre, mais par la même occasion il allait se faire encore plus haïr de Lilidh. De toute façon, il n'avait pas le choix.

— Tu ne peux pas faire ça ! Elle est *ma* prisonnière ! s'exclama Symon avec un grand geste du bras.

Incapable de lutter encore pour garder son sang-froid, Rob se dirigea vers lui et lui donna un coup de poing en pleine figure. Symon tomba par terre, sonné.

— Ecoute-moi bien Symon, rugit-il en se penchant vers lui. Ici, c'est *moi* le chef et elle est *ma* prisonnière. Tu voulais provoquer une confrontation avec les MacLerie en enlevant leur fille ? Tu l'as fait. A partir de maintenant, c'est moi et moi seul qui m'occuperai d'elle. D'ailleurs, tu devrais être satisfait : la mettre dans mon lit ne fera qu'attiser encore plus leur colère.

— Jamais je ne..., s'emporta Lilidh, mais Rob ne lui laissa pas le temps de finir sa phrase.

Il s'approcha d'elle et la saisit par les épaules avant de s'emparer de sa bouche, la réduisant ainsi au silence. Et il obtint, par ce geste, l'effet recherché : tous se mirent à l'acclamer et à crier son nom.

Il avait vu juste, ce baiser était une bonne manière de renforcer la position qui était la sienne au sein de son clan, mais aussi de faire comprendre à tous que, à partir de ce moment, la prisonnière lui appartenait corps et âme. Ainsi, elle serait en sécurité, à l'abri des avances des hommes.

Cependant, lorsqu'il sentit Lilidh entrouvrir ses lèvres de stupeur, ce baiser devint bien plus qu'une simple manifestation de sa fermeté. Rob goûta la saveur sucrée de ses lèvres qui lui avait tant manqué au cours de ces quatre dernières années. La passion qu'il croyait pourtant éteinte à jamais, s'éveilla brusquement en lui.

Toutes les raisons pour lesquelles leur histoire avait brutalement pris fin lui parurent soudainement dénuées de sens. Ce baiser avait fait disparaître comme par magie tous les doutes et les questions qui le rongeaient depuis longtemps.

Comme c'était bon de sentir ses lèvres pressées contre les siennes ! Son sang s'enflamma dans ses veines et son corps se durcit de désir… Lorsqu'elle lui mordit la langue ! Jusqu'au sang !

Il rompit aussitôt le baiser et lutta pour retrouver son contrôle. Comment avait-il pu être aussi stupide en se laissant aller ainsi ? Jamais il n'aurait dû l'embrasser. Jamais !

D'un geste brusque, il la repoussa vers Dougal puis essuya le sang de sa bouche du revers de la main.

— Symon, va m'attendre dans le parloir. Quant à toi Dougal, emmène la prisonnière dans ma chambre et n'hésite pas à l'attacher si cela s'avère nécessaire. Je m'occuperai d'elle plus tard.

Dougal tira Lilidh par le bras et, cette fois-ci, elle ne dit rien, se laissant entraîner vers la porte. Mais, avant de disparaître dans la foule qui s'était fendue en deux pour ouvrir un passage, elle lui décocha un regard froid et résolu qui promettait de dures représailles. Elle ne comptait visiblement pas en rester là.

Faisant mine d'ignorer ce message d'avertissement, Rob lui tourna le dos. Pour l'instant, il avait des problèmes bien plus graves à régler même s'il craignait que tous ses efforts soient vains. Son clan n'était pas préparé à subir les foudres des MacLerie. Pas encore, pas tout de suite.

Malgré cela, il se sentait plus à même de se mesurer à Connor plutôt que d'affronter la colère de Lilidh. Allons, de toute façon, il n'échapperait ni à l'un, ni à l'autre.

3

Sans se départir de son calme, Lilidh essaya de monter les escaliers, mais l'épuisement commençait à avoir raison de ses forces.

Lorsqu'ils eurent atteint la deuxième volée de marches, son corps la trahit et elle serait certainement tombée si l'homme de confiance de Rob ne l'avait pas retenue. Ce dernier la souleva et la porta le reste du chemin qui menait à la chambre de Rob. Cette fois-ci, elle n'essaya même pas de se débattre. Sa tête lui faisait atrocement mal, à un point tel qu'elle en éprouvait nausées et vertiges. Elle était fatiguée, anéantie.

Surtout, elle ne parvenait pas à saisir les tenants et les aboutissants de toute cette histoire, et des milliers de pensées tourbillonnaient dans son esprit. Elle était furieuse et confuse, et étrangement rassurée tout à la fois.

Les Matheson avaient apparemment décidé de mettre un terme à l'accord qui les liait aux MacLerie. Cependant, en dépit de cela et de l'animosité qui régnait entre elle et Rob, elle était persuadée que ce dernier était incapable de lui faire le moindre mal. Certes, il l'avait embrassée de force avant d'affirmer qu'il la mettrait dans son lit pour… Un frisson parcourut son dos à cette pensée. Le souvenir troublant du baiser qu'ils avaient échangé fit pulser le sang dans ses veines.

L'homme qui la portait, Dougal lui semblait-il, tourna

brusquement au coin d'un autre couloir, la tirant ainsi de ses réflexions.

— Nous sommes presque arrivés, dit-il d'une voix posée.

Pourquoi se montrait-il aussi complaisant avec elle ? N'était-il pas censé l'attacher et la traiter comme ce qu'elle était : une prisonnière ? Tout cela n'avait aucun sens.

Il s'arrêta enfin devant une porte et attendit que l'une des servantes la lui ouvre. Il pénétra dans la pièce et la posa lentement sur ses pieds, à côté du lit.

Lorsque son pied toucha le sol, une douleur aiguë lui transperça la jambe et Lilidh vacilla avant de tomber par terre. Dans un réflexe, elle s'agrippa à sa cuisse de ses deux mains et appuya fort sur la partie qui lui faisait mal. Elle aurait voulu pouvoir éviter de faire cela, surtout en présence d'inconnus, mais la douleur était trop forte.

— Quel sauvage ce Symon ! s'énerva Dougal en s'accroupissant devant elle. Qu'est-ce qu'il vous a fait ?

Il tendit la main vers elle, sans doute pour lui soulever ses jupons.

— Non ! s'écria-t-elle en reculant brusquement.

Personne ne verrait jamais sa jambe. Personne.

— C'est juste une crampe, rien de plus, finit-elle par dire en resserrant ses jupons autour de ses jambes.

Elle disait la vérité après tout, c'était bel et bien une crampe.

Dougal se redressa et l'examina de la tête aux pieds. Puis, au bout de quelques instants, il poussa un soupir en croisant les bras sur sa poitrine.

— Bon. En revanche, vous ne pouvez pas nier le fait que vous avez été blessée à la tête. Avez-vous d'autres blessures ?

Mis à part celle qui rongeait son cœur ? Chassant cette pensée malvenue, elle se concentra sur la douleur qui terrassait son corps.

— Juste quelques bosses et des bleus je crois, répondit-elle en levant le regard vers lui. Je présume que vous êtes l'homme de confiance de Rob ?

— Allez, dit-il en lui tendant la main et en ignorant visiblement sa question, essayez de vous relever.

Sachant qu'elle ne pourrait pas se redresser seule, elle prit sa main et il la releva d'un mouvement fluide.

— Voilà…, dit-il.

Une fois qu'elle fut debout, il ne lui lâcha pas la main et elle l'en remercia silencieusement. Une nouvelle vague de douleur lui envahit la jambe et elle serra les dents pour réprimer un sanglot.

Ce n'était ni l'endroit ni le moment de montrer un signe de faiblesse. Non, elle ne pouvait pas se le permettre. Elle ne devait pas oublier qu'elle était ici en tant que prisonnière et serait donc traitée comme telle. Et puis son enlèvement allait certainement provoquer une violente réaction de la part de son clan. Désormais, elle ne se faisait plus aucune illusion sur ses chances de ramener la paix entre Rob et les siens.

Une fois de plus, elle s'était laissé bercer par un faux espoir. Quelle sotte !

Comment avait-elle pu penser qu'elle parviendrait à venir à bout de ses ravisseurs ? Et comment avait-elle pu se laisser réconforter par l'idée qu'elle pourrait arranger les choses entre son père et Rob ? Surtout, comment avait-elle pu croire un seul instant qu'elle ne ressentirait plus *rien* en revoyant Rob après tout ce temps ?

Un grincement du parquet l'arracha à sa réflexion. Dougal avait tiré une chaise vers elle et lui faisait signe de s'asseoir.

Pour refouler la douleur, elle inspira profondément. Malgré sa peur de tomber, elle franchit, en quelques petits pas vacillants, la distance qui la séparait de la chaise. Elle s'assit dessus et ferma les yeux. Dougal allait certainement suivre les ordres de Rob : il allait l'attacher à cette chaise.

Elle resta ainsi quelques instants puis, constatant qu'il ne se passait rien, elle entrouvrit les yeux. Sous ses cils baissés, elle vit que Dougal la regardait et… lui tendait un gobelet.

— Buvez ça, dit-il en l'approchant de sa bouche.

Méfiante, Lilidh huma le parfum du liquide foncé mais n'y décela que l'odeur des herbes dont on se servait pour corser le vin. Elle prit le gobelet et le porta à ses lèvres.

— Ça apaisera la douleur pendant que Beathas soignera votre blessure à la tête.

A ces mots, Lilidh tourna légèrement la tête et remarqua une femme qui se tenait debout, à l'entrée de la chambre. Elle reconnut en elle la servante qui leur avait ouvert la porte.

Sa jambe la faisait tellement souffrir qu'elle en avait presque oublié son horrible mal de tête. Dans un état pareil, elle était incapable d'échafauder un plan pour s'enfuir. Mais, une fois que sa blessure serait pansée, elle s'attellerait à trouver un moyen pour s'échapper d'ici. En premier lieu, elle devait découvrir ce qu'il était advenu de ses compagnons de voyage.

— Qu'est-il arrivé à mes gardes ? Et ma gouvernante ? Où sont-ils tous ? s'enquit-elle en réprimant un frisson.

La dernière fois qu'elle les avait vus, ils gisaient tous par terre sans signe de vie. Son cœur se serra à ce souvenir.

L'homme haussa les épaules.

— Le laird m'a ordonné de m'occuper de vous. J'ignore tout de ce qui leur est arrivé.

Voyant qu'elle ne tirerait rien de plus de lui, Lilidh préféra ne pas insister et but d'une traite le breuvage qu'elle tenait dans la main. Elle sentit le liquide couler dans sa gorge et serra les mâchoires. Son goût fort et amer lui était familier, il s'agissait sans doute d'une potion pour la faire dormir. Elle se surprit à espérer qu'elle avait raison car la douleur dans sa tête devenait insoutenable. Elle tendit le gobelet vide et la servante le lui prit des mains.

Les effets du vin ne se firent pas attendre. Toute sa force, du moins le peu qu'il lui restait, sembla la quitter. Son attention vacillante fut attirée par le feu qui crépitait dans la cheminée et elle fut comme ensorcelée par les flammes dansantes. Sans quitter l'âtre des yeux, elle sentit sa tête devenir de plus en plus lourde. Elle percevait des chuchotements autour d'elle, mais était incapable de discerner le moindre mot.

D'un coup, toute la pièce se mit à tourner. Son regard se posa sur la porte qu'elle observa sans la voir, en pleine confusion.

Sans succès, elle essaya d'ordonner les pensées qui se bousculaient dans sa tête. Cela lui provoqua un fou rire qu'elle ne put retenir. Son sang battait à ses tempes et elle se sentait légère comme une plume.

Soudain, la porte s'ouvrit et claqua contre le mur. Dans l'écartement du chambranle se tenait une silhouette qu'elle reconnut immédiatement, en dépit de la drogue qui prenait possession de son corps.

Rob.

Contre son gré, Lilidh fut submergée par un irrépressible flot de souvenirs. Elle le voyait encore, jeune garçon, jouant sans cesse avec son frère, s'entraînant au combat avec les siens. Il avait grandi avec elle et voilà qu'il était devenu un homme, solide, viril.

Une autre image s'imposa alors à son esprit : leur premier baiser.

Elle tressaillit en se remémorant la sensation enivrante qu'avait provoquée ce baiser chaste et passionné à la fois, le contact de ses lèvres contre les siennes.

Elle croisa son regard et comprit vaguement que toutes les émotions qu'elle croyait éteintes à jamais se réveillaient en elle. La passion qu'ils avaient partagée, l'envie irrésistible qu'elle avait de se lover dans ses bras, la délicatesse de son toucher. Lilidh revivait tout cela avec une telle acuité qu'elle en fut physiquement troublée.

Puis elle se souvint du regard dur et hostile qu'il lui avait adressé lorsque… lorsqu'il lui avait brisé le cœur. D'ailleurs, il arborait un air similaire à celui qu'il avait affiché ce fameux jour où son monde s'était écroulé autour d'elle. Aussitôt, les doux souvenirs s'envolèrent pour laisser place à la froideur et à l'amertume.

Elle croisa son regard qui la fixait intensément et un frisson remonta le long de son dos. Ses yeux bleus étaient sombres et elle pouvait y lire de la colère. Contre elle ? Ce serait le comble !

La peur qu'elle éprouvait il y avait encore quelques instants disparut tout à fait. Les effets relaxants du vin y étaient sans doute pour beaucoup. Tant bien que mal, elle parvint à se hisser sur ses jambes flageolantes. Il était hors de question qu'elle partage son lit et elle comptait bien le lui faire savoir.

— Jamais je ne serai ta maîtresse, annonça-t-elle en relevant le menton.

Ses mots résonnèrent dans sa tête et une douleur vive lui transperça le crâne, si bien qu'elle crut que ses tympans allaient éclater.

Rob continuait de la regarder sans rien dire. Après ce qui lui sembla durer une éternité, il ordonna à Dougal et à la servante de sortir de la chambre et ces derniers s'exécutèrent sans dire un mot.

La porte claqua sur eux avec un bruit qui lui sembla assourdissant et Rob abaissa le loquet. Elle était prise au piège, elle n'avait nulle part où fuir.

— Sache que je ne te rendrai pas la tâche facile, déclara-t-elle.

A sa grande surprise, il étouffa un petit rire. Etait-elle en train de rêver ? Elle s'attendait à n'importe quelle réaction de sa part, excepté celle-ci. C'est alors qu'il la regarda avec un sourire triste, à peine perceptible, et elle fut prise d'une envie soudaine de l'enlacer… pour le consoler. Seigneur, que lui arrivait-il ?

Instinctivement, elle couvrit sa bouche de sa main. Si seulement elle n'avait pas bu le vin ! Elle aurait été plus à même de le dissuader de…

— Te connaissant, je n'en doute pas une seconde, finit-il par répondre.

Il fit un pas vers elle, puis un autre. Elle voulut reculer mais la chaise l'en empêcha. En un battement de cils, il était juste devant elle. Il la saisit par les épaules et la guida vers le lit.

Lilidh voulut crier mais aucun son ne sortit de sa gorge. Elle n'arrivait même plus à ouvrir la bouche, toute sa force l'avait désertée. Elle se sentait si faible… Dans un tel état, elle était une proie facile. L'agressivité des hommes de Symon et la potion de la guérisseuse l'avaient vidée de toute son énergie.

Comme envoûtée, elle avança vers le lit, pleinement consciente de la légère prise que Rob exerçait sur son bras. Lorsqu'elle fut devant la couche, il la souleva et la posa délicatement sur le matelas.

Sans la quitter du regard, Rob se redressa et laissa échapper un soupir. Son rêve de voir Lilidh dans son lit s'était enfin réalisé, mais de la pire façon qui soit.

Dieu soit loué, elle avait sombré dans le sommeil dès que sa tête avait touché l'oreiller. Il se pencha de nouveau vers elle et lui caressa la joue du bout du doigt. Aucune réaction. Elle dormait profondément. Il allait enfin pouvoir l'examiner afin de s'assurer qu'elle n'avait pas d'autres blessures.

Lentement, il repoussa les cheveux noirs comme le jais

qui lui tombaient sur les yeux, puis scruta attentivement son visage.

— Ta protégée a un tempérament de feu, dit une voix derrière lui.

Il se retourna. La porte était ouverte et Dougal l'observait, appuyé sur le chambranle. Rob jeta un dernier coup d'œil à Lilidh puis se redressa et fit signe d'entrer à son cousin. Celui-ci s'avança dans la chambre, suivi de Beathas.

— C'est un euphémisme, répondit-il, se gardant bien d'expliquer le fond de sa pensée.

— Beathas, reprit-il en s'éclaircissant la gorge, occupez-vous d'elle. Panse toutes ses blessures pendant qu'elle est inconsciente.

Une vague de colère déferla en lui à l'idée de ce qu'elle avait dû subir de la part de Symon et de ses acolytes. D'ailleurs, qu'avaient-ils bien pu faire à ses gardes ? Il chassa cette pensée de son esprit, préférant attendre le retour des hommes qu'il avait envoyés à leur recherche. Pour le moment, il devait veiller à la sécurité de Lilidh. Et, au vu des circonstances, ce serait probablement la dernière chose qu'il ferait de son vivant.

Beathas s'avança vers le lit et y déposa sa trousse de soins avant de se tourner vers lui. Le regard qu'elle lui adressa était sans équivoque. Il hocha la tête et se dirigea vers la porte, faisant signe à Dougal de le suivre.

Par précaution, il posterait tout de même deux de ses meilleurs gardes devant la porte pendant son absence. Absorbé par ses pensées, il ne vit pas les chaînes et les cadenas entreposés à l'entrée et manqua trébucher dessus. Il se retourna et remarqua également un rouleau de corde posé à côté de la pile de chaînes.

— Vraiment, Dougal ? s'enquit-il en levant le regard vers lui. De toutes les fois, c'est celle-ci que tu as choisie pour suivre mes ordres à la lettre ?

N'avait-il donc pas compris qu'il avait ordonné une

telle chose uniquement pour calmer la foule et rendre Symon furieux ?

— On n'est jamais trop sûr. Et puis, qui sait, peut-être que la corde et les chaînes te serviront à d'autres fins, rétorqua Dougal, un sourire innocent aux lèvres.

Rob retint une réplique cinglante en serrant les mâchoires.

— La potion va la faire dormir pendant plusieurs heures, dit-il entre ses dents. Je vais en profiter pour aller voir Symon et ses hommes. J'espère que la discussion se déroulera sans incident.

Dougal leva un sourcil ironique mais ne dit rien.

— Au pire, j'utiliserai les chaînes et la corde que tu m'as si gentiment apportées, ajouta Rob avant de tourner les talons et de disparaître dans le couloir.

4

— Jamais tu n'y arriveras ! s'exclama Symon en le voyant arriver.

Rob prit une profonde inspiration et ferma la porte du parloir derrière lui. Dans l'espoir de maîtriser au mieux son cousin, il avait décidé de changer de tactique. Symon aimait se donner en spectacle en faisant des scènes en public, mais il ne comptait nullement entrer dans son jeu. Dorénavant, il allait régler ses différends avec lui entre quatre yeux.

— Tu as tout autant à perdre que moi dans cette histoire, Symon, observa-t-il en se dirigeant vers la fenêtre.

Un désordre indescriptible régnait dans la cour. Un désordre qui aurait pu être évité si son cousin n'était pas aussi…

— Tu fais honte à notre clan, l'entendit-il fulminer à mi-voix.

Rob se retourna pour lui faire face et fut choqué de lire tant de haine dans ses yeux. Il ne s'agissait pas d'une simple rivalité. Symon le détestait profondément.

— Ils n'auraient jamais dû t'élire chef, jamais ! s'exclama Symon, profitant de son silence pour déverser sa rancœur.

— Et pourtant, ils l'ont fait. Et puis, je ne suis pas le premier bâtard à prendre la tête d'un clan, Symon. Si seulement tu pouvais mettre ta rancune de côté et te concentrer sur ce qui est le mieux pour *notre* clan, alors…

Symon secoua vivement la tête et Rob comprit que ses efforts pour tenter de le raisonner étaient vains.

— C'est moi qui devrais être chef ! s'exclama Symon. Je suis beaucoup plus apte que toi à diriger nos hommes et à prendre les bonnes décisions.

— Peut-être, seulement dans tes veines ne coule pas le sang du dernier laird.

Certes, il était fils illégitime, pourtant cela n'avait pas empêché les anciens de l'élire en bonne et due forme. Et, s'il parvenait encore à comprendre la désillusion de Symon face à ce choix qui lui paraissait injuste, il ne pouvait tolérer un tel manque de considération pour les siens. Symon et lui avaient peut-être le même grand-père, mais il n'était pas son frère, il était son cousin, le fils de la sœur de son défunt père. Sa prétention à accéder au titre de laird n'était donc pas réellement justifiée.

Ses mots semblèrent avoir un certain effet sur Symon car il plissa les yeux et détourna le regard sans rien dire.

— Si la femme de mon père avait mené sa grossesse à terme, jamais nous n'aurions eu cette discussion, poursuivit Rob, guettant la réaction de son cousin.

Le terrible soupçon, devenu familier, le traversa de nouveau. Symon avait-il quelque chose à voir dans l'accident qui avait coûté la vie à son père et sa nouvelle épouse ?

— Sans doute. Mais avec des si, nous pourrions également réécrire toute l'Histoire, répondit Symon d'une voix qui ne trahissait aucune émotion.

— Même avec l'arrivée de cet enfant, ton histoire serait restée inchangée. Tu aurais occupé la même position que celle que tu as en ce moment et que tu sembles tant maudire, tu aurais été le cousin et le conseiller du prochain laird.

La rivalité qui l'opposait à Symon était clairement en train de diviser le clan en deux et, dans l'espoir d'apaiser les tensions, les anciens avaient décidé d'arranger un mariage entre lui et Tyra, la sœur de Symon. Et même si cette union ne le réjouissait guère, Rob devait reconnaître que c'était bien le seul moyen de ramener la paix à Keppoch afin de retrouver un semblant d'entente entre lui et son cousin. Tyra et lui engendreraient des héritiers et, avec un peu de chance, Symon serait moins réfractaire à l'idée d'être le conseiller du prochain laird, qui serait son propre neveu.

Symon demeura silencieux un long moment, le scrutant d'un regard sombre. Etait-il en train de se rendre compte de l'énormité de ses actes ? Allait-il enfin prendre conscience de la folie qu'il avait commise en enlevant Lilidh ?

— Ma sœur ne sera pas réjouie quand elle saura que tu partages ta couche avec la fille de MacLerie, observa-t-il calmement.

Ce n'était certes pas la réponse qu'il attendait, mais Rob décida de faire avec.

— Eh bien, tu aurais dû y penser avant de la ramener ici, répondit-il, un sourire moqueur au coin des lèvres. Toutefois, je suis sûr que Tyra comprendra.

De toute façon, elle n'avait nul autre choix que de comprendre. Le rôle des femmes, surtout celui des épouses des lairds, était de satisfaire les besoins de leur époux pour lui donner des héritiers. Tyra deviendrait sa femme, mais ni elle ni personne n'avait le droit d'interférer dans ses affaires. Surtout lorsqu'elles concernaient Lilidh.

Une guerre allait sans doute bientôt éclater et Lilidh était leur otage. En tant que chef, c'était donc à lui et à lui seul de décider du traitement à lui accorder. Et puis, c'étaient les agissements de Symon qui avaient conduit la jeune femme tout droit dans son lit et sous sa surveillance. Tyra n'aurait qu'à rejeter la responsabilité de cette situation sur son cher frère.

Symon déglutit et baissa les yeux vers le sol, visiblement conscient de sa responsabilité. Profitant de l'avantage qu'il venait d'obtenir, Rob décida de pousser sa chance encore plus loin.

— J'estime t'avoir accordé assez de liberté comme ça, Symon. C'est terminé à présent, tu as dépassé les limites. En agissant comme tu l'as fait, tu nous as tous mis en danger. Et si tu continues à me défier en ignorant mes ordres, je prendrai sans hésiter les mesures qui s'imposent pour la protection de notre clan. Je te bannirai s'il le faut.

— Tu n'as pas le droit de faire cela ! s'exclama Symon les poings serrés en lui jetant un regard furibond.

— Je te rappelle que *je* suis le laird. Et si *je* juge nécessaire de te bannir, *je* le ferai sans hésiter. Si tu n'es pas capable d'apprécier la position et les avantages dont tu profites au sein de notre clan, tu n'as rien à faire parmi nous.

Son cousin ouvrit la bouche puis la referma. Il hocha la tête et se dirigea vers la porte sans dire un mot. Rob jugea opportun de lui dire une dernière chose avant qu'il ne quitte la pièce.

— Je ne prendrai pas pour épouse la sœur d'un traître, Symon. Les anciens pensent que ce mariage apaisera les tensions entre les deux lignées de notre clan, mais je n'épouserai pas Tyra si je ne peux pas te faire confiance. Je te conseille de bien réfléchir à tout ce que je viens de dire.

Sans pour autant se retourner, Symon marqua un temps d'arrêt sur le pas de la porte puis la claqua avec une telle violence que celle-ci rebondit sur le chambranle et s'ouvrit de nouveau.

D'où il se trouvait, Rob pouvait le voir avancer dans le couloir sans prêter la moindre attention à ses acolytes qui le regardaient d'un air interrogateur.

Rob poussa un profond soupir. Maintenant qu'il avait plus ou moins réglé ses comptes avec Symon, il pouvait commencer à mettre au point un plan de bataille.

Connaissant Connor, il ne doutait pas une seule seconde que celui-ci allait bientôt leur donner l'assaut. Il devait donc rapidement réunir tous les anciens et ses conseillers pour discuter de la meilleure stratégie à adopter.

Il leur exposerait son point de vue et leur ferait comprendre que le combat contre les MacLerie était perdu d'avance. Pourvu que leur bon sens l'emporte sur toute cette folie ! Oui, une fois qu'ils auraient mesuré le danger, ils prendraient la seule décision qui vaille.

Hélas, Rob n'avait pas bien mesuré l'ampleur de la tâche qui l'attendait. Les requêtes et les lamentations fusaient de toutes parts sans lui laisser aucun répit. En plus de cela, il était toujours sans nouvelles des hommes qu'il avait envoyés à la recherche de l'escorte de Lilidh.

Si ses gardes et ses serviteurs étaient encore en vie, la vengeance de Connor serait peut-être un peu moins sanglante… Avec un peu de chance, il ne torturerait pas chaque Matheson avant de le tuer.

Une fois qu'il en eut fini avec les complaintes, Rob quitta la grande salle pour faire le vide dans son esprit. Plongé dans ses pensées, il s'engagea dans le couloir.

En l'espace de quelques heures, sa vie avait changé du tout au tout. Il eut un sourire amer, conscient de l'ironie de sa situation. Qu'est-ce que ses hommes penseraient de lui s'il libérait Lilidh ? Son autorité était déjà sans cesse remise en question et il se doutait bien qu'une décision pareille ne ferait qu'empirer les choses.

Il secoua la tête alors qu'une idée commençait à germer dans son esprit. En fait, même si ce n'était guère dans de telles circonstances qu'il avait imaginé revoir Lilidh, sa présence était un moyen inespéré d'améliorer les conditions de vie de sa famille.

Bien évidemment, Lilidh ne lui pardonnerait jamais s'il décidait de tourner la situation à son avantage en se servant d'elle. Mais au point où il en était… Il ne ferait que lui donner une raison de plus pour le haïr.

Les enlèvements étaient une pratique répandue dans

les Highlands. Cela dit, c'était une chose d'enlever un prétendant au titre de chef. C'en était une tout autre lorsqu'il s'agissait de la femme d'un autre chef de clan et que, en plus, celle-ci se trouvait être la fille de Connor MacLerie. S'il avait eu pour prisonnier *n'importe* qui d'autre, il aurait pu espérer une vie meilleure pour les siens. Malheureusement, le choix de Symon s'était porté sur Lilidh et maintenant, tous allaient finir tués, mutilés, décapités, voire castrés.

Un frisson lui parcourut le dos à cette pensée. Allons, il n'allait certainement pas pouvoir assurer une position solide à son clan, mais il allait tout faire pour leur éviter la mort. Il ne lui restait plus qu'à trouver comment.

La nuit était déjà tombée lorsque Rob put enfin regagner sa chambre.

La journée qu'il venait de vivre n'avait somme toute pas été aussi désastreuse qu'elle l'aurait pu, et une lueur d'espoir avait même jailli en lui. Symon semblait méditer sur les conséquences de ses actes car il ne s'était pas montré depuis leur discussion. De surcroît, ses hommes avaient enfin retrouvé l'escorte de Lilidh. Deux des gardes avaient été tués, mais la vieille femme, sa gouvernante sans doute, était en vie. Lilidh, quant à elle, n'avait rien, mis à part sa blessure apparente à la tête, et Beathas lui avait assuré qu'elle s'en remettrait vite.

Pour autant, toute cette histoire était loin d'être terminée. Son destin était désormais lié à celui de Lilidh car, tant qu'elle était là, lui et son clan courraient un grand danger. Non seulement il devrait faire tout son possible pour obtenir le fin mot de cette histoire, mais il allait également devoir surveiller Lilidh de près. Il ne voulait même pas imaginer les conséquences s'il lui arrivait encore quelque chose.

Lorsqu'il arriva devant la porte de sa chambre, il salua

ses gardes d'un signe de tête avant de les congédier d'un geste de la main. Il avait donné l'ordre à ses hommes de surveiller l'entrée seulement quand lui n'était pas là et la prochaine relève n'aurait donc pas lieu avant demain matin.

Prenant une profonde inspiration, il leva le loquet et poussa la porte. Il s'était préparé à tout, mais la vision qui s'offrit à lui le laissa sans voix.

Vêtue d'une chemise propre, Lilidh était allongée sur son lit, sa chevelure étalée sur l'oreiller. Son visage endormi avait été lavé, révélant ses traits fins et délicats ainsi que le corail pâle de ses lèvres. Elle était encore plus belle que dans ses souvenirs, la jeune fille qu'il avait connue s'était métamorphosée en une femme magnifique.

Un court instant, Rob se donna l'illusion que sa place était ici, près de lui. Sa présence lui semblait si juste, si évidente. Dieu du ciel, son désir le faisait délirer ! Il cligna des yeux et s'efforça de recouvrer ses esprits. Beathas, assise au chevet du lit, était penchée sur un travail de couture. Rob s'éclaircit la gorge et elle leva le regard vers lui. Il s'avança vers le lit, mais Beathas se leva aussitôt et vint à sa rencontre.

— Chut, intima-t-elle, un doigt sur les lèvres.

Il s'arrêta net et attendit que la vieille femme le rejoigne près de la porte.

— Elle vient tout juste de s'endormir, chuchota-t-elle lorsqu'elle fut devant lui.

— La potion n'a donc pas fait effet plus tôt ?

Il jeta un regard vers le lit par-dessus l'épaule de Beathas. Lilidh dormait paisiblement et une respiration régulière soulevait sa poitrine.

— Si, le temps nécessaire pour la soigner.

Sa gorge se serra à l'idée de ses blessures. Il s'avança vers le lit d'un pas hésitant.

— Avez-vous des instructions à me donner ?

— Vous comptez vous occuper d'elle ? s'enquit-elle en se rapprochant.

Rob eut un moment de réflexion. A vrai dire, il n'avait pas vraiment pensé à ce qui allait se passer une fois que Beathas aurait pris congé, une fois qu'il serait seul avec Lilidh. Certes, il avait proclamé haut et fort ce qu'il comptait faire, mais les gens ne s'attendaient sûrement pas à ce qu'il profite d'elle dans cet état ? Ou bien, si ? Quelle comédie devait-il jouer ?

— Je suis parfaitement capable de veiller sur elle, finit-il par répondre.

Elle haussa les sourcils d'un air éloquent puis se dirigea vers la table à côté du lit et fouilla dans sa trousse de soins.

— Tenez, dit-elle en lui tendant une petite fiole, c'est contre le mal de tête. Diluez quelques gouttes dans l'eau ou de l'ale et faites-la-lui boire.

— Ça l'aidera à dormir toute la nuit ? demanda-t-il en prenant la couverture qui était sur le bord du lit pour la rabattre sur Lilidh.

— Non, justement, il ne faut pas la laisser dormir trop longtemps. Ce n'est pas la meilleure chose à faire avec une telle blessure, au contraire. Si elle ne se réveille pas d'elle-même, réveillez-la toutes les trois heures et parlez-lui. La potion que je vous ai donnée sert juste à apaiser la douleur.

— Très bien, vous pouvez disposer à présent. Je vous ferai appeler si nécessaire, dit-il en se tournant de nouveau vers le lit.

Il était persuadé que Beathas lui opposerait un semblant de résistance, mais rien ne vint. Le regard fixé sur le lit, il entendit la porte se refermer puis écouta les pas de la vieille femme décroître dans le couloir.

Un silence, à la fois pesant et réconfortant, s'instaura dans la chambre et Rob respira profondément en passant la main dans ses cheveux d'un geste nerveux.

Comment en était-il arrivé là ? Comment sa vie avait-elle

pu changer aussi dramatiquement en l'espace de quelques heures ? Son rôle de chef de clan, ce rôle auquel il ne s'était jamais préparé, était sans cesse contesté. Et le pire dans tout cela, était qu'il ne pouvait pas pleinement accomplir son devoir de laird sans violer la promesse qu'il avait faite à Connor il y avait quatre ans. Rien que la présence de Lilidh dans son château, *dans son lit*, constituait un manquement sérieux à l'engagement qu'il avait pris ce jour-là.

L'esprit agité, il se servit un gobelet d'ale et alla s'asseoir dans le fauteuil à côté de la cheminée. Dire qu'à un moment de sa vie, la femme qui était allongée dans son lit avait été le centre de ses pensées et de ses attentions. Il avait voulu faire d'elle sa femme et vieillir à ses côtés. Il avait cru être digne d'elle, pensé que Connor ne verrait aucun inconvénient à leur union. Comment avait-il pu se persuader d'une chose aussi absurde ? Il s'était laissé bercer par des illusions stupides et la réalité avait fini par reprendre ses droits, enfouissant ses sentiments pour elle.

Parmi toutes les femmes que le destin aurait pu mettre sur son chemin, pourquoi avoir choisi Lilidh ? Et pourquoi dans de telles circonstances ?

Rob laissa échapper un petit rire devant l'absurdité de la situation lorsqu'il perçut un mouvement en provenance du lit. Brusquement, il leva la tête.

Lilidh s'était réveillée et le dévisageait avec de grands yeux.

— Lilidh, murmura-t-il, comment te sens-tu ?

Il commença à se lever, mais l'expression de peur qui passa sur son visage l'en dissuada. Il se rassit aussitôt, se maudissant de s'être vanté devant tous de profiter d'elle.

Elle commença à se redresser et fit une grimace qui trahit sa douleur. Elle ferma les yeux et resta immobile quelques instants. Lorsqu'elle bougea de nouveau, son visage se crispa. C'en fut trop pour Rob.

— Attends…

Il se leva et se dirigea lentement vers la table. Il remplit un gobelet d'ale puis y versa quelques gouttes de la potion que Beathas lui avait donnée.

— Tiens, dit-il en se tournant vers elle, bois ça. Ça calmera la douleur.

Les mains tremblantes, elle prit le gobelet mais Rob ne le lâcha pas, l'aidant à le porter à ses lèvres. Elle avala une petite gorgée et fit une moue de dégoût. Rob retint un sourire, les remèdes de Beathas étaient aussi efficaces qu'imbuvables. Rien, pas même le vin et l'ale, ne parvenait à atténuer le goût amer de ses préparations.

Rob lui fit boire encore quelques petites gorgées puis il posa le gobelet sur la table.

— Le moment est venu, n'est-ce pas ? s'enquit-elle d'une petite voix en se redressant avant de s'appuyer contre la tête de lit.

Rob éclata de rire devant sa mine.

— Eh bien ! Tu me sembles étonnamment calme pour une pauvre innocente vertueuse. Le mariage t'aurait-il… débridée ?

Il regretta sa question à l'instant où elle franchit ses lèvres. Il ne voulait rien savoir de son mariage, surtout pas en ce moment, alors qu'elle était allongée dans son lit, attendant sans doute qu'il la prenne de force.

Le visage grave, il lui tourna le dos et alla souffler les bougies qui étaient disposées un peu partout dans la chambre. Il s'attendait à une réplique cinglante mais Lilidh demeura silencieuse. Il raviva le feu dans la cheminée en y posant quelques bûches.

Lorsqu'il se retourna vers elle, son regard trahissait encore un profond trouble. Pensait-elle vraiment qu'il allait se jeter sur elle ? Certes, ils s'étaient quittés en *très* mauvais termes. Et, oui, il l'avait humiliée devant toute sa famille avant de quitter Lairig Dubh, mais jamais, *jamais*, il ne l'avait forcée à quoi que ce soit. Il l'avait initiée à certains des plaisirs que pouvaient se donner un homme et une femme, et elle avait toujours été pleinement consentante.

Symon lui avait-il dit quelque chose pour qu'elle accepte son sort aussi aisément ? L'avait-il menacée ?

Rob secoua la tête, las d'être tourmenté par trop de pensées et exténué par la journée qu'il venait de vivre. Il s'avança de nouveau vers le lit. Une dernière bougie brûlait sur la table de chevet.

— Allonge-toi, Lilidh.

A son regard absent, il comprit que le remède commençait à faire effet. Elle le regarda avec un mélange de peur et d'inquiétude ; cependant, elle se coula entre les draps et se roula en boule. Elle n'allait pas tarder à se rendormir et dès lors, il aurait le temps de réfléchir à la situation pour décider de la marche à suivre le lendemain.

Il attendit qu'elle ferme les yeux puis souffla la bougie. Lentement, il ôta ses bottes, défit sa ceinture et laissa glisser son tartan par terre. Il se débarrassa ensuite de sa chemise et celle-ci alla rejoindre le reste de ses vêtements au sol.

Comme il n'était pas seul, il prit le plaid qui était plié au pied du lit et se couvrit avec en s'allongeant. Une fois installé, il joignit les mains derrière la tête et écouta le rythme saccadé de la respiration de Lilidh. Petit à petit, celui-ci devint régulier au fur et à mesure qu'elle sombrait dans un sommeil léthargique.

Et maintenant ?

Les prochains jours risquaient d'être houleux. Il devrait conserver son sang-froid et adopter une approche raisonnée. Il était important de garder à l'esprit que son clan passait en priorité. En ce qui concernait Lilidh, il la traiterait comme n'importe quelle autre personne. Le passé était le passé, elle ne représentait plus rien pour lui.

Il ferma les yeux, espérant prendre quelques heures de sommeil. Il était sur le point de s'endormir lorsque Lilidh murmura quelque chose.

— Iain…

Avait-il bien entendu ? Venait-elle de prononcer le nom de son époux ?

Un violent sentiment de jalousie s'empara aussitôt de lui, lui labourant la poitrine. Un simple mot, un maudit nom, avait suffi à lui faire oublier toutes ses résolutions. Sans même le savoir, Lilidh venait de lui rappeler l'échec de ses rêves qu'il n'avait jamais vraiment réussi à dépasser.

Accablé, il se tourna dans le lit. La nuit risquait d'être très longue…

5

Pelotonnée sous les draps et les couvertures, Lilidh émergea d'un profond sommeil. Sans ouvrir les yeux, elle s'étira légèrement, inspirant l'air chaud qui régnait dans la pièce. Iain avait certainement dû allumer un feu dans la cheminée avant de se coucher. Elle lui en était infiniment reconnaissante car il n'y avait rien de pis que de se réveiller dans une chambre froide. Un sourire aux lèvres, elle se lova contre lui. Il passa un bras autour d'elle en émettant un gémissement étouffé… un gémissement qu'elle ne reconnut pas.

Bonté divine !

Un frisson la traversa de la tête aux pieds.

Comment avait-elle pu oublier ce qui s'était passé la veille ? Malgré la lumière du jour qui frappait ses paupières, elle ouvrit les yeux et rencontra le regard de Rob.

— Tu n'es pas Iain ! s'exclama-t-elle.

Elle essaya de se libérer de son étreinte, mais la lourdeur des draps et des couvertures rendit ses mouvements difficiles. Puis une douleur aiguë lui transperça le crâne, la forçant à s'immobiliser.

Elle se rallongea, observant Rob du coin de l'œil. Celui-ci se redressa et c'est alors qu'elle prit conscience qu'il était seulement couvert d'un plaid et qu'il ne portait… rien d'autre.

Ils demeurèrent ainsi un moment, se regardant l'un l'autre en silence. Iain se serait certainement déjà levé et aurait quitté la chambre avant même qu'elle ne soit réveillée. Mais Rob, lui, avait sans doute une autre idée derrière la tête. Il n'avait laissé planer aucun doute sur ses intentions.

« La mettre dans mon lit ne fera qu'attiser encore plus leur colère », voilà ses propres mots.

— Non, en effet, je ne suis pas Iain, murmura-t-il d'une voix rauque qui la fit vibrer intérieurement.

Il avait les cheveux emmêlés par le sommeil et une mèche tombait sur son front. Machinalement, elle avança une main vers son visage pour la lui écarter mais changea d'avis au dernier moment.

Maudit soit-il !

Comment osait-il la traiter ainsi ? Non seulement il avait ordonné son enlèvement, mais voilà qu'il la traitait comme une moins que rien ! Et dire qu'elle avait voulu apaiser les tensions entre lui et son père ! Cette idée lui semblait absurde à présent.

Brusquement, Rob détourna le regard et se découvrit avant de glisser hors du lit. Un lit qu'ils avaient partagé. Lilidh sentit son ventre se nouer. Une fois debout, il s'étira, le dos tourné au lit et elle le regarda faire sans pouvoir s'en empêcher. Une petite voix dans sa tête lui disait pourtant de baisser les yeux ; hélas, elle était bien trop fascinée par la vue de son corps nu.

Ses épaules étaient larges et son dos était merveilleusement sculpté tout comme l'étaient ses…

Lilidh !

Elle fut subjuguée par le mouvement souple de ses muscles saillants sous sa peau hâlée lorsqu'il se baissa pour ramasser sa chemise. Puis il se redressa et l'enfila par-dessus sa tête.

Une fois que le tissu eut couvert le haut de son corps ainsi que ses cuisses, Lilidh porta son regard plus bas, sur ses jambes longues et musclées. Il avait beaucoup changé depuis la dernière fois qu'elle l'avait vu nu. Elle se sentit rougir en se remémorant ce fameux jour où elle avait espionné Rob et son frère en train de se baigner dans le lac, non loin du château de Lairig.

Façonné par des années de luttes et d'entraînement, il était désormais plus grand, plus fort, terriblement… viril. Il lui semblait que ses veines étaient en feu et une chaleur sourde pulsait au creux de ses reins.

Soudain, Rob se retourna vers elle et leurs regards se croisèrent avant qu'elle ait eu le temps de baisser les yeux. Tenant son tartan dans les mains, il eut un petit sourire en coin. Il l'avait fait exprès ! Il savait qu'elle était train de le détailler de la tête aux pieds !

— Alors, je ressemble à Iain ? s'enquit-il en ramassant ses bottes.

Lilidh réprima un rire à cette idée. Les deux hommes ne s'étaient sans doute jamais rencontrés. Lui et Iain, paix à son âme, étaient aussi différents l'un de l'autre qu'il était possible de l'être. Son défunt époux avait deux fois l'âge de Rob. Cependant, malgré les quelques rides imprimées sur son visage et sa chevelure grise, il avait gardé sa force et sa carrure de guerrier.

Même si cela ne le concernait guère, Lilidh voulut faire part à Rob de la mort d'Iain. Elle ouvrit la bouche pour parler mais la referma aussitôt. Elle avait failli oublier que les MacGregor préféraient taire cette tragique nouvelle jusqu'à ce que les anciens aient nommé un nouveau chef.

Lilidh sentit sa gorge se serrer. Chaque fois qu'elle pensait à Iain, une confusion profonde, mêlée à de la tristesse, s'emparait d'elle. Sa mort avait été si soudaine ! Elle peinait encore à croire qu'il n'était plus de ce monde.

Sentant le regard de Rob posé sur elle, Lilidh se redressa, chassant de son esprit les pensées qui la tourmentaient.

— Non, tu ne lui ressembles pas le moins du monde, finit-elle par répondre.

Troublée, elle baissa les yeux. Elle ne pouvait soutenir son regard en pensant à Iain et à leur simulacre de mariage.

Elle passa doucement la main sur sa tête et tâta son bandage. Dieu, elle était encore si faible... Soudain, un doute s'insinua dans son esprit et elle écarquilla les yeux.

— As-tu...

Elle ne put finir sa question.

— Ai-je quoi ? demanda Rob en fronçant les sourcils.

Non, elle ne pouvait se résigner à poser cette question à voix haute. Avait-il... Avait-il profité d'elle pendant qu'elle avait été inconsciente ? Pourtant, elle ne ressentait aucune différence à *cet* endroit, entre ses cuisses. Cela dit, elle ne savait pas ce que l'on ressentait lorsque...

Elle cligna des yeux plusieurs fois, tâchant de se remémorer les événements de la veille. Rien. Elle ne se souvenait de rien. La potion de la guérisseuse avait comme effacé ses souvenirs. Elle leva les yeux vers Rob, qui la dévisageait d'un air interrogateur. Elle porta son regard brièvement sur les draps puis de nouveau sur lui.

Les draps.

Si Rob avait profité d'elle, les draps devaient être tachés de son sang. Etait-il alors au courant qu'elle était toujours vierge ? Que son mariage n'avait pas été consommé ? Si cela venait à s'ébruiter, les conséquences pour sa famille et les MacGregor seraient désastreuses ! Mais non, voyons, Rob n'aurait jamais agi de la sorte ! Tout du moins, le Rob qu'elle avait connu...

Résistant à l'envie de soulever les draps, Lilidh déglutit, espérant que Rob allait rompre le silence gênant qui commençait à s'éterniser.

— Lilidh.

Elle ne put se résoudre à lever les yeux vers lui.

— Lilidh, regarde-moi, insista-t-il d'une voix douce.

Son ton se voulait rassurant mais elle ne comptait pas se laisser berner. Elle prit une profonde inspiration et, lorsqu'elle redressa la tête, elle ne vit aucune trace de malice dans son regard. Ses beaux yeux bleus brillaient d'une lueur singulière, d'une lueur qu'elle connaissait bien. Du désir. Un désir si puissant qu'il fit naître en elle un tourbillon d'émotions contradictoires. Sa bouche s'assécha et son cœur se mit à battre à tout rompre. Lentement, sans la quitter des yeux, il revint vers le lit.

— Lorsque je te ferai mienne, Lilidh, murmura-t-il en se penchant vers elle, tu t'en souviendras. Tu te souviendras de chaque caresse, de chaque baiser, de tout.

Les mots de Rob, à la fois indécents et troublants, résonnèrent tel un écho. Une vague de souvenirs aussi tendres qu'amers déferla en elle. Elle se souvenait de tous ces moments intimes, chargés d'amour et de promesses, qu'ils avaient partagés ; des rêves qu'elle avait forgés au sujet de leur avenir ; des joies de l'anticipation du plaisir qui lui était alors encore interdit.

Le regard plongé dans celui de Rob, Lilidh sentit son cœur se serrer. Pourquoi s'étaient-ils quittés aussi brutalement ? Oui, pourquoi l'avait-il abandonnée, alors qu'il était évident qu'il existait encore quelque chose entre eux, qu'il y avait…

Soudain, le regard de Rob s'assombrit et son visage redevint dur, inexpressif. Sans dire un mot, il se redressa et se dirigea vers la porte dont il ôta la barre avant de la poser par terre.

— Ne t'avise pas de quitter cette chambre et ne parle à personne sauf à Beathas et Dougal, trancha-t-il par-dessus son épaule.

— Mais… J'ai des questions, bredouilla-t-elle alors qu'il levait le loquet.

Il se tourna vers elle.

— Et moi j'ai des obligations, figure-toi.

Sur ces mots, il ouvrit la porte et sortit. Elle l'entendit

échanger quelques mots avec un des gardes avant de s'en aller.

S'attendant à ce que quelqu'un entre dans la chambre, elle resta immobile quelques instants, les yeux fixés sur la porte entrouverte. Puis, ne voyant personne franchir le seuil, elle s'étira et s'assit sur le bord du lit, ses pieds touchant le sol froid. Se sentant encore faible et fatiguée, elle attendit quelques instants avant de se lever. Finalement, elle parvint à se hisser sur ses jambes en s'agrippant fermement au bord du lit.

Elle attendit que la légère douleur de sa blessure passe et avança d'un pas. Son corps lui semblait si lourd qu'elle s'arrêta net. Elle enroula ses longs cheveux, les rejeta par-dessus son épaule et inspira profondément. Elle allait y arriver, elle le devait. Longeant le lit, elle fit encore quelques pas, jusqu'à atteindre la chaise qui se trouvait à côté de la cheminée où quelques braises continuaient à rougeoyer. Elle vacilla et se retint de justesse au dossier de l'assise avant de se laisser tomber dessus.

Ignorant les douleurs et les courbatures qui assaillaient son corps, elle ferma les yeux et s'efforça de penser à autre chose, à quelque chose de plaisant, d'agréable. D'habitude, cela l'aidait à surmonter les moments difficiles, mais là, aucune pensée réconfortante ne lui vint à l'esprit. Son époux était mort, l'homme qui aurait dû être son ennemi la troublait bien plus que de raison, elle était seule, prisonnière et une guerre n'allait pas tarder à commencer entre son père et Rob…

Crispant les doigts sur le dossier, elle ferma les yeux pour refouler les larmes qui lui brûlaient les paupières. Qu'allait-il lui arriver ?

— Vous avez mal, mon enfant ? demanda une voix.

Lilidh ouvrit brusquement les yeux et vit une vieille femme au milieu de la pièce. Elle reconnut Beathas, celle qui s'était occupée d'elle la veille. Portant des draps propres et un pot de chambre, la petite femme s'avança vers elle en titubant.

La voyant ainsi chargée, Lilidh se leva pour l'aider. Mais, à peine fut-elle debout qu'une douleur fulgurante la traversa et elle se rassit aussitôt.

— Pauvre petite, s'indigna Beathas en posant ses affaires par terre.

La vieille dame s'agenouilla devant elle avant de lui prendre la main.

— Ne préférez-vous pas rester allongée encore un peu ? demanda-t-elle d'une voix qui se voulait rassurante.

Tenaillée par la douleur, Lilidh ferma les yeux, incapable de prononcer un seul mot. L'émotion lui serrait la gorge. La bienveillance de Beathas la touchait plus qu'elle n'aurait su le dire. Elle parvint à secouer légèrement la tête en guise de réponse et la vieille femme n'insista pas.

Beathas se redressa et alla chercher la brosse qui était posée sur la table puis elle vint se poster derrière elle. Doucement, elle lui rassembla les cheveux et commença à les brosser en évitant soigneusement le bandage qui couvrait sa blessure. Penchant légèrement la tête en arrière, Lilidh s'abandonna aux coups de brosse, reconnaissante.

— Avez-vous un miroir ? demanda-t-elle une fois que la guérisseuse eut terminé de s'occuper de ses cheveux.

Elle se savait couverte d'hématomes et sentait une bosse au-dessus de sa tempe, aussi voulait-elle mesurer l'ampleur de ses blessures, voir ce que Symon et ses brutes lui avaient fait.

— Non, milady, répondit Beathas, mais je peux aller voir si Tyra en a un dans sa chambre.

— Tyra ?

Ce nom ne lui disait rien. Après tout, bien des choses avaient changé dans son clan comme dans celui des Matheson au cours de ces dernières années.

— La… sœur de Symon, souffla Beathas.

Lilidh perçut de la gêne dans sa voix et décida de ne pas insister.

— Non, merci Beathas, ne vous donnez pas cette peine. Je ne veux pas vous attirer d'ennuis.

— Vous a-t-il fait du mal, mon enfant ?

L'espace d'un instant, cette question, à laquelle elle ne s'attendait guère, la laissa perplexe. De qui parlait Beathas ? De Symon ou de Rob ? Quoi qu'il en soit, elle ne voulait pas s'étendre sur le sujet.

— Ne vous inquiétez pas pour moi. Je sais que je suis une prisonnière et une ennemie aux yeux de tous ici, alors ne vous sentez pas obligée de me faire la conversation, dit-elle avec amertume.

Dans l'espoir de survivre à cette épreuve, elle devait garder ses distances et agir avec indifférence. De toute évidence, le clan de Rob devait se trouver dans une situation désespérée pour que celui-ci décide de l'enlever. Mieux valait donc se méfier de tout et de tous, d'autant plus qu'elle ignorait toujours le sort qui l'attendait.

D'après ce qu'elle avait pu voir, le titre et la position de Rob au sein de son clan semblaient sérieusement compromis. Il était donc dans son intérêt de faire tout son possible pour, non seulement garder le soutien de ceux qui lui étaient fidèles, mais également s'attirer la sympathie de ses détracteurs. Et les meilleurs moyens d'y parvenir étaient de la prendre de force, la battre ou encore l'humilier.

Cette pensée lui arracha un frisson glacé.

Ses chances d'échapper à l'un ou l'autre de ces supplices étaient très faibles. Elle était toute seule, sans personne sur qui compter, prisonnière des Matheson. Son père avait-il seulement été mis au courant de son enlèvement ? Rob ou Symon lui avaient-ils déjà fait part de leurs revendications ? Si oui, quelles étaient-elles ? Y avait-il des survivants parmi les hommes de son escorte ? L'un d'entre eux aurait-il pu donner l'alerte à son père ou aux MacGregor ?

Il y avait tant de questions qui la tourmentaient ! Bouleversée par l'incertitude qui pesait sur son avenir, Lilidh donna libre cours à son chagrin et se mit à pleurer. Un sanglot la secoua lorsqu'elle repensa à Isla. Sa chère gouvernante avait été à ses côtés depuis son enfance, en tant que nourrice puis gouvernante et, enfin, dame de compagnie. Lilidh avait été rassurée de la savoir auprès d'elle lorsqu'elle avait quitté son clan pour rejoindre celui des MacGregor.

Et maintenant, Isla et tous les autres gisaient, morts, quelque part dans la forêt.

Lilidh baissa la tête, ne cherchant même plus à retenir ses larmes. Elle se pencha en avant, la tête entre les mains et pleura sans retenue.

Soudain, elle sentit la main de Beathas sur son épaule et se redressa.

— Allez, allez, murmura la femme, tout ira bien, ma petite.

Elle drapa une couverture autour de ses épaules et lui tapota le dos. Puis, sans dire un mot, elle se mit à ranger la chambre.

La regardant faire, Lilidh essuya ses larmes. Peu à peu, elle commençait à se remettre de ses émotions. Elle n'avait pas le droit de laisser sa tristesse prendre le dessus. Du moins pas devant des inconnus, aussi bienveillants soient-ils.

Elle ne pouvait se permettre la moindre erreur. Après tout, elle était la fille de Connor MacLerie et la veuve d'Iain MacGregor, deux valeureux guerriers. Elle devait agir avec honneur. A aucun moment elle ne devait se départir de son sang-froid.

Dans un premier temps, il fallait qu'elle découvre les projets de Rob, surtout ceux la concernant. Le plus difficile ensuite, serait de trouver un moyen de l'influencer.

Allons, elle avait tout de même une certaine expérience. Pendant des années, elle avait observé son oncle et son père mener des négociations avec les chefs des autres clans. C'était le moment idéal de mettre à profit tout ce qu'elle avait pu apprendre de ces nombreux entretiens. Avec un peu de chance, elle parviendrait à sauver non seulement son honneur ainsi que celui de sa famille, mais également l'homme qu'elle avait voulu épouser autrefois. Oui, dès son retour, elle serait prête à l'affronter.

Forte de ces résolutions, Lilidh prit une profonde inspiration puis se redressa.

— Je souhaite me laver si cela est possible, dit-elle d'une voix parfaitement maîtrisée.

La vieille femme opina de la tête puis alla donner des ordres à la porte. Du coin de l'œil, Lilidh la vit murmurer quelque chose à l'un des gardes avant de la refermer.

— J'ai demandé que l'on vous prépare un bain et quelque chose à boire, ma petite.

Beathas s'affaira ensuite à arranger les draps et les couvertures, et Lilidh la regarda faire, de nouveau absorbée par ses pensées.

Etant restée inconsciente assez longtemps, elle ne parvenait pas à se remémorer tout ce qui avait été dit la veille, dans la grande salle. Néanmoins, elle savait avec certitude que le but de son enlèvement était de provoquer son père. Mais qu'en était-il des MacGregor ? Etant donné qu'ils ignoraient le décès d'Iain, les Matheson auraient dû montrer un peu plus de respect pour un clan qui était leur allié.

Si seulement les brutes de Symon ne l'avaient pas autant malmenée ! Elle aurait pu en apprendre un peu plus sur le chemin du retour vers Keppoch.

Autre chose la perturbait : l'attitude de Symon et sa confrontation avec Rob. Ce dernier n'avait-il pas semblé surpris en la voyant ? Etait-il possible que Symon soit le seul instigateur de son enlèvement ? Et si…

Un coup frappé à la porte la tira de ses pensées et elle

leva les yeux. Beathas alla ouvrir et une baignoire de bois fut introduite dans la chambre, suivie de plusieurs serviteurs qui portaient des seaux d'eau fumante. On installa la baignoire dans un coin de la chambre et, tandis que les hommes y versaient l'eau chaude, une jeune femme apparut sur le seuil de la porte. Elle tendit une pile de draps à Beathas et disparut aussitôt.

Refusant de croiser les regards curieux de ces inconnus, Lilidh observait cette agitation soudaine à travers ses cils baissés.

Lorsque la porte se referma sur le dernier serviteur et que Beathas et elle furent de nouveau seules, Lilidh se leva de sa chaise. Une douleur vive la traversa et elle serra les dents, refusant d'y céder.

— Tenez, buvez cette tisane, elle vous détendra les muscles, dit la vieille femme en s'approchant, un gobelet à la main.

Consciente qu'elle ne pouvait rien accomplir dans son état pitoyable, Lilidh prit le gobelet sans rechigner et sirota une petite gorgée du liquide chaud. Agréablement surprise par sa saveur et son goût sucré, elle en avala encore quelques gorgées puis lui rendit le gobelet.

— Je la finirai après ma toilette.

En boitant légèrement, elle se dirigea vers la baignoire et plongea le bout de ses doigts dans l'eau. Elle était chaude, parfaite pour relâcher la tension de ses muscles.

— Je peux me débrouiller toute seule, dit-elle en se retournant.

Beathas lui répondit par un simple signe de tête. Elle prit le tabouret qui était posé dans un coin de la pièce et le plaça à côté de la baignoire, puis y posa les draps de bain et un pain de savon.

— Appelez-moi si vous avez besoin d'aide avec vos cheveux et faites bien attention à votre blessure.

Sur ces mots, la guérisseuse gagna la porte et la ferma derrière elle.

Lilidh voulut s'enfermer dans la chambre mais la barre que Rob avait posée par terre n'était plus là. Elle laissa tomber la couverture que Beathas lui avait drapée autour des épaules. Elle enleva ensuite sa robe et celle-ci alla rejoindre la couverture à ses pieds.

Elle balaya rapidement la chambre du regard à la recherche de sa robe de chambre mais ne la vit nulle part. Beathas l'avait-elle prise ? Elle haussa les épaules avant de se tourner de nouveau vers la baignoire. Le temps du bain, elle tâcherait de mettre toutes ses préoccupations de côté. Elle s'agrippa au rebord de la baignoire et glissa une jambe dans l'eau. Elle fit de même avec l'autre jambe puis, sans lâcher le rebord, se coula dans l'eau chaude, laissant échapper un petit soupir de plaisir.

Sentant ses membres endoloris se détendre sous l'effet de la chaleur, elle ferma les yeux et se prélassa dans son bain. C'était exactement ce qu'il lui fallait, surtout après les derniers jours éprouvants qu'elle venait de vivre.

Au bout d'un moment, elle se redressa et prit le savon dont elle se frotta maladroitement les bras et les jambes, renversant de l'eau par-dessus la baignoire. Puis elle s'enfonça de nouveau dans le bain et pencha légèrement la tête en arrière afin de mouiller ses cheveux.

D'habitude, c'était Isla qui l'aidait dans sa toilette. Son cœur s'emplit de tristesse à la pensée de la vieille dame laissée pour morte. Elle secoua la tête pour chasser les idées noires qui revenaient à la charge, préférant profiter de cet instant de répit qu'elle savait court.

L'eau avait déjà refroidi lorsqu'elle décida de sortir de la baignoire. Elle enveloppa ses cheveux dans l'un des draps qui étaient posés sur le tabouret puis en enroula un autre autour de son corps.

Une fois sèche, elle ramassa la robe et l'enfila. A peine

eut-elle passé la couverture autour des épaules que la porte s'ouvrit et Beathas entra dans la chambre.

— Le laird voudrait vous voir. Il vous attend dans la grande salle, annonça-t-elle en posant une pile de vêtements sur le lit.

Elle s'avança ensuite vers elle et lui fit signe de s'asseoir sur le tabouret. Otant le drap de bain de sa tête, Lilidh s'exécuta et laissa Beathas ramener ses cheveux en arrière.

— Je vais les natter et vous aider à vous vêtir. Il est plus prudent de ne pas faire attendre le laird.

Lilidh réprima un frisson. L'intonation de sa voix ne lui disait rien qui vaille. La vieille femme la coiffa rapidement puis l'aida à enfiler les dessous et la robe qu'elle avait apportés. Tentant d'ignorer l'appréhension qui lui nouait la gorge, elle mit les chaussures et s'avança vers la porte.

Mais lorsque celle-ci s'ouvrit, le peu de courage qui lui restait la déserta aussitôt. L'homme de main de Rob se tenait devant elle, muni d'un morceau de corde.

Je ne survivrai pas longtemps ici, songea-t-elle en franchissant le seuil de la porte.

6

D'un pas pressé, Symon traversa la grande salle en direction de la tour où se trouvait sa chambre ainsi que celle de sa sœur. Rob était peut-être le chef, pourtant il n'avait nullement l'intention d'en rester là. Personne n'allait contrecarrer ses plans, surtout pas maintenant qu'il était arrivé si loin.

Il monta les marches de la tour deux à deux et s'engagea dans le couloir qui menait à la chambre de Tyra. Lorsqu'il fut devant, il frappa fermement à la porte et entra sans attendre de réponse.

Aidée par deux servantes, sa sœur aînée était en train de s'habiller. Elle leva les yeux vers lui mais ne dit rien. D'un signe de tête, Symon ordonna aux deux jeunes femmes de quitter la pièce et celles-ci s'exécutèrent sans un mot.

Une fois qu'elles eurent disparu, Tyra finit de lacer sa robe elle-même puis s'assit devant sa coiffeuse. Croisant son regard dans la glace, elle resserra le ruban qui retenait ses cheveux.

Faisait-elle exprès de l'ignorer pour le provoquer ?

Indigné par un tel manque de respect, Symon se précipita vers elle et lui arracha le ruban des mains. Il le jeta par terre et croisa les bras sur la poitrine, attendant la réaction souhaitée. Mais au lieu de ça, Tyra le regarda, un sourire aux lèvres, et prit un autre ruban du coffret posé devant elle. Elle rassembla ses boucles et noua le morceau de tissu autour.

Elle l'ignorait délibérément !

Il était sur le point de la gifler pour lui remettre les idées en place lorsqu'elle se tourna vers lui et demanda :

— Alors, dis-moi Symon, à quoi ressemble la maîtresse de mon promis ?

— Maîtresse, dis-tu ? Ce titre est bien trop prestigieux pour elle. Cette petite catin ne lui sert qu'à réchauffer son lit la nuit.

— Ah bon ? s'esclaffa-t-elle. Elle ne sert qu'à lui tenir chaud la nuit ?

Symon haussa un sourcil étonné.

— Ma chère sœur, tu sais très bien comment se passe ce genre de choses. Il fera d'elle ce qu'il veut jusqu'à ce que son père cède à nos demandes, après quoi elle disparaîtra de nos vies à jamais.

— C'était ça, ton plan ? Tu avais prédit que les choses se passeraient comme cela ?

Tyra était étrangement calme. Il n'était pas habitué à la voir ainsi. La connaissant, et étant donné les événements récents, il s'attendait à ce qu'elle l'accueille avec des cris et des larmes. Elle n'avait même pas l'air en colère à cause de ce qu'il avait fait.

— Mon plan était de la garder prisonnière dans ma chambre en attendant que les MacLerie payent pour sa libération, souffla-t-il.

Symon serra les dents, encore furieux que la jeune fille lui ait échappé. Il avait été profondément troublé à la vue de Lilidh dans la forêt. Son désir de la posséder s'était aussitôt éveillé et il s'était juré de la faire sienne une fois de retour au château. Il la revoyait lutter contre ses hommes avec hargne, et son corps réagit aussitôt à ce souvenir. Cette manière qu'elle avait de bouger… Comme il aurait aimé l'avoir dans son lit !

Un petit toussotement de sa sœur le fit redescendre sur terre.

— Et pourtant, c'est Rob qu'elle est en train de divertir et non toi, dit-elle en se levant.

Elle lissa les plis de sa robe et approcha son visage du sien.

— Je ne suis pas contente, Symon, pas contente du tout, articula-t-elle, le regard sombre. Récupère-la. Je veux la savoir loin de Rob.

Symon fut déconcerté par la soudaine froideur de son intonation mais il ne laissa rien paraître. Elle avait beau être sa sœur aînée, elle n'avait pas le droit de lui parler ainsi. Ici, l'homme c'était lui et la femme qui lui donnerait des ordres n'était pas encore née.

— Ecoute-moi bien Tyra, répondit-il d'une voix basse et posée. Elle n'est qu'un obstacle sur notre route. Une fois que nous aurons l'or de son père, non seulement elle sera de l'histoire ancienne, mais, en plus de cela, nous serons riches. Nous serons riches et ce bâtard de Rob sera destitué en ma faveur.

Elle haussa les épaules et essaya de le contourner, mais il l'en empêcha en lui saisissant le bras.

— N'oublie pas à qui tu as affaire, tonna-t-il en l'attirant brusquement vers lui. Je serai le nouveau chef des Matheson bientôt et sache que je ne serai pas aussi malléable que cet abruti de Rob. Ne me déçois pas Tyra, ne fais pas quelque chose que tu pourrais regretter.

Une lueur étrange passa dans les yeux de sa sœur avant de disparaître aussitôt, une lueur qu'il n'avait jamais vue auparavant.

— Ne t'en fais pas, cher frère, murmura-t-elle en baissant la tête, je ne te décevrai pas. Je partage ton avis.

Il soupira et lui lâcha le bras. Du moment qu'elle savait où était sa place, tout irait bien. Et puis, elle ne devait pas oublier qu'elle lui était redevable. Sans lui, elle ne serait rien.

Sans répondre, il se dirigea vers la porte et l'ouvrit. Toutefois, avant de quitter la pièce, quelque chose, un pressentiment désagréable, le poussa à se retourner.

Les mains croisées devant elle, Tyra le regardait avec une attitude pleine de modestie et d'humilité.

Les femmes !

Il sortit de la chambre en claquant la porte derrière lui.

Tyra resta immobile, attendant que le bruit des pas de Symon s'estompe dans le couloir. Lorsqu'elle fut sûre qu'il était parti, elle se mordit la lèvre au sang pour réprimer un cri. Incapable de maîtriser plus longtemps la colère qui bouillonnait en elle, elle s'empara du premier objet qui lui tomba sous la main — le miroir posé sur sa coiffeuse — et le jeta par terre.

La glace, un cadeau du père de Symon, le second mari de leur mère, vola en éclats dans un fracas de verre brisé.

Les nerfs encore à vif, elle regarda les morceaux du miroir éparpillés sur le sol. Depuis toujours, sa vie était entre les mains d'un homme. Elle avait longtemps dépendu de son père, puis de son beau-père, et à présent c'était Symon qui régissait son existence. Enfin, Symon et Rob.

Rob.

Elle plissa les lèvres avec rage en pensant à lui. Rob, son cher et tendre promis, que les anciens avaient dû convaincre de l'épouser, qui n'éprouvait aucune gêne à partager son lit avec une autre femme et qui allait même jusqu'à s'en vanter devant tous.

Cet impudent n'avait même pas eu la décence de lui en parler, de la rassurer. Il s'attendait sûrement à ce qu'elle accepte cet arrangement et qu'elle lui soit encore reconnaissante de la prendre pour femme !

Comme s'il lui faisait un grand honneur !

Seigneur ! Elle supporterait mieux toute cette situation si Symon n'avait pas été aussi stupide. A cause de sa bêtise, ses projets étaient désormais sérieusement compromis.

Dire que tout cela aurait pu être évité si son imbécile

de frère avait laissé le temps aux anciens qui étaient de son côté de faire leur travail. Maintenant, la présence de l'autre petite traînée avait permis à Rob de reprendre l'avantage. Il allait certainement convaincre les anciens qu'une alliance avec les MacKenzie ne leur serait pas aussi profitable et plaider en faveur des MacLerie.

Maudits soient-ils ! Tous !

Soudain, elle entendit des pas résonner dans le couloir. Elle inspira profondément, tentant de recouvrer son calme. Peut-être que les hommes n'arrivaient pas à se contrôler, mais elle ne comptait pas se laisser dominer par ses émotions. L'enjeu était bien trop important. Elle s'efforça de faire le vide dans son esprit. Lorsque la porte s'ouvrit, elle leva la tête, affichant une expression qui se voulait confuse. La servante s'arrêta sur le pas de la porte et porta la main à sa bouche, stupéfaite.

— Margaret, le miroir était trop lourd et il m'est tombé des mains, balbutia Tyra.

Sans rien dire, la servante se mit à ramasser les morceaux qui jonchaient le plancher.

— Quelle tristesse, milady, murmura la servante en lui montrant l'un des fragments du miroir, c'est celui que vous a offert votre beau-père pour votre anniversaire.

— Oui, malheureusement. Peut-être que le forgeron pourrait le réparer ? Pouvez-vous lui apporter tout cela et lui demander s'il peut faire quelque chose ? pria-t-elle en feignant le désespoir.

— Oui, bien sûr, milady. J'y vais de ce pas.

Tyra réprima un sourire amusé. Depuis l'annonce de ses fiançailles avec Rob, toutes les servantes se pressaient autour d'elle pour satisfaire ses moindres désirs.

Avec une petite révérence, Margaret quitta la chambre. Tyra regarda la porte se refermer sur elle, puis se tourna vers sa coiffeuse. Elle s'assit sur le tabouret et remit de l'ordre dans ses cheveux avant de réajuster ses manches.

Elle allait bientôt devoir descendre dans la grande salle, le sourire aux lèvres, faire comme si de rien n'était; comme si le fait que son promis partageait sa couche avec une autre femme ne la dérangeait pas le moins du monde; comme si sa vie était particulièrement satisfaisante.

Allons, la patience était sa meilleure alliée, elle l'avait appris à ses dépens ; néanmoins, cela avait été une des leçons les plus utiles.

Tous les efforts de Symon et de Rob étaient vains, leurs projets ne verraient jamais le jour. Quant à elle, elle serait bientôt de nouveau réunie avec son véritable amour. Oui, bientôt, elle serait la femme de Gavin, le fils du laird MacKenzie.

Bientôt, tous allaient amèrement regretter de l'avoir sous-estimée.

Lairig Dubh

Jocelyn en était persuadée : il se passait quelque chose de grave.

Assis en face d'elle, Rurik, qui était pourtant toujours le premier à vendre la mèche, la regardait en silence. Duncan, quant à lui, semblait la fuir ces derniers jours.

Oui, il se passait quelque chose de très grave.

Elle bougea nerveusement dans son fauteuil. Connor avait envoyé une servante la chercher au village. Elle était immédiatement rentrée au château et depuis, elle attendait que son époux la fasse appeler. Ne comprenait-il donc pas qu'elle se faisait bien plus de souci lorsqu'il la tenait dans l'ignorance, surtout lorsqu'il s'agissait de leur famille ?

A bout de patience, elle posa le panier de vivres sur la table et se leva, bien décidée à découvrir la vérité. Au même moment, la porte du parloir s'ouvrit et Connor apparut sur le seuil. Il laissa sortir quelques-uns de ses hommes puis la regarda.

— Jocelyn, lança-t-il d'une voix grave, viens, j'ai à te parler.

Voyant son expression assombrie, Jocelyn sentit le sang quitter son visage. Dieu tout-puissant, qu'allait-il lui annoncer ?

Elle avança vers lui, essayant de se rappeler où se trouvaient leurs enfants, leurs proches, chaque personne qui comptait à ses yeux. Cependant, cela ne l'aida guère à apaiser l'inquiétude qui montait en elle.

Connor lui prit la main et la guida vers le parloir. Une fois qu'il eut fermé la porte derrière lui, elle retira sa main de la sienne et se tourna vers lui.

— Vas-tu enfin me dire ce qui se passe ? s'enquit-elle d'une voix blanche.

— Lilidh a été…

Il ne finit pas sa phrase et détourna son regard.

Jocelyn sentit son cœur s'affoler dans sa poitrine, son corps devint soudain glacé. Leur fille était-elle… morte ? Les yeux humides, elle mit les mains sur sa poitrine et attendit la suite.

— Lilidh a été enlevée, Jocelyn.

— Enlevée, dis-tu ? Elle est donc en vie, murmura-t-elle en se laissant tomber dans le fauteuil derrière elle. Qui… Qui a fait ça ?

— Rob Matheson.

Elle secoua la tête.

Rob ? Non, ça ne pouvait pas être lui.

— Non, tu dois te tromper. Rob a vécu ici pendant plusieurs années, tu étais devenu comme un père pour lui. Il était le fils de ton ami, de ton allié. Et puis surtout, il aimait…

Elle laissa sa phrase en suspens, sachant que ce qu'elle

s'apprêtait à dire risquait de faire sortir Connor de ses gonds.

— C'est du passé tout ça, gronda-t-il en lui tournant le dos. Un des hommes de l'escorte de Lilidh a survécu à l'attaque. Avant de rejoindre Lairig Dubh pour nous informer de la chose, il a suivi les attaquants qui l'ont emmenée au château des Matheson.

— Voyons Connor, tout cela n'a pas de sens, dit-elle en se tordant les mains. Pourquoi diable l'aurait-il enlevée ? Il est déjà fiancé, donc ce n'est sûrement pas pour un éventuel mariage. Aucun différend ne vous…

Une fois de plus, elle n'osa pas aller jusqu'au bout de sa phrase. Connor et Rob s'étaient quittés en mauvais termes à cause de Lilidh, justement. Et puis, plus récemment, Connor avait eu vent d'éventuelles négociations entre les Matheson et les MacKenzie, leurs ennemis.

— Que comptes-tu faire ?

Dans sa tête, son instinct de mère prit le dessus sur son rôle d'épouse du laird. Elle considéra la situation sous tous les aspects. Peut-être que tout n'était pas perdu pour Lilidh. Peut-être que…

Connor se tourna vers elle et elle retint son souffle.

— Elle est leur prisonnière. Une guerre me semble donc inévitable.

Même si elle était assise, Jocelyn eut l'impression que le sol basculait et que les murs de la pièce se mettaient à tourner autour d'elle. Connor s'agenouilla devant elle et lui prit la main.

— Connor, tu dois…

Secouant la tête, il posa un doigt sur ses lèvres et elle se tut.

— Je sais ce que tu vas me dire, Jocelyn, dit-il d'une voix douce, mais n'oublie pas qu'elle est non seulement la fille d'un comte et d'un chef de clan, mais également la veuve du laird MacGregor. Elle est le lien qui unit les deux clans les plus puissants des Highlands. Il n'est donc pas dans l'intérêt des Matheson de lui faire du mal.

Du moins pas pour l'instant, songea-t-elle, persuadée que lui aussi devait penser la même chose.

Courage ! Leur fille était en vie, c'était le plus important. Et, pour le moment, elle ne risquait rien. Elle se surprit alors à penser qu'elle n'était pas aussi inquiète pour sa sécurité qu'elle l'était de ses retrouvailles avec Rob. Enfin, ce n'était pas de l'inquiétude, plutôt…

— Je vais envoyer Duncan à Keppoch afin de savoir ce que Rob veut, annonça-t-il, interrompant le fil de ses pensées.

— Tu ne vas donc pas donner l'assaut ? demanda-t-elle en tâchant de dissimuler l'espoir que suscitaient ses paroles.

— Je peux les attaquer à n'importe quel moment…

Jocelyn reconnut bien là la Bête des Highlands, toujours prête à sortir les griffes lorsque cela s'avérait nécessaire.

— … mais je vais user de diplomatie avant.

— Je me rendrai à Keppoch avec Duncan afin de m'assurer que Lilidh va bien.

Connor ne la laisserait sans doute jamais y aller, mais elle devait tout de même tenter sa chance. Après tout, elle l'accompagnait souvent lorsqu'il se rendait chez d'autres clans dans le cadre de visites officielles. Sa présence à Keppoch ne serait pas inappropriée.

Poussée par un sentiment d'urgence, elle se leva et Connor se redressa aussitôt.

— Jocelyn, tu n'iras nulle part et tu le sais.

Il le dit avec une telle fermeté qu'elle en tressaillit et s'arrêta net dans son élan. Elle se retourna vers lui et le considéra un instant, désappointée par l'expression fermée de son visage. Il voulait qu'elle reste ici alors que la vie de sa fille, de leur fille, était en danger. Il voulait qu'elle vaque à ses occupations, comme si de rien n'était. Il voulait qu'elle…

— Oui, Jocelyn, exactement.

Jocelyn eut un pauvre sourire. Après tant d'années passées ensemble, il pouvait lire en elle comme dans un livre ouvert. Ou bien, elle avait tout simplement trop de mal à masquer son angoisse. Il fallait bien admettre qu'en vingt ans de mariage, jamais elle n'était parvenue à dissimuler ses sentiments devant Connor.

Sentant les larmes embuer son regard et la colère monter en elle, Jocelyn tourna brusquement la tête. Elle ne serait d'aucune aide ni pour son époux ni pour sa fille si elle se laissait submerger par ses émotions. Luttant de son mieux pour conserver son calme, elle plissa les lèvres. Il devait bien y avoir un moyen pour qu'elle aille au bout de son idée sans susciter la colère de Connor.

— Je préfère nettement ton expression de mère éplorée plutôt que celle que tu arbores actuellement, observa-t-il en croisant les bras sur sa poitrine.

Feignant l'innocence, elle haussa les épaules.

— Je ne vois pas du tout de quoi…

— Voyons Jocelyn, la coupa-t-il, après tout ce que nous avons traversé ensemble… Je reconnais parfaitement ce regard. En plus, tu as légèrement relevé le menton, comme tu le fais toujours lorsque…

Il s'approcha d'elle et suivit la ligne de sa mâchoire d'un doigt avant de le faire glisser sur son cou. Un frisson de plaisir lui parcourut aussitôt l'échine.

— Lorsque tu comptes me défier, acheva-t-il.

— Connor…

— Jocelyn, je préfère ne pas entendre de mensonges sortir de ta bouche.

Il l'enveloppa d'un regard plein de sollicitude et de compréhension. Il devait bien se rendre compte que, cette fois-ci, il lui demandait l'impossible. Il en allait de la vie de leur fille après tout ! Elle avait la chance d'avoir épousé un homme intelligent, un homme qui avait assez de bon sens pour prendre les bonnes décisions. Il ferait sans doute le bon choix.

Ils restèrent immobiles quelques instants, les yeux plongés dans le regard de l'autre, jusqu'à ce que Connor rompe le silence en poussant un petit soupir.

— C'est d'accord, tu accompagneras Duncan et Rurik. Mais ne fais rien qui risquerait de nous nuire une fois que tu seras là-bas !

Elle eut un sourire rassuré. Cependant… Pourquoi Duncan *et* Rurik ? S'il avait l'intention de les envoyer à Keppoch tous les deux, c'est qu'il était bel et bien prêt à entrer en guerre s'il le fallait. C'était une bonne tactique à adopter même si elle pouvait également se retourner contre eux. Tout dépendrait de la réaction des Matheson. Elle pria néanmoins pour que Rob revienne à la raison, qu'importe le dénouement de la situation.

— Quand partons-nous ?

— Nous devons attendre que les messagers que j'ai envoyés là-bas reviennent, afin d'évaluer la situation. Si Rob à un brin d'intelligence, il la laissera partir sans rien demander en échange.

Les yeux dans le vague, il tourna légèrement la tête avant de reprendre :

— Vous pourrez prendre la route d'ici à sept jours.

Jocelyn acquiesça d'un signe de tête.

— Une fois sur place, dit-il, tu ne feras rien sans le consentement de Rurik et Duncan ; tu resteras au camp et, bien évidemment, tu…

Le sourire aux lèvres, Jocelyn écouta encore quelques ordres, puis décida de le faire taire de la seule manière efficace : elle se mit sur la pointe des pieds et l'embrassa. Connor la prit dans ses bras, la serra contre lui et répondit au baiser avec ardeur. Au bout d'un moment, il détacha ses lèvres des siennes et plongea son regard dans le sien.

— Sois prudente, murmura-t-il en la reposant au sol.

Ils échangèrent un autre baiser puis elle se dirigea vers la porte, pressée de préparer son voyage.

— Jocelyn ?

Une main posée sur le loquet, elle se tourna vers lui.

— Je te laisse y aller au cas où notre fille aurait besoin de toi, dit-il solennellement.

Ces mots s'imprimèrent dans son esprit en lettres de feu. L'inquiétude qu'elle éprouvait ne se dissiperait que lorsqu'elle tiendrait sa fille dans ses bras, une fois qu'elle serait sûre et certaine que Lilidh n'avait pas souffert des violences des Matheson.

Elle opina d'un hochement de tête puis quitta la pièce. Rob Matheson avait intérêt à bien la traiter car la colère d'une mère est bien plus effrayante que celle de la Bête des Highlands, pensa-t-elle en traversant le couloir.

7

La peur au ventre, Lilidh descendit la dernière marche de l'escalier. La grande salle où Rob l'attendait ne devait plus être loin. Du moins c'était ce qu'elle espérait. Dougal avait adapté le pas à son rythme mais cela n'avait servi à rien en fin de compte. Malgré le bain chaud qu'elle venait de prendre, elle sentait de nouveau la douleur pulser dans sa jambe.

Ils pénétrèrent dans un couloir et Dougal s'arrêta. Elle leva la tête et rencontra son regard. Il y avait de la pitié dans ses yeux et un élan de révolte la traversa. L'air fier, elle releva le menton.

— Tendez vos mains, dit-il en prenant le morceau de corde qu'il avait passé par-dessus son épaule.

Elle le regarda faire un nœud coulant, la gorge sèche. Pour se donner une contenance, elle replaça quelques-unes des mèches qui s'étaient échappées de sa natte derrière ses oreilles. Elle eut un moment d'hésitation mais finit par nouer ses doigts puis tendit les mains vers lui.

Elle devait garder son calme, elle devait rester maîtresse d'elle-même, jusqu'à ce que Rob et son père trouvent une solution, ensemble. Mais surtout, elle devait sortir indemne de cette histoire. Si son père la voyait ainsi, elle était quasiment certaine qu'il n'hésiterait pas à réduire le château et le village en cendres.

Une fois que Dougal lui eut noué les mains, il passa devant elle. Tenant l'autre bout de la corde, il commença à avancer et elle n'eut d'autre choix que de lui emboîter le pas. Ils arrivèrent devant une grande porte et elle déglutit lorsque les gardes l'ouvrirent.

Dès qu'elle eut passé le seuil, un silence de mort tomba sur la grande pièce encombrée. Toujours derrière Dougal, elle avança en se forçant à regarder droit devant elle, sans prêter la moindre attention à la curiosité dont elle était l'objet.

Sur l'estrade à l'autre bout de la pièce, Rob était attablé devant un repas. Le goujat qui l'avait traînée de force ici était, lui aussi, assis à la table. Elle serra les mâchoires et ravala sa colère.

Surtout, garde ton sang-froid, Lilidh.

Hormis sa jambe, sa tête la faisait également souffrir. Mais ce n'était rien à côté de la blessure qui touchait sa fierté. Les murmures moqueurs et désapprobateurs se faisaient entendre autour d'elle. Du coin de l'œil, elle vit les regards qu'on lui adressait. Certains étaient emplis de haine et d'autres, surtout ceux des femmes, de sympathie et de pitié.

Son souffle était redevenu irrégulier et elle boitait sévèrement. Néanmoins, une fois au bas de l'estrade, elle redressa les épaules et leva le menton. Elle était une MacLerie, elle resterait digne de son rang.

— La voilà, Symon, s'exclama Rob à voix haute et claire. Tu vois, elle n'est pas *choyée*, comme tu le pensais.

Lilidh remarqua alors qu'une femme au visage en forme de cœur était assise entre les deux hommes. Ses cheveux roux parfaitement coiffés, elle était vêtue d'une robe magnifique qui faisait ressortir le vert de ses yeux.

Lady Tyra, la sœur de Symon, sans doute.

La jeune femme la gratifia d'un regard méprisant puis changea aussitôt d'expression en se tournant vers Rob, ce qui laissa Lilidh pantoise.

— Doit-elle vraiment être ici ? Sa présence dans cette

pièce est une insulte pour moi, dit-elle en inclinant la tête vers Rob.

Cette lady Tyra ne manquait pas de toupet. Comment pouvait-elle dire une telle chose ? Lilidh faisait également partie de la noblesse. Elle était la fille d'un comte qui, en plus, était laird. Certes, elle était ici en tant que prisonnière, mais cela ne remettait nullement en question son titre de lady.

Voyant que Rob ne lui prêtait aucune attention, la sœur de Symon reprit sa position dans son fauteuil et baissa les yeux. Cependant, quelque chose dans son attitude contredisait son apparente soumission.

— C'est bon, Dougal, tu peux la ramener, ordonna Rob.

— Non ! objecta Symon au moment où Dougal la prit par le bras.

Il se leva brusquement avant de poursuivre :

— Elle est une prisonnière et ne devrait donc pas vivre dans l'oisiveté.

Des cris d'hommes s'élevèrent de la foule derrière elle et Lilidh fut outrée par tant de grossièretés. Apparemment, tous pensaient qu'elle devait rendre des services d'ordre très… personnel. Elle tressaillit d'effroi à cette idée et dirigea son regard vers Rob. Ce dernier était étrangement calme. Il ne semblait nullement contrarié par une telle demande et encore moins intéressé par son sort.

Soudain, il se leva et lady Tyra se redressa comme pour l'implorer de rester assis à ses côtés. Sans même un regard pour elle, il alla rejoindre Symon qui se tenait debout, au centre de l'estrade.

En voyant la rage flamber dans les yeux de Tyra, Lilidh fronça légèrement les sourcils. Elle était la sœur de ce malotru de Symon mais… quelle était la nature exacte de sa relation avec Rob ? Elle semblait croire qu'elle avait des droits sur lui…

Lorsque Rob arriva à la hauteur de Symon, il le bouscula délibérément et descendit de l'estrade. Il lui saisit le bras et la tira brusquement vers lui, la forçant à monter sur la première marche.

— Lady Lilidh MacLerie m'appartient, gronda-t-il. Certes, tu l'as ramenée ici, Symon, mais, en tant que chef, j'ai le droit d'en faire ce que je veux. Le premier qui ose la toucher aura affaire à moi.

Lilidh sentit ses joues s'empourprer violemment. Comment se permettait-il de dire une telle chose alors qu'elle était *là* ? N'avait-il donc aucun respect pour elle ? Cependant, sa revendication, aussi licencieuse fût-elle, la rassura quelque peu. Au moins, maintenant, personne ne s'aviserait de porter la main sur elle.

Rob relâcha son emprise et elle trébucha sur la marche, oscillant dangereusement pour garder son équilibre.

— Cela dit, je partage ton avis sur un point, Symon.

Lilidh leva la tête vers lui. De quoi voulait-il parler ?

— Lilidh MacLerie est notre prisonnière et devrait donc être traitée comme telle, expliqua Rob. Lorsque je n'aurai pas besoin d'elle, elle travaillera dans la cuisine.

Comment ?

Comment pouvait-il être aussi... aussi discourtois ! Il voulait qu'elle travaille dans la cuisine ? Lorsque *lui* n'aurait pas besoin d'*elle* ? Hors de question !

La tête droite, elle tourna les talons pour s'en aller mais Dougal lui bloqua le passage.

— Je ne suis pas ta servante ! cria-t-elle en se retournant vers Rob.

— Ma chère, tu feras ce que l'on te dit de faire, lança-t-il les poings serrés en s'avançant vers elle. Tu ferais mieux de changer d'attitude parce que sinon, je te jure que tu ne vivras pas assez longtemps pour revoir les tiens.

Elle avait beau être persuadée qu'il ne lui ferait jamais le moindre mal, Lilidh recula d'un pas, puis d'un autre, avant de se heurter à Dougal qui était derrière elle.

Comment Rob avait-il pu autant changer depuis la dernière fois ? A moins qu'il ne dévoile son vrai visage que maintenant… Pourtant, la veille, il lui avait paru différent. Toujours distant, certes, mais également compréhensif. Alors pourquoi la traitait-il comme si elle n'était qu'une moins que rien ?

Bouleversée et démunie, Lilidh n'eut pas le courage nécessaire pour lui tenir tête. Le cri de rage qu'elle aurait tant voulu pousser s'étrangla dans sa gorge. Au lieu de se défendre, elle fit la seule chose qu'elle pouvait faire : elle tomba à genoux et baissa la tête.

Elle devait prendre sur elle pour éviter la mort. Le silence était désormais son seul allié si elle voulait rester en vie. Mieux valait faire profil bas. Du moins, pour l'instant.

Elle entendit un grognement satisfait au-dessus d'elle. Rob venait d'émettre un grognement ! Symon fit de même et, petit à petit, les hommes dans la foule se joignirent à leurs cris.

Les hommes et leur orgueil !

En relevant un peu la tête, elle remarqua un sourire satisfait sur le visage de lady Tyra.

— Dougal, emmène-la aux cuisines, ordonna Rob. Qu'on lui trouve de quoi s'occuper là-bas.

Soudain, Lilidh sentit des mains fortes la prendre par les épaules. Dougal la releva d'un geste qui se voulait sans doute brusque mais qu'elle perçut plutôt comme empressé. Une fois qu'elle fut debout, il reprit l'extrémité de la corde qui pendait entre ses mains et se dirigea vers la porte.

A peine eut-elle fait quelques pas, qu'elle entendit Rob derrière elle :

— Alors mon cher cousin, es-tu satisfait à présent ? Elle travaillera toute la journée en cuisine et pourvoira à tous mes besoins la nuit.

Lilidh eut une moue dégoûtée et lutta pour faire preuve de calme. Elle espérait néanmoins que Symon n'allait pas surenchérir par d'autres provocations ; hélas, connaissant le personnage, elle…

— Je suis content que tu aies au moins suivi un de mes conseils, Rob. Une femme comme elle doit être matée d'une main de fer.

Outrée par les propos de ce sans-gêne, Lilidh voulut lui envoyer une réplique acerbe. Cependant, avant qu'elle n'ait eu le temps de se retourner, Dougal tira fortement sur l'extrémité de la corde qui lui liait les mains. Elle fut entraînée vers l'avant et recouvra son équilibre de justesse.

Des rires éclatèrent autour d'elle et elle n'osa pas lever les yeux. Lorsqu'ils eurent atteint la porte, elle jeta néanmoins un regard derrière elle. Les hommes criaient et martelaient le sol de leurs pieds. Les femmes, elles, ne disaient rien, mais leurs regards trahissaient leur compassion. Certaines chuchotèrent quelque chose à leurs hommes et ceux-ci s'arrêtèrent de crier aussitôt. Au pied de l'estrade, un groupe d'hommes, encouragés par Symon, continuaient à scander sans relâche. Il devait sans doute s'agir de ses acolytes, ceux qui avaient attaqué son escorte. Lilidh sentit une haine farouche flamber en elle.

Dougal tira de nouveau sur la corde et elle franchit le seuil de la porte en boitant. Tous devaient penser que son boitement était dû au traitement que lui infligeait Rob. Après tout, tant mieux, cela concordait avec son rôle de prisonnière.

Ils traversèrent un dédale de couloirs et arrivèrent dans la cuisine. Là, dans un brouhaha animé, des dizaines de personnes s'affairaient aux fourneaux tandis qu'un homme bien enrobé, le chef cuisinier apparemment, criait des ordres en agitant une spatule de bois. Lorsque son regard se posa sur Dougal, il grogna, l'air agacé.

— Dougal ! Combien de fois t'ai-je dit de ne pas passer par là pour rejoindre le donjon ! Je sais que c'est…

— Je t'amène une paire de bras supplémentaire, Calum, le coupa Dougal. Elle va travailler ici, sur les ordres du laird.

— Mais que diable vais-je bien pouvoir faire d'elle ici ? Le laird aurait au moins dû me consulter avant, marmonna le chef dans sa barbe.

— Ne t'en fais pas, Calum, dit une voix de femme, je vais m'occuper d'elle.

Une petite femme corpulente apparut de nulle part à côté du chef. Elle lui chuchota quelque chose dans l'oreille et il acquiesça plusieurs fois au fil de ce qu'elle lui disait.

— Très bien, elle aidera Susan, finit-il par dire en faisant signe à la femme de les laisser. Le laird aurait-il d'autres ordres à me donner ?

Lilidh réprima un sourire devant son ton exaspéré. Il n'y avait rien de pis pour un chef cuisinier que d'être dérangé dans son travail et, vraisemblablement, Calum ne dérogeait pas à la règle.

Dougal secoua la tête et rejoignit Susan, qui les attendait un peu plus loin. Ils se frayèrent un chemin à travers la pièce. En avançant, Lilidh regarda autour d'elle, un peu désorientée par l'atmosphère chaotique qui y régnait.

Ils s'arrêtèrent devant une large table de bois qui était située dans un coin, à l'écart de la cohue.

— Merci Dougal, je me charge d'elle à présent, dit Susan en l'observant.

Il lui tendit l'extrémité de la corde et elle lui adressa un regard irrité, le sourcil légèrement relevé.

— Voyons Dougal, réfléchis un peu ! gronda-t-elle, en posant les mains sur les hanches. Elle ne me sera d'aucune utilité les poings liés.

Du coin de l'œil, Lilidh remarqua une expression confuse se peindre sur le visage de Dougal. Visiblement, l'homme de confiance de Rob ne jouait pas les guerriers devant ce petit bout de femme.

— C'est une prisonnière, Susan, ne l'oublie pas. Pas de traitement de faveur, est-ce clair ? s'enquit-il d'un ton grave.

— Mais oui ! rétorqua-t-elle avec un clappement de langue. Tout le monde ici est au courant de ce que le laird lui réserve. La journée, elle travaille, la nuit, elle réchauffe son lit.

Honteuse, Lilidh cligna nerveusement des paupières. Elle ne s'attendait guère à une telle réponse. Pourtant, elle n'aurait pas dû être étonnée. Dans n'importe quelle demeure, les nouvelles allaient vite, relayées par les domestiques.

Sans rien dire, Dougal lui détacha les mains puis enroula la corde. Pendant un court instant, elle croisa son regard. Il semblait perplexe. Avait-il peur qu'elle essaye de s'échapper ? Elle faillit lui dire qu'il n'avait pas de quoi s'inquiéter. Elle peinait déjà à marcher avec sa jambe faible, courir n'était donc même pas envisageable. En plus, les acolytes de Symon allaient certainement la tenir à l'œil. Elle n'avait aucune chance de sortir d'ici indemne.

— A aucun moment elle ne doit rester seule. Et surveille bien ses moindres faits et gestes, dit-il lorsqu'il eut passé la corde enroulée autour de son épaule.

Susan secoua la tête et le chassa d'un revers de main.

— Alors, que sais-tu faire en cuisine ? lui demanda-t-elle une fois que Dougal fut parti.

D'un signe de tête, elle montra un tabouret, placé à l'autre bout de la table. S'appuyant sur la surface de la table, Lilidh tituba jusqu'au tabouret et s'assit péniblement dessus. Elle ouvrit la bouche pour répondre mais Susan ne lui en laissa pas le temps.

— Beathas s'est-elle occupée de toi ? demanda-t-elle, l'air inquiet.

Plissant les yeux, elle la considéra un long moment, s'attardant sur son visage. Elle aussi devait croire que Rob l'avait battue. Ne voulant en dire trop, Lilidh opina de la tête et détourna le regard.

— Ma mère m'a appris les rudiments de la cuisine, finit-elle par murmurer. Cela dit, je ne suis pas très douée.

Cet aveu parut surprendre la petite femme qui lui adressa un regard interrogateur.

— On m'a surtout préparée au rôle de châtelaine afin que je puisse prendre en main la gestion de la maisonnée de mon époux, ajouta-t-elle, éprouvant le besoin de se justifier.

Susan hocha la tête puis héla une servante qui passait par là avant de lui prendre le panier qu'elle portait. Elle le posa sur la table puis tira de sa ceinture un petit couteau à lame courte et le lui tendit.

— Epluche et découpe ces légumes, ordonna-t-elle. Il va sans dire que je reprendrai le couteau avant que tu ne partes.

Lilidh osa un sourire et fut rassurée de voir Susan le lui rendre. Sa réflexion, teintée d'un brin d'humour plutôt que de menace, lui remonta le moral.

Elle sortit quelques légumes du panier et considéra, un bref instant, la lame du couteau qui scintillait à la lueur des torches. Il y avait tant de choses qu'elle se voyait faire avec… Mais ce n'était pas pour tout de suite.

Elle avait déjà épluché trois paniers de légumes, lorsqu'elle sentit son estomac gargouiller et se souvint qu'elle n'avait encore rien mangé. Heureusement, Susan, qui travaillait de l'autre côté de la table, s'approcha d'elle.

— As-tu mangé quelque chose aujourd'hui ? lui demanda-t-elle.

Lilidh rougit, mal à l'aise. Sans doute cette brave femme avait-elle entendu son estomac crier famine.

— Non.

— Quand as-tu mangé pour la dernière fois ?

Lilidh réfléchit un instant. Mis à part les breuvages de

Beathas, elle n'avait rien avalé depuis son arrivée. Depuis plus longtemps même, si elle comptait le temps du voyage, à partir du moment où Symon et ses hommes l'avaient enlevée. Deux jours, en tout ?

— Ça fait un petit moment, balbutia-t-elle.

Susan fit signe à l'une des servantes et, en l'espace de quelques secondes, on lui servit un bol de soupe et un morceau de pain.

— Allez, mange, l'encouragea Susan en posant un gobelet d'ale à côté de l'assiette.

En cachant son impatience, Lilidh plongea la cuillère dans la soupe et la porta à sa bouche. Etait-ce dû au fait qu'elle n'avait pas mangé depuis plusieurs jours, ou bien cette soupe était-elle la meilleure qu'elle ait jamais goûtée ? Elle rompit le pain en petits morceaux et les trempa dans le liquide encore fumant. Elle vida rapidement le bol entier et posa la cuillère sur la table. La faim lui avait tenaillé le ventre pendant plusieurs jours et elle ne s'en était même pas aperçue, trop bouleversée par les événements.

Face au bol vide, elle eut une pensée pour son frère. Il avait pour habitude de la taquiner lorsqu'elle mangeait trop vite. Elle leva les yeux et vit que Susan la scrutait, comme pour lire ses pensées.

— Mille mercis, dit-elle en rassemblant la cuillère, le bol et le gobelet.

Remarquant une bassine dans laquelle trempait de la vaisselle sale, elle se releva à grand-peine. Cela faisait déjà plusieurs heures qu'elle était assise et elle avait désespérément besoin de se dégourdir les jambes.

— Tu lui ressembles, entendit-elle dire Susan alors qu'elle plongeait le bol et le gobelet dans le grand récipient de bois.

— Je vous demande pardon ?

— Tu ressembles beaucoup à ta mère, la femme du laird. Je l'ai vue lorsque je suis allée rendre visite à une de mes cousines qui vit à Lairig Dubh.

— Vous parlez de Jocelyn MacCallum ?

— Oui. Vous avez les mêmes yeux et les mêmes traits. Par contre, tu as la même couleur de cheveux que ton père. On le surnommait la Bête des Highlands à l'époque. C'était il y a bien longtemps.

Susan lui adressa un regard chaleureux, presque nostalgique.

— Vous savez, on le surnomme toujours comme cela derrière son dos, dit Lilidh un petit sourire en coin.

— Je ne pensais pas que Rob était capable de faire une chose pareille, se lamenta Susan après un moment de silence.

Voyant qu'elle détaillait de nouveau son cou et son visage, Lilidh passa nerveusement la main sur ses bleus et ses égratignures. Elle n'avait pas le droit de laisser croire qu'elle avait subi de telles violences de la part de Rob. Ce n'était pas juste.

— J'avais déjà ces blessures en arrivant, marmonna-t-elle en s'efforçant de rester vague.

Susan plissa les lèvres et secoua légèrement la tête.

— Je me suis débattue lors de l'enlèvement, s'empressa-t-elle d'ajouter en guise de justification.

La cuisinière opina, visiblement soulagée, avant de retourner à ses occupations.

Lilidh passa le reste de l'après-midi à accomplir diverses corvées sous la surveillance bienveillante de Susan. Celle-ci lui avait même accordé plusieurs pauses ; malgré tout, à la fin de la journée, une fois le dîner servi et la cuisine nettoyée, Lilidh avait mal partout. Ses membres étaient si lourds qu'il lui semblait qu'ils allaient se détacher de son corps.

Hélas, le plus dur restait à venir. Bientôt, elle allait devoir monter les nombreuses volées de marches qui menaient à la chambre de Rob…

La cuisine était quasiment vide lorsque deux gardes y entrèrent.

Susan était partie depuis un bon moment et Lilidh, qui ne tenait plus debout, s'était assise sur un des tabourets. Voyant arriver les deux hommes, elle essaya de se lever, mais son corps ne le lui permit pas. Impuissante, elle les regarda s'approcher d'elle.

— Suivez-nous, ordonna l'un d'eux.

Tous deux avaient le visage impassible. Elle ne pouvait pas leur en vouloir, après tout, ils ne faisaient que suivre les ordres.

Elle tenta de se relever, mais ses jambes refusaient de la soutenir. Malgré la douleur insupportable qui tenaillait sa jambe, elle entreprit de se lever une troisième fois, sans succès. Honteuse, elle se lova sur elle-même. Soudain, elle se sentit saisie sous les bras et n'opposa aucune résistance.

Vaguement consciente de ce qui se passait autour d'elle, Lilidh se laissa porter par les gardes. Leur emprise sur ses bras était ferme néanmoins ; elle remarqua qu'ils ne la brusquaient pas, au contraire.

Lorsqu'ils s'arrêtèrent, elle parvint à relever la tête et se rendit compte qu'ils étaient arrivés devant la chambre de Rob. Un autre garde leur ouvrit la porte et ils l'escortèrent à l'intérieur avant de disparaître.

Le claquement de la porte derrière eux fut la dernière chose que Lilidh entendit avant de s'écrouler sur le sol.

8

La vision qui s'offrit aux yeux de Rob lorsqu'il ouvrit sa porte le fit paniquer pour la première fois de sa vie.

Lilidh gisait inconsciente sur le sol.

Bien sûr, il avait vu des guerres, des blessés, des morts, mais toutes ces horreurs ne lui avaient pas fait un tel effet. Sans perdre de temps, il s'agenouilla au-dessus d'elle et chercha du doigt son pouls sur sa gorge.

Dieu soit loué, elle était en vie !

Recroquevillée sur elle-même, elle respirait à peine. D'une main, il écarta les cheveux qui couvraient son visage mortellement pâle.

— Lilidh…, murmura-t-il, écrasé par l'angoisse.

Rien.

Il lui secoua doucement le bras et elle bougea légèrement, marmonnant des mots incompréhensibles. Déterminé, il chercha du regard quelque chose dans la chambre, sans trop savoir quoi. Il remarqua alors, sur le feu presque éteint, une bassine d'eau chaude. Il se redressa et s'en saisit avant de prendre un linge posé sur la table.

Il revint auprès d'elle, le cœur rongé par la culpabilité. Elle avait eu l'air tellement fière et brave lorsque Dougal l'avait ramenée dans la salle qu'il en était resté pantois. Gardant la tête haute, elle s'était avancée vers l'estrade, sourde aux cris et aux commentaires licencieux de la foule. Il n'avait pas réussi à détacher son regard de sa silhouette gracieuse, il ne voyait qu'elle et personne d'autre. C'était comme s'ils avaient été seuls, rien que tous les deux, dans la grande salle.

Fasciné, il avait pris le temps de l'étudier plus attentivement. La pâleur de son teint contrastait avec les ecchymoses violâtres qui marquaient son cou et son visage. Il était certain que, sous ses vêtements, son corps portait d'autres traces de la violence que Symon et ses complices avaient exercée sur elle.

Posant la bassine à côté de lui, il s'agenouilla de nouveau à côté de Lilidh. Trempant le linge dans l'eau chaude avant de l'essorer, il se rappela l'attitude étrange qu'avait eue Symon, ce matin même. Le connaissant, sa démarche avait été tout, sauf fortuite.

Tout cela lui donna à réfléchir et il plissa les yeux. C'était son cousin qui avait insisté pour que l'on fasse venir Lilidh dans la grande salle. Et Tyra avait également tenu à être présente, ce qui l'avait surpris encore plus. Symon avait certainement dû lui parler de Lilidh. Cependant, il ne parvenait toujours pas à comprendre pourquoi sa fiancée avait tant tenu à la voir. Cela ne lui ressemblait guère. Il lui avait pourtant semblé avoir été parfaitement clair avec Symon : personne, pas même Tyra, n'avait un droit de regard sur ses agissements. En tant que laird, il était libre d'agir comme bon lui semblait.

Pris de court, Rob avait néanmoins dû accéder à sa demande et avait envoyé Dougal chercher Lilidh. Mais, comme il s'en était douté, Symon avait plus d'un tour dans son sac. Ce dernier se moquait bien que Lilidh vaque à des tâches ménagères, il voulait simplement le provoquer, lui, le faire sortir de ses gonds. Symon avait trouvé un autre moyen de tester sa réaction.

Comment aurait-il dû réagir ? Sous peine de voir son autorité mise en péril une fois de plus, il n'avait eu d'autre choix que d'envoyer Lilidh en cuisine pour montrer à tous qu'elle ne bénéficiait d'aucun traitement de faveur.

Il contempla son visage blême en secouant la tête. Quel imbécile il était ! Que lui était-il donc passé par la tête ?

Le cœur serré, il plia le linge humide et essuya délicatement ses joues et son front maculés de poussière. Il laissa ensuite retomber le bout de tissu dans la bassine d'eau et se redressa.

Un pichet d'ale était posé sur la table et il le saisit. Il en remplit un gobelet. Doucement, il lui releva la tête et porta le gobelet à ses lèvres tout en l'inclinant légèrement. A son grand soulagement, elle ouvrit la bouche et but quelques petites gorgées.

Soudain, elle ouvrit les yeux et parut ne pas savoir où elle était. Puis elle rencontra son regard et il anticipa son geste de justesse. A peine eut-il éloigné le gobelet de ses lèvres qu'elle se redressa brusquement et recula en rampant vers le mur opposé.

Il attendit que la peur disparaisse de son regard avant de s'approcher d'elle. Il lui tendit le gobelet et elle le prit d'une main tremblante. Elle le vida d'un trait et le lui rendit.

— As-tu mangé ? demanda-t-il en se tournant vers la table pour y poser le gobelet.

Lorsqu'il se retourna vers elle, Lilidh opina de la tête et tendit les jambes devant elle.

— Susan m'a donné un peu de soupe, murmura-t-elle.

— Comment te sens-tu ?

Revenant vers elle, il lui tendit la main pour l'aider à se relever, mais elle l'ignora.

— Bien, répondit-elle sans croiser son regard.

Elle avait certainement besoin d'un peu de temps pour se remettre de ses émotions et il ne voulait pas la brusquer. Il la fixa un moment sans rien dire puis se dirigea vers son bureau sur lequel était posée une pile de parchemins.

L'esprit préoccupé, il se laissa tomber sur sa chaise et tria les lettres qu'il avait reçues. Aucune missive de

Connor. Ce dernier comptait-il prendre contact par écrit ou allait-il se présenter ici en personne, avec ses hommes ?

— Pourquoi, Rob ?

Il leva la tête et rencontra les yeux de Lilidh.

— Pourquoi as-tu fait ça ? Pourquoi me traites-tu ainsi ? Qu'as-tu à y gagner ?

Il laissa passer un moment avant de répondre. Que pouvait-il bien lui dire ? Sa présence auprès de lui avait éveillé des sentiments qu'il croyait morts depuis longtemps, des sentiments qu'il voyait comme une faiblesse qui l'empêchait d'assumer pleinement son rôle de laird. D'un autre côté, elle avait également une valeur stratégique. Elle était devenue, en quelque sorte, un élément indispensable à la prospérité de son clan. Bien évidemment, il ne pouvait pas lui avouer tout cela.

— De l'or, se contenta-t-il de répondre en portant toute son attention sur les parchemins posés devant lui.

— Et, en plus de cela, tu oses me mentir ! J'estime être en droit de connaître la vérité, de l'entendre de ta bouche !

Comment diable pouvait-elle savoir qu'il mentait ?

— N'insiste pas, Lilidh, cela ne changera rien.

Il s'efforça d'affronter son regard. Ses yeux d'un vert très foncé étaient à présent plissés et il eut l'étrange impression qu'elle pouvait lire en lui.

— Mon père et les MacGregor ont-ils été prévenus de mon enlèvement ? s'enquit-elle sans se démonter. As-tu déjà eu un retour de leur part ?

— J'ai envoyé des messagers leur annoncer la nouvelle hier. Cela dit, je pense que ton père a déjà eu vent des événements.

S'appuyant sur ses mains, Lilidh se redressa légèrement contre le mur et ses lèvres esquissèrent une moue de douleur.

Quel idiot il était ! Sa jambe !

Elle avait boité ce matin et après avoir passé la journée

en cuisine, sa jambe devait lui faire très mal. Un sentiment de malaise et de honte l'accabla.

— Lilidh…

— Rob, le coupa-t-elle sèchement.

Il hocha la tête, incapable du moindre mot. Autant la laisser parler. Et puis, rien de ce qu'il pouvait lui dire n'allait changer quoi que ce soit. Ce qui était fait était fait, il était trop tard pour revenir en arrière.

— Cela ne changera sans doute rien à l'issue de cette histoire, poursuivit-elle, mais il y a quelque chose que tu devrais savoir.

Le tour que prenait leur conversation l'inquiétait autant qu'il l'intriguait. Quelque chose lui disait qu'il n'allait guère aimer ce qu'elle s'apprêtait à lui dire.

— Je ne sais pas si, en faisant ce que tu as fait, ton idée était d'entrer en guerre avec les MacLerie ou les MacGregor, ou bien encore les deux…

Elle soupira et ramena ses jambes sous le menton. Elle avait l'air d'attendre… Quoi ? Qu'il dise quelque chose ?

— Les deux, déclara-t-il d'une voix posée. Je suis certain que ni ton père ni ton époux ne resteront insensibles devant l'insulte qui leur a été faite.

— Il est mort, souffla-t-elle soudainement.

Mort ? Qui était mort ?

Un frisson le parcourut. Non, c'était impossible…

— Connor est mort ? s'enquit-il en bondissant de sa chaise.

Il voulut se précipiter vers elle, la prendre dans ses bras, mais s'arrêta au milieu de la pièce, la raison reprenant le dessus. Non, impossible… Il ne pouvait croire que Connor… que la Bête des Highlands ne soit plus de ce monde.

Une tristesse profonde le submergea à cette idée. Il y avait encore tellement de choses qu'il aurait voulu lui dire, tellement de…

— Non, non, je ne parlais pas de mon père.

La voix étouffée de Lilidh le ramena à la réalité. Il la regarda.

— Ce n'est pas mon père qui est mort, c'est Iain.

Elle déglutit péniblement puis reprit :

— Mon époux est décédé récemment, aussi je suis certaine que sa famille ne restera pas indifférente face à une telle provocation.

Rob peinait à assimiler ce qu'il venait d'entendre. Il laissa néanmoins échapper un petit soupir de soulagement. Connor n'était pas mort. Toutefois, la disparition soudaine d'Iain changeait bien des choses.

Connaissant les MacGregor, ils allaient sans doute prendre part aux hostilités. Mais Connor serait certainement le seul à qui il devrait rendre des comptes. Enfin, Connor et Jocelyn.

Jocelyn.

Rob avala sa salive avec difficulté.

Il savait de source sûre que la Bête des Highlands discutait souvent de ses affaires avec son épouse et que son opinion lui importait grandement. Une fois que celle-ci aurait appris la nouvelle, elle plaiderait certainement en faveur d'une guerre contre les Matheson. Une mère ne reculait devant rien lorsque la vie de son enfant était en jeu. Face à Jocelyn, il ne donnait pas cher de sa peau.

Rob se frotta les yeux en tournant le dos à Lilidh. Toute cette histoire échappait à son contrôle. Symon les avait tous mis dans de beaux draps. Quel abruti !

Il ravala sa colère. Pour le moment, il devait consacrer toute son énergie à trouver une façon de réparer les erreurs de son cousin.

Peu à peu, il prit conscience de la véritable ampleur de la révélation de Lilidh. Son époux était mort. Lilidh était veuve. Son cœur eut un sursaut dans sa poitrine.

— Quand est-il décédé ? demanda-t-il en se retournant vers elle.

Il scruta son visage à la recherche d'un signe d'émotion.

— Il y a environ un mois, dit-elle posément.

Rob fronça les sourcils. Sa voix était étrangement calme pour une jeune veuve.

Symon l'avait enlevée alors qu'elle était sur le chemin de Lairig Dubh. Pourquoi se rendait-elle là-bas ? Pour annoncer la nouvelle aux siens ? Portait-elle l'héritier d'Iain ? Cette idée le hérissa violemment. La seule pensée de Lilidh dans les bras d'un homme l'horrifiait.

— Et son héritier ?

Rob retint son souffle en attendant sa réponse.

Le mariage entre Lilidh et le chef des MacGregor avait été arrangé par Connor, il le savait.

— Son frère cadet a été nommé chef.

Elle n'était donc pas enceinte. Et elle n'avait plus d'époux. Elle était… libre. Rob sentit quelque chose s'émouvoir dans sa poitrine à cette idée, comme si son cœur, longtemps oppressé, respirait de nouveau. Il ne s'attarda pas sur cette étrange émotion.

Quoi qu'il en soit, ce revirement de situation était pour le moins intéressant. Cela causerait certainement de nouveaux problèmes mais lui permettrait également d'envisager d'autres possibilités.

Les MacGregor devaient se méfier des changements d'alliances qui s'opéraient dans les Highlands dernièrement. C'était sans doute pour cette raison qu'ils avaient décidé de garder la nouvelle de la mort d'Iain pour eux. Personne, pas même les MacKenzie, ne semblait avoir été prévenu de cet événement. Ces derniers auraient sûrement profité de cette occasion pour établir une alliance avec les MacGregor. Ce clan était bien plus puissant que le sien. D'ailleurs, les MacKenzie allaient-ils leur prêter main-forte dans l'éventualité d'une attaque ? Ils étaient sur le point de devenir alliés, après tout. A moins que… Dieu, tout cela devenait très compliqué.

Rob se concentra sur le beau visage de Lilidh. Il n'avait toujours pas fait le moindre commentaire concernant la disparition de son époux. Cela dit, l'expression qu'elle arborait n'était pas celle d'une femme endeuillée.

— Je te présente toutes mes condoléances, Lilidh.

Il avait brièvement fait la connaissance d'Iain MacGregor lors de son long séjour à Lairig Dubh et il l'avait trouvé assez plaisant. La seule chose qu'il aurait eu à lui reprocher… Allons, inutile de se torturer l'esprit de la sorte.

— Sa mort a dû être une surprise douloureuse pour sa famille.

Lilidh acquiesça. Visiblement, elle ne voulait pas en parler et il respectait sa décision. La connaissant, elle n'avait pas besoin de sympathie ou de pitié, qu'elles viennent de lui ou de quiconque. Et s'il y avait bien une chose qui l'agaçait plus que tout autrefois, c'était d'échanger des banalités.

Luttant pour apaiser ses émotions contraires, il s'avança vers elle.

— Allez, laisse-moi t'aider, tu vas finir par attraper froid si tu restes assise par terre, dit-il en lui tendant la main.

Cette fois-ci, il ne comptait pas lui laisser le choix.

Elle regarda sa main tendue puis finit par la prendre, comme si elle avait lu dans ses pensées.

— Susan est-elle restée avec toi toute la journée ? s'enquit-il en l'attirant vers lui.

Dès qu'il avait donné l'ordre d'emmener Lilidh en cuisine, il avait fait comprendre à Dougal qu'il fallait que Susan la prenne sous son aile. C'était une personne de confiance et il savait qu'elle ne lui mènerait pas la vie dure.

Une fois que Lilidh fut debout, il l'aida à marcher jusqu'à la chaise et ne relâcha son bras qu'une fois qu'elle eut pris appui sur le dossier de la chaise.

— Oui, répondit-elle. Elle m'a même dit qu'elle avait visité une cousine à Lairig Dubh il y a maintenant plusieurs années de cela, mais son visage ne me dit rien.

Elle repoussa ses cheveux emmêlés de son visage et prit une profonde inspiration.

— Puis-je me laver ? balbutia-t-elle en dirigeant son regard vers la bassine d'eau.

Rob prit le récipient et y versa encore un peu d'eau chaude avant de le poser sur la chaise devant elle. Il la regarda un instant puis se tourna afin de lui laisser un semblant d'intimité.

Les yeux clos, il se pinça la racine du nez. Il devait essayer de remettre de l'ordre dans ses pensées. En tant que chef des Matheson, il était responsable du sort de son clan. Personne n'avait été plus surpris que lui lorsque les anciens l'avaient nommé chef, lui, le fils illégitime du dernier laird. Il peinait à y croire aujourd'hui encore, mais l'heure n'était plus à l'étonnement. Il devait accepter et endosser pleinement son rôle. Son avenir et celui de son clan étaient en jeu. Et Lilidh...

Tant qu'elle était sous sa responsabilité, il était hors de question qu'elle affronte une autre journée comme celle qu'il venait de lui faire vivre. Les autres étaient libres de penser ce qu'ils voulaient, il n'en avait cure. D'ailleurs, c'était également la dernière fois que Symon le mettait devant le fait accompli.

Il sourit, c'était déjà un bon début.

D'ailleurs, il devait pousser son enquête sur son cousin bien plus avant. Ainsi, il ne pouvait se départir d'un doute qui le taraudait de plus en plus. Symon avait-il quelque chose à voir avec la disparition tragique de son père et sa jeune épouse ? Et était-ce également lui qui œuvrait en faveur d'une alliance avec les MacKenzie ? Si tel était le cas, cela discréditerait son cousin aux yeux de tous et, pour sa part, il pourrait enfin obtenir la confiance et le soutien de tous les anciens, sans exception. Ainsi, il aurait le temps d'évaluer quelle alliance serait la plus avantageuse pour son clan et prendrait une décision en conséquence.

Allons, il prenait ses rêves pour la réalité !

En dépit de leur rivalité, Symon était très apprécié au sein du clan. Rob ne put s'empêcher de se demander comment se seraient passées les choses si son père, peu avant sa mort, n'avait pas fait part aux anciens de ses doutes concernant la loyauté de Symon. Le soutien dont avait bénéficié ce dernier jusque-là avait alors commencé à s'éroder petit à petit.

A mesure qu'il réfléchissait à tout cela, des souvenirs lui revenaient à la mémoire. Son père avait également refusé de s'allier aux MacKenzie au risque de mettre en péril ses relations, pourtant déjà tendues, avec les MacLerie. Etait-ce à cause de l'amitié qui unissait les deux familles que les anciens avaient vu en lui un éventuel successeur au titre de son père ? La disparition soudaine de son père et d'Ailean, sa femme, les avait forcés à prendre une décision dans la précipitation. Ils avaient dû nommer un nouveau chef au plus vite et leur choix s'était porté sur lui.

Symon, par sa mère, la sœur du laird, aurait été en droit de revendiquer le titre tant convoité mais, une fois n'est pas coutume, le pragmatisme et l'urgence l'avaient emporté sur la légitimité. Bien évidemment, cette décision n'avait pas fait l'unanimité et certains essayaient encore de la contester par tous les moyens.

Peu importait, désormais ! Il était le chef et il comptait bien remplir ses obligations et ses devoirs du mieux qu'il le pouvait. Ça ne serait guère facile, mais il s'était juré qu'il ferait un meilleur laird que son père. Il suivrait un autre modèle. Il voulait devenir le même homme que celui qui l'avait accueilli dans sa famille à bras ouverts, celui qui avait été comme un père pour lui…

— Puis-je me dégourdir les jambes ? demanda Lilidh, le ramenant à l'instant présent.

Il déglutit.

L'homme dont la fille aînée se trouvait dans sa chambre,

prisonnière. Celui qui, désormais, voulait certainement le voir mort.

— Te dégourdir les jambes ? répéta-t-il en se retournant vers elle. Où ça ?

— Ici, dans la chambre. Je commence à avoir des crampes à ma jambe.

— N'auras-tu pas plus mal en marchant ?

Il regretta aussitôt sa question. De quoi se mêlait-il ? Ils n'étaient plus assez proches pour qu'il se permette des questions aussi intimes ! En outre, il savait qu'elle n'aimait pas qu'on lui parle de sa blessure.

— J'ai mal quand je reste un long moment sans bouger. Il m'est également difficile de monter les escaliers, mais marcher à pas mesurés me fait du bien.

— As-tu eu mal aujourd'hui ?

Elle ouvrit la bouche pour répondre puis la referma en secouant la tête.

Ses longs cheveux ondulés tombaient en cascade sur ses épaules. Emu par ce spectacle, il détailla ensuite son visage et son cœur se serra. Elle avait les traits tirés et les yeux cernés de fatigue.

— Je t'en prie, dit-il en lui faisant un signe de la main.

Elle lui jeta un regard incertain puis se pencha en avant. Elle enleva ses chaussures avant de se redresser lentement. Il la regarda faire quelques pas jusqu'à la table puis détourna le regard. Elle était tellement belle, tellement…

Non ! Il n'avait pas le droit !

Il lui lança un bref coup d'œil avant de porter toute son attention sur les parchemins éparpillés sur son bureau. Il commença à les ranger lorsqu'il tomba sur la proposition d'accord que lui avaient adressée les MacKenzie. Leurs conditions étaient tout à fait raisonnables ; cependant, quelque chose sonnait faux. Si seulement il pouvait montrer le document à Duncan, le négociateur des MacLerie, pour lui demander son avis !

Rob grimaça à cette pensée. La fatigue et, vraisemblablement, la folie commençaient à le gagner. Il s'étira sur la chaise pour détendre ses muscles endoloris et soupeser les choix qui s'offraient à lui. Soit il acceptait la proposition des MacKenzie en espérant que ces derniers lui prêteraient main-forte contre les MacLerie, soit… Soit il attendait que la Bête des Highlands vienne sceller son destin funeste, ainsi que celui de tout son clan, d'un coup d'épée.

Même si le premier choix était parfaitement envisageable, il avait bien peur de ne pouvoir se soustraire au deuxième, avec ou sans l'aide des MacKenzie.

Lilidh passa de nouveau devant son bureau et, cette fois-ci, il ne put s'empêcher de lever la tête. Chassant ses soucis de son esprit, il se concentra sur elle et l'étrange émotion devenue familière lui noua la gorge.

Elle ne boitait presque plus et son pas était plus sûr, plus léger. Son regard était rivé au sol mais quelque chose lui disait qu'elle se savait observée. Au même instant, sans s'arrêter de marcher, elle leva les yeux vers lui juste avant de trébucher sur le bord du tapis.

D'instinct, Rob bondit de sa chaise et se précipita vers elle.

9

Avant qu'elle n'ait eu le temps de comprendre ce qui lui arrivait, les bras de Rob l'enveloppèrent, la rattrapant au vol. Ils tombèrent néanmoins sur le sol avec un bruit sourd, le corps de Rob amortissant sa chute.

— T'es-tu fait mal ? demanda-t-il en l'aidant aussitôt à se relever.

Une fois qu'elle fut sur pied, il ne relâcha pas son étreinte pour autant et, pendant quelques instants, aucun d'eux ne bougea.

Lilidh aurait voulu rester ainsi indéfiniment, dans ses bras. Terrifiée par cette pensée, elle rassembla ses cheveux emmêlés d'un geste nerveux et les enroula en torsade.

— N… non, je vais bien, bredouilla-t-elle en faisant un pas en arrière. Merci de m'avoir rattrapée.

— Je pense que tu as assez marché pour aujourd'hui, dit-il en se dirigeant vers la table.

Il remplit deux gobelets d'ale puis se tourna vers elle et lui en tendit un. Elle le prit et alla s'asseoir sur la chaise. Reprenant peu à peu ses esprits, elle avala une gorgée du liquide ambré.

Tout cela lui semblait irréel. Il y avait tant de questions auxquelles elle souhaitait avoir une réponse de sa part. Etait-ce le bon moment pour les poser ? Elle attendit qu'il s'installe derrière son bureau et prit une profonde inspiration.

— Rob, tu ne m'as toujours pas dit la vérité.

Elle but une gorgée d'ale, comme pour se donner du courage, et leva les yeux vers lui.

— Pourquoi m'avoir enlevée ? reprit-elle. Et pourquoi maintenant ?

Elle se surprit à vouloir qu'il y ait une tout autre raison à cette histoire, à souhaiter que celle qu'il lui avait donnée ne soit qu'un simple prétexte. Seigneur ! Elle était folle d'espérer qu'il lui déclare son amour, qu'il affirme que c'était pour elle, pour eux, qu'il avait fait cela.

Maudite soit-elle ! En dépit de la façon dont il s'était comporté avec elle, en dépit de toutes les abominations qu'il avait pu lui dire, elle éprouvait encore quelque chose pour lui. A sa grande honte.

Le cœur battant, Lilidh retint son souffle en attendant sa réponse. Mais, lorsque la bouche de Rob se durcit légèrement, son espoir se brisa rapidement. Il arborait la même expression qu'il avait eue quatre ans auparavant, lorsqu'il…

— Nous sommes un clan pauvre, dit-il. L'or que ton père nous donnera en échange de ta liberté nous sera d'une grande utilité.

— Tu comptais également sur l'or des MacGregor, n'est-ce pas ? Du moins, avant que tu n'apprennes la mort de mon époux, déclara-t-elle en scrutant son visage.

Une expression qu'elle ne put déchiffrer passa dans ses yeux bleus avant de disparaître aussitôt. Qu'était-ce ? De la compassion ? De la pitié ?

La ligne dure réapparut sur ses lèvres.

— Oui, en effet, après tout, les deux clans sont assez riches, répondit-il.

Etait-il conscient du tic nerveux qu'il avait chaque fois qu'il disait un mensonge ? Personne ne lui avait-il donc fait cette remarque avant ? Peut-être que personne ne prêtait autant d'attention à son visage qu'elle. Dire qu'autrefois elle passait des heures à le contempler avec ravissement.

— Penses-tu que mon père paiera pour ma libération ? s'enquit-elle.

Lilidh connaissait bien son père, jamais il ne paierait pour sa liberté, elle n'avait pas le moindre doute à ce sujet. L'affront que Rob lui avait fait en l'enlevant étant bien trop grand. Pour elle, il n'y avait qu'une seule issue à cette histoire.

Rob était-il conscient de tout cela ? Il avait passé plusieurs années aux côtés de son père, il devait donc bien se douter des représailles qu'il était en mesure d'exercer contre lui et son clan.

Il gardait toujours le silence et son regard en disait long sur son état d'esprit. Oui, évidemment qu'il savait comment la Bête des Highlands réagissait lorsqu'on lui manquait de respect aussi ouvertement.

Sans le quitter du regard, elle vida son gobelet et le posa sur la petite table à côté d'elle. La fatigue commençait à se faire sentir mais elle tenait à lui poser encore une question.

— Que va-t-il advenir de moi, Rob ?

Il ouvrit la bouche puis la referma.

— Rien, tu es sous ma protection, articula-t-il enfin.

— Et que dois-je faire pour rester dans tes bonnes grâces ?

Il ne répondit pas tout de suite et sembla même chercher ses mots.

— Comme je l'ai déjà dit, tu…

— Dois-je retourner travailler en cuisine demain ? l'interrompit-elle sciemment.

Elle savait qu'il n'aimait pas qu'on lui coupe la parole. Combien de fois s'était-elle amusée à le provoquer ainsi lors de son long séjour à Lairig Dubh !

— Je crois que c'est pour le mieux, oui.

Oh non ! Pitié ! Comment allait-elle faire pour monter et descendre les escaliers tous les jours ? Sa jambe ne tiendrait pas longtemps à ce rythme. Elle devait trouver les mots pour faire appel à son bon sens et à son indulgence.

— Alors, si je dois me rendre dans la cuisine tous les jours, serait-il possible de me garder enfermée dans une chambre à l'étage en dessous ? demanda-t-elle en posant machinalement la main sur sa jambe faible. Je ne pense pas pouvoir…

— Non, la coupa-t-il. Tu n'iras nulle part.

Lilidh se figea, sidérée par la sécheresse de son ton. Il tenait à ce qu'elle reste ici… Pourquoi… sinon pour la faire sienne ? Peut-être qu'il ne l'avait pas encore fait car il attendait un moment plus opportun ? Dieu du ciel, peut-être que ce moment était arrivé.

Furieuse, elle hocha la tête d'un geste mal assuré. Elle n'aimait pas parler de sa blessure, aussi elle aurait tout de même cru que Rob comprendrait la raison d'une telle demande. Elle n'aurait pas dû lui poser cette question.

Ne sachant que faire, elle resta assise, le dos raide, dans l'attente de ses ordres. Elle était bien décidée à ne pas lui rendre la tâche facile. Le peu de dignité qu'il lui restait lui dictait de ne pas se laisser faire sans réagir.

Par ailleurs, elle connaissait Rob, elle avait grandi à ses côtés. Et elle savait que ce qu'il s'apprêtait à faire entrait en conflit avec son sens de l'honneur. S'il la prenait de force, jamais il ne pourrait vivre avec un tel fardeau sur la conscience. Jamais.

Elle releva le menton et ferma les yeux. Elle était prête à défendre son honneur tout en essayant de préserver celui de Rob. Toutefois, elle espérait qu'elle ne serait pas obligée d'en arriver là.

— Va te coucher ! gronda Rob.

Elle eut un sursaut de terreur et ouvrit grands les yeux. Il s'était de nouveau retourné vers la table et se servait un autre gobelet d'ale. Le regard fixé sur son dos, elle attendit quelques instants, incapable de faire le moindre mouvement. Puis, voyant qu'il ne se retournait pas, elle se leva et se dirigea vers le lit d'un pas hésitant avant de s'allonger sur les couvertures.

— Lilidh, dit-il d'une voix calme lorsqu'il se fut tourné vers le lit.

Leurs regards se croisèrent et elle sentit sa gorge se nouer de nouveau.

— Change-toi. Tu peux dormir l'esprit tranquille.

Quoi ? Il ne comptait donc pas… Allait-il dormir dans le même lit qu'elle sans la toucher ?

Elle laissa échapper un soupir tremblant. C'en était trop pour elle. Sa tête lui faisait mal, son corps était meurtri. Elle ne savait plus quoi penser.

Confondue par les émotions contradictoires qui l'agitaient, elle décida tout de même de le croire. Elle défit les lacets de sa robe puis la passa par-dessus sa tête, mais garda ses bas et son jupon. Elle se glissa ensuite entre les draps et, gagnée par la fatigue, s'endormit dès qu'elle eut posé la tête sur l'oreiller.

Ce fut le chant des oiseaux qui la tira du sommeil. Elle entrouvrit les yeux puis les referma aussitôt. Un rayon de soleil filtrait par la fenêtre, inondant la chambre de Rob de sa lumière.

La chambre de Rob.

Elle ouvrit brusquement les yeux.

Oui, elle était dans le lit de Rob.

Instinctivement, elle tourna la tête. Il y avait une empreinte de tête sur l'oreiller à côté du sien. Elle tendit la main et lissa l'endroit où il avait dormi. Les draps étaient froids, il avait dû se lever depuis un moment déjà.

Ecartant les cheveux de son visage, elle se redressa avant de s'adosser contre la tête de lit puis jeta un regard autour d'elle.

Un plateau, sur lequel étaient disposés un bol, une

assiette de fromage et du pain enveloppé dans un torchon, était posé sur la table de chevet, à côté d'elle. A en croire la lumière du soleil, la matinée touchait à sa fin. Comment se faisait-il qu'on l'ait laissée au lit si longtemps ?

Elle posa le dos de la main contre le bol. Il était encore tiède. Peu enthousiaste à l'idée d'abandonner le confort du lit, elle décida de rester au chaud, sous les couvertures. Autant en profiter en attendant que l'on vienne la chercher. Elle prit le bol et huma l'odeur du liquide. C'était la même tisane que Beathas lui avait donnée la veille. Elle en but quelques gorgées puis mangea de bon appétit.

Lorsqu'elle eut vidé son assiette, elle repoussa les draps et lança ses jambes hors du lit. Elle n'était guère habituée à rester sans rien faire. Agrippée au montant du lit, elle resta immobile quelques instants, le temps que la sensation d'engourdissement dans sa jambe disparaisse.

Elle se dirigea ensuite vers la chaise sur laquelle étaient posées une robe et un jupon propres. Elle se changea rapidement et, ne sachant que faire d'autre, se mit à arpenter la chambre.

Au bout d'un long moment, elle entendit des bruits de pas résonner dans le couloir. La porte s'ouvrit et Lilidh fut rassurée en voyant la vieille Beathas apparaître sur le seuil.

— Vous avez meilleure mine ce matin, mon enfant, dit-elle en posant un panier sur la table. Asseyez-vous sur la chaise que j'examine votre tête.

Lilidh s'exécuta et laissa Beathas lui enlever le bandage. Son toucher était à la fois doux et ferme, et la douleur de sa bosse avait quasiment disparu, ce qui était encourageant.

— Avez-vous encore mal à la tête ? s'enquit la vieille femme en lui palpant doucement le cuir chevelu.

— Non, je me sens beaucoup mieux.

Beathas lui ramena les cheveux en arrière et vint se placer devant elle, le regard fixé sur son visage et son cou.

— Et les bleus ?

Lilidh haussa les épaules. Du moment qu'elle n'appuyait pas dessus, elle ne les sentait presque plus.

— Ça va.

Beathas l'observait en silence et un sentiment étrange s'empara de Lilidh. Il y avait dans ses yeux quelque chose de troublant et rassurant à la fois. Elle espérait de tout cœur qu'elle ne tenait pas Rob pour responsable de ses blessures. La vieille femme avait été la première à la soigner, elle avait donc dû s'apercevoir dans quel état elle était arrivée ici, bien avant que Rob n'ordonne qu'on l'enferme dans sa chambre.

Mal à l'aise sous son regard perçant, elle s'éclaircit la gorge pour demander :

— Comment se fait-il que personne ne soit venu me chercher pour m'emmener en cuisine ? Il est déjà tard.

— Le laird a donné de nouveaux ordres, répondit Beathas en lui tendant une brosse à cheveux. Il veut que vous restiez ici.

Surprise par cette nouvelle, Lilidh lui prit l'objet des mains.

— Ah bon ? Vraiment ? marmonna-t-elle d'un ton distrait en décoiffant ses cheveux emmêlés par le bandage.

— Oui. Vous devez rester dans cette chambre, mais vous avez toutefois le droit de vous dégourdir les jambes dans le couloir, l'informa Beathas en scrutant son visage avec une attention minutieuse.

Voyait-elle dans cette décision de Rob un geste généreux envers elle afin de s'excuser de l'avoir mise de force dans son lit ?

— Et personne n'a contesté sa décision ?

Symon et sa sœur avaient certainement dû mal réagir en apprenant cela.

— Si, bien sûr, mais il n'a pas prêté la moindre attention à l'opinion des autres, répondit Beathas avec un gloussement. Il a affirmé que vous pouviez facilement vous échapper de la cuisine et qu'il était donc plus prudent de vous garder enfermée ici.

Lilidh ne put retenir une moue dépitée. En effet, d'ici, il n'y avait aucun risque qu'elle s'enfuie ; elle ne pouvait même pas descendre les escaliers toute seule. La cuisine, en revanche, se trouvait au rez-de-chaussée et offrait plusieurs issues. Pourquoi n'y avait-elle pas pensé la veille ? A l'avenir, elle devrait se tenir en alerte, même si elle se doutait bien qu'elle n'aurait sans doute plus d'autres occasions de s'échapper. Aussi, en attendant l'arrivée, ou plutôt l'attaque, de son père, elle devait en apprendre davantage sur les Matheson : leurs forces, leurs faiblesses et surtout, leur stratégie.

Avant de s'engager dans une guerre sanglante, Rob allait certainement essayer de négocier les termes de sa libération. Elle pouvait essayer de le convaincre qu'il y avait une autre solution à cette situation, une solution qui ne requérait pas la violence. Et elle devait le faire avant que son père n'ouvre les hostilités.

La porte s'ouvrit de nouveau et elle leva la tête. Portant un gros panier plein de vêtements, Susan entra dans la chambre et Lilidh se leva pour la saluer.

— Ton travail de la journée, annonça la petite femme avec bonne humeur, en posant le panier par terre, à côté de la chaise.

Elle se baissa et prit une petite corbeille, remplie de matériel à coudre, posée sur la pile de vêtements froissés puis la lui tendit.

— Qu'est-ce ? s'enquit Lilidh en fouillant dans le panier avant d'en retirer une tunique.

— Le linge du laird à recoudre, voyons.

Lilidh laissa tomber le vêtement sur la pile dans le panier et lui lança un regard interrogateur.

— Il n'a pas d'épouse et aucune servante n'est préposée à cette tâche, dit Susan.

— Et lady Tyra, c'est une dame de qualité, pourquoi ne s'occupe-t-elle pas de ce genre de choses pour lui ?

— Leurs fiançailles viennent tout juste d'être annoncées. Sans doute prendra-t-elle en charge tout cela une fois qu'ils seront mariés.

Comment ? Avait-elle bien entendu ? Rob était *fiancé* ? Et il ne lui avait rien dit à ce sujet ? Voilà pourquoi lady Tyra avait réagi aussi vivement à la décision de Rob de la garder ici, dans sa chambre. Comme tous les autres, elle devait croire qu'elle était devenue sa maîtresse.

Or, les épouses étaient contraintes de fermer les yeux sur les aventures de leurs époux. Malheureusement pour elles, ces liaisons étaient souvent de notoriété publique, surtout lorsque l'époux était un homme de haut rang.

Pourtant, Lilidh peinait à croire que Rob soit fiancé. A la sœur de Symon qui plus est ! Elle voulait en savoir plus mais autant attendre d'aborder le sujet avec le principal intéressé. Et puis, elle ne voulait pas susciter la curiosité des deux femmes en posant d'autres questions.

— D'abord la cuisine et maintenant cela, marmonna-t-elle en indiquant le panier d'un signe de la tête. Ne craint-il donc pas que je lui couse ensemble les revers de ses manches ? Et les ciseaux, n'a-t-il pas peur que je m'en serve contre lui ?

— Lady Tyra a fait part de ces possibilités au laird, murmura Susan, un sourire en coin.

Vraiment ? Si seulement elle avait pu assister à la scène ! Il aurait été instructif de voir la réaction de lady Tyra. Voire même amusant, songea-t-elle avec une pointe de cruauté…

— Et ? s'entendit-elle demander.

— Je pense qu'elle réfléchira à deux fois avant d'aborder de nouveau le sujet. Le laird lui a clairement fait comprendre qu'elle n'avait pas son mot à dire dans cette histoire.

Malgré les tensions qui semblaient régner au sein de son clan, Rob avait tout de même tenu tête à Symon et sa sœur. Surprise par ces révélations, Lilidh s'assit sur la chaise. Elle prit la tunique du panier. Elle fouilla ensuite dans la corbeille et en sortit un fil de la même couleur que le tissu. Elle l'enfila dans une aiguille et, une fois qu'elle l'eut trouvée, commença à recoudre la déchirure du vêtement. Grâce à sa mère, elle maniait très bien l'aiguille ; en outre, cette activité l'aidait souvent à remettre de l'ordre dans ses idées.

— Je t'apporterai d'autres vêtements plus tard, dit Susan.

Sur ces mots, la petite femme quitta la pièce suivie de Beathas. Lilidh regarda la porte se refermer sur elles et écouta les bruits de leurs pas s'éloigner dans le couloir avant de faire place au silence.

Eh bien, au travail ! Rien qu'avec ce panier, elle risquait d'être occupée une bonne partie de la journée. Elle se pencha en avant et fouilla dans la pile de vêtements. Il y avait d'autres tuniques, mais également des chemises et des braies.

Au moins, elle n'aurait pas à descendre les escaliers, se consola-t-elle en piquant l'aiguille dans la tunique.

Ses pensées se tournèrent très vite vers Rob. Il avait donc pris en compte sa demande concernant sa jambe. Etait-il possible qu'il ait fait cela pour elle ? Mais pourquoi ? Il devait pourtant bien savoir qu'une telle décision allait lui attirer des ennuis avec ses détracteurs.

Lilidh secoua la tête. A quoi bon penser à tout cela ? L'essentiel était qu'elle n'avait pas à travailler en cuisine. En s'efforçant de ne plus penser à rien, elle s'affaira avec ardeur à la tâche qui lui avait été confiée.

Lorsqu'elle eut fini de recoudre la cinquième tunique, Lilidh s'accorda une pause, afin de dissiper la crampe qui s'était emparée de sa jambe. A en croire Beathas, Rob lui avait donné la permission de faire quelques pas dans le couloir. Elle n'avait rien à perdre à essayer.

Elle leva le loquet et, à peine eut-elle entrouvert la porte que deux gardes vinrent se placer devant elle.

— Beathas m'a dit que je pouvais marcher un peu dans le couloir, annonça-t-elle calmement en les regardant tour à tour.

Elle était persuadée que les deux hommes allaient lui ordonner de retourner dans la chambre. Au lieu de ça, ils s'écartèrent poliment de la porte, lui faisant signe de passer. D'un pas hésitant, elle franchit le seuil. Le couloir était bien plus sombre que la chambre et elle s'arrêta quelques instants pour permettre à ses yeux de s'habituer à la pénombre.

Les deux gardes allèrent se placer chacun à une extrémité du couloir, bloquant ainsi l'accès aux escaliers. Sous leurs regards attentifs, elle longea le couloir, une main au mur. Ne voulant pas abuser du privilège qui lui avait été octroyé, elle accéléra le pas malgré la douleur.

Il y avait trois portes d'un côté du couloir et deux de l'autre. Elle compta le nombre de pas entre chaque porte ainsi que le nombre de pas entre la chambre de Rob et les escaliers. De la sorte, elle se dégourdit les jambes tout en préparant l'attaque de son père.

Alignant les chiffres dans sa tête, Lilidh retourna lentement vers la chambre. Quand la porte se fut refermée sur elle, elle retourna le contenu de la petite corbeille sur le lit. Elle coupa plusieurs morceaux de gros fil puis entreprit de faire des nœuds dessus pour ne pas oublier ses calculs. Son père serait certainement fier d'elle en la voyant faire. Satisfaite, elle dissimula ensuite son œuvre dans sa manche et remit le matériel de couture dans la corbeille.

Elle retourna s'asseoir sur la chaise et sortit une chemise du panier. Un léger sourire aux lèvres, elle commença à recoudre un accroc sur la manche.

Au crépuscule, la porte de la chambre s'ouvrit et une servante munie d'un plateau apparut sur le seuil. Posant le pantalon sur lequel elle était en train de travailler, Lilidh se redressa et s'étira sur la chaise avant de se lever. La jeune femme déposa le plateau devant elle puis s'en alla aussitôt.

Avant de prendre place à table, elle rassembla les parchemins que Rob avait laissés éparpillés dessus et les éloigna du plateau. Impossible de ne pas poser son regard sur les premiers mots du document qui se trouvait sur le dessus. Poussée par la curiosité, elle jeta un coup d'œil vers la porte fermée et tendit l'oreille. N'entendant rien, elle se saisit du parchemin. Il s'agissait d'une proposition d'accord des MacKenzie.

Elle était rédigée en latin qui était, par chance, une des langues qu'elle comprenait. Bien qu'elle puisse lire encore plusieurs autres langues, elle était loin d'être aussi douée que sa cousine Ciara. C'était sans doute pour cette raison que cette dernière assistait souvent son père dans l'élaboration des accords alors qu'elle, sa propre fille, n'avait le droit que de les regarder travailler.

« C'est en observant qu'on apprend le mieux. »

Combien de fois avait-elle entendu son père ou son oncle lui dire ces mots ? A présent, elle devait bien s'avouer que ces paroles contenaient une part de vérité. Les regarder et, surtout, les écouter, s'était en effet révélé très instructif. Elle avait très vite compris la façon dont les hommes pensaient ainsi que les raisons qui motivaient leurs décisions.

Après avoir lu le document, elle le posa sur la table en poussant un soupir. Désormais, elle comprenait mieux la position difficile dans laquelle se trouvait Rob. Le parchemin avait été adressé à son père, seulement maintenant que celui-ci n'était plus de ce monde, la décision revenait à Rob et il n'avait pas été préparé à de telles responsabilités.

Les MacKenzie voulaient établir une alliance avec les Matheson, ce qui n'était pas sans conséquence. En plus de briser les liens qui unissaient son clan à celui de Rob, le rapprochement que proposaient les MacKenzie risquait d'accroître les tensions qui régnaient dans l'ouest de l'Ecosse. Tous les efforts que déployait son père afin de restaurer et maintenir la paix dans cette partie du pays seraient donc vains. Certes, la vision qu'avait son père n'était pas partagée par tous les chefs des clans avoisinants, mais elle était juste et permettait de ramener un semblant de calme sur le territoire.

Les relations de sa famille avec les Matheson avaient été emmaillées de tensions dernièrement, toutefois ; cela ne voulait pas dire qu'il fallait rompre du jour au lendemain les engagements que son père et celui de Rob avaient pris. L'amitié et le respect que se témoignaient les deux hommes avaient été une des raisons pour lesquelles le laird Angus Matheson avait décidé d'envoyer son fils illégitime à Lairig Dubh. Connor avait alors accueilli Rob les bras ouverts et l'avait traité comme son propre fils. Tout se passait bien jusque… jusqu'au jour où Rob l'avait rejetée comme une malpropre en l'humiliant devant tout son clan.

Lilidh leva les yeux de la lettre et regarda par la fenêtre, les sourcils froncés. Qu'allait donc décider Rob ? Il avait ordonné son enlèvement dans le but de provoquer son père. Pis encore, il voulait visiblement déclencher une guerre. Si son père décidait de donner l'assaut, Rob pourrait certainement compter sur l'aide des MacKenzie, que l'accord soit signé ou pas.

Une pensée terrifiante s'empara alors d'elle. En l'espace de quelques jours, elle était devenue le pion essentiel sur l'échiquier politique de l'ouest du pays. Allait-elle contribuer à la chute et à la disgrâce de sa famille ? Etait-ce à cause d'elle que la répartition des pouvoirs dans l'ouest de l'Ecosse risquait de changer à jamais ? Peut-être que les autres parchemins pourraient lui apporter un semblant de réponse.

Elle contourna la table, mais à peine eut-elle commencé à passer en revue la pile de documents, qu'elle entendit des pas se diriger vers la porte. Elle perçut au-dehors un bruit de voix étouffées et reconnut immédiatement celle de Rob. Il lui fallait agir vite.

Elle prit le plateau et le posa sur le lit avant de retourner vers la table. D'un geste impatient, elle éparpilla les parchemins sur toute sa surface en espérant que Rob ne remarquerait rien. Elle alla ensuite s'asseoir sur le lit et cala un oreiller derrière son dos avant de ramener le plateau vers elle. Elle rompit le pain en plusieurs morceaux et en enfourna un dans la bouche en même temps que la porte de la chambre s'ouvrait.

Rob parut sur le seuil.

10

Ce matin-là, Rob s'était réveillé en sentant les formes voluptueuses de Lilidh lovées contre lui. Partager la couche avec un autre homme ne lui posait vraisemblablement pas de problème, même si elle avait sans doute de nouveau oublié à côté de qui elle dormait.

Cette pensée lui avait transpercé le cœur d'une douleur vive et il s'était aussitôt faufilé hors du lit aussi silencieusement que possible. Il devait se rendre à l'évidence : Lilidh avait été mariée durant plusieurs mois et avait donc certainement passé la plupart de ses nuits avec Iain, jusqu'à la mort de celui-ci.

Une fois habillé, il avait jeté un dernier regard en direction du lit. Lilidh dormait toujours, allongée sur le côté, ses cheveux noirs étalés sur l'oreiller. Selon le rapport que Susan lui avait fait la veille, elle avait travaillé toute la journée et ne s'était arrêtée que pour manger. La cuisinière lui avait également dit que Lilidh avait eu du mal à s'asseoir. Le regard qu'elle lui avait lancé en le lui annonçant avait été sans équivoque. Aussi, il s'était contenté de la congédier sans un mot de plus.

Rob avait eu un sourire amer. Susan était loin d'être la seule à spéculer sur ce qui se passait derrière la porte de sa chambre. Il avait remarqué les coups d'œil échangés sur son passage ainsi que les regards sombres des femmes en particulier. Mais tout cela ne l'avait nullement atteint, il avait des préoccupations bien plus urgentes en tête.

Avant de se rendre dans la grande salle, il avait donné de nouvelles instructions aux gardes qui étaient chargés de surveiller la porte de sa chambre en son absence. La veille, il avait immédiatement deviné la raison pour laquelle elle voulait se rapprocher de la cuisine : sa jambe la faisait souffrir. Seulement, ce à quoi il ne s'était pas attendu, était la réaction que cette demande avait provoquée en lui. Son cœur s'était serré encore à l'idée qu'elle souffrait davantage par sa faute. La gorge sèche, il avait descendu les escaliers qui menaient vers la grand-salle en essayant de se convaincre qu'il ne ressentait plus rien pour elle.

En vain.

Malgré une journée bien chargée, Rob n'avait pas vu le temps passer. Pourtant, quoi qu'il fasse, aussi occupé soit-il, son esprit revenait sans cesse à Lilidh. En fin observateur qu'il était, Dougal avait très vite remarqué ce qui le chiffonnait. Et bien qu'il ne lui ait rien dit, ses sourires moqueurs étaient suffisamment éloquents.

Ensemble, accompagnés de quelques hommes de confiance et de Symon, ils avaient longé à cheval les frontières des terres du clan afin de s'assurer qu'il n'y avait aucun signe d'agitation. Les MacLerie ne tarderaient sûrement pas à attaquer et Rob voulait être préparé au mieux. Il chargea des gardes de surveiller les points stratégiques des frontières et de l'avertir au moindre signe suspect.

Sur leur chemin, il avait croisé des fermiers et des villageois qui se dirigeaient vers le château pour prendre refuge entre ses remparts. Les terres et les maisons abandonnées restaient exposées au danger, mais il ne pouvait rien faire pour les protéger. Par la faute de Symon !

Rob n'avait pas été particulièrement enthousiaste à l'idée d'emmener cet imbécile faire le tour de garde avec lui, cependant mieux valait le savoir à ses côtés, plutôt que sans surveillance au château. Heureusement, une fois n'est pas coutume, son cousin n'avait pas fait que se plaindre. Lorsqu'il lui avait demandé son avis en matière de défense, Symon lui avait même fait part de plusieurs tactiques très intéressantes, si bien que Rob avait adopté une de ses idées, au grand étonnement de l'intéressé.

Symon avait également paru sincèrement surpris en apprenant le décès d'Iain MacGregor. Cela signifiait-il que l'enlèvement de Lilidh n'avait pas été prémédité ? Mais, dans ce cas, comment Symon avait-il pu être au courant des déplacements de la jeune femme ?

Surtout, comment réagirait-il si ses soupçons concernant Symon et son éventuelle implication dans la mort de son père venaient à se confirmer ? Bien qu'ils ne se soient jamais appréciés, Symon était de son sang. Et Rob ne pouvait ignorer ses qualités de combattant et de tacticien. Si seulement son cousin parvenait à mettre sa rancœur et sa fierté de côté, il pourrait lui apporter des conseils précieux.

Avec Symon à la tête des troupes et Dougal en tant qu'émissaire et négociateur, les Matheson pourraient rapidement devenir un clan aussi respecté que redouté. Que Dieu lui vienne en aide ! Avant de pouvoir se laisser aller à imaginer un tel avenir, nombreux étaient les obstacles à éliminer sur sa route. Sans oublier qu'une mort atroce planait en permanence sur leurs têtes.

En songeant à la Bête des Highlands, quelque chose lui était revenu à la mémoire. Connor lui avait dit un jour que derrière la colère se cachait souvent un sentiment d'insécurité et que très peu d'hommes étaient prêts à le reconnaître. Cet adage pouvait-il s'appliquer à Symon ? Avait-il peur de perdre sa place au sein du clan ? Craignait-il que sa sœur ne soit pas traitée convenablement ?

Lorsqu'il avait été élu laird, Rob avait tout fait pour ne pas passer pour un incapable aux yeux de tous. Il s'était tellement concentré pour être le meilleur, qu'il avait sans doute omis d'accorder l'attention nécessaire à son cousin.

Etonnamment, cette expédition lui avait donné l'occasion de voir Symon sous un autre jour. Sans ses acolytes, il était une tout autre personne, plus calme, plus réfléchie. Et c'était pour cette raison que Rob avait décidé de l'impliquer dans les prises de décisions concernant la défense de leurs terres.

A la fin de la journée, un semblant de cordialité s'était même installé entre eux et Rob s'était surpris à espérer farouchement que Symon ne soit pas impliqué, de près ou de loin, dans la mort de son père et de sa jeune belle-mère.

Hélas, le lien ténu qu'il avait cru avoir tissé avec Symon s'était rompu le soir même, au cours du dîner, peu de temps après leur retour au château.

Dès qu'il eut retrouvé ses compagnons, son cousin était redevenu aussi insupportable qu'agressif. En plus de cela, Tyra, dont le comportement autrefois doux avait radicalement changé depuis l'arrivée de Lilidh, n'avait pas manqué de réagir chaque fois que le nom de cette dernière était prononcé.

Bien sûr, il pouvait comprendre la réaction de sa promise, sa fierté avait été piquée au vif. Après tout, il avait clairement fait part de ses intentions envers Lilidh devant tout le monde. Mais Tyra semblait beaucoup trop affectée par cette histoire. Néanmoins, sa colère semblait disproportionnée. En effet, peu de temps après l'annonce de leurs fiançailles, tous deux avaient rapidement pris conscience qu'il n'y aurait sans doute jamais le moindre sentiment entre eux. Leur mariage était un mariage de convenance, une union politique, rien de plus. Et elle le savait tout autant que lui.

Par miracle, Rob était parvenu à garder son calme. Mais

il s'en était fallu de peu que le dîner ne dégénère. Dès qu'ils avaient pris place à table, Symon et Tyra n'avaient cessé de se quereller. Puis Symon avait très vite déversé sa rage sur lui et Rob avait donc dû, une fois de plus, hausser le ton. Il avait envoyé Tyra dans sa chambre avant la fin du repas. Il aurait voulu faire de même avec Symon, mais s'était retenu car il avait à lui parler.

Dans des moments comme celui-ci, rien ne lui aurait fait plus plaisir que de les envoyer, tous les deux, arpenter les remparts toute la nuit, un boulet fixé à leur cheville.

Il était déjà très tard lorsque Rob s'engagea dans l'escalier qui menait à sa chambre. Sa discussion avec Symon avait été pénible et il doutait fortement qu'ils parviennent un jour à régler leurs différends. Et, pour couronner le tout, il appréhendait de retrouver Lilidh.

Quelle avait été sa réaction en comprenant qu'elle n'aurait pas à descendre en cuisine ? S'était-elle vengée de son comportement apparemment insensible envers elle sur ses vêtements ? Surtout, avait-elle lu les documents qu'il avait laissés sur la table ? Et allait-elle lui dire quelque chose à ce sujet ?

— A-t-elle mangé ? demanda-t-il à Tomas, l'un des deux gardes, lorsqu'il arriva devant la porte.

— Une servante lui a apporté son repas il n'y a pas longtemps.

— Et a-t-elle demandé à marcher dans le couloir ?

— Oui, en fin d'après-midi, répondit le jeune homme. Mis à part ça, elle est restée silencieuse toute la journée.

— A-t-elle essayé d'engager la conversation, de poser des questions ?

Il avait toujours admiré la curiosité naturelle de Lilidh. C'était sans doute même l'aspect de sa personnalité qu'il préférait. Elle n'avait jamais manqué d'intérêt pour tout ce qui se passait autour d'elle et il se surprit à espérer, au fond de lui, que cela n'avait pas changé. Même si cela voulait dire qu'elle allait bientôt lui demander des explications.

Les deux gardes secouèrent la tête et il leur donna congé. Sur une profonde inspiration, il ouvrit la porte et Lilidh se leva du lit dès qu'elle le vit. A voir la quantité de nourriture qui restait sur le plateau, elle n'avait pas fini de manger.

— Tu as meilleure mine. Comment te sens-tu ? s'enquit-il en détachant son fourreau en cuir avant de le poser au pied du lit.

La couleur était revenue à ses joues et ses yeux verts avaient repris leur éclat. D'un coup d'œil circulaire, il examina la pièce. Tout semblait en ordre.

— Je vais mieux, dit-elle après avoir avalé une bouchée.

Le feu était pratiquement éteint. Il se dirigea vers la cheminée et y jeta une bûche pour le raviver.

— Rob ?

Le ton de sa voix, si doux, le fit tressaillir. Il se redressa et se tourna vers elle, rencontrant son regard.

— Oui ?

Cette façon qu'elle avait de prononcer son nom enflammait son sang dans ses veines. Quatre ans, il lui avait fallu quatre ans pour la bannir de ses pensées ! Et encore, elle n'avait jamais cessé de hanter ses rêves. Et maintenant, tous les souvenirs heureux du temps passé lui revenaient avec une telle acuité ! Il n'avait rien oublié.

— Je voulais te remercier de m'avoir permis de rester ici aujourd'hui, dit-elle en jouant nerveusement avec les plis de sa robe. Je me doute qu'il n'a pas été facile pour toi de justifier cette décision auprès de ton clan.

— C'est bien mieux ainsi, répondit-il en combattant l'envie de franchir la distance qui les séparait et de l'embrasser jusqu'à en perdre le souffle. Et puis, je ne peux pas courir le risque que tu t'enfuies par la cuisine.

Un léger sourire se dessina sur les lèvres de Lilidh. Ses

traits se détendirent et ses yeux devinrent plus clairs. Le cœur de Rob se serra. Elle n'avait pas changé, si ce n'est qu'elle était encore plus belle qu'avant.

Lorsqu'il vivait à Lairig Dubh, ils profitaient de chaque instant qui leur était donné pour se découvrir, échanger des baisers, des caresses et des mots tendres. Il aurait pu passer le restant de sa vie à se perdre dans son regard envoûtant, à cajoler son corps si tendre. Hélas, il avait fallu qu'il gâche tout cela et qu'il la perde à jamais !

— J'ai recousu tous tes vêtements, déclara-t-elle en dirigeant son regard vers un panier de linge. C'est tout de même étrange que ta promise ne s'occupe pas de ce genre de chose.

Bon sang !

Il ne s'était toujours pas habitué à l'idée d'être fiancé à Tyra, si bien qu'il avait oublié d'en parler à Lilidh. La rumeur n'avait pas attendu qu'il s'épanche, elle s'était chargée d'en informer la jeune femme.

— Ce sont les anciens qui ont arrangé ce mariage, Lilidh, expliqua-t-il avant même de réaliser qu'il ne lui devait aucune explication. Tu devrais comprendre les enjeux d'une telle union mieux que personne.

Une lueur passa dans ses yeux avant de disparaître et elle soutint son regard sans rien dire. Oui, elle ne comprenait que trop bien tout ce que cela impliquait.

Ils restèrent silencieux un moment et Rob décida de profiter du silence qui s'était installé pour changer de sujet.

— Combien de temps as-tu hésité avant de les lire ? demanda-t-il en regardant les parchemins sur la table.

Les yeux de Lilidh s'arrondirent et plusieurs expressions passèrent sur son visage tandis qu'elle essayait certainement de trouver une réponse plausible. Elle plissa les lèvres en une moue qu'il connaissait bien.

— Les as-tu lus avant ou après t'être dégourdi les jambes dans le couloir ?

Elle lui tourna brusquement le dos et se rapprocha de la table. Elle prit un des documents et le lui tendit sans se retourner complètement.

— J'ai été occupée par la couture toute la journée. C'est tout ce que j'ai lu, marmonna-t-elle.

Avant même de prendre le parchemin, Rob avait deviné qu'il s'agissait de la proposition d'accord que les MacKenzie avaient adressée à son père peu de temps avant sa mort.

Il parcourut rapidement le document du regard. Cette proposition lui inspirait plus que jamais de la méfiance. Qu'avaient exactement les MacKenzie à gagner en concluant une alliance avec eux ?

Il leva les yeux. Lilidh s'était retournée vers lui et le regardait sans ciller.

— Qu'en penses-tu alors ? l'interrogea-t-il.

Elle le regarda, l'air incrédule, puis partit d'un éclat de rire. Ce rire, qu'il n'avait pas entendu depuis si longtemps, résonna comme une musique enivrante à ses oreilles. Comme c'était bon de la retrouver joyeuse ! Envahi d'allégresse, il en oublia presque les circonstances de leurs retrouvailles. Et celles de leur séparation.

— Tu l'as fait exprès, n'est-ce pas ? demanda-t-elle en fixant sur lui un regard insistant. Tu as délibérément laissé les parchemins sur la table dans l'espoir que je les lise.

Elle croisa les bras sur sa poitrine.

— Peut-être, répondit-il en imitant son geste, le sourcil levé.

Elle regarda en direction de la table et eut un petit soupir. Puis elle reporta de nouveau son attention sur lui.

— Cette proposition, dit-elle en désignant le document de la tête, a-t-elle été adressée à ton père ? Avant sa mort ?

Il opina en silence.

Elle parut réfléchir un moment puis reprit :

— Et il n'y a eu aucun autre échange auparavant ?

— C'est bien ce que je pensais, marmonna-t-il dans sa barbe. Il manque quelque chose, n'est-ce pas ?

Elle partageait sa perplexité. Il avait donc eu raison de se méfier.

Elle ouvrit la bouche pour répondre lorsqu'un bruit inhabituel se fit entendre dans le couloir, et tous deux tournèrent la tête vers la porte. Au bout de quelques instants, Rob se dirigea vers celle-ci et l'ouvrit brusquement.

En restant sur le seuil, il passa la tête à l'extérieur de la chambre. Intrigué, il regarda des deux côtés du couloir. Personne. Il avait congédié les gardes à son arrivée. Les portes des autres chambres étaient fermées. Pourtant, il était sûr d'avoir entendu quelque chose.

Il se retourna vers Lilidh en mettant un doigt sur ses lèvres pour lui imposer le silence. Elle hocha la tête. Avant de refermer la porte, il jeta un dernier coup d'œil dans le couloir.

— Te sens-tu la force de monter une volée de marches ? lui demanda-t-il en chuchotant.

Elle le considéra avec perplexité.

— Ou… oui, bredouilla-t-elle enfin.

— Alors, suis-moi, dit-il en se munissant au passage d'une couverture.

Une main posée dans le bas de son dos, il la guida hors de la chambre. Ils tournèrent à gauche et marchèrent le long du couloir. Ils dépassèrent les escaliers et il l'entraîna dans une petite alcôve. Une porte se trouvait sur le côté droit de celle-ci, il l'ouvrit, faisant signe à Lilidh d'entrer.

Ils s'engagèrent dans l'escalier étroit qui menait aux remparts. Hormis celui-ci, il n'y avait qu'un seul autre escalier qui permettait de rejoindre les remparts et il était situé à l'autre bout du château. Il serait donc facile de surveiller une éventuelle arrivée inopinée. Et puis le soir, mis à part les gardes qui effectuaient leur ronde, l'endroit était désert.

En la tenant par le bras, il adapta son rythme à celui de Lilidh qui montait les marches une à une. Lorsqu'ils eurent presque atteint la porte, il passa devant elle et l'ouvrit. Un courant d'air frais pénétra aussitôt à l'intérieur et il dut tenir la porte fermement le temps qu'elle gravisse les dernières marches pour franchir le seuil.

Dès qu'elle fut dehors, un vent furieux vint jouer dans ses cheveux, les faisant flotter autour d'elle tel un nuage vaporeux. Le spectacle était envoûtant et Rob ne put s'empêcher d'inspirer à pleins poumons la fragrance délicate de ses cheveux. Visiblement heureuse de se retrouver à l'air libre, Lilidh éclata de rire. Puis, prenant un ruban qu'elle avait autour de son poignet, elle tenta de rassembler sa chevelure. Une fois qu'elle fut parvenue à les nouer en une tresse, il lui tendit la couverture et elle la drapa aussitôt autour de ses épaules.

— Marche un peu, mais ne t'approche pas du parapet, la prévint-il.

Il la regarda faire quelques pas dans la direction qu'il lui avait indiquée avant de se retourner pour rejoindre les gardes postés non loin. Rapidement, il leur donna quelques ordres puis retourna auprès de Lilidh qui avançait d'un pas lent et mesuré.

Ils marchèrent côte à côte en silence pendant un long moment. Le feu des torches accrochées au mur venait relever la lueur pâle de la lune qui avait émergé des nuages, rendant le paysage féerique. Lorsqu'ils arrivèrent au pied de la tour délabrée, située non loin de l'autre escalier qui permettait d'accéder aux remparts, Rob s'arrêta.

— Qui pourrait bien vouloir t'espionner, Rob ? Et pourquoi ? demanda soudain Lilidh d'un air intrigué.

Le front soucieux, il la considéra un moment en se demandant la même chose. Les gardes lui avaient juré n'avoir vu personne sur les remparts. L'espion était probablement arrivé, et reparti, par l'étage inférieur du château.

A cette heure-ci, les servantes avaient habituellement terminé leurs tâches ménagères et, de son côté, il avait fait tout ce qu'il avait prévu pour cette journée. Donc, à moins qu'il ne s'agisse d'une urgence, personne n'était censé se trouver dans ce couloir aussi tard.

— Personne, mis à part Symon peut-être ; toutefois, je ne crois pas que c'était lui, ajouta-t-il après une hésitation.

Lilidh le regarda d'un air interrogateur et il lui relata brièvement ce qui s'était passé plus tôt dans la journée.

— En tout cas, cette proposition t'a clairement donné à réfléchir, n'est-ce pas ? reprit-il.

Elle hocha la tête en resserrant la couverture autour de ses épaules puis se pencha vers lui pour lui murmurer à l'oreille :

— J'ai comme l'impression qu'il manque quelque chose. Cette proposition traite de sujets qui ont dû être abordés préalablement. Es-tu certain que ton père n'a pas reçu une autre missive, antérieure à cet accord, de la part des MacKenzie, qu'il n'y a pas eu d'autres échanges ?

Rob eut un petit rire. Hormis sa beauté, sa vivacité d'esprit était l'une des premières choses qu'il avait remarquées chez elle. De fait, le raisonnement de Lilidh confirmait ses doutes.

— Je n'ai rien trouvé dans les affaires de mon père.

— Qui était son secrétaire ? Utilises-tu ses services ? Tu devrais peut-être lui parler, lui suggéra-t-elle.

— Frère Donal est retourné à l'abbaye après le décès de mon père. C'est frère Finlay qui est à mon service à présent.

Et frère Finlay lui avait été recommandé par… Symon.

Rob plissa les yeux.

Oui, avant de venir travailler pour lui, frère Finlay avait été le secrétaire du père de Symon.

— A quoi penses-tu ? s'enquit Lilidh en l'observant avec attention.

Il haussa les épaules, préférant pour le moment ne

pas lui faire part de ses réflexions. L'air offensé, Lilidh tourna les talons mais elle n'eut pas fait deux pas qu'elle se retourna vers lui.

— Réponds au moins à cette question : pourquoi voulais-tu que je lise ces documents ?

Devait-il se montrer honnête envers elle ? Etait-il judicieux de confier ses craintes et ses soucis à la fille de celui qui, par la force des choses, était devenu son ennemi ?

Non, il ne pouvait pas penser une chose pareille. Certes, Connor était craint de beaucoup d'autres chefs de clan, mais, même après tout ce qui s'était passé entre eux, il ne pouvait le considérer comme un ennemi.

Croisant le regard de Lilidh, il lui sourit.

— Souvent, je me surprends à me demander comment réagirait ton père face à telle ou telle situation, admit-il. C'est l'homme le plus sage et le plus intelligent que je connaisse. En l'occurrence, je ne cesse de me demander ce qu'aurait fait Connor à ma place.

Lilidh lui rendit son sourire.

— Mon père est sage et intelligent, mais il est également sévère et roué.

— Oui, aussi.

Il ne put réprimer un rire en entendant Lilidh qualifier Connor des termes qu'il avait lui-même essayé d'éviter.

— Et, même s'il refuse de l'admettre, il a tort parfois, dit-elle avant de recouvrer son sérieux. Rob, que s'est-il passé exactement entre vous deux ? Le différend qui vous oppose ne peut-il pas se régler calmement afin d'éviter un bain de sang ?

Croisant les bras sur sa poitrine, Rob secoua la tête.

— Non, je crains que ce ne soit pas possible, répliqua-t-il.

Seigneur, si seulement elle savait…

— Est-ce pour cette raison que tu m'as enlevée ? Tu espérais que, en tant que sa fille, je serais en mesure de t'apporter les réponses que lui aurait pu te donner.

Rob prit sur lui pour que son expression demeure indéchiffrable et que le ton de sa voix ne trahisse en rien ses sentiments.

— Peut-être, répondit-il simplement.

— Rob, dit-elle avec un brin d'exaspération, je ne peux pas parler au nom de mon père, tu le sais bien. Néanmoins, si j'ai un conseil à te donner, c'est de trouver une personne en qui tu as confiance et qui connaissait bien ton père. Peut-être que celle-ci pourrait t'en dire plus au sujet de la proposition faite par les MacKenzie. Pour ma part, je reste persuadée qu'il y a eu d'autres échanges avant.

Elle s'interrompit et poussa un soupir avant de reprendre :

— Tu dois laisser le passé derrière toi et t'affirmer en tant que laird. N'essaye pas de marcher dans les pas de mon père ou du tien ; sois toi-même.

Lilidh avait raison. D'ailleurs, Connor lui aurait certainement dit la même chose. Si seulement cela pouvait être aussi simple. Depuis quelques jours, tout avait basculé et son passé était revenu le hanter. Comment pouvait-il s'affirmer et devenir un bon laird alors qu'il n'avait même pas été capable de faire face à Connor et s'était comporté de la pire façon qui soit avec elle ?

— Tu es toujours de bon conseil, Lilidh.

Il allait essayer de trouver quelqu'un qui pourrait détenir les réponses à ses questions. C'était tout ce qu'il pourrait faire… Aux prises avec ses propres démons, il ne se sentait pas encore à la hauteur du rôle de laird. Un jour, il en irait peut-être autrement.

Il lui offrit son bras et elle y appuya sa main puis, en silence, ils reprirent le chemin de sa chambre. Quelques pas les séparaient de la porte qui menait à l'escalier, lorsqu'elle s'arrêta net.

— Rob, je veux savoir la vérité, tu me dois au moins ça. Tu étais devenu comme un fils pour mon père. Que s'est-il passé ? Qu'est-ce qui a bien pu gâcher votre relation à ce point ?

La réponse sortit de sa bouche sans même qu'il songe à la retenir.

— Toi.

11

Surprise par ce qu'elle venait d'apprendre, Lilidh savait qu'elle ne parviendrait pas à trouver le sommeil facilement. Contrairement aux autres soirs, son esprit n'était pas embrumé par la fatigue ni par les breuvages de Beathas. A l'inverse des nuits précédentes, celle-ci risquait d'être longue, très longue.

Réprimant un soupir, elle se retourna dans le lit.

Un peu plus tôt, ils avaient regagné la chambre en silence et Rob était immédiatement retourné à son bureau. Il avait passé un long moment à examiner les documents avant de se lever brusquement et de quitter la chambre, emportant avec lui quelques-uns des parchemins. Une fois revenu, il avait repris place à son bureau et ne l'avait pas quitté depuis. Sans lui adresser un mot.

Pour elle, la discussion qu'ils avaient eue sur les remparts était loin d'être terminée, mais chaque fois qu'elle essayait de lui parler, aucun mot ne franchissait ses lèvres.

Toi.

Un seul mot qui soulevait tant d'autres questions. Apparemment, *elle* était la source du conflit entre son père et Rob. Pourquoi ?

Lilidh connaissait très bien son père, elle savait parfaitement quelle place elle occupait dans sa vie, dans son cœur. Et le manque de respect que lui avait témoigné Rob en l'enlevant elle, sa fille aînée, n'était pas une raison suffisante pour déclencher une guerre. Du moins, c'était ce qu'elle pensait jusqu'à présent.

Sa discussion avec Rob l'avait forcée à analyser sa relation avec son père, à passer en revue toutes les décisions passées qu'il avait prises la concernant. Elle était consciente de l'amour et de l'affection qu'il lui portait bien sûr, mais, au bout du compte, elle n'était qu'une pièce de plus sur son échiquier politique. Les intérêts du clan étaient ce qu'il y avait de plus important pour lui ; tout le reste, y compris les affaires familiales, passait au second plan.

Et si elle s'était trompée sur toute la ligne ? Une idée terrible se fraya un chemin dans son esprit. Y avait-il vraiment une possibilité que son père juge nécessaire d'user de la force pour la libérer et détruire irrémédiablement l'alliance entre les deux clans ?

De nouveau, elle se tourna dans le lit en tirant sur sa jambe. Maudit soit le jour où elle était tombée d'un cheval trop fougueux qui lui avait donné un coup de sabot !

Lilidh passa une main sous sa tête et inspira profondément en fermant les yeux. Allait-elle sombrer dans les bras de Morphée avant que Rob ne vienne se coucher ?

Au même instant, elle entendit les pieds d'une chaise frotter sur le parquet et des bruits de pas. Rob devait certainement être en train d'éteindre les bougies car, à travers ses paupières closes, elle nota que la lumière dans la chambre diminuait graduellement. Puis, un bruit sourd suivi d'un crépitement lui indiqua qu'il venait de jeter une nouvelle bûche dans le feu. Ce n'était plus qu'une question de secondes avant qu'il ne vienne la rejoindre au lit.

Paniquée, Lilidh tâcha de rendre à sa respiration un rythme normal. Peut-être que si elle feignait de dormir, Rob ne la…

Instinctivement, elle se raidit, puis s'efforça de se détendre. Etrangement, l'homme dont elle redoutait tant le contact était également le seul à l'avoir, autrefois, caressée intimement.

Elle perçut le bruissement de vêtements qui tombent au sol et sentit le lit bouger tandis que Rob se couchait. Bien qu'elle se fût installée à l'autre bout du lit, le fait de le savoir allongé aussi près d'elle suffisait à la mettre en émoi.

Consciente que son corps la trahissait, Lilidh s'efforça de compter chacune de ses respirations. Hélas, rien n'y faisait, les réminiscences des moments qu'ils avaient partagés ensemble revenaient hanter son esprit ; et ses sens, déjà éveillés, s'exacerbèrent. Et, avant même qu'elle s'en rende compte, ses souvenirs la transportèrent quatre années en arrière : le jour de leur dernière escapade.

Comme chaque fois, cet après-midi-là, ils s'étaient retrouvés dans la grotte qu'ils avaient découverte dans la forêt qui bordait les terres de Lairig Dubh. C'était leur endroit secret. Les représailles de son père auraient sans doute été terribles s'il avait découvert leur cachette, mais les craintes que lui inspirait son écart de conduite avaient rapidement été remplacées par l'appel du désir.

Curieuse et follement attirée par lui, Lilidh avait ainsi permis à Rob de prendre certaines libertés avec elle. Cela lui paraissait naturel à l'époque. Après tout, ils étaient très épris l'un de l'autre et comptaient se marier. Et puis, les baisers de Rob étaient si sensuels, si enivrants, et provoquaient en elle des sensations délicieuses, contre lesquelles elle aurait été bien en peine de lutter.

Lors de cette dernière escapade, ils avaient été plus loin dans leur découverte charnelle. Rob lui avait révélé des plaisirs jusqu'alors insoupçonnés. Ses baisers et ses caresses avaient fait naître en elle une tension que lui seul pouvait apaiser. Un frisson de volupté l'avait traversée lorsqu'il avait commencé à défaire lentement les lacets de sa robe en semant des baisers enflammés sur son cou puis le long de son décolleté. Il avait ensuite tiré sur le tissu de son corselet pour libérer ses seins. Du pouce, il en avait effleuré la pointe avant de la prendre dans sa bouche. Le plaisir avait été si grand qu'elle avait laissé échapper un cri d'extase. Peu à peu, tout son être s'était épanoui sous ses doigts. Lilidh ne se reconnaissait plus, consumée par la passion, et pourtant elle en voulait plus encore. Elle désirait se fondre en lui, ne faire plus qu'un avec lui.

« Chut, mon amour, lui avait-il dit lorsqu'elle ses cris de volupté n'avaient plus connu de trêve. Il ne faut pas qu'on nous découvre ici. »

Trop troublée pour prononcer un seul mot, elle avait simplement opiné de la tête. Elle avait lu dans les yeux de Rob le même feu, la même passion. Il semblait tiraillé entre des sentiments contradictoires : la prudence et le désir, car ses caresses se faisaient plus sensuelles, plus intenses.

Quand elle avait senti la main de Rob glisser sous ses jupons, elle avait retenu son souffle. Une chaleur délicieuse avait pris possession de son corps et son cœur s'était emballé, si bien qu'elle avait cru à un moment qu'il allait exploser dans sa poitrine. Se laissant aller dans ses bras, elle avait fermé les yeux et lorsqu'elle les avait ouverts, elle avait vu qu'il l'observait avec une intensité fiévreuse. Ses yeux dans les siens, elle avait attendu, brûlante d'impatience, que ses doigts viennent caresser l'intérieur de ses cuisses. A son contact, elle avait tressailli et d'instinct, avait écarté les jambes. Du bout du doigt, Rob avait effleuré son intimité, avant de l'introduire en elle.

Vaguement choquée, elle lui avait saisi le poignet pour l'arrêter. La sensation était trop forte, trop intense ! Elle avait repris ses esprits sous le choc. Ne devaient-ils pas attendre d'être mariés avant de s'abandonner à une telle intimité ?

« Ma douce, avait-il chuchoté à son oreille, veux-tu que j'arrête ? Veux-tu découvrir le plaisir que mon amour peut te donner ? »

Rob était tel le serpent tentateur, comment lui résister ?

Certes, Lilidh savait comment un homme et une femme s'unissaient charnellement. Mais elle ignorait tout des plaisirs que l'on pouvait ressentir avant même de se donner complètement l'un à l'autre. Comment savoir ? Etait-elle malgré tout en train de franchir une limite à ne pas dépasser ? Dans les tourments de la passion, cette question avait été le cadet de ses soucis.

« Ne t'arrête pas... », avait-elle bredouillé.

En guise de réponse, il lui avait donné un baiser tandis que ses doigts enflammaient son intimité moite. Petit à petit, une tension inconnue avait commencé à monter en elle, au creux de son ventre, jusqu'à l'explosion finale.

Une jouissance intense l'avait emportée et elle n'avait pas pu réprimer un cri. Jamais auparavant elle ne s'était sentie aussi vide et comblée à la fois. Haletante, elle s'était appuyée contre lui, savourant cette sensation inouïe.

Pourquoi diable bougeait-elle ainsi ?

Lui tournant le dos, Rob avait roulé de son côté du lit en essayant d'ignorer le bruit de sa respiration saccadée. Etait-elle en train de rêver ? Et de qui ?

Quelle question stupide ! D'Iain, sans doute. A en croire les quelques petits gémissements extasiés qu'elle poussait, elle ne pouvait que rêver des caresses de feu son époux...

Il ferma les yeux, essayant d'ignorer cette pensée. Mais le fait de la savoir aussi... fébrile, à quelques centimètres de lui, était un calvaire.

Sa virilité tendue à l'extrême le faisait souffrir et ses doigts brûlaient d'apaiser le feu qui consumait visiblement la belle endormie. Dieu, comme il était avide de revivre avec elle les sensations qu'ils avaient connues lors de leur dernière escapade dans la grotte !

— Ne t'arrête pas, souffla-t-elle dans son sommeil.

Rob se raidit en l'entendant et serra les mâchoires. Oui, elle était certainement en train de rêver d'Iain hélas, même cette pensée, aussi douloureuse soit-elle, n'atténua pas le désir qu'il avait d'elle.

Il se retourna vers Lilidh. La chambre était plongée dans la pénombre — le feu s'était réduit à des tisons —, mais il pouvait clairement distinguer sa silhouette sous les draps, allongée sur le ventre. Son corps avait-il changé depuis la dernière fois qu'il l'avait touchée ? Que ressentirait-il en entrant en elle, en la possédant ? Doucement, il approcha une main de sa joue pour effleurer sa peau du bout des doigts, mais la retira au dernier moment.

Il perdait l'esprit ! Ils n'étaient plus les jeunes gens innocents d'autrefois. Elle n'était plus vierge et lui avait connu d'autres femmes entre-temps. Cette fois-ci, ils ne pourraient sans doute pas s'arrêter, ils iraient jusqu'au bout de leur désir. Et cela, c'était extrêmement dangereux. L'après-midi qu'ils avaient passé dans la grotte s'était révélé plein de promesses voluptueuses que Rob n'avait jamais pu oublier dans les bras d'aucune autre femme.

Malgré lui, il l'imagina, plongée dans les affres de la passion. Au même instant, elle souleva les hanches du matelas en enfouissant la tête dans l'oreiller. De nouveau, il avança la main vers son visage, mais avant même qu'il n'ait eu le temps de lui caresser la joue, Lilidh ouvrit de grands yeux perdus et les posa sur lui.

Le regard assombri par le désir, elle l'observa quelques instants avant d'écarquiller les yeux. Son expression, à la fois horrifiée et stupéfaite, lui indiqua que la réalité s'imposait lentement à elle. D'un coup, elle recula avec une telle violence qu'elle tomba du matelas dans un bruit sourd.

— Aïe ! l'entendit-il crier.

Il bondit hors du lit et se précipita vers elle. Il l'attrapa par le bras pour l'aider à se relever, mais elle le repoussa. Comprenant ce qui venait de se passer, il décida de ne pas insister davantage. Il fit un pas en arrière et la laissa se débrouiller toute seule.

Etait-elle consciente qu'il avait deviné de quoi elle avait rêvé ? Sans doute, car elle fixait sa silhouette d'un air horrifié. C'est alors qu'il comprit où elle regardait et il prit aussitôt conscience que son membre était toujours dressé sous l'étoffe de ses braies.

— T'es-tu fait mal ? s'enquit-il en combattant l'envie qu'il avait de la prendre dans ses bras.

Une fois sur pied, elle secoua la tête en réajustant sa chemise de nuit. Les nerfs à cran, Rob s'approcha de la table et remplit deux gobelets d'ale. Il avait besoin d'un verre et vite. Il lui tendit un des gobelets mais elle le refusa d'un geste de la main.

Comme elle se saisissait d'une des couvertures, il avala son ale d'un trait.

— Je... Je vais bien, tout va bien, bredouilla-t-elle en allant prendre place sur la chaise à côté de la cheminée.

Puis, serrant la couverture autour d'elle, elle baissa la tête. Seigneur... Etait-elle en train de pleurer ? Iain lui manquait-il à ce point ? Ce rêve lui avait-il rappelé les jours heureux qu'elle avait vécus avec lui ? Pourtant, ils n'étaient restés mariés que quelques mois avant sa mort. Leur amour avait-il pu devenir aussi fort ?

Rob lui tourna le dos pour remettre de l'ordre dans ses idées. Jamais il n'oublierait le jour où il avait appris les fiançailles de Lilidh. Anéanti, il avait bu plus que de raison et avait même imaginé tout un plan pour empêcher le mariage. Néanmoins, comme son ivresse, son idée de reconquérir Lilidh n'avait été que passagère et il avait rapidement dû se rendre à l'évidence : c'était trop tard, elle appartenait à un autre homme.

Il avala quelques gorgées d'ale de l'autre gobelet et, rassemblant ses esprits, se tourna vers elle. Le regard dans le vague, elle contemplait les braises rougeoyantes de l'âtre. Aussi décida-t-il de ne pas perturber ses souvenirs et il retourna se coucher.

Lilidh resta immobile, le regard aveugle, un long moment. Lorsque sa tête bascula en avant, Rob sut que le sommeil l'avait enfin emportée. Il se leva et la prit doucement dans ses bras. Avec de multiples précautions, il la posa sur le lit et remonta les couvertures jusqu'à son menton.

Il passa le reste de la nuit à contempler le plafond, essayant de calmer le chaos qui régnait dans ses pensées. Chaque fois qu'il fermait les yeux, une image revenait dans son esprit : Lilidh pâmée dans ses bras, quatre ans auparavant.

Impossible d'oublier la façon dont son corps avait vibré de désir. La manière dont elle l'avait imploré de continuer, de sa bouche, de son corps, de ses mots.

« Ne t'arrête pas. »

Rob se raidit à cette pensée. Ces mots exacts… Bon sang ! Ce n'était pas d'Iain qu'elle avait rêvé, mais de lui !

Se retournant pour la énième fois dans le lit, il laissa échapper un chapelet de jurons entre ses dents.

Sa décision était irrévocable, dès demain il trouverait à Lilidh un autre endroit pour dormir. Pour leur sauvegarde à tous les deux !

12

Lilidh ouvrit les yeux et souleva légèrement la tête. Il lui fallut quelques instants pour comprendre où elle se trouvait. Se haussant sur les coudes, elle regarda autour d'elle.

Rob n'était pas là et elle remarqua tout de suite que les documents avaient disparu de la table. De surcroît, le gros coffre de bois qui se trouvait en dessous de la fenêtre n'était plus à sa place habituelle.

Poussant un soupir, elle se rallongea, repassant dans son esprit les événements de la nuit. Elle avait agi comme une dévergondée ! Certes, elle l'avait fait dans l'inconscience du sommeil, cependant, cela n'atténuait en rien la honte qu'elle éprouvait. Dire que Rob avait assisté à toute la scène ! Il avait rapidement dû comprendre la nature de son rêve. Seigneur, rien ne pouvait justifier un tel écart de conduite !

Bien sûr, elle pouvait essayer de se convaincre que son comportement était dû à la fatigue, à la solitude ou encore à la proximité de Rob, mais pourquoi se voiler la face ? C'était son cœur, qu'elle faisait taire lorsqu'elle était éveillée, qui s'était exprimé à travers ses rêves.

Immergée dans ses souvenirs, elle avait fini par s'endormir en oubliant où elle se trouvait et surtout, avec qui. Et, lorsqu'elle avait ouvert les yeux et croisé le regard de Rob, elle avait prié pour que la terre s'ouvre sous elle et l'engloutisse !

Il suffisait qu'elle repense à son regard brûlant sur elle,

pour sentir ses joues prendre feu. La dernière fois qu'il l'avait regardée de cette manière, c'était ce jour où il lui avait donné tant de plaisir qu'elle avait cru défaillir. Que Dieu lui vienne en aide ! Elle ne devait jamais oublier ce qu'il s'était passé ensuite ! Par une triste ironie, ce fut le même jour qu'il la rejeta devant toute sa famille. A cause de sa blessure. Oui, bien des choses s'étaient passées en une journée. Elle avait connu un bonheur insensé suivi d'une déception ineffable. En l'espace de quelques heures, tous ses espoirs d'amour avaient volé en éclats.

Allons, il ne servait à rien de s'apitoyer sur son sort. Il était impossible de revenir en arrière pour changer les choses. D'un geste brusque, Lilidh repoussa les couvertures et se leva. Avec des mouvements méthodiques, elle rassembla ses vêtements et s'habilla prestement. Beathas et Susan n'allaient certainement pas tarder à arriver.

Songeant aux tâches qu'elle pourrait se voir confier dans la journée, elle s'affaira à faire le lit. Elle venait d'ajuster la couverture sur les draps lorsqu'elle entendit la porte s'ouvrir derrière elle. Pensant qu'il s'agissait de l'une des deux servantes, elle se retourna, un léger sourire aux lèvres, pour les saluer. Mais, à la vue de la haute silhouette qui se tenait sur le seuil, elle sentit son cœur bondir dans sa poitrine.

Rob.

Il y avait tant de choses qu'elle voulait lui dire. Elle chercha ses mots, seulement l'incident de cette nuit ainsi que les souvenirs qui l'assaillaient, étaient bien trop vifs dans son esprit. Incapable de parler, elle attendit qu'il s'exprime le premier.

— Nous changeons de chambre, annonça-t-il en s'avançant vers le coffre posé au pied du lit.

Interdite, Lilidh demeura bouche bée. Il l'ouvrit et se mit à fouiller dedans. Ne trouvant visiblement pas ce qu'il cherchait, il se redressa et se dirigea vers une autre malle, posée contre le mur opposé.

— Dorénavant, nous serons dans la dernière chambre sur la gauche, dit-il en sortant plusieurs bourses en cuir de la malle de bois sculpté.

Il leva le regard vers elle et elle se contenta de hocher la tête en guise de réponse.

— En revanche, tu ne pourras plus marcher dans le couloir, poursuivit-il en inspectant le contenu de chaque bourse. Beaucoup de villageois sont venus trouver refuge au château et les anciens s'installeront dans quelques chambres à cet étage, dont celle-ci.

— Tu… Tu as donc eu des nouvelles de mon père ?

— Le messager m'a dit qu'il lui avait remis mes conditions en main propre et qu'il ne tarderait pas à y répondre.

Un frisson la parcourut. Elle se surprit à penser qu'il ne lui restait environ qu'une semaine avec Rob.

— Puis-je faire quelque chose ? s'enquit-elle en regardant autour d'elle.

— Contente-toi de te tenir à l'écart de la cohue jusqu'à ce que quelqu'un vienne te chercher.

Et sur ces mots, il quitta précipitamment la chambre.

Peu de temps après le départ précipité de Rob, des servantes et des gardes firent irruption dans la pièce et se mirent à rassembler ses affaires. Afin de les déranger le moins possible, Lilidh s'assit sur la chaise à côté de la cheminée et les regarda s'agiter autour d'elle.

Une fois que le dernier coffre fut enlevé de la pièce, Tomas, un des gardes chargés de la surveiller, lui demanda de le suivre. Ils avaient pratiquement atteint la chambre dans laquelle elle serait confinée dorénavant, lorsque la porte d'en face s'ouvrit et lady Tyra parut sur le seuil.

La jeune femme croisa son regard avant de l'examiner de

la tête aux pieds, un pli de mépris aux lèvres. En dépit de sa fierté naturelle, Lilidh pouvait comprendre son ressenti, l'amertume qu'elle devait éprouver à son égard. Elle était, après tout, la promise de Rob. Cela dit, pourquoi l'accabler, elle, de son mépris. Elle devait bien se douter que ce n'était guère sa faute si elle était contrainte de partager le lit de son fiancé.

— Est-ce votre chambre, lady Tyra ? s'enquit-elle d'un ton amical.

Quelle erreur ! Visiblement horrifiée qu'elle lui adresse la parole, celle-ci poussa un cri de surprise, si bien que le brouhaha qui régnait dans le couloir prit fin aussitôt tandis que tous les regards se tournaient vers elles.

— Comment oses-tu m'adresser la parole, espèce de traînée !

Et sur ces mots, elle lui assena une gifle aussi violente que sonore qui laissa Lilidh interloquée.

— Tu partages peut-être le lit de Rob, mais cela ne te donne en rien le droit de me parler ! s'exclama-t-elle, le regard noir.

Lilidh serra le poing de toutes ses forces pour ne pas la frapper. Elle ne tomberait pas si bas ! Elle sentit Tomas qui lui prenait le bras et se libéra aussitôt de son emprise. Etrangement, le garde ne la retint pas.

Elles restèrent un moment immobiles à se regarder les yeux dans les yeux. Lilidh lut dans ceux de Tyra toute la haine qu'elle lui inspirait. Mais cette mal élevée ne lui ferait pas baisser les yeux, jamais ! En tant que fille d'un comte, qui était également laird d'un clan, son rang de noblesse était supérieur à celui de lady Tyra. Visiblement, sa fierté l'insupportait, car la sœur de Symon ordonna :

— Garde ! Qu'on l'emmène hors de ma vue !

Tomas la saisit alors par le bras et la poussa, doucement mais fermement, en avant.

— Ne t'en fais pas, lui souffla lady Tyra à voix basse pour qu'elle seule puisse l'entendre, tes jours ici sont comptés.

A ces mots, Lilidh sentit son sang se glacer. Ce n'était pas une menace en l'air. Sous l'impulsion de Tomas, elle avança de quelques pas et jeta un coup d'œil par-dessus son épaule avant d'entrer dans ce qui serait désormais sa nouvelle chambre. L'expression du visage de lady Tyra était si parfaitement sereine qu'elle en resta stupéfaite. Tomas lui lâcha le bras et pivota sur ses talons avant de quitter la pièce, refermant la porte sur lui.

Reprenant peu à peu ses esprits, Lilidh détailla la chambre du regard. Elle était deux fois plus grande que celle de Rob. Un petit lit était disposé dans un coin de la pièce, juste à côté d'un grand lit à baldaquin. Lilidh sentit son cœur se serrer instinctivement. Non ! Elle n'avait pas le droit de regretter de ne plus partager la couche de Rob !

Exaspérée par sa propre folie, elle reporta son attention sur le décor. Le grand bureau qui trônait en face du lit ainsi que les touches de décoration lui rappelèrent la chambre de ses parents : à la fois chaleureuse et fonctionnelle. Se trouvait-elle dans ce qui avait été la chambre du père de Rob ?

Une bassine d'eau était posée sur le bureau. Elle y trempa les doigts : elle était froide. Quelle aubaine ! Sa joue lui faisant encore mal, elle prit un des linges empilés sur le lit et le plongea dedans. Avec un soupir de soulagement, elle le porta à son visage. La sensation de fraîcheur humide contre sa peau était tout simplement divine.

Plusieurs coffres étaient entassés au milieu de la pièce et Lilidh fut surprise d'y trouver sa malle de voyage. Comment était-elle arrivée là ?

Soudain, la porte s'ouvrit et plusieurs servantes entrèrent dans la chambre, ne lui laissant pas le loisir d'approfondir la question. Elle posa le linge sur le rebord de la bassine et alla se placer devant la fenêtre afin de ne pas déranger les domestiques qui commençaient déjà à déballer les coffres.

A voir ces femmes se démener autour d'elle, Lilidh fut rapidement gagnée par un besoin d'action. Elle examina avec attention les affaires dispersées un peu partout dans la chambre et reconnut le panier de vêtements à recoudre. Tout heureuse, elle le prit et en sortit une chemise ainsi que la petite corbeille de matériel à coudre. Elle s'assit sur une chaise, enfila du fil dans l'aiguille et se mit au travail.

Bientôt, les servantes durent oublier sa présence car elles commencèrent à échanger, à voix basse, les derniers commérages. Prenant garde de ne pas se faire remarquer, Lilidh tendit l'oreille, curieuse de savoir ce qui se racontait dans le château. Au bout d'une heure, lorsque les servantes quittèrent la chambre, elle était bouleversée.

Elle qui avait eu tant de certitudes, elle ne savait plus que croire. Etonnée, elle tourna et retourna dans son esprit les informations qu'elle venait d'apprendre.

Elle avait eu raison sur une chose, cette chambre avait appartenu à Angus et Rob avait catégoriquement refusé de l'habiter jusqu'à aujourd'hui. Alors pourquoi maintenant ? Et était-il vrai que c'était Symon qui l'avait enlevée de son propre chef, sans l'accord de Rob ? Quoi qu'il en soit, tout le monde s'accordait à dire qu'à cause de son enlèvement, il ne leur restait plus beaucoup de temps à vivre.

Lilidh soupira à cette idée. La réputation de son père était fondée sur ses exploits en tant que guerrier et les craintes des villageois de Keppoch étaient certes justifiées… jusqu'à un certain point. Car derrière la Bête des Highlands se cachait aussi un homme juste, un homme qui ne se tachait pas les mains du sang d'innocents.

Un instant, Lilidh avait songé à rassurer les servantes, mais elle s'était retenue au dernier moment. Tous ici finiraient bien par s'en rendre compte de leur propre chef.

Oui, elle espérait sincèrement que cette histoire connaîtrait un dénouement sans violence. Alors, elle retournerait à Lairig Dubh saine et sauve et son père lui trouverait un autre époux. Quant à Rob, elle ne le reverrait sans doute plus jamais.

Cette idée lui noua l'estomac. Il ne l'avait certes pas toujours traitée avec les égards qu'elle méritait, pourtant Rob était le seul homme qu'elle ne pouvait se défendre d'accueillir dans son cœur. Le seul. Alors même qu'avec tout ce qui s'était passé, elle savait depuis longtemps qu'aucun avenir n'était possible entre eux.

A moins que… A moins que Rob décide de condamner publiquement les agissements de Symon et de remettre le destin de ce dernier entre les mains de son père… Lilidh secoua la tête. Non, jamais il ne ferait une chose pareille. Et de toute manière, il était fiancé à la sœur de Symon. Dieu, cette pensée était trop déchirante pour qu'elle s'y attarde.

Elle sentit sa gorge se serrer douloureusement. Par chance, la porte de la chambre s'ouvrit de nouveau, offrant une distraction à son amertume. C'était Susan. La petite femme la salua d'un signe de tête, déposa un autre panier de linge devant elle et s'en alla comme elle était venue.

Posant un regard absent sur les vêtements, Lilidh repensa à la proposition d'accord des MacKenzie. Rob parviendrait-il à trouver quelqu'un qui pourrait l'éclairer à ce sujet ? Elle avait hâte de le retrouver… pour en savoir plus, et rien d'autre.

Le reste de la journée passa lentement. Des cris et des pas pleins de hâte s'entendaient sans cesse dans le couloir, mais elle n'y prêta aucune attention. Maniant l'aiguille machinalement, elle ne leva pratiquement pas le regard de son travail, se demandant de temps à autre quelle suite son père allait donner aux revendications de Rob.

— Que s'est-il passé avant cette proposition, Murtagh ? s'enquit Rob en indiquant le parchemin posé sur la table d'un signe de tête.

Il aurait préféré poser cette question à n'importe qui d'autre ; malheureusement, Murtagh semblait être le seul à détenir cette information. Cependant, le vieil homme, qui n'avait jamais caché son mécontentement concernant sa nomination comme laird, lui sourit nonchalamment en haussant les épaules.

Puisant dans ses dernières réserves de patience, Rob tenta de lui faire entendre raison.

— Ecoute, je sais que tu ne me tiens pas en haute estime et je ne peux pas dire que je t'en veux pour ça. Après tout, tu as le droit d'avoir ta propre opinion. Mais cela ne change rien au fait que *je* suis le laird et que notre clan est sous la menace d'une guerre sans merci avec les MacLerie. Je dois savoir si la proposition des MacKenzie a un lien avec l'attaque qui se prépare.

Ils étaient seuls dans le parloir et Rob comptait bien le faire parler. Peu importe le temps que cela prendrait. Réprimant un soupir, il se dirigea vers la table sur laquelle reposaient un hanap et deux gobelets. Il versa une bonne dose de whisky dans les deux gobelets et ils burent chacun une gorgée en se regardant. Comme le vieillard gardait le silence, Rob se saisit du parchemin et le lui tendit. Peut-être qu'il se montrerait plus bavard après avoir lu la proposition en détail.

Murtagh examina longuement le document et l'expression de surprise qui traversa son visage n'échappa pas à Rob.

— Qui a été le premier à établir le contact ? reprit-il.

— Eh bien, je déteste colporter des rumeurs, mais…

Murtagh laissa sa phrase en suspens pour avaler une lampée de whisky et, sans perdre une seconde, Rob remplit son gobelet.

— Ton père, poursuivit le vieil homme, n'a pas trop apprécié la façon dont les MacLerie t'ont traité.

Eh bien ! Voilà qui était inattendu ! Il avait toujours cru que son père et Connor étaient, malgré tout, restés en bons termes.

— Après l'événement regrettable qui s'est produit avec la fille du laird MacLerie…

Murtagh marqua une nouvelle pause, comme pour mettre à l'épreuve la patience de Rob.

— Angus a pris ta défense. Il semblait persuadé qu'il ne s'agissait pas d'une erreur de jeunesse.

Cette révélation surprit plus encore Rob. D'autant plus qu'il ne comprenait toujours pas ce que cela avait à voir avec les faits récents.

— C'est de l'histoire ancienne. Ce qui m'importe, c'est de savoir pourquoi les MacKenzie lui ont adressé cette proposition d'accord.

Poussant un soupir, Murtagh avala une autre gorgée de whisky avant de s'essuyer la bouche du revers de la main.

— Le beau-père de Symon était convaincu qu'une alliance avec les MacKenzie nous serait plus bénéfique que celle qui nous liait aux MacLerie. Il me semble même que la possibilité d'un mariage avait été évoquée à un moment.

Un mariage ? Pourtant, ses demi-sœurs, les filles qu'Angus avait eues de sa première femme, n'étaient alors pas en âge de se marier. Elles ne l'étaient toujours pas d'ailleurs. De surcroît, il avait du mal à croire que son père l'avait considéré, lui, comme un candidat au mariage après ce qui s'était passé avec Lilidh. Et, s'il avait pensé à…

— Symon ? réfléchit-il à voix haute.

— Non, non, pas lui. Tyra.

Tyra ?

— Vraiment ? Je n'ai trouvé aucun écrit concernant un tel accord. Il n'est même pas mentionné dans cette proposition.

— Il s'agissait d'un arrangement privé. Le mariage n'était censé être qu'un prélude à une alliance en bonne et due forme.

Un prélude qui laissait au clan le temps de s'éloigner progressivement des MacLerie afin de contracter une alliance avec les MacKenzie. Mais alors, pourquoi Symon et Tyra n'avaient-ils émis aucune objection lorsque les anciens avaient proposé que celle-ci l'épouse afin de mettre fin aux tensions qui régnaient au sein de leur clan.

— Mon père était-il au courant de ce projet ?

— Le beau-père de Symon lui en avait parlé et Angus n'y avait vu aucun inconvénient. Cela dit, il aurait tout de même préféré que Symon prenne pour femme une parente de Connor et que Tyra épouse le fils de celui-ci.

Une *parente* ou bien Lilidh, plus précisément ? se demanda Rob.

Dans les environs, l'acte d'enlèvement commis sur une femme pouvait également être interprété comme une tentative de la contraindre à un mariage. Par son rang de noblesse, Lilidh était hors de portée pour Symon. Etait-ce pour cette raison qu'il l'avait enlevée ? Comptait-il l'épouser ?

Non, cela n'avait aucun sens. Lilidh était alors mariée à Iain MacGregor et personne n'était au courant du décès de ce dernier. Symon l'avait donc vraisemblablement enlevée pour d'autres raisons. A moins que… Se pouvait-il que son cousin ait eu vent de la mort d'Iain ? Comment ?

Les questions se bousculaient dans sa tête. Les révélations de Murtagh n'étaient pas exactement celles auxquelles il s'attendait. Il essaya de passer en revue un certain nombre de possibilités qui découlaient des propos du vieil homme, mais en vain. Qui savait quoi exactement ? Qui voulait s'allier à quel clan et pourquoi ?

En tout cas, une chose était sûre : personne n'avait prévu que lui, le fils bâtard de l'ancien laird, allait prendre la place de son père. Et nul doute que sa succession à la tête du clan interférait dans les plans de certains.

Il devait bien réfléchir à ce qu'il comptait faire à présent. Connor ne tarderait pas à l'assiéger avec son armée et il avait besoin de garder les idées claires.

— Tu m'as été d'une aide précieuse Murtagh, dit-il en lui donnant une tape dans le dos. Et j'espère sincèrement pouvoir compter sur ton soutien dans les semaines à venir.

Murtagh le dévisagea, incrédule. Sans doute ne s'était-il pas attendu à une telle déclaration de confiance de sa part. Ils se saluèrent d'un hochement de tête et Rob alla retrouver Dougal dans l'armurerie. Avec un peu de chance, ils n'auraient pas à bander les arcs ni à dégainer les épées.

Toutefois, mieux valait être averti que surpris.

La nuit était déjà tombée lorsque Rob et ses hommes finirent de vérifier et de distribuer toutes les armes. Il avait également mobilisé d'autres hommes afin de renforcer la surveillance le long des frontières de ses terres.

Un bref moment, il avait même envisagé d'envoyer un message au laird MacKenzie. Les relations entre celui-ci et Connor étaient tendues et il avait pensé qu'une confrontation face à face, sur un terrain neutre, pourrait combler le fossé qui s'était creusé entre les deux chefs. Seulement, c'était une idée bien trop risquée et il avait fini par se raviser au dernier moment.

Il devait déjà régler ses propres différends avec Connor, et s'il sortait indemne de cette mésaventure, il aurait tout le temps nécessaire de considérer les choix qui s'offraient à lui. Une chose à la fois. Fort de cette résolution, il prit place à table pour le dîner.

La grande salle était bondée. Visiblement, d'autres villageois étaient venus se réfugier au château et, du coup, les assiettes étaient moins garnies. Son estomac étant plus malmené par l'angoisse que par la faim, cela ne le dérangeait guère.

Lorsque le repas fut servi, Rob regarda Tyra du coin de l'œil. Que lui arrivait-il ? Elle arborait une vague expression de satisfaction qui n'augurait rien de bon. Les paroles de Murtagh résonnaient encore à ses oreilles et son instinct l'incitait à se méfier d'elle autant que de son frère. Même s'il devait tout de même lui accorder le bénéfice du doute.

— Comment te portes-tu ce soir, Tyra ? s'enquit-il en se tournant vers elle.

— Très bien, répondit-elle, un sourire aussi mielleux qu'inquiétant aux lèvres.

Rob sentit un frisson glacé lui courir le long du dos.

— Où est Symon ? demanda-t-il en regardant la chaise vide à côté d'elle.

— Je ne surveille pas les allées et venues de mon frère, dit-elle placidement.

Il scruta son visage mais ne put rien y lire.

— Sans doute n'a-t-il pas fini les tâches que tu lui as confiées, ajouta-t-elle en croisant son regard.

Pour provoquer une réaction chez elle, Rob lui prit la main et lui adressa un sourire radieux.

— Une fois que la fille de MacLerie ne sera plus là et que nous aurons fait alliance avec les MacKenzie, nous devrions convenir d'une date pour le mariage, Tyra.

L'expression de son visage changea aussitôt, mais elle parut se ressaisir promptement. Si vite qu'il ne sut comment interpréter son expression.

Intéressant.

Elle posa son autre main sur la sienne et lui sourit.

— J'en serais ravie, Rob, articula-t-elle avec peine.

Peu convaincu de la sincérité de sa réponse, il se contenta de hocher la tête avant de se pencher sur son assiette.

En une journée, il avait appris des choses qu'il n'avait jamais soupçonnées jusqu'à présent. Et il avait l'intention de les tirer au clair avant l'arrivée de Connor. La seule question était de savoir comment.

Le reste du repas se déroula dans une atmosphère cordiale, quoique quelque peu tendue. Il n'avait qu'une hâte, retrouver Lilidh, aussi dangereuse leur proximité soit-elle. Au-delà du désir violent qu'elle lui inspirait, elle seule parvenait à l'apaiser.

Le brouhaha des cris et des conversations n'avait cessé de s'amplifier et Tyra lui avait demandé la permission de quitter la table peu de temps après avoir fini de manger, prétextant une migraine. Rob avait compris qu'elle voulait regagner sa chambre au plus vite pour éviter toute discussion sur le mariage et il ne l'avait pas retenue.

Quand la salle commença enfin à se vider, il alla faire une dernière tournée d'inspection de ses hommes sur les remparts. Une fois certain que tout était en ordre, il se dirigea vers sa chambre.

Sa gorge se contracta lorsqu'il aperçut des gardes devant la porte de la chambre qui avait autrefois appartenu à son père. Il avait complètement oublié qu'il avait dû déménager de sa chambre.

S'avançant vers ses nouveaux appartements, il essaya de se souvenir de la dernière fois qu'il y avait mis les pieds. Après sa nomination comme laird, il avait refusé de s'y installer et, aujourd'hui encore, il ne savait pas si ce refus avait été un simple acte de rébellion ou quelque chose d'autre, de plus profond et personnel.

Rob secoua la tête pour se débarrasser de pensées qui, de toute façon, ne pouvaient rien changer au passé. Quelques malles jonchaient encore le sol du couloir. La plupart des chambres étant désormais occupées, Rob avait décidé de poster des gardes devant sa porte jour et nuit. Maintenant plus que jamais, il devait assurer la protection de Lilidh.

— Laird, le salua Tomas lorsqu'il arriva à sa hauteur.

Rob hocha la tête en guise de salut.

— Il y a quelque chose que vous devriez savoir avant d'entrer dans la chambre, dit le garde.

Il connaissait Tomas depuis longtemps et le ton de sa voix l'inquiéta grandement.

— Qu'y a-t-il ?

— Lady Tyra était là.

— Dans ma chambre ?

— Non. Elle était dans l'une des autres chambres au moment où j'ai conduit lady MacGregor ici, répondit Tomas, faisant un signe de tête en direction de la porte dernière lui.

Rob accueillit cette nouvelle avec un très mauvais pressentiment.

— Continue, souffla-t-il entre les dents.

— Elles ont échangé quelques mots et lady Tyra a giflé…

Ne le laissant pas finir sa phrase, Rob bouscula Tomas et entra en trombe dans la chambre.

Assise sur une chaise à côté de la cheminée, Lilidh était penchée sur un travail de couture. Elle ne leva pas la tête alors qu'elle l'avait forcément entendu arriver.

— Lilidh.

L'ignorant ostensiblement, elle piqua l'aiguille dans le tissu avant de tirer sur le fil.

— Lilidh, répéta-t-il, regarde-moi.

13

— Lilidh, regarde-moi.

Poussant un soupir, elle posa sur ses genoux la chemise sur laquelle elle était en train de travailler et leva le regard vers lui. Le bleu qui s'était formé sur sa joue lui faisait mal mais elle essayait de ne pas y penser.

— Tout va bien, souffla-t-elle avant qu'il n'ait eu le temps de dire quoi que ce soit.

— *Tout va bien ?* Lilidh, tu as une marque de coup sur ton visage. Vas-tu aussi me dire que c'était un accident et que tu n'as pas mal ? Je n'ose même pas imaginer la réaction de ton père s'il te voyait dans cet état. Tyra…

— … Tyra est ta fiancée et elle ne supporte pas l'idée de te savoir avec moi, compléta-t-elle.

Lady Tyra était apparemment très jalouse de l'intimité qu'il pouvait y avoir entre elle et Rob. Ce qu'elle comprenait en tant que femme. Cela dit, elle aurait bien aimé connaître les sentiments que Rob avait à l'égard de la jeune femme.

— Et cela justifie son geste ? s'enquit-il en s'approchant. Es-tu en train de lui chercher une excuse ?

Doucement, il repoussa quelques mèches qui lui barraient le visage et émit un petit grognement. Lorsqu'elle le sentit tracer le contour du bleu d'un doigt, elle eut un sursaut et repoussa sa main.

— Je ne lui cherche pas d'excuse, Rob, dit-elle en se levant. Je reste persuadée qu'on peut très bien résoudre les problèmes qui nous préoccupent *sans* avoir recours à la violence. Cependant, j'arrive à comprendre pourquoi elle a réagi de la sorte. Cette gifle était la seule manière qu'elle a trouvée de manifester son mécontentement, pour te montrer à quel point ton comportement l'affecte.

Saisi, Rob la considéra quelques instants en silence. Quelle femme extraordinaire elle était; tellement intègre et honorable. Que se serait-il passé s'il n'avait pas tout gâché entre eux, s'il n'avait pas commis la plus grosse erreur de sa vie en la repoussant ? Jamais il ne le saurait. Et il n'était plus temps de se poser de telles questions !

Il inspira profondément en se frottant le menton.

Ses doutes concernant Tyra étaient, pour le moment, fondés sur des ouï-dire ; toutefois, il dut admettre que lui aussi comprenait, malgré tout, sa réaction.

— Très bien, finit-il par dire, je ne prendrai aucune mesure de représailles à son égard, si c'est ce que tu souhaites.

Lilidh opina et fit un mouvement pour se rasseoir mais il la saisit doucement par le bras et elle s'arrêta net. Son imagination lui jouait-elle des tours ? Il avait cru la sentir se crisper sous son toucher…

— La tension qui règne ici me rend nerveuse, marmonna-t-elle. Et l'arrivée de mon père n'arrangera rien.

Comme elle avait raison ! Si Connor assiégeait son château, son clan essuierait des pertes considérables. Il devait trouver une solution pour les sauver de la ruine complète.

— Je voudrais te montrer un autre parchemin.

Lilidh cligna des yeux, visiblement surprise, puis hocha la tête. Il se dirigea vers la malle dans laquelle il gardait tous les documents officiels et en tira une sacoche en cuir. Il sortit le parchemin qui s'y trouvait, le déroula et le lui tendit. Peut-être qu'elle y trouverait quelque chose qui lui avait échappé. Ce que lui avait dit Murtagh devait forcément avoir un lien avec les événements récents. Ou bien s'agissait-il vraiment d'une simple coïncidence ?

— Veux-tu faire un tour sur les remparts ? lui demanda-t-il lorsqu'elle leva la tête vers lui et parut sur le point de parler. Il y a certains sujets que je préfère ne pas aborder ici.

Il fit un signe de tête vers la porte, derrière laquelle des bruits de pas et des voix d'hommes résonnaient sans arrêt, et elle acquiesça silencieusement.

Balayant la chambre du regard, Rob trouva la cape de Lilidh. Il la prit puis s'approcha et la drapa autour d'elle, luttant contre l'envie de lui caresser le visage.

Sans parler, ils empruntèrent le même chemin que la dernière fois et firent un tour des remparts afin que Lilidh puisse dégourdir sa jambe.

Une fois au pied de la tour délabrée, Rob se positionna devant elle de façon à la protéger du vent qui soufflait en rafales. Enfin à l'abri d'oreilles indiscrètes, il lui rapporta ce qu'il avait appris de la bouche de Murtagh. Comme il s'y attendait, Lilidh fut étonnée par ses révélations.

Apparemment, Connor n'avait jamais partagé l'opinion de son propre père concernant une union matrimoniale, voire deux, entre les Matheson et les MacLerie. Pourtant, Rob nourrissait toujours l'espoir fou qu'il parviendrait à une entente avec Connor. Avec l'aide de Dieu, il pourrait même lui demander la main de Lilidh. Seigneur ! Perdait-il l'esprit ? Comme si ce rêve pouvait devenir réalité, surtout maintenant !

Chassant cette idée folle de sa tête, Rob s'efforça de se concentrer sur ce que lui disait Lilidh. Lorsqu'elle lui eut exposé son point de vue, il lui tendit le bras pour l'escorter vers la chambre.

— Pouvons-nous rester encore quelques instants ? s'enquit-elle d'une voix douce. L'air frais me fait du bien.

Il hocha la tête en signe d'assentiment puis alla parler aux gardes qui patrouillaient non loin d'eux. Les MacLerie ne tarderaient plus à arriver et il voulait tous ses hommes, sans exception, sur le pied de guerre.

La tête ailleurs, il échangea quelques mots avec les deux hommes tout en gardant Lilidh dans son champ de vision. Le dos tourné, elle était penchée sur le parapet et semblait regarder au loin. A quoi était-elle en train de penser ? A ses parents ? Son défunt mari ?

Laissant les gardes reprendre leur ronde, Rob s'avança vers elle au moment précis où elle se tournait vers lui, comme si elle avait senti qu'il approchait. Leurs regards se croisèrent et Rob décela dans ses yeux une lueur de désir, semblable à celle qui avait illuminé ses prunelles la nuit où elle avait rêvé de lui. Or, cette fois-ci, elle était réveillée, son esprit n'était pas embrumé par le sommeil. A qui pensait-elle en cet instant ? A lui, ou au souvenir d'Iain ?

Rob sentit son estomac se nouer. Son esprit refusait toujours d'admettre qu'elle avait pu éprouver des sentiments intenses pour son époux. Ils n'avaient été mariés que quelques mois !

Un élan de jalousie lui étreignit le cœur. De qui se moquait-il ? C'était sa stupidité et son manque de courage qui avaient poussé Lilidh dans les bras d'un autre. C'était sa faute si elle lui était désormais interdite.

Quand il arriva à sa hauteur, son regard se posa machinalement sur sa bouche si tentante. Il devait se rendre à l'évidence, jamais il n'avait cessé de l'aimer. Il avait eu beau essayer de se convaincre du contraire, pas un seul jour ne s'était écoulé depuis ce jour funeste sans qu'il pense à elle, sans qu'il regrette son choix.

Il l'aimait toujours et il la désirait plus que jamais. Et il pouvait lire dans ses yeux une passion semblable. Alors, peu importait l'avenir. Ces instants, au moins, leur appartenaient.

Encouragé par cette constatation, il abolit le peu de distance qui les séparait et l'enlaça, sa bouche capturant la sienne. Elle répondit immédiatement à son baiser. Lorsqu'ils se séparèrent enfin, Rob posa ses paumes sur ses joues et pressa son front contre le sien avant de s'emparer de nouveau de ses lèvres avec une ferveur renouvelée. Quand il caressa sa langue de la sienne, elle ne lui résista pas, comme si elle était animée de la même soif.

Elle ne lui avait certainement pas pardonné sa trahison, mais il était sûr, désormais, qu'elle aussi ressentait encore *quelque chose* pour lui.

Tirant maladroitement sur sa veste, elle s'accrocha à lui. Il ressentait cette proximité retrouvée avec une intensité décuplée, si bien qu'il faillit perdre l'équilibre. Elle saisit les pans de sa chemise, l'attirant un peu plus vers elle et il frémit au contact de ses doigts sur sa peau nue. Leurs langues se touchaient et se caressaient avec une familiarité déconcertante. Il avait tant rêvé de la tenir ainsi dans ses bras ! C'était si bon qu'il aurait voulu que cet instant ne s'arrête jamais.

Ce baiser n'avait rien à voir avec celui qu'il lui avait donné devant tout le monde, le jour où Symon l'avait ramenée. Celui-ci était chargé de désir, il exprimait la frustration, le manque.

Rob ignorait combien de temps s'était écoulé lorsqu'il détacha ses lèvres des siennes pour reprendre son souffle. Ivre de passion, il enfouit les doigts dans ses cheveux et les tira en arrière pour dégager son visage.

— J'ai envie de toi, Lilidh, murmura-t-il contre son cou arqué. Depuis toujours.

Il effleura ses lèvres d'un doux baiser, puis recula d'un pas, s'obligeant à mettre une distance entre eux. Il était plus que temps. Il brûlait d'envie de la prendre d'une manière bien peu chevaleresque. Que lui avait-il pris ? Il aurait dû mettre fin à leur baiser plus tôt. De toute évidence, il se languissait d'elle et de leurs étreintes bien plus qu'il ne l'aurait imaginé. Il avait le plus grand mal à recouvrer son sang-froid, si bien que la réponse de Lilidh, aussi franche qu'inattendue, faillit emporter toute raison.

— Moi aussi j'ai envie de toi, Rob Matheson.

Sans ciller, Lilidh le regarda droit dans les yeux. Seigneur, venait-elle vraiment de dire qu'elle avait envie de lui ? A voix haute ?

Jamais, mis à part avec Rob, elle ne s'était sentie ainsi troublée par un homme. Les sensations qui s'agitaient au plus profond d'elle-même l'effrayaient et l'exaltaient en même temps. A peine avait-il posé ses lèvres sur les siennes qu'une chaleur intense avait embrasé tout son corps. Et comme quatre ans plus tôt, sa raison lui avait hurlé de fuir à toutes jambes alors que son cœur la suppliait de ne pas le repousser, d'aller plus loin encore.

Autant faire face à la vérité. Elle avait envie de Rob, elle souhaitait qu'il réveille la sensualité qu'il avait fait autrefois naître en elle. A cette simple pensée, les pointes de ses seins se durcirent.

D'ordinaire, elle n'était pas encline à prendre des décisions sur un coup de tête, seulement, leurs chemins allaient bientôt se séparer de nouveau. Elle ne le reverrait sans doute plus jamais. Voilà pourquoi elle n'avait aucun doute sur ce qu'elle devait faire. Elle ne partirait pas d'ici avant de s'être donnée à lui.

De toute façon, personne ne se doutait qu'elle était encore vierge après son mariage et personne n'apprendrait ce qui était sur le point de se passer. Cela demeurerait un secret connu d'eux seuls. Lilidh tenait l'occasion de donner sa virginité à l'homme qu'elle aimait, qu'elle avait toujours aimé. Comment ne pas y voir un signe du destin ? Et même si elle se fourvoyait, peu importe, elle ne changerait pas d'avis.

En l'espace de quelques jours, elle avait retrouvé le Rob qu'elle connaissait. Et les quatre années qui les avaient séparés s'étaient abolies. Ce n'était pas lui qui avait ordonné son enlèvement et il faisait visiblement tout son possible pour assurer la sauvegarde et la pérennité de son clan. Elle l'avait toujours su, Rob était un homme de foi et d'honneur, jamais il ne la prendrait de force, jamais il ne lui ferait le moindre mal.

Depuis qu'elle avait été ramenée ici, il avait fait de son mieux pour assurer sa sécurité sans éveiller les soupçons et la colère des siens. Il s'était montré bienveillant, il lui avait même laissé bien plus de liberté que n'importe quel prisonnier n'aurait pu l'espérer. Et il avait fait tout cela dans le seul but de la protéger.

Alors, certes, il s'était comporté d'abominable façon envers elle par le passé, mais peut-être qu'elle avait tout simplement besoin d'aller au bout de son désir pour enfin tourner la page. D'instinct, elle pressentait que Rob était le seul capable d'apaiser cette passion ardente qui l'animait. L'oublierait-elle plus facilement une fois qu'elle se serait donnée à lui ? Sans doute pas. Alors, cherchait-elle des excuses pour céder à l'appel de la chair ? Probablement. Quelle importance après tout ? Elle n'avait qu'une certitude : elle voulait devenir une femme dans les bras de Rob et de lui seul.

Poussée par une irrésistible impulsion, Lilidh se haussa sur la pointe des pieds et, appuyant ses paumes contre son torse musclé, l'embrassa encore. Pour se persuader qu'elle faisait le bon choix. Pour tout oublier.

Rob ouvrit aussitôt les lèvres et leurs langues entamèrent un ballet sensuel qui scella leur envoûtement. Pour la protéger du vent, il drapa sa cape autour d'elle et l'attira plus près. Pressée contre lui, enveloppée dans son intimité, elle se sentit immédiatement en sécurité, elle se sentit *bien*. Puis, soudain, elle entendit un bruit de pas résonner sur les dalles de pierre et sursauta, mettant ainsi un terme à leur baiser.

Les gardes ! Elle avait oublié qu'ils n'étaient pas seuls sur les remparts. Rob la retint dans son étreinte et resserra sa cape autour d'eux. Lilidh enfouit la tête contre son épaule et attendit que les gardes s'éloignent.

Lorsqu'elle ne perçut plus aucun bruit, elle se dégagea doucement.

— Tu as changé d'avis ? s'enquit-il avec un léger accent de panique.

La flamme du désir étincelait toujours dans ses yeux. Lilidh lui sourit.

— Non, répondit-elle en secouant la tête. Mais je commence à avoir froid et… je préfère ne pas alimenter davantage les commérages.

Quelle ironie ! Elle faisait déjà l'objet de racontars ignobles. Tous les habitants de Keppoch, sans exception, pensaient que Rob avait profité d'elle. Et la plupart étaient persuadés que son boitement était dû aux traitements brutaux qu'il lui infligeait. Néanmoins, elle éprouvait le besoin de préserver ce moment intime.

Sans prévenir, il la souleva dans ses bras et marcha jusqu'à la porte qui donnait sur l'escalier. Le cœur battant la chamade à l'idée de ce qui allait arriver, elle noua les mains autour de son cou tandis qu'il descendait les marches.

Une fois devant la chambre, elle nicha la tête au creux de son épaule, attendant que les gardes ouvrent la porte. Elle entendit Tomas demander si elle allait bien, mais ni l'un ni l'autre ne répondit. Dès qu'il eut franchi le seuil, Rob referma la porte d'un coup de pied. Un commentaire étouffé de Tomas se fit entendre de l'autre côté et Lilidh sourit, amusée.

— Tu vas bien ? demanda Rob en la posant à terre. Ton visage te fait-il mal ?

— Non, je… Je vais bien, bredouilla-t-elle alors qu'il la débarrassait de sa cape.

Maintenant qu'ils étaient tout seuls, dans la chambre, sa belle assurance s'était envolée. Elle avait les nerfs à fleur de peau. Les lèvres serrées, elle baissa les yeux vers le sol. Autrefois, il avait refusé de l'épouser à cause de sa blessure. Comment allait-il réagir en voyant son atroce cicatrice ? Refuserait-il de partager son lit avec elle ?

— Pourtant, j'ai comme l'impression que quelque chose te tracasse, murmura-t-il en repoussant quelques mèches de cheveux de son visage.

Soudain terrifiée, elle baissa encore plus la tête et il lui prit le menton pour le relever. Lilidh osa finalement croiser son regard et vit l'expression angoissée de Rob. Ses bleus devaient être bien visibles à présent. Comme si sa jambe ne suffisait pas !

— Lilidh, jamais je ne te prendrai de force. Le choix t'appartient.

— Je pensais pourtant que les prisonniers n'avaient pas leur mot à dire sur quoi que ce soit.

— Tu sais très bien que tu n'es pas une prisonnière comme les autres. Ce qui va se passer entre nous ne dépend que de toi.

Lilidh soupira. Que voulait-elle réellement ? Etait-elle prête à se mettre en danger, à se dévoiler devant lui ? Pour une fois, elle était maîtresse de son destin. Elle observa Rob quelques instants. Son regard était comme une caresse sur sa peau. Seigneur ! Elle ne devait pas hésiter ! Quoi qu'il arrive, toute sa vie allait bientôt changer et elle avait trop longtemps rêvé de ce moment pour le laisser passer.

— Que va-t-il exactement se passer entre nous, Rob ? demanda-t-elle d'une voix légèrement tremblante.

Elle voulait qu'il aille plus loin, bien plus loin que la dernière fois, qu'il tienne les promesses sensuelles qu'il lui avait faites et que son regard brûlant contenait encore. Elle voulait faire de cette nuit un souvenir à chérir jusqu'à son dernier souffle.

Un délicieux frisson d'anticipation la parcourut lorsqu'il vint se placer derrière elle. Il ne la touchait pas mais elle pouvait sentir la chaleur intense qui irradiait de son corps, même à travers ses vêtements. Son souffle chaud caressait sa nuque tandis qu'il dénouait le ruban qui retenait sa chevelure. En évitant soigneusement sa blessure, il défit ses tresses avant de passer la main sur toute la longueur de sa chevelure. Ses gestes étaient si doux, si sensuels, qu'un nouveau frisson la parcourut.

Lentement, il enroula ses cheveux avant de les faire passer par-dessus son épaule, les faisant retomber en cascade sur sa poitrine. Elle crut défaillir quand il posa les lèvres sur son cou et suivit la courbe de son épaule.

— Avant d'aller plus loin, je veux apprendre à connaître ton corps, murmura-t-il. Je veux goûter chaque centimètre de ta peau.

Ses veines charriaient du feu, et elle réprima un gémissement. Lentement, il fit glisser une main le long de son dos avant de revenir prendre son sein en coupe dans sa paume. Le souffle rauque, Lilidh se mit à trembler. Elle sentait l'étoffe de sa robe et sa main contre la pointe dressée. Quand il la caressa du bout du pouce, elle s'arqua contre lui. En sentant contre ses hanches la virilité triomphante de Rob, une chaleur moite lui envahit les reins.

Les lèvres de Rob se promenaient toujours sur la peau sensible de son cou tandis que son autre main descendait vers sa hanche, puis plus bas, le long de sa cuisse.

Avec un petit cri, Lilidh renversa la tête en arrière, prenant appui sur son épaule pour ne pas défaillir. Le souffle saccadé de Rob emplissait le silence qui régnait dans la chambre alors que ses caresses devenaient plus pressantes.

Dans un élan instinctif, Lilidh étira ses bras en arrière et posa les mains sur les cuisses de Rob. Comme elle voulait le toucher, découvrir ses muscles fermes et tendus sous ses paumes.

En s'entendant gémir, Lilidh prit conscience qu'elle

était sur le point de perdre le contrôle d'elle-même, alors elle s'arracha à leur étreinte. Essayant de reprendre ses esprits, elle se retourna vers lui et planta son regard dans le sien. Une question la travaillait et elle devait la lui poser.

— Est-ce là une autre façon de me couvrir de honte ? Te joues-tu de moi comme tu l'as fait il y a quatre ans ?

En dépit de l'air bouleversé qu'affichait Rob, Lilidh prit une profonde inspiration. Elle ne devait pas fléchir. Dans sa tête, elle ne cessait de répéter la dernière question qu'elle voulait lui poser, la plus importante ; seulement, elle ne pouvait se résoudre à la prononcer à haute voix. Elle appréhendait tellement sa réponse ! Retrouvant son courage, elle finit tout de même par se lancer.

— A l'époque, tu m'as repoussée à cause de ma blessure, commença-t-elle sans parvenir à empêcher sa voix de trembler. Qu'est-ce qui a changé ? Pourquoi donc aurais-tu envie de moi maintenant ?

[illegible]

[illegible] une profonde impression. [illegible]
Lorsque [illegible]
[illegible]
Elle [illegible]
[illegible]

14

Rob observa Lilidh quelques instants en essayant de formuler une réponse cohérente. Pour être honnête, ses questions étaient parfaitement fondées. La manière dont il s'était comporté avec elle juste avant de quitter Lairig Dubh avait été parfaitement cruelle et injuste. Ce jour-là, il lui avait brisé le cœur. Il le savait. A cause de sa bêtise, la seule femme qu'il ait jamais aimée n'avait plus aucune confiance en lui, alors qu'il brûlait de désir pour elle. Plus grave encore, la dureté de ses paroles passées l'avait apparemment poussée à douter d'elle-même. Maudit soit-il !

Il se frotta un instant les yeux puis passa une main dans ses cheveux, mal à l'aise.

— Tu crois vraiment que je serais capable de me jouer de toi ? demanda-t-il. Que je fais ça dans le but de te blesser... encore une fois ?

Il grimaça légèrement à ses propres mots. Quel idiot ! Bien sûr que c'était ce qu'elle pensait ! Que diable pouvait-elle penser d'autre ? Certes, ce n'était pas lui qui avait ordonné son enlèvement, ni lui qui l'avait malmenée ou insultée, cependant il n'avait rien fait non plus pour empêcher tout cela.

Brusquement, le mensonge inqualifiable qu'il avait dû lui dire, quatre ans plus tôt, lui revint à l'esprit. Après leur rendez-vous amoureux dans la grotte, il l'avait quittée avec la ferme intention de demander sa main à Connor ; hélas, rien, *rien*, ne s'était passé comme prévu. Au lieu de lui déclarer sa flamme, il l'avait humiliée devant toute sa famille. Avec le recul, il ne comprenait toujours pas comment il avait trouvé la force de raconter de tels mensonges.

« Je ne peux pas t'épouser, Lilidh. Ta blessure me dérange. Je pensais pouvoir passer outre mais non, c'est impossible. Ma femme doit être synonyme de perfection, du moins à mes yeux. »

A partir de ce jour-là, Rob avait été pris d'un dégoût de lui-même qui ne l'avait plus quitté depuis. Il serra les poings. Sa stupidité lui était physiquement douloureuse.

Ignoble lâche !

Non, il ne referait pas la même erreur. Il se redressa et plongea son regard dans celui de Lilidh. Ses yeux verts ne brillaient plus et il y lut de la peur. Redoutait-elle ce qui allait se passer entre eux ou craignait-elle qu'il la fasse souffrir de nouveau ? Pensait-elle que les deux étaient forcément liés ?

Bon sang ! Jamais il n'aurait dû se laisser intimider par Connor. Lorsque ce dernier avait appris quelles étaient ses intentions envers Lilidh, il lui avait ordonné avec fureur de mettre un terme à leur histoire et de faire en sorte qu'elle ne veuille plus jamais le revoir. Et c'était exactement ce qu'il avait fait, sans lui opposer la moindre résistance.

Peu importe l'admiration qu'il vouait à Connor, il aurait dû lui demander sa main ! Quelle ironie ! L'homme qu'il avait tant admiré, et qu'il admirait toujours, cet homme qui lui avait apporté tant de choses était également celui qui l'avait empêché d'accéder au bonheur. Et, sans le savoir, il avait fait subir le même sort à sa propre fille.

Néanmoins, Rob savait qu'au-delà des apparences, Connor portait à Lilidh une véritable affection, profonde et protectrice. Voilà pourquoi *jamais* elle ne devait apprendre les véritables raisons qui l'avaient poussé à agir de la sorte. Cela l'anéantirait pour de bon de savoir que son propre père était la cause de leur rupture.

Bien sûr, Rob tenait là l'occasion idéale pour soulager sa conscience et rétablir la vérité, mais le prix à payer pour cette délivrance était trop élevé. Ses révélations risquaient d'entacher l'amour et l'admiration que Lilidh vouait à son père.

— Lilidh, dit-il après un moment de silence, à l'époque, je n'étais qu'un jeune garçon stupide qui ne connaissait rien à la vie, et encore moins à l'amour.

Il marqua un temps d'arrêt avant de reprendre :

— Je me trompais sur mes priorités. Je me suis très vite aperçu que ce qui me semblait important alors ne l'était pas ; je me suis laissé distraire par des futilités.

Craignant que ses propos ne la rassurent nullement, il lui prit les mains et les serra dans les siennes. Il ne pouvait peut-être pas lui dire toute la vérité, mais il pouvait essayer de lui faire comprendre qu'il n'était pas celui qu'elle croyait. Il devait la convaincre qu'il était, malgré tout, digne de sa confiance.

— Ce qui se passe ici restera entre nous. Et, Dieu m'en est témoin, jamais je ne te forcerai à…

Sa voix mourut dans sa gorge. Il vit une ombre passer dans le regard de Lilidh. De l'incertitude ? De la méfiance ? Quoi qu'elle décide, cela ne changerait rien à sa décision de la protéger et de veiller sur elle, coûte que coûte. Il ne pouvait pas revenir sur le passé, mais il pouvait au moins essayer de se racheter, de réparer le mal qu'il lui avait fait.

Sans dire un mot, Lilidh retira ses mains des siennes. Rob sentit un grand froid l'envahir. Jusqu'à ce qu'elle appuie ses paumes sur son torse et les fasse glisser le long de son ventre, jusqu'à sa ceinture. Tandis qu'elle la desserrait lentement, Rob comprit qu'il retenait son souffle et laissa échapper un soupir. Dieu merci, elle avait décidé de lui faire confiance. Il laissa tomber ses bras le long du corps, lui signifiant ainsi qu'elle pouvait prendre le contrôle.

Après s'être débarrassée de sa veste, Lilidh s'attaqua

aux lacets de sa chemise, sans jamais le quitter du regard. Lorsqu'elle en vint à bout, elle la fit passer par-dessus sa tête avant de la jeter à terre. Ses doigts s'attardèrent quelques instants sur son torse nu et il faillit perdre l'équilibre, enivré par son toucher. Du bout de l'index, elle traça le contour de ses abdominaux avant de redescendre vers sa ceinture débouclée. Un sourire audacieux aux lèvres, elle tira dessus et celle-ci tomba au sol, suivie de près par son tartan.

Rob avait de plus en plus de mal à respirer et à s'empêcher de la toucher. Enfin, il était entièrement nu devant elle ! Un feu liquide se propagea dans ses veines à cette pensée.

Jusqu'alors, dans leurs jeux sensuels, il avait toujours été celui qui prenait les initiatives, pourtant, cette fois-ci, il décida de s'abandonner entre ses mains. A présent, il n'avait plus à se soucier de son innocence ni de son ignorance des choses de la vie. Rob ferma les yeux et se laissa envahir par la chaleur que diffusaient ses caresses.

Avec une lenteur affolante, Lilidh suivit la fine ligne de toison qui descendait sous son nombril et il l'observa entre ses cils pour voir sa réaction face à son excitation évidente. Devant son expression admirative et impatiente à la fois, il sentit son membre durcir encore plus.

Inspirant profondément pour canaliser son désir, il sursauta tout de même lorsqu'elle le prit dans sa main, ses doigts explorant toute sa longueur d'un geste hésitant et terriblement érotique. Il sentit son corps s'embraser. La volupté de ces instants dépassait de loin ses rêves les plus fous.

Il voulait tant lui faire éprouver cette même torture exquise, mais il se retint, préférant savourer cet instant. Lorsqu'elle s'accroupit devant lui et le caressa de la langue, il ne put retenir un gémissement sourd. N'y tenant plus, il la saisit par les épaules et l'obligea à se relever. Son désir était si intense, si… violent qu'il n'était plus certain de se contrôler suffisamment.

Lui prenant la bouche en un baiser fougueux, il commença par lui enlever son surcot. Puis, avec des gestes impatients, il défit les lacets de sa robe. Celle-ci glissa le long de son corps et tomba sur le sol dans un bruissement de tissu prometteur. Déposant un dernier baiser sur ses lèvres, Rob recula afin de la contempler à loisir. Pour ne pas l'effaroucher, il décida de ne pas lui enlever immédiatement son jupon. Sans compter que le tissu transparent mettait en valeur, plus qu'il ne dissimulait, ses courbes voluptueuses et affolantes.

Semant des baisers le long de sa mâchoire et de son cou, il caressa le galbe de ses seins du dos de la main avant de faire glisser ses doigts le long de son buste. A travers le tissu léger, il effleura les boucles soyeuses qui marquaient la jointure de ses cuisses. Son cœur manqua un battement quand il l'entendit gémir.

Avide de se débarrasser du fin tissu qui séparait leurs corps, impatient de sentir la chaleur de sa peau contre la sienne, Rob entreprit de soulever le jupon, mais la soudaine emprise de Lilidh sur son poignet l'en dissuada. Il croisa son regard et comprit aussitôt.

Sa jambe ! Elle ne voulait pas qu'il voie sa jambe !

Inutile de la brusquer. Malgré sa frustration, il lâcha l'étoffe et se baissa pour la soulever dans ses bras. Il la déposa doucement sur le lit et s'étendit à côté d'elle. Sans la quitter des yeux, il lui caressa tendrement la joue, puis leurs lèvres se joignirent de nouveau pour un long baiser. Rob ouvrit plus largement son décolleté, exposant sa poitrine généreuse à la lueur du feu.

Abandonnant sa bouche, il embrassa et caressa de la langue sa gorge. Et quand il prit la pointe d'un sein entre ses lèvres, Lilidh souleva les hanches. Comme il aimait savoir qu'elle prenait du plaisir entre ses bras, c'était plus enivrant encore que les caresses qu'elle lui avait prodiguées. Il passa à l'autre pointe, en dessinant de la langue le contour érigé.

L'esprit embrumé par le désir, Rob se plaça entre ses cuisses pour déposer une pluie de baisers sur ses seins puis son ventre. Il sourit contre sa peau en sentant son cœur battre sous ses lèvres. La respiration de Lilidh s'accélérait, devenait de plus en plus saccadée, et elle poussa un petit cri lorsqu'il embrassa son entrejambe.

Dans un mouvement instinctif, elle écarta ses jambes un peu plus et il releva lentement son jupon, faisant glisser sa main sur la peau douce de son genou puis plus haut, vers l'intérieur de sa cuisse. Ses lèvres suivirent le même chemin et il effleura enfin sa féminité de la langue. Aussitôt, elle arqua les reins et enfouit les doigts dans ses cheveux. Puis, elle laissa retomber ses bras sur le matelas et serra la couverture dans ses poings.

— En… enlève-la, supplia-t-elle.

Il leva la tête et la regarda, se demandant s'il avait bien entendu.

— Tu veux que j'enlève ton jupon ?

— Oui…

Il vérifia son assentiment en plongeant les yeux dans son regard. Alors, d'un geste assuré, il déchira le vêtement et le spectacle qui s'offrit à sa vue lui coupa le souffle. Jamais jusqu'alors Lilidh ne l'avait autorisé à la voir nue. Son corps était magnifique, ses courbes fermes et sensuelles. Inquiet à l'idée qu'elle puisse se sentir mal à l'aise, il rabattit un pan du jupon déchiré sur sa jambe.

Il contempla avec ravissement chaque parcelle de son corps offert. Et quand, enfin, il plongea le visage entre ses cuisses et introduisit la langue en elle pour explorer son intimité, elle poussa un cri rauque.

— Oh… Rob !

Il continua ses caresses tout en la pénétrant lentement

de ses doigts. Alors, Lilidh perdit tout contrôle. Il la sentit basculer dans la jouissance.

Lorsqu'elle eut repris ses esprits, il remonta le long de son corps, retenant difficilement son impatience à l'idée de la faire sienne. Leurs regards se croisèrent et, pendant quelques secondes, le temps parut s'arrêter. Ses yeux verts brillaient comme l'émeraude la plus pure sous l'effet du désir et de la satisfaction.

— J'ai tellement envie de toi, murmura-t-elle tout contre sa bouche.

Lilidh caressa sa joue d'une main encore tremblante. Malgré la chaleur étrange qui embrasait le creux de son ventre, elle se sentait légère comme une plume, évanescente. Mais elle voulait plus. Elle voulait le sentir en elle, là où aucun homme ne s'était encore aventuré.

Rob se dressa au-dessus d'elle, et elle frémit d'anticipation lorsqu'elle sentit son sexe dur pressé contre son intimité. Elle plaqua ses hanches contre les siennes, réclamant qu'il la fasse sienne.

Ses caresses voluptueuses faisaient vibrer chaque centimètre de sa peau, si bien que les pointes de ses seins étaient presque douloureuses. Elle voulait désespérément que leurs corps ne fassent plus qu'un.

Soudain, il s'immobilisa, caressant ses cheveux et couvrant son visage de baisers. Seigneur ! La faisait-il languir en toute conscience ? Attendait-il qu'elle le supplie de la délivrer de cette tension qui devenait plus insupportable à chaque seconde ?

C'était hors de question, il ne recevrait d'elle aucune supplication ! Lilidh se mordit la lèvre et secoua la tête sur l'oreiller. Peine perdue…

— S'il te plaît, Rob, s'entendit-elle gémir, je t'en prie…

A peine eut-elle prononcé ces mots, qu'il la pénétra

enfin, avec une lenteur délicieusement torturante. Lilidh n'avait jamais rien ressenti de tel. C'était comme découvrir un nouveau sens : celui de l'extase absolue ! Dire que son défunt mari l'avait privée de ce plaisir divin… Au milieu de l'orgasme qui montait peu à peu en elle, Lilidh eut soudain peur. Allait-il remarquer qu'elle était encore vierge ? Cela pouvait-il le rebuter ?

Tout à coup, comme s'il avait lu dans ses pensées, Rob s'arrêta et lui lança un regard interrogateur. D'instinct, les reins de Lilidh se soulevèrent et elle se cambra contre lui afin de le sentir plus profondément encore. Une douleur aussi vive que brève lui déchira alors le ventre et elle se mordit la lèvre inférieure en fermant les yeux.

— Lilidh, tout va bien ?

Elle ouvrit les yeux et faillit se perdre dans son regard bleu où brillait une passion qu'elle ne connaissait que trop bien à présent.

— Oui… Mieux que bien.

Le plus dur était passé désormais. Il ne l'avait pas rejetée en prenant conscience qu'il était le premier. Et l'idée de le savoir entièrement en elle fit courir des frissons exquis sur sa peau, dissipant aussitôt la sensation désagréable qu'elle venait d'éprouver.

— Tu aurais dû me le dire, chuchota-t-il.

Seigneur, non ! Regrettait-il déjà ? Sa gorge se serra tandis que des larmes lui montaient aux yeux. Elle ferma les paupières pour les réprimer et elle sentit les lèvres de Rob contre les siennes.

— J'aurais été plus tendre, murmura-t-il contre sa bouche.

Déposant tour à tour des baisers sur son front, ses paupières et ses joues, il se mit à remuer doucement en elle. Peu à peu, le mouvement de va-et-vient qu'il imprimait à ses hanches se fit plus soutenu.

Ses coups de bassin embrasaient à présent les sens de Lilidh et attisaient le feu ardent au creux de son ventre.

Bientôt, elle s'adapta à son rythme, soulevant les hanches pour l'accueillir en elle, toujours plus loin, toujours plus fort.

Soudain, son corps fut secoué de délicieux remous et une sensation de chaleur intense naquit en elle. Abandonnée à la jouissance, elle lui agrippa les hanches puis les plaqua contre les siennes, et l'orgasme les terrassa en même temps. Avec un grondement rauque, il se cambra contre elle.

Haletants tous deux, ils restèrent enlacés un long moment, peau contre peau, cœur contre cœur. Puis, il se retira d'elle et se leva du lit, la privant subitement de la chaleur de son corps. Lentement, la réalité reprit ses droits.

Le moment qu'elle craignait était venu. Elle allait devoir affronter Rob, lui expliquer pourquoi elle était encore vierge. L'esprit bouleversé, elle le regarda rassembler leurs affaires éparpillées dans la chambre tout en essayant de trouver les mots pour justifier son état. Lorsque, enfin, il se retourna vers le lit, elle attendit des questions, résignée… mais rien ne vint. Au lieu de l'interroger, il s'approcha de son côté du lit et déposa une bassine sur la table de chevet. Il lui tendit ensuite un gobelet puis alla chercher le seau d'eau chaude placé sur le feu dans la cheminée.

Comme il versait l'eau fumante dans la bassine de bois, elle but une gorgée de vin et sentit le liquide sucré adoucir agréablement sa gorge sèche. Il prit alors le jupon et roula le vêtement déchiré avant de le jeter au pied du lit. Puis il trempa un linge dans la bassine et l'essora avant de le lui tendre.

Légèrement honteuse, elle se nettoya et se servit du jupon pour se sécher, après quoi elle se coula entre les draps. Les effets du vin commençaient à se faire sentir et son corps lui parut soudain terriblement lourd. Rob vint s'allonger auprès d'elle et à peine l'eut-il serrée contre lui qu'elle plongea dans un profond sommeil.

Rob resserra les bras autour de Lilidh. Elle s'était endormie dès que sa tête avait touché l'oreiller. Ses paupières s'agitaient dans son sommeil et il lui embrassa tendrement le front.

Il n'arrivait toujours pas à y croire ! Etait-ce bien réel ? Etaient-ils réellement tous les deux, entièrement nus, dans son lit ? Et il lui avait pris sa virginité !

Aucun doute n'était permis. Il avait été le seul à la toucher intimement, son premier amant. Aucun homme avant lui n'avait joui de son corps. Combien de fois avait-il rêvé de la faire sienne, de l'épouser ? Et combien de fois depuis le jour où il l'avait repoussée, s'était-il maudit d'avoir laissé passer sa chance, de ne pas s'être battu pour elle, pour *eux* ? Elle avait fini par en épouser un autre et…

Et pourtant, elle était toujours vierge.

Rob fronça les sourcils. Pourquoi Iain MacGregor n'avait-il pas exercé ses droits conjugaux ? Déposant un autre baiser sur la tempe de Lilidh, il desserra son étreinte et l'en libéra doucement. Elle émit un léger soupir avant de se retourner de l'autre côté.

Profondément troublé, il se glissa hors du lit et se servit un gobelet de vin. Il en avala une gorgée puis se dirigea vers la fenêtre. Plongeant son regard dans la nuit, il but encore un peu de vin.

Pourquoi Lilidh était-elle encore vierge ? Iain était-il souffrant ? Un sourire se dessina sur ses lèvres à cette pensée. Pour sa part, il était prêt à parier qu'aucune maladie n'aurait pu le forcer à négliger ses devoirs de mari auprès de Lilidh. Apparemment, cela n'avait pas été le cas pour Iain. Pourquoi ?…

« Tu m'as repoussée à cause de ma blessure, pourquoi donc aurais-tu envie de moi maintenant ? »

La question que lui avait posée Lilidh lui revint à la mémoire. Etait-ce pour cette raison qu'Iain ne l'avait pas faite sienne ? A cause de sa blessure ? Quel imbécile !

Jocelyn et Connor étaient-ils seulement au courant que le mariage de leur fille n'avait pas été consommé ? Et si oui, qui d'autre était au courant ? Etait-ce pour cette raison qu'elle avait quitté les terres des MacGregor ?

Rob écarquilla les yeux, sous le coup d'une nouvelle révélation.

Non seulement il avait pris la virginité de Lilidh, mais il avait également risqué de la mettre enceinte ! Et cela changeait tout. A moins, bien sûr, qu'il ne trouve la mort dans les prochains jours. Si Connor le tuait, il n'aurait plus à se soucier de toutes les questions qui se bousculaient dans sa tête.

Pourtant, au fond de lui, il n'avait plus qu'une envie : déclarer son amour à Lilidh et la garder auprès de lui jusqu'à la fin de ses jours. Malheureusement, rien de tout cela n'était envisageable. Elle allait certainement retourner à Lairig Dubh tandis que lui, s'il survivait à la confrontation avec Connor, conclurait une alliance avec les MacKenzie.

Le bruissement des draps lui fit tourner la tête en direction du lit. Lilidh bougeait dans son sommeil. Son cœur se serra en la voyant. Bientôt, sa présence ici ne serait plus qu'un souvenir atrocement douloureux.

Rob vida son gobelet et retourna se coucher. Avec douceur, il attira Lilidh entre ses bras et son sexe durcit aussitôt. Lorsqu'elle se lova contre lui, il lutta de toutes ses forces contre l'envie de la réveiller pour lui faire l'amour encore et encore…

Rob n'avait pas fermé l'œil de la nuit et quand les premiers rayons de soleil firent leur apparition, son estomac se noua. Un nouveau jour se levait, avec de nouvelles décisions à prendre, de nouveaux choix à faire et toujours plus de questions demeurant sans réponse.

Dans ses bras, Lilidh dormait toujours à poings fermés et ne réagit pas lorsqu'on frappa à la porte. Le cœur lourd, il se leva, abandonnant à regret son corps chaud et nu. Pour résister à la tentation, il s'habilla en hâte avant de quitter la chambre.

15

Lilidh fut réveillée par la lumière du jour frappant ses paupières.

Lentement, elle se redressa dans le lit et regarda autour d'elle. Rob n'était plus là et elle se rendit compte qu'elle était nue sous les draps. Nerveusement, elle rassembla ses cheveux emmêlés et les enroula avant de les rejeter derrière l'épaule.

Des images de la veille se pressaient dans son esprit ; pour les éviter, elle repoussa les couvertures et jeta les jambes hors du lit. Apercevant sa robe par terre, elle la ramassa avant de l'enfiler en hâte. Elle était en train de chercher une brosse à cheveux lorsque la porte s'ouvrit, livrant passage à Beathas, suivie de plusieurs servantes.

Clouée sur place par la honte, Lilidh les observa s'affairer à leurs tâches. Puis, un mouvement dans l'embrasure de la porte attira son regard. Deux gardes, portant une baignoire, apparurent sur le seuil. Ils l'installèrent au milieu de la chambre. A peine eurent-ils quitté la pièce que des serviteurs, un seau dans chaque main, firent leur entrée. Ils versèrent l'eau dans la grande vasque de bois et se retirèrent aussitôt, bientôt suivis par les servantes.

Seule Beathas resta. Après avoir refermé la porte derrière eux, elle se tourna vers elle.

— Laissez-moi jeter un coup d'œil à votre tête, mon enfant, proposa-t-elle en lui adressant un regard inquisiteur. Le laird m'a dit que votre blessure s'était rouverte cette nuit.

Pourquoi Rob lui avait-il dit cela ? Sa blessure guérissait parfaitement bien…

Lilidh ouvrit la bouche pour répondre, et s'arrêta de justesse. Bien sûr ! Rob avait menti pour justifier les éventuelles traces de sang, preuves de sa vertu, dans le lit.

Elle opina de la tête et s'assit sur la chaise, permettant ainsi à la vieille femme de l'examiner.

— Tout me semble en ordre, marmonna Beathas derrière elle.

Lilidh sentit les doigts de la guérisseuse tracer le contour de la blessure.

— Oui, la plaie cicatrise bien. Je pourrai bientôt retirer les points, dit-elle en lui ramenant les cheveux derrière les épaules.

Quand elle essaya de se lever, sa jambe l'élança à tel point qu'elle dut réprimer un gémissement. Elle se força à se lever, mais Beathas vint se placer devant elle.

— Attendez, je vais vous aider, ma petite. Le laird a insisté pour que vous preniez un bain ce matin.

Refusant de saisir la main qu'elle lui tendait, Lilidh se leva pour se diriger vers la baignoire.

— Je vous remercie Beathas, mais je peux me débrouiller toute seule.

Lilidh attendit qu'elle s'en aille, hélas Beathas ne bougea pas d'un pouce et fronça les sourcils.

— Vous savez, dit-elle en portant le regard sur sa jambe, j'ai déjà vu votre cicatrice. Ma présence ne doit pas vous mettre mal à l'aise.

Lilidh hocha légèrement la tête. Beathas avait dû voir sa jambe lorsqu'elle l'avait soignée, le jour de son arrivée. Mais alors…

— Et Rob, l'a-t-il également vue ? s'enquit-elle avec inquiétude.

Pour toute réponse, Beathas émit un clappement de langue et commença à retirer les draps du lit avant de les jeter au sol.

— A côté des blessures de combat, votre cicatrice est presque belle à voir, l'informa-t-elle en tirant un drap propre sur le matelas.

— Isla, ma gouvernante, est la seule à l'avoir vue depuis bien des années.

Le cœur de Lilidh se serra au souvenir de sa chère gouvernante, sans vie, étendue dans l'herbe. Elle déglutit avec difficulté et s'efforça de poursuivre.

— Mes parents et la guérisseuse de notre clan l'ont également vue le jour où… cela s'est produit, mais pas depuis. C'est quelque chose que je préfère garder pour moi.

Son ton était légèrement coupant, mais Lilidh tenait à lui faire comprendre que c'était là un sujet sur lequel elle n'aimait pas s'attarder. Elles se dévisagèrent quelques instants en silence.

— Puis-je ? finit par demander Beathas en désignant sa robe.

Lilidh hocha la tête. Après tout, son aide était, effectivement, la bienvenue. Elle leva les bras et Beathas fit passer sa robe par-dessus sa tête.

— Isla est votre gouvernante ? lui demanda-t-elle en l'aidant à entrer dans la baignoire.

Lentement, Lilidh se coula dans l'eau chaude et sentit tous ses muscles se détendre sous l'effet de la chaleur.

— Oui, elle l'*était*, repartit-elle la gorge serrée. Elle a été tuée lors… Lors de mon enlèvement.

Lilidh n'arrivait toujours pas à se faire à cette idée. Fermant les yeux sous les coups de brosse de Beathas, elle essaya de penser à autre chose.

Après l'avoir aidée à se laver et à s'habiller, Beathas lui proposa d'aller s'asseoir près de la cheminée où crépitait un bon feu. Tandis que la vieille femme lui tressait les cheveux, quelqu'un frappa à la porte et Lilidh tourna la tête au moment où celle-ci s'ouvrait sur…

Rob.

Le regard fixé sur elle, il avança dans la chambre. La porte se referma derrière lui et, pendant un moment, il resta immobile, à l'observer.

Lilidh déglutit avec difficulté. Voilà, le moment qu'elle redoutait tant était arrivé. Comment allaient se passer les choses maintenant…

— Te sens-tu la force de descendre dans la cuisine ? s'enquit-il en s'approchant d'elle. Je voudrais te montrer quelque chose.

Il lui tendit la main et elle la considéra avec étonnement. Lentement, elle leva les yeux vers son visage, mais son expression était indéchiffrable.

Toutefois, il savait à quel point il lui était difficile de descendre et monter les marches, il ne lui aurait donc pas demandé de l'accompagner sans une raison valable. Intriguée, elle opina de la tête et Beathas lui attacha les cheveux avant de lui passer un châle de laine autour des épaules.

Saisissant la main de Rob, Lilidh se leva et ils quittèrent la chambre. Quand ils eurent atteint les escaliers, elle glissa la main sous son bras et ils entamèrent, lentement, la descente des marches, une par une.

— J'aurais dû demander que l'on te prépare le bain plus tard, une fois que tu aurais regagné la chambre, dit Rob, un sourire navré aux lèvres.

— Non, au contraire, j'ai bien moins mal à la jambe grâce au bain. Merci, souffla-t-elle.

Elle aurait voulu lui dire tant d'autres choses, lui poser

tant de questions, mais elle se retint. Ce n'était ni l'endroit ni le moment.

Main dans la main, ils franchirent la dernière marche de l'escalier et Rob la conduisit à travers un dédale de couloirs. Quand ils eurent atteint les portes de la grand-salle, il lâcha sa main avec un regard d'excuse. Puis il entra dans la pièce et elle lui emboîta le pas, gardant la tête haute mais les yeux baissés pour ne pas avoir à affronter les regards des autres.

Cependant, tandis qu'ils traversaient la vaste salle, Lilidh n'entendit aucun quolibet, aucune injure. Elle ne put alors s'empêcher de regarder autour d'elle sous ses cils abaissés. Tous vaquaient à leurs occupations et personne ne semblait plus lui accorder la moindre attention. Quel soulagement !

Lorsqu'il arriva devant la porte de la cuisine, Rob s'effaça pour la laisser entrer avant de la suivre. Susan, qui semblait les attendre, se dirigea vers eux et les salua d'un signe de tête.

— Vais-je de nouveau travailler ici ? demanda Lilidh.

— Non.

Sur cette réponse succincte, Rob jeta un regard à Susan qui leur fit signe de la suivre. Ils parcoururent un couloir étroit à la fin duquel se trouvait une petite porte. La servante l'ouvrit pour les laisser passer.

Lilidh avait beau savoir qu'elle ne risquait rien, elle retint son souffle en pénétrant dans la petite chambre faiblement éclairée. Une paillasse était posée au centre de la pièce exiguë ; dessus, couverte d'une couverture, une femme était allongée.

Non, ce n'était pas possible.

Craignant que son imagination ne lui joue des tours, Lilidh porta la main à sa gorge, partagée entre l'espoir et l'incrédulité.

Dieu du ciel ! C'était bel et bien elle ! *Isla!*

Folle de joie, elle se précipita à son chevet et prit sa main dans les siennes.

— Isla ? Ma chère Isla, m'entends-tu ?

La vieille femme ouvrit les yeux et rencontra son regard.

— Oh Isla, s'exclama Lilidh en étouffant un sanglot, je suis si heureuse de te savoir en vie ! Comment te sens-tu ?

— Un… un peu faible, milady, murmura-t-elle. Mais ne vous en faites pas, je serai de nouveau sur pied en un rien de temps.

Cependant, vaincue par la fatigue, sa gouvernante ferma les yeux. Sans lâcher sa main, Lilidh examina son visage tant aimé pour s'assurer qu'elle ne rêvait pas. Submergée par l'émotion, elle laissa une larme rouler le long de sa joue. Elle se retourna vers Rob qui l'observait depuis le pas de la porte.

— Je… Je pensais qu'elle était morte, bredouilla-t-elle.

— Je sais, seulement je ne voulais rien te dire tant que Beathas ne m'avait pas assuré que ses jours n'étaient plus en danger.

Il s'approcha puis s'accroupit à côté d'elle.

— Je ne voulais pas que tu aies à pleurer sa mort deux fois, lui chuchota-t-il à l'oreille, tout en caressant sa nuque.

Submergée par l'émotion, Lilidh hocha la tête, incapable d'articuler le moindre mot.

— Tu peux rester ici jusqu'à la tombée de la nuit, l'informa Rob en se redressant. Fais appeler un garde lorsque tu voudras regagner la chambre.

Détachant son regard du visage d'Isla, Lilidh se retourna pour le remercier, mais il n'était plus là.

— Depuis combien de temps est-elle ici ? demanda-t-elle à Susan qui se tenait debout dans un coin de la pièce.

— Les hommes du laird l'ont ramenée ici le lendemain de ton arrivée. Comme toi, elle aussi a été blessée à la tête.

— Et c'est vous qui vous êtes occupée d'elle depuis lors ?

— Oui, moi et quelques autres servantes nous sommes relayées à son chevet, répondit Susan.

— Je souhaiterais rester seule avec elle si c'est possible, demanda-t-elle en reportant de nouveau son attention sur Isla. Avez-vous des consignes à me donner concernant les soins à lui prodiguer ?

— Beathas a laissé plusieurs fioles de remèdes à base d'herbes. Il y a également des bandages propres si sa blessure venait à saigner de nouveau.

Lilidh porta son regard sur la table où était disposé le matériel de soins. En plus d'un bol de soupe à moitié vide, il y avait également un plateau avec une assiette contenant de la nourriture ainsi qu'un gobelet d'ale.

— C'est pour toi, expliqua Susan.

La petite femme se dirigea vers la porte, mais se retourna avant de sortir.

— Surtout, garde cette porte fermée et n'ouvre à personne, la prévint-elle.

Lilidh acquiesça et Susan quitta la chambre.

Après un moment d'hébétude, Lilidh rapprocha le tabouret et la table de la paillasse. Elle réorganisa consciencieusement les fioles, les bandages et le plateau sur la table de manière à avoir tout à portée de main. Puis, sans quitter du regard la vaste poitrine de sa gouvernante qui se soulevait et s'abaissait au rythme de sa respiration, elle mangea le repas qui lui avait été préparé.

Isla était en vie.

Dès que son père serait là, elle essayerait de convaincre Rob de la relâcher, elle aussi.

La journée s'étirait en longueur. Susan était venue à plusieurs reprises pour lui confier quelques tâches qu'elle pouvait accomplir sans avoir à quitter le chevet d'Isla. Lilidh s'était exécutée avec plaisir, évitant ainsi à son esprit de divaguer. Car chaque seconde d'inattention la menait inévitablement à repenser à l'intimité qu'elle avait partagée avec Rob.

Lorsqu'elle eut tout terminé, Lilidh reporta toute son attention vers sa gouvernante. Elle prit sa main et la serra entre les siennes. Sans même y penser, elle se mit à lui relater les événements qui les avaient amenées à Keppoch.

Au cours de son récit, Isla bougea plusieurs fois dans son sommeil et ouvrit même les yeux. Toutefois, Lilidh doutait fortement qu'elle l'entende parler.

Peu à peu, Lilidh se mit elle aussi à somnoler. Mais bientôt, des images d'elle et Rob, de leurs corps nus, pressés l'un contre l'autre vinrent l'assaillir. Le souvenir de chaque baiser, de chaque caresse, se mit à défiler devant ses yeux.

Elle secoua vivement la tête en inspirant profondément. Dieu merci, elle était toute seule car elle sentait des bouffées de chaleur aussi agréables qu'inopportunes lui rosir les joues.

La nuit passée, elle s'était entièrement donnée à Rob. Qu'allait-il se passer maintenant ? Allaient-ils… recommencer ? Seigneur, jamais elle n'aurait cru manquer à ce point de pudeur ! Il fallait qu'elle se ressaisisse.

D'autant plus que les bruits en provenance de la cuisine devenaient de plus en plus forts. Lilidh pouvait entendre le cuisinier crier des ordres aux servantes. Le dîner ne tarderait pas à être servi, ce qui voulait dire qu'elle allait bientôt devoir retourner dans la chambre de Rob.

En attendant qu'un des gardes vienne la chercher, elle essaya de faire le point sur ses sentiments. Inutile de se mentir à elle-même, elle avait apprécié chaque instant passé dans les bras de Rob. Jamais elle n'aurait imaginé prendre autant de plaisir à cette union charnelle. Elle réprima un frisson en repensant au moment où la bouche de Rob s'était posée sur son intimité. Jamais elle n'aurait pu imaginer qu'une telle caresse puisse provoquer une jouissance aussi merveilleuse. Non ! Non, elle ne devait pas se laisser emporter par la passion. Elle devait au contraire garder la tête froide.

Que faire maintenant ?

Devait-elle sauver le peu d'honneur qui lui restait en demandant à Rob de dormir seule, dans le petit lit qui se trouvait dans le coin de la chambre ? Ou devait-elle vivre l'instant présent, profiter de lui, de leurs étreintes, tout en oubliant pour un moment l'avenir incertain qui les attendait ?

Que Dieu lui vienne en aide, elle ne pouvait pas prendre une telle décision seule. De toute façon, elle ignorait le ressenti de Rob concernant leur… rapprochement. Il aurait certainement des questions à lui poser.

Lilidh ferma les yeux pour apaiser l'angoisse qui montait en elle. Où trouver le courage d'expliquer à Rob qu'elle et son époux n'avaient pas consommé le mariage parce que ce dernier trouvait sa blessure rédhibitoire. Le pire étant qu'elle savait que les hommes ignoraient en général ce genre de chose pour s'adonner aux plaisirs de la chair. Cependant, comme l'avait prédit son père, Iain MacGregor n'avait pu passer outre.

Soudain, la porte de la chambre s'ouvrit, la tirant brutalement de ses pensées moroses. Une jeune servante entra, suivie d'un garde. Sans tarder, Lilidh embrassa la main d'Isla puis suivit l'homme dans le couloir. Rob avait dû lui dire de ne pas marcher vite car celui-ci accordait son pas au sien.

Ils traversèrent la cuisine puis le garde lui indiqua une autre porte que celle qui menait à la grand-salle. Ils s'engagèrent dans un couloir qui longeait la pièce et Lilidh fut soulagée de ne pas avoir à croiser Tyra, ou qui que ce soit d'autre d'ailleurs. Cependant, comme ils atteignaient les escaliers, ils durent passer à côté de l'une des portes qui donnait sur la salle. Celle-ci était grande ouverte et

Lilidh ne put s'empêcher de jeter un coup d'œil dans la grande pièce où le repas battait son plein.

Rob et lady Tyra étaient assis à la table seigneuriale, mais ne se parlaient pas. La chaise à côté de la jeune femme, sans doute celle de Symon, était vide. La salle était bondée et il n'y avait plus aucune place aux tables autour desquelles les villageois se pressaient.

Comme s'il avait senti son regard sur lui, Rob leva les yeux vers elle. Son cœur manqua un battement dans sa poitrine. Le regard de Rob était chargé du même désir qu'elle avait déjà vu dans ses yeux la veille. Cette pensée la fit tressaillir. Honteuse, elle baissa aussitôt la tête et reprit sa route.

Serrant les pans de son châle autour d'elle, elle commença à monter lentement les marches. Une partie d'elle redoutait de devoir faire face à Rob, tandis que l'autre brûlait d'impatience de le retrouver. Et quelque chose lui disait que la femme impudique qui sommeillait en elle finirait, encore une fois, par gagner son combat intérieur.

La scène n'avait pas échappé à Tyra. Elle n'eut même pas à lever la tête pour comprendre ce qui avait attiré l'attention de Rob. Son regard niais parlait pour lui. Il avait arrêté sa fourchette à mi-chemin de sa bouche et Tyra se fit la réflexion qu'il ressemblait à l'idiot du village. Enfin, il se ressaisit en émettant un toussotement avant de poser sa fourchette pour boire une gorgée de vin.

Seigneur ! Cette traînée allait-elle encore rester longtemps ici ? Rob n'avait certes jamais eu l'étoffe d'un laird, mais son comportement était encore plus ridicule depuis que cette moins que rien était là.

Tyra poussa un soupir irrité et se laissa aller contre le dossier de sa chaise. Qu'attendait Rob pour décider de sa punition ? En frappant la fille MacLerie, elle avait désobéi à son ordre formel. Les instructions de Rob avaient été très claires, personne n'avait le droit de s'approcher de cette petite sotte, encore moins de la toucher.

Malgré tout, Tyra ne regrettait en rien son geste. Elle l'avait giflée pour défendre son honneur et exprimer, par la même occasion, son mécontentement. Toutefois, Rob ne verrait certainement pas la situation sous le même angle.

Furtivement, elle l'observa du coin de l'œil. Pourquoi ne lui reprochait-il pas son comportement ? Elle s'était préparée à ses représailles toute la journée et le calme dont il faisait preuve commençait à l'inquiéter.

Elle savait qu'elle était allée trop loin, et elle était prête à subir les conséquences de son acte. Après tout, elle avait été élevée par un père froid qui ne tolérait pas la désobéissance et la réprimait violemment. Combien de fois s'était-elle attiré la colère de son père ? Un frisson bien connu la traversa à cette pensée.

Tyra secoua légèrement la tête, pour effacer ses souvenirs. Pour le moment ni Rob, ni son abruti de frère n'avaient encore levé la main sur elle. Et c'était heureux, car si l'un d'eux s'avisait un jour de la frapper, il paierait son geste de sa vie. Son père ne l'avait pas crue lorsqu'elle avait enfin trouvé le courage de lui tenir tête et c'était à cause de son manque de bon sens qu'il reposait désormais au cimetière.

Le seul problème était que Rob n'était pas aussi facile à berner que Symon. Convaincre son frère qu'il méritait le pouvoir avait sans doute été l'une des choses les plus faciles qu'elle ait jamais eu à faire. Manipuler Rob allait sans doute être un peu plus difficile.

Pour commencer, à quel jeu étrange jouait-il ce soir ?

Il l'avait accueillie à table, arborant un sourire radieux avant de se lever pour lui tirer sa chaise. Symon était absent une fois de plus et ils n'étaient donc que tous les deux à la table seigneuriale. Rob s'était adressé à elle avec une voix chaleureuse et s'était même intéressé à sa journée.

Son comportement n'avait fait qu'augmenter la tension qui l'habitait, tant et si bien que chaque geste qu'il esquissait la faisait tressaillir.

Tyra parcourut la salle du regard. Tous devaient déjà savoir ce qu'elle avait fait. Peut-être alors qu'il attendait le bon moment pour l'humilier devant tout le monde ? Après tout, n'était-ce pas ce que faisaient les hommes de pouvoir ? En abuser ?

Elle tourna de nouveau son attention vers Rob. Un sourire niais plaqué sur le visage, il regardait la petite effrontée monter les escaliers.

Tyra fronça les sourcils. En fin de compte, sa présence était peut-être une bonne chose. Cela faisait des mois qu'elle redoutait que Rob l'oblige à partager son lit. Ils n'étaient pas encore mariés, seulement personne ne dirait rien s'il décidait de célébrer leur union avant l'heure. C'était chose commune dans cette partie du pays. Ses parents eux-mêmes l'avaient conçue avant d'être mariés. Mais maintenant que la fille MacLerie semblait le satisfaire, elle n'avait plus rien à craindre.

A dire vrai, la présence de cette garce tombait même à point nommé. Elle allait profiter de la distraction de Rob pour mettre son plan à exécution.

Profondément satisfaite, Tyra eut un léger sourire. Le dîner touchait à sa fin et Rob n'avait toujours pas fait mention de la gifle. Finalement, elle exhala un soupir de soulagement lorsque Rob se tourna vers elle et la considéra d'un regard sévère.

— Tyra, contrairement à ce que tu peux penser, mes ordres s'appliquent à tout le monde, toi y comprise, lui chuchota-t-il.

Il se pencha un peu plus vers elle et approcha son visage du sien. Elle aurait parié que son sourire était aussi faux que ceux qu'elle-même avait l'habitude d'arborer.

— Si j'apprends que tu as de nouveau cherché à lui causer des ennuis, je te bannis de ce château.

Alarmée par la virulence de ses paroles, Tyra réprima le rire nerveux qui montait dans sa gorge. En prévision du coup qui allait suivre, elle serra les dents.

— Me suis-je bien fait comprendre, Tyra ? s'enquit-il d'une voix mielleuse.

Pétrifiée, elle déglutit avant d'acquiescer en silence. Rob hocha la tête d'un air satisfait et se renfonça dans sa chaise.

— Fort bien. Dans ce cas, il ne me reste plus qu'à te souhaiter bonne nuit, dit-il à voix haute au bout de quelques instants.

Elle se força à sourire puis se leva. Soutenant son regard, elle plongea dans une révérence et quitta la grande salle.

Une fois dans sa chambre, elle congédia ses servantes puis se prépara pour son coucher. Il avait eu le dessus dans leur confrontation. Il lui fallut même un peu de temps pour retrouver son calme, mais elle était plus résolue que jamais à aller au bout de son projet.

Il était plus que temps. Symon était à deux doigts d'accepter la position que lui offrait Rob. Son frère était peut-être assez bête pour laisser un misérable bâtard dicter sa vie, mais pas elle. Certainement pas.

Dans un premier temps, elle devait éviter toute tentative de réconciliation entre les deux hommes et pour cela, elle allait devoir approfondir le fossé qui les séparait déjà.

Diviser pour mieux régner.

Un sourire malicieux passa sur ses lèvres. Elle savait très bien ce qu'il lui restait à faire. Dès le lendemain matin, elle mettrait ses plans à exécution.

Cette perspective suffirait à lui assurer de doux rêves. Elle ferma les yeux, se laissant aller au sommeil.

Depuis les remparts qui surplombaient ses terres, Connor regardait le soleil se coucher sur l'horizon. De tout le château, c'était de loin son lieu favori, l'endroit où il avait partagé des moments passionnés avec Jocelyn, mais aussi celui où il se réfugiait pour penser.

Or, il en avait grand besoin pour l'heure. Les événements des derniers jours l'avaient forcé à reconsidérer ses actions, chose qu'il ne faisait que très rarement, pour ne pas dire jamais.

Rurik, Duncan et Jocelyn avaient pris le chemin de Keppoch pour retrouver Lilidh. Connor ne pouvait s'empêcher de se demander si cette démarche n'allait pas avoir de fâcheuses répercussions pour lui. Cela le préoccupait à tel point, qu'il en avait perdu le sommeil et l'appétit. Son passé était-il en train de le rattraper ?

Il se frotta les yeux en soupirant. Avait-il réellement bien fait de forcer Rob à désavouer son amour pour Lilidh et à quitter Lairig Dubh quatre ans plus tôt ? D'une certaine manière, oui, d'autant que la réaction de Rob ne faisait que confirmer ses soupçons : il n'avait pas été à la hauteur de ses espérances. Pourtant, d'un autre côté, il aurait aimé qu'il s'insurge, qu'il se batte pour Lilidh !

A présent, plusieurs années après cette triste histoire, le destin avait de nouveau rassemblé sa fille et celui qui avait été comme un fils pour lui. Cette fois-ci non plus, il ne comptait pas laisser les choses au hasard. Le geste de Rob en disait long sur son absence de jugeote. Il n'avait donc rien trouvé de mieux que d'enlever sa fille pour l'atteindre, lui ? A moins que…

Connor demeura pensif un moment.

Y avait-il une chance pour que Rob ait agi par amour pour Lilidh, pour la récupérer ? Pourtant, depuis son départ, il n'avait pas montré le moindre intérêt pour elle. Tout l'ouest de l'Ecosse avait été informé lorsque la Bête des Highlands avait commencé à chercher un époux pour sa fille ; pourquoi ne s'était-il pas manifesté alors ? Pourquoi diable n'avait-il pas réagi lorsque les relations entre Angus et lui s'étaient détériorées — à cause de lui qui plus est — au point de mettre en péril l'alliance entre leurs clans ? Et puis de toute façon, ses revendications étaient claires : en échange de la liberté de Lilidh, il voulait de l'or. Il n'était donc pas question d'amour ni de mariage.

Aujourd'hui comme hier, Rob Matheson n'était pas digne de sa fille. Alors pourquoi une petite voix dans sa tête lui soufflait-elle le contraire ? Non ! Il devait l'ignorer.

Connor resta immobile un long moment, le regard perdu au loin, le vent fouettant son visage.

La lune était déjà haute dans le ciel lorsqu'il prit enfin sa décision. Il appela un des gardes qui était posté non loin et retourna dans le château.

Toute cette histoire allait bien au-delà d'un simple conflit qui opposait deux clans. Il s'agissait avant tout d'une affaire personnelle entre Rob et lui, une affaire qui ne pouvait se régler que face à face. Une fois à l'intérieur du château, il ordonna au garde de réunir ses meilleurs guerriers.

Dès l'aube, il se mettrait en route pour Keppoch avec ses hommes. Il était grand temps d'en finir une fois pour toutes.

16

Entendant un énième bruit de pas, Lilidh leva les yeux vers la porte une millième fois. Rob, enfin ? Allait-il aborder le sujet de sa virginité ? Allaient-ils encore partager ce plaisir intense cette nuit ?

Seigneur ! Elle devait se calmer, respirer lentement.

Rob lui avait clairement fait comprendre que la décision lui revenait, qu'il ne la forcerait jamais. Or, à en croire les réactions de son corps, cet étrange sentiment d'excitation et d'appréhension, cette sourde palpitation au creux de son ventre, sa décision était déjà prise.

Elle avait envie de Rob. Terriblement.

Maintenant qu'elle avait goûté à cette volupté charnelle, elle en voulait encore plus. Avec lui. Comme les histoires qu'elle avait entendues à propos des relations entre un homme et une femme étaient loin de la réalité ! Déjà, elle était persuadée que la passion et le désir qu'elle avait ressentis n'étaient que le début d'un long voyage sensuel.

Afin d'apaiser son esprit et son corps enflammés, Lilidh inspira profondément. Elle regarda autour d'elle, cherchant un moyen de se changer les idées. La surface du grand bureau était recouverte de parchemins, aussi décida-t-elle d'en étudier quelques-uns.

Elle s'installa derrière le bureau et commença à examiner les documents un à un jusqu'à ce que plusieurs missives rédigées par son père attirent son attention. Allait-elle enfin savoir ce qui avait fragilisé l'amitié entre Connor et

Angus ? Ce qui s'était passé entre elle et Rob ne pouvait être la seule et unique raison de cette rupture.

Lilidh lut la première lettre, puis la deuxième, tout en faisant appel à ses propres souvenirs des événements de l'époque.

Bien évidemment, aucun de ces documents ne faisait explicitement mention du comportement de Rob. Ce genre de détails n'avait pas sa place dans des écrits officiels. Surtout que la plupart des chefs de clan ne lisaient pas leurs lettres eux-mêmes, préférant confier ce travail à leurs secrétaires.

Néanmoins, le ton hostile de son père était flagrant. Pourquoi ? Quelle avait été l'origine de leur conflit ? Impossible de croire que la stupidité et le manque de maturité de Rob aient été le seul problème. Et puis, dans ce cas-là, son père n'aurait pas fait référence à « d'autres problèmes subsistants » dans l'une de ses lettres.

Tout cela était décidément mystérieux.

Réprimant un bâillement, elle se pencha pour sortir d'autres documents qui étaient rangés dans la malle à ses pieds. Elle souleva une pile de parchemins et la posa devant elle, sur le bureau. Passant les lettres en revue, elle tomba sur un parchemin plié en quatre. Aussitôt intriguée, elle le retourna dans ses mains, l'examinant attentivement.

La missive était adressée à Rob et l'écriture ressemblait à celle de sa mère, Jocelyn. Son cœur se mit à battre plus vite. Le sceau était déjà brisé, alors elle la déplia soigneusement. Mais, oui ! C'était bien sa mère ! Pourquoi aurait-elle écrit à Rob ? Elle regarda la date. Elle avait été rédigée peu avant ses fiançailles avec Iain.

Mon époux est sur le point de donner la main de Lilidh à Iain MacGregor.

Abasourdie, Lilidh lut et relut la seule phrase que contenait le parchemin avant de reculer contre le dossier de la chaise. Sa mère n'avait pourtant jamais abordé le sujet, mais se pouvait-il qu'elle ait eu des doutes concernant son mariage ? Pour quelle autre raison avait-elle agi ainsi ?

Lilidh ferma les yeux pour remettre de l'ordre dans ses pensées.

Sa mère avait envoyé une lettre à propos de ses fiançailles à Rob en dépit de tout ce qui s'était passé quatre ans plus tôt. Son cœur se serra violemment dans sa poitrine oppressée.

Cela voulait dire que Rob savait qu'elle allait bientôt épouser un autre homme… et qu'il n'avait rien fait pour changer le cours des choses. Sa mère lui avait donné une seconde chance, l'opportunité de se racheter une conduite et il n'avait rien fait. Rien du tout.

Les larmes aux yeux, Lilidh replia le parchemin et le rangea de côté puis elle se mit à fouiller dans les autres documents, à la recherche d'une explication logique à ce qu'elle venait de découvrir.

… d'autres problèmes subsistants…

Qu'avait voulu dire son père ? Quels problèmes ? Elle n'avait que la moitié de l'histoire et cela la rendait folle. Les réponses d'Angus — si elles existaient — devaient se trouver à Lairig Dubh, parmi la correspondance de son père.

Elle lut encore quelques lettres, hélas cela ne fit que renforcer le mystère qui entourait toute cette affaire. Cependant, peu à peu, une nouvelle hypothèse commença à germer dans son esprit.

Elle n'avait jamais su ce qui s'était passé entre son père et Rob le jour où ce dernier l'avait finalement repoussée. S'étaient-ils disputés… à cause d'elle ? A en croire les lettres de son père, Angus semblait défendre Rob avec ardeur mais il ne voulait pas que leurs affaires personnelles interfèrent dans les relations entre les deux clans. Pourtant, cela n'avait pas empêché la situation de se dégrader rapidement.

Et si…

Des pas retentirent dans le couloir et la voix de Rob résonna. Les mains tremblantes, Lilidh empila en hâte les parchemins qu'elle avait lus avant de dissimuler la lettre de sa mère dans la manche de sa robe.

La porte allait s'ouvrir d'un instant à l'autre, elle allait se retrouver face à *lui*. Retenant son souffle, Lilidh fixa son regard sur le loquet. Ses joues lui brûlaient, ses mains tremblaient, son corps la trahissait. Cette nuit, Rob et elle allaient s'aimer. Encore.

Elle voulait profiter pleinement de chaque moment qui leur était donné. Certes, elle était ici en tant que prisonnière et il n'y avait aucun avenir possible entre eux, mais quelle importance ? Tout ce qu'elle voulait, c'était être avec lui tant qu'elle en avait encore l'occasion.

La porte s'ouvrit enfin et Lilidh se leva, les pointes de ses seins déjà durcies sous sa robe. Rob apparut sur le seuil et quand leurs regards se croisèrent, elle manqua défaillir.

— Bonsoir Lilidh, dit-il en souriant avant de refermer la porte derrière lui. Comment te sens-tu ?

— Isla… C'est grâce à toi qu'elle est en vie, murmura-t-elle.

Il s'avança vers elle et son souffle se coinça dans sa gorge.

— Oui, j'ai envoyé des hommes inspecter l'endroit où tu as été enlevée. Je craignais que…

Il fronça les sourcils.

— Lilidh ? Tu vas bien ?

Il fit encore un pas en avant et elle ne put réprimer un frisson.

— Lilidh ?

Les souvenirs de la nuit précédente affluaient dans sa tête, la rendant incapable de parler. Un pas de plus et leurs corps se toucheraient.

*
* *

— Lilidh, j'ignorais que tu… Que tu étais encore vierge. Si j'avais su, je…

Il laissa le reste de sa phrase en suspens.

— Ah ! oui, pardon, finit-elle par balbutier au bout d'un moment. Oui, je vais très bien.

Enfin, il abolit la distance qui les séparait pour serrer ses bras autour d'elle. Avec ferveur, il s'empara de sa bouche dans un baiser passionné. Lilidh sentit sa chaleur l'envelopper et elle passa les bras autour de son cou, comme pour se fondre en lui.

Mais alors, un froissement de papier vint briser le silence qui était tombé dans la chambre. La lettre de sa mère ! Elle avait oublié l'avoir glissée dans sa manche !

Ils ouvrirent les yeux au même moment et Rob desserra son étreinte, mettant fin à leur baiser.

— Qu'est-ce que c'est ? demanda-t-il en posant le regard sur sa manche. As-tu trouvé quelque chose ?

Rappelée à la réalité, Lilidh soupira et sortit le parchemin plié de sa manche. Elle aurait tant souhaité ne pas être tombée dessus. Continuer à vivre dans l'ignorance du manque de réaction de Rob. Hélas, c'était impossible. Le cœur lourd, elle lui tendit le document.

La regardant d'un air incertain, Rob le prit puis le déplia.

Il s'agissait d'une lettre qui lui était adressée. Son contenu, qu'il lut en une seconde, ainsi que son auteur, lui fit un choc.

— Qu'est-ce… Qu'est-ce que c'est ? s'enquit-il.

Il leva les yeux vers Lilidh et remarqua qu'elle avait reculé d'un pas et évitait son regard.

— Où l'as-tu trouvée ?

Jamais auparavant il n'avait vu cette lettre.

— Dans la malle, répliqua-t-elle d'un ton sec en désignant l'objet d'un geste de la tête. Elle était avec les documents de ton père.

— Lilidh, c'est la première fois que je vois cette lettre. Tu dois me croire.

Il pouvait lire l'incertitude dans ses yeux. Et cela lui était intolérable.

Des voix se firent entendre dans le couloir, juste devant la porte. Bon sang ! De toute façon, il ne comptait pas aborder un tel sujet dans cette chambre, où, vraisemblablement, les murs avaient des oreilles.

— Veux-tu m'accompagner sur les remparts ?

Elle sembla réfléchir un instant puis, à son grand soulagement, finit par acquiescer de la tête.

Tremblant d'émotion, Rob prit sa cape et la lui passa autour des épaules. Ils quittèrent la chambre et empruntèrent, lentement, les escaliers sur le côté droit de la petite alcôve, au fond du couloir. Ils firent un tour des remparts en silence et Rob ne put s'empêcher de constater que cette promenade devenait une habitude, presque un rituel pour eux.

Tout cela allait bientôt disparaître, il devait s'y préparer.

D'un commun accord, ils s'arrêtèrent devant la tour en ruine et il attendit qu'elle parle en premier.

— Ma mère t'avait-elle déjà écrit auparavant ? demanda-t-elle en le scrutant du regard, comme si elle essayait de lire en lui.

— Non. Et, comme je te l'ai dit dans la chambre, c'est la première fois que je vois cette lettre, Lilidh.

— Elle était dans la pile de missives que mon père avait adressées au tien.

Rob secoua la tête, abasourdi. Pourquoi son père la lui avait-il cachée ? Avait-il cru qu'il essaierait d'empêcher le mariage de Lilidh avec Iain MacGregor ? Il ne put s'empêcher de remarquer que la date de la lettre concordait avec la période où les premières tensions entre leurs deux clans s'étaient fait ressentir.

— Pourquoi ta mère aurait-elle envoyé une pareille lettre ? A moi, qui plus est !

— Je l'ignore, répondit-elle en haussant les épaules. Nous n'avons plus reparlé de toi depuis... Depuis que tu es parti. Cela dit...

Elle plissa le front dans un effort de réflexion.

— Quand des fiançailles avec Iain ont été évoquées pour la première fois, elle avait demandé à mon père s'il t'avait considéré comme un éventuel prétendant.

— S'est-elle opposée à ton union avec MacGregor ?

Le vent commençait à se lever et il se plaça de façon à la protéger des bourrasques avec son corps.

— Non, elle avait beaucoup apprécié Iain lorsqu'elle l'avait rencontré. Il y avait, certes, une grande différence d'âge entre nous, mais il était très gentil avec moi.

L'entendre parler de son époux, bien qu'il ne soit plus de ce monde, retourna l'estomac de Rob. Iain MacGregor ne l'avait peut-être pas faite sienne, mais il l'avait épousée, chose que lui ne pourrait jamais faire.

En tout cas, ce qu'il apprenait ne laissait aucune place au doute. Aussi désagréable soit-elle, il devait affronter la vérité.

— Mon père m'aurait donc délibérément caché l'existence de cette lettre ? dit-il tout haut.

— C'est la seule explication logique, murmura-t-elle en lui adressant un sourire timide.

En voyant son visage illuminé soudain par l'espoir, Rob sentit son cœur fondre. L'aide de Lilidh lui était précieuse, malheureusement elle n'était pas en mesure de lui apporter toutes les réponses à ses interrogations. Connaîtrait-il jamais les raisons qui avaient poussé son père à agir de la sorte ? Comment pouvait-il apaiser la rage qui l'habitait à présent ? Il avait l'impression atroce d'avoir raté par deux fois le bonheur, alors qu'il était à portée de main.

Poussé par l'instinct, il attrapa Lilidh par le bras avant de l'attirer contre lui. Il y avait un autre sujet qu'il tenait à aborder avant qu'ils ne retournent dans la chambre. Seulement, lorsqu'il rencontra son regard brûlant, il fut définitivement envoûté.

Lentement, il repoussa sa capuche en arrière et enfouit les doigts dans ses cheveux. Puis, passant un bras autour de sa taille, il l'attira à lui et l'embrassa. Lilidh émit un petit gémissement et entrouvrit les lèvres. Rob exprima dans ce baiser toute son amertume, ses regrets et sa passion. Leurs langues se caressaient et se goûtaient jusqu'à ce qu'ils en perdent le souffle.

— Lilidh, murmura-t-il contre sa joue, hagard. Pourquoi ?

Il sema une traînée de baisers le long de son cou, sans lui laisser le temps de reprendre ses esprits.

— Pourquoi ne m'as-tu pas dit que tu étais toujours…

Il s'interrompit en la sentant se raidir. Il se redressa aussitôt et plongea son regard dans le sien. Il y avait dans ses beaux yeux verts une expression de douleur profonde. De douleur mêlée à de la honte. Elle inspira avant de détourner le regard.

— Iain ne… Iain… ne me trouvait pas assez désirable, bégaya-t-elle, la voix tremblante.

Rob se retint de rire. Elle était apparemment persuadée de ce qu'elle disait. Mais lui savait bien que c'était impossible.

— Te l'a-t-il dit ?

Comme elle ne répondait pas, il lui releva le menton.

— Lilidh, que t'a-t-il dit exactement ?

Brusquement, elle se libéra de son étreinte et recula d'un pas. Rob la laissa faire, attendant qu'elle veuille bien lui parler. Visiblement bouleversée, elle lui tourna le dos avant de faire volte-face. Elle ouvrit la bouche plusieurs fois pour la refermer aussitôt, sans doute en proie à un violent débat intérieur. Il s'approcha d'elle et la saisit par les épaules.

— Lilidh…

— Il ne m'a rien dit. Pas un mot. Il n'a jamais posé les mains sur moi. Il se glissait dans le lit et… Rien. Pareil le matin, il se levait sans même me regarder. Plusieurs fois, j'ai essayé de lui demander…

Elle mit sa main sur sa bouche, apparemment horrifiée de ce qu'elle venait de révéler.

— Mais, ce n'est pas grave, se reprit-elle. Mon père m'avait prévenue qu'Iain ne ferait sans doute rien à cause… A cause de ma cicatrice.

Une colère inattendue enflamma Rob à ces mots, heureusement il parvint à garder son calme de justesse.

— Oh ! Lilidh…

Il glissa les mains sur sa taille et la serra contre lui.

— Jamais je n'aurais dû te dire toutes ces choses affreuses concernant ta blessure, murmura-t-il dans ses cheveux. J'ai été stupide. C'est ton…

Il ravala le reste de sa phrase. Il ne pouvait lui révéler le véritable rôle de son père dans toute cette affaire. Cela la détruirait. Et puis, il lui avait déjà fait assez de peine comme cela. Il n'allait pas, en plus, mettre à mal sa relation avec son père.

Horrifié par son manque d'estime de soi, Rob se promit en cet instant qu'il allait profiter de chaque instant qui leur restait à partager pour lui prouver qu'elle était aussi belle que désirable. Pourquoi Connor avait-il ainsi brisé sa confiance ? Sa cicatrice marquerait certes sa peau à vie, mais cela ne diminuait en rien son extraordinaire beauté. D'ailleurs, il se souvenait que la guérisseuse de son clan lui avait dit que, hormis les douleurs auxquelles elle devrait s'habituer, elle pourrait mener une vie tout à fait normale. Il avait participé à l'anéantissement de sa confiance, il travaillerait à la redresser.

La sentant frissonner contre lui, Rob la libéra de son étreinte et resserra les pans de sa cape.

— Allez, viens, dit-il en passant un bras autour d'elle pour l'entraîner vers la porte. Nous ferions mieux de…

Il n'eut pas la possibilité de finir sa phrase. Que se passait-il ? Sa langue était de plomb soudain.

Lilidh lâcha un cri qui lui sembla étrangement assourdi. Il la vit se baisser et sentit qu'elle le poussait contre le mur.

Brusquement, une douleur vive le transperça et une brûlure désagréable lui lacéra le flanc. Sa tête heurta le mur de pierre et sa vision se brouilla. Tout autour de lui semblait disparaître dans une brume cotonneuse. Il percevait encore vaguement les cris de Lilidh puis, plus rien. Il trouva encore la force d'agripper sa cape pour la retenir.

— Elle est à moi, articula-t-il avant de sombrer dans l'inconscience.

17

Lilidh n'avait entraperçu l'archer qu'au dernier moment et elle avait essayé de pousser Rob de la trajectoire du projectile, mais il était déjà trop tard. Le carreau se ficha dans son flanc au moment où sa tête avait cogné contre le mur.

Essayant désespérément de se relever, elle hurla de toutes ses forces. Sa jambe la faisait souffrir et elle se résigna à ramper jusqu'à Rob.

Enfin, des gardes accoururent de tous les côtés et deux d'entre eux la saisirent par les bras pour la remettre sur pied et l'entraîner à l'écart de la cohue.

Alors, de sa main ensanglantée, Rob agrippa sa cape. Elle l'entendit parler dans un murmure rauque.

« Elle est à moi. »

Mais les gardes l'éloignèrent avant qu'elle n'ait pu lui répondre. Elle pouvait voir Rob de là où elle était et lorsque celui-ci ferma les yeux et que son corps se détendit, elle fut saisie d'une panique irrationnelle. Elle essaya de se débattre pour aller le rejoindre, mais l'un des gardes la saisit par la taille d'un bras ferme.

Tomas, qui était agenouillé à côté de Rob, lança quelques ordres. Le garde qui la tenait la souleva et la bascula par-dessus son épaule avant de l'emmener vers la porte qui menait à l'intérieur du château. Anéantie physiquement et moralement, Lilidh se laissa faire.

Ils arrivèrent dans la chambre et l'homme la déposa

avec douceur dans un coin de la pièce. Puis Tomas et des gardes arrivèrent à leur tour, portant Rob. Ils le déposèrent sur le petit lit et Lilidh voulut aussitôt s'approcher, mais un homme corpulent lui barra le passage.

Bouleversée, elle se laissa tomber sur la chaise derrière elle. A la suite de Beathas, des servantes firent irruption dans la chambre. Lilidh l'appela mais la guérisseuse l'ignora. Elle tendit le cou pour apercevoir Rob mais le garde fit aussitôt un pas sur le côté, lui bloquant la vue.

Résignée, elle se renversa contre le dossier de la chaise et poussa un soupir. Au moins la laissait-il dans la même pièce que lui. Les doigts tremblants, elle enleva sa cape en tâchant de remettre ses idées en ordre. Qui avait bien pu faire une telle chose ? Surtout, à qui était destiné le carreau : Rob ou elle ? La personne qui avait mené l'attaque savait-elle qu'ils seraient sur les remparts à ce moment précis ou s'agissait-il d'une coïncidence ? Rob penserait-il qu'elle était complice de cet attentat contre sa vie ? Seigneur…

Lilidh ferma les yeux pour chasser les pensées noires qui menaçaient de la submerger.

— Le projectile est venu du nord, s'exclama-t-elle soudain en cherchant Tomas du regard.

Les gardes et les servantes s'affairaient dans tous les sens tandis que Beathas soignait la blessure de Rob. Personne ne réagit. Ne sachant pas si Tomas l'avait entendue, elle était sur le point de l'appeler pour attirer son attention, lorsque la porte de la chambre s'ouvrit avec violence et claqua contre le mur. Lady Tyra, suivie de deux servantes, accourut au chevet de Rob et l'estomac de Lilidh se noua en voyant que personne ne l'arrêtait. Bien sûr, à quoi s'attendait-elle ? Tyra était sa promise alors qu'elle n'était qu'une vulgaire prisonnière.

— Rob ! Rob ! M'entendez-vous ? cria lady Tyra en s'agenouillant auprès de lui. Beathas, dites-moi, comment va-t-il ? Va-t-il s'en sortir ?

Depuis sa chaise, Lilidh pouvait la voir de dos. Visiblement, elle avait été tirée du lit en hâte car elle portait une robe de chambre ouverte sur une chemise de nuit blanche. Ses longs cheveux roux cascadaient dans son dos, la lumière du feu accentuant les reflets dorés et cuivrés de ses boucles.

Beathas ouvrit la bouche pour lui répondre quand la voix de Rob retentit dans la chambre.

— Nom de Dieu Tyra, laissez-moi respirer !

Folle de soulagement, Lilidh se leva et, aussitôt, le garde la retint de faire un seul pas en avant. Elle se mordit la lèvre de dépit, mais garda le silence. Rob était en vie ! Et, à en juger par le ton de sa voix, il semblait plus perturbé par la présence de lady Tyra que par la douleur. Ce qui n'était pas pour lui déplaire.

Se haussant sur la pointe des pieds, elle jeta un regard par-dessus l'épaule du garde et vit Rob jaillir du lit, une crispation de douleur sur le visage. Il murmura quelque chose à l'oreille de lady Tyra et celle-ci tourna les talons pour se diriger vers la porte. Cependant, avant de franchir le seuil, elle regarda dans sa direction et lui adressa un regard chargé de haine, qui la fit frissonner.

Lorsque la porte se fut refermée derrière elle et ses deux servantes, Lilidh laissa échapper un petit soupir. Il y avait quelque chose de *troublant* dans l'attitude de cette femme. Tout chez elle sonnait faux, son instinct le lui soufflait. Symon avait beau être aussi odieux qu'arrogant, il n'était pas dangereux. Sa sœur, en revanche, sous une apparence calme, semblait prête à bondir à tout moment toutes griffes dehors.

La voix de Rob la ramena à la réalité. Le garde se poussa et elle put enfin le voir. Incapable d'esquisser le moindre geste, elle étouffa un petit cri en voyant le carreau enfoncé dans son flanc. Puis, levant les yeux vers son visage, elle remarqua qu'il arborait une expression grave.

— Rob, pria-t-elle, tu es blessé, assieds-toi.

A ces mots, Beathas s'avança vers lui, mais il l'arrêta d'un signe de la main.

— Je devrais être mort à l'heure qu'il est, lança-t-il d'une voix forte.

Un silence respectueux tomba sur la pièce et tous tournèrent leur attention vers lui.

— Si tu ne m'avais pas poussé, dit-il en la regardant intensément, je serais mort.

Lilidh resta figée comme une statue, un flot d'émotions contradictoires la submergeant. Il aurait pu mourir, oui. Sa gorge se serra et des larmes lui embuèrent les yeux. Elle les refoula aussitôt. Impossible de se laisser aller au soulagement maintenant. Elle ne pouvait pas laisser libre cours à ses sentiments en présence des autres.

— J'ai… j'ai trébuché, affirma-t-elle d'une voix qu'elle espérait convaincante.

Rob et elle restèrent un long moment à se regarder les yeux dans les yeux, tandis que Beathas et Tomas enlevaient à Rob sa veste et sa chemise. Lilidh jeta un coup d'œil furtif à la guérisseuse au moment où cette dernière retira le carreau d'un coup sec. Elle reporta aussitôt son regard sur celui de Rob. La douleur crispait son visage mais il resta silencieux.

— Milady, dit Tomas en s'approchant d'elle, vous avez dit que le carreau est venu du nord.

L'observant d'un air attentif, il s'accroupit près d'elle.

— En effet Tomas, j'ai vu le projectile nous arriver dessus au dernier moment et je suis certaine qu'il venait du nord.

— Ranald, Tomas, regardez donc ça, dit Rob.

L'homme corpulent qui se tenait à côté d'elle et Tomas se retournèrent, et elle aussi dirigea son regard vers l'objet taché de sang qu'il brandissait dans la main.

— J'ai déjà vu ce genre de carreau avant, annonça Rob au bout d'un moment, les yeux rivés sur le projectile.

Un murmure intrigué parcourut la chambre et Rob

donna congé à tous, sauf à Beathas qui préparait les bandages et les herbes. La vieille femme recousit la plaie puis lui ceignit le ventre d'un bandage avant de quitter la chambre à son tour.

— Ce carreau m'était peut-être destiné, à moi, commença Lilidh en se levant de la chaise, une fois qu'ils furent tout seuls.

Une tension palpable régnait dans la pièce et elle déglutit en repensant à ce qui était arrivé. Il aurait pu *mourir*. Là, entre ses bras.

— J'en doute, repartit-il en passant une chemise propre.

Il noua les lacets puis se saisit de sa veste qui était posée sur la table.

— Le carreau provient de ton clan, dit-il calmement en enfilant le vêtement.

Comment ?

Lilidh se rassit, bouche bée.

— Non, non, balbutia-t-elle en secouant vivement la tête, c'est impossible, Rob. Jamais ils…

— Jamais quoi, Lilidh ? la coupa-t-il. Jamais ils n'essaieraient de me tuer étant donné les circonstances ? Dans ce cas, toi qui sembles très bien connaître les méthodes de ton père, dis-moi si oui ou non tu le crois capable d'une chose pareille.

Le ton de sa voix était trop calme. Lilidh fronça les sourcils, elle refusait de le laisser accuser les siens sans se défendre.

— Si je ne t'avais poussé avant de me baisser, le carreau m'aurait sans doute frappée, moi, observa-t-elle.

Rob cilla, passant la main dans ses cheveux d'un geste nerveux. Se pouvait-il qu'elle ait raison ? Il leva un regard pensif vers le plafond. Même le meilleur arbalétrier des

MacLerie n'aurait sans doute pas pris le risque de tirer son carreau sur lui alors que Lilidh se tenait à ses côtés.

— Alors qui ? s'enquit-il en abaissant son regard sur elle. Qui pourrait bien vouloir te tuer avec une arme de ton propre clan ?

Il n'eut pas besoin de réfléchir longtemps à sa question.

— Symon ?

— Je ne vois personne d'autre, acquiesça-t-elle dans un chuchotement.

Rob se pinça l'arête du nez et ferma les yeux.

— Mais où diable a-t-il pu se procurer un carreau de ton clan ?

Lilidh ouvrit la bouche pour répondre, mais il la devança.

— Bien sûr… Il l'a volé aux gardes qu'il a tués avant de t'enlever.

— Rob, ce carreau aurait pu nous toucher, nous *tuer*, tous les deux.

Il émit un grondement rageur. Leur mort profiterait sans doute à de nombreuses personnes, à commencer par Symon. Etant donné que le carreau appartenait au clan MacLerie, il n'aurait aucun mal à rejeter les soupçons sur eux. En plus, il pourrait facilement faire passer cette attaque pour une déclaration de guerre, ce qui mettrait en péril le semblant de paix que Rob s'efforçait de préserver entre les deux clans. Et puis, surtout, il pourrait prétendre au titre de laird. Il s'agissait là d'une manœuvre de longue haleine, mais son cousin, en dépit de son caractère impétueux, ne reculerait devant rien pour obtenir ce qu'il voulait.

— Je dois avouer que je suis surpris par ton geste, Lilidh, dit-il en s'arrachant à ses sombres réflexions. Tu m'as sauvé la vie alors que tu n'as vraisemblablement plus aucune confiance en moi.

*
* *

Lilidh secoua la tête, se représenant la scène pour la énième fois. Elle avait oublié ce dont ils étaient en train de discuter avant que le carreau ne fende l'air et ne vienne se planter dans le flanc de Rob. Comment pouvait-il croire qu'elle serait restée sans rien faire ?

C'est alors que la vérité la frappa de plein fouet. Brutalement, en une seconde, son corps, son esprit prirent conscience de ce qui s'était passé. L'homme qu'elle aimait avait failli perdre la vie. Et elle aussi, par la même occasion.

Des larmes intarissables se mirent à couler sur ses joues sans qu'elle essaie de les retenir. Lorsque Rob lui ouvrit les bras, elle s'y jeta en sanglotant. Elle enfouit son visage dans le creux de son épaule et laissa libre cours à la peur et au chagrin.

Emu, Rob referma ses bras autour d'elle et posa le menton sur sa tête. Il resta ainsi un moment, lui laissant le temps de se remettre de ses émotions. Puis, lorsque sa respiration se ralentit, il lui caressa le dos de haut en bas.

Sa blessure lui faisait atrocement mal, mais ce n'était rien comparé à la douleur qu'il éprouvait en voyant Lilidh aussi vulnérable. Elle lui avait sauvé la vie et il lui en serait reconnaissant à jamais. Il doutait qu'elle ait été la cible de cette attaque, toutefois, une chose était sûre, si elle n'avait pas réagi à temps, ils seraient probablement tous les deux morts.

La mort de Lilidh aurait marqué l'extinction du clan des Matheson. S'il avait été le seul à perdre la vie, en revanche, Connor aurait sans doute considéré son décès comme l'œuvre de la justice. Lilidh serait retournée à Lairig Dubh et son clan n'aurait pas eu à subir le courroux des MacLerie. Mais le destin en avait décidé autrement et ils étaient tous deux en vie.

Lilidh semblait s'être calmée et il desserra son étreinte

avant de la libérer doucement. Elle ne pleurait plus, mais de l'inquiétude, mêlée à de la peur, transparaissait toujours dans ses yeux.

— Je dois y aller, Lilidh, chuchota-t-il.

Elle posa aussitôt une main crispée sur son bras et il la couvrit de la sienne.

— Tout se passera bien, je reviendrai dès que possible, promit-il.

— Sois prudent, supplia-t-elle dans un murmure.

Il l'embrassa tendrement sur les lèvres et ils seraient probablement restés enlacés si elle n'avait fait un pas en arrière, rompant ainsi leur étreinte. Il caressa son visage puis se dirigea vers la porte et leva le loquet.

— Surtout, ne parle à personne de ce qui s'est passé, lui dit-il en se retournant sur le seuil. Il vaut mieux que tout cela reste entre nous.

Elle opina de la tête et il sortit, fermant la porte derrière lui. Il fit quelques pas dans le couloir avant de s'arrêter et de s'appuyer contre le mur pour reprendre ses esprits. Il avait côtoyé la mort bien des fois au cours de sa vie, mais jamais chez lui, dans son propre château, derrière ses remparts.

Les mâchoires serrées, il appuya sur son bandage en resserrant la ceinture de son tartan. Puis il se redressa et prit un visage neutre pour aller rejoindre ses hommes qui l'attendaient dans la cour.

Ses hommes avaient ratissé les environs du château plusieurs fois, mais n'avaient trouvé aucun indice de la présence des MacLerie. Comme il ne voulait rien laisser au hasard, Rob décida tout de même de renforcer la présence des gardes sur les remparts et autour du château. Après avoir transmis ses ordres à ses hommes, il décida de faire une nouvelle ronde afin de s'assurer que les gardes étaient bien disposés le long de la forteresse.

Dougal et Symon avaient quitté le château dès l'aube afin de s'assurer qu'il n'y avait plus personne dans le village et les environs, et ils n'étaient pas censés revenir avant le lendemain. Ils ne pouvaient donc pas être au courant des événements de la soirée, à moins que…

Il s'arrêta un instant et esquissa une moue de dépit.

Y avait-il une réelle possibilité que Symon soit à l'origine de cette attaque ? Cela paraissait peu probable, ne serait-ce que parce que Dougal ne l'aurait pas laissé retourner au château sans l'en avoir averti. Néanmoins, même si son cousin n'avait pas brandi l'arbalète sur lui, cela ne voulait pas dire qu'il était complètement étranger à cette affaire. Il avait très bien pu demander à l'un de ses acolytes de faire le travail à sa place.

D'ailleurs, ce n'était un secret pour personne au château que Rob avait l'habitude de se promener sur les remparts, le soir, ce qui faisait de lui une cible facile. Sans compter que cela faisait plusieurs jours que Lilidh l'accompagnait. N'importe qui aurait pu les voir.

Brusquement, une pensée affleura à son esprit. Instinctivement, il leva les yeux vers le haut des remparts. Il monta ensuite sur la muraille qui entourait le château et la cour extérieure avant de se diriger vers le côté nord, afin d'avoir une vue d'ensemble sur les remparts.

Une fois qu'il eut identifié l'endroit exact où il avait reçu le carreau, il le contempla depuis le côté nord, le front plissé. Si sa théorie se révélait juste, les MacLerie seraient lavés de tout soupçon.

Partagé entre l'envie d'attendre le retour de Dougal et celle de confirmer son hypothèse sans plus attendre, Rob ne put réprimer son impatience. Il demanda à l'un de ses gardes de lui prêter son arc. Puis, criant à ses hommes qui se trouvaient sur les remparts de prendre garde, il leva l'arme et tira une flèche. Celle-ci traversa la distance entre les remparts et la muraille extérieure avant de s'écraser contre le mur, à l'endroit exact où il avait été touché.

L'implication de son geste lui noua l'estomac. Ce n'était pas un MacLerie qui avait tiré le carreau… mais un Matheson. Il n'avait désormais plus le moindre doute à ce sujet. L'attaque provenait de son propre clan, elle avait eu lieu à l'endroit précis où il se tenait. La conclusion s'imposait d'elle-même : il y avait un traître parmi les siens.

Sans un mot, il rendit l'arc au garde et retourna vers le château. Il trouva le commandant de la garde et lui demanda le nom des hommes qui avaient été postés sur les murailles pour la soirée. Un nom retint son attention. A en croire les dires du commandant, l'homme en question était arrivé au château à peine quelques jours plus tôt, certainement avec d'autres villageois. Il était de garde pour la première fois ce soir et, encore plus curieux, personne ne l'avait plus revu depuis l'attaque.

Rob poussa un soupir fatigué. Les révélations de son commandant n'étaient guère surprenantes. Après tout, c'est lui-même qui avait demandé que tous les hommes en âge de se battre consacrent leurs forces à la protection du château. L'individu n'avait eu aucun mal à se fondre dans la masse pour mettre son projet à exécution. S'était-il enfui en croyant avoir mené à bien sa tâche ? Ou bien risquait-il d'attaquer de nouveau ?

Rob congédia le commandant puis retourna sur les remparts pour donner de nouveaux ordres aux gardes. Désormais, chacun d'entre eux devrait également surveiller un de ses camarades. Il redescendit au pied des remparts et donna les mêmes consignes aux hommes qui s'y trouvaient.

Avant de retourner dans sa chambre, il ordonna que le château soit fouillé de fond en comble et qu'on le prévienne d'une éventuelle présence suspecte. Le coupable était sûrement déjà loin, mais Rob ne voulait courir aucun risque.

Dès le lendemain matin, il se réunirait avec les anciens pour discuter de la stratégie à adopter face au traître.

Brutalement submergé par la fatigue, Rob monta les escaliers tandis qu'un nombre toujours croissant de questions se bousculaient dans sa tête. L'individu avait-il agi seul ou sur les ordres de quelqu'un ? Avait-il des complices et si oui, où étaient-ils à cet instant ? S'étaient-ils enfuis, eux aussi, ou étaient-ils restés pour achever leur mission ? A moins que le but de cette manœuvre n'ait été simplement de les effrayer, lui et Lilidh ?

Il s'arrêta quelques instants en haut des marches et prit une profonde inspiration, les yeux clos. Une fois de plus, la journée avait été longue, difficile et surtout périlleuse. Il avait besoin d'un peu de sommeil, car quelque chose lui disait que le lendemain serait un autre jour plein de péripéties. Un jour qui verrait l'arrivée des MacLerie peut-être ?

Tourmenté par cette pensée bien plus que par toutes les autres qui se pressaient dans sa tête, il fit les quelques pas qui le séparaient de sa chambre. Et de Lilidh.

18

Le feu était presque éteint et la chambre était plongée dans une semi-pénombre lorsque Rob y entra. Il traversa la pièce jusqu'au lit, en essayant de faire le moins de bruit possible. Tournée vers la cheminée, Lilidh dormait déjà. Il la contempla quelques instants puis commença à se déshabiller, trop épuisé pour ramasser ses vêtements.

Instinctivement, il passa la main sur le bandage qui ceignait son ventre. Sa blessure lui faisait toujours mal, mais elle ne saignait plus. Le carreau ne s'était pas enfoncé profondément dans son flanc, cependant la douleur qui lui vrillait l'abdomen ne partirait pas avant plusieurs jours. De fait, il était affaibli.

Il passa sa chemise par-dessus la tête et poussa un léger grognement en sentant les points tirer sur sa peau. Une fois dévêtu, il remarqua qu'il avait oublié de barrer la porte. Voilà le genre d'étourderies qu'il n'avait plus le droit de commettre désormais. Tout comme il garderait dorénavant son poignard et son épée à portée de main.

Il tenait son poignard à la main, lorsqu'il entendit la voix ensommeillée de Lilidh :

— Est-ce vraiment nécessaire alors que la porte est barrée ?

Malgré sa nudité, Rob se retourna pour la trouver assise sur le lit. Avec ses boucles folles et ses lèvres gonflées de sommeil, elle offrait un spectacle adorable. Apparemment inconsciente de son pouvoir de séduction, elle repoussa les draps et se dirigea vers la chaleur du foyer. La lueur des braises dessinait nettement le contour de sa silhouette à travers sa chemise de nuit.

— Oui, mieux vaut prendre toutes les précautions utiles, répondit-il, la gorge serrée de désir.

Rob fit le tour du lit et appuya l'épée contre la table de chevet avant de glisser le poignard en dessous du matelas.

— As-tu une bosse à l'arrière du crâne ? s'enquit Lilidh lorsqu'il se retourna de nouveau vers elle. Tu as repris tes esprits assez vite après t'être cogné la tête en tombant, mais tu n'as pas laissé le temps à Beathas de t'examiner comme il le faut.

Avait-il des hallucinations ou bien le son de sa voix était-il particulièrement rauque ? Elle s'approcha lentement de lui et quand elle posa la main sur le bandage par-dessus sa blessure, son corps réagit instinctivement à son contact. Il prit une profonde inspiration avant de répondre :

— Je pense que ton père a raison sur une chose : j'ai la tête dure.

— Laisse-moi quand même y jeter un œil. J'ai déjà eu à m'occuper de blessures comme celle-ci, dit-elle en lui faisant signe de s'asseoir sur la chaise à côté de la cheminée.

Il s'exécuta sans un mot, prenant soudain conscience de sa nudité. Son excitation était particulièrement… explicite et il ne put s'empêcher de se demander si Lilidh l'avait également remarquée.

Il soupira de plaisir lorsqu'il sentit ses doigts plonger dans ses cheveux. Son sexe se dressa encore plus et il ferma les yeux, luttant pour endiguer le désir qui montait en lui. Le toucher de Lilidh avait non seulement balayé sa fatigue, mais lui faisait également perdre tous ses moyens. Sans rompre le contact de ses doigts sur son cuir chevelu, elle contourna la chaise et vint se placer devant lui.

Il ouvrit les yeux et vit que ses seins délicieusement galbés étaient à la hauteur de son visage. Il fut pris d'une envie irrépressible de les toucher, de les embrasser, si bien qu'il dut serrer l'assise de la chaise de bois de toutes ses forces pour se retenir.

— Tu as une bosse, dit-elle.

Elle appuya dessus en lui demandant :

— Ici, ça te fait mal ?

Si elle savait ! La pression de ses doigts sur sa légère blessure n'était rien en comparaison du désir douloureux qu'il éprouvait à son contact.

Lilidh se pencha en avant et quand elle embrassa le sommet de sa tête, il se raidit sur la chaise. Il mourait d'envie de la prendre dans ses bras, la toucher, la caresser, mais s'empêcha de faire le moindre geste, par peur de la brusquer. Il ne voulait pas détruire ce moment intime.

Elle retira les mains de ses cheveux et il leva le regard vers elle.

— J'ai cru t'avoir perdu à jamais, Rob, murmura-t-elle en le regardant droit dans les yeux. Je sais que nous allons bientôt nous quitter, mais je ne veux pas que tu meures, ni à cause de moi, ni pour moi.

— Tout ira bien, Lilidh, je te le promets.

Il tendit la main vers son visage et lui effleura la joue.

— Je vais trouver une solution à tout cela, dit-il plus pour se rassurer lui, qu'elle.

— Vraiment ? dit-elle en approchant son visage du sien.

Leurs lèvres se touchaient presque.

— J'ai envie de toi, chuchota-t-elle. N'est-ce pas mal d'avoir envie de toi à un moment pareil ?

Rob déglutit avec difficulté et une douleur inconnue se manifesta dans sa poitrine. Jamais il n'aurait cru entendre un tel aveu de sa bouche.

— Non, ce n'est pas mal. Moi aussi j'ai envie de toi. Tout le temps, depuis quatre ans.

— Bien, dit-elle avant de poser délicatement ses lèvres sur les siennes.

Trop effrayé à l'idée qu'elle ne change d'avis, Rob

demeura immobile, la laissant prendre le contrôle. Elle sema une traînée de baisers le long de son cou et une émotion puissante s'empara de lui. Lorsque ses lèvres s'emparèrent de nouveau des siennes, que leurs langues se caressèrent, il ne put réprimer un gémissement. Le rideau de ses longs cheveux soyeux se referma autour d'eux, leurs pointes lui chatouillant le torse et les cuisses. Doucement, et sans rompre le baiser, il les rassembla et les enroula autour de son poignet.

Quand il sentit une des paumes de Lilidh glisser le long de son ventre puis plus bas, il agrippa l'assise pour ne pas défaillir. Elle le prit dans sa main, ses doigts caressant la longueur de son sexe. Alors son souffle se bloqua dans sa gorge, une chaleur exquise se diffusa dans son corps et il ne put plus résister. Il posa les mains sur elle et les fit glisser sur sa chemise de nuit.

— Enlève-la, pria-t-il en tirant sur le vêtement.

Immédiatement, elle se redressa et le dévisagea.

— Non, Rob.

Le regard fiévreux, elle fit un pas en arrière et ses doigts exercèrent aussitôt une légère pression sur ses hanches.

— Lilidh, enlève-la, je veux te voir entièrement nue.

Elle frissonna violemment et ses yeux s'emplirent de panique, si bien qu'il crut qu'elle allait le repousser. Bon sang ! Il devait lui faire comprendre que sa jambe n'était pas un obstacle pour lui ! Il était temps qu'elle reprenne confiance en elle.

Comme elle demeurait immobile, dans une attitude d'attente angoissée, il releva légèrement le bas de sa chemise de nuit en l'attirant entre ses jambes. Il glissa une main sous le vêtement et, la paume à plat, remonta vers sa cicatrice. Lilidh se raidit mais ne s'écarta pas. Les yeux clos, le visage crispé, elle respirait à peine. Il pouvait sentir sous ses doigts la trace qui marquait sa chair. Il poursuivit son chemin jusqu'à sa hanche, puis redescendit vers l'intérieur de sa cuisse et son genou. Enfin, il la sentit se détendre légèrement.

Croisant son regard, il saisit le bas de sa chemise de nuit et la lui passa par-dessus la tête avant de la jeter par terre, exposant enfin son corps nu à ses yeux.

Elle était magnifique, plus belle et plus désirable que dans ses rêves les plus fous. Hyptonisé par le spectacle qui s'offrait à ses yeux, il tomba à genoux devant elle. Enfin, elle était à lui et rien qu'à lui ! Il embrassa ses cuisses avec ferveur puis parcourut son ventre avec ses lèvres.

Lorsqu'il la sentit prête, il caressa le doux renflement entre ses cuisses avant d'y introduire un doigt. Elle lui adressa un regard surpris avant de fermer les yeux et de rejeter la tête en arrière. Le désir de la posséder, de se fondre en elle, le submergea.

— Monte sur moi, Lilidh, souffla-t-il en se redressant.

Un lent sourire de volupté illumina son beau visage et Rob la prit par la taille pour la soulever. Agrippée à ses épaules, elle amena son bassin au-dessus de son membre tendu et se laissa lentement glisser dessus, jusqu'à ce qu'ils soient intimement liés.

Enserré par sa féminité, Rob sentit son sang pulser rapidement dans ses veines. Lorsqu'il donna un coup de reins pour s'enfoncer encore en elle, ils gémirent en même temps. En dépit de la violence de son désir, Rob attendit qu'elle s'habitue à cette sensation encore nouvelle pour elle.

— Accroche-toi à mes épaules, souffla-t-il alors.

Son front contre celui de Rob, Lilidh s'exécuta. Comment était-il possible de ressentir autant de plaisir dans cette position ? Etourdie de désir, elle promena les mains le long de ses bras musclés et le sentit bouger en elle. Une onde de chaleur envahit aussitôt son corps et elle s'arqua instinctivement contre lui.

Quelle sensation merveilleuse !

Un frisson la parcourut quand Rob posa de nouveau sa main sur sa cicatrice et elle s'efforça de maîtriser son malaise.

— Tout va bien, mon amour, détends-toi, chuchota-t-il, comme s'il avait senti sa gêne.

Il l'enveloppa d'un regard rassurant et elle lui sourit.

— Bouge… comme cela… lentement, ajouta-t-il en haussant ses hanches, s'enfonçant un peu plus en elle.

Les pointes de ses pieds touchaient le sol, alors elle s'y appuya en se cambrant contre lui. Elle répéta le mouvement plusieurs fois, enfonçant les ongles dans les épaules de Rob, tant la sensation était violente.

Une chaleur divine se répandait lentement entre ses cuisses et elle rejeta la tête en arrière, assaillie par des sensations exquises. De sa bouche, Rob emprisonna l'un de ses tétons et le lécha du bout de la langue avant de faire subir le même sort à l'autre.

Lilidh n'essayait plus de retenir ses gémissements d'extase. Un feu dévorant avait pris possession d'elle et son sang cognait à ses oreilles. Leurs corps bougeaient en rythme, ne faisant plus qu'un et elle s'abandonnait sans réserve à ce délice des sens.

Rob prit la pointe d'un sein entre le pouce et l'index et le frotta entre ses doigts. Cela fit naître une onde de plaisir si puissante qu'elle se mordit la lèvre pour ne pas crier. Puis, lorsqu'il resserra doucement ses dents autour de la pointe tendue, la sensation vertigineuse lui arracha un cri de pur ravissement. Rob rit avec tendresse contre sa peau humide, ce qui fit courir un frisson le long de son dos. Lentement, il fit glisser une main sur sa taille tandis que l'autre venait s'enfouir dans ses cheveux. Il attira son visage vers lui et prit sa bouche en un baiser passionné.

Lilidh ne savait plus où elle était, elle ne pensait plus, la volupté avait pris possession d'elle et elle s'y abandonna sans retenue. Elle sentit la main de Rob descendre le long de son ventre jusqu'à l'intérieur de sa cuisse. Avec des gestes doux et assurés, il exerça une pression de plus en plus appuyé contre sa féminité.

Hors d'elle, Lilidh sentit son ventre se contracter violemment et elle gémit contre la bouche de Rob. Elle ferma les yeux et des milliers d'étoiles explosèrent derrière ses paupières. Une ultime vague de plaisir embrasa ses reins et elle cria son nom. Accrochés l'un à l'autre, emportés par la passion, ils atteignirent ensemble l'oubli bienheureux de la jouissance.

Vidée de ses forces, Lilidh posa son front contre l'épaule de Rob. Il passa ses bras autour d'elle et elle s'y blottit. Leurs cœurs battaient à l'unisson sous leurs respirations saccadées. Elle ferma les yeux, savourant la chaleur rassurante de Rob.

Lilidh ne sut pas combien de temps elle resta ainsi, mais elle prit brutalement conscience de sa position et de sa nudité lorsqu'elle sentit un léger courant d'air courir sur ses épaules. Soudain gênée, elle s'écarta légèrement.

Elle frémit en repensant à son comportement dépravé. Son attitude était indigne de son éducation ! Mais c'était fait… Et maintenant ? Devait-elle parler la première ou attendre que Rob se manifeste ?

Heureusement, comme elle était sur le point de se lever, mortifiée, il lui embrassa le front et lui caressa le dos.

— As-tu mal ? s'enquit-il.

— Non, répondit-elle en se redressant pour croiser son regard.

— Nous aurions peut-être dû attendre un peu avant de recommencer, à cause d'hier…

Elle lui caressa la joue du dos de la main avant de déposer un baiser sur ses lèvres.

— Non, Rob, murmura-t-elle, c'était merveilleux.

— Oui, chuchota-t-il contre ses lèvres, merveilleux.

— Et… Et maintenant ?

Elle se redressa et tenta de lire dans ses pensées.

— Maintenant… je vais te porter jusqu'au lit car il commence à faire froid.

Et sans le moindre effort, il se leva en la serrant fort contre lui. Il la déposa sur le matelas et s'allongea à côté d'elle. Avec un petit rire, il remonta les couvertures sur eux et l'attira dans ses bras. La tête de Lilidh était contre son torse, juste sur son cœur. La veille encore, l'idée de s'endormir dans les bras de Rob, peau contre peau, lui semblait si étrange. Pourtant, cette nuit, elle ne voyait pas de meilleure manière de sombrer dans le sommeil.

Plus tard, Rob la tira doucement de sa torpeur. Encore endormie, elle prit conscience de ce qui l'entourait. Elle était allongée sur le côté, le dos contre le torse de Rob, qui caressait lentement sa poitrine. Elle poussa un petit soupir lorsqu'il sema des baisers le long de sa nuque. Elle se serra contre lui et sentit son sexe se presser contre son entrejambe. Après l'avoir comblée de délicieuses caresses, il la saisit par les hanches et entra en elle. La jouissance la saisit aussitôt, plus bouleversante encore que la fois précédente.

A mi-chemin entre rêve et réalité, Lilidh sentit les premières lueurs du jour pénétrer dans la chambre. Elle ne savait plus combien de fois son corps et celui de Rob s'étaient cherchés entre les draps avant de se posséder et se fondre l'un dans l'autre.

Une seule chose était sûre : cette nuit, elle n'avait pas seulement offert son corps à Rob. Elle lui avait aussi offert son cœur. Et comment le regretter ? Il était le seul homme qui était parvenu à lui redonner confiance en elle.

Il était l'homme qu'elle aimait plus que tout au monde.

19

Les jours suivants, Rob se lança à corps perdu dans le travail, si bien qu'il ne vit pas le temps passer. Il avait tant de choses à faire avant l'arrivée — ou plutôt l'attaque — imminente des MacLerie.

La réunion avec les anciens s'était étonnamment bien passée étant donné les circonstances. Bien qu'ils aient refusé de libérer Lilidh, tous, y compris Murtagh, avaient accepté de le laisser mener les négociations avec les MacLerie. Il leur avait fait savoir qu'il ne signerait pas l'accord officiel de mariage avec Tyra. Sur ce point, les anciens avaient été certes plus difficiles à convaincre, mais Rob avait fini par leur faire comprendre qu'un mariage ne réglerait pas en profondeur les différends au sein de leur clan. Bien sûr, il avait omis de leur dire que cette décision était surtout motivée par son rapprochement avec Lilidh.

Symon, qui était rentré au château entre-temps, avait paru sincèrement surpris en apprenant la nouvelle de l'attentat. Et Dougal lui avait confirmé qu'à aucun moment son cousin ne s'était éloigné du convoi. Par précaution, Rob avait tout de même décidé de le faire surveiller par quelques-uns de ses hommes les plus fiables.

Au fur et à mesure que les jours passaient, la tension devenait de plus en plus forte au château. Tous appréhendaient l'arrivée des MacLerie et les disputes n'étaient jamais loin. Non seulement une animosité féroce s'était installée entre ses hommes et les villageois, mais surtout, les vivres commençaient à manquer.

Chaque fois qu'il lui prenait l'envie de hurler sa frustration face à cette situation désolante, Rob pensait à Lilidh. Depuis le soir de l'attaque, ils ne prenaient plus la peine de cacher leur passion.

Chaque nuit, ils laissaient leurs corps exprimer ce que leurs bouches taisaient. Pour profiter de chaque instant qui leur était donné, Rob avait décidé de dîner avec elle dans sa chambre, tous les soirs. Il prenait plaisir à leurs discussions ouvertes, même si celles-ci portaient bien souvent sur le même sujet : l'arrivée prochaine de sa famille. Durant les journées, lorsqu'elle se retrouvait seule, Lilidh avait pris la peine de classer toute la correspondance de son père.

La lecture, dans le bon ordre, des lettres de Connor n'avait laissé subsister aucun doute : leurs pères respectifs avaient bien eu un désaccord d'ordre personnel. Rob ne pouvait s'empêcher de se demander si son comportement indigne et immature envers Lilidh n'avait pas été la cause de ce désaccord. Cette terrible idée n'avait fait qu'accroître son sentiment de culpabilité, d'autant plus qu'il lui était impossible de s'en ouvrir auprès de Lilidh.

Quatre jours plus tard, peu avant la tombée de la nuit, Rob assista, depuis les remparts de son château, à l'arrivée des MacLerie sur ses terres.

La gorge nouée, il les regarda dresser leur campement, il contempla, immobile, la lueur des torches qui perçaient le voile de la nuit. Il attendit alors qu'un émissaire vienne le saluer et le prévenir de leur présence. Voyant, au bout d'un long moment d'incertitude, qu'aucun des MacLerie ne comptait se présenter à lui dans l'immédiat, il retourna dans la cour du château. Un chaos absolu régnait, mais

Rob savait qu'il était impossible de calmer les esprits enfiévrés par la peur.

Depuis la fenêtre de la chambre de Rob, Lilidh regardait les siens établir leur campement. Elle demeura ainsi, immobile, le regard rivé sur les nombreuses torches allumées qui dansaient à l'horizon, jusqu'à ce qu'elle sente les bras de Rob se resserrer autour d'elle. Cette nuit-là plus encore que les autres, elle s'abandonna totalement à lui, savourant ce qui serait certainement leurs derniers instants ensemble.

Lorsque l'aube parut, Rob relâcha son étreinte et glissa hors du lit. Le cœur serré, elle se redressa sur les coudes et le regarda s'habiller en hâte avant de quitter la chambre sur un dernier baiser.

La Bête des Highlands était là et allait décider de leur destin.

Une fois dans la grand-salle, Rob congédia tout le monde à l'exception de quelques gardes, des anciens, de Dougal, Tyra et Symon. Comme il allait affronter une situation pour le moins périlleuse, il avait officiellement nommé Symon *tanist*, en espérant de toute son âme que celui-ci n'hériterait pas de son titre de laird.

Après avoir donné ses dernières instructions, Rob envoya Dougal, un étendard de trêve à la main, chercher les MacLerie qui attendaient aux portes du château. Les autres prirent place sur les sièges derrière lui tandis qu'il restait debout, au milieu de l'estrade.

Après ce qui sembla durer une éternité, des pas se firent entendre dans le couloir. Il se redressa et lorsque les portes de la salle s'ouvrirent en grand, les chuchotements nerveux derrière lui s'interrompirent aussitôt.

Un homme à la carrure imposante franchit le seuil et Rob reconnut immédiatement Rurik Erengilsson, l'homme qui était à la tête des guerriers du clan MacLerie. Une étrange sensation de nostalgie le traversa en repensant aux entraînements assidus auxquels Rurik l'avait soumis lorsqu'il était à Lairig Dubh. D'origine viking, il était un adversaire redoutable, et semblait n'avoir rien perdu de sa prestance. Rurik avança jusqu'au milieu de la salle puis fit un pas de côté, laissant apparaître Duncan, l'émissaire des MacLerie. Ce dernier était un négociateur très habile et tout comme Connor, il s'était fait une réputation enviable. Rob avait également beaucoup appris à ses côtés et le fait de devoir débattre avec lui ne l'enchantait guère.

Il serra les mâchoires involontairement en se préparant à ses retrouvailles imminentes avec Connor. Lorsque Duncan alla se placer à côté de Rurik, ce ne fut pas la Bête des Highlands qui apparut devant lui… mais sa femme.

— Jocelyn MacCallum, lady MacLerie, comtesse de Douran, énonça Duncan avec solennité.

Des murmures incrédules se firent entendre derrière Rob, qui reprit bien vite contenance. D'un geste, il fit signe à tous de se lever.

— Lady MacLerie, dit-il en descendant de l'estrade avant d'esquisser une révérence. Je ne m'attendais pas à vous voir ici.

La tête haute, Jocelyn s'avança vers lui. Bien qu'elle lui arrivât à l'épaule, son regard noir et menaçant lui donnait l'ascendant.

— A défaut de bon sens, je vois que vous avez au moins gardé vos bonnes manières, *laird* Matheson, remarqua-t-elle sèchement en lui assenant une gifle qui résonna dans la grande pièce.

Rurik et Duncan s'avancèrent aussitôt vers eux, pour protéger leur dame, mais Rob les arrêta d'un geste. Avec un lent sourire, il fit une autre révérence. Il comprenait le geste de Jocelyn. Elle réagissait comme toute mère l'aurait fait. Sa colère était alimentée par la peur de savoir son enfant en danger.

Rob se redressa et lorsqu'elle ouvrit la bouche pour parler, il décida de ne pas lui en laisser l'occasion.

— Lady MacLerie, je conçois que vous devez, en plus de la fatigue du voyage, être très inquiète pour votre fille. Néanmoins, permettez-moi de vous rappeler que Lilidh est toujours notre prisonnière.

— Si tu lui as fait le moindre mal…

— Jocelyn ! avertit Duncan tandis que Rurik levait les yeux au ciel.

— … rien ni personne ne pourra m'empêcher de te faire payer les avanies que tu as commises, Rob Matheson, je t'en donne ma parole, termina-t-elle en ignorant ouvertement l'irritation de Duncan.

— Laird Matheson, reprit l'émissaire, serait-il possible pour lady MacLerie de voir sa fille ?

Mal habitué à son nouveau titre, Rob mit un instant pour répondre.

— Tomas, appela-t-il sans détourner le regard de Jocelyn. Escorte lady MacLerie auprès de lady MacGregor.

Ayant anticipé la demande de Jocelyn, il avait donné des instructions très claires au garde. Leurs retrouvailles seraient courtes et à aucun moment les deux femmes ne devaient rester sans surveillance.

Sans attendre, Jocelyn commença à marcher vers la porte principale mais Tomas l'arrêta, lui faisant signe de le suivre vers l'escalier qui menait à l'étage. Où pensait-elle donc qu'il avait enfermé Lilidh ? Dans la tour ? A son regard interrogatif, il répondit :

— Elle est dans mes appartements.

Le visage de Jocelyn s'assombrit alors que des murmures désapprobateurs s'élevèrent de la troupe qui accompagnait les MacLerie. Elle suivit Tomas sans rien dire. Rob attendit qu'elle ait quitté la pièce avant de porter son attention sur Rurik et Duncan.

— Et Connor, quand arrive-t-il ? s'enquit-il d'une voix calme.

Les deux hommes échangèrent un regard.

— Notre laird n'est pas là, il nous a chargés de le représenter, répondit Duncan.

Ces mots firent à Rob l'effet d'un coup de poing au ventre. Connor n'avait même pas pris la peine de venir régler cette histoire en personne. Etait-il avare de son temps *uniquement* lorsqu'il s'agissait de lui ? Tous ses tourments intérieurs remontèrent brutalement à la surface.

Rob dévisagea les deux hommes tour à tour. Bien qu'il essayât de garder une expression neutre, Duncan, en fin observateur qu'il était, avait sûrement remarqué sa déception. Après tout, cet homme avait le don de lire en chaque personne comme dans un livre ouvert.

— Laird ?

La voix de Tyra le ramena à la réalité. Il ne l'avait pas entendue s'approcher de lui. Sa stupéfaction de savoir Connor absent lui avait même fait oublier de procéder aux présentations.

— Puis-je offrir à nos hôtes de quoi se restaurer en attendant le retour de lady MacLerie ? demanda-t-elle à voix basse.

Rob opina de la tête et Tyra fit signe à Duncan et Rurik de prendre place à la table qui avait été dressée pour l'occasion. Lorsque tout le monde fut installé, Rob fit les présentations.

— Je vais être franc avec vous, laird, dit Duncan une fois que la table se fut vidée et que les domestiques l'eurent débarrassée, si vous relâchez sa fille sans contrepartie, laird

MacLerie ne vous tiendra pas rigueur de votre geste. Tout cela ne sera plus qu'un mauvais souvenir.

— Laird MacLerie ne nous en tiendra pas rigueur, dites-vous ? vitupéra Symon en se redressant sur sa chaise.

Rob lui adressa un regard sévère, hélas, cela ne le fit pas taire.

— Comment pouvez-vous nous demander une telle chose, poursuivit-il, alors que votre laird n'a même pas daigné faire le déplacement ?

— Notre laird est très occupé en ce moment, répondit Duncan d'un ton poli, mais froid. Etant donné qu'il s'agit là d'une affaire personnelle et délicate, il a préféré...

— Il a préféré faire ce qu'il fait toujours lorsqu'il s'agit des Matheson : nous ignorer et nous rabaisser, le coupa Symon sèchement en se levant de la table. Sachez que nous avons le soutien des MacKenzie dans cette histoire. Leur clan est aussi puissant que le vôtre et d'ailleurs, nous avons accepté leur proposition d'alliance.

Les anciens acquiescèrent d'un signe de tête aux paroles de Symon et Rob sentit son sang se figer dans ses veines. Il n'avait pas encore accepté la proposition des MacKenzie. Pourquoi tout le monde semblait-il alors convaincu du contraire ? Une vague d'impuissance le submergea. Puis, sentant le regard perçant de Duncan sur lui, il s'éclaircit la gorge avant de se lever. Il devait à tout prix essayer de gagner du temps avant que l'émissaire à l'esprit aiguisé ne perce à jour leurs nombreuses faiblesses.

— Je vais demander que l'on aille chercher lady MacLerie. Nous continuerons cette discussion une fois que votre laird sera là.

— Il ne viendra pas, Rob, et tu le sais, dit Duncan, une note d'exaspération dans la voix.

— Vraiment ? Il peut tout de même changer ses *habitudes* lorsqu'il s'agit de la vie de sa fille, repartit Rob en soutenant son regard.

— La vie de sa fille est-elle en danger ? demanda l'émissaire.

Rurik poussa un soupir à cette question, ce qui n'était pas bon signe. Rob l'observa à la dérobée. Le Viking semblait contrarié et il n'allait sans doute pas tarder à entrer dans une colère noire. Autant s'épargner ce spectacle, à lui et à tout son clan. Son clan en qui, à en croire les propos de Symon, il ne pouvait plus avoir aucune confiance. Cette pensée ne fit que renforcer sa détermination à découvrir le fin mot de cette sordide affaire.

Soudain envahi d'une rage irrépressible, il décida de la diriger contre les MacLerie, plutôt que contre les siens qui l'avaient trahi.

— Nous allons en rester là pour le moment, gronda-t-il entre ses dents. Je vous invite à attendre lady MacLerie dans la cour.

Rurik sembla prêt à bondir sur lui tandis que Duncan hochait la tête avant de se lever.

— Pouvons-nous revenir un peu plus tard afin de reprendre notre discussion, laird Matheson ? s'enquit-il, faisant preuve d'un calme sidérant.

— Laird ?

Rob se tourna vers Symon, les sourcils froncés. C'était la première fois que celui-ci s'adressait à lui en l'appelant par son titre. Et c'était bien tard pour lui montrer du respect.

— Pas maintenant, Symon, tonna-t-il.

Son cousin ouvrit la bouche pour parler, mais il l'en empêcha d'un regard.

— A plus tard, laird, dit Duncan avant de tourner les talons.

Rob regarda les deux hommes traverser la salle. Dougal leur emboîta le pas et tous trois disparurent derrière la porte.

N'accordant aucune attention ni aux anciens ni à Symon, Rob quitta à son tour la pièce afin d'aller chercher Jocelyn. Il monta les marches deux à deux et lorsqu'il fut arrivé dans le couloir, il fit signe à Tomas, qui montait la garde devant la porte de sa chambre, de ne pas révéler sa présence. Il s'approcha lentement et s'arrêta devant l'embrasure de la porte entrouverte.

— Mais puisque je te dis que je vais bien, mère.

C'était la voix de Lilidh.

— Pourtant, les bleus que tu as au visage semblent indiquer le contraire, s'exclama Jocelyn.

— Tu ne t'attendais tout de même pas à ce que je me laisse enlever sans me défendre. Mère, ils ont tué mes gardes et ont failli tuer Isla.

— Mon Dieu ! Isla…

— Isla se remet lentement de l'attaque dans une autre chambre, lady MacLerie, dit Rob en entrant dans la chambre.

Assises côte à côte sur le banc de l'une des fenêtres, mère et fille étaient penchées l'une vers l'autre. Lilidh lui avait-elle parlé d'eux ? Croisant son regard, il s'avança vers elles puis tourna les yeux vers Jocelyn. Celle-ci avait-elle deviné quelque chose ?

— Rob, dit-elle en se levant aussitôt, pardonne-moi de t'avoir giflé. Ne tient pas Lilidh responsable de mon…

— Comportement singulier ? acheva Rob à sa place.

— Elle t'a giflé ? demanda Lilidh en se levant, les yeux rivés sur son visage.

— Telle mère, telle fille, plaisanta-t-il.

— Je ne t'ai jamais giflé, Rob, assura-t-elle.

— Ce n'est pas faute d'avoir essayé le jour où on t'a ramenée ici, répliqua-t-il avec un sourire en coin.

Croisant le regard de Jocelyn, il remarqua que cette dernière les observait avec curiosité. La complicité qu'il avait retrouvée avec Lilidh était-elle si évidente ?

— Vos hommes vous attendent dans la cour, lui dit-il en essayant d'adopter une expression grave. Tomas va vous escorter.

Pour bien marquer ses paroles, Rob esquissa un geste de la main en direction de la porte. Jocelyn ouvrit la bouche pour répliquer, mais ne dit finalement rien. Elle prit Lilidh dans ses bras et l'embrassa sur le front, puis alla rejoindre Tomas qui l'attendait sur le seuil.

Avant de fermer la porte, Rob les regarda disparaître dans la pénombre de l'escalier. Puis il se retourna vers Lilidh, sans trop savoir si sa présence était ou non la bienvenue, après l'humiliation que son clan venait de lui infliger. Ses yeux rougis témoignaient de ses pleurs. Etait-elle contente d'avoir vu sa mère ? Lui en voulait-elle de ne pas l'avoir laissée partir avec elle ?

— Je suis surpris que ton père lui ait permis de venir, dit-il pour rompre le silence qui devenait oppressant.

Quoique, connaissant Jocelyn…

— Je doute que mère lui ait laissé le choix, renchérit Lilidh. Cela dit, je n'arrive toujours pas à croire qu'elle soit venue. J'ai failli m'évanouir quand Tomas a ouvert la porte et qu'elle est apparue sur le seuil. Jamais je n'aurais pensé…

Elle n'alla pas jusqu'au bout de sa pensée.

— Lilidh ?

— Je… Je ne l'ai pas vue depuis le jour où j'ai épousé Iain.

Dans ce cas, Jocelyn ne devait pas être au courant que son mariage n'avait jamais été consommé… Tournant machinalement la tête vers le lit, Rob remarqua que celui-ci était toujours défait. Jocelyn s'en était-elle rendu compte également ? Savait-elle que…

— Elle est au courant, confirma Lilidh comme si elle avait lu dans ses pensées. Je lui ai dit que je partageais ton lit.

Un sourire teinté de tristesse passa sur son beau visage et elle dirigea son regard vers le lit. Rob noua ses doigts aux siens puis il porta sa main à ses lèvres pour y déposer un baiser.

— Tu regrettes ce qui s'est passé entre nous ? s'enquit-il.

Eprouvait-elle des remords, maintenant que sa mère était au courant de la situation ? Son cœur se crispa à l'idée que leurs moments ensemble étaient comptés. Il sentait au plus profond de son être qu'elle se détachait déjà de lui. Elle allait bientôt partir et ne laisserait derrière elle que les souvenirs des instants précieux où ils s'étaient donnés l'un à l'autre.

— Non, Rob, je ne regrette rien.

Ces mots lui firent du bien. Elle lui serra la main mais la lâcha l'instant d'après. Elle se dirigea vers le lit dont elle se mit à arranger les draps et les couvertures. Rob la regarda faire et fut pris d'un besoin irrationnel de la prendre dans ses bras, de voler au destin encore quelques instants avec elle.

— Tes cousins reviendront tout à l'heure pour reprendre les pourparlers que nous avons entamés, dit-il en s'efforçant de se ressaisir. Veux-tu que je leur transmette un message ?

— Non, je n'ai rien à leur dire, répondit-elle en rencontrant son regard. Fais ce que tu as à faire, Rob.

— Lilidh, je…

Quoi ? Que pouvait-il bien lui dire ? Aucune parole ne saurait exprimer ce qu'il ressentait en ce moment. La survie de son clan dépendait de son retour à Lairig Dubh, il ne pouvait donc pas lui promettre un avenir ensemble. Il ne pouvait pas non plus lui déclarer son amour. Et il ne pouvait surtout pas lui avouer la vérité concernant leur séparation quatre ans plus tôt. Ces mensonges, sa propre lâcheté, cela l'anéantirait.

— Rob, murmura-t-elle le tirant de ses pensées, va et fais ce qui te semble juste.

Sans dire un mot, il se tourna pour partir. Pourtant, avant d'ouvrir la porte, il changea d'avis et se retourna vers elle.

— Pourquoi penses-tu que ton père n'est pas venu te

chercher en personne, Lilidh ? Pourquoi n'est-il pas là, en train de tout détruire sur son passage pour te sortir d'ici ?

Elle secoua la tête et leva les yeux vers lui.

— Parce que le fait que je sois sa fille n'est pas une raison valable pour provoquer une guerre.

Ses beaux yeux verts étaient emplis de tristesse. Ne sachant quoi lui répondre, il laissa échapper un lourd soupir.

— Rob, je sais que tu voulais qu'il réponde à ta provocation en personne. Mais je pense que c'est bien mieux que tu aies affaire à Duncan et Rurik et non à lui.

Confus, Rob repensa à la manière dont Connor avait l'habitude de régler ses affaires et fut frappé par une constatation qui le fit tressaillir : l'attaque était en fait le dernier recours qu'il avait pour résoudre un conflit. Comment ne s'était-il pas rendu compte de ça avant ?

— L'arrivée de la Bête des Highlands aurait signé ta mort, Rob, la mort de tout ton clan. Je ne crois pas que c'est ce que mon père souhaite.

Lilidh venait de résumer sa pensée.

En voulant apaiser la situation, Rob avait fini, bien malgré lui, par créer d'autres problèmes. L'or qu'il avait demandé lui importait peu, il s'était surtout préparé à une confrontation directe avec Connor en espérant que celle-ci resserrerait les liens entre leurs deux clans en plus d'asseoir sa position de chef des Matheson.

Hélas, le passé que lui et Connor partageaient était trop chargé de non-dits. Le contexte de leur rencontre ne leur aurait pas été favorable, ni à l'un ni à l'autre.

Allons, il devait renoncer à ses rêves fous ! Il avait beau essayer de se convaincre du contraire, jamais Connor n'accepterait qu'il épouse Lilidh.

Connor avait-il décidé de payer pour la libération de Lilidh ? Si oui, cela voudrait dire qu'il avait choisi la solution de facilité parce qu'il ne voulait pas remuer le passé.

A cette idée, Rob secoua la tête et eut un sourire amer.

Dans ce cas, il n'aurait d'autre choix que d'accepter l'or et de libérer Lilidh. La vie reprendrait son cours et… Non, c'était bien trop… simple. Il ne voulait pas de cette vie-là !

Rob quitta la chambre, réfléchissant à ce qui lui restait à faire. Il ne voulait pas attendre de savoir si Connor avait prévu de payer ou pas, il ne prendrait pas ce risque.

Assise devant sa coiffeuse, Tyra prit le parchemin soigneusement plié dans le petit coffret qu'elle avait sorti de sa cachette.

Même si Rob l'avait congédiée après le repas, elle avait tout de même assisté à la discussion avec les MacLerie, bien à l'abri des regards. Quel magnifique spectacle ! Elle avait failli éclater de rire quand Symon s'était opposé à la demande de l'émissaire MacLerie. La réaction de Rob, lorsque son frère avait annoncé que la proposition des MacKenzie avait été acceptée, resterait à jamais gravée dans sa mémoire.

Ses efforts commençaient enfin à payer. Dire qu'elle avait d'abord été réticente à l'idée d'accorder certaines faveurs et de se séparer de quelques bourses de pièces d'or pour parvenir à ses fins ! Elle aurait perdu moins de temps sans ses préventions stupides !

Frère Donal avait été facile à convaincre, quelques pièces lui avaient suffi pour forger les faux documents. Puisqu'il était retourné vivre à l'abbaye après la mort d'Angus, Tyra n'avait pas à craindre qu'il révèle son secret à qui que ce soit. Hormis à Dieu.

Un sourire confiant incurva ses lèvres.

Les deux anciens qu'elle avait payés pour soutenir les intérêts de Symon faisaient également du bon travail. Aucun risque qu'ils disent quoi que ce soit à Rob, sous peine de passer pour des traîtres et de se faire bannir du château.

Ce cher Symon jouait son rôle à la perfection, lui aussi.

Elle n'avait aucun mal à influencer ses décisions. Il était venu la voir avant l'arrivée des MacLerie pour l'informer que Rob le soupçonnait d'être à l'origine de son attaque. Elle s'était contentée de prendre un air stupéfait en l'écoutant d'une oreille avant d'alimenter sa colère contre son cousin. Pauvre Symon, si seulement il savait ! Quel naïf !

Dès que les MacLerie étaient partis, elle était remontée dans sa chambre pour attendre sagement la venue de Symon. Elle savait qu'il allait tout lui raconter, alors elle en profiterait pour entretenir son animosité envers Rob.

Elle reprit le parchemin qu'elle avait posé devant elle et le relut une énième fois.

— Oh ! Gavin…, chuchota-t-elle en serrant la lettre contre son cœur.

Ses paroles étaient si belles ! Comme elle avait hâte de le retrouver et de vivre enfin leur amour au grand jour. L'espion qu'elle avait envoyé chez les MacKenzie lui avait rapporté qu'il avait un comportement libertin avec certaines de ses servantes, mais cela ne lui importait guère. Leur amour était plus fort que tout.

Lorsqu'elle deviendrait l'épouse du laird Gavin MacKenzie, il n'aurait d'yeux que pour elle.

20

Bien décidé à tirer la situation au clair, Rob entra dans le parloir. Les anciens, Symon et Dougal étaient assis autour de la grande table. Tous levèrent le regard vers lui et il observa leurs visages sombres et fermés.

Frère Finlay apparut sur le seuil, portant une sacoche en cuir et de quoi écrire, et un des gardes ferma la porte derrière lui.

— Symon a dit qu'un accord a été conclu avec les MacKenzie, commença Rob en croisant les bras sur son torse. Comment se fait-il que je ne sois pas au courant ?

Il dévisagea tour à tour les personnes présentes dans la pièce, attendant que quelqu'un se décide à parler. Il savait pertinemment qu'on essayait de le manipuler, cependant, il peinait à imaginer Symon derrière ce stratagème. Il n'était pas assez patient, son excès de colère devant les MacLerie l'avait d'ailleurs démontré. Or, la machination qui se tramait entre les murs de son château demandait du temps et des efforts. Seulement, si ce n'était pas Symon, alors qui ? Qui se donnait tout ce mal pour détruire son autorité ?

— Laird, j'ai trouvé ceci dans les documents de votre père, bredouilla frère Finlay en lui tendant un parchemin. Etant donné que… que vous étiez… occupé par… autre chose dernièrement, je l'ai montré à lord Symon.

Les paroles de frère Finlay mettaient une fois encore son autorité de laird en question, mais Rob s'efforça de ne pas réagir. Haussant un sourcil, il déroula le parchemin. Frère Finlay l'avait montré à Symon. Il n'aurait vu aucun inconvénient à cela si le comportement de son cousin n'était pas aussi déroutant et velléitaire.

Pour lire le document, Rob se posta devant la fenêtre. Il s'agissait d'une proposition d'accord. Ecrite par frère Donal et signée par son père, elle était destinée aux MacKenzie.

— Pourquoi ce document n'était-il pas rangé avec le reste de la correspondance de mon père ? s'enquit-il en se retournant vers son secrétaire.

— Je l'ignore, laird, répondit celui-ci. Je l'ai trouvé dans les affaires que frère Donal a laissées ici avant de partir. Je pensais que vous étiez au courant de l'existence de la missive, mais au vu des derniers événements, j'ai jugé bon de la porter à votre attention.

— Quand l'avez-vous montré à Symon ?

L'intéressé se redressa aussitôt sur son siège et ouvrit la bouche pour parler, mais Rob l'en empêcha en levant la main.

— Hier, laird, répondit frère Finlay.

Visiblement mal à l'aise, il essuya du dos de la main la sueur qui perlait sur son front.

— Comme je vous l'ai dit, reprit-il après s'être raclé la gorge, avec tout ce qui…

— Est-ce que quelqu'un ici présent sait quelque chose à ce sujet ? s'enquit Rob, lui coupant la parole.

Tous se regardèrent en silence.

— Je vois. L'un d'entre vous a-t-il été en contact avec un des membres du clan MacKenzie depuis le décès de mon père ?

— Voyons Rob, tu sais que je corresponds souvent avec les cousins de mon père qui vivent là-bas, rétorqua Symon. Ce n'est un secret pour personne.

Rob laissa échapper un rire sardonique.

— Oui, tout comme ce n'est un secret pour personne

que tu souhaites à tout prix sceller une alliance avec les MacKenzie au détriment de notre pacte avec les MacLerie.

Symon ne dit rien et se cala dans son siège, boudeur.

— Vous autres n'avez rien à dire ? demanda Rob d'une voix impérieuse après quelques instants de silence.

Tous avaient le regard fuyant et personne ne parla.

Exaspéré, il s'appuya des deux mains sur la table.

— Tout cela a assez duré ! Ecoutez-moi bien, si vous voulez que l'on sorte indemne de cette situation délicate, situation dans laquelle *tu* nous as mis, Symon…

Il jeta un regard sombre à son cousin pour donner plus de poids à ses paroles.

— … et si vous voulez vivre assez longtemps pour conclure un accord avec les MacKenzie, et je pense que c'est le cas…

Il marqua une pause rapide et jeta un coup d'œil circulaire aux hommes attablés.

— … je dois être sûr qu'il n'y a plus d'autres surprises de ce genre à venir. J'ai demandé de l'or en contrepartie de la libération de lady MacGregor ; cependant, je pense sérieusement revenir sur mes revendications.

— Non, tu ne peux pas…

— Si, Symon, je peux ! gronda-t-il, menaçant. Tu l'as enlevée et l'as ramenée ici. Je ne t'en ai pas donné l'ordre, seulement, en tant que laird, je suis responsable de tes actes.

Symon se leva et voulut protester, mais il ne lui en laissa pas l'occasion.

— Le sujet est clos ! Assieds-toi, c'est un ordre !

Son cousin se rassit et baissa le regard sur ses poings serrés. Etrangement, pour la première fois, Rob se sentait parfaitement à sa place dans son rôle de laird. La méfiance de son clan risquait de les mener à leur perte et il ne le permettrait pas. Le temps de la discussion était clos ; désormais, il agirait en chef sans se préoccuper des susceptibilités des uns ou des autres.

— Je vous le demande une dernière fois : y a-t-il encore des choses que je devrais savoir ? Le laird MacKenzie attend-il quelque chose de notre part ?

Une fois encore, personne ne lui répondit.

— Fort bien, déclara-t-il. Dans ce cas, je vais faire appeler l'émissaire des MacLerie et voir si nous pouvons parvenir à une entente.

Sur ces mots, Rob alla ouvrir la porte et leur fit à tous signe de sortir. Un à un, ils passèrent devant lui et, lorsque ce fut au tour de Symon, il le saisit par le bras et l'attira sur le côté.

— As-tu encore quelque chose à dire, cousin ?

Un éclair de colère passa dans ses yeux, mais Symon ne dit rien. Il se dégagea d'un geste vif et quitta la pièce.

— Eh bien, je dirais que ça s'est plutôt bien passé, observa Dougal une fois qu'ils furent seuls.

— C'est une façon de voir les choses, marmonna Rob en fermant la porte.

Dougal alla vers la petite table à côté de la fenêtre sur laquelle reposait un hanap d'ale et remplit deux gobelets.

— Tu comptes vraiment libérer lady MacGregor ? s'enquit-il en lui tendant un gobelet.

— Oui.

Rob avala son ale d'un trait, attendant un commentaire de son ami. Mais ce dernier demeura silencieux, l'observant attentivement.

— Dougal, ce n'est pas moi qui ai ordonné son enlèvement.

— Je sais. Mais il est évident que sa présence ne te dérange pas, bien au contraire. Et puis surtout, ton lit est certainement plus agréable depuis qu'elle est là.

Rob serra les mâchoires, luttant pour garder son sang-froid.

— Il s'avère que lady MacGregor est veuve depuis peu, dit-il en guise de justification.

— Rob, en plus d'insulter son honneur, tu insultes également mon intelligence. Nous sommes amis depuis longtemps et je te connais très bien. Dois-je te rappeler dans quel état tu es revenu de Lairig Dubh ?

Sentant le regard sombre de Dougal posé sur lui, Rob se détourna et alla se resservir un verre.

— A moins que tu ne préfères que nous parlions du jour où ton père t'a annoncé le mariage de la demoiselle à Iain MacGregor ? Tu sais, tu deviens bavard sous l'effet de l'alcool.

Son gobelet vidé d'un trait, Rob se tourna de nouveau vers lui et affronta son regard. Lorsque son père lui avait appris que Lilidh allait se marier, il avait mis plusieurs jours, dont il ne gardait qu'un vague souvenir, à se remettre de la nouvelle. Dougal s'était enfermé dans sa chambre avec lui et l'avait aidé à traverser cette épreuve. Son ami l'avait vu dans son pire état de vulnérabilité.

— Que diable veux-tu que je fasse, Dougal ? Connor n'acceptera jamais que… Surtout après cette stupide histoire d'enlèvement. Il n'y a rien à faire.

— Si tu le dis, repartit Dougal en le regardant par-dessus son gobelet avant de boire une gorgée. Quoi qu'il en soit, tu sembles toujours avoir des doutes à propos de Symon.

— Quelque chose me tracasse dans cette histoire, Dougal. Symon voulait, *veut*, être le chef des Matheson. Il veut pour notre clan une alliance puissante, il pense à notre avenir, à sa manière, seulement… son comportement n'est pas en adéquation avec ses idées.

Abattu, Rob soupira, repensant au jour où ils étaient partis, tous ensemble, longer les frontières de leurs terres. Là, Symon avait semblé en paix avec sa nomination.

— Son plan de défense est très intéressant et je pense que sa proposition concernant la préservation de nos récoltes est excellente, poursuivit-il. Toi-même tu as dit avoir été surpris par ses idées lorsque vous étiez partis inspecter les environs.

— Oui, je te l'accorde, ses agissements contredisent ses propos.

— Oui, et j'aimerais bien savoir pourquoi. Quoi qu'il en soit, j'ai ordonné à deux de mes hommes de le garder à l'œil. Peut-être trouveront-ils une explication à son comportement étrange.

On frappa à la porte et sur un mot de Rob, un garde entra.

— Laird, lady MacGregor demande la permission d'aller voir sa gouvernante.

— Est-ce vraiment une bonne idée, Rob ? s'enquit Dougal avant même qu'il n'ait eu le temps de proférer une syllabe. Avec tout ce qui se passe en ce moment…

— Elle ne représente aucune menace pour nous. Cela l'occupera. Et puis, elle est constamment surveillée.

Il se tourna vers le garde et ordonna :

— Escortez-la.

Le garde se retira et Rob porta de nouveau son attention sur Dougal.

— Que feras-tu lorsque sa mère demandera à la revoir ? demanda ce dernier.

Rob esquissa une moue. Jocelyn voulait seulement s'assurer que sa fille allait bien. Allait-elle essayer de convaincre Lilidh de mettre un terme à leur… Leur quoi, d'ailleurs ? Il n'y avait pas même de mot pour définir leur relation.

Il haussa les épaules, incapable de se résigner à l'inévitable. Dougal rit doucement avant de quitter la pièce, comme s'il avait compris le fond de sa pensée.

Une fois seul, Rob fit appeler une servante afin qu'elle prépare la salle pour la suite des négociations avec les MacLerie. La pièce était assez spacieuse et il était sûr que personne ne les dérangerait ici. Il se dirigea ensuite vers la cuisine et ordonna que l'on prépare une collation. Affamé par les émotions de la journée, il avala en hâte quelques bouchées de pain, en se demandant si Lilidh avait déjà rejoint sa gouvernante.

Bon sang ! Bientôt, elle ne serait plus là, alors il était fermement décidé à profiter de chaque moment passé en sa compagnie.

Après avoir quitté Rob, Symon se hâta vers la chambre de sa sœur. Pour la première fois depuis bien longtemps, il était en proie au doute. Tyra avait prédit que Rob rejetterait ses idées alors qu'il avait semblé, au contraire, très intéressé par ses propositions au retour de sa mission avec Dougal.

D'ailleurs, lui-même devait admettre qu'il n'était pas opposé à certains changements que Rob voulait mettre en œuvre.

Comme il montait l'escalier qui menait à sa chambre, il ralentit son allure, prenant lentement conscience que sa sœur avait outrepassé les limites de son rôle. Il avait eu vent de son altercation avec Lilidh. Cela ne se serait jamais produit si elle l'avait écouté !

Secouant la tête, il frappa à sa porte et entra sans attendre de réponse. Il lui avait dit qu'il viendrait la voir dès qu'il en aurait terminé avec Rob et les anciens ; elle devait donc l'attendre.

Pourtant, à sa grande surprise, Tyra n'était pas seule. Se tenant debout au milieu de la chambre, elle discutait avec un homme qu'il n'avait jamais vu auparavant.

— Qui diable êtes-vous et que faites-vous dans la chambre de ma sœur ? s'exclama-t-il en s'avançant vers eux.

— Symon ! supplia-t-elle en levant les mains en un geste d'apaisement, c'est Connell, l'un des écuyers. Ma jument a perdu un fer. Elle a le sabot abîmé et Connell est venu me donner de ses nouvelles.

Elle se retourna vers l'homme.

— Merci d'être venu Connell, lança-t-elle en le raccompagnant vers la porte.

— Où sont tes servantes ? gronda Symon lorsqu'elle eut refermé la porte. Cet homme n'a rien à faire dans ta chambre lorsque tu es seule !

— Oui, tu as raison, murmura-t-elle en baissant la tête, l'air contrit. Les servantes sont parties il y a quelques instants seulement, cela m'étonne que tu ne les aies pas croisées dans l'escalier.

Elle se dirigea vers une commode sur laquelle était posé un plateau avec un hanap et des gobelets.

— Assieds-toi et raconte-moi ce qui s'est passé, dit-elle en lui tendant un gobelet.

Symon s'assit sur le tabouret de la coiffeuse et elle s'agenouilla à ses pieds, levant les yeux vers lui.

— Rob m'a réprimandé pour avoir haussé le ton devant les MacLerie, se plaignit-il après avoir avalé quelques gorgées.

— Cela ne m'étonne guère, repartit-elle en secouant la tête, tu as fait ce qu'il fallait pour défendre l'honneur de notre clan, Symon. Tu as fait ce que Rob n'a pas eu le courage de faire.

En prononçant ces paroles rassurantes, elle avait un sourire plein d'adoration et le cœur de Symon se serra. Dernièrement, il ne l'avait pas traitée avec les égards qu'elle méritait. Elle était sa sœur, sa seule famille, son unique soutien depuis le décès de leur mère.

Ils discutèrent un petit moment de l'entretien avec les MacLerie, si bien que, lorsque Symon quitta la chambre de sa sœur, une colère noire s'était emparée de lui. Tyra avait raison, c'était lui qui aurait dû être élu laird. Et, cette fois-ci, il était bien résolu à le prouver à tous.

*
* *

Peu après qu'elle en eut demandé l'autorisation, Ranald, le garde corpulent, était venu chercher Lilidh pour l'emmener au chevet de sa gouvernante.

Nerveuse à l'idée de croiser Duncan et Rurik, Lilidh ne cessait de regarder autour d'elle, mais, hormis la présence de quelques gardes, la salle et la cuisine étaient désertes. Quand ils arrivèrent devant la porte, Ranald l'ouvrit et laissa passer Lilidh avant de la refermer.

Allongée sur le dos, Isla dormait paisiblement. Essayant de ne pas faire de bruit, Lilidh s'assit sur le tabouret placé à côté de la paillasse. Absorbée dans ses pensées, elle sursauta lorsque la porte s'ouvrit de nouveau. Elle se retourna, s'attendant à voir Susan, mais, à sa surprise, elle découvrit sa mère sur le seuil.

— Mère ? s'étonna-t-elle à voix basse en se levant. Je suis surprise de te revoir si tôt.

— Pas autant que moi, répondit sa mère en la serrant dans ses bras.

Lorsqu'elle relâcha son étreinte, Jocelyn s'avança vers Isla.

— Dort-elle tout le temps ?

— Non, mère, elle se réveille assez souvent.

— C'est bon signe.

Lilidh se rassit et sa mère jeta un regard alentour. Elle prit une chaise dans un coin de la pièce et vint s'installer à côté d'elle.

— Maintenant que nous sommes réellement seules, veux-tu me raconter en détail ce qui s'est passé ? s'enquit-elle en lui prenant les mains.

— Est-ce toi ou bien Duncan qui pose la question ? Comptes-tu lui transmettre tout ce que je vais te dire ?

— Lilidh, tout ce que tu décides de me dire restera entre nous. Je ne lui dirai que ce qu'il a besoin de savoir.

Soudain, Lilidh sentit des larmes lui monter aux yeux. Elle ne pleurait pourtant pas souvent habituellement, mais le regard bienveillant de sa mère et les émotions qu'elle traversait depuis plusieurs jours eurent raison d'elle. Une larme roula sur sa joue et elle baissa la tête, cachant son visage dans ses mains. L'instant d'après, elle se retrouvait blottie dans les bras de sa mère, à pleurer sans pouvoir se retenir.

— Oh ! ma chérie, murmura sa mère en la berçant contre elle. Laisse libre cours à ton chagrin et tout ira mieux, tu verras.

Sur ces paroles, Lilidh se mit à sangloter de plus belle et dut faire un grand effort pour se calmer.

— Lilidh, dis-moi que cet inconscient de Rob ne t'a pas forcée contre ta volonté.

— Oh ! non, mère, bien sûr que non ! s'exclama-t-elle en se redressant pour s'essuyer les yeux du revers de la main.

Les sourcils encore froncés, sa mère lui adressa alors un regard curieux et ses traits s'adoucirent.

— Tu l'aimes toujours, n'est-ce pas ?

— Iain ? s'enquit Lilidh. Disons que j'avais beaucoup d'affection pour lui.

Elle baissa la tête, incapable d'affronter le regard perçant de sa mère.

— Il t'a brisé le cœur et pourtant, tu éprouves encore de tendres sentiments pour lui.

Bien évidemment, sa mère avait tout deviné.

— Je… J'ignorais leur existence il y a encore quelques jours, tenta-t-elle d'expliquer.

Sa mère soupira.

— Penses-tu que te donner entièrement à lui a été une bonne idée, Lilidh ? Tu es veuve, je comprends que la solitude te pèse, mais cela ne fera que compliquer les choses.

— J'avais besoin de savoir, mère, répondit-elle dans un murmure. Je ne suis pas fière de ce que j'ai fait, mais j'avais besoin d'en avoir le cœur net.

— Compte-t-il demander ta main ?

— Voyons mère, tu sais comme moi que père n'accepterait jamais.

— Ton père peut se montrer très… obstiné parfois, je le reconnais, observa sa mère en hochant la tête.

Lilidh laissa échapper un petit rire.

— En tout cas, je ne regrette rien de ce qui s'est passé car cette histoire m'a permis d'avoir un aperçu de ce qu'aurait pu être ma vie avec Rob.

— Tu ne regrettes rien ? s'enquit sa mère, haussant un sourcil incrédule.

Avec tendresse, Jocelyn repoussa une mèche de son visage en la couvant d'un regard indéchiffrable.

— Non, mère. Pour Rob, la survie de son clan passe avant tout et je l'estime pour cela. Nous avons vécu quelque chose de fort et cela m'a permis de tourner la page.

— Lilidh, il a demandé de l'or ! Rob a demandé une rétribution en échange de ta liberté !

— Et alors ? Les Matheson ne sont pas riches, ils sont un petit clan qui a subi beaucoup de changements ces derniers temps, répondit-elle en haussant les épaules. Et, vu les circonstances, sa demande ne me paraît pas inconvenante, d'autant plus que Rob n'a pas commandité mon enlèvement.

Lilidh se raidit brutalement. Les derniers mots étaient sortis de sa bouche sans qu'elle y pense. Elle ne voulait pas que sa mère, et encore moins Duncan, soit au courant de la situation délicate dans laquelle se trouvait Rob au sein même de son clan. Avouer que ses hommes l'avaient enlevée sans son accord risquait de se retourner contre lui lors des négociations.

Forçant un sourire sur son visage, elle observa sa mère. Hélas, elle ne put rien lire sur son visage. Avait-elle mesuré les implications de ses propos ? Sa mère se leva et fit quelques pas dans la pièce, ce qui n'était pas bon signe d'ordinaire. Lilidh sentit sa gorge se nouer d'appréhension.

— En toute honnêteté, je m'attendais à tout sauf à cela, dit-elle enfin en se retournant vers elle. Je pensais que tu allais être en colère, désabusée, déçue, au lieu de cela, tu es en train de le défendre et de lui chercher des excuses.

Perplexe, Lilidh réfléchit à ces paroles. Lorsque, quatre ans plus tôt, Rob l'avait humiliée, elle avait souhaité le voir périr dans les flammes de l'enfer. Il lui avait brisé le cœur. Cependant, les choses étaient différentes maintenant. Il avait mûri. Ils avaient partagé tant de choses ces derniers jours, et puis, comment lui en vouloir pour quelque chose qu'il n'avait pas fait ? Rob avait des devoirs et des obligations à remplir envers son clan et elle… envers le sien.

— J'ai appris beaucoup sur moi depuis que je suis ici, mère, finit-elle par répondre en se levant. Et Rob aussi. Le passé est le passé et je ne vois pas pourquoi il devrait interférer dans le présent, en provoquant tant de haine et de violence, qui plus est.

Une expression étrange passa sur le visage de sa mère. De la peine ? De la culpabilité ? Soudain, Lilidh décida d'interroger sa mère de front. Elle n'en pouvait plus des faux-semblants.

— Pourquoi as-tu envoyé une missive à Rob peu avant que j'épouse Iain ? s'enquit-elle abruptement.

— Il te l'a dit ? s'étonna sa mère. Voici qui est surprenant étant donné qu'il n'a pas eu la décence de répondre.

— Mère, il ne t'a pas répondu parce qu'il n'a jamais lu la missive. Son père a intercepté ton message.

Elle s'approcha d'elle, étudiant sa réaction avec attention.

— Pourquoi lui as-tu envoyé cette missive ? Père a pourtant été parfaitement clair concernant Rob et, plus généralement, les Matheson.

— Une erreur de jugement de ma part, prétendit-elle avec une moue navrée.

Lilidh était sur le point d'exiger une véritable explication, lorsque la porte s'ouvrit, livrant passage à Susan. Jocelyn accueillit cette interruption avec un peu trop d'enthousiasme à son goût, mais elle ne dit rien. La servante examina Isla avant de se lancer, avec sa mère, dans une discussion, à propos de sa cousine qui vivait à Lairig Dubh.

Susan était toujours avec elles quand Ranald entra dans la petite pièce afin de ramener Lilidh dans la chambre de Rob. Un autre garde apparut sur le seuil et sa mère la prit dans ses bras, accompagnant son geste d'un regard éloquent, avant de la relâcher pour sortir dans le couloir.

Lilidh et Ranald leur emboîtèrent le pas et tous les quatre traversèrent le couloir étroit puis la cuisine en silence. Ils avaient presque atteint l'escalier qui conduisait à l'étage supérieur, lorsque Symon et sa sœur apparurent dans l'entrebâillement de la porte de la grand-salle.

Malgré elle, Lilidh marqua un bref temps d'arrêt, brusquement envahie par un mauvais pressentiment. Ranald lui fit signe de le suivre dans l'escalier et elle s'exécuta, jetant un regard derrière elle avant de poser le pied sur la première marche.

Symon venait d'esquisser une révérence à sa mère au moment où Rob et Dougal surgirent de l'autre bout du couloir. A contrecœur, Lilidh s'engagea dans l'escalier, mais quand elle entama la troisième volée de marches, un cri, suivi d'un bruit de bagarre, retentit derrière elle. Ranald la prit aussitôt par le bras et la guida de force vers l'étage, tandis que des jurons et des menaces se faisaient entendre d'en bas.

Le garde la fit entrer dans la chambre et referma brusquement la porte, donnant l'ordre à quelqu'un dans le couloir de monter la garde devant. Lilidh s'appuya contre la porte, écoutant les pas pressés de Ranald sans doute, résonner dans le couloir.

— Que se passe-t-il ? s'écria-t-elle, cédant soudain à la panique. S'il vous plaît, dites-moi ce qui se passe !

Elle entendit le loquet de la porte s'abaisser de l'extérieur, mais personne ne lui répondit. Désemparée, elle fit quelques pas dans la chambre, priant le ciel qu'il ne soit rien arrivé à sa mère. Symon avait certainement encore fait des siennes, ce qui allait créer encore plus de problèmes pour Rob. Ce malotru en avait-il uniquement après Rob ou bien tout son clan ?

Poussant un profond soupir, elle se dirigea vers la fenêtre. Là, son regard se posa sur les dizaines de tentes que les siens avaient dressées en lisière de forêt. Des torches illuminaient le campement, leur lueur jaune contrastant avec le crépuscule qui envahissait l'horizon. Etait-ce là sa dernière nuit ici, avec Rob ?

Perturbée par les pensées qui lui venaient, elle fit encore quelques pas dans la chambre. Etait-elle réellement prête à quitter Rob, à l'oublier, comme elle l'avait dit à sa mère ? Avait-elle essayé de se convaincre, elle, ou bien sa mère, des raisons qui l'avaient poussée à agir comme elle l'avait fait ?

Cette fois-ci, la séparation de Rob allait l'affecter bien plus qu'il y a quatre ans. La passion charnelle qu'ils éprouvaient n'était, en réalité, que le reflet des véritables sentiments qu'ils avaient l'un pour l'autre. Pourquoi le destin s'acharnait-il contre eux ?

Cependant, elle était toujours persuadée que Rob lui cachait encore bien des choses, à commencer par la véritable raison du conflit entre leurs pères. Et elle avait l'étrange impression qu'il le faisait dans le but de la protéger. Mais de quoi ?

Elle fronça les sourcils, ne sachant pas si elle devait se confronter à lui et essayer de lui faire avouer la vérité, ou plutôt profiter des derniers moments ensemble.

Elle n'eut pas à réfléchir longtemps avant de prendre une décision.

21

Rob s'engagea dans l'escalier, suivi de Dougal.

Lorsqu'il lui avait exposé son idée, Dougal s'y était farouchement opposé avant de changer d'avis. Désormais, Rob espérait seulement que Lilidh serait d'accord avec ce qu'il comptait lui proposer. Etait-elle au courant de ce qui venait de se passer dans la grand-salle ? Avait-elle vu quelque chose avant d'être reconduite à leur chambre ? Avait-elle entendu les menaces de Symon ?

— Tu n'es qu'un pauvre fou Rob, un pauvre fou, entendit-il Dougal marmonner derrière lui.

Un léger sourire aux lèvres, Rob secoua la tête. Son ami ne lui épargnait ni critiques ni protestations, mais il décida de les ignorer. Il n'avait guère envie de se quereller avec lui, surtout dans un moment pareil.

Rob soupira, repassant dans son esprit les événements qui avaient, une fois de plus, failli lui coûter la vie.

Bon sang ! Il n'en revenait toujours pas ! Qu'avait-il bien pu se passer dans la tête de Symon ? Qu'avait-il espéré obtenir en plaçant un poignard sous la gorge de Jocelyn ? Heureusement qu'il était parvenu à le maîtriser avant que son idiot de cousin ne la blesse ! Dougal et des gardes avaient accouru à son aide et Symon avait dû être enchaîné et traîné de force dans le cellier.

Furieux, Rob avait ordonné qu'il y reste enfermé jusqu'à nouvel ordre. De toute façon, il était hors de question que cet énergumène circule librement dans le château après ce qu'il avait fait. Jocelyn, quant à elle, avait été emmenée auprès d'Isla où elle resterait pour sa protection, jusqu'à ce que le problème soit réglé. Dans l'espoir de trouver une solution satisfaisante pour tous, il avait prévu de se réunir avec Duncan dès le lendemain matin.

Son estomac se noua lorsqu'il arriva devant la porte de sa chambre. Comment Lilidh réagirait-elle à ces nouvelles... et à sa proposition ?

— Il n'est pas trop tard pour changer d'avis, Rob, lui souffla encore Dougal.

Rob leva les yeux au ciel et s'empressa de pénétrer dans la chambre, seul, avant de claquer la porte derrière lui. Lilidh était debout, près de la fenêtre, le regard perdu au loin. Il se dirigea vers elle et l'enlaça, sentant avec délices son dos prendre appui sans résistance contre son torse. Humant le doux parfum de ses cheveux, il observa quelques instants le feu de torches qui éclairaient le campement des MacLerie.

Bientôt, elle ne serait plus là. Comment ferait-il alors ? Arriverait-il seulement à sourire encore, une fois qu'elle serait partie ?

— Que s'est-il passé, Rob ? demanda-t-elle à mi-voix.

— Symon a essayé de prendre ta mère en otage.

Il la sentit se raidir dans ses bras.

— Ne t'en fais pas, elle n'a pas été blessée. Elle est avec Isla et j'ai prévenu tes cousins qu'elle restera dans le château cette nuit.

— Puis-je la voir ?

— Pas maintenant, demain. Rassure-toi, ma douce, elle va bien, il y a eu plus de peur que de mal.

Lilidh se retourna vers lui.

— Oh ! Rob, tu es blessé ! s'exclama-t-elle en lui touchant la joue à l'endroit où Symon lui avait assené un coup de poing monumental.

— Lilidh, écoute-moi, je voudrais te parler d'une

chose importante. Cette situation devient plus dangereuse de jour en jour et… Et je m'inquiète de ce qui pourrait t'arriver si je…

— Rob, tu trouveras une solution, tu me l'as promis, murmura-t-elle en lui agrippant le bras.

Une expression à la fois tendre et déterminée se peignit sur son visage. Elle semblait avoir assez de confiance pour tous les deux et il ne put s'empêcher de sourire à cette idée, vaguement rasséréné.

— Dougal attend devant la porte, annonça-t-il avant de s'éclaircir la gorge. Il sera notre témoin.

Sourcils froncés, elle lui adressa un regard interrogateur. Elle ne comprenait pas. Rob sentit tout son courage l'abandonner.

— Lilidh… Nous avons eu des relations intimes qui pourraient être lourdes de conséquences.

Elle réfléchit pendant un court instant.

— De quoi diable parles-tu, Rob ? Pourquoi avons-nous besoin d'un témoin ?

— Je voudrais que nous nous engagions solennellement l'un envers l'autre. Ainsi, s'il m'arrive quelque chose, tu auras la protection de mon nom. Dougal m'a promis que tout ceci resterait entre nous trois, sauf si…

— Tu penses que tu vas mourir.

Pour être honnête, il n'était plus sûr de rien. Avec tout ce qui se passait dans son château, il craignait en effet pour sa vie. Et surtout pour celle de Lilidh. S'il venait à disparaître et qu'il s'avérât que Lilidh portait leur enfant, elle pourrait officialiser leur engagement mutuel aux yeux de tous ; cela lui apporterait une certaine protection. Et dans le cas contraire, personne ne serait jamais au courant de leur arrangement. Bien sûr, ils étaient supposés honorer leurs vœux pendant un an et un jour, hélas il ne pouvait attendre d'elle une telle chose après ce qu'il lui avait fait autrefois. S'ils sortaient de cette histoire indemnes, il la laisserait reprendre le cours de sa vie dès que possible. Il lui devait au moins cela.

— Lilidh, la situation est en train d'échapper à mon contrôle. Admettons même que je parvienne à démasquer le traître dans mon clan avant qu'il ne soit trop tard, reste encore à voir ce que fera ton père lorsqu'il apprendra ce qui s'est passé ce soir. Non seulement j'ai enlevé sa fille, mais sa femme a failli être prise en otage, durant la période de trêve, qui plus est !

Bon sang ! Cette fois-ci, Symon avait vraiment dépassé les limites.

— Voyons, ce n'est pas toi…

Rob posa un doigt sur ses lèvres.

— Cela ne change rien, Lilidh. En tant que laird, je suis responsable des actes de mes hommes.

Un bruit étouffé provenant du couloir attira leur attention. Dougal semblait perdre patience et Rob eut peur qu'il ne s'en aille.

— Alors, Lilidh, qu'en dis-tu ? s'enquit-il en prenant ses mains dans les siennes. Acceptes-tu ma proposition ?

En plongeant son regard dans le sien, il fut pris d'une soudaine envie de lui dire ce qu'il avait réellement sur le cœur. Heureusement, il se retint. Inutile de faire des promesses qu'il ne pourrait sans doute pas tenir.

Enfin, elle opina et deux larmes glissèrent sur ses joues. Profondément soulagé, Rob les essuya de ses pouces avant de se saisir du plaid posé sur le lit. Il le passa sur les épaules de Lilidh et alla ouvrir la porte.

— Milady, la salua Dougal en esquissant une révérence. Mon laird a une façon bien étrange de vouloir arranger les choses, ne trouvez-vous pas ?

Rob lui adressa un regard sombre qui le fit taire. Puis il vint se placer à côté de Lilidh. Prenant sa main gauche dans la sienne, il passa son autre bras autour de ses épaules.

Tandis que Dougal préparait les rubans découpés dans

un tartan aux couleurs de leur clan, Rob essaya vainement de trouver les mots justes, des mots qui ne révéleraient pas la vérité de son cœur.

— Lilidh MacLerie, devant ce témoin, je te prends pour épouse et m'engage par cet acte à te faire bénéficier de la protection de mon nom pendant un an et un jour.

Dougal lui tendit alors un des rubans et Rob le noua autour de leurs mains. Puis, levant la tête vers son visage, il plongea son regard dans celui de Lilidh et attendit qu'elle prononce ses vœux.

Quand elle parla, le ton de sa voix, intime et basse, lui serra le cœur.

— Rob Matheson, devant ce témoin, je te prends pour époux et m'engage par cet acte à te rester fidèle et à honorer nos vœux pendant un an et un jour.

Elle prit le ruban que lui tendait Dougal et le noua à son tour autour de leurs mains. Alors, il se pencha vers elle. Ses lèvres se joignirent aux siennes en un baiser scellant leur engagement.

— Je déclare solennellement avoir été témoin de votre bêtise, déclara Dougal, mettant ainsi fin à leur étreinte.

— Je te remercie Dougal, dit Rob sans masquer son ton ironique.

Sans dire un mot, son ami tourna les talons et quitta la chambre. Rob l'entendit grommeler quelques jurons dans le couloir. Le cœur soudain léger, il eut un petit rire. Puis, un silence lourd de signification retomba sur la pièce.

Pour se donner une contenance, il se dirigea vers la table et remplit une coupe de vin avant de se servir un gobelet de whisky. Il tendit la coupe à Lilidh et celle-ci l'accepta avant d'aller s'asseoir sur le banc en dessous de la fenêtre.

Il but une gorgée du liquide ambré et observa Lilidh — sa femme, non plus seulement de cœur, mais devant la loi — par-dessus le rebord de son gobelet. Elle sirotait son vin et semblait perdue. Comme il aurait voulu avoir plus de temps pour savourer cet instant de bonheur, mais la réalité reprenait déjà ses droits.

— Ton entretien avec Duncan ne s'est pas bien passé ? Est-ce cela qui a poussé Symon à agir de la sorte ? s'enquit-elle, interrompant le fil de ses pensées.

— Je l'ignore. Il sait se montrer très raisonnable, parfois.

Visiblement incrédule, Lilidh écarquilla les yeux et il ne put réprimer un rire.

— Je suis sérieux, poursuivit-il en hochant la tête pour appuyer la véracité de ses propos. Il agit de façon tout à fait incohérente. Il a par exemple de très bonnes idées pour améliorer le mode de vie de notre clan. J'ai du mal à comprendre ses changements soudains de comportement. J'en viens même à me demander s'il n'est pas fou. En plus de cela, j'ai… j'ai l'impression que Duncan essaye de gagner du temps. Nous aurions dû régler cette histoire aujourd'hui et pourtant, il a décidé de reporter les pourparlers.

— Qu'a-t-il à y gagner ? demanda Lilidh, l'air étonné.

Il s'assit à côté d'elle et lui prit la main.

— Je ne sais pas, je me trompe sans doute, mais… Je l'ai déjà vu adopter cette attitude auparavant. On dirait qu'il… Qu'il attend quelque chose. Si seulement je savais ce que c'est…

Rob croisa son regard et nota aussitôt sa pâleur et les cernes sous ses yeux. Elle était épuisée par les soucis et la tension. Pourtant, elle lui souriait encore et il lui retourna son sourire.

— La journée a été longue, chuchota-t-il.

Sans lâcher sa main, il se leva et l'attira contre lui.

— Viens, dit-il en l'entraînant vers le lit. Oublions un peu ce que l'avenir nous réserve et essayons de nous reposer.

Il ouvrit les couvertures et attendit qu'elle s'allonge. Pour une fois, il n'avait aucune arrière-pensée, il espérait vraiment trouver un peu de repos cette nuit, pour elle et pour lui. Seulement, sa résolution s'envola dès que Lilidh enleva sa robe avant de se glisser, nue, entre les draps.

Son membre se dressa aussitôt et il sentit une onde de désir brûlant se répandre en lui. Lentement, il fit le tour du lit et commença à se déshabiller sans la quitter du regard. Une fois dévêtu, il posa son épée contre la table de chevet et plaça le poignard en dessous du matelas avant de s'allonger à son côté.

Ils ne se touchaient pas, mais chacun de ses nerfs était conscient de sa proximité. De toute façon, dans son lit ou en dehors de celui-ci, Lilidh MacLerie était impossible à ignorer. Qu'aurait été sa vie s'il l'avait ignorée à son arrivée à Lairig Dubh ? S'il avait lutté contre son attraction ? S'ils n'avaient jamais échangé de caresses ni de baisers ? En dépit de tous les problèmes qui avaient résulté de leur rencontre, il ne voulait même pas y penser. Une vie sans elle aurait été une existence insignifiante.

Lilidh se coula dans son étreinte et il resserra les bras autour d'elle. Il était tellement bien ainsi, tellement… en paix. Il aurait voulu que cet instant ne finisse jamais. Il voulait s'endormir dans ses bras et en conserver à jamais le souvenir.

Demain, elle ne serait plus là.

Rob était tellement fatigué qu'il s'endormit aussitôt, respirant le parfum délicat de Lilidh.

Quelques heures plus tard, une caresse dans son dos le réveilla et il sentit sa peau irradier sous les doigts de Lilidh. Leurs regards se croisèrent, leurs lèvres se joignirent et leurs corps se fondirent l'un dans l'autre. Cette fois-ci, ils firent l'amour tendrement et longuement, désireux, l'un comme l'autre, d'ancrer ces derniers instants d'intimité dans leur mémoire.

Un bruit lointain résonna dans le rêve de Rob et il ouvrit les yeux. L'aube était déjà là. Le cœur lourd, il se leva et se dirigea vers la fenêtre. Bien plus nombreuses que la veille, les troupes MacLerie et celles de leurs alliés étaient aux portes du château. Etait-ce là son dernier jour sur cette terre ? Aurait-il mieux fait d'appeler les MacKenzie en renfort ? Il était trop tard pour revenir sur ses décisions. Il n'y avait rien à regretter.

Il se retourna vers le lit d'où Lilidh l'observait d'un regard inquiet. Elle se leva et ils s'habillèrent en silence. Avant de quitter la chambre, ils s'étreignirent une fois encore, sans un mot.

Lilidh lutta de toutes ses forces pour ne pas se retourner sur la pièce, avant que Rob ne ferme la porte de cette chambre où ils avaient partagé tant de choses. Elle sentit son estomac se contracter douloureusement tandis qu'ils avançaient dans le couloir sombre. Que Dieu lui vienne en aide ! Ils vivaient leurs derniers instants ensemble et bientôt, ils allaient se séparer pour toujours.

Elle avait été très touchée par la démarche de Rob, mais les vœux qu'ils avaient prononcés la veille ne changeraient rien à la situation, elle le savait bien. Qu'il vive ou qu'il meure, elle allait devoir réapprendre à vivre sans lui.

Ils descendirent les marches en silence et chaque fois que leurs corps se frôlaient, Lilidh avait envie de se blottir contre lui, de sentir ses bras autour d'elle. Ils arrivèrent devant la porte de la chambre où se trouvaient Isla et sa mère, et Rob l'ouvrit en s'effaçant pour la laisser passer.

— Lady MacLerie, dit-il d'une voix grave, si vous voulez bien me suivre, je vais vous reconduire auprès des vôtres.

Sa mère, qui était assise au chevet d'Isla, se leva.

— J'emmène ma fille avec moi, repartit-elle en s'avançant vers lui.

— Non, mais vous pouvez emmener la gouvernante avec vous.

Sur ces mots, Rob se retourna et lança quelques ordres aux gardes qui étaient postés devant la porte, et, aussitôt, les hommes s'affairèrent autour de la vieille femme. A plusieurs, ils soulevèrent la paillasse sur laquelle elle était allongée et quittèrent la petite chambre.

Rob fit signe à Jocelyn de le suivre. Lorsque sa mère fut à l'extérieur, Rob se tourna vers elle et le cœur de Lilidh manqua un battement.

— Reste ici et attends qu'un de mes hommes vienne te chercher, souffla-t-il.

— Rob, je…

Son souffle se coinça dans sa gorge. Il y avait tant de choses qu'elle voulait lui dire. Par où commencer ?

— Un garde viendra te chercher le moment venu, chuchota-t-il avant de fermer la porte.

Immobile, Lilidh écouta le bruit de ses pas s'amenuiser dans le couloir. Bientôt, un silence chargé d'émotion et d'attente s'installa dans la petite chambre.

Lilidh avait envie de se blottir dans un coin et de ne plus bouger. Son bonheur avait été de courte durée et elle n'y goûterait sans doute plus jamais.

22

Suivi de ses hommes, Rob escorta Jocelyn jusqu'à la cour principale.

Il ne s'était donc pas trompé dans son interprétation : Duncan avait fait exprès de retarder leurs pourparlers. Savait-il que Connor finirait par venir ? Ce dernier avait-il prévenu son émissaire de ses intentions ? Quoi qu'il en soit, son passé l'attendait en ce moment même devant les portes de son château.

Conscient que son destin ainsi que celui de tout son clan se jouaient là, Rob se sentait étrangement serein. Après plus de quatre ans, il allait enfin faire face à Connor. L'homme qu'il avait admiré, et qui lui avait interdit le bonheur auprès de Lilidh.

Lorsqu'ils arrivèrent devant l'imposant portail de bois et de fer forgé, Dougal vint se placer derrière Jocelyn et lui saisit courtoisement mais fermement le bras. Rob fit quelques pas en avant, donnant l'ordre à l'un de ses hommes d'ouvrir le portail. Derrière lui, le bruit des épées sortant de leur fourreau lui fit brusquement comprendre le danger de la situation. Allons, il était trop tard pour faire marche arrière. Le portail s'ouvrit sur une silhouette familière et Rob ne put réprimer une bouffée d'émotion.

— Laird Matheson, lança Connor en faisant un pas en avant, il me semble que vous avez quelque chose qui m'appartient.

Rob hocha la tête et Dougal s'avança avant de lâcher le

bras de Jocelyn. Voyant Connor tirer son épée, Rob posa la main sur le manche de la sienne, sans geste brusque. Peut-être qu'en montrant sa bonne foi, il parviendrait à éviter le conflit violent tant redouté.

Jocelyn arriva à la hauteur de Connor et celui-ci lui serra la main avant de lui faire signe de reculer. Dougal revint se placer derrière lui tandis que les époux échangeaient quelques mots à voix basse. Visiblement contrariée par ce qui lui disait Connor, Jocelyn lui adressa un regard noir avant de tourner les talons et de disparaître au milieu des troupes postées derrière son époux.

— Et ma fille ? s'enquit Connor l'instant d'après.

Le fixant du regard, Rob ne dit rien.

— Je brûlerai toutes tes terres et démantèlerai ton château pierre par pierre si tu ne libères pas ma fille sur-le-champ, gronda-t-il en s'avançant avant de s'arrêter sur le seuil du portail.

Rob serra les mâchoires. Il lui fallait garder son sang-froid. Devant lui se tenait l'homme qui avait été un second père pour lui et à qui il vouait toujours une grande admiration. Pourtant, cet homme était également responsable — avec lui-même — du malheur de Lilidh, de son manque de confiance en elle. C'était à cause de lui encore que son amour pour Lilidh était voué à l'échec.

Soudain, la frustration fit bouillir le sang dans ses veines et son besoin de vengeance eut raison de lui. Cette fois, Connor allait entendre ce qu'il avait à lui dire.

Sans se départir de son calme, Rob s'avança lentement vers son mentor.

— Je crois que tu ne feras rien de cela, énonça-t-il lorsqu'il fut devant lui. Parce que, dans le cas contraire, je me verrais obligé de révéler à Lilidh la vérité sur ce qui s'est passé il y a quatre ans.

Une lueur — de surprise, de peur ? — passa dans les yeux de Connor avant de disparaître aussitôt.

— Tu ne lui as rien dit ? demanda-t-il.

Se rappelant alors son devoir de chef et sa résolution de protéger les intérêts de son clan avant tout, Rob répondit :

— Non, et je ne lui dirai rien à condition que tu payes pour sa libération.

— Tu en as donc après mon or, s'esclaffa Connor. Bien sûr, j'aurais dû m'en douter.

Piqué au vif, Rob resserra son emprise sur le manche de son épée. Il devait aller jusqu'au bout, il ne pouvait pas se soustraire à ses devoirs de laird, surtout pas maintenant.

— Il y a une autre condition, dit-il calmement.

— Pardon ? Je doute fort que tu sois en position de discuter.

— Détrompe-toi. Jusqu'à preuve du contraire, ta fille est ma prisonnière. Et si tu souhaites vraiment que ce qui s'est passé reste entre nous, je te propose de régler cette situation calmement.

Connor poussa un soupir et Rob comprit que son adversaire était en proie au doute.

— Une fois que tu m'auras donné l'or en échange de la liberté de Lilidh et que j'aurai ta parole que tu ne lanceras pas l'assaut contre mon clan, nos chemins se sépareront une bonne fois pour toutes.

Rob avait bon espoir. Connor n'aurait d'autre choix que d'accepter sa proposition. Ses erreurs du passé risquaient de jeter une ombre sur sa réputation ; surtout, Rob savait à quel point la Bête des Highlands tenait à sa femme et à sa fille. Il ne reculerait devant rien pour les protéger, ni pour se protéger lui-même de leur jugement.

Sans attendre de réponse, Rob se tourna pour aller chercher Lilidh, lorsque Connor l'interpella.

— Matheson, j'ai moi aussi une condition à te soumettre.

Bien sûr ! Cela aurait été trop beau et trop facile pour être vrai.

Retenant son souffle, Rob se retourna vers lui.

— Tu devras faire comprendre à ma fille qu'il n'y a *aucun* avenir possible entre vous. Je ne veux pas qu'elle s'imagine le contraire après ces quelques jours chez toi.

Rob ferma les yeux et sentit son cœur se briser dans sa poitrine. Encore une fois. Déchiré entre son devoir de chef et son amour pour Lilidh, il était coincé. Il était laird, et s'il voulait être perçu comme tel par les siens, il était obligé d'accepter pour aller de l'avant.

Sans Lilidh. Il devait la trahir, une fois de plus.

Sans dire un mot, Rob se retourna et se dirigea d'un pas pressé vers le château. Dougal le suivit, pestant furieusement ; d'un geste de la main, Rob lui signifia de se taire. Il traversa la grand-salle puis la cuisine et s'arrêta devant la porte de la chambre. Se résignant à l'inévitable, il l'ouvrit brusquement.

— Lilidh, ton père t'attend dehors, dit-il froidement.

— Rob, laisse-moi lui parler, l'implora-t-elle en secouant la tête. Je suis sûre que nous pouvons trouver une solution tous ensemble. Nous nous sommes engagés l'un envers l'autre, mon père comprendra…

— C'est terminé. Suis-moi.

Elle ouvrit la bouche pour répondre, mais il la saisit par le bras et l'entraîna vers le couloir. Il marchait si rapidement qu'elle peinait à le suivre. Il se maudit intérieurement pour son comportement brusque tout en sachant que le pire restait à venir.

Ils traversèrent la cour et s'arrêtèrent à quelques pas de Connor qui les attendait, les bras croisés, au même endroit où il l'avait laissé. Désespéré, écœuré par ce qu'il s'apprêtait à faire, Rob lâcha le bras de Lilidh, lui signifiant d'avancer.

— Père, Rob, dit-elle en se plaçant entre eux deux. Je pense que nous devrions discuter en privé.

— Ce n'est guère nécessaire, Lilidh. Ton père va te ramener à Lairig Dubh.

— Voyons, Rob, nous…

Par peur qu'elle en dise trop, il lui coupa la parole et entama ainsi sa descente aux enfers.

— Nous avons passé des moments fort agréables ensemble et je vais devoir m'habituer à ne plus t'avoir dans mon lit pour réchauffer mes nuits, mais c'est fini, coupa-t-il à voix basse pour être entendu d'elle seule.

Le regard effaré qu'elle lui adressa lui retourna l'estomac.

— Que pensais-tu ? Notre relation était purement charnelle, rien de plus. Pour ma part, il est temps que je reprenne ma vie comme avant et que j'épouse enfin Tyra.

Les yeux écarquillés, Lilidh le regardait bouche bée.

— Rob, je…, bégaya-t-elle.

— Laird MacLerie, reprit-il d'une voix forte, en la poussant vers son père. J'ai rempli ma part du marché. Où est l'or qui m'a été promis ?

Visiblement choquée, Lilidh alla se blottir dans les bras de Connor et celui-ci lui murmura quelque chose à l'oreille avant d'appeler un de ses gardes. L'instant d'après, un homme portant un coffre s'avança vers eux. Il tendit l'objet à Connor qui, après avoir relâché Lilidh, le prit et le jeta aux pieds de Rob.

— Votre or, *laird* Matheson, repartit-il sèchement.

Sur ces mots, Connor passa un bras par-dessus les épaules de Lilidh et la guida vers ses hommes.

Son attitude de souffrance, sans un bruit, le dos courbé, transperça le cœur de Rob telle une flèche et il ordonna que l'on referme le portail. Accablé par le chagrin, sans prêter la moindre attention à son entourage, il monta sur les remparts et regarda les MacLerie regagner leur campement et commencer à démonter leurs tentes.

Il ne descendit dans sa chambre qu'une fois que la silhouette du dernier MacLerie eut disparu dans la forêt.

Le dîner fut une véritable épreuve pour lui. Il ne pouvait rien avaler. Tout autour, l'atmosphère était à la joie. Les anciens avaient levé leurs verres à sa santé, salué son courage en affirmant qu'il était digne de leur confiance et que son père aurait été fier de lui.

Mais tous ces beaux discours n'eurent aucun effet sur Rob. Jamais il ne s'était senti aussi lâche et méprisable. Une fois de plus, il avait non seulement profondément blessé Lilidh, mais Connor était parvenu à ses fins. Encore. Pas plus qu'autrefois, il n'avait su lui tenir tête.

Lilidh ouvrit péniblement les yeux et il lui fallut quelques instants pour comprendre qu'elle était dans sa chambre de jeune fille.

Cela faisait déjà plusieurs jours qu'elle était revenue à Lairig Dubh et elle avait encore du mal à assimiler l'abrupt changement de comportement de Rob. Jamais elle n'aurait pensé qu'il l'humilierait de la sorte. Pour la seconde fois.

Une larme roula sur sa joue et elle l'essuya aussitôt. Dire qu'elle avait été assez idiote pour croire qu'il l'aimait !

Les MacGregor lui avaient envoyé une missive lui souhaitant un prompt rétablissement à la suite des malencontreux événements. Sa famille et ses amis étaient également venus lui rendre visite pour lui souhaiter la bienvenue mais, hélas, elle n'était pas d'humeur à voir du monde.

Elle évitait même la compagnie de son père, ne pouvant se résoudre à affronter son regard. La honte qu'elle éprouvait à l'idée d'avoir défendu l'homme qu'elle aimait et qui n'avait pas hésité à la trahir une nouvelle fois, était bien trop grande. Il n'y avait qu'en compagnie de sa mère qu'elle se sentait à l'aise.

Comme elle veillait toujours, lorsqu'elle n'était pas seule, à afficher une attitude impassible, elle avait fini par convaincre son entourage que cette histoire n'était désormais rien de plus qu'un mauvais souvenir. Néanmoins, elle avait beau se répéter que tout allait bien, elle n'avait pas réussi à leurrer son cœur meurtri. Sans cesse, des images de Rob et de leurs moments de passion venaient la hanter. Parfois, elle se réveillait la nuit en sanglots, bouleversée par l'intensité de ses souvenirs.

Quand elle n'était pas avec sa mère, Lilidh passait ses journées dans sa chambre à lire ou à coudre, essayant ainsi d'occuper son esprit tourmenté. Mais il n'y avait rien à faire, les souvenirs de Rob, de ses baisers et ses caresses, étaient impérissables.

Un jour, incapable de supporter davantage sa propre compagnie, elle était descendue au village pour rendre visite à Ciara. La bonne humeur de sa cousine, qui attendait son deuxième enfant avec son époux Tavis, lui avait mis un peu de baume au cœur et Lilidh avait fini par retrouver le sourire.

Les jours passant, grâce à l'entrain de Ciara, Lilidh reprit peu à peu goût à la vie. Jusqu'à ce qu'un matin, elle prenne conscience qu'elle n'avait pas eu ses règles depuis plus d'un mois.

Cela ne pouvait vouloir dire qu'une seule chose : elle était enceinte.

[illegible]

[illegible] de plus qu'on [illegible] souvent [illegible] elle [illegible] pas [illegible] Sans [illegible] de Robert de [illegible] le [illegible] [illegible] pas [illegible] de ses [illegible].

Quand elle n'a [illegible] [illegible] dans la [illegible] [illegible]. Mais il n'y avait rien à [illegible] de Rob [illegible] typographiques.

Un jour, [illegible] qu'elle [illegible] [illegible] pour rendre [illegible] [illegible] au [illegible] [illegible].

[illegible] grâce à [illegible] de [illegible] [illegible] d'un [illegible]

[illegible]

23

Cela faisait plus de trois semaines que Lilidh avait quitté Keppoch, pourtant Rob n'arrivait toujours pas à se faire à l'idée qu'il l'avait perdue pour toujours. Il avait toutefois compris qu'il lui était impossible de réparer ses torts. Il n'avait d'autre choix que de se ressaisir et d'aller de l'avant. Il devrait apprendre à composer avec ses regrets.

A présent qu'il avait gagné le soutien de tous les anciens, il avait fini par libérer Symon. Et, bien que ce dernier ait semblé calmé, il demeurait sous une surveillance constante. Les MacLerie n'étant plus une menace, Rob avait entamé les pourparlers avec les MacKenzie et attendait de recevoir de leur part la proposition finale d'alliance.

Ce soir-là, comme les autres soirs, il n'attendit pas la fin du dîner pour regagner sa chambre. En montant l'escalier, il repensa au pacte qu'il était sur le point de conclure avec les MacKenzie. Il savait que cette union serait très avantageuse pour son clan, mais il ne pouvait s'empêcher d'avoir l'impression de trahir les MacLerie. La signature de l'accord avec les MacKenzie marquerait officiellement la fin d'une époque.

Il se coucha, absorbé dans ses pensées. Malgré tout ce qui s'était passé, il considérait toujours les MacLerie comme sa seconde famille. Il faudrait bien qu'il tourne la page sur ses souvenirs et reparte sur de nouvelles bases !

Tiré de son sommeil par une voix féminine qui l'appelait, Rob ouvrit péniblement les paupières et eut un sursaut en découvrant Tyra agenouillée à son chevet. Il essaya de se redresser et ce fut alors qu'il sentit le contact glacé d'une lame sur sa gorge.

— Tu ne me rends pas les choses faciles, Rob, chuchota-t-elle en se penchant vers lui et pressant la lame contre sa peau. C'est la dernière fois que tu interfères dans mes projets.

L'air ahuri, Tyra le fixait dans la pénombre.

— Tyra, j'ignore à quoi tu fais référence, si tu veux bien m'expliquer, je suis sûr que nous pourrons trouver une solution.

La pression de la lame sur sa gorge se fit moins forte et il décida de poursuivre :

— Dis-moi ce que j'ai fait de mal, ce que tu attends de moi.

Tout en parlant, il avait levé les mains et était parvenu à se dégager légèrement du poignard qu'elle tenait.

— Tu étais censé mourir Rob, tu étais censé mourir, cria-t-elle. Pourquoi as-tu survécu ? Pourquoi n'es-tu pas mort ? Pourquoi ?

Mon Dieu, elle est vraiment folle, pensa Rob en essayant de garder son calme.

Soudain, tout devint clair. Enfin, tout s'expliquait. Le traître, c'était elle ! Symon n'y était pour rien, c'était Tyra qui était derrière son attaque. Et c'était elle qui avait manipulé son frère, faisant de lui un coupable idéal.

— Tyra, dit-il d'une voix douce, je suis désolé d'avoir inconsciemment contrecarré tes plans.

Il jeta un coup d'œil furtif vers la porte, priant Dieu pour que quelqu'un l'ait vue rentrer dans sa chambre.

— Laisse-moi le temps de m'habiller et nous pourrons parler de ce qui te tracasse, qu'en penses-tu ?

Elle pressa de nouveau la lame contre sa peau et il ne bougea pas, jaugeant sa réaction.

— C'est Symon qui devrait être laird. Lui, je n'ai aucun mal à le contrôler. Du moins, je n'avais aucun mal à le contrôler avant que tu ne t'en mêles.

La démence dans son regard était telle que Rob ne put retenir un frisson.

— Dans ce cas, pourquoi ne pas appeler Symon et discuter de tout cela avec lui ?

Tyra se redressa, lui bloquant la vue sur la porte. La pointe de la lame s'enfonça légèrement dans son cou.

— Je l'ai déjà appelé, il ne devrait pas tarder. Cela dit, tu seras probablement mort avant qu'il n'arrive. Tout le monde croira que c'est lui qui t'a tué et je serai enfin débarrassée de vous. Je ferai d'une pierre deux coups.

Elle comptait également s'en prendre à son propre frère ? Seigneur ! Comment n'avait-il pas remarqué plus tôt qu'elle avait perdu l'esprit ? Il devait à tout prix continuer de la faire parler pour essayer de gagner du temps.

— Et que feras-tu ensuite, une fois que nous ne serons plus une nuisance pour toi ? s'enquit-il en tâchant de se détendre.

— L'alliance avec les MacKenzie étant désormais chose acquise, je pourrai enfin épouser Gavin, dit-elle avec un large sourire.

— Epouser Gavin ? répéta-t-il d'un ton plat, en essayant de masquer sa surprise.

Gavin n'était-il pas fiancé à une héritière des Basses Terres ? Il lui semblait même qu'ils étaient déjà mariés.

— Lui comme moi attendons ce moment depuis des années. Nos pères ont arrangé ce mariage, même si aucun accord formel n'a été signé. Et comme tu ne seras bientôt plus de ce monde, nos fiançailles seront rompues et Gavin et moi pourrons enfin nous marier.

Rob perçut un léger mouvement derrière Tyra. Quelqu'un

avait dû entrer sans qu'ils s'en rendent compte. Décidant de saisir sa chance, il se redressa brusquement et jeta un coup d'œil par-dessus l'épaule de Tyra.

— Symon, te voilà enfin, dit-il sans savoir si c'était vraiment lui ou pas.

Tyra se retourna instinctivement et Rob en profita pour la pousser dans les bras de l'individu qui la plaqua par terre. C'était bien Symon. Il saisit le poignet de sa sœur et elle lâcha le poignard en hurlant à tue-tête. Puis, tout en la tenant clouée au sol, Symon se retourna brusquement vers lui, pointant le poignard dans sa direction de l'autre main.

Seigneur ! Dire qu'il croyait que la situation ne pouvait pas être pire !

Rob s'immobilisa aussitôt. Mais quelle ne fut pas sa surprise, l'instant d'après, de voir Symon retourner le poignard dans sa main avant de le lui tendre, côté manche. Rob le prit et alla chercher des gardes.

Lorsqu'il revint dans la chambre accompagné de ses hommes, Symon et Tyra étaient debout. Il la tenait fermement par les bras tandis qu'elle marmonnait des mots incompréhensibles, secouant la tête en tous sens.

— Emmenez-la dans le cellier, ordonna Rob à ses hommes. Je vais demander à une servante qu'elle reste avec elle cette nuit.

— Si tu n'y vois aucun inconvénient, je vais rester avec elle, laird, demanda Symon.

— Très bien. Mais dès demain matin, nous devrons discuter de son sort.

Son cousin hocha la tête et suivit les gardes qui entraînaient Tyra.

Les jours qui suivirent furent épuisants. Il fallut quelque temps avant que les choses ne rentrent dans l'ordre au sein du château. Une fois que l'on eut fouillé la chambre de Tyra, Rob prit la véritable mesure de sa folie. Non seulement elle avait engagé quelqu'un pour le tuer, mais il était également fort probable qu'elle soit responsable de la mort de son père et d'Ailean.

Avant de clore les négociations avec les MacKenzie, Rob avait envoyé une missive à leur chef, Gavin, afin de s'assurer que celui-ci n'était pas impliqué dans le complot de Tyra. L'homme avait semblé très surpris en apprenant ce qui s'était passé. Il avait par ailleurs assuré n'avoir à aucun moment donné un espoir d'amour à la jeune femme. Les lettres qui avaient été trouvées dans un coffret caché en dessous du lit de Tyra étaient donc des faux, tout comme la proposition d'accord que frère Finlay lui avait montrée.

Symon et lui avaient eu une longue discussion et avaient fini par trouver un terrain d'entente. Son cousin avait, certes, un caractère bien trempé, mais Rob savait qu'il pourrait dorénavant compter sur son soutien. Les anciens avaient également été soulagés en apprenant que Symon n'avait pas pris part aux crimes perpétrés par Tyra. D'ailleurs, c'est lui qui proposa d'escorter sa sœur dans un couvent où une de leurs cousines, abbesse, avait accepté de l'accueillir. Enfermée là-bas, Tyra ne ferait plus de mal à personne.

Deux mois après tous ces événements éprouvants, la vie au château de Keppoch avait repris son cours et la présence de Lilidh entre ses murs était devenue un souvenir doux-amer pour Rob. Le clan, qui avait officiellement joint ses forces à celles des MacKenzie, prospérait de jour en jour grâce, en partie, aux idées ingénieuses de Symon.

Aussi, lorsque comme tous les soirs Dougal vint le retrouver sur les remparts, Rob ne se doutait pas un seul instant que l'ordre des choses allait être bouleversé par le parchemin que Dougal apportait. Quand il le déroula,

Rob sentit son cœur se glacer dans sa poitrine. La lettre était de la main de Jocelyn.

— Je vais bien, mère, assura Lilidh, juste un peu de fatigue.

Sa mère lui adressa un regard lourd de sens, mais ne dit rien. Elle devait se douter de quelque chose, c'était certain, seulement Lilidh n'avait pas le courage de lui révéler la vérité. Elle avait encore du mal à croire qu'elle attendait un enfant. Pourtant, les symptômes étaient de plus en plus présents.

Un enfant de Rob.

Lilidh craignait que sa mère ne soit pas la seule à soupçonner la vérité. Sa cousine Ciara semblait également s'être aperçue de son état. Et d'ici à quelques mois, tout le château saurait…

— Nous aurons bientôt de la visite, annonça Jocelyn, la tirant de ses pensées. Les Murray viennent passer quelques jours ici.

En dépit de la tristesse constante qui continuait de l'accabler, Lilidh se réjouit sincèrement. Sa cousine Elisabeth, qui avait à peu près le même âge qu'elle, avait fait une fugue amoureuse avec James Murray peu avant le mariage de Ciara et Tavis. Depuis, le jeune couple s'était installé à Perth, mais revenait régulièrement à Lairig Dubh.

— Il me tarde de voir Elisabeth, répondit Lilidh.

Cela faisait près d'un an qu'elles ne s'étaient plus revues. Elisabeth n'avait pas pu assister à son mariage avec Iain car elle était sur le point d'accoucher et avait donc préféré ne pas prendre la route.

Sans répondre, sa mère se redressa soudain et congédia les gardes et les servantes du parloir d'un geste de la main. Pressentant ce qui allait se passer, Lilidh baissa la tête. Redoutant ce qui allait suivre, elle fit une moue même si elle éprouvait le besoin de se confier à quelqu'un et savait que sa mère était toujours de bon conseil.

— Lilidh, comptes-tu prévenir Rob que tu attends un enfant de lui ?

— Pardon ? s'étrangla Lilidh dans un effort pathétique pour masquer la vérité.

— Voyons, ma fille, tu as un teint verdâtre qui s'accorde à merveille avec la couleur de tes yeux et tu es incapable de te passer de ta sieste de l'après-midi.

Sa mère marqua une pause et Lilidh leva le regard vers elle.

— Et puis, tu n'as pas eu tes règles depuis que tu es revenue ici. Comme je sais qu'Iain ne peut être le père, cela veut dire que…

— Non, mère, coupa Lilidh. Je ne compte rien lui dire.

— C'est aussi son enfant, il a le droit de le savoir.

Comme elle ne répondait pas, sa mère se leva de son fauteuil et vint s'agenouiller auprès d'elle.

— Que comptes-tu faire, ma chérie ?

— Je… Je ne sais pas, murmura-t-elle. Père sera furieux.

Dieu tout-puissant, qu'allait dire son père en apprenant la nouvelle ? Lilidh fit une grimace à cette idée.

— Tu pourrais aller passer quelques mois à Perth, avec Elisabeth et James, proposa sa mère.

Lilidh rencontra son regard.

Et revenir à Lairig Dubh toute seule, après l'accouchement. Voilà ce que sa mère taisait par pudeur.

— Oui, pourquoi pas, répondit-elle, malheureuse.

— Ou alors, nous pourrions t'arranger un autre mariage. Nombreux sont les clans qui souhaiteraient s'allier aux MacLerie.

Et qui accepteraient son état sans poser de questions, compléta Lilidh intérieurement.

— Oui, aussi, répondit-elle distraitement.

— A moins que tu n'éprouves encore des sentiments pour Rob…

Où voulait-elle en venir exactement ? Comme elle sentait la rancœur monter en elle, Lilidh se leva de son fauteuil et alla se poster devant la fenêtre. Dans la cour principale, les villageois de Lairig vaquaient, insouciants, à leurs occupations.

— Pourquoi aurais-je encore des sentiments pour lui, mère ? s'enquit-elle en serrant les poings. Il m'a humiliée publiquement *deux* fois. Deux fois ! Il n'y était pour rien dans mon enlèvement et à aucun moment il ne m'a promis quoi que ce soit, mais il n'a pas hésité à profiter de mon…

— Amour pour lui ?

— De mon aide, mère ! De mon aide, de mes conseils et de… de la situation. Il m'a dit qu'il regrettait sincèrement de s'être comporté comme il l'a fait il y a quatre ans. Il m'a juré que ça n'avait rien à voir avec mes… cicatrices. Et pourtant…

Des larmes se mirent à couler de ses yeux et elle les essuya d'un geste brusque avant de se tourner vers sa mère.

— Et pourtant, il faut croire que si ! Il m'a menti, une fois de plus.

— Pourquoi avoir gardé toutes ces choses pour toi, ma chérie ?

— Parce que j'ai honte et j'ai mal, cria-t-elle. Ça m'a fait mal, si mal.

Comme elle fondait en larmes, sa mère se leva pour la prendre dans ses bras.

— Oui, je sais, aimer quelqu'un peut parfois être une grande douleur, dit-elle en lui caressant les cheveux.

Lilidh ouvrit la bouche pour répondre, mais se ravisa aussitôt. A quoi bon ? A quoi bon prétendre ne plus aimer Rob. Sa mère ne la croirait jamais. Bien sûr qu'elle l'aimait toujours, seulement leurs chemins ne se croiseraient plus jamais. Et puis, après ce qu'il avait fait, il ne méritait pas de savoir la vérité !

Sa mère posa la main sur son ventre et le caressa.

— Je crois que tu devrais annoncer la nouvelle à ton père, lui conseilla-t-elle. Il est préférable qu'il l'apprenne de ta bouche… et vite.

— Je sais. Il y a également un autre sujet que j'aimerais aborder avec lui, quelque chose que Rob m'a dit, mais je n'ai pas le courage de le faire.

— Rob ? Je peux peut-être t'aider. Après tout, il a été comme un fils pour moi aussi, tu sais.

— Oui, mère, c'est vrai, répondit-elle un sourire amer aux lèvres. Apparemment, il s'est passé quelque chose entre père et lui, mais il n'a pas voulu me dire quoi. Penses-tu que père m'en dira plus ?

— Pourquoi ne pas le lui demander directement ?

Lilidh et Jocelyn sursautèrent en même temps au son de la voix de Connor. Elles ne l'avaient pas entendu arriver dans le parloir !

— Allons, je suis là, et je t'écoute, dit-il après l'avoir embrassée sur le front.

Il était temps d'affronter son père. Et elle comptait bien en profiter pour connaître le fin mot de cette histoire.

— Que s'est-il passé exactement lorsque Rob est venu te voir pour te demander ma main ? demanda Lilidh après avoir inspiré profondément.

En entendant le hoquet de sa mère, Lilidh la regarda. Jocelyn levait des yeux écarquillés sur son père.

— Connor ! Est-ce vrai ? Rob t'a-t-il demandé la main de Lilidh ?

Une expression étrange, de douleur et de honte mêlées, passa sur le visage de son père et il soupira en courbant le dos. Un atroce pressentiment envahit alors Lilidh.

— Réponds-moi, Connor ! s'impatienta sa mère.

— Oui. Oui, c'est vrai, il m'a demandé sa main, répondit-il en les regardant chacune tour à tour. Et j'ai dit non.

— Quand était-ce ? Et pourquoi diable ne me l'as-tu jamais dit ? s'enquit sa mère, qui semblait au bord de la crise de nerfs.

Pour sa part, elle était bien trop choquée par cet aveu pour réagir. Visiblement mal à l'aise, son père fit une grimace et sa mère le tira brusquement par la manche de sa chemise. Persuadée que sa mère finirait par lui faire avouer la vérité, Lilidh se contenta de croiser les bras sur la poitrine.

— Lorsqu'il est venu me voir, commença Connor, j'avais déjà eu vent de ce qui se passait entre toi et lui, Lilidh. Vous étiez souvent ensemble et il était très fier de…

Croisant son regard, il soupira de nouveau et observa un temps d'arrêt avant de reprendre :

— … de vos *escapades* dans la forêt.

— Et alors ? Nous étions fiancés ! s'écria-t-elle.

— Fiancés ? Jamais je n'ai permis une telle chose, que je sache. Il m'a manqué de respect en me désobéissant ouvertement. Et puis, il n'a jamais été question que tu l'épouses, trancha son père qui perdait à son tour patience.

— Parce qu'il est le fils *bâtard* d'Angus ? s'indigna Lilidh, hors d'elle.

— Parce qu'il est indigne de toi ! vociféra son père.

Lilidh fut surprise par cet aveu.

— Tu l'as décrété indigne de moi alors que tu l'as accueilli à bras ouverts dans notre famille ? Il s'est entraîné à tes côtés, avec tes hommes, il a mangé à ta table. Tu étais comme un père pour lui !

Lilidh posa une main sur sa poitrine et prit une profonde inspiration.

— Quoi qu'il en soit, il ne s'est rien passé entre nous, père. C'est *moi* qui ai voulu aller plus loin une seule fois, mais il a refusé. C'est ce jour-là qu'il est venu te voir pour te demander la permission de m'épouser.

— Oui, et lorsque j'ai refusé, il est parti.

— Non, Connor, il n'est pas simplement parti, observa sa mère, les yeux plissés. Il a brisé le cœur de notre enfant. Je t'en prie, dis-moi que tu n'y es pour rien dans la manière dont il a agi ce jour-là.

Une expression de culpabilité se peignit sur le visage paternel. Abasourdie par cette révélation, Lilidh porta la main à sa bouche.

— C'est *toi* qui lui as dit d'agir ainsi ? Pourquoi ? *Pourquoi ?* demanda-t-elle.

— J'ai… j'ai seulement voulu le tester. Je lui ai dit que tu n'étais pas une vulgaire fille de ferme et qu'il n'avait aucun droit de te tourner autour. Je lui ai également dit qu'il avait dépassé de loin les limites que j'avais instaurées.

Il s'éclaircit la gorge, puis reprit d'un ton plus calme :

— Je lui ai dit que, s'il voulait regagner ma confiance, il avait intérêt à mettre rapidement fin à votre amourette en te faisant clairement comprendre que vous n'aviez rien à faire ensemble.

— Au nom du ciel, Connor, je n'y crois pas ! s'écria sa mère en levant les bras au ciel.

— S'il avait été digne de toi, Lilidh, il ne se serait pas laissé faire aussi facilement, il m'aurait tenu tête. Mais il n'a rien fait.

Lilidh ne pouvait rien faire d'autre que de fixer son père, partagée entre une fureur sans nom et une tristesse atroce. Toutes ces années, elle avait vécu malheureuse, honteuse, pour un mensonge !

— Connor, ce n'était qu'un jeune garçon impressionnable à l'époque ! Il te respectait comme un père, continua Jocelyn.

— Un jeune garçon qui s'intéressait de trop près à notre fille !

Sa mère poussa un soupir exaspéré.

— Tu savais parfaitement qu'il n'aurait jamais osé te contredire, encore moins te tenir tête, dit-elle. Tes propres hommes, des guerriers aguerris, ont peur de toi, alors imagine ce que lui a dû ressentir !

Incapable de dire quoi que ce soit, Lilidh les écoutait se disputer.

— Il avait l'occasion de réparer ses fautes, mais n'a rien fait, une fois de plus, s'exclama son père en se tournant vers elle. Il a préféré choisir l'or plutôt que toi, Lilidh. Cela prouve bien qu'il est indigne de toi, ne crois-tu pas ?

Prise de nausées violentes, Lilidh quitta le parloir en courant. Etait-ce l'enfant qu'elle portait ou bien la terrible vérité qu'elle venait d'entendre qui lui donnait le vertige ?

Une fois dans sa chambre, elle s'adossa contre la porte fermée, le cœur affolé, essayant de remettre de l'ordre dans ses idées. Seule, plongée dans le silence et la pénombre, la réalité la saisit à la gorge.

Elle se sentait trahie. Par son père, qui l'avait éloignée de l'homme qu'elle aimait, mais aussi par Rob. Elle imaginait sans peine que le jeune garçon d'alors, béat d'admiration devant Connor, ait pu agir de la sorte. Elle lui aurait pardonné sans peine son humiliation si elle avait su. En revanche, que dire de ses agissements quelques mois plus tôt ? Comment avait-il pu être aussi lâche ?

Lilidh passa un long moment adossée contre la porte, à tourner ces révélations dans sa tête. A la fin, elle en vint à penser que ses sentiments n'étaient plus les seuls en jeu. Bien des choses avaient changé durant ces dernières semaines. Elle allait devenir mère, elle avait donc des choix déterminants à faire.

Brusquement étouffée par un terrible sentiment d'impuissance, elle monta sur les remparts du château et alla se placer à l'endroit préféré de son père. Le vent qui jouait dans ses cheveux apaisa son visage échauffé. Elle resta immobile un long moment, laissant son corps et son esprit s'apaiser à l'air froid du crépuscule.

Elle ne regagna sa chambre qu'une fois la nuit tombée. Même si elle n'était pas parvenue à trouver une solution à son problème, elle se sentait apaisée.

Elle était parvenue à certaines conclusions et cela l'avait soulagée. Si Rob l'avait sincèrement aimée, aucun secret, aussi lourd soit-il, n'aurait dû l'empêcher de venir la retrouver. Une fois de plus, elle s'était méprise sur les sentiments qu'il éprouvait à son égard. Maintenant qu'elle l'avait compris, il ne lui restait plus qu'à trouver la force de tirer un trait sur le passé une bonne fois pour toutes. Elle devait le faire pour elle, mais également pour son enfant. Surtout pour son enfant.

Cette nuit-là, contrairement à toutes les autres depuis qu'elle était revenue à Lairig Dubh, Lilidh n'eut aucun mal à trouver le sommeil.

[illegible]

[illegible]

[illegible]

[illegible]

24

Un silence de mort s'abattit sur la pièce lorsque Lilidh eut quitté le parloir. Le visage fermé, Connor alla se servir un gobelet de whisky et Jocelyn le suivit du regard. Il but quelques gorgées, puis s'assit sur l'un des bancs de la grande table. Elle détourna la tête avec précipitation, refusant de croiser son regard. Elle était bien trop en colère contre lui en cet instant.

Comment avait-il pu faire une chose pareille ? Elle connaissait pourtant très bien son époux, il pouvait se montrer autoritaire, impitoyable et froid, mais jamais elle ne l'aurait cru capable d'une attitude aussi… odieuse. Qu'est-ce qui avait bien pu le pousser à agir ainsi ? Certes, Rob n'était pas de haute naissance, mais dans ce cas, pourquoi l'avoir accueilli parmi eux ? Pourquoi l'avoir traité comme s'il était l'un des leurs ?

Elle soupira, secouant la tête. Ce qu'il avait fait était inadmissible et…

— Crois-tu qu'elle finira par me parler de l'enfant ? s'enquit-il à mi-voix.

Jocelyn haussa un sourcil. Il était donc au courant. Elle ignorait comment il l'avait appris et peu lui importait. Etait-ce pour cette raison qu'il était venu les retrouver dans le parloir ?

— J'en doute, rétorqua-t-elle sans tourner la tête.

— Lui as-tu expliqué ce qu'elle pouvait faire à ce sujet ?

Sa voix tremblait légèrement à présent. D'indignation ? D'appréhension ?

— Oui, je lui ai proposé plusieurs solutions. La visite des Murray pourrait se révéler la meilleure de toutes.

— Jocelyn, je…

— Non, Connor, pas maintenant, le coupa-t-elle en levant la main. Je suis tellement en colère que je ne peux même pas me résoudre à te regarder en face.

C'en était trop ! Brusquement, elle se leva et se dirigea vers la porte.

— Je te verrai au dîner, lâcha-t-elle sans même se retourner avant de quitter la pièce.

Elle partit à la recherche de Lilidh, afin de s'assurer que sa fille allait bien. La seule chose qui apaisait son humeur était de savoir que Rob avait certainement reçu sa missive à l'heure qu'il était. Si elle n'avait pas été aussi furieuse, elle aurait probablement expliqué sa démarche à Connor. De toute façon, si tout se passait comme elle l'espérait, il finirait par l'apprendre tôt au tard.

La tête entre les mains, Connor entendit la porte claquer derrière Jocelyn. Diable ! Elle avait raison de lui en vouloir. Une fois de plus, sa femme avait raison !

Oui, il avait commis une erreur de jugement. Et les conséquences s'avéraient dramatiques. Lorsqu'il avait entendu dire que sa fille et Rob se rapprochaient, il avait eu une longue discussion avec ce dernier.

Bien qu'il ne doutât pas de la profondeur des sentiments amoureux du jeune homme, il lui avait expliqué les raisons politiques pour lesquelles lui et Lilidh n'avaient aucun avenir ensemble.

A l'époque, il avait été persuadé que cette histoire en resterait là. Seulement, au bout de quelques jours à peine, on lui avait dit que Rob se vantait de son batifolage avec

Lilidh auprès de ses amis. Etant donné l'amitié qui le liait à Angus Matheson, Connor avait pris sur lui et avait eu une autre conversation avec Rob. Il lui avait rappelé l'importance de l'honneur et du respect de certaines règles. Il avait également abordé le sujet avec Lilidh, mais elle était bien trop entichée de Rob et ne l'avait écouté qu'à moitié. Alors, il avait été effrayé par la force des sentiments que sa fille semblait porter à Rob, jamais auparavant il ne l'avait vue aussi heureuse et épanouie.

Quand Rob était venu le voir pour lui demander la main de Lilidh, Connor n'était pas parvenu à contrôler sa peur de père. Dans un élan d'irritation incontrôlée, il avait décidé de pousser Rob à bout, de le forcer à réagir afin de voir jusqu'où il était prêt à aller pour obtenir ce qu'il voulait. Après l'avoir réprimandé, il avait exigé qu'il rejette Lilidh et ce sans ménagement. Hélas, à son grand désarroi, Rob avait accepté.

Le jeune garçon n'avait pas voulu l'affronter, craignant sans doute que, par sa faute, les relations entre leurs deux clans ne se ternissent et que cette histoire se solde par une guerre.

Connor secoua la tête en fermant les yeux.

Par ses actions stupides, il avait anéanti l'assurance de Rob. Et, bien évidemment, cela n'avait pas empêché qu'une dispute éclate entre lui et Angus. Bien qu'ils soient restés alliés, leur amitié en avait terriblement souffert.

Si seulement il avait su…

Angus n'était plus de ce monde et Connor n'aurait plus l'occasion de se rattraper auprès de lui. Quant à Rob, il espérait, en son for intérieur, que ce dernier ferait le bon choix cette fois-ci et, surtout, surtout, qu'il n'était pas trop tard.

— A ta place, j'y réfléchirais à deux fois, commenta Dougal tandis qu'ils montaient l'escalier.

— Je ne commettrai pas la même erreur une troisième fois, Dougal ! Connor n'aura pas le dernier mot cette fois-ci.

Rob ouvrit la porte de sa chambre et entra, suivi de son ami.

— Tu crois sincèrement que MacLerie te laissera voir sa fille après tout ce qui s'est passé ? s'enquit Dougal en fermant la porte derrière lui. Quand bien même il accepterait, reste à savoir si elle voudra te voir.

Rob savait que ce ne serait pas facile, mais il devait tenter le tout pour le tout. Il ne pouvait plus imaginer sa vie sans Lilidh et s'il avait une infime chance de la reconquérir, il ne comptait pas la laisser passer.

Il attrapa une sacoche et commença à rassembler ses affaires. Il s'était laissé impressionner par Connor, mais cette fois, il ne comptait pas se laisser dominer par quoi que ce soit, sinon par son amour pour Lilidh. Combien de fois était-il entré dans sa chambre en espérant l'y trouver, lui parler, la prendre dans ses bras ? Et combien de nuits agitées l'avait-il cherchée dans son lit avant de la retrouver, mais dans ses rêves uniquement ?

S'il voulait être un bon laird, un homme honorable, le moment était venu d'affronter ses craintes et les fantômes de son passé. Il devait…

— Rob ! s'exclama Dougal en le saisissant par le bras. Même les anciens ne sont pas d'accord avec ce que tu comptes faire.

— Je me moque de leur avis. Je suis le chef, la décision me revient. S'ils ne sont pas favorables à ma cause, ils peuvent me destituer et nommer Symon à ma place.

Comme Dougal ne répondait pas, il se redressa pour regarder son ami. Une expression horrifiée se peignit sur son visage.

— Je te le demande encore une fois, Dougal : veux-tu m'accompagner oui ou non ?

— Pourquoi veux-tu que je vienne avec toi ?

— Pour ramener ma dépouille à Keppoch, plaisanta Rob.

Ce qui ne fit guère rire Dougal.

— Pour protéger mes arrières, voyons. J'ai confiance en toi.

— Rob, ne fais pas ça, c'est de la folie, dit Dougal en secouant la tête. Laisse passer un peu de temps ou, à la rigueur, envoie-leur une missive pour sonder leur réaction.

Rob alla jusqu'à son bureau, prit la lettre de Jocelyn et la tendit à Dougal.

— « Connor est en quête d'un époux pour Lilidh », lut son ami à haute voix.

— Comme tu peux le constater, le temps presse. Ma décision est prise, je partirai demain, à l'aube.

Dougal le considéra un instant puis poussa un soupir, reportant son attention sur la lettre.

— Tu devras sûrement affronter Rurik avant de pouvoir parler à Connor ou à Lilidh. T'en sens-tu capable ?

Rob fronça les sourcils. Se sentait-il capable de se mesurer au meilleur guerrier des MacLerie ? A cet homme à la carrure aussi impressionnante qu'effrayante ?

La réponse lui vint quelques jours plus tard, lorsqu'il fut propulsé au sol pour la quatrième fois. Oui, il était vraisemblablement capable d'affronter Rurik, mais nullement de le vaincre. A peine avait-il atteint le portail du château, que le Viking avait surgi de nulle part avant de se jeter sur lui. Dougal, qui avait fini par accepter de l'accompagner, avait rapidement été maîtrisé par deux gardes.

Rob se releva péniblement, sa détermination l'emportant sur la douleur. Il était hors de question qu'il échoue si près du but. Il devait voir Lilidh. Et il était bien décidé à combattre jusqu'à son dernier souffle s'il le fallait.

Lilidh...

Il porta la main à son œil gauche, enflé par le premier coup de poing que lui avait décoché Rurik. Le second, bien plus violent et assené dans les côtes, lui avait coupé le souffle. Il était parvenu à tirer son poignard du fourreau, mais il avait été rapidement désarmé par le guerrier expérimenté. Miraculeusement, il avait encore l'épée qu'il avait dégainée à la main.

Rob se remit doucement sur pied en essayant de lever son épée. La tête lui tournait et il avait l'impression qu'il allait bientôt se vider de son sang. Une foule s'était rassemblée autour d'eux et tous scandaient le nom de Rurik. D'un coup d'épée, celui-ci le força à lâcher la sienne qui tomba par terre. Rurik pointa alors sa lame vers son cœur et les cris de la foule se firent plus intenses avant de s'interrompre brutalement.

— Que diable fais-tu ici, Matheson ? lança une voix grave derrière lui.

Lentement, Rob se retourna et, malgré sa vision brouillée, parvint à déceler le visage de Connor dans la foule.

— Je suis venu pour Lilidh, repartit-il en se demandant si elle assistait à ce spectacle pitoyable.

— Tu n'es pas digne d'elle, dit Connor en s'avançant. Retourne chez toi et ne t'avise plus jamais de revenir ici.

— Non, MacLerie. Je ne partirai pas d'ici sans lui avoir parlé.

Etonnamment, sa voix lui sembla claire et forte. Les battements de son cœur résonnaient à ses oreilles mais il soutint le regard de Connor tandis que celui-ci s'approchait de lui. Il venait de défier la Bête des Highlands et nul n'ignorait que les quelques hommes qui avaient osé le provoquer en duel n'étaient plus de ce monde pour s'en vanter.

— Très bien, dans ce cas, montre-moi de quoi tu es capable.

Voilà, les jeux étaient faits. Il ne pouvait plus y avoir de retour en arrière. Il allait devoir se battre avec Connor et lui prouver qu'il n'était pas un moins que rien, qu'il était digne de Lilidh. Mais elle, que penserait-elle de tout cela ? Comprendrait-elle la signification de son geste ? Allons, trêve de questions, il n'y avait qu'une façon de le savoir.

Inspirant profondément, Rob brandit son épée avant de se précipiter sur Connor. Ce dernier se mit en garde et le combat s'engagea, les lames s'entrechoquant dans un bruit de ferraille.

Affaibli, Rob parvenait tant bien que mal à esquiver les coups de Connor. Les échanges se faisaient de plus en plus rapides et son corps se révoltait contre le supplice auquel il le soumettait. Les cliquetis du métal contre le métal venaient s'ajouter au bourdonnement insupportable qui lui vrillait la tête. Connor lui assena un coup, puis un autre et encore un autre, et Rob parvint heureusement à le toucher à plusieurs reprises.

La lutte était déjà bien engagée quand soudain, Rob tourna sur lui-même et donna un coup d'épée qui, à sa grande surprise, réussit à désarmer Connor. La foule se déchaîna aussitôt, le huant et l'insultant, mais il ne se laissa pas intimider. D'instinct, il se jeta sur Connor et le plaqua violemment au sol, si bien qu'il se déboîta l'épaule. Se redressant rapidement, il s'assit à califourchon sur Connor et appuya la lame de son épée sur sa gorge.

— Admets ta défaite Connor, lui ordonna-t-il, le souffle court.

Aussitôt, des gardes, épées levées, vinrent les encercler de près. Allongé sur le dos, Connor demeurait silencieux et Rob comprit que ce combat était perdu d'avance, que c'était lui qui, malgré tout, allait devoir s'avouer vaincu. Qu'avait-il cru ?

Doucement, il baissa son épée avant de la jeter à côté de lui. Puis il s'écarta de Connor, et celui-ci se releva d'un geste souple. Prêt à recevoir le coup de grâce, Rob resta à genoux.

— Dis-lui que j'ai essayé, marmonna-t-il, la tête baissée.

— Dis-le-lui toi-même.

Confus, Rob leva la tête vers Connor et suivit son regard. Le cœur affolé, il se retourna, non sans peine.

Telle une apparition divine, une silhouette gracieuse émergea de la foule, ses longs cheveux noirs volant autour d'elle. Rob sentait le sang couler sur son visage et sa vision était sérieusement troublée à présent, mais les cris et les gémissements qu'il percevait lui firent comprendre qu'il s'agissait sans doute d'une *banshee*, cette créature féminine dont les hurlements étaient annonciateurs de mort pour quiconque les entendait. Elle avançait au ralenti vers lui, les gardes s'écartant sur le passage de cette messagère de la mort.

Lorsqu'elle se pencha au-dessus de lui, Rob crut reconnaître le visage de Lilidh. Elle était si belle, si belle… Il essaya de lever la main vers elle pour lui caresser la joue, mais ses membres refusèrent de lui obéir. La *banshee* lui disait quelque chose, mais il n'entendait plus rien hormis le bourdonnement insupportable entre ses tempes.

Il ferma les yeux et sourit au beau visage de Lilidh avant de sombrer dans l'inconscience.

25

Secoué par un violent frisson, Rob ouvrit brusquement les yeux. Il toussa violemment avant de cracher de l'eau.

Nom de Dieu ! Que se passait-il ? Pourquoi était-il mouillé ? Soudain, une vague de douleur le traversa, suivie d'un vertige.

Il était en vie.

Deux ombres étaient penchées au-dessus de sa tête. Il cligna des yeux, s'efforçant de distinguer leurs visages. Jocelyn et Connor. Ce dernier tenait un sceau dans les mains alors que sa femme, vraisemblablement furieuse, était en train de lui murmurer quelque chose à l'oreille. Il remarqua ensuite des mèches de cheveux noirs devant ses yeux et renversa légèrement la tête en arrière.

Lilidh.

Il voulut lever le bras vers elle, s'assurer qu'il ne s'agissait pas d'un mirage, mais la douleur alourdissait ses membres et il dut y renoncer. Son épaule… il avait très mal à l'épaule.

Agenouillée près de lui, Lilidh lui prit la main au moment même où une silhouette imposante se dessinait au-dessus de lui. Il leva les yeux et reconnut Rurik.

— Donne-moi ta main, mon garçon, lui dit-il.

Sans attendre, le guerrier se pencha, lui saisit la main et tira sur son bras. Lilidh et Jocelyn crièrent quelque chose et, l'instant d'après, une lumière aveuglante lui transperça les paupières.

A peine fut-il en position assise, qu'il sentit un craquement dans son épaule qui lui arracha un gémissement de douleur.

— Tu t'es bien battu, mon garçon, assura Rurik en lui relâchant la main. Tu m'as impressionné.

Sur ces mots, il s'éloigna.

Luttant contre le vertige et la nausée, Rob tourna son regard vers Connor. Lui aussi avait des blessures visibles et, même si elles semblaient superficielles, Rob ne put s'empêcher d'éprouver une certaine fierté. Les deux hommes s'observèrent un bref instant puis Connor hocha la tête. Aussitôt, Rob fut saisi par chaque bras avant d'être soulevé de force.

— Laissez-nous ! Tous ! s'exclama Connor une fois qu'il fut sur pied.

Comme les deux gardes le relâchaient, Rob dut s'appuyer sur le mur et la cour se désemplit rapidement.

— Tu as mûri, Rob, lui dit Connor lorsqu'ils ne furent que tous les quatre.

Jocelyn chuchota quelque chose à son mari en passant son bras sous le sien. Connor l'écouta puis esquissa une légère grimace. Reportant son attention sur Rob, il lui tendit la main. Rob la saisit et ils échangèrent une poignée de main ferme.

— Connor, je suis venu ici pour te demander la permission d'épouser Lilidh, si elle veut toujours de moi, déclara-t-il.

Bien qu'elle soit juste à côté de lui, il ne put se résoudre à croiser son regard, préférant attendre la réponse de Connor.

— Si c'est ce qu'elle veut, je n'y vois aucune objection, répondit Connor en lui lâchant la main avant de passer le bras autour de la taille de Jocelyn. Je t'ai méjugé Rob, je suis heureux de t'accueillir dans la famille.

Cet aveu le surprit, mais il tenta de masquer sa stupeur, conscient qu'il n'avait pas dû être facile pour la Bête des Highlands de prononcer ces paroles. Lilidh noua ses doigts aux siens et enfin, il posa son regard sur son visage, qui irradiait la joie.

Que Dieu lui pardonne ! Il ne la méritait pas, mais il, décidé à faire tout ce qui était en son pouvoir, pour la rendre heureuse désormais. De toute son âme, Rob se promit que sa femme ne souffrirait plus jamais par sa faute.

Comme ils ne se quittaient pas des yeux, Connor prit la main de Jocelyn et l'entraîna après lui vers le château.

— Nous serons dans la grand-salle, cria-t-il par-dessus son épaule. Nous attendons de savoir si nous avons un mariage à préparer.

Jocelyn lui donna un coup de coude dans les côtes et ils s'éloignèrent en riant.

Prenant son visage entre ses mains, Rob l'embrassa encore et encore avant de s'apercevoir qu'il laissait des taches de sang sur sa peau délicate. Il aurait souhaité des retrouvailles plus romantiques ; heureusement, Lilidh ne semblait guère s'en soucier. Ses vêtements gorgés d'eau et son piteux état ne lui importaient visiblement pas plus, car elle se plaqua contre lui et il referma ses bras autour d'elle.

— Lilidh, dit-il en écartant une mèche de cheveux de son visage, pardonne-moi d'avoir mis autant de temps avant de suivre ton conseil.

— Mon conseil ? s'enquit-elle, les yeux pétillants. Quel conseil ?

— Celui de laisser le passé derrière moi et d'être moi-même. Seulement, je ne pouvais pas le faire sans toi. Je veux que tu m'aides à devenir un homme meilleur, un époux parfait et un laird solide.

Il effleura ses lèvres d'un léger baiser puis reprit :

— Je m'en veux terriblement pour toutes les horreurs que j'ai pu te dire. Je n'en pensais pas le moindre mot, je te jure. Je ne peux malheureusement pas revenir en arrière et tout recommencer ; seulement, j'espère que mes excuses trouveront un chemin jusqu'à ton cœur et que tu me pardonneras pour tout le mal que je t'ai fait. Je t'aime Lilidh, je t'aime depuis toujours et je veux que tu deviennes ma femme aux yeux de tous.

A son tour, elle prit son visage entre ses mains et lui sourit avant de semer des baisers sur ses paupières et ses joues. Comme elle l'embrassait, la culpabilité qui torturait son esprit disparut peu à peu, comme un mauvais souvenir qui s'évanouit avec le temps.

— Tu es pardonné, Rob, murmura-t-elle en appuyant son front contre le sien.

Enfin ! Ces mots libéraient son âme endeuillée depuis si longtemps. Son corps, en revanche, restait douloureux. Malgré son tournis et ses côtes cassées, il s'agenouilla devant elle.

— Veux-tu m'épouser, Lilidh ? Veux-tu me faire l'honneur de devenir ma femme ?

— Oui, mon amour, oui.

Son cœur explosa de joie dans sa poitrine. Alors, la lumière du jour lui parut soudain bien trop vive pour ses yeux fatigués.

— Rob ! entendit-il Lilidh crier. Rob, m'entends-tu ?

Elle le prit par le menton et il s'efforça d'ouvrir les yeux tandis qu'elle lui relevait la tête.

— Je vais bien... Je vais bien, marmonna-t-il alors que chaque muscle de son corps protestait douloureusement contre ce mensonge.

A demi conscient, il détailla le visage de Lilidh, se réjouissant à l'idée que son rêve devienne enfin réalité.

— Rob, il y a quelque chose que je dois te dire, annonça Lilidh en s'agenouillant devant lui.

— Qu'y a-t-il, mon amour ?

— Je pense que mes parents voudront que nous nous mariions dès aujourd'hui. T'en sens-tu capable ?

— Bien sûr. Mais... ne souhaites-tu pas une grande

cérémonie et… et peut-être même célébrer nos fiançailles avant ? N'est-ce pas le rêve de toute jeune fille ?

Sa propre voix résonnait étrangement dans sa tête à présent et il ne voyait presque plus rien.

— Si, si, seulement je ne veux pas que notre enfant naisse hors des liens du mariage.

Quoi ? Lilidh était… Elle était…

Rob rassembla ses dernières forces pour l'attirer contre lui et l'embrasser avec passion. Bientôt à bout de souffle, il rompit le baiser et toussa violemment avant de planter de nouveau son regard dans le sien.

— Tu… Tu attends un enfant ? demanda-t-il pour s'assurer qu'il ne rêvait pas.

Elle hocha la tête, un sourire radieux illuminant son visage.

— Cela te réjouit-il ?

— Je suis comblé, mon amour.

Non seulement il épouserait la femme qu'il aimait, mais il allait bientôt devenir père. Lilidh allait lui offrir le plus beau cadeau qui soit.

Le destin était enfin de son côté. Et sur cette dernière pensée consciente, il sombra dans le néant pour plusieurs jours.

26

Debout, à l'arrière de l'église, Duncan MacLerie regardait la scène avec bienveillance.

Après maintes péripéties, le jour de la cérémonie était enfin arrivé. Ayant dû établir le contrat de mariage en hâte, il avait eu bien du mal à trouver des conditions acceptables pour Connor et pour Rob. Finalement, Lilidh avait apporté une dot considérable et les deux lairds avaient renoué le serment d'alliance entre leurs deux clans.

Au grand soulagement de tout le clan MacLerie qui vivait au rythme des humeurs de leur laird, Connor et Jocelyn avaient réglé leurs différends et semblaient plus complices que jamais. Les choses étaient enfin rentrées dans l'ordre à Lairig Dubh.

Malgré son teint pâle, la mariée était ravissante dans sa robe bleu pastel tandis qu'elle avançait vers l'autel, au bras de son père. Quelques bleus tuméfiaient le visage de ce dernier, mais il semblait se porter nettement mieux que son futur beau-fils.

Une main plaquée sur les côtes, Rob avait visiblement du mal à se tenir droit. Malgré cela, et l'hématome foncé autour de son œil, il affichait un sourire béat et ne quittait pas du regard Lilidh. Hormis son témoin Dougal, qui se moquait ouvertement de son état lamentable, aucun autre membre du clan Matheson n'était présent. D'ailleurs, Duncan n'était même pas sûr qu'ils aient reçu la missive annonçant l'heureux événement.

Une fois arrivé devant l'autel, Connor embrassa la main de sa fille et alla s'asseoir à côté de Jocelyn qui, les yeux emplis de larmes, contenait à grand-peine son émotion.

Les futurs époux échangèrent leurs vœux et les anneaux, et le prêtre les déclara unis par les liens du mariage. Ils s'embrassèrent sous les applaudissements de l'assistance lorsque, soudain, Lilidh rompit le baiser, le teint vert et la main à sa bouche. Sa mère se hâta alors de lui apporter un seau et elle se soulagea dedans sous le regard effaré du prêtre.

— Penses-tu qu'elle a mangé quelque chose qui n'était pas frais ? s'enquit Duncan, inquiet, en se penchant vers sa femme.

— Cela m'étonnerait, répondit Marian en lui adressant un sourire complice.

Rurik, sa femme Margriet à son bras, vint se placer à côté d'eux et dit à voix basse :

— Jamais je n'aurais cru qu'il serait revenu après ce qui s'est passé.

— Etais-tu vraiment obligé de l'accueillir comme tu l'as fait ? lui demanda Margriet, avec une moue réprobatrice. Dire qu'il a également dû affronter Connor après toi, pas étonnant qu'il soit dans un état pareil, le pauvre garçon.

— Rassure-toi, il y a une partie de son corps que j'ai épargnée, repartit-il, pour qu'ils aient de beaux héritiers.

— Rurik, voyons ! gronda sa femme en lui donnant une tape sur l'épaule.

Quoi qu'il en soit, voilà une bonne chose de faite, se dit Duncan en regardant Lilidh et Rob, rayonnants de bonheur, s'avancer vers eux, main dans la main.

Toute l'assemblée attendit que les mariés sortent de l'église puis suivit la joyeuse procession vers le château où un festin avait été préparé pour l'occasion.

*
* *

Les jeunes mariés s'excusèrent assez tôt auprès des convives avant de regagner leur chambre ; malgré leur absence, les festivités durèrent jusque tard dans la nuit.

Après avoir raccompagné les derniers invités, Connor et Jocelyn rejoignirent Duncan, Rurik et leurs femmes qui étaient assis à l'une des tables de la grand-salle.

Les trois couples trinquèrent ensemble à la santé des époux avant qu'un silence étrange ne s'abatte sur la pièce. Duncan sourit intérieurement. L'heure de compter les points était venue.

— Je reconnais m'être trompé au sujet de Rob, admit Connor d'une voix bourrue.

— C'est l'une des rares fois que je t'entends admettre que tu as tort sur quelque chose, s'esclaffa Jocelyn.

— Pour ma part, c'est même la toute première fois, se moqua Duncan avant d'avaler une longue lampée d'ale.

Tous éclatèrent de rire puis Rurik s'étira sur sa chaise.

— Il se fait tard, que diriez-vous de nous retirer pour la nuit ? s'enquit-il en se levant.

— Pas si vite très cher, répliqua sa femme en le saisissant par la manche de sa chemise.

Le visage maussade, le Viking se rassit, regardant tour à tour les personnes attablées.

— Nous devons discuter du pari, lança Margriet.

Connor et Jocelyn échangèrent un regard complice.

— Et nous qui pensions nous montrer courtois envers vous en n'abordant guère ce sujet fâcheux; car, il est clair, mesdames, que nous avons gagné.

— Oui, Iain était un bon parti, s'empressa d'ajouter Connor. Lilidh et lui avaient l'air heureux ensemble.

Jocelyn haussa un sourcil, mais ne dit rien.

— Qu'y a-t-il, Jocelyn ? l'interrogea Rurik en la regardant d'un air sceptique.

Elle fit la moue et rougit. Duncan, qui l'observait tout ce temps, se pencha vers elle.

— Que nous caches-tu, Jocelyn ? lui demanda-t-il.

— J'ai… J'ai triché, balbutia-t-elle en tournant nerveusement son verre dans ses mains avant de jeter un regard coupable à son époux.

Duncan leva les yeux au ciel. Les règles du pari étaient pourtant très claires : s'agissant de son enfant, Jocelyn n'avait pas le droit d'interférer et ce, de quelque manière que ce soit.

— Qu'as-tu fait ? s'enquit Marian.

Se rappelant que sa femme avait également brisé cette même règle lorsqu'il avait été question de leur fille, Duncan la considéra d'un air réprobateur. Apparemment, les femmes avaient le don de se mêler de ce qui ne les regardait pas. Il fallait croire que c'était plus fort qu'elles.

— J'ai envoyé une missive à Rob pour l'avertir des projets de Connor, marmonna Jocelyn.

Autour de la table, les hommes secouèrent la tête en signe de reproche alors que les femmes échangeaient un petit sourire.

— Il fallait bien que quelqu'un lui ouvre les yeux ! se défendit-elle.

— Attendez, ce n'est pas tout, déclara Connor.

— En réalité, j'ai envoyé deux missives. La première peu avant l'annonce officielle des fiançailles de Lilidh et Iain et la seconde quand j'ai appris que Lilidh était…

Elle ne finit pas sa phrase.

— Eh bien, voyez-vous ça, grommela Duncan dans sa barbe.

— Le premier prétendant de Lilidh ayant été choisi par nos hommes et le second par l'une de nous, mes chères amies, je dirais qu'il n'y a donc pas de gagnants, conclut Margriet en arborant un large sourire.

— Soit, concéda Connor en se levant avant de tendre

la main à Jocelyn. Néanmoins, je me demande lequel de nos enfants sera le prochain à se marier.

— Ma fille et la tienne sont mariées à présent, observa Duncan en caressant du pouce la main de sa femme.

Il se tourna alors vers Margriet et Rurik.

— En toute logique, c'est donc *votre* fille qui sera la prochaine à convoler en justes noces.

— Peut-être, oui, mais pas dans l'immédiat, dit Margriet, une lueur de panique dans les yeux.

— Isobel est encore bien trop jeune pour penser à ce genre de choses, déclara Rurik en lançant un regard menaçant à ses amis.

Connaissant son tempérament de feu, personne ne chercha à le contredire, même si tout le monde savait que la belle Isobel Ruriksdotter — qui était tout à fait en âge de se marier, n'en déplaise à son père — suscitait déjà les convoitises d'un certain jeune homme.

Duncan se leva à son tour et sa femme fit de même. Il souhaita la bonne nuit à tous et chaque couple regagna sa chambre, partageant leurs impressions sur les événements qui avaient récemment bouleversé la vie des habitants de Lairig Dubh, et sans lesquels Lilidh et Rob n'auraient peut-être jamais pu goûter aux délices du bonheur.

Epilogue

Keppoch Keep, trois ans après

— Mon père a l'air contrarié, murmura Lilidh à son oreille.

Rob suivit son regard et observa Connor qui descendait de cheval, avant de jeter un coup d'œil furtif derrière son épaule.

— Gavin également, ajouta-t-il à voix basse.

Il poussa un soupir, refusant de se résigner. La rencontre entre les deux chefs de clan les plus puissants de l'ouest de l'Ecosse marquerait un tournant décisif dans la vie politique de cette partie du pays. Il lui avait fallu plus de deux ans avant de parvenir à un accord satisfaisant entre les parties concernées et il espérait que cette tentative ne se solderait pas par un échec.

— Tout se passera bien, Rob, chuchota Lilidh, comme si elle avait lu dans ses pensées.

Elle lui prit la main et la serra avant de la lâcher, l'instant d'après. Avant qu'elle n'ait eu le temps de reculer, il lui attrapa la main, lui demandant silencieusement de rester à côté de lui.

Quelle chance il avait de l'avoir pour épouse ! Il en remerciait le ciel chaque jour. C'était en grande partie grâce à elle que Connor avait consenti à cette rencontre. En effet, lorsque Lilidh avait exposé la situation à sa mère et que celle-ci avait trouvé l'idée bonne, Connor n'avait eu d'autre choix que de céder aux instances des deux femmes les plus chères à son cœur. Pourtant, l'expression de son visage tandis qu'il s'avançait vers lui, montrait clairement qu'il regrettait sa décision.

— Connor, bienvenue à Keppoch, le salua Rob lorsque son père par alliance ne fut plus qu'à quelques pas de lui. J'espère que tu as fait bon voyage.

Lilidh et lui plongèrent dans une profonde révérence et il vit, derrière lui, que Gavin et son épouse avaient fait de même. Remarquant que Connor attendait plus longtemps que ce qui était d'usage avant de leur faire signe de se redresser, Rob réprima un sourire. C'était la manière qu'avait son beau-père de signifier qu'il était en position de force avant même que les pourparlers ne commencent.

— Connor, permets-moi de te présenter laird MacKenzie…

Tout en parlant, il se retourna vers Gavin.

— … Gavin, je te présente le comte de Douran, laird du clan MacLerie.

— Milord, le salua Gavin en esquissant une autre révérence, son titre de noblesse étant inférieur à celui de Connor.

De façon prévisible, une fois de plus, ce dernier laissa passer un petit moment avant de lui tendre la main. En se redressant, Gavin la lui serra.

— S'il vous plaît, appelez-moi Connor. Après tout, nous formons déjà une alliance par mariage et nous conclurons sûrement un accord entre nos deux clans.

Sur ces mots, il se retourna et fit signe à Jocelyn, qui se tenait un peu plus loin, de le rejoindre.

— Voici ma femme, Jocelyn MacCallum, lady MacLerie.

A son tour, Gavin leur présenta son épouse et les deux lairds échangèrent encore quelques banalités.

Rob, qui observait la scène très attentivement, poussa un léger soupir de soulagement, se gardant néanmoins de crier victoire avant l'heure. Il tourna la tête vers Lilidh et lui sourit tendrement. Elle lui rendit son sourire puis invita leurs hôtes à les suivre dans la grand-salle où un repas allait être servi.

— Arrive-t-il à ton père de changer de mode de salutation ? murmura Rob à l'oreille de Lilidh tandis qu'ils traversaient le couloir.

— Oui, lorsqu'il a en face de lui quelqu'un dont le titre de noblesse est supérieur au sien.

Ils échangèrent un regard entendu avant de s'effacer devant la porte de la grand-salle pour laisser passer leurs invités. Un des serviteurs les guida vers l'estrade sur laquelle trônaient deux tables superbement dressées.

Afin de ne froisser personne, Rob avait longuement réfléchi à son plan de table et il espérait que la décision qu'il avait prise était la bonne. Le serviteur guida chaque personne à la place qui lui était réservée et une fois que tout le monde fut assis, Rob leva sa coupe pour souhaiter, encore une fois, la bienvenue à ses convives. Mais, avant même qu'il pût commencer son discours, il croisa le regard de Lilidh, et l'émotion qui s'empara de lui à cet instant figea les mots dans sa gorge.

Que serait-il advenu de lui si elle avait refusé de l'épouser ? Il l'aimait plus que tout au monde. Elle était sa plus belle rencontre, son plus grand soutien, sa destinée et bientôt, elle allait lui donner un deuxième enfant. Elle comptait d'ailleurs annoncer la nouvelle à ses parents durant le repas.

Emu, il promena alors son regard sur les deux tables, où tous, sans exception, avaient les yeux rivés sur lui.

Connor et Jocelyn, qui étaient bien plus que ses parents par alliance, l'avaient reconnu comme l'un des leurs.

Symon, son cousin, son allié, le commandant des guerriers de leur clan, était devenu un homme accompli depuis qu'il avait épousé Mairi MacKenzie, qui était assise à côté de lui.

Gavin et Edana MacKenzie, ses nouveaux alliés, avaient accédé à sa demande d'améliorer les relations avec les MacLerie en vue de ramener la paix dans l'ouest de l'Ecosse. Mais le projet de cette entente n'aurait sans doute pas vu le jour sans Lilidh.

Il porta de nouveau son attention sur sa femme. Lilidh, l'amour de sa vie, celle qui l'avait aidé à devenir l'homme qu'il était, à s'affirmer en tant que laird. Celle qui lui avait pardonné ses trop nombreuses erreurs.

Conscient que tous étaient pendus à ses lèvres, il essaya de mettre un peu d'ordre dans ses idées, sans succès. Pas même l'importance et l'enjeu de ce dîner ne parvenaient à changer le cours de sa réflexion. Il voyait à peine ses convives, il n'avait d'yeux que pour sa femme.

— A Lilidh MacLerie, dit-il.

Il voulut dire tant d'autres choses, mais l'émotion lui serra la gorge une nouvelle fois.

— A Lilidh, sans qui cette rencontre n'aurait pas vu le jour, se contenta-t-il de répéter.

Tous trinquèrent à la santé de sa femme et les servantes commencèrent à servir le repas.

Tandis que le bruit des différentes conversations qui s'engageaient petit à petit autour des tables résonnait dans la salle, Rob prit la main de Lilidh et y déposa un baiser.

— Je te dirai le reste plus tard, lui murmura-t-il en se penchant vers elle avant de l'embrasser sur la bouche.

— J'ai hâte de l'entendre, mon chéri, répondit-elle avec un sourire entendu.

La soirée était déjà bien avancée quand les premiers invités commencèrent à se lever de table pour se retirer dans les chambres. Rob décida à son tour qu'il était temps de monter dans leur chambre. Il se leva en prenant la main de sa femme et souhaita la bonne nuit à tout le monde.

Main dans la main, ils montèrent l'escalier et s'arrêtèrent dans la chambre de leur fils Tavish, pour s'assurer qu'il dormait. Ils rejoignirent ensuite leur chambre et Rob ouvrit la porte avant de s'effacer pour laisser passer Lilidh.

A peine eut-il refermé la porte derrière lui, qu'il saisit Lilidh par la taille et la fit tourner pour l'embrasser avec passion.

Lorsqu'il rompit le baiser, il appuya son front contre le sien et plongea son regard dans ses beaux yeux verts.

— As-tu annoncé l'heureuse nouvelle à tes parents ?

Elle opina de la tête.

— Qu'ont-ils dit ? demanda-t-il avant de couvrir son visage de baisers.

Dieu, qu'elle était belle !

— Mère était ravie et père…

Elle esquissa une petite moue avant de poursuivre :

— Père s'est contenté de grogner vaguement.

Ils rirent tous deux de bon cœur. La réaction de son beau-père ne le surprenait nullement, même s'il était persuadé que Connor était aussi ravi que Jocelyn.

— Et comment te sens-tu ? s'enquit-il en posant la main sur son ventre encore plat.

— Merveilleusement bien, répondit-elle en l'embrassant. Je n'ai aucune nausée cette fois-ci.

Il lui prit le menton et le releva pour examiner son visage.

— Et ton teint est éclatant.

Lilidh lui saisit la main et déposa un baiser dans sa paume puis recula de quelques pas en tirant sur le ruban qui retenait ses cheveux.

— En revanche, murmura-t-elle avec un regard malicieux, j'ai déjà les envies étranges que j'avais pendant ma première grossesse.

Son corps réagit instantanément à ces avances à peine déguisées et il haussa un sourcil intéressé.

Ses yeux dans les siens, elle fit glisser langoureusement

sa robe le long de ses épaules et la laissa tomber sur le sol. Laissant courir son regard sur son corps nu, il se déshabilla en hâte avant de combler la distance qui les séparait et de la prendre dans ses bras. Cédant à la passion intense qui montait en lui, il l'embrassa avec ardeur avant de la soulever pour la porter vers le lit.

Haletants, ils retombèrent sur le matelas et Rob attira Lilidh contre lui.

— C'est maintenant que les choses sérieuses commencent, dit-elle avec un sourire aguicheur.

Prêt à satisfaire de nouveau son adorable épouse, Rob se penchait déjà vers elle, lorsque le rire sonore de Lilidh l'arrêta.

— Je pensais aux pourparlers entre mon père et Gavin ! Une longue journée t'attend demain.

Sur ces mots, elle se retourna vers lui.

— Au moins, tu peux compter sur le soutien de Duncan et Rurik, murmura-t-elle en lui caressant la joue.

— Duncan sait que l'accord peut s'avérer fructueux pour les MacLerie, répondit-il en embrassant son front. En tout cas, je crois bien que c'est la première fois que Rurik m'a appelé « laird » ce soir.

— Ah bon ? Il ne t'appelle plus « mon garçon » ?

— Non, apparemment, je suis monté d'un cran dans son estime.

Leur bagarre d'il y a trois ans n'était désormais qu'un lointain souvenir.

— Et, une fois que vous aurez négocié les termes de l'accord, tout le monde verra à quel point ton idée était brillante.

Elle effleura ses lèvres des siennes.

— Lilidh, c'est grâce à toi. C'est *toi* qui es brillante.

Elle se redressa sur un coude et lui adressa un regard tendre qui lui noua la gorge.

— Tout est donc grâce à moi, dis-tu, chuchota-t-elle pensivement.

— Non, je n'ai pas dit « tout », protesta-t-il, un sourire se dessinant sur ses lèvres.

Lentement, elle se colla à lui et la sensation de son corps chaud contre le sien lui chamboula l'esprit. Lorsqu'elle l'enlaçait ainsi, il était incapable de se contrôler. Sa cause était perdue d'avance !

— Après tout, c'est moi qui ai demandé à père de te laisser la vie sauve lorsque tu es venu pour me reconquérir...

Il hocha la tête, humant le parfum enivrant de sa peau.

— ... Et je t'ai pardonné toutes tes idioties...

Oui.

— ... Et c'est *moi* qui t'ai suggéré de proposer aux MacKenzie l'éventualité d'une alliance avec les MacLerie.

Oui.

Etant donné la position dans laquelle il se trouvait, Rob était prêt à acquiescer à tout ce qu'elle dirait, à se plier à sa volonté sans rechigner. Elle avait glissé une jambe entre les siennes et il déglutit lorsqu'il sentit une de ses mains descendre le long de son ventre avant de s'arrêter sur son sexe dressé.

— Mais, ma meilleure idée, chuchota-t-elle en refermant ses doigts autour de lui, a été de te suivre ici ce soir.

Sa voix suave fit courir un frisson de plaisir le long de son dos. Incapable d'en supporter davantage, Rob roula sur le côté et l'emprisonna sous lui d'un mouvement rapide. Puis il se plaça entre ses jambes avant de la pénétrer avec une infinie lenteur. Elle eut un gémissement et s'arqua contre lui.

Leurs corps se fondirent l'un dans l'autre et Rob imprima un mouvement de va-et-vient à ses hanches jusqu'à ce qu'ils s'abandonnent à l'extase.

— Je t'aime Lilidh, tu as fait de moi un homme meilleur, lui murmura-t-il à l'oreille après avoir tiré les draps sur eux.

Elle lui sourit puis se lova contre lui et il la regarda s'endormir, le cœur plein de tendresse.

Il repoussa une mèche qui lui barrait le visage et déposa un léger baiser sur ses lèvres. Il l'aimait chaque jour un peu plus, et chaque jour, il la remerciait silencieusement de lui avoir donné une seconde chance.

Une chance pour lui. Pour eux. Pour leur amour.

Composé et édité par HarperCollins France.

Achevé d'imprimer en janvier 2019.

CPi
BLACK PRINT

Barcelone

Dépôt légal : février 2019.

Pour limiter l'empreinte environnementale de ses livres, HarperCollins France s'engage à n'utiliser que du papier fabriqué à partir de bois provenant de forêts gérées durablement et de manière responsable.

Imprimé en Espagne.